陈超 著

《红楼梦》

士人礼法面面观

上海交通大学出版社
SHANGHAI JIAO TONG UNIVERSITY PRESS

内容提要

作为中国古典通俗文学史上的一颗明珠,《红楼梦》凭借恢宏的格局、精微的思想、广博的内容、鲜活的人物以及晓畅的语言受到了社会各阶层人士的青睐。经过两个多世纪的漫长积累,"红学"研究已经取得了极为丰硕的成果。本书主要从"文学中的法律"这一交叉学科研究路径切入,围绕《红楼梦》中贾府的家庭生活与社会关系展开研究,旨在从清代士人阶层的具象生活中探明其礼法观念的内涵、特征、功能及形成和演变。全书以《红楼梦》中的人物形象和家庭关系为中心,阐释了传统家庭中性别与等级观念建立的基础,探讨了士人阶层的理学观念随着时代发展遭遇的冲击及异化后果,分析了清代士人在家国治理中的多种价值取向及其对儒法思想的调和,揭示了君权日益集中背景下以抄家为标志的家族衰败对清代士人人格、心态与礼法观念造成的深刻影响。全书综合运用交叉学科多种研究方法,根据研究对象的特点采用了"命题式"研究,研究范围涵盖叙事与非叙事作品,研究内容侧重对我国传统法律观念社会意义的挖掘,可为相关专业研究者对《红楼梦》的进一步研究提供一定参考,也适合《红楼梦》爱好者们日常品读,以深化对这部经典著作的理解与认识。

图书在版编目(CIP)数据

《红楼梦》士人礼法面面观 / 陈超著. —上海:
上海交通大学出版社,2024.1
   ISBN 978 - 7 - 313 - 29387 - 9

  Ⅰ.①红… Ⅱ.①陈… Ⅲ.①《红楼梦》研究 Ⅳ.
①I207.411

   中国国家版本馆 CIP 数据核字(2023)第 170019 号

《红楼梦》士人礼法面面观
《HONGLOUMENG》SHIREN LIFA MIANMIANGUAN

著　　者：陈　超				
出版发行：上海交通大学出版社		地　　址：上海市番禺路 951 号		
邮政编码：200030		电　　话：021 - 64071208		
印　　制：浙江天地海印刷有限公司		经　　销：全国新华书店		
开　　本：710 mm×1000 mm　1/16		印　　张：19.5		
字　　数：327 千字				
版　　次：2024 年 1 月第 1 版		印　　次：2024 年 1 月第 1 次印刷		
书　　号：ISBN 978 - 7 - 313 - 29387 - 9				
定　　价：78.00 元				

序
一

  《红楼梦》是一部大书,作为中国古典文学小说的一个巅峰,它展现了广阔的社会现实生活画卷,生动细致地描述了多姿多彩的世俗人情,淋漓尽致地反映了贾、史、王、薛四大家族的兴衰过程。自问世以来,有无数研究者将其作为一座文化宝库,索隐探赜,钩深致远,以此窥探中国传统社会特别是明清贵族生活的奥秘。

  中国法律史的研究者在近些年的研究中有一个明显的趋向,就是极大地拓宽了法律史研究依据的材料,从早期主要利用官府律典、条例、谕旨、奏折或题本、实录、地方法规、各种司法和行政文书档案等传世文献,还拓展到对文人笔记小说、方志、家谱、私人日记和信函、各种民间契约、文书、碑刻或志铭、行规族法、采访或口述记录、影像或器物等资料的收集整理,进而分析其蕴涵的制度意义与法文化价值。明清两代因为距今相对较近,留存的资料更为丰富,近年相关成果迭见,有力推动了法律史的研究,陈超在自己博士论文基础上修改而成的著作《〈红楼梦〉士人礼法面面观》就是该领域的一部新作。

  清末震钧《天咫偶闻》卷十曾记:"八旗旧家,礼法最重。余少时见长上之所以待子弟,与子弟之所以事长上,无不各尽其诚。朝夕问安诸长上之室,皆侍立。命之坐,不敢坐。所命耸听,不敢怠。不命之退,不敢退。路遇长上,拱立于旁,俟过而后行。宾至,执役者,皆子弟也。其敬师也亦然。"《红楼梦》中关于中国传统社会有关制度、典章、器物以及人们生活方式的全方位描写,该书作者曹雪芹透过这些描写所表达的自己对清代社会中人情世故的体察和对传统制度与文化的思想观念都历历可见,这也早已为许多研究者所关注和熟知。而中国传统社会的法制正是几千年来形成的一套完整复杂的礼法系统,把《红楼梦》描写的士人礼法观念作为法律史的研究对象是不可或缺和非常有意义的。

本书作者将自己的工作定位为文史交叉学科和"法律与文学"交叉学科的研究,结合《红楼梦》书中的故事情节,将小说中出现的实物意象、人物关系、家庭礼仪和社会风俗等细致剖析,探究当时士人礼法观念的演变,补充了律典和史籍记载的不足,加深了人们对真实的传统社会礼法生活的认识。由于《红楼梦》本身具有的突出的艺术成就,那种对人物的生动刻画,那种成熟优美、准确传神的语言,使相关的研究成果也颇具可读性。相信读者在获得对中国古代礼法制度、社会文化史、法律思想史等的崭新认识的同时,也能享受阅读文字的愉悦。

徐永康

2023.7.23

序
二

　　《红楼梦》历来被称为百科全书式的中国古典小说,因此若谈起文学与其他门类的所谓交叉学科,《红楼梦》恐怕是"之最"之一了。凡举政治、经济、哲学、伦理、宗教、历史、法律、管理学,乃至建筑、绘画、音乐、医药、餐饮、风水等,皆可与《红楼梦》产生交叉学科进行研究。尹伊君认为,"《红楼梦》中关于中国传统社会——制度、典章、器物以及人们生活方式的描写,乃是高度真实与虚幻的统一,其中存在着可以与传统社会和现代社会互为解释的巨大空间。"作为一位普通的《红楼梦》阅读者和研究者,我也曾读过一些从其他学科门类来探讨《红楼梦》的文章和著作,有些的确能以其他学科的专业知识深入挖掘和探讨《红楼梦》的思想和艺术,也不乏浮光掠影或浅尝辄止的涉猎之作,甚至是生搬硬套或牵强附会的浮夸之作。陈超女士的这部洋洋30万字的《〈红楼梦〉士人礼法面面观》书稿,无疑是我所看到的从法律专业角度探讨《红楼梦》思想和艺术价值的成功之作,因此,在至今没有与作者谋面的情况下,我也愿意为她的这部书稿写上几句话,如蒙不弃,权作序言。

　　本书开篇就表明:此为"法律与文学"的交叉学科研究,即在划出"文学的归文学""法学的归法学"的学科理论边界的基本前提下,挑选出可融合两学科理论的综合性命题进行深入分析,将文本、原著作者和其所处的社会大环境视为"三位一体",探究士人观念,勾勒历史原貌,从而做到文学与法史学科研究方法的有机融合。我有幸一年之内先后两次阅读了这部书稿,综观全书五章内容,陈超在对法学与文学交叉互动的事件分析与论述中,我觉得至少有以下几个方面值得称道。

首先，翔实的历史事件与丰富的小说文本相互印证。因为探讨《红楼梦》中描写的种种与明清法律相关的事件，必然要联系中国古代法律的历史和案例，作者从浩如烟海的古代法律案例中搜罗到形形色色与小说文本相关的典型案例，在此基础上与《红楼梦》中的文本书写进行对比分析，体现出作者对相关法律案例的熟稔与对小说文本的分析能力。诚如作者所说："将它(《红楼梦》)作为法律思想史、观念史或社会文化史的研究对象，能够在一定程度上拓展法学研究方法的视界。"

其次，严谨的法律规则与复杂的世态人情相互结合。探讨《红楼梦》的法律事件，虽然需要大量的相关法律规则及历史事件相印证，但《红楼梦》毕竟是文学作品的书写，小说再现的诸多案例远比历史上各种法律条例及文献中记载的案例更为形象和复杂。这就需要作者既要有逻辑缜密清晰的法律思维，又要对小说文本再现的虚构事件深入分析，联系小说中所涉案例的前后情节进行合理阐释。亦如作者所言："法律学人对《红楼梦》的深入分析，可以为人们阅读这部经典著作提供一种新奇、理性的打开方式。"例如，在"贾府家祭仪式与士庶阶层的互动"一节中，作者先是考察了贾府家祭仪式的来源，得出结论："没有明代中晚期至清初宗法礼制的变迁与不同阶层的融合，便没有《红楼梦》中刘姥姥为荣国府带来的乡野故事与民间俗文化。"在"违禁的佛道法事"一节中，作者对《家礼》《高宗纯皇帝实录》以及清代江苏省各府县丧礼风俗进行考察，通过比较江苏省各府县的丧礼习俗，可以看出这些地区的丧礼呈现出一些共同的特点与流变趋势：曹氏笔下秦氏充斥着鼓乐、佛事的奢华丧仪正是江南地区富庶之家的丧葬场景在小说中的反映。

最后，《红楼梦》人物事件与其他古典小说文本互证。作者说："《红楼梦》中的大观园即为一个与外在世界区隔开来的内部空间。外部政治社会是由男性主导的、污浊的、开放的且危险的；而理想中的大观园则是由女性主宰的、洁净的、私密的且安全的。"同时，她认为类似的情景还见于唐代传奇小说《莺莺传》中。在论述"因果报应观及作者的继承和批判"一节中，涉及《红楼梦》中的因果叙事，作者既有对《红楼梦》中相关案例的分析，又辅之以《金瓶梅》《醒世姻缘传》等其他明清小说中的类似情节。这就使得全书既以《红楼梦》中涉及法律内容的故事情节为主，又参照其他古典小说中的相关案例进行对比，极大丰富了该书的文学研究对象。正是在与其他古典小说的对比中，《红楼梦》的丰富性和独特性得到进一步体现。作者在本书结尾说："《红楼梦》作者、续作者以一曲'悲金悼玉'的家族挽歌，一句句地唱出了帝制社会末期，整个国家礼法制度如何一步步走向腐朽与衰亡的历史哀音。"

此外，作者还在书中运用了大量的图表文献，不仅为论题提供了丰富翔实的数据支撑，而且有效节约了篇幅，让读者更为直观、形象地了解相关问题的真实性和丰富性，体现了作者严谨的治学态度、缜密的思维方式和规范的书写技巧。

当然，上述特点并不是说本书的研究达到了尽善尽美的程度，例如，从法学的角度探讨《红楼梦》的思想和艺术，需要冷静地甄别小说中几乎所有的与法律相关的人物和事件，进而以严密的逻辑思维进行对比、辨别和分析，才能得出具有一定深度的、接近科学的结论。对于《红楼梦》这部古典小说名著来说，这难免在一定程度上淡化甚至消解《红楼梦》书写世态人情的温度，这何尝不是一柄双刃剑？本书冰冷的法律分析与含蓄的文学描写总会让人感觉有些不太协调。

与较多的文史哲学者从交叉学科角度探讨《红楼梦》的思想和艺术不同，陈超女士所学专业一直是法学，可以说，如果没有对《红楼梦》以及其他古典小说的偏爱，她的法学出身与文学研究根本不会有任何交集。陈超女士是中南财经政法大学的法学学士、华东政法大学的诉讼法硕士、华东政法大学的法律史博士，毕业后在绍兴文理学院法律系工作至今，很难想象这样法学科班出身的专业人士会对《红楼梦》如此热爱，乃至情有独钟。据我所知，仅在2018和2019年她就发表了《在场·聚焦·观照：论〈红楼梦〉"边缘"女性形象的叙事功能》《纨素与梅红：李纨人物造象中的性别焦虑》《〈红楼梦〉钗黛二美的象喻符号探微——兼论闺阁中女性诗化的自我表达》《〈红楼梦〉贾探春的法家人格投影探迹》等四篇专门探讨《红楼梦》及其与法学相关问题的学术论文，其中两篇发表在所谓"红学"业内人士都不易刊载的《红楼梦学刊》上面，这足以显示她对《红楼梦》的热爱程度，更证明她是"红学"圈外颇具实力的《红楼梦》研究者。

今年春季，我在学校科研部门交给我的匿名评审出版资助材料中看到这部书稿,经过仔细认真阅读,认为这是颇值得资助出版的《红楼梦》研究著作,当然也是一部相对专业的法学著作。今年暑期,我意外地收到陈超女士发来的信息,得知这部书稿即将正式出版,并希望我能为该书写篇序。我深知,凭我的普通教师的身份和粗陋浅薄的学识实在是难以胜任的,但又觉得自己曾认真阅读过这部书稿,脑海里颇有一些印象,因此还是斗胆应承下来,写了上述这些挂一漏万甚至隔靴搔痒的文字,算不上评论文章,但于陈超女士来说,也算是我们之间的文字之缘吧。

高玉海

(浙江师范大学教授、博士生导师,中国红楼梦学会理事)

2023.8.30

目　录

第一章
绪　论

第一节　问题缘起与研究方法

　　"《红楼梦》是一部小说,可以反映历史吗?"这恐怕是不少人看到本书题目的第一个疑问。要回答这个问题,首先要明确的是《红楼梦》在中国小说谱系中的位置。当现代人谈论"小说"时,一般指的是作为散文叙事文学的"小说",而不是传统目录学的"小说"。根据石昌渝先生的分类标准,两者的分水岭就在于是实录还是虚构。其中,记述事实的(至少作者自认为)是传统目录学的"小说",艺术创作的是作为散文体叙事文学的小说。① 《庄子·外物》中有"饰小说以干县令,其于大达亦远矣",② 是"小说"两字连用的最早出处。其后,桓谭因袭庄子之说。他认为,小说虽只是浅识小语,但依然有阅览价值与可取之处,所谓"若其小说家合丛残小语,近取譬论,以作短书,治身理家,有可观之辞"(《拟李都尉从军注》)。③ 班固同样从社会功能的角度在《汉志》中对"小说"进行了界定:"街谈巷语,道听途说者之所造也。……闾里小知者之所及,亦使缀而不忘。如或一言可采,此亦刍荛狂夫之议也。"④ 这一定义成了传统目录学"小说"的经典概念。唐代刘知幾进一步议道:"偏记小说,自成一家。而能与正史参行,其所由来尚矣"。⑤ 明代胡应麟亦承认,"汉《艺文志》所谓小说,虽曰街谈巷语,实与后世博

---

① 石昌渝:《中国小说源流论》(修订版),生活·读书·新知三联书店 2014 年版,第 8 页。
② 郭庆藩:《庄子集释》,王孝鱼点校,中华书局 2012 年版,第 918 页。
③ (梁)萧统:《文选》卷第三十一《杂拟下》,李善注,上海古籍出版社 2011 年版,第 1453 页。
④ (汉)班固:《汉书》卷三十《艺文志第十》,中华书局 1964 年版,第 1745 页。
⑤ (唐)刘知幾、(清)浦起龙通释:《史通》卷十《杂述第三十四》,吕思勉评,上海古籍出版社 2008 年版,第 193 页。

物、志怪等书迥别",小说乃"子书流也,然谈说理道或近于经,又有类注疏者;纪录述事迹或通于史,又有类志传者"。① 此外,清代纪昀主持编纂《四库全书总目》时,依然延续了班固的传统做法,以忠于史实、雅训、允正为原则,将"小说"类(叙述杂事、记录异闻、缀辑琐语)所录书目视为史传的分支或补充。昭梿《啸亭杂录》论曰:"稗史小说虽皆委巷妄谈,然时亦有所据者。"②总之,传统目录学"小说"通过依傍经史和子书,在史学史上始终占有一席之地。

实际上,到了唐代,作为史余之小说与文学意义上的小说已经开始发生分化。当时,源自汉魏六朝的一部分志人和志怪小说仍然保持着既有的实录原则和文章体例,发展成为具有一定史料价值的笔记体文字,即笔记小说和野史笔记。而与此同时,志怪小说的另一支则抛开了实录体的束缚,向着娱乐化、虚构化或口语化发展,演变为传奇小说,成为后世虚构性散文叙事文学的前身。经过宋元两代的雅俗互动和体例变迁,时至明代,作为散文叙事文学的"小说"已经成为一种独立的文体,即文学意义上的"小说",与传统目录学"小说"不再相干。对于这类"小说"的特点,明代谢肇淛论道:"小说野俚诸书,稗官所不载者,虽极幻妄无党,然亦有至理存焉。"又云:"凡为小说及杂剧戏文,须是虚实相半,方为游戏三昧之笔。亦要情景造极而止,不必问其有无也。"③意为文学意义上的小说本就为娱乐而作,为求情节生动有趣,故事不必有本事、有出典,内容虚中有实才能彰显作者的高妙之处,从而划清了小说与史传的界限。

到了清代,这种虚实交织、真假参半的小说文体观直接影响了《红楼梦》的创作。关于《红楼梦》的虚构性特征,曹雪芹在首回就开宗明义地告诉了读者,该书的创作目的一为闺阁立传;二为解闷消愁,并特意隐匿了故事发生的时代:"我想历来野史的朝代,无非假借汉唐的名色,莫如我这石头所记,不借此套,只按自己的事体情理,反倒新鲜别致。况且那野史中,或讪谤君相,或贬人妻女,奸淫凶恶,不可胜数;更有一种风月笔墨,其淫秽污臭最易坏人子弟。至于才子佳人等书,则又开口'文君',满篇'子建',千部一腔,千人一面,且终不能不涉淫滥。……竟不如我这半世亲见亲闻的几个女子,虽不敢说强似前代书中所有之人,但观其事迹原委,亦可消愁破闷。"作为一部成书于清代乾隆时期的白话小说,《红楼梦》诚然早已脱离了史传实录原则,属于被古典目录学"小说"排除在外的典型的散

---

① (明)胡应麟:《少室山房笔丛》卷二九《九流绪论下》,上海书店出版社 2001 年版,第 280、283 页。
② (清)昭梿:《啸亭杂录》卷十,中华书局 1997 年版,第 369 页。
③ (明)谢肇淛:《五杂俎》卷十五《事部三》,中华书局 1959 年版,第 447 页。

文叙事文学。

但若因此就说《红楼梦》的内容纯属虚构,恐怕也不尽然。鲁迅在《中国小说史略》中将《金瓶梅》《红楼梦》均归类为"人情小说"或者"世情小说"。所谓"世情小说",是指小说的内容以描写现实社会的日常生活为主,包括爱情、婚姻、家庭、商业、官场等。换言之,小说内容或许有作者杜撰的成分,但故事素材势必要取自社会现实,符合生活经验和逻辑。郑振铎先生曾对《金瓶梅》的写实性及其带有的现实主义色彩表示高度赞扬:"在文学的成就上说来,《金瓶梅》实较《水浒传》《西游记》《封神传》为尤伟大。《西游》《封神》只是中世纪的遗物,结构事实,全是中世纪的,不过思想及描写较为新颖些而已。《水浒传》也不是严格的近代的作品;其中的英雄们也多半不是近代式。(简直可以说是超人式的)……在始终未尽超脱过古旧的中世传奇式的许多小说中,《金瓶梅》实是一部可诧异的伟大的写实小说。她不是一部传奇,实是一部名不愧实的最合于现代意义的小说。"①曹雪芹创作《红楼梦》,当然也会吸收当世或历代的人物原型、典章制度、名物风俗与前代世情小说的创作方法。从这一意义上说,《红楼梦》同样是具有写实性的。

一直以来,红学索隐派和考证派花费了大量的笔墨探究小说的本事、作者的微言以及故事中的诸多细枝末节,其中取得的一些成果为现代红学研究奠定了良好的基础。然而,他们在索隐探赜、反复论辩的过程中,时常忽略《红楼梦》背后更宏观的创作主旨:作者在讲述故事时,未必要将具体的人事、地点或器物一一落到实处,而主要是在借这些社会现象展示我国传统制度与文化,并有意无意地表达着自己的思想观念,其中既包括作者对清代社会中人情世故的体会,也包括前朝与历代的人物、事件、制度与思想文化的看法。"《红楼梦》中关于中国传统社会——制度、典章、器物以及人们生活方式的描写,乃是高度真实与虚幻的统一,其中存在着可以与传统社会和现代社会互为解释的巨大空间。"②

举例而言,《红楼梦》中的元妃省亲在清代初中期是不可能出现的,曹家也只有王妃而无贵妃,以此推论,大观园的建造似乎无凭无据。但贾元春这一人物有无原型并不是最重要的,大观园的原址在何地何处也非关键,元妃所代表的皇权以及省亲过程表现出的权力格局与君臣关系才是作者试图重点展示的政治文化

---

① 郑振铎:《插图本中国文学史》(下),岳麓书社2013年版,第897页。
② 尹伊君:《红楼梦的法律世界》,商务印书馆2014年版,第21页。

现象,而这一行政行为与曹家接待清圣祖下江南并无本质区别。又如,贾宝玉与林黛玉的前世身份以及两人在太虚幻境结下的木石前盟,当然源于作者的想象和虚构,但这种投瓜报玉式的人类自然情感、对等关系和契约意识却是周制古礼例如赘见礼、婚礼的重要源头。再如,贾府出现危机时,未出阁的庶出之女贾探春负担起协理家事的重任。这种情形是否会真的出现在清代贵族家庭中?恐怕可能性不大。但她在理家过程中展示的强硬作风及制定的除弊措施,却是传统政治体变法革新中士大夫法家人格与"法""术""势"执政思想的生动体现。

《红楼梦》中,与之类似的"事之所无,理之必有"的故事情节不胜枚举。因此,与其将《红楼梦》仅当作某个断代史料的补充,不如将之视为以作者、续书作者、脂批系统以及各类评注者为代表的清代社会士人群体观念的一种呈现。相比于静态的制度史研究,这一呈现方法是动态的、立体的、有生命的。一些新托马斯主义(Neo-Thomism)学者认为,制度是"人类在一个观念之下的联合",是表示在法律上"延续的观念"。"一个人终不免一死,个人之间所缔结的契约在性质上也是暂存不永的。可是一种制度,……大概在未来的长期中将延续下去。在这样一种制度中所包含的观念,在这些制度的原始的创立者死后,还生存着而且盛行下去,而且这个观念完全地脱离了起因的个人们——他们只是在某个特定时期归属于制度罢了。"①同理,《红楼梦》在社会文化史、法律思想史研究中展现出的意义要大于其在某一断代的制度史研究中可能体现的价值。本书所关注的是其中最为基础且重要的礼法观念,即涉及儒家基本人伦关系的礼制思想与法律文化。从这一角度而言,本书当属于法律观念史研究范畴,或是一部广义的法律思想史专论。

关于文史交叉学科,当今学界使用的研究范式主要有两类:一是研究国家政治制度、社会历史条件对文人和文学产生的影响,其研究重点仍在文学,同时也关注文学创作个体和团体所处的外部环境;二是沿袭陈寅恪先生"以文证史"的研究思路,即文学作品只是用来勾勒历史原貌的史料之一种。本书以第二种研究方法为主。首先,将《红楼梦》书中出现的实物意象、人物关系、家庭礼仪和社会风俗等,作为探究士人礼法观念源流的重要线索和补强证据,侧重探索传统社会礼法文化中延续性的一面。其次,作者的家庭出身、社会地位、教育经历,以及他所处时代的政治和法律制度,显而易见会影响其文学创作,甚至可

---

① [美]博登海默:《博登海默法理学》,潘汉典译,法律出版社 2015 年版,第 154 页。

以说小说文本本身在一定程度上也是作者意识形态的表达。其中的一些观念可能是符合主流意识形态的,也可能是反主流意识形态的,还可能是随着时间发展而前后变化的,作者会有意无意地将这些观念融入故事脉络的发展与小说人物的思想中。因此,在考镜源流的基础上,本书也会同时结合小说中的故事情节,考察某一历史时期不同个体或群体之间思想观念的对抗和交融,以及不同社会发展阶段儒家礼法文化的历时变迁,侧重探究礼法系统内部的矛盾与因革之处。

此外,以法律逻辑、法言法语来分析叙事文学中的个别案例,为"法律与文学"中"文学中的法律"一支通常采用的研究范式,也是本书采用的研究方法之一。但由于本书关注的重点是包括司法者在内的士人的礼法观念,而非法律制度的适用过程和结果,因而笔者并不对案件的诉讼程序以及相关司法制度作过多论述,而是通过个案案情分析或将案件作类型化处理,探求案件事实所反映的社会现象、文化或亚文化。

本书为"法律与文学"的交叉学科研究,即在划出"文学的归文学""法学的归法学"的学科理论边界的基本前提下,挑选出可融合两学科理论的综合性命题进行深入分析,将文本、作者和作者所处的社会大环境视为"三位一体",尽力考索作者原意,探究士人观念,勾勒历史原貌,从而做到文学与法史学科研究方法的有机融合。

第二节　概念界定与研究范围

《红楼梦》一书涵盖的内容极为广博。纵向来看,全书开篇的女娲补天神话发生于上古,结局中贾家、林(如海)家功臣爵位袭次已完,又明显属于清制,行书中提及的历朝人事、名物不下数百;横向来看,按照经、史、子、集四部划分,经部之《诗》《礼》《易》《论语》《孟子》,史部之明清会典、律例、礼书,子部如《庄子》《列子》《淮南子》,集部所属历代诗词曲赋文,《红楼梦》均无所不涉;更不必说全书包含的丰富的民俗和宗教文化。单就其中的礼仪和法律制度而言,若为求面面俱到而将其一一考论,势必会变得庞杂琐碎,缺乏研究主线和问题意识。基于此,本书将研究对象限定为清代士人的礼法观念。

本书出现的"士人"指文士,是周公制礼作乐制度形成之后,那些历代接受过儒家系统经典教育,具有一定高度的道德文化素养的传统知识分子。[①] 士作为一个阶层,按照多数学者的观点,大约出现在春秋战国时期。如余英时先生指出,"士起于当时社会阶级的流动","由于士阶层适处于贵族与庶人之间,是上下流动的汇合之所",随着上层贵族的下降和下层庶民的上升,士的人数也就随之大增。[②] 经过 2 000 多年的发展,从社会文化意义上而言,士的内涵始终没有发生什么大的变化;而士作为一个群体即所谓"士族",在不同的历史语境下,其外延则是不断发生变化的。[③] 本书所指清代社会中的"士人阶层"或"士族"既包括那些自幼学习儒家经典、尚未正式入仕的读书人,例如生员、举人、进士、庶吉士等,也包括那些正途或异途出身、已被授予官职的士大夫,还包括部分无心科甲或仕途不畅而致力于著书立说的儒家学者。

书中的"世族""世家"指的是那些在仕途、学术等方面取得累世名望,拥有较高社会地位和文化优势的家族。《红楼梦》中的"诗礼簪缨"之族贾氏可被视为清代世家之一类。而书中使用"贵族"一词时,强调的则是这些家庭的教育传统及其所拥有的文化地位。此外,笔者选用了"阶层"这一社会学概念来描述某一群体在社会中所占有的政治、经济和文化资源。这一概念来自马克斯·韦伯的社会分层理论,相比于卡尔·马克思的阶级理论,"阶层"对社会等级的划分标准更为多元(不限于经济因素)、细致;而且作为一种分析工具,"阶层"还淡去了阶级理论中富含的社会冲突和斗争意味,学者在使用过程中,更易保持价值中立。[④]

关于"礼法",从最广义的层面来说,"礼法"为双音节词汇,"礼"与"法"是一体的,礼法即为法,[⑤]指的是社会规范和行为尺度。梁治平先生指出,礼法连用虽无改于礼之义,却揭明并强调了礼的一个重要面相,即礼之为制度、规范、秩序、法式的方面。古人观念中,此规范、秩序、法式亦可以"法"名之。[⑥] 若从狭义方面而论,"礼"指的是礼经、礼典、礼书。本书中的"礼"具体包括周制古礼,主要是《仪礼》和《礼记》两部,以及后世用以规范冠婚丧祭等日常生活礼仪的官修、私

---

① 木斋、邹雅莉:《论"士"之起源发生及与西周教育的关系——以诗三百〈雅〉〈颂〉之"士"为突破点》,《厦门大学学报》2016 年第 1 期。
② 余英时:《士与中国文化》,上海人民出版社 1987 年版,第 12—13 页。
③ 仇鹿鸣:《魏晋之际的政治权力与家族网络》,上海古籍出版社 2012 年版,第 31—35 页。
④ 金林南:《从阶级到阶层——一种公共语境转换的解说》,《江苏行政学院学报》2003 年第 2 期。
⑤ 俞荣根、秦涛:《律令体制抑或礼法体制?》,《法律科学(西北政法大学学报)》2018 年第 2 期。
⑥ 梁治平:《"礼法"探原》,《清华法学》2015 年第 1 期。

纂礼书,朱子《家礼》即为其中代表。"法"则指的是律典、法令。本书中的法主要包括自秦汉至明清的官修行政文书和成文法典,例如《封诊式》《二年律令》《唐律疏议》《宋刑统》《元典章》《大明律》《大清律例》等;此外,明清历代所修会典,帝王发布的具有法律效应而后上升为成文法的谕令,也属于这一范畴。

从观念史角度上来看,"礼法观念"不仅包括成文法典背后统治者的礼制思想与立法目的,还包括法律实施过程中君主与士大夫的行政思想、司法观念等动态的形而上要素。因此,本书的"礼法"同时包含儒礼与律典日渐融合之后,司法者在审理案件过程中表达的法律意见、司法理念与执政思想等要素。这在清代的成案、题本、奏折、说帖等法律、行政文书中均有所呈现,它们与国家正式颁布的典章制度共同构成"礼法"之"道"与"器"和"动"与"静"的两个面向。

就礼与俗的关系而言,两者的关系极为密切,有时甚至难以分离。"有些俗就是礼,有些礼也就是俗;有些礼便是由俗演变发展而形成的。其中,偏重于上层贵族的、系统化的言行规范为礼,而偏重下层民众的、比礼更具有广泛性质的、属于约定俗成的言行规范则为俗。"①自先秦开始,礼与俗实际上一直处于相互对峙而又不断彼此交融的过程当中。本书的"礼法"自然也包括为士族社会主动吸收或被动接纳为"礼"的民间风俗。

将本书研究主题定为礼法"观念"而非礼法"思想"或礼法"文化",主要原因是在我国传统语境下,思想作为名词的外延偏窄,而文化的外延又过于宽泛。葛兆光先生在《中国思想史》中对"思想"的含义做出了限定:"第一,当古人真正有了'思想'。不是说古人意识中的任何活动都是思想,只有当古人的意识活动已经有了某种'非实用性',即超越了实际生活与生产的具体意味时,它才可能是'思想'。第二,这种思想中形成了某些共识,即被共同认可的观念。就是说,思想活动有了一定的普遍性与抽象性。……第三,'思想'必须有符号记载或图像显示,因为没有符号或图像,思想不仅不能交流,也无法传下来为我们所研究。"②"观念"显然要比"思想"包含的内容要更多、更杂。有学者指出,"观念"一词最早源于希腊的"观看"和"理解",在西方15世纪就用该词表达事物和价值的理想类型,也指人对事物形态外观之认识;17世纪后涉及构思过程。人们通过它们来表达某种意义,进行思考、会话和写作文本,并与他人沟通,使其社会化,

---

① 晁福林:《先秦民俗史》,上海人民出版社2001年版,第2页。
② 葛兆光:《中国思想史》,复旦大学出版社2013年版,第5—6页。

形成公认的普遍意义,并建立复杂的言说和思想体系。① 由此来看,观念既可能只是某个人的独立意识活动,在实现社会化的过程中未必获得群体或阶层认同;也可能就是人们对生活或生产实践的一系列朴素看法或价值判断,不具备超越性或影响力,甚至可能是反常识反理性的,很多社会行动如革命、改良、立宪、启蒙,可以视为在某一个或几个观念指导下产生的。② 换言之,能够被称作"思想"的观念,必然属于精英文化范畴,但清代的那些士人却未必都是"精英"。因此,相较于"思想",将主题定为"观念"更为恰当。

谈及对于"文化"的定义,英国历史学家彼得·伯克(Peter Burke)指出,以前,"文化"一直用来指"上层"文化。后来,它向下延伸,并不断地向下引伸,把"下层"文化或大众文化包括进来了。最近以来,它又有了横向的扩展。"文化"这一术语常用来指艺术和科学,后来又用来描述民众当中相当于艺术和科学的那些东西,例如民间音乐、民间医药等等。在上一代人当中,这个词已经开始广泛地用来指称人工制造品(例如画像、工具、房屋等)以及实践活动(例如谈话、读书、游戏等)。③ 随着人类文明的发展,"文化"涵盖的内容越来越丰富,从社会阶层而言包括精英文化和大众文化,从表现形式来说包含物质文化与非物质文化,从创作过程来看包括人类的精神活动和行为实践。在人类历史发展过程中,客观的名物制度与人的主观意识活动始终互相影响,两者既彼此制约,又是对方演进和变化的推动力,研究观念当然要以现实生活为依托,但本书研究重点在于探索士人的价值取向与意识形态,故未将本书主题设定为宽泛的礼法"文化"。

关于本书研究的时间范围,《红楼梦》作者虽然刻意模糊了故事发生的朝代,但若细究文本内容,可以发现故事中出现的官制、名物、人物的思想,多数只可能存在于明清两朝,例如秦可卿死后所封"恭人"(四品)或"宜人"(五品)的诰命称谓,僧录司、道纪司等僧道管理机构,林如海所任的两淮盐政(巡盐御史)、贾政外放时所任的江西粮道,李纨幼年所读的《女四书》及其父李守中所言"女子无才便有德"的观念,等等。又经胡适考证,《红楼梦》前八十回作者为曹雪芹,其生年有十二种说法,其中以康熙五十四年乙未(20 世纪 30 年代李玄伯提出)和雍正二年甲辰(周汝昌提出)两说最为重要。曹雪芹卒年主要有三种说法:一为"壬午说"即乾隆二十七年(1763 年)除夕(胡适提出);二为"癸未说"即乾隆二

① 金观涛、刘青峰:《观念史研究:中国现代重要政治术语的形成》,法律出版社 2009 年版,第 3 页。
② 金观涛、刘青峰:《观念史研究:中国现代重要政治术语的形成》,法律出版社 2009 年版,第 4 页。
③ [英]彼得·伯克:《什么是文化史》,蔡玉辉译,北京大学出版社 2010 年版,第 32—33 页。

十八年(1764 年)除夕(周汝昌提出);三为"甲申说"即乾隆二十九年(1764 年)春(梅挺秀提出)。① 总之,曹雪芹人生的大多数经历主要发生在雍正到乾隆执政的前半期。《红楼梦》续作者虽然没有定论,不过根据程乙本的付梓时间——乾隆五十七年(1792 年),续书作者理应生活在乾隆朝中后期。通过阅览《红楼梦》,可以发现其中描写的诸多社会现象也是自清廷统治进入中期后开始频繁出现的,因此,本书将研究时间范围限定为清代,将着力之处放在清代中期以后。

第三节　理论意义与研究目的

本书是一部观念史专论,但礼法观念的形成离不开外在的客观世界、具体的名物制度与琐屑的日常生活。既往的法律思想史研究多集中于对某个人的思想或某一学术流派的理论进行形而上的考索、辩证;对于法律制度史研究,法学学者似乎更倾向于按照法律文本的内在逻辑,做封闭式的系统解释,例如分析派法学者主张所谓"司法判决能够或应该通过逻辑涵摄与推理过程而获得"。② 即使在分析具体案例时,也并未将注意力放在司法者与案件当事人身上,仿佛在大制度和宏观叙事的背景之下,这些人的个体意志、思想观念都不甚重要,这就造成了法学领域的制度研究只见条文不见人的现象。

将叙事文学尤其是世情小说引入法学研究,一方面可以为制度研究赋予人文价值和伦理色彩,另一方面可以将法律思想落实到具体人物与生活细节,勾勒出一部"活"的法律史。《红楼梦》中所涉内容极为丰富,书中的每个人物形象都非常饱满,故事情节兼具审美性和趣味性,同时不失逻辑性,是展现我国传统礼法文化的巅峰之作。将它作为法律思想史、观念史又或社会文化史的研究对象,能够在一定程度上拓展法学研究方法的视界。

历代红学家基本多为文史出身,他们的研究集中于作品文学性的审美与鉴赏,书中人物的品评定论,不同版本的校勘和比较,作者、续作者的身份及生平考证;一些红学研究者甚至将曹家历史与宫闱秘辛联系在一起,做出了不少穿凿附会的猜测和论断。虽然其中的一些学术成果具有重要文学和史学价值,但这些

---

① 逍海:《曹雪芹生卒年研究述要》,《红楼梦学刊》1991 年第 1 辑。
② 〔美〕博登海默:《博登海默法理学》,潘汉典译,法律出版社 2015 年版,第 255—256 页。

解读常欠缺一份理性的思考。《红楼梦》所展示出的士人礼法观念并不仅仅是作者一个人的,还可能是一个群体的、阶层的,甚至是某个历史时期一种普遍的社会文化现象。因此,作者、续作者、脂砚斋等评注者姓甚名谁并不是本书最关注的问题,只要他或他们的身份与曹雪芹所属群体、阶层相同或相近,便不影响本书的立论、分析与结论的得出。此外,本书的研究目的也不在于鉴赏文本或品评人物,而是将文本与人物作为作者或作者群表达思想观念的载体,始终与作者与文学人物保持一定的距离,以外在的目光审视作者试图呈现的传统社会中世族家庭的盛衰变迁,探究这一过程背后的制度与文化因素。总之,法律学人对《红楼梦》的深入分析,可以为人们阅读这部经典著作提供一种新奇、理性的打开方式。

第二章
传统家族差等关系中的性别与身份

在《中国小说史略》中,鲁迅将明清以《金瓶梅》为代表的那些源自书场口传文学,描摹世态人情,叙写悲欢离合与发迹变态的叙事性通俗作品,称为"世情书"。①《红楼梦》一书刻画人情世故面面俱到,体察喜怒哀乐细致入微,因而同被归为世情类小说。不过,由于曹雪芹出身于上流社会,从《红楼梦》的情景描写和语言风格来看,全书在整体上呈现出的格调与许多俗鄙淫滥的市井小说相比,是雅正而节制的,可谓"乐而不淫";它最初的读者群仅为作者自己的亲友,即中上层社会的士族文人们,之后才逐渐流入坊间,成为广受普罗大众欢迎的休闲读物,又可谓雅俗兼备。林纾先生在《孝女耐儿传序》中评价:"中国说部,登峰造极者无若《石头记》。叙人间富贵,感人情盛衰,用笔缜密,着色繁丽,制局精严,观止矣。其间点染以清客,间杂以村姬,牵缀以小人,收束以败子,亦可谓善于体物;终竟雅多俗寡,人意不专属于是。"②足见该书覆盖社会阶层之广,涉及文化类型之博。而在广博的基础上,作者仍以描写贵族家庭生活以及雅文化为主。

就叙事手法和故事内容而言,作者在对宁荣二府展开叙述的过程中,继承了我国史传文学的叙事模式,借正史传记对贾氏家族追根溯源,"自东汉贾复以来,支派繁盛,各省皆有",③细致地钩沉出传统世家大族的发展脉络、家庭结构和生活图景。全书囊括了我国传统社会中夫妇、父子、君臣、兄弟、朋友等宗法制下最

---

① 鲁迅:《中国小说史略》,上海古籍出版社 2001 年版,第 126 页。
② 朱一玄:《红楼梦资料汇编》,南开大学出版社 1985 年版,第 861 页。
③ 胡文彬指出,根据《后汉书·贾复传》,贾复"少好学,习尚书",汉光武帝时任护将军,因军功拜执金吾,迁左将军,累功封胶东侯。累功封侯这一点与书中贾府以军功起家,并受封国公的家族史颇为相近;特别是贾复本人"少好学,习尚书",暗揭贾氏一族自古以来即是"诗礼簪缨之族"。参见胡文彬:《红楼梦与中国文化论稿》,中国书店 2005 年版,第 590 页。

为重要的人伦关系以及由此派生出的男女性别观念、家庭身份地位、国家等级结构与社会交往规则。甚至可以说,传统社会尤其是明清社会内部中各种人际关系、礼俗风尚、制度运作、官僚文化以及国家统治理念,均能从《红楼梦》的故事情景中找到缩影。

就是这样一部饱含现实主义色彩的文学作品,开篇却以男女主人公的前世身份以及他们之间一段虚拟、梦幻的结缘"木石前盟"写起。《周易·序卦传》载:"有男女,然后有夫妇;有夫妇,然后有父子;有父子,然后有君臣;有君臣,然后有上下;有上下,然后礼义有所错。"韩康伯注云:"人伦之道,莫大乎夫妇,故天子殷勤深述其义以崇人伦之始,而不系之于离也。"[①]在传统儒家思想中,家庭、社会伦理秩序的形成起自于男女婚恋,爱情和婚姻关系是构建其他社会关系与礼法规则的基础。《红楼梦》的叙事逻辑正是遵循了儒家的思维模式,作者将男女主人公订立爱情盟约这一具有神话色彩的"超叙述"[②]作为展开全部情节的背景,从而为后文构建世族家庭伦序和各类人物关系做好了铺垫。

第一节 《诗》《礼》与男女姻缘中的性别观念

《红楼梦》的首回,曹氏将女娲补天的神话传说进行了改编,并将之作为全书的叙事开端和逻辑起点,用"说书人"的口吻讲道:

> 却说那女娲氏炼石补天之时,于大荒山无稽崖炼成高十二丈、见方二十四丈大的顽石三万六千五百零一块。那娲皇只用了三万六千五百块,单单剩下一块未用,弃在青埂峰下。谁知此石自经锻炼之后,灵性已通,自去自来,可大可小。因见众石俱得补天,独自己无才不得入选,遂自怨自愧,日夜悲哀。[③]

一僧一道见到石头色质优良、形制可爱,便在上面刻下"通灵宝玉"等字迹,

---

① (魏)王弼:《周易注(附周易略例)》,楼宇烈校释,中华书局 2011 年版,第 387 页。
② 所谓超叙述结构,指的是作者模拟书场"说书人"的身份和口吻,交代故事的来源、背景,以及作者、加工整理者或叙述者身份,从而脱离主叙述层次而另分剥出的叙述层次,又称为"发现手稿式"的叙述模式。参见王彬:《红楼梦叙事》,人民出版社 2014 年版,第 3—7 页。
③ (清)曹雪芹:《新批校注红楼梦》,程伟元、高鹗整理,张俊、沈治钧评批,商务印书馆 2017 年版,第 5—6 页。后文出现引用该版本原文不再标注出处。

将之带入了尘世。经过几个世代的轮回,石头伴随书中的男主人公降生于贾府,男主人公也因之得名"宝玉"。

解盦居士在《石头臆说》评曰:"从女娲氏炼石补天说起,开卷大书特书曰:'作者自云曾历一番梦幻,借通灵说此《石头记》一书',是石上历历编述之字迹尽属通灵所说者矣。通灵宝玉兼体用讲,论体为作者之心,论用为作者之文。"①所谓"论用为作者之文",指的是《红楼梦》作者借助石头即"石兄"的视角和口吻进行叙述。所谓"论体为作者之心",指的是灵石带有的"天然"属性与附着的人格寓意,它象征着主人公贾宝玉未经世俗污染的纯真品格与渴望经世致用的士人精神。作者通过"弃石"意象一方面表达了怀才不遇之苦闷,另一方面表明内心深处仍然存有着对自我才能的认可,怀有着崇高的济世情怀与责任意识。② 而除了托物"言志",作者还将"石头"意象作为了表达传统婚恋观与性别观的媒介和载体。就已有成果来看,目前对"石头"这一层面的功能分析极少,而这无疑是深入探究士人阶层礼法观念原初形态的重要途径。

一、投瓜报玉:木石与盟约关系

(一) 女娲形象与补天之石

太初时,女娲本为孤雌母神,形态多变,可造人育人。其初始形象见于《山海经·大荒西经》:"有国名曰淑士,颛顼之子。有神十人,名曰女娲之肠,化为神,处栗广之野,横道而处。"《太平御览》卷七十八引《风俗通》云:"俗说天地开辟,未有人民,女娲抟黄土作人,剧务,力不暇供,乃引绳于泥中,举以为人。"③《淮南子·说林训》载:"黄帝生阴阳,上骈生耳目,桑林生臂手,此女娲所以七十化也。"高诱注:"黄帝,古天神也。始造人之时,化生阴阳。上骈、桑林皆神名。"④袁珂以为,"女娲为主之诸神造人神话也"。⑤《淮南子·览冥训》中,女娲"炼五色石以补苍天,断鳌足以立四极,杀黑龙以济冀州,积芦灰以止淫水"。⑥

① 一粟:《红楼梦资料汇编》,中华书局 2004 年版,第 184 页。
② 马涛:《女娲"弃石"的书写传统及在〈红楼梦〉中的意蕴呈现》,《红楼梦学刊》2016 年第 4 辑;付丽:《从补天神话看儒家终极追求的悖论意义》,《中州学刊》2000 年第 6 期。
③ 袁珂:《山海经校注》卷十一,北京联合出版公司 2014 年版,第 328—329 页。
④ 何宁:《淮南子集释》卷十七,中华书局 1998 年版,第 1186 页。
⑤ 袁珂:《山海经校注》卷十一,北京联合出版公司 2014 年版,第 329 页。
⑥ 何宁:《淮南子集释》卷六,中华书局 1998 年版,第 479—480 页。

发展至汉代,随着"阴阳"学说的流行,女娲的形象则逐渐转变为阴阳、对偶神的女性一方。① 在汉墓出土砖画中,女娲常与伏羲连体交尾,两者都具有人首蛇身的形象。伏羲持规,女娲持矩,或是伏羲托日,女娲托月。② 据长沙子弹库楚墓帛书甲篇记载,女娲、伏羲二神结为夫妇,生下四子。四子成为代表四时的四神,盖天造地,与诸神共同管理自然界的时空秩序。③《论衡·顺鼓》篇记载:"'雨不霁,祭女娲',于礼何见? 伏羲、女娲,俱圣者也。舍伏羲而祭女娲,春秋不言。……俗图画女娲之像,为妇人之形,又其号曰'女'。仲舒之意,殆谓女娲古妇人帝王者也。男阳而女阴,阴气为害,故祭女娲求福佑也。"④ 到了唐代,李冗《独异志》进一步将这则神话渲染上了世俗生活的色彩:"昔宇宙初开之时,只有女娲兄妹二人在昆仑山,而天下未有人民,议以为夫妇,又自羞耻。兄即与其妹上昆仑山,咒曰:'天若遣我兄妹二人为夫妻而烟悉合;若不使,烟散。'于是烟即合。"⑤

关于蛇女神所象征、隐喻的人类意识。马丽加·金芭塔丝(Marija Gimbutas)运用古欧洲的考古学研究指出:"蛇既能栖息于陆地又能生活在水中。冬天,它们在土中冬眠,春天,又重回地上。除此之外,它们还能周期性地蜕皮,这就更加强化了它们作为再生象征的功能。"⑥ 不仅如此,"蛇还与有魔力的植物结合在一起,因而它治疗和再造生命的力量非常强大。垂直盘绕的蛇被视作一种从洞穴和坟墓升起的生命柱,因而象征向上的生命力,也是一种与生命树和脊髓可以互换的象征符号"。⑦ 约瑟夫·坎贝尔(Joseph Campbell)谈道:"生命的力量使蛇蜕皮,就像月亮投下阴影一样。蛇蜕下原来的皮是为了重生,就像月亮抛下阴影是为了再生出新月。它们是同等的象征性符号。有时候蛇的形象是咬着自己的尾巴形成一个圆圈。那是生命的形象。生命世代接续散发光芒,为了不断地再生。"类似《山海经》中的"女娲之肠"能够造神,他将蛇比喻为"一条四处蠕动的消化道","靠杀生及吃掉其他生命"而摆脱死亡,获得新生。⑧ 在意大利北部萨比

① 贺璋瑢:《中国古代的性别崇拜与阴阳哲学——从独立女神到对偶神的演变》,《哲学研究》2014 年第 3 期。
② 王煜:《汉代伏羲、女娲图像研究》,《考古》2018 年第 3 期。
③ 董楚平:《中国上古创世神话钩沉——楚帛书甲篇解读兼谈中国神话的若干问题》,《中国社会科学》2002 年第 5 期。
④ (汉)王充:《论衡校注》卷第十五,张宗祥校注,上海古籍出版社 2013 年版,第 319—321 页。
⑤ (唐)李冗:《独异志》,中华书局 1983 年版,第 79 页。
⑥ [美]马丽加·金芭塔丝:《活着的女神》,叶舒宪译,广西师范大学出版社 2008 年版,第 15 页。
⑦ [美]马丽加·金芭塔丝:《女神的语言:西方文明早期象征符号解读》,苏永前、吴亚娟译,社会科学文献出版社 2016 年版,第 132—133 页。
⑧ [美]约瑟夫·坎贝尔:《神话的力量:在诸神与英雄的世界中发现自我》,朱侃如译,浙江人民出版社 2013 年版,第 65 页。

格那诺(Savignano)和特拉西梅诺湖(Lake Trasimeno)的发掘中,考古学家发现了一些雕刻。其中,一位考古学家写道,这些雕刻品表现了"男性生殖器与女神的圣体交融在一起"。从早期(旧)石器时代到新石器时代,再到青铜时代,性事并不意味着"淫秽"(pornography,来自希腊语,原意为"娼妓"),而是人们表达生殖崇拜的巫术或宗教仪式。①

总之,蛇的象征意义和女性的生殖功能有关,最终成为女神形象不可分割的一部分。人面蛇身的大母神女娲最早代表了浑朴合一的原始生命力,她以自己的身躯化身为宇宙万物和众神,因而被奉为创世大神。②

与西方神话思维和生殖崇拜相似,在华夏民族的历史记忆中,无论是作为上古时期的原始母神,还是对偶神中的女性和阴神一方,人面蛇身、形体多变,能够抟土、繁殖造人的女娲,拥有着强大的化生、孕育、创造和重生能力,是万物生命力的重要象征,并担负着救济宇宙自然与人类社会的职责。③ 经过历代神话接受者与叙述者的想象和改编,女娲凭借其强大的生殖化育能力和宏伟的补天救世功绩,俨然成了象征生命力和创造力的原始女神;与之相应,补天之石也成了支撑自然界、保护生命体的重要媒介物。"人类借用神话,按照自己的意愿解释了自然,再造了神,超越了生死的桎梏"。④

《红楼梦》第一回中,这块女娲补天后剩余的顽石在太虚幻境游玩期间,化身为赤霞宫的神瑛侍者。他在西方灵河岸上发现了一颗绛珠仙草,见其婀娜可爱,便每天用甘露灌溉,仙草因而得以存活。此后,仙草因吸收天地精华,得到甘露滋养,修炼幻化成了绛珠仙子,即全书女主人公林黛玉的前世身份。姚燮对此评道:"草无甘露则死,人之泪尽则亦死,谁谓木石无知?"⑤可以发现,女娲补天之石作为神瑛侍者的原形,同样成为赋予他者生命力的象征物和拯救者,而这一给予、救济行为也成了绛珠仙子(林黛玉)要以一生眼泪报答雨露之惠,与神瑛侍者(贾宝玉)订立木石之盟的直接原因。这段带有神话色彩的故事情节实则揭示出了我国历史上男女表达爱慕之情、确立婚恋关系的原初模式。

---

① ［美］理安·艾斯勒:《神圣的欢爱:性、神话与女性肉体的政治学》,黄觉、黄棣光译,社会科学文献出版社2009年版,第15—18页。
② 黄悦:《神话叙事与集体记忆——〈淮南子〉的文化阐释》,南方日报出版社2010年版,第237页。
③ 汪聚应、霍志军:《女娲神话的原型意义》,《甘肃社会科学》2008年第5期。
④ 夏云:《女娲神话的"集体无意识"功能》,《南通大学学报(社会科学版)》2014年第5期。
⑤ 冯其庸辑校:《重校〈八家评批红楼梦〉》,青岛出版社2015年版,第159页。

(二) 木石意象与契约关系

有学者曾总结:"言及木石前盟,研究者多直接追溯到尚处于中国古老、集体无意识时代的木石崇拜,此种追溯并无不妥,但似乎略显宽泛,并且忽略了对'前盟'及报恩的探索。"①进而指出,我国的定盟报恩文化可以追溯至《诗经》,其中,《卫风·木瓜》一首便既与木石意象密切相关,又是在抒写盟约关系。李春光研究发现,《诗经》的文本内容与隐含意旨多次出现于《红楼梦》中的情景,或被直接引用,组成诗词典故和对话情节;或为间接化用,建构人物性格与居所环境。②

所谓"不学《诗》,无以言"(《论语·季氏》),《礼记·内则》又有,"十有三年,学乐诵《诗》,舞《勺》",③曹雪芹出身诗礼之家,他自幼熟读《诗经》,将之运用到《红楼梦》文本场域和人物关系的构建过程中可以说理所当然。

《木瓜》全诗云:

> 投我以木瓜,报之以琼琚。匪报也,永以为好也。
>
> 投我以木桃,报之以琼瑶。匪报也,永以为好也。
>
> 投我以木李,报之以琼玖。匪报也,永以为好也。

《毛传》曰:"木瓜,楙木也,可食之木。琼,玉之美者。琚,佩玉名。"又云,"琼瑶,美玉","琼玖,玉名"。孔颖达《正义》曰:"木桃、木李,皆可食之木。"④本首诗为典型的风诗,"分章复句,易字互文,以致反复嗟叹咏歌之趣",⑤后两段通过重复相似的物象,来加强诗人在首句表达的情感。诗中,木瓜、木桃、木李,均为落叶灌木的果实;琼琚、琼瑶、琼玖,均为玉组佩饰中的杂佩组件。⑥ 这里,盖指美玉饰品。

历来对《木瓜》诗的解读主要有三种看法:

一为以毛诗为代表的"美齐桓公"之说。《毛诗序》云:"《木瓜》,美齐桓公也。

① 甄洪永:《"木石前盟"文化溯源的新推测与〈红楼梦〉中林黛玉的"眼泪"书写》,《红楼梦学刊》2017年第1辑。

② 李春光:《〈红楼梦〉诗词对先秦文化元典的受容探赜——以〈诗经〉为例》,《华侨大学学报(哲学社会科学版)》2017年第4期。

③ (汉)郑玄注、(唐)孔颖达正义:《礼记正义》卷第三十八,上海古籍出版社2008年版,第1170页。

④ (唐)孔颖达:《十三经注疏·毛诗正义》卷第三,北京大学出版社1999年版,第246—247页。

⑤ (明)徐师曾:《文体明辨序说》,罗根泽点校,人民文学出版社1998年版,第99页。

⑥ 孙庆伟:《两周"佩玉"考》,《文物》1996年第9期;胡宁:《论"杂佩"——先秦时期小件玉石饰品的赠与行为及其象征意义》,《中国典籍与文化》2014年第1期。

卫国有狄人之败，出处于漕。齐桓公救而封之，遗之车马器服焉。卫人思之，欲厚报之，而作是诗也。"郑《笺》云："匪，非也。我非敢以琼琚为报木瓜之惠，欲令齐长以为玩好，结己国之恩也。"①意为卫国百姓在诗中借木瓜和玉石意象，表达对齐国君主馈赠的感恩之情和报偿愿望。此间未必有实际的报答行为，卫人只是以此来倾吐心意。唐代孔颖达（《诗经正义》）、宋人严粲（《诗缉》）、清代魏源（《诗古微》）以及今人陈子展（《诗经直解》）等均承袭了此说。②对于汉儒的主流观点，南宋杨简曾有批驳："齐施莫大之惠于卫，奚可比木瓜、木桃、木李？卫人虽思所以报齐，而卫方能国，微弱甚矣，岂能致厚报过齐桓之所施？"③他认为，本诗主要是为了表达人们之间礼尚往来的忠厚情谊，诗中的木瓜仅具有象征意义，不代表赠礼的实物价值。施恩与投报的主人公具体是谁并不重要，更不必附会齐卫两国的史事。

二为略早于杨简的朱熹提出的"男女相赠答"之说。朱熹认为，诗中的木瓜与美玉均为男女定情的信物。《诗集传》云："言人有赠我以微物，我当报之以重宝，而犹未足以为报也，但欲其长以为好而不忘耳。疑亦男女相赠答之词，如《静女》之类。"④闻一多（《诗经通义甲》）以及当代许多学者，例如余冠英（《诗经选译》）、蓝菊荪（《诗经国风今译》）、邓荃（《诗经国风译注》）、程俊英（《诗经注析》）等人都基本赞同朱氏之说，明确提出《木瓜》是一首男女互相赠答的定情诗。这一观点也成为当代学者解读《木瓜》诗的通说，只是对其中赠与方与报偿方的性别问题尚未有统一结论。⑤

三是认为《木瓜》诗的抒写对象未必专指男女爱情，将该诗作朋友间礼赠的一般性解读更为适宜。清代学者崔述（《读风偶识》）、姚际恒（《诗经通论》）、方玉润（《诗经原始》）以及当代杨天宇（《诗经·朴素的歌声》）等持这种观点。此外，通过上博简《孔子诗论》的记载亦可看出，孔子认为《木瓜》中包含了"以一国之事，系一人之本"的普世性的民众经验和感受，这种恩情在人际交往中，便以馈赠礼物的形式表现出来。《诗论》19 号简文云："《木瓜》有藏愿而未得达也。交□□

---

① （唐）孔颖达：《十三经注疏·毛诗正义》卷第三，北京大学出版社 1999 年版，第 246 页。
② 魏红梅：《〈诗经·木瓜〉之"木瓜"意象流变探微》，《名作欣赏》2011 年第 5 期。
③ （宋）杨简：《慈湖诗传》卷五，《文渊阁四库全书》（第 73 册），台北商务印书馆 1986 年版，第 67 页。
④ （宋）朱熹：《诗集传》，赵长征点校，中华书局 2011 年版，第 53 页。
⑤ 例如，余冠英、程俊英、杨公骥、蒋立甫等学者认为投瓜果的是女子，报琼琚的为男子；蓝菊荪、周振甫先生则持相反观点，认为是男送女木瓜，女送男琼琚，邓荃先生也认为应是男子先赠送定情礼物，女子才回赠信物以示爱。参见江林、童琼：《〈诗经·木瓜〉及其同类诗的礼文化视角》，《湖南大学学报（社会科学版）》2004 年第 2 期。

□□□□□□□",20 号简又载:"□□□币帛之不可去也,民性固然。其离志必有以逾也。其言有所载而后纳,或前之而后交,人不可干也。"①王博指出,所谓民性(人性),即为"投"与"报"行为背后的"愿"与"志","匪报也,永以为好也",在一投一报之间,彼此心意可互相传递。在这一赠与关系中,重要的不是木瓜或者琼琚,而是"永以为好也"的志愿;不过即便如此,这种志愿仍需要借助于外在之物传达给对方,所谓"其斋志必有以逾(输)也",即通过实体的、有价值的礼物来表达投报双方的感情,由此引申出"币帛之不可去也"。②

《诗经》中,还有不少风诗篇章也以赠送美玉来展现男女或亲友之间的情谊。例如《邶风·静女》中,女子幽会时送给男子"彤管"和"荑草",根据考古发现,彤管很可能为管状的玉、石饰件,③"木石"意象再次成为表达男女爱情的媒介物。《郑风·女曰鸡鸣》中,"知子之来(顺、好)之",女方(妻子)称呼男方(丈夫)为"子";④"杂佩以赠(问、报)之",女子赠与男子玉饰。闻一多《风诗类钞》评曰:"女曰鸡鸣,乐新婚也。"⑤《王风·丘中有麻》中,女子自述与情人的相会过程,"佩玖"是男赠女之物,除了用于求爱和定情,就如同《木瓜》诗中的"琼玖",似乎还寄寓着主人公渴望双方爱情"长久"的期盼。⑥

这些诗篇中的赠玉行为多发生在私人之间,皆属于贵族或民间男女借馈赠玉石饰品定情的婚恋诗,描述的或是情侣幽会、私授求爱的场景,或是夫妇新婚、帷房情趣的画面。作为男女"各言其情"的"里巷歌谣",诗中描述的赠玉风俗未必完全符合周代礼制的规定,却是人类感情的自然流露。例如朱东润先生认为:"言男女恋爱者,大抵《诗》三百(零)五篇之时代为一时期,秦、汉而后为又一时期。《诗》三百(零)五篇之时代,男女之关系极其自由,故男恋女有诗,女恋男亦有诗,秉简赠药,投桃报李,言之者皆若不愧于天,无怍于人。"⑦因此,将《木瓜》

① 马承源:《上海博物馆藏战国楚竹书》(一),上海古籍出版社 2001 年版,147—149 页。
② 王博:《〈诗〉学与心性学的开展》,《中国社会科学》2013 年第 2 期。
③ 王立民:《〈诗经〉"彤管"为玉(石)管说及其他》,《学术交流》2002 年第 2 期。
④ 对于这里的"子",毛《传》和郑《笺》都没有给出明确的解释。有学者指出,据孔颖达正义"其女曰鸡鸣矣,而妻起;士曰已昧旦矣,而夫起。'夫起'即'子兴'也",可知这里的"子"指丈夫。也有学者如程俊英则认为,"子"是指妻子。参见魏启峰、赵小刚:《〈诗经〉称代词训解差异对诗意的影响》,《陕西师范大学学报(哲学社会科学版)》2016 年第 6 期;程俊英、蒋见元:《诗经注析》,中华书局 1991 年版,第 237 页。
⑤ 程俊英、蒋见元:《诗经注析》,中华书局 1991 年版,第 236 页。
⑥ 胡宁:《论"杂佩"——先秦时期小件玉石饰品的赠与行为及其象征意义》,《中国典籍与文化》2014 年第 1 期。
⑦ 朱东润:《诗三百篇探故》,上海古籍出版社 1981 年版,第 129 页。

诗的主旨定为男女相赠答的爱情诗当然非常合理。而除了男女爱情之外,主人公之间同时拥有朋友、知交之情也未必会与爱情相冲突。

《红楼梦》中,宝玉、黛玉发生争执时多次提及"草木""玉石"或"木石"之盟。第二十八回,黛玉因宝玉、宝钗所得元妃赏赐相同且多于自己,颇为不忿地对宝玉说道:"我没这么大福气禁受,比不得宝姑娘,什么'金'哪'玉'的,我们不过是个草木人儿罢了。"第二十九回,黛玉因张道士为宝玉提亲一事与宝玉置气:"你心里自然有我,虽有'金玉相对'之说,你岂是重这邪说不重人的呢?我就时常提这'金玉',你只管了然无闻的,方见的是待我重,无毫发私心了。怎么我只一提'金玉'的事,你就着急呢?可知你心里时时有这个'金玉'的念头。我一提,你怕我多心,故意儿着急,安心哄我。"第三十二回,黛玉窥听闻宝玉将自己引为知己,先感觉惊喜,而后又悲叹:"你既为我的知己,自然我亦可为你的知己,既你我为知己,又何必有'金玉'之论呢?既有'金玉'之论,也该你我有之,又何必来一宝钗呢?"第三十六回,宝钗来探望宝玉,听闻宝玉在睡梦之中喊骂说:"和尚道士的话如何信得?什么是'金玉姻缘',我偏说'木石姻缘'!"绛珠仙子希望向神瑛侍者报答雨露之惠,并和他结成木石之盟,与《诗经·木瓜》中主人公表达的感念之情和结盟意愿是相同的。宝黛两人之间萌生的情谊,也与这些风诗借"玉石"意象抒写的男女、知己之爱属于同一类别。

(三)"投瓜报玉"的发展与异化

通过木石意向表达情感、订立契约的修辞手法,自孔子删《诗》开始便逐步被儒家学者纳入了官方教育系统,进行规范化或政治化解读,君与臣、官与民话语体系之间不断发生着交流与互动。[1] 在辟雍、泮宫等学府内,政权统治者、王官学者以授《诗》的方式言传身教,训诫士族表达情感要适度有节,维系人际关系要进退得宜,以防男女情感走向淫滥,朋友私交为害公义等逾礼违制现象的发生。

《木瓜》诗后,《毛诗正义》引《孔丛子》云:"吾于《木瓜》,见苞苴之礼行。"《笺》云:"以果实相遗者,必苞苴之。"《尚书》曰:"厥苞橘柚。"[2]何谓"苞苴之礼"呢?《礼记·曲礼上》郑玄注云:"苞苴,裹鱼肉,或以苇,或以茅。"[3]《诗经·召南·野有死麕》云:"白茅包之。"毛《传》云:"包,裹也。""白茅,取洁清也。"又有"白茅纯

---

① 王齐洲:《雅俗观念的演进与文学形态的发展》,《中国社会科学》2005年第3期。
② (唐)孔颖达:《十三经注疏·毛诗正义》卷第三,北京大学出版社1999年版,第247页。
③ (汉)郑玄注、(唐)孔颖达正义:《礼记正义》卷第四,上海古籍出版社2008年版,第89页。

束",毛《传》云:"纯束,犹包之也。"《笺》云:"朴樕之中及野有死鹿,皆可以白茅裹束以为礼,广可用之物,非独麕也。"①"苞苴"本意为包裹,苞苴礼指士人相见时,宾客馈赠主人新鲜鱼肉、瓜果等物品时要用天然草木植物例如茅草、茅草等加以包裹后呈送,这样既保证了礼品清洁,也方便携带,还表达了对主人的尊敬。后来,"苞苴"便成为送礼结好的代称。②

依据周代礼书,王公贵族相见馈赠之礼,以礼物相见,同时伴有一定的仪式。所持的礼物称为"贽"或"挚",有玉、圭、璧、禽等。③《礼记·曲礼下》载:"凡挚,天子鬯,诸侯圭,卿羔,大夫雁,士雉,庶人之挚匹,童子委挚而退。野外军中无挚,以缨、拾、矢可也。妇人之挚,椇、榛、脯、修、枣、栗。"④在"贽见礼"中,根据宾主社会身份和地位的差异,男子使用不同级别的玉器、禽类;女子使用干果、干肉为当时的礼俗;而妇人因"无外事",所执之礼与社会身份无关。根据杨宽先生的研究,西周春秋的"贽见礼"通常遵循"礼尚往来"的原则,除了下级对上级的会见场合之外,主人在回见时,一般要奉还来宾送来的"贽"。受贽和还贽,是"士相见礼"的主要礼节。⑤

孔子在解《诗》时,见到《木瓜》诗中主人公投木报玉,礼尚往来,便想起了贽见礼中宾客馈赠主人瓜果、肉食时的礼仪风度,因而有"见苞苴之礼行"之慨叹。当时,礼仪不只是为了完成仪式和程序,而是要顺乎人情和表达爱敬,⑥主宾双方的道德情感胜过了利益考量,表现出一种去利存义、和谐大同的精神向度,是孔子所认可的君子之间人际往来理想标准之一,也是儒家建构礼仪规则的重要环节和终极目的。⑦

经过历代儒家学者的阐释和建构,《木瓜》诗中"投瓜报玉"这一原初来自民间的男女示爱方式和定情行为,逐步被复杂化、规范化和政治化,不仅逐渐摆脱了淫奔色彩,还成了士人贽见礼、贵族聘礼(高级贽见礼),乃至诸侯觐礼(最高级贽见礼)的源头之一,⑧直至进入官方礼制系统,成为士族人际往来的标准与缔

① (唐)孔颖达:《十三经注疏·毛诗正义》卷第一,北京大学出版社1999年版,第99—100页。
② 魏红梅:《〈诗经·木瓜〉之"木瓜"意象流变探微》,《名作欣赏》2011年第5期。
③ 江林:《〈诗经·木瓜〉与周代礼俗》,《中国典籍与文化》2004年第1期。
④ (汉)郑玄注、(唐)孔颖达正义:《礼记正义》卷第七,上海古籍出版社2008年版,第215—216页。
⑤ 杨宽:《西周史》,上海人民出版社2016年版,第842页。
⑥ 吴柳财:《日常生活的结构与意义——〈礼记·曲礼〉的社会学研究》,《社会》2018年第1期。
⑦ 余琳:《日常行为与意义构造:有关古礼生成方式的探讨——苞苴礼的再发现与解读》,《南京师范大学文学院学报》2016年第3期。
⑧ 关于聘礼、朝觐礼的执贽献礼程序仪式,详见杨宽:《西周史》,上海人民出版社2016年版,第843—845页。

结婚姻的定则。

《礼记·曲礼上》载:"男女非有行媒,不相知名;非受币,不交不亲。故日月以告君,齐戒以告鬼神,为酒食以召乡党僚友,以厚其别也。"①《礼记·坊记》曰:"夫礼,坊民所淫,章民之别,使民无嫌,以为民纪者也。故男女无媒不交,无币不相见,恐男女之无别也。以此坊民,民犹有自献其身。《诗》云:'伐柯如之何?匪斧不克。取(娶)妻如之何?匪媒不得。蓺麻如之何?横从其亩。取(娶)妻如之何?必告父母。'"②随着周公制礼作乐,初民社会的行媒风俗日渐上升为"民纪",成为对士人阶层具有约束力的礼制规则。《唐律疏议·户婚》"为婚妄冒"条(176)疏议曰:"为婚之法,必有行媒。男女、嫡庶、长幼,当时理有契约。"③到了唐代,婚媒礼仪已经完全融合于律法之中,成为男女双方缔结婚姻的必要条件,带上了强制色彩。《大明律》将《唐律》"许嫁女报婚书""为婚女家妄冒""尊长与卑幼定婚"三条并为"男女婚姻"一条。《大清律例·户律·婚姻》沿袭明律,该条律文曰:"凡男女定(订)婚之初,若(或)有残(废或)疾(病)、老幼、庶出、过房(同宗)、乞养(异姓)者,务要两家明白通知,各从所愿,(不愿即止,愿者同媒妁)写立婚书,依礼聘嫁。"例文又载:"男女婚姻,各有其时,或有指腹、割衫襟为亲者,并行禁止。"④

据此可以得出:其一,清律依然将按礼行媒、依礼聘嫁,作为男女双方订婚、结婚的必要程序;其二,官方明确将民间一些有违礼制的定亲习俗(指腹、割衫襟等)归为无效;其三,所谓"父母之命",并非双方缔结婚姻的充分条件,若家长为追随民俗却违反了律法,订婚依然无效。综上所述,依法行媒、遵礼守制的同时,调和民俗、平衡情理;在以家族为本位的前提下,兼顾两性个体意志和情感,才是传统婚姻制度的关键点与意义所在。

《红楼梦》中,几对暗通款曲、有悖伦常的男女,均未曾通过"父母之命,媒妁之言",便以各种私密的方式交换了定情信物。例如,暴露贾珍与秦可卿之间乱伦关系的发簪,司棋与潘又安私会后丢失在大观园的绣春囊,被平儿发现的多姑娘留给贾琏的头发,以及贾芸和小红通过坠儿交换的手绢,等等。⑤ 第三十二回

① (汉)郑玄注、(唐)孔颖达正义:《礼记正义》卷第七,上海古籍出版社2008年版,第64页。
② (汉)郑玄注、(唐)孔颖达正义:《礼记正义》卷第三十,上海古籍出版社2008年版,第1979页。
③ 刘俊文:《唐律疏议笺解》(上册),中华书局1997年版,第1013页。
④ 马建石、杨育裳:《大清律例通考校注》,中国政法大学出版社1992年版,第442—443页。
⑤ 参见欧丽娟:《大观红楼》第六章"作者的塔罗牌"第五部分"物谶:两性婚姻关系的缔结"中"涉淫"一节的分析,台大出版中心2015年版,第347—349页。

中,林黛玉因宝玉捡到金麒麟一事心下忖度:"近日宝玉弄来的外传野史,多半才子佳人,都因小巧玩物上撮合,或有鸳鸯,或有凤凰,或玉环金佩,或鲛帕鸾绦,皆由小物而遂终身之愿。"在第三十四回中,黛玉为宝玉挨打一事哭泣不止,宝玉委托晴雯送给黛玉两块旧帕,本意是暗示要为黛玉拭泪,但在礼教相较以往更为密集和严苛的清代社会,这一赠与行为就有了私相授受和逾越礼制的嫌疑。这就意味着,太虚幻境中绛珠仙子希望以泪报恩,私与神瑛侍者结成木石契约,与之相对应的世俗社会中士族男女之间两情相悦、投瓜报玉之举,在贾府这种礼节烦琐、眼目众多的世族家庭内部,若没有经过正当的行媒程序,也就不再是值得才子佳人向往的男女恋歌,而是充满道德风险乃至违礼入刑的罪恶行径。

这便不难理解为何贾母会对才子佳人一类题材的小说颇为鄙夷:"编这样书的人,有一等妒人家富贵的,或者有求不遂心,所以编出来糟蹋人家。再有一等人,他自己看了这些书,看邪了,想着得一个佳人才好,所以编出来取乐儿。"也不难理解紫鹃为何力劝父母双亡的黛玉要提醒贾母早日说定她与宝玉之间的亲事,以免日后无人为黛玉做主(第五十七回)。在帝制社会末期,随着礼制的日益繁复,人们对礼仪外在形式的关注已经超过了其实质内容,投桃报李、木石定盟等契约关系中那些美好的故事与真挚的情谊也渐渐地失去了原貌。

二、阃闱礼仪:门槛与厚别意识

林黛玉在刚到贾府生活时,尚且年幼,与宝玉朝夕相处,同吃同住。例如在第三回中,黛玉刚来到贾府,贾母便安排宝黛二人同住在一间屋舍,床铺仅以碧纱橱的一层帷帐相隔,黛玉睡在内,宝玉睡在外。然而,随着年龄的增长,府内儿女们日渐走向性成熟,人们意识中男女有别的观念也开始发挥作用。第三十四回中,袭人曾向王夫人谏言,应提早在大观园中树立男女之防,以杜绝儿女私情的滋生和蔓延:"如今二爷也大了,里头姑娘们也大了,况且林姑娘、宝姑娘又是两姨姑表姊妹,虽说是姊妹们,到底是男女之分,日夜一处,起坐不方便,由不得叫人悬心。"我国传统社会的性别观念并非在儿女们成年时,才被强制灌输到这些贵族子弟和闺秀的意识中,而是从他们出生伊始便经由礼制系统内的一整套象征符号和规训话语,潜移默化地影响着贵族男女的人格发展与价值观的形成。

(一) 空间区隔的性别意涵

《诗经·小雅·斯干》曰:"乃生男子,载寝之床,载衣之裳,载弄之璋。……

乃生女子,载寝之地,载衣之裼,载弄之瓦。"郑《笺》云:"男子生而寝于床,尊之也。裳,昼日衣也。衣以裳者,明当主于外事也。……卧于地,卑之也。裼,夜衣也。明当主于内事。"①朱熹《诗集传》与郑玄之说大同小异:"寝之于床,尊之也;衣之以裳,服之盛也;弄之以璋,尚其德也。……寝之于地,卑之也;衣之以裼,即其用而无加也;弄之以瓦,习其所有事也。……而孟子之母亦曰:'妇人之礼,精五饭、幂酒浆、养舅姑、缝衣裳而已矣。故有闺门之修,而无境外之志。'此之谓也。"②家长在寝居位置、衣着服饰和手中玩物几个方面,对家族中的新生子女按照生理性别作出了二元划分。这种区分未必如一些学者认为的揭示出汉宋儒家学者所认定的浓厚的男尊女卑观念,③而是一种提示婴幼儿性别的标识性符号与家庭内部的信息传递方式,同时也代表着家族对于子女的人格特质、将来从事的社会劳动,以及未来取得功绩的不同期待或要求。

《礼记》中关于"男女之别"的记载俯拾皆是,从男女的出生、成长到结婚成家都有许多具体的"别"的规定。④ 例如《礼记·内则》规定,贵族子女降生之际,"男子设弧于门左,女子设帨于门右。三日,始负子,男射女否"。⑤ 意为生了男孩,在门的右侧挂置一张弓;生了女孩,则在门的左侧悬挂一条佩巾。前者象征男子具有阳刚气质,未来可能从事军事活动;后者则象征女子身体偏于柔弱,未来应从事织纴生产。此外,弓在上古时期还可能是男根的隐喻,射箭仪式也因此代表着其性能力与高远志向,而女子则自然不必行此礼。⑥《国语·越语》记载,越王勾践曾为增强国力而采取了一项鼓励生育的人口政策:"生丈夫,二壶酒,一犬;生女子,二壶酒,一豚。"韦昭注:"犬,阳畜,知择人。豚,主内,阴类也。"⑦百姓家里生了男子,国家奖励两壶酒,一只狗;若生了女子,则奖励两壶酒,一只猪。这里,狗和猪并无尊卑、贵贱差异,而是如弓和佩巾一样,发挥着性别标识功能。

对于男女社会性别与人类活动场所、劳动分工之间的象征关系,布迪厄认为:"右禁区和左禁区、男子名誉(nif)和女子名节(h'aram)、具有保护和生殖能力的男子和神圣而又招祸的女人之间的对立被物化,具体表现在男人议会场所、

---

① (唐)孔颖达:《十三经注疏·毛诗正义》卷第十一,北京大学出版社1999年版,第689—691页。
② (宋)朱熹:《诗集传》,赵长征点校,中华书局2011年版,第166页。
③ 肖雁荣:《"男女有别"观念探源》,《西安石油大学学报(社会科学版)》2013年第4期。
④ 贺璋瑢:《〈礼记〉的性别意识探略》,《上海师范大学学报(社会科学版)》2013年第1期。
⑤ (汉)郑玄注、(唐)孔颖达正义:《礼记正义》卷第三十八,上海古籍出版社2008年版,第1156页。
⑥ 张强:《桑文化原论》,陕西人民教育出版社1998年版,第27页。
⑦ 上海师范大学古籍整理组校点:《国语》卷二十,上海古籍出版社1978年版,第635—637页。

市场、田地等男性空间和女子名誉的庇护所即房舍及其庭院等女性空间的划分上，这一区分的依据是看它们属于干、火、高、熟、昼这类男性天地，还是属于湿、水、低、生、夜这样的女性天地。……男性离心趋向和女性向心趋向之间的对立是住宅内部空间的组织原则。……如同在任何受男性价值支配的社会里一样——欧洲诸社会也不例外：男人从政，专注于历史或战争，妇女则献身于家务，专心于小说和心理学。"①

法国人类学家阿诺尔德·范热内普（Arnold van Gennep）指出，古代半文明部落所占据地域通常由自然特征来界定，其居民和相邻部落成员非常清楚其利益与权力在此地域内可扩延到何种地步。自然界线可能是神圣石头、树、河或湖；相比自然界线，更常见的则是实物标定界线，例如一桩子、门或立起之石头（里程碑或地界碑）。有些国家或地域之间，还设有中立地带，通常是沼泽、沙漠，或原始森林；又或是战场和市场，典型如希腊。同理，城镇、寺庙或房屋之间也存在这类地域上和精神上的"边缘"（marge）境地，只是中立区规模有所缩小，甚至消失，例如一块普通石头、一条木桩或一个门槛。这些过渡区域归属模糊，无人对其拥有完全的通行、管理或所有权。② 因此，从一定意义上来说，它们天然带有着禁忌性、危险性或神圣性。就作为中立区或隔离物的门而言，范热内普论道，"神圣性之特质不仅体现于门槛，而且也包括整个门框，变得愈加具体和地方化。……准确地说，对于普通住宅，门是外部世界与家内世界间之界线；对于寺庙，它是平凡与神圣世界间之界线"。所以，"跨越这个门界（seuil）"就是将自己与新世界结合在一起。因此，这也是结婚、收养、神职授任和丧葬仪式中的一项重要行为。③

将物理方位、生活空间、自然或人工物与男女性别、气质、劳动分工对应起来的思维模式，并不是某个社会群体或某一社会发展阶段特有的，而是普遍存在于父权制人类社会的意识形态。在《礼记》中，将男女两性严格区分开来的一个显著性、标志性的建筑结构，便是门及其组成部分。除了前文所述的诞生礼，男女以门来划界、"厚别"的行为模式还存在于他们的成年礼、婚礼以及婚后夫妇的日常生活当中。《礼记·曲礼上》载："男女不杂坐，不同椸枷，不同巾栉，不亲授。嫂叔不通问，诸母不漱裳。外言不入于梱，内言不出于梱。女子许嫁，缨，非有大

---

① ［法］皮埃尔·布迪厄：《实践感》，蒋梓骅译，译林出版社2003年版，第119—120页。
② ［法］阿诺尔德·范热内普：《过渡礼仪》，张举文译，商务印书馆2010年版，第15—16页。
③ ［法］阿诺尔德·范热内普：《过渡礼仪》，张举文译，商务印书馆2010年版，第16—17页。

故，不入其门。"注云："皆为重别，防淫乱。"又云："梱，门限也。"①《礼记·内则》"十有五年而笄"注云："谓应年许嫁，女子许嫁，笄而字之。"《仪礼·士昏礼》亦云："女子许嫁，笄而醴之，称字。"郑注曰："许嫁，已受纳征礼也。"②所谓"许嫁"，是指女子已经拥有了结婚的资格，即订婚。此时，除了著笄取字、佩戴饰品以示女子成年，且已有婚约、身有所属外，他人亦不能随意进入她们的居所，以防止淫乱行为的发生。由此，闺房之门也就成为隔离外界干扰、保护在室女身心安全的物理屏障。

与之相对，男子的成年礼仪式则只有儿子拜祭宗庙，以及家主为儿子加冠，家中女性是不在场的。《仪礼·士冠礼》曰："冠者奠觯于荐东，降筵，北面坐取脯，降自西阶，适东壁，北面见于母。"郑玄注曰："适东壁者，出闱门也。时母在闱门之外，妇人入庙由闱门。"③这是一个加冠后冠者授脯拜母的仪式。东壁指堂下东墙，闱门指宫中相通小门，是妇人入庙之门。母亲不能在冠礼现场观礼，只能在闱门外等候儿子来拜见。④ 受冠者除了以此来表达对母亲生育与抚养的感激之情外，还表示自此之后便脱离母亲、脱离女性群体，正式加入"外向"的男性群体与成熟的父系社会。⑤ 一道闱门又一次将男女两性分隔于不同的物理空间和精神世界。

关于婚礼仪式，《礼记·昏义》开篇即云："昏礼者，将合二姓之好，上以事宗庙，而下以继后世也，故君子重之。是以昏礼纳采、问名、纳吉、纳征、请期，皆主人筵几于庙，而拜迎于门外，入，揖让而升，听命于庙，所以敬慎重正昏礼也。"又载："而婿授绥，御轮三周，先俟于门外。妇至，婿揖妇以入，共牢而食，合卺而酳，所以合体、同尊卑，以亲之也。"⑥《仪礼·士昏礼》云："妇至，主人揖妇以入。及寝门，揖入，升自西阶。"⑦新妇被由门外迎入门内，意味着她从此踏入了一个新的父系家族。而无论是在室未婚还是已为人妇，女子都要居于内室，负责中馈、

① （汉）郑玄注、（唐）孔颖达正义：《礼记正义》卷第三，上海古籍出版社 2008 年版，第 63—64 页。
② （汉）郑玄注、（唐）贾公彦疏：《十三经注疏·仪礼注疏》卷第六，北京大学出版社 1999 年版，第95 页。
③ （汉）郑玄注、（唐）贾公彦疏：《十三经注疏·仪礼注疏》卷第二，北京大学出版社 1999 年版，第 36—37 页。
④ 王小健：《父系继承与冠笄之礼的性别意义》，《山西师大学报（社会科学版）》2017 年第 4 期。
⑤ 焦杰：《试论先秦冠礼和笄礼的象征意义》，《南开学报（哲学社会科学版）》2011 年第 4 期。
⑥ （汉）郑玄注、（唐）孔颖达正义：《礼记正义》卷第六十八，上海古籍出版社 2008 年版，第 2274 页。
⑦ （汉）郑玄注、（唐）贾公彦疏：《十三经注疏·仪礼注疏》卷第五，北京大学出版社 1999 年版，第80 页。

祭祀、针黹纺绩等家事活动。

婚前，女性要按照《礼记·内则》的规定，"十年不出，姆教婉娩听从，执麻枲，治丝茧，织纴组紃，学女事，以共衣服，观于祭祀，纳酒浆、笾豆、菹醢，礼相助奠"；①婚后，则有"为宫室，辨外内。男子居外，女子居内。深宫固门，阍寺守之。男不入，女不出"等要求。《礼记·内则》载："男不言内，女不言外。非祭非丧，不相授器。其相授，则女受以篚。其无篚，则皆坐，奠之，而后取之。外内不共井，不共湢浴，不通寝席，不通乞假。男女不通衣裳。内言不出，外言不入。男子入内，不啸不指，夜行以烛，无烛则止。女子出门，必拥蔽其面，夜行以烛，无烛则止。道路，男子由右，女子由左。"②此外，还要求"男女不同椸枷。不敢悬于夫之楎椸，不敢藏于夫之箧笥，不敢共湢浴。夫不在，敛枕箧簟席，襡器而藏之"，③丈夫和妻子的衣服甚至不能放在同一个衣架上、同一个衣箱内，丈夫出远门时，妻子要把丈夫的枕头、睡席等收起来。而后，随着男女性征的退化与职能的削弱，人们对"厚别"之礼规定的标准才有所降低，即"夫妇之礼，唯及七十，同藏无间"。

东汉时，班昭作《女诫》一书，将周制古礼对于贵族女子道德操守、言行、仪表和功绩的规定进行了细化和强化，通过"德""言""容""功"四项德行标准，突出了女性的卑顺地位、弱质人格与家庭责任。《专心》篇云："耳无妄听，目无邪视，出无冶容，入无废饰，无聚会群辈，无看视门户，则谓专心正色矣。"④指出固守闺门、专心内务、与家主分工而治才是妇人的本分。

在极为看重家世门风的魏晋时代，时人评价世族时，往往从家学、任官以及家风等方面品评，家风善者，则称之"闺门雍穆""闺门整肃""闺门邕肃""闺门和顺"等，以此形容家中人表现多合古礼，男女尚礼守节，或夫妇相敬如宾；而门风不善者，则评之"闺门淫秽""闺门喧猥""闺门无礼""帷薄混秽"等，多与男女之别界限模糊、人际交往错综杂乱有关。⑤例如《宋书·王弘传》记王弘因谢灵运杀妾而将其弹劾一事："世子左卫率康乐县公谢灵运，过蒙恩奖，频叨荣授。闻礼知禁，为日已久。而不能防闲阃阁，致滋纷秽。罔顾宪轨，恣杀自由。此而勿治，典

① （汉）郑玄注、（唐）孔颖达正义：《礼记正义》卷第三十八，上海古籍出版社2008年版，第1171页。
② （汉）郑玄注、（唐）孔颖达正义：《礼记正义》卷第三十七，上海古籍出版社2008年版，第1124页。
③ （汉）郑玄注、（唐）孔颖达正义：《礼记正义》卷第三十八，上海古籍出版社2008年版，第1154页。
④ （清）陈弘谋：《五种遗规》，苏丽娟点校，凤凰出版社2016年版，第110页。
⑤ 张焕君：《亲情与门风：从嫂叔关系看魏晋时期的女性、家族与文化认同》，《妇女研究论丛》2018年第1期。

刑将替。"①《颜氏家训·治家》亦曰："妇主中馈,惟事酒食衣服之礼耳,国不可使预政,家不可使干蛊;如有聪明才智,识达古今,正当辅佐君子,助其不足。必无牝鸡晨鸣,以致祸也。"②

在唐代,上古礼制已经与当世律令全面融合。《唐律疏议》"有妻更娶"条(177)在规定"重婚"罪和相应刑罚的同时,也强调了家中妻子的重要地位。疏议曰："依礼,日见于甲,月见于庚,象夫妇之义。一齐之齐,中馈斯重。"《礼记·礼器》载:"大明生于东,月生于西,此阴阳之分,夫妇之位也。"郑注云:"大明,日也。"③《易·家人·六二》载:"无攸遂,在中馈,贞吉。"孔疏曰:"妇人之道,巽顺为常,无所必遂,其所职主,在于家中馈食供祭而已,得妇人之正吉。故曰'无攸遂在中馈贞吉'也。"④清人李士鉁注云:"离为中女,有在内卦之中,中者妇位,馈者妇职。《诗》曰:'无非无仪,惟酒食是议',妇之美德也。"⑤这里,同样是以《诗》《礼》《易》等儒家经典对主妇与丈夫的内外相对关系与社会劳务分工做出的界定。《大明律》"妻妾失序"条注云:"已有妻更娶妻者,并耦正嫡,犯天地之正义也。"⑥

可见,《女诫》中所谓的"卑弱""曲从",指的是妻子相对于丈夫一人所处的卑者位次、表现出的顺从倾向,而其作为主妇职掌家中内务、确保闺门整肃的权力和责任,则绝不能颠倒错乱,又或假手他人。高彦颐(Dorothy Ko)就曾清晰地指出这一点:"儒家名言'三从'表达的是一种企图,它意味着一个女人在其人生的每一阶段,都是由男性家长的职业'阶层分工'所决定的。'三从'并不要求个别女人对男人的服从(母亲显然不需要服从儿子),它要求的是男、女在社会分工上建立一种从属关系。……与'内、外有别'这一告诫一起,'三从'是儒家社会性别伦理的两个支柱之一。"⑦

时至清代,世族家庭中的礼教规定更为严密周详,象征男女之防的闺门礼仪也更为繁复审慎。士大夫在文集和家谱中,常以闺门内部"肃若公庭""肃若庙

---

① 邱汉平:《历代刑法志》,商务印书馆2017年版,第164页。
② 王利器:《颜氏家训集解》卷第一《治家第五》,中华书局2002年版,第47页。
③ (汉)郑玄注、(唐)孔颖达正义:《礼记正义》卷第三十三,上海古籍出版社2008年版,第1005页。
④ (魏)王弼注、(唐)孔颖达疏:《十三经注疏·周易正义》,北京大学出版社1999年版,第159页。
⑤ 马振彪:《周易学说》,张善文整理,花城出版社2002年版,第363页。
⑥ (明)佚名:《锲御制新颁大明律例注释招拟折狱指南》卷四,杨一凡:《历代珍稀司法文献》(第四册),社会科学文献出版社2012年版,第113页。
⑦ [美]高彦颐:《闺塾师:明末清初江南的才女文化》,李志生译,江苏人民出版社2005年版,第6—7页。

朝""俨若朝廷"之类的表述,形容士族男女恪守礼法,夫妻关系有若君臣关系。他们以儒家治国之道打理家务,甚至有将家族秩序国家化、政治化的倾向。① 陈弘谋在《教女遗规》序中写道:"夫在家为女,出嫁为妇,生子为母。有贤女然后有贤妇,有贤妇然后有贤母,有贤母然后有贤子孙。王化始于闺门,《家人》利在女贞。"②福格《听雨丛谈》"阿察布密"条载:"阿察布密,清语也。凡婚礼,新妇入门行合卺礼,以俎盛羊臀一方,具稻稷稗三色米饭,夫妇盛服并坐,饮交杯,馂不用酱而具白盐,即古人共牢而食之义,清语曰'阿察布密'。次日庙见之先,新妇抱柴送于厨,亦古人中馈羹汤之义也。"③阮葵生《茶余客话》"主妇待客之礼"条曰:"主妇送宾,送于闱门之内。妇人送兄弟,不逾阈,于门之内。见宾在闱门之内。闱门者,乃今东西腋门。"④对于那些内容涉及男女情事的辞章和俗曲的传播,章学诚评道:"我朝礼教精严,嫌疑慎别,三代以还,未有如是之肃者也。自宫禁革除女乐,官司不设教坊,则天下男女之际,无有可以假藉者矣。"又云:"良家闺阁,内言且不可闻,门外唱酬,此言何为而至耶?"⑤这些以门来厚别男女、强分内外的性别、事功观念,在清代士人的话语体系中,占据着绝对的主流地位。即便是袁枚这样崇尚性灵、极具个性,且饱受正统儒家学者诟病的士人,在描述友人母亲的一生功绩时,赞颂的仍然是她作为女儿、妻子和母亲在闺阃内恪守德性,在家庭中履行妇职等传统美德。其《为章太宜人七秩征诗启》一文云:

> 恭惟章母黄太宜人,系原江夏,配适河间。年甫及笄,礼成合卺。勖帅以敬,循循帅氏之篇;参和为仁,媞媞硕人之德。……太宜人填环宵撤,学婴儿之事亲;概散晨甂,作季兰之尸祭。外则沤菅栽漆,园林极土化之宜;内则设键安横,门户有金城之固。《少仪》训子,机声与夜课齐清;吉礼嫁姑,束帛与俪皮不忒。为先灵卜宅穸,礼备三虞;为戚友馈壶飧,河润九里。一门春满,七族风和。恩子伶俜,受小郎临终之托;弥甥孤露,从嫡孺拔宅而归。太宜人哺以膏馫,助其资算。卒使阿宜、阿买,都列官阶;王悦、王筠,竟成宅

---

① 赵园:《家人父子:由人伦探访明清之际士大夫的生活世界》,北京大学出版社2015年版,第123—129页。
② (清)陈弘谋:《五种遗规》,苏丽娟点校,凤凰出版社2016年版,第105页。
③ (清)福格:《听雨丛谈》卷二,中华书局1997年版,第39页。
④ (清)阮葵生:《茶余客话》卷五,《阮葵生集》,王泽强点校,陕西人民出版社2009年版,第714页。
⑤ (清)章学诚:《文史通义校注》,叶瑛校注,中华书局1985年版,第536、535页。

相。此皆昔之分羹轑釜,别室铜盘者,所得媲其懿范也哉!①

袁枚所表彰的"懿范"不外乎侍亲养子、主持祭祀、职掌中馈,辅助男子求得功名并闻达于仕途,这些均未跳出传统士族女性"三从四德"的闺范阃政框架。

(二) 门与门槛的厚别功能

据张世君统计,《红楼梦》全书对门的指称有 30 余种,与门有关的动作词语有 40 余种。② 其中,小说场景内曾多次出现"门槛(儿)"或"门槛子",即"阃"或"梱"这一将居室、庭院空间内外二分的物理结构,发挥着同前文中"门坎""门界""门限"相近的区隔功能。全书共出现过 13 处"门槛",由于第二十四回结尾处与第二十五回开头处的"门槛"是作者为衔接情节而重复提及的赘文,因此,"门槛"实际上出现过 12 次(详见表 2-1)。

表 2-1　《红楼梦》中"门槛"出现回目、场景与相关人物

序号	回目	人物	场景
1	第一回　甄士隐梦幻识通灵　贾雨村风尘怀闺秀	英莲	半夜中,霍启因要小解,便将英莲放在一家门槛上坐着
2	第七回　送宫花贾琏戏熙凤　宴宁府宝玉会秦钟	丰儿	(周瑞家的)走至堂屋,只见小丫头丰儿坐在房门槛儿上,见周家的来了,连忙的摆手儿,叫他往东屋里去
3	第二十二回　听曲文宝玉悟禅机　制灯谜贾政悲谶语	宝玉、黛玉	(宝玉)刚至门槛前,黛玉便推出来,将门关上。宝玉又不解其意,在窗外只是吞声叫"好妹妹"
4	第二十四回　醉金刚轻财尚义侠　痴女儿遗帕惹相思	小红	只见那贾芸笑道:"你过来,我告诉你。"一面说,一面就上来拉他的衣裳。那小红臊的转身一跑,却被门槛子绊倒
5	第二十五回　魇魔法叔嫂逢五鬼　通灵玉蒙蔽遇双真	小红	话说小红心神恍惚,情思缠绵,忽朦胧睡去,遇见贾芸要拉他,却回身一跑,被门槛绊了一跤,唬醒过来,方知是梦

---

① （清）袁枚:《小仓山房外集》卷七,《袁枚全集》(第二集),江苏古籍出版社 1993 年版,第 120 页。

② 张世君:《红楼门的叙事视角》,《红楼梦学刊》2000 年第 1 辑。

序号	回　目	人物	场　景
6	第二十八回　蒋玉菡情赠茜香罗　薛宝钗羞笼红麝串	凤姐	（宝玉）可巧走到凤姐儿院前,只见凤姐儿在门前站着,蹬着门槛子,拿耳挖子剔牙,看着十来个小厮们挪花盆呢
7	第二十八回　蒋玉菡情赠茜香罗　薛宝钗羞笼红麝串	黛玉	（宝钗）扔下串子,回身才要走,只见林黛玉蹬着门槛子,嘴里咬着绢子笑呢
8	第二十九回　享福人福深还祷福　痴情女情重愈斟情	丫鬟	这个话一传开了,别人还可以,只是那些丫头们,天天不得出门槛儿,听了这话谁不要去
9	第三十六回　绣鸳鸯梦兆绛芸轩　识分定情悟梨香院	凤姐	凤姐把袖子挽了几挽,跐着那角门的门槛子,笑道:"这里过堂风,倒凉快,吹一吹再走"
10	第五十八回　杏子阴假凤泣虚凰　茜纱窗真情揆痴理	宝玉	宝玉恨的拿拄杖打着门槛子说道:"这些老婆子,都是铁心石肠是的,真是大奇事!不能照看,反倒挫磨他们"
11	第六十三回　寿怡红群芳开夜宴　死金丹独艳理亲丧	妙玉	"他（妙玉）常说古人中,自汉晋五代唐宋以来,皆无好诗,只有两句好,说道:'纵有千年铁门槛,终须一个土馒头。'所以他自称'槛外之人'。"
12	第一百八回　强欢笑蘅芜庆生辰　死缠绵潇湘闻鬼哭	婆子	（袭人）走到尤氏那边,又一个小门儿半开半掩,宝玉也不进去。只见看园门的两个婆子坐在门槛上说话儿
13	第一百十五回　惑偏私惜春矢素志　证同类宝玉失知己	宝玉	宝玉等先抢了一步,出了书房门槛站立着,看贾政进去,然后进来让甄宝玉坐下

　　在这些场景中,与门槛（子）发生身体（直接）或物理（间接）接触的,除了贾宝玉之外均为女子,包括贾府的主妇、小姐、侍妾、丫鬟、婆子、尼姑等,几乎涵盖了全书各个社会阶层的女性形象。这12处中具有代表性的两处画面出现在第二十八回:宝玉在去探望黛玉的路上,经过凤姐院门时,"只见凤姐在门前站着,蹬着门槛子,拿耳挖子剔牙,看着十来个小厮们挪花盆呢。"同是在本回中,宝钗因见宝玉盯着自己发怔,感到羞涩,便转身离开,恰好看见"黛玉蹬着门槛子,嘴里咬着绢子笑呢"。凤姐、黛玉两位世家小姐一反"立不中门,行不履阈"的举止规范,做出了"蹬着门槛子"这类不登大雅的随性动作。而王熙凤、林黛玉成长经历

中的共同点，便是被从小当作男孩儿教养，两位金钗的性格中都包含着一些在传统观念看来属于男性的、偏外向的人格特质，例如所谓掐尖要强、露才扬己。

"门槛"一词还出现于女尼妙玉的口中。第六十三回，宝玉路遇妙玉的旧识邢岫烟。谈及妙玉的为人时，岫烟提到妙玉曾作的诗评："自汉晋五代唐宋以来，皆无好诗，只有两句好，说道：'纵有千年铁门槛，终须一个土馒头。'"诗中的"门槛"，既是妙玉保持出家人身份所必需的寺门实体结构，也是她为挣脱儒家礼教束缚、避免承担世俗职责而设置的精神屏障。然而，她虽然自称"槛外之人"，却终究会归于"一个土馒头"——贾府提供的身心庇护场所，以致其形象"僧不僧，俗不俗，男不男，女不女"，一直游离于方外境地与世俗场域以及男女性别的交叉地带。此外，在第五十三回的宁府除夕祭宗祠中，男女站列位次也以门槛分隔内外："槛外方是贾敬、贾赦，槛内是各女眷。"曹氏借助"门""闱"等带有象征意义的物理间隔物，一次次地凸显了礼法系统之下男女两性的"厚别"意识，及其与内外空间观念、家庭和社会劳动分工的对应关系。"登着门槛（子）"一类动作，也由此成为闺秀或主妇的性别观念和仪态举止到达阈限、濒临越界的标志性行为。

除了《红楼梦》，将"门槛"作为阈限符号的场景也常见于其他明清世情小说。例如，《金瓶梅词话》第三十回中，在李瓶儿生产时，"潘金莲用手扶着庭柱儿，一只脚跐着门槛儿，口里嗑着瓜子儿"，[①]作者以此写潘金莲的不拘行检与忌怨放肆。《儿女英雄传》第二十八回中，何玉凤（十三妹）与安家公子（安骥）举行了一场"参议满汉，斟酌古今"的婚礼。这场婚礼中，何玉凤坐着轿子连过了几道门，经落轿、射煞（新婚对轿帘虚射三箭）、新人参拜天地等仪式后，便是上堂拜祭安家祖先。这时，"那张、褚两个引着喜娘儿便扶定新人上了三层台阶儿，过了一道门槛儿，走了几步，又听旁边仍照前一样的赞唱两跪六叩起来。又听得赞道：'请翁姑上堂，高升上坐，儿媳拜见。'"[②]婚礼后，何玉凤即脱离江湖英雄身份，正式成为安家的主妇。她行为规矩、恪守妇职，性格趋于保守，与先前那个勇猛、豪爽，充满侠义气质的何玉凤形成了鲜明对比。与之相似，《红楼梦》中，尤二姐的形象也以被贾琏私娶入门为界而发生割裂，其性爱道德、气质禀性和行事做派，前后存在明显的矛盾和抵牾。[③]

英国人类学家玛丽·道格拉斯（Mary Douglas）谈道："为什么新郎要抱着他

---

① （明）兰陵笑笑生：《金瓶梅词话》，人民文学出版社1992年版，第255页。
② （清）文康：《儿女英雄传》，中华书局2016年版，第329页。
③ 高娟：《抗争与妥协——赵姨娘与尤二姐之比较》，《红楼梦学刊》2012年第3辑。

的新娘跨过门槛？因为台阶、横梁和门柱组成了一个框架,这一步是每天进入屋子的必要条件。穿过一道门的这种平常的经历能够表达很多种不同意义的'进入'。十字路口、拱门、新的季节、新衣服还有其他的事物也是如此。没有一种经历在仪式之中会显得微不足道。所有经历都能被赋予一个崇高的意义。"①在新婚仪式中,女子经过门庭的场面、跨越门槛的动作,被赋予了某种神圣性(宗教层面)或伦理意义(道德层面)。小说中,何玉凤、尤二姐等人性格、品行的突然转变固然不甚合理,却揭示出"门槛"对于女性人物的创作者即传统士族文人来说具有的重大象征意义。

"居室"的生活形态与"内在世界"(即人的心灵活动)的生命方式之间具有某种同构性。② 门、门槛(坎)、门限、门界等,在以尊卑等级为结构特征的传统礼法社会,不仅是划分居室内外空间的物理实体,也是规训男女两性身心的抽象符号。从上古时期开始,我国历代贵族家庭自子女出生起,便以物理方位、空间区隔以及自然或人工指代物来标识两性的生理性别,不断地强化男女气质差异,构建社会性别观念。成年之后,男性逐渐脱离以母亲为核心的女性群体,走向仕途经济,主导外事活动,实现家国志向。女子则在跨出自家闺阁后,又走入夫家的阃阃,始终在门内安心纺绩、职掌中馈、协理祭祀,扮演着辅助丈夫齐家的卑从者、幕后者角色,"闺门有序,阃政无违"成为她们一生追求的德行和功绩。

《红楼梦》中,林黛玉、王熙凤两人从小被当作男儿教养,人格中兼有男女两性气质。刘姥姥游览大观园时,将黛玉的潇湘馆认作了公子哥儿的书房(第四十回),王熙凤与戏本《凤求鸾》中乡绅王忠之子"熙凤"发生了重名(第五十四回),这些情景均是在暗示两位女子拥有着传统社会中那些本属于男性的人格特质。由此,便可以解释她们为何会做出"立中门""行履阈"等濒临逾矩的肢体动作。不同于王、林二人,妙玉虽生于仕宦之家,却自幼皈依佛门,她通过起别号与发诗论等"出格"行为,凭借佛教信仰,弱化、消解儒家伦理对社会性别的人为建构。寺庙的"门槛"既是其保持出世身份和精神洁净的屏障,也是她规避男女性别差异和世俗家庭责任的依托。

值得注意的是,临界并不等于逾越。凤姐、黛玉出身贵族家庭,"蹭着门槛儿"终究只是其个性张扬、性情骄纵的表现,她们并未真正越出闺阁门限;妙玉虽

---

① 　[英]玛丽·道格拉斯:《洁净与危险》,黄剑波等译,民族出版社 2008 年版,第 142 页。
② 　吴晓东:《临水的纳蕤思:中国现代派诗歌的艺术母题》,北京大学出版社 2015 年版,第 113 页。

然放诞诡僻,自封"槛外"人,但对贾母仍毕恭毕敬,没有真正脱离贾府的庇佑。士族女性们依然默默地遵守着各种显性或无形的礼仪规矩。

三、阈限之外:梦境与欲望表达

(一) 少女梦境的深层隐喻

在《红楼梦》第二十四回结尾与第二十五回开头作者重复叙写的场景中,与"门槛"发生直接接触的女性为贾府的丫鬟小红。小红姓林,本名红玉,为府中世仆林之孝之女,由于"玉"字与宝玉、黛玉的名相犯,便被改唤作"小红"。小红虽然在怡红院做工,且有意攀附宝玉,渴望得到主人的拔擢,但其地位低于袭人、晴雯等一等丫鬟,仅负责庭院打扫、浇花等活计,未能进入居室处理内务,无法接近宝玉,在婢女行列里始终处于三等或三等以外的边缘位次,她也因为被长期埋没而感到屈抑不平。后来,小红凭借俏丽的容貌、清晰的口齿和灵巧的心思,得到了王熙凤的赏识,被凤姐从宝玉处要走,才能也得以发挥。

在大观园服侍期间,她对园中负责监工种树的贾芸产生了男女私情,但又因礼教的限制无法与之交接。第二十四回,小红在梦中看到贾芸在窗外向她招手,她先是出门向贾芸问话,后又与之拉扯,再又回身跑开,最后被门槛绊倒。这一系列动作意味着这位女子此时此刻已经跨越门槛,走出闺闱,与贾芸发生过肢体纠缠,萌生出实在的男女之情。换言之,小红已于精神层面逾越了未婚男女交往的礼教边界。[1]

梦与镜子——古人早已因为两者具有同样的预言能力将之联系在一起——它们的共同点在于产生幻象。[2] 通过镜中影像,人们开始对象化、客体化地认识自己。拉康(Jacques Lacan)认为,人们在照镜子的过程中逐步形成了自我认知,产生了"我"的主体意识:"一个尚处于婴儿阶段的孩子,举步趔趄,仰倚母怀,却兴奋地将镜中影像归属己,这在我们看来是在一种典型的情境中表现了象征性模式。在这个模式中,我突进成一种首要的形式。以后,在与他人的认同过程的辩证关系中,我才客观化。……如果我们想要把这个形式归入一个已知的类别,则可将它称之为理想我。"[3] 吴晓东指出,无论是"我"的倒置,还是"我"的反

① 陈超:《在场·聚焦·观照:论〈红楼梦〉"边缘"女性人物形象的叙事功能》,《红楼梦学刊》2018 年第 4 辑。
② [法]萨比娜·梅尔基奥尔-博奈:《镜像的历史》,周行译,广西师范大学出版社 2005 年版,第 167 页。
③ [法]拉康:《拉康选集》,褚孝泉译,上海三联书店 2001 年版,第 90—91 页。

转,都不过是"我"的变形化的反映。"'我'一字的哲学",实际上是自我指涉的哲学,言说的是自我与镜像的差异性与同一性。① 萨比娜·梅尔基奥尔-博奈(Sabine Melchior-Bonnet)同样指出,"镜子一方面模拟出肖似的影像,一方面又掩盖了另一部分实际情况,这部分只能悄悄地出现在可怕的区别和偏差之中。镜子带来相异性,产生'模拟的肖似'或令人不安的陌生感"。② 此即是说,人们对着镜子看到了自己"真实"的形象,进而确立自我、形成个性,有了主体意识。但由于人类的自恋情绪与审美需求,镜子又带有着迷惑性,经由人眼过滤的镜中影像总是反向的、异化的乃至歪曲的。它既是本我的同一反映,又与之存在着些许差别。自欺、幻想、欲念等超乎人类理性、有违社会规则的异质成分,在人类认识自我的过程中悄然滋长。

相比于日常生活中的镜子,梦境产生的心理投射效果要更为明显。一扇磨光的镜子只能反向映照出投射者的单面形体,他人的眼睛本质上是两个凸透镜,人们借此成像的同时,现实世界也随之发生倒置。但在梦境中,观察主体想了解自己,便不再需要镜面提供局部反馈,也无须借由他者进行外部观察,而是通过"离魂"式的灵肉分离,或从高处向下俯视,或在周边水平观摩,形成全方位的自我观照,深入自我意识进行内在的审视和灵魂的拷问。浦安迪(Andrew H. Plaks)曾说:"有的时候,梦幻意识的独特性质具有全然不同的向度,它更具如生活力,焦点更集中,色彩更浓烈,所以有些梦似乎比真实还更像真实。"与清醒时思维与语言的那些半吊子概念相比,梦的象征语言能够更确切地表现心理真实。"③小红梦中与贾芸戏谑纠缠的场景,正是少女怀春后,将自身欲望投射于梦境而形成的心理映像。她因触犯道德禁忌感到害臊,而后转身逃跑,却被门槛绊了一跤的情节,鲜活地展现出少女渴望触碰男性又备受礼教压抑的矛盾心理。

(二) 从行为之罪到思想场域

在清朝官方主流意识形态的统辖之下,克己复礼、存理灭欲是士人阶层应坚守的行为标准和价值观念。无论是纵欲还是意淫,均是违礼的表现。只不过"行为罪"是法律意义上的,而"思想罪"则大多是道德意义上的,国家礼法系统对两者的制约机制自然有所区别。

① 吴晓东:《临水的纳蕤思:中国现代派诗歌的艺术母题》,北京大学出版社 2015 年版,第 231 页。
② [法]萨比娜·梅尔基奥尔-博奈:《镜像的历史》,周行译,广西师范大学出版社 2005 年版,第 192 页。
③ [美]浦安迪:《浦安迪自选集》,刘倩等译,生活·读书·新知三联书店 2011 年版,第 386—388 页。

对于男女之间发生不正当的关系——"和奸",自秦汉以来,我国的律法均以强制性手段施与惩戒。所谓"和奸",指的是非婚姻关系中的男女双方自愿发生性关系的行为。秦统一后,帝国统治者已明确将这类婚外性行为归罪入刑。《岳麓书院藏秦简》(叁)公布了嬴政在位时南郡等地所属诸县上谳的 15 个诉讼案件。其中,《田与市和奸案》一案田、市二人涉嫌通奸,被告田却认为该案判决不当,请求重新审理。乞鞠书载:"重泉隶臣田负斧质气(乞)鞠曰:不与女子市奸,夏阳论耐田为隶臣,不当。"郡覆核曰:"市仁(认)与田和奸,隶臣毋智捕校上。田不服,而毋(无)以解市、毋智言。其气(乞)鞠不审。田系子县。当(系)城旦十二岁,遝己已赦。"①田、市两人通奸为"隶臣毋智"当场抓获,田不认罪服刑,却无力反驳毋智和市的证言,乞鞠无效,从而被定罪处刑。到了汉代,张家山汉墓竹简《二年律令·杂律》载:"奴取(娶)主、主之母及主妻、子以为妻,若与奸,弃市,而耐其女子以为隶妾。"(简 190)"同产相与奸,若取(娶)以为妻,及所取(娶)皆弃市。""诸与人妻和奸,及其所与皆完为城旦舂。"(简 191)②

就诉讼程序而言,汉律因袭秦律《封诊式》"奸"条规定,张家山汉简《奏谳书》曰:"故律曰:奸者,耐为隶臣妾,捕奸者必案之校上。"③律文后又记载了女子甲在其夫公士丁丧期内,暗地与男子丙在尚未下葬的棺木后和奸一事。对于该案中新寡之妇与他人发生性行为是否属于通奸的问题,廷史与廷尉产生了争议,两人将夫妻关系比附为父子关系,经过反复的论辩,最终意见达成了一致:"欺死父罪轻于侵欺生父,侵生夫罪重于侵欺死夫。"由此可以推测,西汉时,对于和奸罪,司法者已经开始有意识地区别有夫与无夫两种情节,无夫奸量刑轻于有夫奸。④与前代相比,法律规定更为细致,儒家伦理色彩也更为浓重。

汉律惩治奸罪的立法思路为后来的唐律所继承。《唐律疏议·杂律》"奸"条(410)载:"诸奸者徒一年半,有夫者徒二年。部曲、杂户、官户奸良人者各加一等。即奸官私奴婢者杖九十(奴奸婢亦同)。奸他人部曲妻、杂户、官户妇女者杖一百。"⑤从而明确了有夫与无夫奸以及不同阶层相奸的量刑标准。对于无涉亲

---

① 朱汉民、陈松长:《岳麓书院藏秦简(叁)》,上海辞书出版社 2013 年版,第 210 页。
② 张家山二四七号汉墓竹简整理小组:《张家山汉墓竹简[二四七号墓]》(释文修订本),文物出版社 2006 年版,第 34 页。
③ 张家山二四七号汉墓竹简整理小组:《张家山汉墓竹简[二四七号墓]》(释文修订本),文物出版社 2006 年版,第 108 页。
④ 顾丽华:《汉律"性越轨"治罪条令与汉代女性人身权益——基于简牍资料的研究》,《妇女研究论丛》2009 年第 2 期。
⑤ 刘俊文:《唐律疏议笺解》(下册),中华书局 1997 年版,第 1836 页。

缘关系一般情况下的凡人和奸,律法对其加以惩戒的原因不仅仅在于这种行为破坏了家庭伦常("有夫"情形),还在于对人们的欲望施加约束这一规定本身即为国家强制力的一种体现("无夫"情形)。

同时,统治者又通过对不同社会地位的犯罪者规定以不同的刑罚类型和量刑标准:以下烝上者加凡人合奸一等定罪,良人奸贱户者减两等或三等定罪,奸自己家部曲妻可以免罪,以维持社会各阶层之间的尊卑等级界限。该原则在"奴奸良人"条(414)规定中体现得更为明显。律文曰:"诸奴奸良人者徒二年半。……其部曲及奴奸主及主之期亲若期亲之妻者绞,妇女减一等。……即奸主之缌麻以上亲及缌麻以上亲之妻者流。"[1]通过对奸良人、主人的贱民犯罪者加等处刑,来维护社会与家庭内部的尊卑等级与伦理秩序。相较于可见的、即时的纵欲行为,人类的意识活动则是无形的、变动的,且具有持续性的,难以被他者窥探和控制。因此,将潜在的欲望诉诸梦境,便成为人们展露生理和心理需求的重要途径。无论是宋玉的《高唐赋》《神女赋》,还是曹植的《洛神赋》,又或者是曹雪芹的《警幻仙姑赋》,均为作者借主人公神游以及夸饰女性姿容来表达压抑于内心深处的诉求,并试图借助虚幻的梦境来规避礼法的约束和惩罚。

即便如此,梦中的交合仍未完全逃离统治者与司法者的规制。唐代敦煌文书伯3813号判集残卷(《文明判集残卷》)中记载了这样一起案件判词:

> 奉判,妇女阿刘,早失夫婿,心求守志,情愿事姑。夫亡数年,遂生一子,欵(款)亡夫梦合,因即有娠。姑乃养以为孙,更无他虑。其兄将为耻辱,遂即私适张衡,已付聘财,刬时成纳。其妹确乎之志,贞固不移。兄遂以女代姑,赴时成礼。未知合为婚不?刘请为孝妇,其理如何?阿刘凤种深叠,早丧所天。夫亡愿毕旧姑,不移贞洁。兄乃夺其冰志,私适张衡。然刘固此一心,无思再醮。直置夫亡夺志,松筠之契已深。复兹兄嫁不从,金石之情弥固。论情虽可嘉尚,语状颇欲生疑。孀居遂诞一男,在俗谁不致惑?欵(款)与亡夫梦合,梦合未可依凭。即执确有奸,奸非又无的状。但其罪难滥,狱贵真情,必须妙尽根源,不可轻为与夺。欲求孝道,理恐难从。其兄识性庸愚,未闲礼法。妹适张衡为妇,衡乃刬日成婚,参差以女代姑,因此便成伉俪。昔时兄党,今作妇翁;旧日妹夫,翻成女婿。颠到(倒)昭穆,移易尊卑。

① 刘俊文:《唐律疏议笺解》(下册),中华书局1997年版,第1848页。

据法，法不可容；论情，情实难恕。必是两和，听政据法，自可无辜。若也罔冒成婚，科罪仍须政法。两家事状，未甚分明。宜更下推，待至量断。①

案中，阿刘丧夫后不愿改嫁，立志守贞，后在梦中与亡夫交合，诞下一子。她的婆婆也认为此子就是自己的孙子，与阿刘共同抚养。但阿刘的兄长则以寡妇生子为耻，想将阿刘改嫁给张衡，并私自收下聘礼。因阿刘不愿二适，其兄便让自己的女儿代替阿刘完成了婚礼仪式。根据唐律，阿刘兄长的行为明显触及了《户婚律》中的"冒婚罪"。所谓"冒婚罪"，指的是违反婚约，或以庶为嫡，或以幼为长，冒充约定人而嫁娶之行为。② 本案审理对象包括两部分：一为阿刘与张衡的婚姻效力问题，即民事部分；二为阿刘兄长涉嫌的"为婚妄冒"犯罪行为，即刑事部分。由于阿刘与亡夫梦合生子一事是确认阿刘主观守贞志向与客观孀居状态的要素之一，因此，这一事实的真伪也就成为司法者判断阿刘是否被"妄冒"时需要考察的重要情节。正如判词所言，"孀居遂诞一男，在俗谁不致惑"。对于生活在世俗社会的人们来说，梦中交合而孕育后代不过是类似姜嫄生稷、玄鸟生商的神话传说，似乎只应存在于上古感生文化的神秘氛围当中，以日常经验来看太过于荒诞不经。然而，案件审理者并未发现阿刘与他人通奸的确凿证据，只得将梦合一事的真实性问题暂时搁置，以情理推断阿刘确有守贞志向，没有追究阿刘通奸的责任。③

梦中交合的行为发生于虚构的空间，本不归唐律管制；而孕育子嗣的结果却产生于世俗社会，进入了司法者的视野。行为发生地与结果发生地之间的矛盾，使得男女梦合事件被夹在个人私密空间与国家管辖范围的中间地带。从本案结果来看，阿刘也正是利用梦境的虚幻性、思想的隐蔽性与礼法界限的模糊性规避了罪责；司法行政者则通过确认刘氏的守贞志向，惩治刘兄的夺志行为，强化了男女两性的节欲观念，进而保证了儒家伦理统摄下家庭秩序的稳定性、礼制思想与国家法令的统一性。本案的案情虽充斥着虚幻情节，司法者的判决却反而维护了儒家主流意识形态，在客观上对民间法律意识的培养起到了推波助澜的作用。

---

① 唐耕耦、陆宏基：《敦煌社会经济文献真迹释录》（第二辑），全国图书馆文献缩微复制中心1990年版，第603—604页。
② 刘俊文：《唐律疏议笺解》（上册），中华书局1997年版，第1014页。
③ 郑显文：《审判中心主义视域下的唐代司法》，《华东政法大学学报》2018年第4期。

这类带有神异色彩的贞妇故事还可见于民间叙事文学作品,《韩朋赋》(敦煌写本)为其中一例。该赋讲述了宋王强占韩朋妻子贞夫,贞夫与韩朋相继自杀殉情的凄婉爱情故事。① 笔者将赋中重要情节节录如下:

> 昔有贤士,姓韩名朋,少小孤单,遭丧遂失其父,独养老母。谨身行孝。用(母)身为主意远仕。忆母独住,故娶贤妻,成功(公)素女,始年十七,名曰贞夫。已贤至圣,明显绝华,形容窈窕,天下更无。虽是女人身,明解经书。凡所造作,皆今(合)天符。入门三日,意合同居,共君作誓,各守其躯。君亦不须再娶妇,如鱼如水;妾亦不再改嫁,死事一夫。韩朋出游,仕于宋国,期去三年,六秋不归。……其妻(书)有感,直到朋前。韩朋得书,解读其言。……韩朋意欲还家,事无因缘。怀书不谨,遗失殿前。宋王得之,甚爱其言。即召群臣,并及太史;"谁能取得韩朋妻者,赐金千斤,封邑万户"。梁伯启言王曰:"臣能取之。"……言语未讫,贞夫即至。面如凝脂,腰如束素,有好文理。宫人美女,无有及似。宋王见之,甚大欢喜。三日三夜,乐不可尽。即拜贞夫,以为皇后。前后侍从,入其宫里。贞夫入宫,憔悴不乐,病卧不起。宋王曰:"卿是庶人之妻,今为一国之母,有何不乐! 衣即绫罗,食即咨(恣)口。黄门侍郎,恒在左右。有何不乐,亦不欢喜?"贞夫答曰:"辞家别亲,出事韩朋,生死有处,贵贱有殊。芦苇有地,荆棘有藂,豺狼有伴,雄兔有双。鱼鳖百水,不乐高堂。燕雀群飞,不乐凤凰。妾是庶人之妻,不乐宋王之妇。"……乃见韩朋,刬草饲马。见妾羞耻,把草遮面。贞夫见之,泪下如雨。贞夫曰:"宋王有衣,妾亦不着;王若有食,妾亦不尝。妾念思君,如渴思浆。见君痛苦,割妾心肠。形容憔悴,决报宋王。何以羞耻,取草遮面,避妾隐藏。"……即裂裙前三寸之帛,卓齿取血,且作私书,系箭头上,射与韩朋。朋得此书,便即自死。……贞夫下车,绕墓三匝,嗥啼悲哭,声入云中,临圹

---

① 《韩朋赋》除了敦煌写本以外,还有晋代干宝《搜神记》收录版、《文渊阁四库全书》中收录的《温飞卿诗词笺注》第二卷《会昌丙寅丰岁歌》引录版、《太平寰宇记》倒述版、《春秋战国异传》第二十六卷、《太平御览》录入版、《记纂渊海》版,以及《山堂肆考》之《乌鹊歌》版等多个版本,但篇幅均较短,记叙的故事情节没有敦煌本完整。1979 年,敦煌马圈湾汉代烽燧遗址中发现了西汉晚期残简,其中释文号为 496 的一枚残简共 27 字,裘锡圭先生考证为韩朋故事的片段。郑振铎先生指出,这则故事在古代便流传甚广,也是孟姜女原型的故事之一。学者对其创作年代的说法不一,有晋至萧梁、晋至唐初、中唐以前、唐末到宋初等几种观点。参见付俊琏、杨爱军:《韩朋故事考源》,《敦煌研究》2007 年第 3 期;启功:《敦煌俗文学作品叙录》,《文献》2009 年第 2 期;姜竹萍:《敦煌文献〈韩朋赋〉研究》,青海师范大学硕士学位论文,2013 年;郑振铎:《中国俗文学史(上)》,岳麓书社 2011 年版,第 125 页。

唤君,君亦不闻。回头辞百官:"天能报此恩。盖闻一马不被二鞍,一女不事二夫。"言语未讫,遂即至室,苦酒侵(浸)衣,遂脆如葱,左揽右揽,随手而无。……不见贞夫,唯得两石,一青一白。宋王睹之,青石埋于道东,白石埋于道西。道东生于桂树,道西生于梧桐。……宋王即遣人诛伐之。三日三夜,血流汪汪。二札落水,成双鸳鸯,举翅高飞,还我本乡。唯有一毛羽,甚好端正。宋王得之,……即将摩拂项上,其头即落。[①]

韩朋与妻子贞夫本恩爱如鱼水,但韩朋出仕宋国后,夫妻两人只能异地分居。妻子为表达思念之情,给丈夫寄去书信。韩朋得信后打算回家探视妻母,却无意间将信丢失,该信被宋王拾得。宋王因贪恋贞夫的才情和姿色,命梁伯将她诱骗到宋国,封为王后,贞夫却一直闷闷不乐。后来,宋王因嫉妒打伤并囚禁了韩朋,贞夫看望韩朋后写下了诀别诗,韩朋读诗后自杀。贞夫因见韩朋死去,便请求宋王以礼葬之。下葬时,贞夫对百官说出了守贞遗志,而后跳台殉情。宋王从墓中拾得青白二石,将之丢弃在道路东西两侧。二石生长为两棵树,根下相连,枝叶相笼。宋王将树伐倒,两木札落入水中后,化为一双鸳鸯飞回了家乡。鸳鸯留下的一根羽毛则变成利剑,割下宋王头颅,为他们报了仇。

《韩朋赋》与《神女赋》的故事情节发展模式基本相同,均为一国君王思慕美丽女子,求爱却终究不得。只不过创作者从有名士大夫变为无名文人,事件的发生地点已由虚幻梦境转变为政治社会,爱恋对象也由天界神女变成了世俗凡人。赋中,女主人公贞夫向宋王与宋国士大夫表达的思夫情结与守贞意志包含着两种观念:一是"一女不事二夫"的贞节观念;二是"贵贱有殊"即君民阶层有别不应通婚的尊卑观念。贞夫言辞中透露出的价值观,正符合唐律"奸"罪律条背后节制欲望、维护伦常的儒家思想以及差等治理的统治理念。

《韩朋赋》是一篇俗赋,作者无考,但在民间流传十分广泛。从《高唐赋》《神女赋》到《韩朋赋》创作主体和抒写对象的变化,意味着国家律法的控制范围已由庙堂延伸至民间,管控对象由君王个人的思想意识扩展至普罗大众的日常行为。故事结尾鸳鸯羽毛化为利剑割下宋王头颅的复仇情节,可以被视为一种阉割情欲、规训肉身的象征。

---

① 项楚:《敦煌变文选注》(增订本),中华书局 2006 年版,第 346—360 页。

就"奸"罪背后隐含的贞节观念和尊卑意识而言,相较于先秦、秦汉时代,中古时期官方意识形态的扩张力与儒家正统思想的影响力显著增强了。此外,由于以唐律为代表的历代律法对君臣、士庶、良贱犯和奸罪的实际处刑轻重各不相同,民众只得将内心的愿望诉诸因果业报,借韩朋、贞夫死后所化利剑对君王的复仇,来表达他们对儒家礼法观长期统摄下差等量刑原则的不满和反抗,试图求得一些心理补偿。

明清时期,奸罪被从杂律中择出,单列为《刑律》的一篇。其中,凡人和奸规定更为简明系统,在通奸与强奸外分出介于两者之间的诱奸即刁奸一项;量刑标准因袭前代,较之唐律有所减轻。《大清律例·刑律·犯奸》规定:"凡和奸,杖八十。有夫者,杖九十。刁奸者,(无夫、有夫)杖一百。……其和奸、刁奸者,男女同罪。奸生男女,责付奸夫收养。奸妇从夫嫁卖者,其夫愿留者,听。若嫁卖与奸夫者,奸夫、本夫各杖八十,妇人离异归宗,财物入官。"[1]"良贱相奸"条载:"凡奴奸良人妇女者,加凡奸罪一等。(和、刁,有夫、无夫,俱同。如强者,斩。)。良人奸他人婢者,(男、妇各)减凡奸一等。……奴婢相奸者,以凡奸论。"[1]此外,对于家内奴仆与雇工人以贱污良的情况,惩治较唐律之奴与部曲奸主以卑犯尊略有减轻,改奸家长之期亲若期亲之妻者绞为绞监候,强奸者改斩为斩监候,或可将之视为"轻其所轻"量刑标准的体现;而"奸主之缌麻以上亲及缌麻以上亲之妻者",则又按照《名例律》规定的原则,在流二千里的基础上加了杖刑一百。总之,明律(含因袭其条文的清律)呈现出一种刑罚轻重不定的态势,[2]但大体与唐律的立法精神和惩戒原则保持着一致性。

此外,康熙十二年(1673年)议准了"奴及雇工人奸家长"律文下的一条例文:"若家长奸家下人有夫之妇者,笞四十。系官交部议处",[3]且仆妇一方免罪。康熙《大清会典》"良贱相奸"条载:"国初定:凡奸有夫之仆妇者,责二十七鞭。康熙元年题准:凡家长奸家下有夫之妇者,照例鞭责,系职官,罚俸一个月,妇人免罪。……十二年议准:凡奸家下有夫之仆妇者,照不应轻律笞四十。民人有犯,亦照此例。"[4]其中的"家人"指家中的奴仆。不同于前代良人奸家内贱户可以免责,

① 马建石、杨育裳:《大清律例通考校注》,中国政法大学出版社1992年版,第950页。
① 马建石、杨育裳:《大清律例通考校注》,中国政法大学出版社1992年版,第960页。
② 郭建:《明律的轻重及其原因探析》,《史林》1991年第2期。
③ 马建石、杨育裳:《大清律例通考校注》,中国政法大学出版社1992年版,第958页。
④ 康熙《大清会典》卷一百二三《刑部十五》,沈云龙:《近代中国史料丛刊》(第七十三辑),台湾文海出版社1993年版,第6130—6131页。

这一规定是清代统治者的新创。有学者认为，清廷的本意是以此限制主人对奴仆的人身权，该例源于满人法，其保留与演化是满汉法律传统融合的产物。[①] 笔者认为，清代"家人"，尤其是八旗奴仆，对于主人的人身依附性实则要强于前代。这种强依附性使得司法者很难辨别家主奸仆妇的性质是"和奸"还是"强奸"，奴仆对主人的态度是心甘情愿还是不敢反抗。因此，清代立法者经过权衡与妥协，又调和满汉习俗差异，将家长奸有夫的家下人归入不应轻律，仆妇免于惩罚，以维持家内既有尊卑秩序，并在客观上保证了世仆的忠诚。康熙朝律学家沈之奇论道："家长之于奴雇，本非天亲，特以名分相事使，若家长与奴雇之妻通奸，自甘污下，应同坐不应；强者，亦难同凡论，当权衡定拟。若婢则服役家长之人，势有所制，情非得已，家长奸之，虽和犹强也，止坐家长不应之罪，婢不坐。"[②] 至于主人与家内无夫的婢女相奸，则仍可免除罪责。

《红楼梦》第五回中，宝玉来到秦可卿住处，"入房向壁上看时，有唐伯虎画的《海棠春睡图》，两边有宋学士秦太虚写的一副对联云：嫩寒锁梦因春冷，芳气袭人是酒香。案上设着武则天当日镜室中设的宝镜，一边摆着赵飞燕立着舞的金盘，盘内盛着安禄山掷过伤了太真乳的木瓜。上面设着寿昌公主于含章殿下卧的宝榻，悬的是同昌公主制的连珠帐"。以上列举的女性人物，史传中皆有记载；而图画、宝镜、金盘、木瓜、宝榻以及连珠帐，则如王伯沆所言"皆方便假设之物"。[③] 这几样作者杜撰之物的共同点，在于均与女子的身体部位、姿态以及闺阁生活有关，奢靡而香艳，极易引发男性的欲望。[④] 秦可卿房内的这些摆设物自然诱发了少年的欲望，促成其性启蒙。宝玉入睡后，便如同《高唐赋》中的楚襄王，在梦中与神女"可卿"尝试云雨情。

宝玉与秦可卿为大功亲，其行为若发生在现实生活中，便涉嫌"十恶"之"内乱"罪。但在梦境中，宝玉则可以规避律法的惩戒和道德的谴责。宝玉刚醒来，就将梦里的欲望转移到现实中，与丫鬟袭人发生了性行为。当然，由于袭人既是贾家的"家生子"，即家奴，又是宝玉贴身的婢女，尚未婚配，即使她当时半推半就，并非心甘情愿，宝玉依然可以凭借主人地位免于刑律处罚。

自秦汉以来，帝国律法一直对人们的身体进行着严格的规训。"和奸"犯罪

---

① 胡祥雨：《清代"家长奸家下人有夫之妇"例考论——满、汉法律融合的一个例证》，《法学家》2014 年第 3 期。
② （清）沈之奇：《大清律辑注》（下），怀效锋、李俊点校，法律出版社 2000 年版，第 926 页。
③ 王伯沆：《王伯沆红楼梦批语汇录》，江苏古籍出版社 1985 年版，第 65 页。
④ 欧丽娟：《秦可卿新论：才情和情色的特殊演绎》，台湾《成大中文学报》2016 年第 52 期。

中,即使是在"无夫"情形下,涉淫的男女依然要承担相应的法律后果和道德谴责。儒家思想被确立为官方意识形态后,统治者又进一步加强礼法对士族男女的精神约束,教化他们要明确尊卑,压抑感情,节制欲望。时至明清,在程朱理学道统观的辖治之下,存理灭欲更是贵族阶层的主流价值观,世家大族的各类礼仪规矩也变得更为烦琐、严密。

贾母批判才子佳人私下定情一类小说情节时,说道:

> "这些书就是一套子,左不过是些佳人才子,最没趣儿。……开口都是乡绅门第,父亲不是尚书,就是宰相。……这小姐必是通文知礼,无所不晓,竟是'绝代佳人',只见了一个清俊男人,不管是亲是友,想起他的终身大事来,父母也忘了,书也忘了,鬼不成鬼,贼不成贼,那一点儿像个佳人?……比如一个男人家,满腹的文章,去做贼,难道那王法看他是个才子,就不入贼情一案了不成?……再者,既说是世宦书香大家子的小姐,又知礼读书,连夫人都知书识礼的,就是告老还家,自然奶妈子、丫头伏侍小姐的人也不少,怎么这些书上,凡有这样的事,就只小姐和紧跟的一个丫头知道?你们想想,那些人都是管做什么的,可是前言不答后语了不是?"

在礼节繁复、眼目众多的世家大族,年轻的士族小姐们的身心被束缚在层层有形或无形的壁垒之中。而梦,作为人类诞生以来即存在的正常生理现象,则可以规避法律与道德的责难,成为男女两性展露欲望的隐秘的心理场域。

一方面,晚明心学昌盛时,汤显祖笔下的杜丽娘"云髻罢梳还对镜,罗衣欲换更添香",描摹色相,乔装打扮,进而发现自我,形成主体意识,表达着人类自恋式的审美需求,后又在梦中与从未见过的男子柳梦梅幽媾,这与《红楼梦》中小红与贾芸在梦境纠缠,以及贾宝玉与"可卿"于梦里交合,实则属于同一类型的精神现象,即由于儒家礼教约束严格,社会现实压力过大,男女两性只得将欲望转移和投射到自己的梦境之中,以逃避礼法的惩戒。

另一方面,经过唐律对礼制与律典的全面融合,良人阶层尤其是世家权贵,便可以凭借社会优势地位被减轻或免于刑事处罚,其宣淫纵欲也就获得了一定的"合法性"与"正当性"。至于那些"和奸"罪中的被动者,尤其是庶民、贱民阶层中的女性,则只能压抑内心的不满和反抗意识,以"政治正确"的话语表达方式或行为方式(例如自杀),希求国家能以更为严格的贞节观约束上位者,保护自身权利,却也在无意间与官方意识形态达成合谋,促使儒家礼教思想越来越趋于极端和僵化。

第二节 贵族家庭中的等级观念及其流变

一、儒家慈孝观念与父子关系的异变

(一)《红楼梦》中的父子关系

我国传统家族结构中,紧随夫妇之伦之后的便是父子之伦。类似于男女之间的投瓜报玉,儒家理想的父子关系也是父慈而子孝、爱下而敬上之双向、对等且饱含真情实感的人伦关系。《论语·阳货》载:"宰我问:'三年之丧,期已久矣。君子三年不为礼,礼必坏;三年不为乐,乐必崩。旧谷既没,新谷既升,钻燧改火,期可已矣。'子曰:'食夫稻,衣夫锦,于女安乎?'曰:'安。''女安,则为之。夫君子之居丧,食旨不甘,闻乐不乐,居处不安,故不为也。今女安,则为之。'宰我出,子曰:'予之不仁也! 子生三年,然后免于父母之怀。夫三年之丧,天下之通丧也,予也有三年之爱于其父母乎!'"从孔子与宰我的对话可以发现,父子关系原初的形式是报偿式、来往式的:父母在子女初生前3年缺乏自我意识和自理能力的情形下,无条件地养育着子女,给予其关爱;因此,父母去世后,子女也应当无条件地为父母服以相同时长的丧期,以示哀戚之情。也就是说,因有父慈才有子孝,慈是孝的基础和前提。

《颜氏家训·治家》开篇即道:"夫风化者,自上而行于下者也,自先而施于后者也。是以父不慈则子不孝,兄不友则弟不恭,夫不义则妇不顺矣。"[1]颜之推同样认为父子亲情的背后,隐含着"慈—孝"这一由尊及卑的具有条件性和对等性的契约关系。明清时期,持此观点者仍不乏其人。陆世仪论"齐家"之道曾曰:"古人云教孝,愚谓亦当教慈。慈者,所以致孝之本也。愚见人家尽有中才子弟,却因父母不慈,打入不孝一边。遇顽嚚而成厎豫者,古今自大舜后,能有几人! 教子须是以身率先。"[2]

---

① 王利器:《颜氏家训集解》卷第一《治家第五》,中华书局2002年版,第41页。

② (清)陆世仪撰、张伯行编:《思辨录辑要》卷十,《文渊阁四库全书》(第724册),台湾商务印书馆1986年版,第85页。

然而,在《红楼梦》中,贾政与贾宝玉的关系却异常严峻。父子二人和平相处、共享天伦的情景屈指可数,父亲对儿子舐犊情深的画面更是付之阙如。宝玉对父亲充满畏惧,贾政对宝玉亦少有疼爱;贾政时常训斥宝玉不"肖"(孝),儿子却绝无谴责父亲不"慈"的可能。第八回中,宝玉打算去探望宝钗,却想到"若从上房后角门过去,恐怕遇见别事缠绕,又怕遇见他父亲,更为不妥,宁可绕个远儿",可以窥见宝玉对其父的疏离和排斥。第十七回,贾政带一众清客预览大观园并借机测试宝玉文才。在整个游园过程中,对于宝玉拟题的匾额和对子,贾政满意时多半缄默不语,不满时则严厉斥责。例如,当宝玉说出对潇湘馆题匾看法后,贾政骂道:"畜生,畜生!可谓'管窥蠡测'矣。"到了稻香村,贾政对宝玉的抢答提议训斥曰:"无知的畜生!你能知道几个古人,能记得几首旧诗,敢在老先生们跟前卖弄!"之后,宝玉发表了一番对稻香村的评价,贾政气得怒喝道:"扠出去!"呵斥完又马上将宝玉唤回,命他再题一联:"若不通,一并打嘴。"离园时,贾政对宝玉冷笑道:"你这畜生,也竟有不能之时了。也罢,限你一日,明日题不来,定不饶你。"父子间对话虽然不多,贾政却接连骂了四个"畜生",其苛刻寡情的严父形象跃然纸上。

第二十六回中,薛蟠诓骗宝玉,说贾政要见他,宝玉听了,顿时犹如被雷击一般。第二十五回中,贾母说宝玉"见了他老子就像个避猫鼠儿一样"。第二十三回中,作者写道:"贾政一举目,见宝玉站在跟前,神采飘逸,秀色夺人;又看看贾环人物委琐,举止粗糙,忽又想起贾珠来。再看看王夫人只有这一个亲生的儿子,素爱如珍,自己的胡须将已苍白。因此上把平日嫌恶宝玉之心不觉减了八九分。"由此可见,贾政觉得宝玉唯一的可取之处是他的相貌和神采,而非其性格、品行或才能。即便如此,这几分仅有的亲和也是源于贾母和王夫人的疼爱以及长子贾珠早逝引发的移情效应。

父子二人的冲突在全书第三十三回发展到了高潮。贾政听说了两件关于宝玉的丑事:一是宝玉将忠顺亲王府的戏班小旦蒋玉菡(琪官)藏起,并与之互换汗巾;二是宝玉强奸王夫人的丫鬟金钏儿未遂,致使金钏儿跳井。于是,怒火中烧的贾政下狠手将宝玉打到昏厥。此可谓"子弗祗服厥父事,大伤厥考心。于父不能字厥子,乃疾厥子"(《尚书·康诰》)[1]的生动写照,毫无父"慈"子

———————
[1] (汉)孔国安传、(唐)孔颖达疏:《十三经注疏·尚书正义》卷第十四,北京大学出版社1999年版,第366—367页。

"孝"可言。

对于《红楼梦》中贾政与宝玉的父子关系,文康在《儿女英雄传》中就发表过一番批判:"不过安公子的父亲合贾公子的父亲看去虽同是一样的道学,一边是实实在在有些穷理尽性的功夫,不肯丢开正经;一边是丢开正经,只知合那班善于骗人的单聘仁、乘势而行的程日兴,每日里在那梦坡斋作些春梦婆的春梦,自己先弄个'文而不文,正而不正'的贾政,还叫他把甚的去教训儿子?"①实际上,这类严父形象在全书中并不止贾政一人,更非《红楼梦》一书所独有。周轶群指出:"如果我们将注意力转到儒家经典和以教化为唯一旨归的文本之外的材料,那么我们也会发现,在中国几千年的历史中,父亲确实绝大多数时候都是要么作为消极的尽孝对象被提及,要么被描绘为威严冷峻、高高在上的家长,'父慈子孝'理想中的'父慈'一维似乎尽付阙如。"②赵园也谈道:"在今人看来,夫妇应当较父子更'私密'。但我在为写作本书搜集材料时却发现,为人子者讲述其经验中的父子一伦,较之讲述其处夫妇更困难。……相较于'夫'这一角色,'子'显然更使他们紧张、压抑。"③

《孔子家语·六本》载:"子夏三年之丧毕,见于孔子。子曰:'与之琴。'使之弦,侃侃而乐。作而曰:'先王制礼,不敢不及。'子曰:'君子也。'闵子三年之丧毕,见于孔子。子曰:'与之琴。'使之弦,切切而悲。作而曰:'先王制礼,弗敢过也。'子曰:'君子也。'子贡曰:'闵子哀未尽,夫子曰君子也;子夏哀已尽,又曰君子也。二者殊情而俱曰君子,赐也惑,敢问之。'"孔子评价子夏、闵子表达父母之丧哀戚之情曰:"闵子哀未忘,能断之以礼;子夏哀已尽,能引之及礼。虽均之君子,不亦可乎?"④礼的功能之一是合理、适度地表达人类的自然感情,具有灵活性、可调节性,并不具有强制性,行礼者不应拘泥于礼的形式表象。子为父服丧的道理也是如此,其最终的目的是尽哀;但如果丧期已过而服丧者仍有余哀,只要他懂得以礼节制情感,也未尝不是君子。

然而,随着历史的演进与儒学的变迁,原初具有双向性、对等性的父子关系,

①　(清)文康:《儿女英雄传》,中华书局 2016 年版,第 431 页。
②　周轶群:《从〈红楼梦〉和〈儿女英雄传〉看"父慈子孝"》,《吉林师范大学学报(人文社会科学版)》2017年第 3 期。
③　赵园:《家人父子:由人伦探访明清之际士大夫的生活世界》,北京大学出版社 2015 年版,第 148—149 页。
④　《诗经·素冠》毛传、《礼记·檀弓上》《说苑·修文》,参见《孔子家语》,王国轩、王秀梅译注,中华书局2011 年版,第 186 页。

逐渐转变为重孝轻慈之偏于单向性、服从性的权力压制型关系,"小棰则待过,大杖则逃走"(《孔子家语·六本》)变成了"天下无不是底父母"(《幼学琼林·兄弟》)。虽然文康在《儿女英雄传》中塑造了安如海一类宽裕慈祥的父亲,试图与《红楼梦》中的严父形象相抗衡,却无法从根本上扭转晚期帝制中国士族家庭中父子关系日渐紧张并走向疏离的趋势。那么,原初顺应人类自然情感、重视人伦实质内容的父子关系以及慈孝之道,为何会发生这样的变化呢?

(二)"君子重威"与"易子而教"

所谓"君子不重则不威",是指在宗法等级社会中,古礼制定者为了让父亲在家族中保持尊者的庄重与威严,维持自上而下的权力差序格局,一开始便在尊卑之间划出一定的距离,以示身份和地位差异。

《礼记·曲礼上》云:"父子不同席。"郑玄注:"父子不同席,异尊卑也。"① 与之相应,"为人子者,居不主奥,坐不中席,行不中道,立不中门,食飨不为概,祭祀不为尸,听于无声,视于无形,不登高,不临深,不苟訾,不苟笑"。对孝子行立和起坐的位置、待宾和祭祀的职任权限以及身体的感官和仪态等,《礼记》都做出了详细的规定。郑玄注:"谓与父同宫者也,不敢当其尊处。"疏云:"'居不主奥'者,主犹坐也。……常推尊者于闲乐无事之处,故尊者居必主奥也。既是尊者所居,则人子不宜处之也。'坐不中席'者,一席四人,则席端为上。……独坐则席中为尊,尊者宜独,不与人共,则坐常居中,故卑者坐不得居中也。'行不中道'者,尊者常正路而行,卑者故不得也。……'立不中门'者,中央有阃,阃旁有枨,枨谓之门橛。今云不中门者,谓枨阃之中是尊者所行,故人子不得当之而行也。"② 这些对子嗣行为习惯的规定均遵循着同样的礼制原则:尊卑有分、行当其位,卑者不可逾越居间,占据尊者的位置。至于尊者能否偏离中位,俯就卑幼,则未见明确说法。以"馂余不祭,父不祭子"为例,张红珍认为,"父亲吃儿子的剩饭"(郑玄注),表明当时在父子关系方面,虽然理论上有等级、辈分与尊卑差别,但是,现实中的人们则会顾念父子之情和物质生活条件,父亲吃了儿子的剩饭也未尝不可。③ 通过后世经学家注疏可以看出,古礼自诞生以来,对于父子尊卑位次的建

---

① (汉)郑玄注、(唐)孔颖达正义:《礼记正义》卷第三,上海古籍出版社 2008 年版,第 64 页。

② (汉)郑玄注、(唐)孔颖达正义:《礼记正义》卷第二,上海古籍出版社 2008 年版,第 34—35 页。

③ 此后,朱熹、顾炎武分别将这句话解释为"父亲不能用剩余之食祭祀儿子"与"父亲不能祭祀儿子"。可见,随着礼制的发展演变,儒家学者对于古礼的解释越来越突出和强调其中的尊卑等级界限。参见张红珍:《〈礼记·曲礼上〉之"父不祭子"释义辨析》,《东岳论丛》2015 年第 11 期。

构已经呈现出单方面强调子辈义务的倾向。换言之,我国传统父子关系中带有着天然的权力结构要素。

孟子以此原则为基础又提出了"君子不亲教子"或"易子而教"的礼制规范。《孟子·离娄上》中,公孙丑问孟子:"君子之不教子,何也?"孟子答曰:"势不行也。教者必以正,以正不行,继之以怒;继之以怒,则反夷矣。夫子教我以正,夫子未出于正也。则是父子相夷也。父子相夷,则恶矣。"[①]从蒙学教育的方式和目的来看,教育是一个做学问、求至理的过程,匡正教育对象言行和思想的时候,难免会因教育者态度严厉或受教者年少叛逆,折损卑者对尊长的礼敬之意以及两人之间的脉脉温情。因此,若父亲亲自教育儿子,难免会因望子成龙心切而对儿子的学业责备求全,进而引发不满和怒气;儿子也因父亲的严苛和斥责而心生怨怼,父子之情因而受损。朱熹评曰:"夷,伤也。教子者,本为其爱子也,继之以怒,则反伤其子矣。父既伤其子,子之心又责其父曰:'夫子教我以正道,而夫子之身未必自行正道。'则是子又伤其父也。易子而教,所以全父子之恩,而亦不失其为教。"[②]由他人执教可以规避因义掩恩造成的负面效果,通过在父子之间保持适度的距离以更好地维系人伦亲情。

从蒙学教育的内容方面来看,班固《白虎通·辟雍》篇载:"父所以不自教子何? 为渫渎也。又授之道当极说阴阳夫妇变化之事,不可父子相教也。"[③]"阴阳夫妇"之事,玄妙渊深,语涉淫邪,例如《诗经》中描写的男欢女爱,《春秋》记载的宫廷淫乱之事,确是父子间难以通言的。[④] 在士族家庭中,父亲为了将自己塑造为因循天理、节制欲望的"卫道者"形象,不便在公开场合直言男女情爱和内帏淫亵之事。

颜之推同样强调父子之间应谨守伦常,保持严肃。《颜氏家训·教子》云:"父子之严,不可以狎;骨肉之爱,不可以简。简则慈孝不接,狎则怠慢生焉。"[⑤]可以发现,父子之间保持适度距离,父亲保持严明克己的君子形象,子对父保持发自内心的敬意,是儒家建构和强化伦理差等秩序的内在要求和必然结果。与此同时,为了维系血亲之间的亲情,儒礼又要求父对子展示威严的同时兼有慈爱,以防止两代人过于疏远,只存礼义而弃绝恩情。

---

① (清)焦循:《孟子正义》卷第十五,沈文倬点校,中华书局1987年版,第522—524页。
② (宋)朱熹:《孟子集注》卷七,《四书章句集注》,吴则虞点校,中华书局1983年版,第284页。
③ (清)陈立:《白虎通疏证》卷六,中华书局1994年版,第257页。
④ 汪文学:《中国古代父子疏离、祖孙亲近现象初探》,《孔子研究》2001年第4期。
⑤ 王利器:《颜氏家训集解》卷一《教子第二》,中华书局2002年版,第15页。

赵园认为,《孝经》:"父子之道,天性也。"《荀子》有《君道》《臣道》《子道》诸篇,却未设专篇讨论"父道"。有"父慈子孝"的说法,即使不能读作条件关系——即"父慈"则"子孝",却不便径以"慈"为"父道"。关于父之于子,似乎缺乏明确的规范;士大夫的伦理实践中,通常也在"严""慈"之间。① 相对于"严","慈"虽然更注重关系的对等性,更能体现父亲对子嗣的爱,却不适合用以维系父权家族的尊卑秩序,而只能作为调和父子关系的一种补充性人格特质存在。礼法对于父道到底是应该保持严厉还是应该偏于慈缓尚没有规定统一的标准,这就为后世儒家学者在解读父子关系时留下了因时与因事制宜的阐释空间。

(三) 从"父子不责善"到"责善"之义

除了"易子而教"之外,孟子还推演出了"父子不责善"之说用以协调父子关系,"父子之间不责善。责善则离,离则不祥莫大焉"。又云,"夫章子,子父责善而不相遇也。责善,朋友之道也;父子责善,贼恩之大者"。② 大意为父子相处不同于朋友,对朋友应多指出对方的错误,帮助友人改正缺点,即"士有争友,则身不离于令名"(《孝经·谏诤章》);③而父子之间则不必求全责备,虽然逆耳劝谏之言的本意是为了表达敬爱,但说得过多依然会伤害亲人间的感情。

如果说"易子而教"主要针对的是父对子、上对下的教育方式,"父子不责善"则主要阐释的是子对父、下对上的处世态度。有学者认为,孟子因为过于强调"顺",所以才会提出"父子之间不责善"这一标新立异的命题,这与孔子、曾子家庭伦理语境中的谏亲原则已经大有不同。④ 果真如此吗?《论语·里仁》载:"事父母,几谏,谏志不从,又敬不违,劳而不怨。"在孔子看来,如果反复向父母谏言而父母仍不愿听从劝告,那么子女最终还是应当遵从父母的要求,不要埋怨父母。笔者认为,从结果来看,孔孟之道对于父子关系的指导和规范目标从根本上而言一致的,都要求子嗣在谏言责善与维系亲情之间找到一个平衡点,两人的说法并没有实质性的矛盾。

《唐律疏议·名例》"十恶"条载:"善事父母曰孝。既有违犯,是名'不孝'。"又曰:"《礼》云:'讲信修睦。'《孝经》云:'民用和睦。'睦者,亲也。此条之内,皆是

---

① 赵园:《家人父子:由人伦探访明清之际士大夫的生活世界》,北京大学出版社 2015 年版,第 130 页。
② (清)焦循:《孟子正义》卷第十七,沈文倬点校,中华书局 1987 年版,第 599 页。
③ 汪受宽:《孝经译注》,上海古籍出版社 2004 年版,第 72 页。
④ 曹振宇:《孟子孝论对孔子思想的发展与偏离——从"以正致谏"到"父子不责善"》,《史学月刊》2007 年第 11 期。

亲族相犯,为九族不相叶睦,故曰'不睦'。"①可以看出,唐时,以"善"事亲仍然是君子尽"孝"的道德标准,曾子所谓"以义辅亲""以正致谏"等谏亲原则当然也是孝道的应有之义;但如果因为"责善"而损伤了父母与子女之间的"睦",那便是逾越了礼仪限度。因此,在维护家庭伦理秩序的过程中,孝子既要责善谏亲,又要预防矛盾激化,平衡"义"与"恩"两种价值取向。

然而,到了宋代,在孟子升格的同时,士大夫群体中却出现了一股以李觏、司马光、苏轼、叶适、何涉、冯休、傅野、晁说之、郑厚等为代表的疑孟、非孟潮流,其中就包含了对孟子责善论的批评和责难,而以朱熹、余允文等为代表的宋明理学家则为孟子责善论做了辩护。②例如余允文为驳斥司马光《温公疑孟》中对孟子"易子而教"的质疑,专门作《尊孟辩》一文。他论道:"父子之间不责善,父为不义则争之,非责善之谓也。《传》云:'爱子,教之以义方。'岂自教也哉!胡不以吾夫子观之:鲤趋而过庭,孔子告之不学《诗》,无以言;不学礼,无以立。鲤退而学《诗》与礼。非孔子自以《诗》礼训之也。陈亢喜曰:'问一得三。闻《诗》,闻礼,又闻君子之远其子。'孟子之言,正与孔子不约而同,其亦有所受而言之乎?"③朱熹撰写了《读虞隐之尊孟辨》,在余文基础上对非孟思潮进行了系统而又严厉的批评。他同样认为孟子继承了孔子之学,其道与孔子一致,并非僵化的理论。④

宋代士大夫群体反复论辩"父子不责善"义或不义的命题,绝不仅仅是纯粹的学理之争。通览《宋史》可以发现,"责善"一词也频频出现于两宋的庙堂之中。嘉祐六年(1061 年),仁宗下诏曰:"朕观古者治世,牧民之吏,多称其官,而百姓安其业。今求材之路非不广,责善之法非不详,而吏多失职,非称所以为民之意。岂人材独少而世变殊哉?殆不得久于其官故也。盖智能才力之士,虽有兴利除害、禁奸劝善之意,非假以岁月,则亦媮不为用,欲终厥功,其路无由。"⑤仁宗表达出对朝中谏官失职、言路阻塞、职任不定、人才短缺的强烈不满。与"父子之间不责善"正相反,这里,君臣之间的"责善"行为恰恰成了衡量官员称职与否的正向指标。这说明,一方面,以往用以界定家门内部父子关系的礼制规范被用来评价政治领域中的君臣关系,家与国、公与私之间的边界变得模糊;另一方面,评价

①　刘俊文:《唐律疏议笺解》(上册),中华书局 1997 年版,第 61、63 页。
②　涂可国:《孟子责善论面临的合理性挑战》,《现代哲学》2017 年第 5 期。
③　(宋)余允文:《尊孟辩》卷上,《文渊阁四库全书》(第 196 册),台湾商务印书馆 1986 年版,第 523 页。
④　魏涛:《朱熹道统理论与思想视界中的司马光》,《理论月刊》2013 年第 3 期。
⑤　(元)脱脱等:《宋史》卷第一百六十《志第一百一十三·选举六》,中华书局 1977 年版,第 3760—3761 页。

父子与君臣理想关系的道德标准出现了二元对立：父母与子女之间不必责善，君臣之间则必须广开言路，以正致谏。

嘉祐八年（1063年），司马光为缓解英宗与圣明太后之间的矛盾，一改以往疑孟的治学态度，反而以孟子的"父子不责善"之论上疏太后和英宗，劝谏太后要与皇帝相互依傍。英宗应恭顺太后，太后也应容忍和宽恕青年皇帝的小过失，疏云："孟子曰：'父子责善，贼恩之大者也。'盖言骨肉至亲，止当以恩意相厚，不当较锱铢之是非也。"①司马光上疏谏言本就是"责善"，目的却又是劝说仁宗"不责善"；司马光的责善之举属于国事，劝谏的对象却又是帝王的家事。可以说，对于责善与不责善、忠与孝哪种价值取向更优先、更合时宜的问题，答案并不是固定的，而是随着君臣、父子之间权力关系的变化而不断变化的。儒家先贤为"父子不责善"之说留下了较大的阐释空间，这一命题不仅有较强的可修正性和学理意义，而且在宋代父子、君臣的权力博弈中发挥出重要的协调功能。

此外，韩维、司马光、范镇、苏辙、包拯、刘挚、吕海、曾肇、陈次升、张扶言、廖刚等人，都曾在奏议中郑重强调"居言责之地""臣职在言责"，必须上书指陈时政得失，如此方不辜负国家的重托。②嘉祐之治成了宋朝人心目中的治世典范，在士大夫的言论中屡受阐扬。到了南宋，士人依然时常将亡国罪责归于变法，并倡行嘉祐、元祐之治，③其中就包括言官必须对君主尽到"责善"义务。余天锡为保举曹豳疏奏曰：

> "时权礼部侍郎曹豳实在谏省，盖尝抗疏谓用臣大骤。臣与豳父交最久，相知最深，今观其所论，于君父有陈善之敬，友朋有责善之道。而豳遂迁官，臣竟污要路。豳以不得其言，累疏丐去。夫亟用旧人而遂退二庄士，则将谓之何哉！豳老成之望，直谅多益，置之近班，可以正乃辟，可以仪有位。欲望委曲留行，使之释然无疑，安于就职，则陛下既昭好贤之美，而微臣亦免妨贤之愧。"④

为了突出谏省言官的重要作用，余天锡将父子、君臣与朋友相处之道并列，

---

① （宋）司马光：《上英宗论两宫当相恃为安》，北京大学中国中古史研究中心校点整理：《宋朝诸臣奏议》，上海古籍出版社1999年版，第78页。
② 周淑萍：《孟子与宋代政治文化——以宋人奏议为中心》，《孔子研究》2014年第3期。
③ 曹家齐：《"嘉祐之治"问题探讨》，《学术月刊》2004年第9期。
④ （元）脱脱等：《宋史》卷四百一十九《列传第一百七十八·余天锡》，中华书局1977年版，第12552页。

认为君臣关系更接近于朋友而非父子之伦,不仅在客观上弱化了君臣之间的上下尊卑界限,而且再次赋予了君臣"责善"的正当性与合理性。绍熙年间,宋光宗在孝宗让位后仍对父亲存有猜疑,未尽孝子之道。为此,黄裳、吕祖俭、彭龟年等耿直之臣纷纷上书。其中,黄裳引用《孟子》中舜被其父瞽叟谋害的"焚廪浚井"典故,劝说光宗不要妄加猜疑。其奏曰:"寿皇老且病,乃颐神北宫,以保康宁,而以天下事付之陛下,非有争心也,陛下何疑焉? 又无乃以孟子责善为疑乎? 父子责善,本生于爱,为子者能知此理,则何至于相夷。寿皇愿陛下为圣帝,责善之心出于忠爱,非贼恩也,陛下何疑焉?"①由奏文来看,似乎只要责善的本意是出于内心的敬爱,那便无损父子恩情,可以被允许和谅解,如二程所论:"要使诚有余而言不足,则于人有益,而在我者无自辱矣。"②

以上这些事例均表明,父子责善合礼与否的关键并不在于孔孟学说对君臣、父子关系最初做出的界定,所谓"事亲有隐无犯,事君有犯无隐"(《礼记·檀弓上》)并无一定之法,关键在于不同时代背景下,作为尊者的君、父为作为卑者的臣、子行使话语权、履行劝谏责任留下了多少言论空间与缓和余地。

对于这一点,清代王夫之在谈论安史之乱中唐玄宗与唐肃宗的父子关系时已有深见:"君父有过,臣谏之,则纳者十之三四也;虽不纳,而不施以刑杀者十之五六也;遇暴君而见戮见杀,十之一二耳,抑虽死而终不失其忠。子则不然,子谏而父纳,自非至仁大圣,百不得一焉;况乎宠姬媚子,君所溺爱,位相逼,势相妨,情相夺,岂人子所能施其檃括乎?"③王夫之大体上依然沿袭了尊孟派宋儒的观念,将事父之孝道与事君之忠道分为两途,认为君臣之间与父子之间的责善空间存在着显著区别,揭示出了为人子者所处的压抑、尴尬的处境。他论道:

> "资于事父以事君而敬同。"但言敬也,则以臣之事君者事父焉可矣。乃抑曰"资于事父以事母而爱同"。爱同于母,奚徒道之必尽,抑亦志之必从,饮食男女,非所得间也,岂容以事君者事父乎? 责难于君,敬之大者也;责善贼恩,伤爱之尤者也;至于此,则以臣之事君者事父,陷于不孝,以伤天性,辱死及身而不足以赎其愆矣。④

---

① (元)脱脱等:《宋史》卷三百九十三《列传第一百五十二·黄裳》,中华书局1977年版,12003页。
② (宋)程颢、程颐:《河南程氏遗书》卷第四《二先生语四》,《二程集》,王孝鱼点校,中华书局1981年版,第75页。
③ (清)王夫之:《读通鉴论》,舒士彦点校,中华书局2013年版,第664页。
④ (清)王夫之:《读通鉴论》,舒士彦点校,中华书局2013年版,第663—664页。

可见,《孝经》中的君臣、父子关系发展到此时已经发生明显的变异,两者再难以类比。士大夫虽然常以"君父"称呼国君,然而,忠道与孝道中"敬"的内涵并不完全一致,忠道的"敬"更多强调的是义,孝道的"敬"则强调的是恩或爱。在恩与爱的名义下,孝中的"义"逐渐失去了存在的正当性。在以程朱之学为国家正统观念的清代,士大夫处理家门之内事务更倾向于"以恩掩义"、以孝为先,强调为人子者单方面道德义务。

《红楼梦》第九回中,贾政向宝玉的随身仆人李贵问及宝玉的学业,说道:

> "你们成日家跟他上学,他到底念了些什么书,倒念了些流言混话在肚子里,学了些精致的淘气。等我闲一闲,先揭了你的皮,再和那不长进的东西算账!"吓的李贵忙双膝跪下,摘了帽子碰头,连连答应"是",又回说:"哥儿已念到第三本《诗经》,什么'攸攸鹿鸣,荷叶浮萍',小的不敢撒谎。"说的满坐哄然大笑起来。贾政也掌不住笑了。因说道:"那怕再念三十本《诗经》,也都是掩耳偷铃,哄人而已。你去请学里太爷的安,就说我说的,什么《诗经》、古文,一概不用虚应故事,只是先把《四书》一齐讲明背熟,是最要紧的。"

贾宝玉在家族义学中与一众族中子弟共同学习儒家经典,由贾氏"代"字辈旁支族人贾代儒执教。本来,"易子而教"除了为避免父对子责备求全,子对父心生埋怨之外,也是为了避免为人父者教授《诗经》时,因语涉男女情爱和宫廷淫秽之事而感到尴尬,有损威仪。然而,由于科举制度日趋僵化,清代考试首重《四书》,命题割裂《四书》章句,八股文以朱熹《四书集注》为释义标准,孟子"易子而教"的本意早已被忽视了。在贾政看来,《诗经》对于士子应试的实际用处不大,不如先搁置一边,改为每日背诵《四书》。与此同时,为人子者孝道中所包含的"责善"义务也基本消失了,只徒留"天下无不是底父母"一类顺父、事亲的卑从意识,"父慈子孝"逐渐转变为"子孝"而"父慈",或者"父严"才"子孝"。

贾府对于"父子之间不责善"之论的严格奉行,也可在贾赦与贾琏因石呆子卖扇一事发生的争执中得到确证。第四十八回中,平儿向宝钗说起了贾琏近日被父亲贾赦打伤的缘由:

> "今年春天,老爷不知在那个地方看见几把旧扇子,回家来,看家里所有收着的这些好扇子,都不中用了,立刻叫人各处搜来。谁知就有个不知死的冤

家，混号儿叫做石头呆子，穷的连饭也没的吃，偏偏他家就有二十把旧扇子，死也不肯拿出大门来。……偏那石呆子说：'我饿死冻死，一千两银子一把，我也不卖。'老爷没法了，天天骂二爷没能为。……谁知那雨村没天理的听见了，便设了法子，讹他拖欠官银，拿他到了衙门里去，说：'所欠官银，变卖家产赔补。'把这扇子抄了来，做了官价，送了来。那石呆子如今不知是死是活。老爷问着二爷说：'人家怎么弄了来了？'二爷只说了一句：'为这点子小事，弄的人家倾家败产，也不算什么能为！'老爷听了，就生了气，说二爷拿话堵老爷呢。这是第一件大的。过了几日，还有几件小的，我也记不清，所以都凑在一处，就打起来了。也没拉倒用板子、棍子，就站着，不知他拿什么东西打了一顿，脸上打破了两处。"

按照清律，贾雨村对石呆子的构陷以及强买强卖行为已经构成了犯罪。《大清律例·刑律·断狱》"官司出入人罪"条载："凡官司故出入人罪，全出全入者，（徒不折杖，流不折徒。）以全罪论。（谓官吏因受人财及法外用刑而故加以罪、故出脱之者，并作官吏以全罪。）"[1]对于贾雨村讹诈石呆子"拖欠官银"一项，《大清律例·户律·仓库》"私借钱粮"条雍正三年（1725 年）例文规定："凡州、县、卫所亏空钱粮，如果民欠未完，捏报全完，或私自借给百姓仓粮，其私借钱粮之员及捏报官员，应照虚出通关硃钞律，计所虚出之数并赃，皆以监守自盗论。其实在民欠民借，仍著落原借欠之人完纳。其挪移钱粮有项可抵者，即令接任官催征补项。若捏报私借挪移至项，该员情愿一年内代民全完者，准其复还原职。"[2]根据清律规定，贾雨村所捏造的石呆子赊欠的银两，应由贾雨村全部代还。贾赦虽然未直接参与"妄构异端""锻炼成罪"，[3]但他骄奢淫逸、搜罗藏品确是促成石呆子的扇子被贾雨村充公的直接原因。由此可见，贾琏评价贾雨村与贾赦"为这点子小事，弄得人家倾家败产，也不算什么能为"，实属客观、明理之论，却反而遭到了父亲的痛打。即便如此，贾琏也不敢再反驳父亲，更不必说责难贾赦恃强凌弱。贾府中，子对父的疏离多是因为惧怕而非敬畏，亲近则多是源于谄媚而非慈睦，此时的"孝"已经发生了彻底的变质。

《儿女英雄传》第三十四回，安公子创作的八股文其中一段云："且《孝经》一

---

① 马建石、杨育裳：《大清律例通考校注》，中国政法大学出版社 1992 年版，第 1068 页。
② 马建石、杨育裳：《大清律例通考校注》，中国政法大学出版社 1992 年版，第 473 页。
③ 语见唐律"官司出入人罪"条（487）疏议。参见刘俊文：《唐律疏议笺解》（下），中华书局 1996 年版，第 2069 页。

书,'士章'仅十二言,不别言忠,非略也;盖资事父即为事君之地,求忠臣必于孝子之门。自晚近空谈拜献,喜竞事功,视子臣为二人,遂不得不分家国为两事。究之令闻未集,内视已惭,而后叹《孝经》一书所包者为约而广也。"①实际上,忠与孝的价值取向自制定古礼开始就有所分别。《汉书·王尊传》载:"先是,琅邪王阳为益州刺史,行部至邛郲九折阪,叹曰:'奉先人遗体,奈何数乘此险!'后以病去。及尊为刺史,至其阪,问吏曰:'此非王阳所畏道邪?'吏对曰:'是。'尊叱其驭曰:'驱之!王阳为孝子,王尊为忠臣。'"士大夫若以孝为先,便注重自然生命和私人情感,即《孝经》所谓"身体发肤,受之父母,不敢毁伤";若以忠为先,则偏重政治身份和社会责任,追求国家公义的实现。

《明史·蒋钦传》记正德初年,监察御史蒋钦为弹劾宦官刘瑾,被廷杖下诏狱,但仍不顾自身安危,继续上疏谏言:"臣昨再疏受杖,血肉淋漓,伏枕狱中,终难自默,愿借上方剑斩之。朱云何人,臣肯少让?陛下试将臣较瑾,瑾忠乎,臣忠乎?忠与不忠,天下皆知之,陛下亦洞然知之,何仇于臣,而信任此逆贼耶?臣骨肉都销,涕泗交作,七十二岁老父,不顾养矣。臣死何足惜,但陛下覆国丧家之祸起于旦夕,是大可惜也!"上奏后,蒋钦又被杖责三十。在草拟奏疏时,他隐隐听见有鬼魂哀鸣,想到这是祖先对他直切进谏将要招来祸患的警告,而后却又叹道:"业已委身,义不得顾私,使缄默负国为先人羞,不孝孰甚!"②于是决定,即便为此身死也不再修改奏疏内容。此外,为了明武宗南巡之事上疏谏言,何遵遭廷杖四十,"创甚,肢体俱裂";刘校被杖责将死,死前对其子说道:"尔读书不多,独不识事君致身义乎?善事祖母及母,毋愧而父。"③

"大礼议"之争中支持杨廷和的刘俊在病中感慨道:"古者鞭扑之刑,辱之而已,非欲糜烂其体肤而致之死也,又非所以加于士大夫也。成化时,臣及见廷杖二三臣,率容厚棉底衣,重毡叠裹,然且沉卧,久乃得痊。正德朝,逆瑾窃权,始令去衣,致末年多杖死。臣又见成化、弘治时,惟叛逆、妖言、劫盗下诏狱,始命打问。他犯但言送问而已。今一概打问,亦非故事。"④为了恪守忠君之道,尽到责善义务,臣属有时不得不放弃肉身完整性,乃至牺牲自己的生命,无法完成赡养父母之事亲、孝亲的责任。可以说,忠与孝、公与私的价值对立在君臣博弈过程中被推向了极致。

① (清)文康:《儿女英雄传》,中华书局 2016 年版,第 425 页。
② (清)张廷玉:《明史》卷一百八十八《列传第七十六·蒋钦》,中华书局 1974 年版,第 4983 页。
③ (清)张廷玉:《明史》卷一百八十九《列子第七十七·何遵》,中华书局 1974 年版,第 5025—5026 页。
④ (清)张廷玉:《明史》卷一百九十四《列子第八十二·林俊》,中华书局 1974 年版,第 5140 页。

忠孝的边界、责善的权限以及父子、君臣的关系,随着儒家思想的发展与政治格局的变迁不断地发生着变动。时至清代,士大夫话语体系中忠孝殊途的背后,隐含的是随着君权、父权的不断集中和强化,臣子的"责善"权限被压缩至越来越狭小的空间。以贾政为代表的世家子弟既有着士大夫身份,也是一家之长。一方面,他表面上仍然坚守着为臣之道和尽忠观念,却在任官过程中不断妥协,扮演着徒有清流名声实则平庸无能的人臣角色;另一方面,他又利用已经变质的"孝"道,维持着自己在家中的强势地位,以斥骂和杖责的形式,要求子嗣服从日益僵化的纲常体系与道德标准。君臣、父子表面的恩义关系下是责善的阙如与道义的缺失。

清初唐彪在《父师善诱法》中曾言:"父子之间,不过不责善而已。然致功之法与所读之书,不可不自我授也。孔子于伯鱼,亦有学《诗》学《礼》之训。今怠忽之父兄,不能设立善法教其子弟,又不购觅好书与之诵读,事事委之于师。不知我既无谆切教子弟之心,师窥我意淡漠,恐亦不尽心训悔矣。"[1]自清朝诞生以来,安骥所向往的父慈子孝、君上臣下、忠孝同理的家国结构从未完全实现过,清代社会发展的现实走向也与科场文章描述的家国理想背道而驰,士子八股文的空谈性质可见一斑。这也便不难理解,为何《红楼梦》全书中贾宝玉如此畏惧自己的父亲且极度厌恶作八股文了。

二、贾府家祭仪式与士庶阶层的互动

(一)贾府家祭仪式的来源

谷川道雄指出,在士族家庭里,针对子女的教育,不但有学问,还有日常生活中的礼仪规矩。此点可从正史列传中常见的"动循礼度"或与此意同的评语中窥其端倪(例:"非利不动""举动必以礼""动循则礼""造次必以礼""恒以礼法自处"等)。[2]朱熹《家礼》序言载:"凡礼,有本,有文。自其施于家者言之,则名分之守、爱敬之实,其本也;冠婚丧祭,仪章度数者,其文也。其本者有家日用之常礼,固不可以一日而不修;其文又皆所以纪纲人道之始终。虽其行之有时,施之有所,然非讲之素明,习之素熟,则其临事之际,亦无以合宜而应节,是亦不可以一日而不讲且习焉者也。"[3]

《红楼梦》中,儒家的伦理名分、礼仪法度不仅经由教育根存于士人的观念之中,而且渗透进了贾府日常生活的每个角落。在这些或琐碎或隆重的礼仪中,集

---

① (清)陈弘谋:《五种遗规》,苏丽娟点校,凤凰出版社 2016 年版,第 95 页。
② [日]谷川道雄:《六朝士族与家礼——以日常礼仪为中心》,高明士:《东亚传统家礼、教育与国法(一):家族、家礼与教育》,华东师范大学出版社 2008 年版,第 11 页。
③ (宋)朱熹:《家礼》序,《文渊阁四库全书》(第 142 册),台湾商务印书馆 1986 年版,第 530 页。

中展示贾氏家族伦理秩序的画面,出现在全书第五十三回的祭祖仪式"宁国府除夕祭宗祠"。正所谓"教家之道第一以敬祖宗为本,敬祖宗在修祭法,祭法立则家礼行,家礼行则百事举矣",①对此,作者描写道:

> 原来宁府西边另一个院子,黑油栅栏内五间大门,上面悬一匾,写着是"贾氏宗祠"四个字,傍书"特晋爵太傅前翰林掌院事王希献书"。……里边灯烛辉煌,锦幛绣幕,虽列着些神主,却看不真。只见贾府人分了昭穆,排班立定。贾敬主祭,贾赦陪祭,贾珍献爵,贾琏、贾琮献帛,宝玉捧香,贾菖、贾菱展拜垫、守焚池、青衣乐奏,三献爵,兴拜毕,焚帛,奠酒。礼毕,乐止,退出。众人围随贾母至正堂上。影前锦帐高挂,彩屏张护,香烛辉煌。上面正房中悬着荣宁二祖遗像,皆是披蟒腰玉,两边还有几轴列祖遗像。贾荇、贾芷等从内仪门挨次站列,直到正堂廊下,槛外方是贾敬、贾赦,槛内是各女眷。众家人小厮皆在仪门之外。每一道菜至,传至仪门,贾荇、贾芷等便接了,按次传至阶下贾敬手中。贾蓉系长房长孙,独他随女眷在槛里。每贾敬捧菜至,传于贾蓉,贾蓉便传于他媳妇,又传于凤姐、尤氏诸人,直传至供桌前,方传与王夫人。王夫人传与贾母,贾母方捧放在桌上。邢夫人在供桌之西,东向立,同贾母供放。直至将菜饭汤点酒茶传完,贾蓉方退出去,归入贾芹阶位之首。当时只从"文"旁之名者,贾敬为首;下则从"玉"者,贾珍为首;再下从"草头"者,贾蓉为首。左昭右穆,男东女西。俟贾母拈香下拜,众人方一齐跪下,将五间大厅,三间抱厦,内外廊檐,阶上阶下两丹墀内,花团锦簇,塞的无一些空地。

贾敬因好丹汞修道,在全书中几乎从未现身,但即便如此,他也必须出席除夕的家祭场合,按照辈分排入序列,担当起相应的祭典职责,足见这类祭祀仪式对于整个家族的重要性。王伯沆评价这一段祭祀描写说道:"文字简质入古,岂俗笔所能梦到。宛然《仪礼》笔法,看官莫作小说读过。"②这里的"《仪礼》笔法",指的应是作者描写的祭祀场景保留了周制庙祭礼仪的形制、程式以及古礼精神。

所谓"天子七庙、诸侯五庙、大夫三庙、士一庙,③庶人祭于寝",又云"寝不

---

① (清)陆世仪撰、张伯行编:《思辨录辑要》卷十,《文渊阁四库全书》(第724册),台湾商务印书馆1986年版,第85页。

② 王伯沆:《王伯沆红楼梦批语汇录》,江苏古籍出版社1985年版,第566页。

③ 《礼记·祭法》载:"适士二庙、一坛:曰考庙,曰王考庙,享尝乃止;显考无庙,有祷焉,为坛祭之;去坛为鬼。官师一庙,曰考庙;王考无庙而祭之,去王考为鬼。"与《王制》说士有一庙有所区别,但两处依次降杀的原则是一致的。

逾庙"(《礼记·王制》)。"传统的'三礼'正文中并没有家庙的具体界定,家庙不过是王朝宗庙和宗法制度的延伸。家庙的前身是西汉的郡国庙,是地方的诸侯王祭祀皇帝祖先的场所。按照古礼,诸侯开国,自为始祖,以天子观之,是为小宗,不得祭祀天子的祖考。因此,郡国庙的产生是对传统礼制的僭越,是诸侯王争取祭祀先祖的权利以彰显其政治地位的活动。"[1]甘怀真认为,汉代的官人也有庙祀,但并未将宗法原则成文法制化,政治权力也未曾积极介入建立起封建宗庙体系。公、王比拟诸侯礼立庙祭祀是曹魏的新创,是借礼制来尊崇曹操的特殊地位。东晋时,一般士大夫立庙的仍不多,官僚立庙是依官品的高低作为庙制等差的根据。[2] 直至唐代,修撰、遵行家礼,效拟朝廷宗庙祭祀立家庙、行祭祀的主体,仍局限于世胄公卿和品级较高的官员。学者指出,《新唐书·艺文志二》所载家礼修撰者杨炯、孟诜等9人中,实有6人可考为世家旧族、高门名族出身;这些唐代家礼关注的内容主要集中在家内祭祀礼仪部分,且无论是体例还是具体仪节,皆呈现出了"承古"特征。[3]

自宋代开始,尤其是南宋以来,理学家们试图通过调和三代古礼与社会现实重建宗族,复兴宗法。在编撰的礼书中,他们将庙祭礼制的级别放宽、去繁就简,庙祭礼仪文化也随之下移。从科举出身的名臣,到较低品阶的官员,乃至普通的庶民之家,均开始修立自家的祠堂、影堂,以明嫡庶长幼,别尊卑亲疏,追先怀远。张载论及祭祀之法说道:"夫祭者必是正统相承,然后祭礼正,有所统属。今既宗法不正,则无缘得祭祀正。故且须参酌古今,顺人情而为之。今为士者而其庙设三世几筵,士当一庙而设三世,似是只于祢庙而设祖与曾祖位也。有人又有伯祖与伯祖之子者,当如何为祭? 伯祖则自当与祖为列,从父则自当与父为列,苟不如此,使死者有知,以人情言之必不安。"[4]既然要"酌古今,顺人情",张载的庙祭之说不再完全遵循古礼的差等原则,而是以收族为立宗祭祖的要旨,以保证无后的支脉也依傍宗子,列入家祭。于是,他参酌时宜,根据服术,确定祭祀当至五世。[5] 程颐同样认为,天子至于庶人虽有庙数之别,但均可祭至高祖,且不顾僭越之嫌,认为冬至可祭始祖。此外,他又强调,祖先祭祀须由宗子即嫡长子主祭:"若立宗子法。则

① 赵旭:《唐宋时期私家祖考祭祀礼制考论》,《中国史研究》2008 年第 3 期。
② 甘怀真:《唐代家庙礼制研究》,台湾商务印书馆 1991 年版,第 16—23 页。
③ 王美华:《承古、远古与变古适今——唐宋时期的家礼演变》,《辽宁大学学报(哲学社会科学版)》2013 年第 4 期。
④ (宋)张载:《经学理窟·祭祀》,《张载集》,中华书局 1985 年版,第 292 页。
⑤ 吴飞:《祭及高祖——宋代理学家论大夫士庙数》,《中国哲学史》2012 年第 4 期。

人知尊祖重本。人既重本，则朝廷之势自尊。……只有一个尊卑上下之分，然后顺从而不乱也。……且立宗子法，亦是天理。"①

四时皆祭和宗子主祭同样是朱子《家礼》的重要礼仪原则。一方面，朱熹致力于保存古礼精神："四时皆祭，举其一耳。礼必有义，对举之，互文也"，②"宗子虽未能立，然服制自当从古，是亦爱礼存羊之意，不可妄有改易也"。③ 另一方面，他在继承张载、程颐、司马光等人之说，强调《仪礼》为"礼之根本"的基础上，结合社会现实状况，将私家祭祀礼仪规定得更为贴近日用，切实可行。论及前世礼书，朱熹评曰："横渠所制礼，多不本诸《仪礼》，有自杜撰处。"又云："温公则大概本《仪礼》，而参以今之可行者，要之，温公较稳，其中与古不甚远，是七八分好。若伊川礼，则祭祀可用。"④

具体而言，对于司马光《书仪》提出的专设影堂、以祖考画像和祠版代替神主、程序相对简约易行的庙祭仪式，朱熹认为："熹承询及影堂，按古礼，庙无二主。尝原其意，以为祖考之精神既散，欲其萃聚于此，故不可以二。今有祠版，又有影，是有二主矣。"然而考虑到宗子出仕宦游、古今有别的现实情形后，他继而论道："礼意始终全不相似，泥古则阔于事情，徇俗则无复品节。必欲酌其中制，适古今之宜。则宗子所在，奉二主以从之，于事为宜。盖上不失萃聚祖考精神之义（二主常相依，则精神不分矣）。下使宗子得以田禄荐享，祖宗宜亦歆之。"⑤当叔器问朱子士庶应祭祀几代时，朱熹答道："古时一代即有一庙，其礼甚多，今于礼制大段亏缺，而士庶皆无庙。但温公礼祭三代，伊川祭自高祖。始疑其过，要之，既无庙，又于礼煞缺，祭四代亦无害。"⑥他明确指出，士与庶人祭至始祖属于僭越之举，但在古礼缺失的情况下，亦认可张载、程颐祭至高祖的观点。

又如，若坚持宗子主祭，支子不得祭，那么祭祖礼仪将无法举行。对此，朱熹认为，"兄弟异居，庙初不异，只合兄祭而弟与执事或以物助之为宜，而相去远

① （宋）程颢、程颐：《河南程氏遗书》卷第十八，《二程集》，王孝鱼点校，中华书局1981年版，第242页。
② （宋）朱熹：《中庸集注》，《四书章句集注》，吴师虞点校，中华书局1983年版，第27页。
③ （宋）朱熹：《晦庵先生朱文公集》卷六三《答郭子从（叔云）》，《朱子全书》（第23册），上海古籍出版社、安徽教育出版社2002年版，第3053页；《家礼（附录）》，《文渊阁四库全书》（第142册），台湾商务印书馆1986年版，第585页。
④ （宋）朱熹：《朱子语类》卷八四《礼一·论后世礼书》，《朱子全书》（第17册），上海古籍出版社、安徽教育出版社2002年版，第2883页。
⑤ （宋）朱熹：《晦庵先生朱文公集》卷四十《答刘平甫》，《朱子全书》（第22册），上海古籍出版社、安徽教育出版社2002年版，第1795—1796页。
⑥ （宋）朱熹：《朱子语类》卷九十，《朱子全书》（第17册），上海古籍出版社、安徽教育出版社2002年版，第3053页。

者则兄家立主、弟不立主，只于祭时旋设位，以纸榜标记逐位，祭毕焚之，似亦得礼之变"。① 到底是坚持宗子主祭原则还是体现敬宗收族的功能？朱熹秉承了儒家的中庸之道，指出应由兄家立主，而弟不立主；但兄弟要同时参与祭祀，兄长主祭，弟于一旁辅助。

朱熹关于家祭礼仪的见解，既有对古礼和先儒的继承，也加入了自己的构想和新创，可以说是对儒家中庸之道的践履，也是宋代社会实用主义风尚影响下的产物。随着社会的变迁，宋代士大夫们"参酌古今之变"后设想出的家祭仪式，距离那些不可考或难落实的周制古礼已经越来越远。他们在撰写和奉行家礼时，虽然都声称以《仪礼》为根据，但最终目的则是在世族衰落、庙制式微的乱世后，通过重建宗法制以统合亲族关系，防止支脉离析，并借此抵抗佛教信仰对于儒家礼制文化的冲击。② 为了适应当时社会的实际情况，他们不得不调整礼仪规格，使之更贴近民众的日常生活，因而也就在一定程度上打破了传统封建庙祭制对于社会阶层与祭祀庙数的严格等级划分。

朱子《家礼》被清儒指认为伪托之作，也未能够在南宋时获得完全实现，但在其诞生之后的元明清各代，却得到了统治者的推崇，成为士庶阶层的践行日用家礼的重要参照。《明史·礼志》规定"群臣家庙"形制曰："明初未有定制，权仿朱子祠堂之制，奉高曾祖祢四世神主，以四仲之月祭之，加腊月忌日之祭与岁时俗节之荐。其庶人得奉祖父母、父母之祀，已著为令。至时享于寝之礼，略同品官祠堂之制。堂三间，两阶三级，中外为两门。堂设四龛，龛置一桌。高祖居西，以次而东，藏主椟中。两壁立柜，西藏遗书衣物，东藏祭器。旁亲无后者，以其班附。"③各级官员均可祭至四世高祖，祭祖世数与所设龛数一一对应，旁支无可祭者也能祔于各世祖考；庶民虽不能设立家庙，但可以效仿士人祠堂之制在居室内祭祀父母和祖父母。

永乐十三年(1415年)，收录朱子《家礼》的《性理大全》编辑完成，并于两年后正式刊行。随着《大全》的普及，朱子《家礼》由宋元以来士人之间私相传授的家礼书转变为"官修"的国家礼典，成为影响明代家礼传播的权威文本。④ 嘉靖年间，礼部尚书夏言同样认为，家祭之礼不必泥于古礼，而应参酌唐宋庙制，兼采朱子之说，并依据官品高低决定祭祀世数和迁祧与否。为此，他上疏建议道：

---

① （明）丘濬：《大学衍义补》卷五十二，京华出版社1999年版，第455—456页。
② 陆敏珍：《宋代家礼与儒家日常生活的重构》，《文史》2013年第4辑。
③ （清）张廷玉：《明史》卷五十二《志第二十八·礼六》，中华书局1974年版，第1341页。
④ 赵克生：《修书、刻图与观礼：明代地方社会的家礼传播》，《中国史研究》2010年第1期。

"按三代有五庙、三庙、二庙、一庙之制者,以其有诸侯、卿、大夫上中下之爵也。后世官职既殊,无世封采邑,岂宜过泥于古。至宋儒程颐乃始约之而归于四世,自公卿以及士庶,莫不皆然。谓五服之制,皆至高祖,则祭亦当如之。今定官自三品以上立五庙,以下皆四庙。为五庙者,亦如唐制。五间九架,厦旁隔板为五室,中祔五世祖,旁四室,祔高曾祖祢。为四庙者,三间五架,中一室祔高曾,左右二室祔祖祢。若当祀始祖,则如朱熹所云,临祭时,作纸牌,祭讫焚之。其三品以上者,至世数穷尽,则以今之得立庙者为世世奉祀之祖,而不迁焉。四品以下,四世递迁而已。"从之。①

这意味着,在一般官员均可祭及四世高祖的基础上,三品以上的官员还可在家庙祭五世祖,并依大宗之法,世数穷尽也不迁祧,且士族庶民均可在冬至祭祀始祖。由此可见,传统祭祖礼仪的标准愈加放宽了。②

李启成指出,在朱熹所创设的祠堂制度下,祖先祭祀限至高祖的主要理据在于将祠堂里的龛数看成是宗法制下祭祖的庙数,超过庙数规定即是僭越,是"非礼"的行为。但民间出于尊祖敬宗观念的影响,广泛存在祭祀始祖或始迁祖的事实。面对这种理论与事实之间的困境,需要寻求一个解决之道。夏言在《请定功臣配享及令臣民得祭始祖立家庙》疏中后两议,是通过对祭始祖说的重新阐释在一定程度上消除了"祭始祖"与"僭越"之间的紧张关系,使得民间本已广泛存在的祭始祖或始迁祖的行为在朝廷获得了正当性。③ 实际上,这也是明世宗为了在"大礼议"之争后营造联宗合祀的理论支撑和社会环境,巩固程朱学说的正统地位,并进一步完善庙祭礼仪制度,而对民间宗族祭祀风俗的承认和吸纳。④

---

① (清) 张廷玉:《明史》卷五十二《志第二十八·礼六》,中华书局 1974 年版,第 1342—1343 页。
② 关于品官建家庙建议的具体内容见夏言所上《乞诏天下臣工建立家庙疏》,在奏疏中夏言采用程颐的主张,宣称"庙数虽有多寡而祭皆及四亲则一也",认为祭祖世数与家庙间数不必依据古礼差等原则一一对应。参见(明)夏言:《夏桂洲先生文集》卷十一,《四库全书存目丛书·集部》,齐鲁书社 1997 年版,第 74 册,第 528—530 页。
③ 李启成:《功能视角下的传统"法"和"司法"观念解析——以祭田案件为例》,《政法论坛》2008 年第 4 期。
④ 夏言上奏《乞诏天下臣民冬至日得祭始祖疏》前,曾被明世宗召见。君臣谈及民间祭祖问题,明世宗本来打算"推恩"臣民,使之得以同皇室一样祭祀始祖,只是担心有僭越礼制之嫌。夏言了解到明世宗的这一想法,于是上疏,建议采用程颐的主张,认为冬至祭祀始祖不同于禘袷礼,并未僭越;同时禁止庶民建立家庙以防"逾分",从而在"推恩"与设限、从俗与守礼之间达成平衡与妥协。万历十四年(1586年)王圻编纂的《续文献通考》节录了夏言的上述奏议,其中品官建家庙的建议得到了皇帝的肯定,明世宗确诏令天下臣民冬至祭始祖,立春祭始祖以下高祖以上先祖。参见常建华:《明代宗族祠庙祭祖礼制及其演变》,《南开学报(哲学社会科学版)》2001 年第 3 期。

（二）敬宗收族功能的扩张

吕维祺在《四礼约言》中提倡，即使是庶民也应在力所能及的前提下按时祭祖，以求心安："今世祭礼久废，无论水木本源之思，弗忍恝然。然藉令人子甘肥顾养，而其先人不获沾一日之菽水，若敖氏之鬼，不其馁耶？……大之牲醴珍错，小之采山钓水，无不可以明孝。礼生，用子弟为之，或不用赞者，随其力之所至，情之所安，惟在意诚而致敬，乃为孝也。"[1]君主、士大夫、庶士与庶民等各个阶层对朱子《家礼》的吸收、改革和适用过程，一方面促进了民间的联宗祭祖之风的兴起，以至民间也出现了设立家庙祭祖的现象；[2]另一方面也使得士庶之礼在明代中晚期进一步突破阶层限制而发生融合。

时至明末，面对那些为提高家族地位而攀附名门、联宗通谱，以致祭统混乱的社会现象，顾炎武则慨叹道：

> 先王之于民，其生也，为之九族之纪，大宗小宗之属以联之；其死也，为之疏衰之服，哭泣殡葬虞附之节以送之；其远也，为之庙室之制，禘尝之礼，鼎俎笾豆之物以荐之；其施之朝廷，用之乡党，讲之庠序，无非此之为务也。……及乎有明之初，风俗淳厚，而爱亲敬长之道达诸天下。其能以宗法训其家人，而立庙以祀，或累世同居，称之为义门者，亦往往而有。……至于今日而先王之所以为教，贤者之所以为俗，殆渐灭而无余矣！列在搢绅而家无主祏，非寒食野祭则不复荐其先人；期功之惨，遂不制服，而父母之丧，多留任而不去；同姓通宗而不限于奴仆；女嫁，死而无出，则责偿其所遣之财；昏媾异类而胁持其乡里，利之所在，则不爱其亲而爱他人，于是机诈之变日深，而廉耻道尽。[3]

显然，宗族礼法的混乱、等级亲疏的模糊以及阶层边界的淡化，在正统士大夫眼中，无疑是社会正在走向礼崩乐坏的表征。顾炎武友人张尔岐《蒿庵闲话》亦载："近俗喜联宗，凡同姓者，势可藉，利同资，无不兄弟叔侄者矣。"[4]陈弘谋

---

① （明）吕维祺：《四礼约言》卷四，《四库全书存目丛书·经部》（第115册），齐鲁书社1997年版，第120页。

② 陈江：《明代中后期的江南社会与社会生活》，上海社会科学院出版社2006年版，第70页。

③ （清）顾炎武：《亭林文集》卷五《华阴王氏宗祠记》，《顾亭林诗文集》，中华书局2008年版，第108—109页。

④ （清）张尔岐：《蒿庵闲话》卷二，齐鲁书社1991年版，第430页。

《训俗遗规》录清初史典《愿体集》曰："联宗一事，颇为近日恶套。以漫不相识之人，一朝得第，认为同宗。凡所缘引，俱现在职位之人。而不必认者，即现在职位之祖若父，亦不与焉。此为联势，非联宗也。"①

《红楼梦》开篇，冷子兴演说荣国府时，就提到贾雨村的"同宗家"出了一件异事。贾雨村答道："若论起来，寒族人丁不少，东汉贾复以来，支派繁盛，各省皆有，谁能逐细考察？若论荣国府一支，却是同谱。"他带林黛玉到了京都，向贾政投递名帖也以"宗侄"自称，虽然是进士出身，此时却自甘卑下。诚如谈迁所言："近时凡文武科第姓同者，无论殊方遐域，辄联宗叙叔侄兄弟。总漕尚书王文奎骤贵，附族甚众。俄改姓沈，又诸沈附之。向之诸王，又当兼宗戚之门也。"②全书第六回中，刘姥姥只是一位生活在乡村的普通妇人，却能两次踏入贾府这样的世家大族，并随贾母与诸位金钗一共游览大观园，这绝非曹氏的凭空想象，而是同样涉及了两个王姓之家的联宗。

为了讲清刘姥姥进贾府的缘由，作者先从她所在的王家写起："原来这小小之家，姓王，乃本地人氏，祖上也做过一个小小京官，昔年曾与凤姐之祖王夫人之父认识。因贪王家的势利，便连了宗，认作侄儿。那时只有王夫人之大兄凤姐之父与王夫人随在京的，知有此一门远族，馀者也皆不知。目今其祖早故，只有一个儿子，名唤王成，因家业萧条，仍搬出城外乡村中住了。王成亦相继身故，有子小名狗儿，娶妻刘氏，生子小名板儿，又生一女，名唤青儿。一家四口，以务农为业。"刘姥姥即为王刘氏的母亲，在为家里谋划生计时，她说道："当日你们原是和金陵王家连过宗的，二十年前，他们看承你们还好，如今是你们拉硬屎，不肯去就和他，才疏远起来。……如今王府虽升了官儿，只怕二姑太太还认的咱们，你为什么不走动走动？或者他还念旧，有些好处也未可知。"正是由于两个王家有联宗背景，刘姥姥一介村妇才可能踏入贾府的门槛，攀附王熙凤，获得接济；贾母则将她唤作"老亲家"（第三十九回），以示亲近和客气之意。

尽管几代过后，刘姥姥所在的王家已经完全沦落为庶民，但在联宗的时代潮流之下，士庶阶层便仍可能有所往来，产生交流与互动（两王家联宗图见图 2-1。）。可以说，没有明代中晚期至清初宗法礼制的变迁与不同阶层的融合，便没有《红楼梦》中刘姥姥为荣国府带来的乡野故事与民间俗文化。

① （清）陈弘谋：《五种遗规》，苏丽娟点校，凤凰出版社 2016 年版，第 318 页。
② （清）谈迁：《北游录·记闻下》，中华书局 1997 年版，第 352 页。

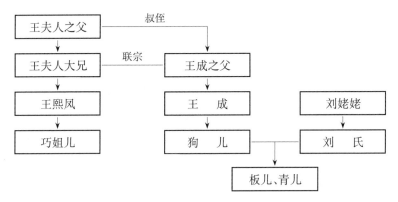

图 2-1　两王家联宗图

（三）贵族家礼与民间俗礼的融合

到了康熙、雍正年间,朱子礼学极为兴盛。赵克生指出,康熙《御纂性理精义》收入朱子《家礼》,具有风示天下的意义,表明《家礼》的权威地位在清朝重新确立,成为官民编撰家礼的蓝本或重要参考,很多礼学著作也都是环绕朱熹的《家礼》《仪礼经传解》而提出进一步的增修研究、批评或者辩护;而在乾隆以后,清廷续修的《会典》与新修的《通礼》则逐渐影响私家礼书的编纂。[①] 乾隆元年(1736 年),高宗在上谕中说道:

> 朕闻三代圣王,缘人情而制礼,依人性而作仪,所以总一海内,整齐万民,而防其淫侈,救其凋敝也。汉唐以后,虽粗备郊庙、朝廷之仪,具其名物,藏于有司,时出而用之,虽缙绅学士,皆未能通晓。至于间阎,车服、宫室、饮食、嫁娶、丧祭之纪,皆未尝辨其等威,议其度数。是以争为侈恣,而耗败亦由之,将以化民成俗,其道无由。前代儒者,虽有《书仪》《家礼》等书,而仪节繁委,时异制殊,士大夫或可遵循,而难施于黎庶。本朝《会典》所载,卷帙繁重,民间亦未易购藏。应荤集历代礼书,并本朝《会典》,将冠、婚、丧、祭一切仪制,斟酌损益,汇成一书,务期明白简易,俾士民易守。[②]

由此可见,"缘人情而制礼,依人性而作仪",即制定出符合社会现实状况,方

---

① 赵克生、安娜:《清代家礼书与家礼新变化》,《清史研究》2016 年第 3 期。
② 《高宗纯皇帝实录》卷二一,乾隆元年六月丙戌,《清实录》(第九册),中华书局 1985 年版,第 507 页。

便士人和民间普罗大众参照和遵行的礼书,本就是君主和士大夫编纂国朝礼典的主要目的。士族与庶民的家祭制度与祭祀文化也在官方礼制与民间仪俗的相互影响和渗透中不断接轨。

一方面,儒士们撰写私家礼书,在吸收朱子《家礼》的同时,也因时制礼,对其少加损益,有所扬弃。例如,颜元在《礼文手钞》五卷中,以朱子《家礼》内容为本,同时在每段礼制、仪节后均注以按语,折中古礼与宋儒之说,阐发自己的感悟、质疑和践履经验。论及祠堂之制和祭祀世数时,他谈道:"今世王制亦云士民祭二世,品官方许祭四世。宋儒所谓虽善不尊,况并列四龛,制亦不善乎?元家祠惟祖龛南向,祢龛侧设,二世而已。"① 又如,毛奇龄所著《辨订祭礼通俗谱》五卷,"其中各条,与朱子《家礼》为难,不为无据。大意务通人情,不免有违古礼,然大致斟酌变通,于古礼不可行及俗礼之误托者,剖析考证,釐然有当"。② 王复礼《家礼辨定》定本于康熙四十六年(1707年),"其因朱子《家礼》而增损之,仍分冠、昏、丧、祭四类。……意在宜古宜今,或非古非今",③"补《易》《书》《诗》《礼》诸经以准于古,附冠婚丧祭之论以酌于今"。④ 再如,沈文蔚撰写的《四礼守约》成书于康熙五十四年(1715年),"所论皆民间冠、昏、丧、祭之礼,取其繁简适中者,大抵据朱子《家礼》而变通之"。⑤ 至晚清,考订《家礼》之士仍不乏其人。郭嵩焘认为,"自宋以来,代详礼制,而于品官家礼,独守朱子遗说",于是,他"求之礼意,以推知古今因革之宜,而达其变,仿杨复附注之例,发明所以异同",特作《订正朱子家礼》,以安定人心,使人确信《家礼》为朱子手笔。⑥

另一方面,国家通过将私修礼书纳入官修正典,适度吸收民间流俗,从而使之制度化、合法化与规范化,并借由地方政府的推行和士人的援引来移风易俗。清代不少家礼书中的礼仪制度都是融合当世官方礼制正典与前代私家祭祀仪节的产物。例如,蔡世远《家礼辑要》是为推广《家礼》而写,在记叙著作缘由时,他说道:"本朝《会典》煌煌,圣祖仁皇帝《御纂性理精义》刊载《家礼》以风示天下。

① (清)颜元:《颜元集·朱子语类评》,王星贤等点校,中华书局1987年版,第319页。
② 王锷:《三礼研究论著提要》,甘肃人民出版社2001年版,第470—471页。
③ 王锷:《三礼研究论著提要》,甘肃人民出版社2001年版,第472页。
④ (清)王复礼:《家礼辨定》自序,《四库全书存目丛书·经部》,第115册,齐鲁书社1997年版,第191页。
⑤ 王锷:《三礼研究论著提要》,甘肃人民出版社2001年版,第472—473页。
⑥ 王锷:《三礼研究论著提要》,甘肃人民出版社2001年版,第476页。

我皇上仁孝天赐,尽伦尽制,立万世礼法之宗,特谕九卿等恐风俗以奢僭相尚,非以礼教天下之意。……我闽既承文公遗泽,又际圣化翔洽、礼教修明之会,臣庶率由凛遵,蒸为风俗,盛于曩时,顾穷乡僻壤间有不见全书,狃于习尚者是用备考。成书辑其简要,以合于乡俗之易行,而省其无益之繁费。各郡中有一二处沿陋恣礼者,共为指明,知往习之误,悉归于正云尔。"①乾隆时,杨锡绂所著《四礼从宜》仍以《家礼》和明代礼书为主,但同时参考了《大清会典》和《大清律例》。其序曰:"夫与苦于繁重,格于往制而礼废,毋宁参于今制,稍节繁文,不失古人之意而礼行乎。然而无以倡之,则上作而下将不应。古称世禄之家,鲜克由礼,则欲渐革其流俗相沿之失,而徐动其秉礼度义之心,其在士大夫为之倡乎。因于案牍之暇,取三礼、《家礼》、吕新吾先生《四礼翼》《四礼疑》、蔡闻之先生《四礼辑略》诸书,参以《会典》《律例》,斟酌损益,辑为《四礼从宜》一册。……圣主化民成俗之至意,庶几仰副钦!"②至道光年间,清廷仍反复要求地方衙门应查照《通礼》《会典》,教谕民间遵行四礼。吴荣光《吾学录》载:"道光四年,增辑《大清通礼》,颁发直省,刊刻流布。八年,复命内外各衙门将民间应用服饰及婚丧仪制,查照《会典》,刊刻简明规条,务使家喻户晓,则有所率循矣。"吴荣光自己也参照今制礼典编成一书,自叙云:

> 荣光年二十,奉母讳,先资政公取世所传《家礼》辩定授之。其书作于宋,辩于明,窃意国朝制度未必尽如此。迨二十六岁,通籍官中外者三十年,三度蒙恩归省乡人。以四礼来质者必举《会典》所载应之,质者往往于字句内疑信参半,未能尽行。益叹旧俗之锢人已深,一时骤难转移,而当代典礼之切于人生日用者,亟应详考而深绎也。道光戊子,奉父讳,既葬,庐墓于白云山之北,敬取《大清会典》《通礼》《刑部律例》《五部则例》《学政全书》等书,于人心风俗之所关,政教伦常之众著者,手自节录,两载遂竟其业。③

在中国传统社会中,有关国家体制的庙堂之礼和人民生活中恪守的行为

---

① (明)蔡世远:《二希堂文集》卷十一,《文渊阁四库全书》(第1325册),台湾商务印书馆1986年版,第812页。
② (清)杨锡绂:《四知堂文集》卷二十一,《四库未收书辑刊》(第9辑·第24册),北京出版社2000年版,第441—442页。
③ (清)吴荣光:《吾学录初编·自叙》,道光二十年刻本。

规范是同时并存而交相影响的两种礼仪。① 依此推论,就祭祖仪式而言,虽然民间违礼僭制、各从其俗的私祭现象层出不穷,但清代社会大体上仍然形成了自君主、品官、庶士到庶民之规格依次降杀,而各阶层之间又有融通的家祭制度。

《红楼梦》第五十三回中的贾府除夕祭宗祠,所呈现的不仅是清代品官的家祭仪式,而且融合了宋代以来历代家礼书中关于家庙祭祀礼仪形制和程式的规定。笔者选取了朱子《家礼》、丘濬《家礼仪节》、②宋纁《四礼初稿》、③李塨《学礼》④等明清重复刊刻、流传较广的不同类型的私家礼书,⑤以及《大明集礼·品官家庙》⑥《钦定大清通礼·品官家祭》⑦等官修礼书作为参照,将其中的岁时祭祀仪式与《红楼梦》贾府除夕祭宗祠仪式进行对比,可以一窥贾氏家祭对传统家礼的因革损益之处(见表2-2)。

表2-2 朱子《家礼》、明清家礼书、贾府祭宗祠的祠堂形制与家祭仪式

文献	祠堂形制	祭祀世数与位次	荐 献 仪 式
朱子家礼	祠堂之制,三间,外为中门,中门外为两阶,皆三级。东曰阼阶,西曰西阶,阶下随地广狭以屋覆	祠堂之内,以近北一架为四龛,每龛内置一卓,大宗及继高祖之小宗,则高祖居西,曾祖次之,祖次之,父次之;继曾祖之小宗,则不敢	初献:主人升,诣高祖位前。执事者一人执酒注,立于其右。主人搢笏,奉高祖考盘盏,位前东向立。执事者西向,斟酒于盏,主人奉之,奠于故处。次奉高祖妣盘盏亦如之。出笏位前,北向立。执事者二人奉

① 吴丽娱:《中古书仪的型制变迁与社会转型》,《史学月刊》2005年第5期。

② (明)丘濬:《文公家礼仪节》,《四库全书存目丛书·经部》(第114册),齐鲁书社1997年版,第438、585—586页。

③ (明)宋纁:《四礼初稿》卷四,《四库全书存目丛书·经部》(第114册),齐鲁书社1997年版,第703—704页。

④ (清)李塨:《学礼》卷四,《四库全书存目丛书·经部》(第115册),齐鲁书社1997年版,第172—180页。

⑤ 根据赵克生的分类,丘濬《家礼仪节》属于朱子《家礼》注释本,即坚持《家礼》"本注",再对其仪文加以疏解,使之明白晓畅,通俗易行;宋纁《四礼初稿》属于《家礼》综合改编本,即不专注某一类礼书,而是吸收几种礼书的相关内容,参酌古今礼俗而后成书。赵克生:《修书、刻图与观礼:明代地方社会的家礼传播》,《中国史研究》2010年第1期;赵克生、安娜:《清代家礼书与家礼新变化》,《清史研究》2016年第3期。李塨的《学礼》则为家仪,是他考辨古今礼制,并加入自己一家之言,用以指导族人、弟子躬行实践的礼学用书。

⑥ (明)徐一夔等:《明集礼》卷六,《文渊阁四库全书》(第649册),台湾商务印书馆1986年版,第171—178页。

⑦ (清)来保、李玉鸣等:《钦定大清通礼》卷十六,《文渊阁四库全书》(第655册),台湾商务印书馆1986年版,第251—253页。

文献	祠堂形制	祭祀世数与位次	荐　献　仪　式
	之,令可容家众叙立。又为遗书、衣物、祭器库及神厨于其东。缭以周垣,别为外门,常加扃闭	祭高祖,而虚其西龛一;继祖之小宗,则不敢祭曾祖,而虚其西龛二;继祢之小宗,则不敢祭祖,而虚其西龛三。若大宗世数未满,则亦虚其西龛如小宗之制。神主皆藏于椟中,置于卓上,南向。龛外各垂小帘,帘外设香卓于堂中,置香炉,香合于其上,两阶之间又设香卓亦如之。非嫡长子,则不敢祭其父。若与嫡长同居,则死而后其子孙为立祠堂于私室,且随所继世数为龛,俟其出而异居,乃备其制。若生而异居,则预于其地立斋以居,如祠堂之制,死则因以为祠堂	高祖考姚盘盏立于主人之左右。主人搢笏,跪。执事者亦跪。主人受高祖考盘盏,右手取盏,祭之茅上,以盘盏授执事者,反之故处,受高祖姚盘盏亦如之,出笏,俛伏,兴,少退,立。执事者炙肝于炉,以碟盛之。兄弟之长一人奉之,奠于高祖考姚前,匙筯之南。祝取版立于主人之左,跪读曰:"维年岁月朔日,子孝元孙某官某敢昭告于皇高祖考某官府君、皇高祖姚某封某氏:气序流易,时维仲春,追感岁时,不胜永慕,敢以洁牲柔毛,粢盛醴齐,祗荐岁事,以某亲某官府君,某亲某封某氏,祗食尚飨。"毕,兴,主人再拜,退,诣诸位,献祝如初。每逐位读祝毕,即兄弟众男之不为亚终献者,以次分诣本位所祔之位,酌献如仪,但不读祝。献毕,皆降复位。执事者以它器彻酒及肝,置盏故处。⋯⋯亚献:主妇为之。诸妇女奉炙肉及分献如初献仪,但不读祝。终献:兄弟之长或长男或亲宾为之。众子弟奉炙肉及分献如亚献仪
大明集礼	凡品官之家,立祠堂于正寝之东,为屋三间,外为中门,中门为两阶,皆三级。东曰阼阶,西曰西阶,阶下随地广狭以屋覆之,令可容家众叙立。又为遗书、衣物、祭器库及神厨于其东。缭以周垣,别为外门,常加扃闭	先儒朱子约前代之礼,创祠堂之制,为四龛以奉四世之主,并以四仲月祭之。其冬至、立春、季秋、忌日之祭,则又不与乎四仲之内。至今士大夫之家遵以为常。⋯⋯祠堂之内,以近北一架为四龛,每龛内置一卓,高祖居西第一龛,高祖姚次之;曾祖居第二龛,曾祖姚次之;祖居第三龛,祖姚次之;考居第四龛,姚次之。神主皆藏于椟,置于卓上,南向。龛外各垂小帘,帘外设香卓于堂中,置香炉,香合	主祭升,诣高祖位前。执事者一人执酒注,立于其右。冬月即先暖之。主祭奉高祖考盘盏,位前东向立。执事者西向,斟酒于盏,主祭奉之,奠于故处。次奉高祖姚盘盏亦如之。奠讫,位前北向立。执事者二人举高祖考姚盘盏立于主祭之左右。主祭跪,执事者亦跪。主祭受高祖考盘盏,右手取盏,祭之茅上,以盘盏授执事者,反之故处,受高祖姚盘盏亦如之,俛伏,兴,少退,立。执事者炙肝于炉,以碟盛之。兄弟之长一人奉之,奠于高祖考姚前,匙筯之南。祝取版立于主祭之左,跪读曰:"维年岁月朔日,子孝玄孙某官某敢昭告于显高祖考某官府君、显高祖姚某封某氏:气序流易,时维仲春,追感岁时,不胜永慕,敢以

文献	祠堂形制	祭祀世数与位次	荐　献　仪　式
		于其上。旁观之无后者，以其班袝设主椟，皆西向。庶人无祠堂，惟以二代神主置于居室之中间，或以他室奉之，其主式与品官同，而无椟。国朝品官庙制未定，于是权仿朱子祠堂之制。……至若庶人，得奉其祖父母、父母之祀，已有著令。而其时享于寝之礼大概略同于品官焉	洁牲柔毛，粢盛醴齐，祇荐岁事，以某亲某官府君、某亲某封某氏，袝食尚享。"毕，兴，主祭再拜，退，诣诸位，献祝如初。每逐位读祝毕，即兄弟众男之不为亚终献者，以次分诣本位所袝之位，酌献如仪，但不读祝。献毕，皆降复位。执事者以他器彻酒及肝，置盏于故处。……亚献则主妇为之，诸妇女奉炙肉及分献如初献仪，但不读祝。终献则兄弟之长或长男或亲宾为之，众子弟奉炙肉及分献如亚献仪
家礼仪节	君子将营宫室，先立祠堂于正寝之东。祠堂制，三间或一间正寝，谓前堂也。丘按：宗庙，大夫三，士二，庶人祭于寝。然今世大夫、士无世官不敢立庙，宜只如《家礼》立为祠堂	为四龛以奉先世神主。高曾祖考四代，各为一龛，龛中置椟，椟中藏主，龛外垂帘，以一长卓共盛之。列龛以西为上，每龛前各设一卓（或共设一长卓），两阶之间又通设一香案，上置香炉、香合之类。丘注：祠堂之内，以近北一架为四龛，大宗及继高祖之小宗，则高祖居西，曾祖次之，祖次之，父次之。继曾祖之小宗，则不敢祭高祖，而虚其西龛一；继祖之小宗，则不敢祭曾祖，而虚其西龛二；继祢之小宗，则不敢祭祖，而虚其西龛三。若大宗世数未满，则亦虚其西龛如小宗之制。非嫡长子，则不敢祭其父。若与嫡长同居，则死而后其子孙为立祠堂于私室，且随所继世数为龛，俟其出而异居，乃备其制。若生而异居，则预于其地立斋以居，如祠堂之制，死则因以为祠堂。自立祠堂则迁而从之	初献礼：主人升，执事者注酒于盏，每位各一人捧盏从之。（亚献、终献同）引：诣高祖考妣神位前，跪。祭酒，倾少许于茅沙上。奠酒，执事受之置高祖考主前。祭酒，又倾少许于茅沙上。奠酒，执事者受之置高祖妣主前。俯伏，兴，平身。诣曾祖考妣神位前，跪，祭酒，奠酒，祭酒，奠酒（如高祖考妣仪）。俯伏，兴，平身。诣祖考妣神位前，跪，祭酒，奠酒，祭酒，奠酒（如曾祖考妣仪）。俯伏，兴，平身。诣考妣神位前，跪，祭酒，奠酒，祭酒，奠酒（如祖考妣仪）。俯伏，兴，平身。引：诣读祝位，跪。通：主人以下皆跪。读祝，祝取版跪主人之左，读之毕，起。俯伏，兴。鞠躬拜，兴，拜，兴，平身。引：复位。分献：兄弟之长者分献袝位。奉馔，执事者以盘盛肝，兄弟之长者每位奠之毕，初进袝位。（每一献毕，执事者以他器彻酒及馔，置盏故处。）亚献礼：引：盥洗。（主人长行则不用此句）诣高祖考妣神位前，跪，祭酒，奠酒，祭酒，奠酒。（如初献，下同）……奉馔：主妇亚献则诣妇之长者，逐位进炙肉。若主人其兄弟之长者行，则次长者进之。终献礼：盥洗。……奉馔。如亚献仪

文献	祠堂形制	祭祀世数与位次	荐　献　仪　式
四礼初稿	祠堂之制，当遵《大明会典》，以左为上，高曾祖祢，分左右以次而列，设为四龛。如止一间者，总置一龛，隔为四代亦可	设高祖考妣位于中，考东妣西，俱南向；设曾祖考位、祖考位、考位于东西向；设曾祖妣位、祖妣位、妣位于西东向，皆随世次，稍退半席，祔位。两序相向，皆男东女西，以北为上。祠堂宽敞者，元旦并四时可就祠堂而祭，狭则奉神主出就正寝而祭	初献礼：主人升，执事者注酒于爵，每位各一人从之。诣高祖考神位前，跪，祭酒，执事者以爵自左授主人，少倾于茅沙。奠酒，执事者自右受之，置高祖考前，俯伏，兴，平身。诣高祖妣神位前，诣曾祖考妣神位前，诣祖考妣神位前，诣考妣神位前，各如献高祖仪。诣读祝位，跪，主人以下皆跪。读祝，取祝版，跪主人之左："维年月日，孝玄孙某敢昭告于显高祖考某官府君、显高祖妣某封某氏，显曾祖考某官府君、显曾祖妣某封某氏，显祖考某官府君、显祖妣某封某氏，显考某官府君、显妣某封某氏曰：气序流易，时维仲（春），追感岁时，不胜永慕，谨以洁牲、粢盛、庶品，祇荐岁事，以某亲某祔食尚飨。"俯伏，兴，平身，复位。亚献、终献并同初献，但不读祝祭酒
学礼	凡一姓先祖皆入，其内，供始祖于中，下一世为一室，昭穆列而前，或各自为神牌，或族大一世其为一博牌（《祭礼通俗谱》）。有功德者，别为专室，于旁推族长为主，而率合族致荐，每岁一次，此即古人大袷之祭也。北人念亲而忘远，南人合族而简亲兼之庶矣。若力不能远建公祠者，先纠族人墓祭而渐营之	考明初，礼官用行唐县知县胡秉忠议，许庶人祭及三代。至中叶，许士人从朱文公《家礼》，祭四世。故向祀高曾祖祢，别庶人也。而公荐则及始祖、仿坛祷也。……元明以来，以庙门在南正中，更主居北壁正中，南向，变古而宜者也。如四亲，则高室居北中，左南为曾室；右对曾少退南，为祖室；左北直曾少偏左，为祢室，皆南向。此即古人昭穆庙次。而东西少退，南北少偏者，以古庙有垣障蔽，今室无遮隔嫌，并踞也，相背也。袷时则高	主祭者就位，与祭者各就位。通赞唱迎神。执事者迎神，列位中堂，鞠躬，俯伏，兴四，平身。行初献礼，引赞唱，诣盥洗所，著水净巾。诣酒樽所，洗爵司。尊者举幂，酌酒。诣某神位前跪，献爵，献脡，献肴，献馔，献帛，献茶，读祝，伏，兴，平身。凡内唱，伏，兴。外通唱，伏，兴，平身。同诣侑食所，阖门。侑食，祝人，祝曰：请食，立一碗饭，倾，复位。通赞唱，辟门。行亚献礼，引赞唱，诣盥洗所，以上同初。跪，献爵，献肴，献馔，献俎，伏，兴。下同。通赞唱，辟门。行三献礼。引赞唱，同跪，献爵，献肴，献馔，献羹湆，伏，兴。下同。通赞唱，辟门。……简仪连三献，又简仪连三献、迎送。俱再拜，不酳，不受醑胙。又简仪，设献，五拜

文献	祠堂形制	祭祀世数与位次	荐献仪式
		祖中堂南向如故,曾西向,祖对曾少南,东向,祢直曾西向。此即古昭穆合食之次。而祖位亦少退者,以古昭穆合食,父北子南,故无嫌,今父子东西对,故微避也	
大清通礼	品官家祭之礼,于居室之东立家庙。一品至三品官庙五间,中三间为堂,左右各一间,隔以墙,北为夹室,南为房。堂南檐三门,房南檐各一门,阶五级。庭东西庑各三间,东藏遗衣物,西藏祭器。庭缭以垣,南为中门,又南为外门,左右各设侧门。四品至七品庙三间,中为堂,左右为夹室,为房,阶三级。东西庑各一间,余制与三品以上同。(世爵公侯伯子视一品,男以下按品为差等)。八九品庙三间,中广,左右狭,阶一级。堂及垣皆一门,庭无庑,以箧分藏遗衣物、祭器,陈于东西房,余与七品以上同。(在籍进士、举人视七品,恩、拔、岁、副贡生视九品)	堂后楣北设四室,奉高曾祖祢四世,皆昭左穆右,妣以适配,南向。高祖以上,亲尽则祧,由昭祧者,藏主于东夹室;由穆祧者,藏主于西夹室。迁室、祔庙,均依昭穆之次,东序、西序为祔位。伯叔祖之成人无后者,伯叔父之成人无后,及其长殇中殇(十六岁至十九)者,兄弟成人无后,及其长殇中殇(十二岁至十五)者,妻先殁者,子姓成人无后,及其长殇中殇下殇(九岁至十一)者,皆以版按行辈墨书,男统于东,女统于西,东西向,岁以春夏秋冬仲月,择吉致祭	启室,奉主,以次设于几,昭位考右妣左,穆位考左妣右。分荐者设东西祔位毕,赞礼立堂东檐下,西面。诸执事分立东西序端,相向。赞就位,主人升自东阶,盥,诣中檐拜位,立。族姓行尊者立于东西阶上,卑者立于阶下,皆重行北面。赞参神,主人入堂左门,诣香案前,跪。执事二人(司爵者充),一奉香盘,一挹尊酌酒,诣主人左右,跪。左进香,主人三上香;右进爵,主人酹酒于地,以爵奠于案,兴,退出右门,复拜位,及族姓行一跪三叩礼。赞初献,主妇率诸妇出于房,荐匕箸醢酱于几前案北,跪,一叩,兴,遍及祔位,退,入于房。庖人解牲体,实于俎,执事者奉以升各荐于供案。主人诣高祖案前,执爵者奉爵,主人献爵,奠于正中,跪,叩,兴。以次诣曾祖、祖、祢案前,献爵如前仪。分荐者遍献祔位,酒讫,退,立于拜位。赞读祭文,主人跪,族姓皆跪,祝诣祝案之左,跪,读祭文曰:"维某年月日,孝孙某谨告于某考某官府君、某妣某氏之灵,曰:气序流易,时维仲(春夏秋冬),追感岁时,不胜永慕。谨以洁牲、庶品、粢盛、醴齐,敬荐岁事,以某亲某氏等祔食尚飨。"读讫,兴,以祭文复于案,退。主人以下一叩,兴。赞亚献,庖人纳羹饭于东房,主妇率诸妇和羹,实于铏,实饭于敦,出荐于案。及腊肉炙臡,遍跪,叩,兴,退,如初礼。主人献爵于各位之左。赞三献,主妇率诸妇出于房,荐饼饵果蔬,叩,退。主人献爵于各位之右,分荐者遍献祔位酒,均如初献仪

续　表

文献	祠堂形制	祭祀世数与位次	荐　献　仪　式
贾府家祭	原来宁府西边另一个院子，黑油栅栏内五间大门，上面悬一匾，写着是"贾氏宗祠"四个字，傍书"特晋爵太傅前翰林掌院事王希献书"。……进入院中，白石甬路，两边皆是苍松翠柏，月台上鼎设着古铜彝等器。……俟贾母拈香下拜，众人方一齐跪下，将五间大厅，三间抱厦，内外廊檐，阶上阶下两丹墀内，花团锦簇，塞的无一些空地	(宗祠)里边灯烛辉煌，锦幛绣幕，虽列着些神主，却看不真。……影前锦帐高挂，彩屏张护，香烛辉煌。上面正房中悬着荣宁二祖遗像，皆是披蟒腰玉，两边还有几轴列祖遗像	贾府人分了昭穆，排班立定。贾敬主祭，贾赦陪祭，贾珍献爵，贾琏、贾琮献帛，宝玉捧香，贾菖、贾菱展拜垫、守焚池。青衣乐奏，三献爵，兴拜毕，焚帛，奠酒。礼毕，乐止，退出。……贾荇、贾芷等从内仪门挨次站列，直到正堂廊下。槛外方是贾敬、贾赦，槛内是各女眷。众家人小厮皆在仪门之外。每一道菜至，传至仪门，贾荇、贾芷等便接了，按次传至阶下贾敬手中。贾蓉系长房长孙，独他随女眷在槛里。每贾敬捧菜至，传于贾蓉，贾蓉便传于他媳妇，又传于凤姐、尤氏诸人，直传至供桌前，方传与王夫人。王夫人传与贾母，贾母方捧放在桌上。邢夫人在供桌之西，东向立，同贾母供放。直至将菜饭汤点酒茶传完，贾蓉方退出去，归入贾芹阶位之首。当时凡从"文"旁之名者，贾敬为首；下则从"玉"者，贾珍为首；再下从"草头"者，贾蓉为首。左昭右穆，男东女西

　　通过对比，可以发现，这几部明清私家礼书与官修家礼大体上承袭了朱子《家礼》中的祠堂制度与祭祀程序，但也因编纂时代、撰写主体、著作目的以及使用对象的不同而详略有别。贾府的宗祠祭祖仪式可以在这些传统礼书中或多或少地找到一些根据。例如，据《大清通礼》规定的"世爵公侯伯子视一品"，贾府设立了家庙五间，符合一至三品官的家庙定制。又如，贾敬虽未袭爵，也不掌管家事，却仍遵循宋儒倡导的"宗子法"，作为家族嫡长子担负起了主祭之职，并未追从清代宗祠祭祖礼制出现的新趋势——主祭权"贵贵""尚爵"。[1] 同时，贾敬主祭、贾赦陪祭的祭祀格局，也符合朱子对于"兄弟异居"情况而作出的"只合兄祭而弟与执事或以物助之为宜"之变通设想。再如，朱子《家礼》的祠堂神主位次以

---

[1]　赵克生、安娜：《清代家礼书与家礼新变化》，《清史研究》2016 年第 3 期。

西为上,因而高祖居西,曾祖而下以次而东,成一字排列。丘濬所定"祭四世之图"则将之改为高祖居东第一室,曾祖居西第一室,祖居东第二室,考居西第二室,成"左昭右穆"格局(见图2-2)。这一神主排列方式不仅为明清私修礼书、《大清通礼》所继承,而且成了清人家礼的通行模式。贾府的宗祠祭祀也依从今制,列祖遗像分列于荣宁二公遗像两边,在祭礼开始时,各辈按照"左昭右穆"的次序排班立定。

世四祭				列并世五				
显显 妣考	曾曾 显显 妣考	高高 显显 妣考	显显 祖祖 妣考	显显 妣考	曾曾 显显 妣考	始 祖 妣考	高高 显显 妣考	祖祖 妣考

图2-2　丘濬《家礼仪节》家祭

值得注意的是,从祠堂设置到祭祀世数,再到献礼仪式,贾氏家庙祭祀的多个环节都出现了未见于礼书规定的变革之处。

首先,就家庙或祠堂的位置来说,无论是私家礼书还是官修礼典,均效仿朱子之制,规定应将家祠立于居室之东,而贾府的家庙则位于宁府西边的另一个院子。福格《听雨丛谈》"以西为上"条载:"八旗祭祀,位设于西,盖古人神道向右之义。"①但这一祭祀习惯似乎只是与《家礼》中祠堂神主位次以西、以右为上相一致,无法解释贾府为何将整个祠堂设置于宁府西边。

其次,贾府宗祠之中既供奉着祖先神主,也有宁荣二公的画像。对此,赵冈在《考红琐记》中认为,汉人祭祖用木主,"悬影"则是满人礼仪。而邓云乡则从朱子《家礼》及明清大量的史料笔记中寻找依据,对赵冈的观点进行了质疑。他认为"悬影"和"拜影"二事,完全是汉人礼仪。诚如邓说,将影像作为供奉对象的祭祀形式可以追溯至宋代司马光《书仪》中的影堂祭祀,甚至是更早的汉唐时代。汉代以来,我国民间已经流行着刻木为偶像、绘影成图形的祭祀方式。到了唐代,随着佛教、道教的发展和影响力的扩大,君权与神权合二为一,民间将塑像或影像作为供奉对象的情况变得更为普遍;就连帝王也常在宫廷之中祭祀先帝容

---

① (清)福格:《听雨丛谈》,中华书局1997年版,第138页。

像,或于寺庙、道观中供奉本尊造像。这些为上至君主、下至普罗大众广泛接受的祭祀方式,逐渐孕育出了形制相对简约且不受官爵限制的影堂祭祀,以补充或替代定制严格、营缮昂贵的家庙祭祀。在司马光《书仪》由官方公示以前,宋代已经出现了官员之家立影堂以为时享的情况。

《书仪》中以影像和祠版取代木刻神主的祭祀方式,被朱熹指斥为会使祖考"精神分散","非鬼神所安",也未被清代官方纳入国朝正典,但贾府仍采用了摆放神主与悬挂遗像之"二主"并置的方式来拜祭祖考。这说明,贾府除夕祭祖实则同时吸收了历代官方礼制与民间仪节。《燕京岁时记》"除夕"条载:"世胄之家,致祭宗祠,悬挂影像。"①《清俗纪闻》"供祖像"条载:"家中有祖先画像者,自除夕之夜起悬挂于堂上,由初一至初三供奉供物。正月十五亦上供,于落灯之日撤下。"②"家庙祭礼"条亦载:"神主后方悬挂真像(一名真容图,又称行乐图),前面设香案,摆放香炉烛台。"③可见,直到清代,在祠堂悬挂祖先遗像进行拜祭的民间习俗都未曾断绝。"悬影""拜影"二事,正是贾府吸收普通士人乃至庶民之家祭祖习惯的表现。

再次,祠堂正上方悬挂着荣宁二祖遗像,按照丘濬的祭四世或五世之图,分列于他们两侧的列祖便只能是贾敬、贾赦父考以及祖辈和父辈祔庙者。换言之,贾府明示的祭祀世数只有祖、祢两代,并未上溯至曾、高四世。这一方面可能是作者为了构建百年家族"君子之泽,五世而斩"的盛衰规律,刻意将全书时间范围控制在上自贾演(宁国公)、贾源(荣国公)"水"字辈,下至贾蓉(宁国府)、贾兰(荣国府)"草"字辈的五代人之间。④ 另一方面,从曹雪芹的高祖曹振彦"从龙入关"奠定曹氏百年家业伊始,到曹雪芹这一辈,曹氏一族共历五代。为了将故事情节描述得更为"真实"可信,作者很可能是以自家家史为蓝本进行创作的。丘濬就曾提出,《礼记》中的别子法已经不符合明代社会现实状况,应在效法古礼的同时,对其进行变通适用:"礼经别子法是乃三代封建诸侯之制,而为诸侯庶子设也,与今人家不相合。今以人家始迁及初有封爵仕宦起家者为始祖,以准古之别子。又以其继世之长子,准古之继别者,世世相继,以为大宗,统族人,主始祖

① (清) 富察敦崇:《燕京岁时记》,北京古籍出版社1981年版,第96页。
② [日]中川忠英:《清俗纪闻》,方克、孙玄龄译,中华书局2006年版,第14页。
③ [日]中川忠英:《清俗纪闻》,方克、孙玄龄译,中华书局2006年版,第487页。
④ 杜贵晨:《"五世而斩"与古代小说叙事——从〈水浒传〉到乾隆小说的"五世叙事"模式》,《学术研究》2014年第4期。

立春之祭及墓祭。"①由此,若从建立功勋、奠定基业的始迁祖起算,贾氏只祭祀祖、祢两代也十分合理。

此外,一些士庶之家因财力和土地面积的限制,或是贵胄之家因支系过于繁多混杂,并不一定严格依照《通礼》《会典》等官方礼制设立家庙,实施祭祀。例如颜元所说自家祭祖不过供奉"二世而已"。又如,与佟佳氏同始祖的交罗哈拉佟赵《宗谱谱训》曰:"我族各户居处星散,兼欠联络,有时聚首,往往不知辈数,很觉茅塞。"②这说明,包括祭礼在内的日用礼仪制度并不一定具有强制性,那些定制和程式不过是为大夫、士人和庶民之家提供了适用标准的上限,礼制越向社会下层延伸,形式就越趋于多样化、具体化和实用化。③ 在日常生活中,人们可依照自家的实际情况因革损益、便宜行事。

通览清代旗人世家谱牒中的祭祀仪节就可发现,每个家庭的祭祀时间、频率、代际、祭文祝语和具体仪节都有所区别且各具特色。例如扈什哈理氏《祭祀仪制书》修礼者序曰:"祠堂,渥什浑旧制闻亦甚钦,一从中落,虽有仕宦之人,清贫犹昔。即或粢盛偶备,典礼失传,看看子孙不识满洲源流,染汉人习气。"④贾府将荣宁二祖同庙合祀共祭,并未分主从和长幼,有可能是效仿南方民间合族公祠的祭祀方式,进而达到团结贾氏支系、保持亲族和睦的目的。

最后,在具体的荐献仪式中,贾府的荐献步骤和男女分工与传统祭祖礼相比,也出现了不少差别。按照朱子《家礼》,献仪中初献由主祭者(主人)负责,亚献由主妇执行,三献则由兄弟之长或长男或亲宾为之;亚献、三献行礼稍有简化,大致步骤均如初献。明代其他礼书中的献仪规定基本同《家礼》。而贾府祭祀中的三次献爵则均由主祭贾敬行使,且礼毕后男子均退至仪门外。之后,贾府中主妇将菜饭、汤点捧放在桌上的情景,似乎与《大清通礼》亚献中主妇将羹汤、饭食荐于香案的仪式有些相似。但贾母等人按照由男而女、从幼到长的顺序传递饮食的过程,又明显不同于亚献中"主人献爵于各位之左"的男女站位和分工。

出身满洲官宦世家的震钧在《天咫偶闻》中谈道:

> 满洲六礼,惟婚、祭二礼,不与世同。余尝疑为古礼之遗,乃以《仪礼》

① (明)丘濬:《大学衍义补》卷五十二,京华出版社1999年版,第458页。
② 《交罗哈拉佟赵全书》,何晓芳:《清代满族家谱选辑》,辽宁民族出版社2016年版,第331页。
③ 赵克生:《明代士人对宗祠主祭权多元化的思考》,《东北师大学报(哲学社会科学版)》2010年第2期。
④ 赵立静、何溥滢、傅波:《满洲家谱选》,中国社会科学出版社1994年版,第197页。

考之,始知即婚礼及特牲、馈食二礼。……其祭也,夫妇亲之,《仪礼》之主人主妇也。祭之先一日,主妇亲成糕饵,《仪礼》之主妇视饎也。祭日厥明,主妇献糕饵十一器,《仪礼》之主妇直祭也。奉首盘于神板上,迩黍稷于席上也。[①]

震钧认为,清代满洲旗人六礼中,只有婚、祭二礼与汉人礼仪存在区别。他试图借助古礼为两民族礼俗寻找共同根源。《仪礼·特牲馈食礼》载:"主妇视饎,爨于西堂下。"意为祭礼开始前,主妇察看在西堂下炊黍稷的灶。又有"主妇设两敦黍稷于俎南,西上,及两铏,芼,设于豆南,南陈",意为主妇把盛黍稷的两敦放在俎的南边,黍敦方在西边上位;把两只盛羹的铏放在豆的南边,铏羹中加放有菜,两铏陈放时是从北向南依次而放。[②] 此即为震钧所说的"主妇直祭"。然而,细究贾府的酳献和进馔过程,例如贾敬等男丁退于门槛外,贾母和邢夫人等女眷立于门槛内,并由长房长孙贾蓉负责交接的饮食传递等程序,与《仪礼》中的献奠升降场面明显不符。若说这一祭祀仪式直接来源于《仪礼》,未免也太过勉强,最多只能说贾府的主妇直祭保存了古礼的遗风。更大的可能是贾家在适用汉人祭祀礼仪的同时,也保留了满洲旗人的祭祖习惯,贾府祭祀实际上是南北、满汉祭祀仪式的羼合。[③]

相比于《仪礼》《家礼》和明清各种家礼书中所载的祭祖礼,曹雪芹笔下的除夕祭宗祠过程要简易许多,许多场面都是寥寥几笔带过。不过,即便如此,这场昭穆有序、仪节秩然的祭祖之礼仍然揭示出传统宗法制下家庙祭祀制度的来源和发展变迁。家祭仪式不仅是一姓族人慎终追远、体现孝道的精神手段,也是宗主敬宗收族、维系和强化族内伦序的必要程式。宋代以来,朱子《家礼》因其实用、易行和灵活的特点,日渐成为儒家士人编纂礼书与明清官方修撰礼典的蓝本,品官、庶人的家祭制度也在君臣、官民与士庶的不断互动中逐步接轨,走向同构。

贾府宗祠祭祀的祠堂设置、祭祀规格、昭穆排序与献礼仪式既糅合了《仪礼》、朱子《家礼》和明清礼书中的古今之制,也吸收了民间流行的祭祀风俗,还囊

---

① （清）震钧:《天咫偶闻》卷二,沈云龙:《近代中国史料丛刊》（第二十二辑）,台湾文海出版社1973年版,第66—67页。

② 杨天宇:《仪礼译注》,上海古籍出版社2004年版,第427—429页。

③ 朱松山:《〈红楼梦〉中的节令风习考——读〈红楼梦〉札记之七》,《红楼梦学刊》1989年第4辑。

括了南北、满汉等不同地域和民族的祭祖习尚。至此可以说,我国传统社会以家祭礼为代表的日常实用礼仪从来都不是静止的、封闭的。在士族礼仪制度越来越趋于形式化之际,士庶阶层的互动、俗文化和雅文化彼此的渗透融合,未必只会像正统士大夫所担忧的那样模糊贵贱差异,导致士族家庭的伦理秩序走向崩溃,也有可能会让日趋僵化的礼法系统焕发出新的生命力,正如刘姥姥迈入大观园后,为日益衰落的贾府带来的一缕生机。

三、妻妾定位差别与义夫形象的塑造

(一) 妾的身份标识与功能定位

祭祖礼后,作者进而描写了贾府中女眷们上座、奉茶的情景:

> 尤氏上房地下,铺满红毡,当地放着象鼻三足泥鳅流金珐琅大火盆,正面炕上铺着新猩红毡子,设着大红彩绣云龙捧寿的靠背、引枕、坐褥,外另有黑狐皮的袱子搭在上面。大白狐皮坐褥,请贾母上去坐了。两边又铺皮褥,让贾母一辈的两三位妯娌坐了。这边横头排插之后小炕上,也铺了皮褥,让邢夫人等坐下。地下两面相对十二张雕漆椅上,都是一色灰鼠椅搭小褥,每一张椅下一个大铜脚炉,让宝琴等姐妹坐。尤氏用茶盘亲捧茶与贾母,贾蓉媳妇捧与众老祖母,然后尤氏又捧与邢夫人等,贾蓉媳妇又捧与众姐妹。凤姐、李纨等只在地下伺候。

场景中,座位排序从高至低、由尊到卑,奉茶顺序则由晚辈长媳捧给对应的各位长辈。一众女眷举止得当、守礼持重;整个过程井然有序、温馨和睦;此外,这里出现的已婚女性全部为各辈各房长男的正妻(包括原配和继配)。实际上,不止祭祀、行礼或奉茶,贾府中几乎所有正式、肃穆的场合,女性中均只有府内的主妇与小姐出席,从未见到妾室露面;与之相对,书中那些"姨娘"或"准姨娘"参与的故事情节,却多半是混乱的、失序的、尴尬的,或是人物关系紧张,或是家庭矛盾激烈,又或是官府兴讼不断。

典型如贾政之妾赵姨娘,先是买通马道婆,利用厌胜术让宝玉、凤姐陷入疯癫和昏迷,叔嫂两人几近死亡;后又在亲生女儿探春负责理家时,与其因赵国基丧葬赏银一事发生激烈争执,母女关系濒临决裂。又如,乡绅之子冯渊与"呆霸王"薛蟠同时看上了人贩手中的英莲(香菱),冯渊即将迎女入门,薛蟠又要纳其为妾。人贩的"一人二卖"促使两人发生激烈争斗,冯渊被打成重伤,不久后死去,由此引发了冯家与薛家的人命官司。再有,第六十八回中,尤二姐被贾琏偷娶入门成为侧室后,引起了王熙凤的愤怒和忌恨,凤姐便唆使与尤二姐定亲的张华起诉贾琏居丧嫁娶和有妻更娶,还大闹宁国府,趁机泄愤敛财;后把尤二姐诱入府中生活,将其折辱至吞金而死。此外,贾赦想纳贾母身边的丫鬟鸳鸯为妾,并污蔑鸳鸯想攀附宝玉,鸳鸯因而向贾母哭诉,立誓终身不嫁,贾母与贾赦、邢夫人的母子、婆媳关系也由此越发疏远。在尤二之死与香菱被欺的故事中,贾琏之妾秋桐和薛蟠之妾宝蟾同样是制造事端、引发夫妾矛盾的重要导火索。即便如王熙凤的陪嫁丫鬟平儿,性格和善,处事稳健,被贾琏收房后,仍然依附凤姐而疏远贾琏,但在贾琏与鲍二家的偷情被发现后,她还是成了王熙凤的出气对象。

这些情景不仅揭示出传统贵族家庭中妻妾地位悬殊,而且意味着作者的内心隐含着一种根深蒂固的身份意识:妾作为一种处于良贱之间的社会身份,不论个体的性格和德行如何,她们的存在本身就构成了婚姻家庭关系中的不稳定因素和破坏力量。这种身份意识深深地影响了作者的文学创作观念,尤其体现在他设置故事情节、构建人物冲突的过程中,因而有了上述争妾、杀妾、弹压妾室等诸多事件。简言之,妾被赋予了一定意义上的"原罪"。

那么,妾的这种"原罪"到底来源为何?这源于妾与多妾制自诞生开始,便与正统士大夫所持礼法观念存在着根本性的冲突。

对于传统社会妻妾之别以及妾的身份地位,不少学者已有过或详或略的论述。关于清代的纳妾程序,郭松义指出,清人沿前代旧例,把娶妾叫作置、纳、买,更有称典、称赐和赠与的,既不讲求明媒正娶,更无门当户对一说,并有"纳妾不成礼"的惯例,即不存在一套必须遵循的纳妾礼法。[①] 方秀洁(Grace S. Fong)认为,妾(concubine)的别称,如侧室、偏房、偏室、灶室、副室、后室等,作为来源于中国庭院格局的特定概念,是一种社会、宗教和文化建构,也是社会性别和等级制度在家庭空间的落实,暗示着妾远离中心的边缘地位。[②] 满语中没有"妾"的同义词,只有一些含义近似于"妾"的语汇。对此,定宜庄谈道:"无论小妻(buya sargan)、闲散妇人(sula hehes)还是 gucihi(汉译妾),在汉语中都找不到准确的

---

① 郭松义:《清代的纳妾制度》,台北"中研院"近代史研究所编:《近代中国妇女史研究》1996 年第 4 期,第 36 页。
② Grace S. Fong. *Herself An Author: Gender, Agency, and Writing in Late Imperial China.* University of Hawai'i Press, 2008, p.58.

对应词汇，说明词汇背后隐含的是不同的概念。"她认为，妾是一些身份介于妻与婢之间的女人，具体地说，她们本来是奴婢。蒙古语中有这样一些词汇：一是inji，系从ini而来，即"别的""另一个"之意，引申为"外人"。汉译作"随从之女"，民间称"陪嫁丫头"，即跟随妻子嫁到夫家的女人；二是daralta，即使女。她们因为与主人发生了性关系，又进而为主人生育了子女，于是便有了小妻、闲散等种种名目，汉人则一概将她们称之为妾。① 她进而指出，《红楼梦》里描写过众多被收为妾的女婢，例如平儿、香菱，还有心甘情愿当"半个主子"却终未当成的袭人和宁愿出家为尼也不肯为贾赦做妾的鸳鸯。这正是当时的社会风气在小说中的反映。将奴婢收房为妾，是清朝时旗人纳妾的一个重要的途径，是入关前满族社会亦婢亦妻现象的延伸。②

　　贾赦在讨要鸳鸯未果的情况下，便花了八百两银子买了一个名唤嫣红的十七岁女孩子。这又揭示出除收婢为妾之外的另一种纳妾途径：价买或赎买。清代男子买妾花费银钱少则几两，多则几百两，一般情况下在百两以内。当然，像贾赦这样为纳妾而一掷千金的富贵者亦不在少数。

　　雍正五年(1727年)，内务府总管允禄上奏李煦等人购买女子赠允禵一案，奏折录李煦供词称："康熙五十二年，阎姓太监到苏州说，阿其那命我买苏州女子，因为我受不得阿其那的威胁，就妄行背理，用银八百两，买五个女子给了。"③《高宗实录》载乾隆三十四年(1769年)二月一道上谕："据冯钤疏参，太和县知县郭世谊，将重价所买之妾，转送幕友史纬义，而史纬义即系该管之颍州府知府史鲁璠族叔。该县巧为逢迎，该府有意徇庇，业经降旨，一并革职严审究拟。"④钱泳《履园丛话》"报应"条记述了江苏丹徒左姓富翁看上了一位卖身为父赎罪的美丽女子，想将她置为妾，女子索银千两。为了解该女子肤质如何，左与其友隔窗偷看女子换衣，见她腰下有枚黑色胎记，便毁约罢买，致使女子羞忿自杀。⑤《土风录》"买妾看钱"条载："买妾不成与之钱，曰看钱。案，廉宣《清尊录》：'兴元民饰小儿为女子，不使人见，贵游好事者踵门，一觌面辄避，犹得钱数千，谓之看

① 定宜庄：《满族的妇女生活与婚姻制度研究》，北京大学出版社1999年版，第73页。
② 定宜庄：《满族的妇女生活与婚姻制度研究》，北京大学出版社1999年版，第88页。
③ 故宫博物院明清档案部：《关于江宁织造曹家档案史料》附录一《有关苏州织造李煦被抄家及审拟史料》，中华书局1975年版，第210页。
④ 《高宗纯皇帝实录》卷八二八，乾隆三十四年二月甲子，《清实录》(第十九册)，中华书局1986年版，第40页。
⑤ (清)钱泳：《履园丛话》卷十七，中华书局1979年版，第452页。

钱.'则此风自宋已然。"①又据《宦游纪略》记载,嘉庆年间,进士出身的王令卒于任上,留下了一个女儿,容貌非常美丽。因家中贫苦,兄长便将她以五百金的价格卖给了张协戎。为此,高廷瑶感叹道:"张公四十无嗣,其置妾也宜。然世宦遗雏何忍为?"②于是与友人花费三百金将王女赎出,并为她找到了寄养的人家。《清稗类钞·豪奢类》记光绪年间内务府总管大臣继禄"尝以八千金为花宝琴脱籍,以三千金为翠云脱籍,又以巨金为银福红宝脱籍,费累巨万"。③

无论是收婢为妾,还是购买置妾,这些被纳为妾室的女子出身均非常低微,或是本就属于贱民阶层,或是家境非常困窘,由良民而落入良贱之间的边缘地带。其次,士人并不愿从士族阶层内部购买侍妾,将纳士族出身的女子为妾看作一种极为"不雅"的行径,是对整个士族群体尊严的侮辱。其三,就以购买方式纳妾而言,对于那些待价而沽的女子,男性购买者最看重的是她们的皮相,一些娼妓、优伶的所谓才情,也只是依托于体貌而为其增值的砝码。李渔在《闲情偶寄》中谈到女子"习技"目的,用比喻对男性选妻择妾的标准作出了明确区分:"至于姬妾婢媵,又与正室不同。娶妻如买田庄,非五谷不殖,非桑麻不树,稍涉游观之物,即拔而去之,以其为衣食所出,地力有限,不能旁及其他也。买姬妾如治园圃,结子之花亦种,不结子之花亦种;成阴之树亦栽,不成阴之树亦栽,以其原为娱情而设,所重在耳目,则口腹有时而轻,不能顾名兼顾实也。使姬妾满堂,皆是蠢然一物……"④文士们对姬妾的态度之轻贱、言辞之亵慢,由此可见一斑。

总而言之,通过"典卖""购置""收纳""赠与"等关乎纳妾的一系列措辞反映出,在这些士人的话语体系中,妾是一种非"奴化"即"物化"的存在:不是等级社会贱民阶层派生出的边缘群体,就是商品社会供男性娱乐消遣的情欲对象,甚至被当作了一种权力、金钱与欲望的象征符号。

在以程朱理学为主流价值观的晚期帝制中国,尽管明末曾一度出现重情主欲、宣扬个性的心学思潮,多数士大夫内心所服膺的仍是儒家伦理道德规范,无法真正脱离等级制度对于社会阶层的价值定位,尊卑有别、节制情欲等观念根深蒂固地存在于士人的意识形态中。

---

① （清）顾张思:《土风录》,曾昭聪、刘玉红点校,上海古籍出版社2015年版,第32页。
② （清）高廷瑶:《宦游纪略》卷下,《官箴书集成》(第六册),黄山书局1997年版,第37页。
③ 徐珂:《清稗类钞》(第七册),中华书局1986年版,第3298页。
④ （清）李渔:《闲情偶寄》卷三《声容部·习技第四》,杜书瀛评注,中华书局2007年版,第176—177页。

对于明末那些书写情欲的文学作品,廖可斌指出:

> 像《五戒禅师私红莲记》《刎颈鸳鸯会》等作品,一方面写出了情欲的不可窒灭,一方面又带有浓厚的原罪、忏悔的色彩。人们似乎初次认清情欲有如此令人震撼的巨大力量,并为之感到惊惧和自责。有很多作品客观上展示了人的自然情欲的合理性,但作者往往要在故事的开头、结尾或序言中来一段说教,申明描写这些并不是为了肯定和提倡它们,而是意在劝惩等等。即使是《牡丹亭》这样出类拔萃的作品,在写到杜丽娘还魂之后,柳梦梅要求和她同居时,杜丽娘也以没有父母之命、媒妁之言加以推辞,说什么"鬼可虚情,人须实礼"。①

妾作为一种直接关涉男性情欲的身份符号,只要出现在士族家庭生活中,便意味着士人可能放纵身体欲望、混淆良贱之别,具有颠覆礼法秩序、毁灭正统道德的潜在力量。《红楼梦》中,那些因妾室、准妾室而发生争执、兴起诉讼,进而陷入混乱失序的各类情境,在一定意义上,可以说都是作者传统伦理道德观与礼法秩序观的一种无意识表达。程郁研究指出,士大夫往往强调蓄妾是为了宗族的延续,有嫡子数人仍纳宠数房还是为了广嗣续,他们绝对不承认这是纵欲的行为。② 换言之,即便是为满足色欲而纳妾,士大夫也时常以子孙繁茂为噱头,要为自己恣情纵欲找个正当的理由。③

对于传统等级社会中阶层价值观的形成,马克斯·舍勒(Max Scheler)论道:"上帝或天命给予的'位置'使每个人都觉得自己的位置是'安置好的',他必须在给自己安定的位置上履行自己的特别义务,这类观念处处支配着所有的生活关系。他的自我价值感和他的要求都只是在这一位置的价值的内部打转。"④我国传统士人对于自身所属阶层的价值观有着极高的认同感,还经常生出相对于其他阶层的道德优越感;对礼法规则的遵守以及相应道德义务的履行,也几乎贯穿于他们的生命史,婚姻家庭生活亦不例外。

《唐律疏议·户婚》"以妻为妾"条(178)载:"诸以妻为妾,以婢为妻者,徒二

---

① 廖可斌:《明代文学思潮史》,人民文学出版社 2015 年版,第 491 页。
② 程郁:《中国蓄妾习俗反映的士大夫矛盾心态》,《河南大学学报(社会科学版)》2010 年第 4 期。
③ Grace S. Fong. *Herself An Author: Gender, Agency and Writing in Late Imperial China*. University of Hawai'i Press, 2008, p.55.
④ [德]马克斯·舍勒:《价值的颠覆》,罗悌伦等译,生活·读书·新知三联书店 1997 年版,第 21 页。

年。以妾及客女为妻,以婢为妾者,徒一年半。各还正之。"疏议曰:"妻者齐也,秦晋为匹。妾通卖买,等数相悬。婢乃贱流,本非俦类。若以妻为妾,以婢为妻,违别议约,便亏夫妇之正道,黩人伦之彝则,颠倒冠履,紊乱礼经,犯此之人,即合二年徒罪。""有婢有子及经放为良者,听为妾。"疏议曰:"问曰:婢经放为良,听为妾。若用为妻,复有何罪? 答曰:妻者,传家事,承祭祀,既具六礼,取则二仪。婢虽经放为良,岂堪承嫡之重。"①"匹俦"之道既是对门当户对婚姻观的正面提倡,同时也是对良贱为婚的严格禁止。士人须从阶层内部择取配偶,并按照既有的男女分工履行家庭义务、承担社会责任,以维护这一阶层的共同利益,保持并传承其既有的文化优势。此处律条疏议中的《仪礼》之"六礼"与《周易》之"两仪"分别是确认士族夫妻关系合法性的程序要件与实质标准,也是在妻、妾、婢之间树立起尊卑与贵贱之别的制度与观念壁垒。

明清律将唐律"有妻更娶""以妻为妾"合并为"妻妾失序"一条。《大清律例》"妻妾失序"条律文载:"凡以妻为妾者,杖一百。妻在,以妾为妻者,杖九十,并改正。若有妻更娶妻者,亦杖九十,(后娶之妻)离异(归宗)。"馆员按:"此正名分以齐家也。……以妻为妾者,则抑贵为贱;妻在而以妾为妻者,正妻之名分犹存,比以妻为妾之罪稍轻,故坐杖稍异,并令改正。"②《大清律辑注》的"妾为家长族服制图"后注云:"妻者齐也,谓与夫敌体也。妾者,侧也,谓得侍乎侧也。妻则称夫,妾则称家长,明有别也。翁姑之服,妻与夫同,妾降为期,非疏之也,贱之也。妾与家长相犯,有同于妻者,以名分而严之也;有异于妻者,以微贱而宽之也。"③一方面,清律延续了唐律严分妻妾贵贱之别的立法思想。另一方面,立法者也沿袭了明律事关典礼及风俗教化"轻其所轻"的量刑原则,减轻了本罪的处罚力度,剔除了唐律"以婢为妾"的入罪情节,并在"以妾为妻"前添加了"妻在"的前提条件,后又于乾隆五年(1740 年)删去了明律"其民年四十以上无子者,方听娶妾"的年龄限制。可以说,这些修改均是清代统治者基于当时社会中存在的士大夫买妾、收婢为妾等风尚做出的适时调整。

(二) 士人的节义观念与义夫道德形象的塑造

在儒家伦理系统中,身份代表着权力和尊严,同时也意味着责任和义务。士

---

① 刘俊文:《唐律疏议笺解》(上册),中华书局 1997 年版,第 1016—1017 页。
② 郭成伟:《大清律例根原》(一),上海辞书出版社 2012 年版,第 455 页。
③ (清)沈之奇注,洪弘绪订:《大清律集解附例》,《续修四库全书·史部》(第 863 册),上海古籍出版社 2002 年版,第 247 页。

人的身份越是尊贵,越要承担重大的社会责任,履行高标准的道德义务,行为举止也就越要恪守礼法规范。因此,在士族阶层的夫妻关系中,男女均要注重道德义务的履行——男子重义,女子守节。他们对于自身情感和欲望的态度应当是理性的、节制的。

一直以来,学者们多将研究重点放在统治者和士大夫对传统士族女性性道德的塑造和书写上。但实际上,儒士们同样将男性克制欲望、坚守贞操视为一种高尚的德行,称这类男子为"义夫"。① 历代史书也多将"义夫"与"节妇"并置颂扬,用作旌表语,②将其塑造成道德楷模。

明末清初,魏禧作《义夫说(为临川王伟士作)》一篇,在强调男女性道德、赞叹王姓士人丧妇不娶的同时,还认为夫妻双方应负有对等的忠诚义务:"妇人从人,不自制,男子制人者也。而圣王之典,忠臣、孝子、节妇、义夫必并旌。夫圣王不禁妇人之再嫁,而特设节妇之旌,使之慕而知耻;可使男子之再娶,而特设义夫之旌,以代天下之为夫者报天下之节妇,以平妇人之心,感激之使劝于义。……世无义夫,则夫道不笃,夫道不笃,则妇人之心不劝于节;妇人不劝于节,则男女之廉耻不立。"③

顺治十五年(1658年),江宁巡按刘宗韩奏报了一系列妇女的节烈事迹,最后还附上了一例"义夫"的事迹:"六合县故明游击陈燮。从征远出。妻亡,誓不再娶。俱请照例旌表。"④虽然据"历年各省题报,义夫既不概见,贞女多系

---

① 我国历史上"义夫"之"义"的内涵经过了一个由宽泛到狭窄、由一般到特殊的演变过程。陈弱水指出,战国中晚期以前的"义",大体泛指道德上的善,但也微带有特殊的意涵,有时和"道理"或"规范"相关联。就"规范"意涵而言,在传世文献,显现于《左传》中,"义"与"淫"形成了对比。譬如"隐公三年冬"有言:"贱妨贵,少陵长,……淫破义,所谓六逆也";"文公六年八月"晋襄公去世,大臣争论立新君一事,赵孟话中有"母淫子辟""母义子爱"之语。作为"淫"的反面,"义"便有了节制、守规矩的含义。关于"义夫",衣若兰指出,较早将"义夫"指称誓不再娶的丈夫,见于元代《通制条格》,直到明朝弘治年间(1488—1505年)这种说法才逐渐普遍起来。陈宝良认为,明代史籍所谓的"义夫",主要指的是那些丧偶不续娶的守节男子。那晓凌也指出,明代诸多笔记小说、地方文献中出现的义夫,大多指丧妻不娶者。清王朝奠定之初,对于义夫旌表的定位便非常明确,始修于乾隆年间的《钦定礼部则例》将义夫旌表的条件"原配身故,并不续娶纳妾"写入正式典章。参见陈弱水:《说义三则》,《公共意识与中华文化》,新星出版社 2006 年版,第 164 页;衣若兰:《誓不再娶——明代男子守贞初探》,《中国史学》(东京)2005 年第 15 期;陈宝良:《从"义夫"看明代夫妇情感伦理关系的新转向》,《西南大学学报(人文社会科学版)》2007 年第 1 期;那晓凌:《从"义夫"的进化史看"义"的走向》,《延安大学学报(社会科学版)》2010 年第 2 期。
② 那晓凌:《传统社会晚期以丧妻不娶为特征的义夫旌表》,《北京社会科学》2015 年第 8 期;那晓凌:《清代义夫节妇旌表之比较》,《学术交流》2016 年第 5 期。
③ (清)魏禧:《魏叔子文集·外篇》卷十五,胡守仁等点校,中华书局 2003 年版,第 713 页。
④ 《世祖章皇帝实录》卷一一四,顺治十五年正月丙寅,《清实录》(第三册),中华书局 1985 年版,第 895 页。

夫亡守志"，①但这些行政举措无疑是官方对男子节义德行的正面赞扬。

《清稗类钞·婚姻类》载："义夫曾伯爵，蜀南筠邑人。家殷实，年未壮而悼亡，誓不再娶。戚族或劝之，毅然拒之，曰：'娶，为宗桃耳。余有嗣矣，何娶为？'或疑其有狭斜行，乃经营商业，挟巨资历京沪及通都大邑，虽楚馆秦楼，歌筵征逐，而守身固如玉也。年六十余卒。子名肇坤，字次乾，以明经官永宁学正。光绪朝，为伯爵请旌，于筠建义夫祠，建坊以志不朽。"②

经学者研究发现，除了有品秩者外，理论上凡良民出身者都有受旌义夫的资格，但从现存请旌档案（奏折）、方志、实录中有明确身份记载者来看，无一例穷苦庶民，而是以经济不虞匮乏的士绅阶层为主。③ 这便说明，明清朝廷所标榜的并不包括那些现实中"心有余而力不足"以续弦或纳妾的男性，而是有余力者能为而不愿为、主动窒灭情欲的节义之举，足见官方为"义夫"所定道德标准之严苛。

《清稗类钞》中还记有"姜渭以不娶报未婚妻"④的故事。男女两人本为邻居，彼此属意，并私订终身，但因流言未能如约成婚。徐氏女自杀未遂后闭门诵佛，姜渭也不愿另娶他人，双方各以独身郁郁而终。这与《红楼梦》第十五、十六回中的殉情案非常相似：张财主家的女儿金哥本已与原任长安守备公子定亲，却又被长安府太爷的小舅子李少爷看上了。张家因贪恋财势欲与守备退亲，守备家却不肯，于是两家打起了官司。经过王熙凤的介入，守备家终于同意退亲。然而，金哥听说自己被父母另许他人后，便悬梁自尽了，守备之子闻知金哥自缢也投河而死。传统婚姻中夫妇的地位虽有尊卑之别，但男女双方基于誓言或契约建立起的依然是你贞我义这类报偿式的对等关系，其间含有着排他的忠诚义务与节欲的道德要求。

除了一般士绅和普通庶民，士大夫频繁纳妾也并非什么光彩之事。刘宗周在《人谱》中尤其重视夫妇关系，将夫妻反目、无故娶妾、私宠婢妾列为五伦之大过。⑤ 顾炎武中年得子却早殇，五十九岁时，他遇到了精通医学的傅山，傅山诊脉后认为他尚能生子，于是他听从劝说又纳了一位妾。两年后，顾炎武不仅仍未

---

① 《高宗纯皇帝实录》卷一〇四四，乾隆四十二年十一月乙丑，《清实录》（第二十一册），中华书局 1986 年版，第 978 页。那晓凌统计，明清实录中有正式记载的义夫，明代 3 人，清代 71 人。明清两代因丧妻不娶入地方志者共 326 人（明代 88 人，清代 238 人），其中有义夫旌表记录者 56 人（明代 16 人，清代 40 人），参见那晓凌：《清代义夫节妇旌表之比较》，《学术交流》2016 年第 5 期。
② 徐珂：《清稗类钞》（第五册），中华书局 1986 年版，第 2107 页。
③ 那晓凌：《从魏禧〈义夫说〉看明清士绅推崇义夫之目的》，《北方论坛》2015 年第 6 期。
④ 徐珂：《清稗类钞》（第五册），中华书局 1986 年版，第 2084 页。
⑤ 吴存存：《明清社会性爱风气》，人民文学出版社 2000 年版，第 22 页。

得子,身体还平添多处病症。在《规友人纳妾书》一文中,他感慨道:

> 炎武年五十九,未有继嗣,在太原遇傅青主,浼之诊脉,云尚可得子,劝令置妾,遂于静乐买之。不一二年而众疾交侵,始思董子之言而瞿然自悔。立侄议定,即出而嫁之。尝与张稷若言:青主之为人,大雅君子也。稷若曰:"岂有劝六十老人娶妾,而可以为君子者乎?"愚无以应也。又少时与杨子常先生最厚,自定夫亡后,子常年逾六十,素有目眚,买妾二人,三五年间目遂不能见物。得一子已成童而夭亡,究同于伯道。此在无子之人犹当以为戒,而况有子有孙,又有曾孙者乎?①

在士人眼中,蓄妾总是隐含着纵欲的意味。即便是为了绵延子嗣,频繁置妾仍有可能遭人耻笑,损及声名。尤其在明代和清初四十后无子方可纳妾的年龄限制下,不合时宜地劝说高龄者纳妾,更非君子之风。李慈铭在《五不娶七出说》中论道:

> 古之致重于妃匹之际者,其慎之又慎矣。纳礼之繁重,诰戒之周至,重之以庙见,迟之以三月,而又有五不娶者以谨其先,有七可去者以防其后,有三不去者以善其始终。诚以妻之言齐,阴虽卑于阳,女虽顺于男,而人伦之本,王化之始,君后之尊,臣民同之;父母之尊,子等之。……顾七出之条,自汉律至今,沿之不改。其六者无论矣,至于无子,非人所自主也,以此而出,则狂且荡色者将无所不为,而幽闲之忕离者恐不知其纪极。《唐律疏义》申之云:"问曰:'妻无子者听出,未知几年无子,即合出之?'答曰:《礼》云:'妻年五十以上,无子,听立庶以长。'即是四十九以下无子,未合出之。'"斯言也,可谓深知《礼》意,而救世教之穷也。盖娶妻以承宗庙,不孝有三,无后为大,妻而无子,情之所矜,而礼之所弃,故不得不设为此条。然必待至五十,则有不更三年丧者寡矣。古人三十而娶,四十而仕,五十服官政,而女子二十而嫁,至于五十,则贫贱有不富贵者亦寡矣。②

---

① (清) 顾炎武:《亭林文集》卷六《劝有人纳妾书》,《顾亭林诗文集》,中华书局 2008 年版,第 137 页。
② (清) 李慈铭:《越缦堂诗文集》(中),刘再华校点,上海古籍出版社 2012 年版,第 758—759 页。

所谓"待妻敬而待妾狎",士族繁重的礼仪规范不仅赋予了主妇较高的家庭地位,也为防止她们被无故而弃提供了一定的制度保障。士大夫家庭中,因无子被休者寥寥无几,律法因与人情相悖而渐成具文。与妻相比,妾则出身微贱,收纳便宜,在没有礼法约束的情况下,无子既是她们入门的理由,也是她们被轻视乃至被逐出的借口。如果士大夫仅因无子而休妻蓄妾或抑贵扬贱,那么将被视作狂放好色、不知礼法、为本阶层所不齿。

至于清代那些位高权重的品官和勋贵,纳妾数量虽然不是官品优劣的唯一指标,但姬妾众多仍暗示着他们品行贪婪、欲望强烈,会为其名誉带来负面影响。《啸亭杂录》"权臣奢俭"条载:"世之论人者,莫不以奢为骄汰,以俭为美德者。……近日某阁臣历任封圻,簋簠不饰,其家奢汰异常,舆夫皆著毳毼之衣,姬妾买花日费数万钱。……至于和相则赋性吝啬,出入金银,无不持筹握算,亲为称兑。宅中支费,皆由下官承办,不发私财,其家姬妾虽多,皆无赏给,日飧薄粥而已。然二公贪婪,如出一辙,初不以奢俭易其行也。"①阁臣与和珅虽然一者豪奢、一者吝啬,但均姬妾众多,行为不检,品德有亏。

嘉庆八年(1803年),兆昌因诬告他人谋逆而坐罪,其父刚柱亦被牵连。仁宗上谕曰:"至伊父刚柱,明知兆昌素性乖张,不能教导约束,纵令其子另居滋事,身陷法网。且刚柱平素治家不正,弃妻宠妾,荡逾闲检,行止有亏,岂可尚膺官职? 刚柱著即照拟革职。"②"弃妻宠妾"、行为放荡的违礼之举无疑成了刚柱被定罪的"品格证据"。嘉庆二十五年(1820年),仁宗上谕查办的青海办事大臣秀宁一案中,秀宁所涉之罪中包括"违例坐轿,纵容轿夫聚赌,及听戏宴会,携妾同赴会场"③等情形。

相比于清初朝廷的抑文尚质、崇俭去奢,清中期以后的官场风气逐渐转向浮奢,④统治者与官僚系统对于官员人格与能力的评价标准也越发多元化,不再把清廉克己作为评价"能吏"的重要标准。但即便如此,社会整体风向仍然将士大夫节制欲望看作美德,将频繁纳妾、妻妾倒置视为士族人格堕落的一种表现。

①　(清)昭梿:《啸亭杂录》卷十,中华书局1997年版,第314—315页。
②　《仁宗睿皇帝实录》卷一一一,嘉庆八年四月辛未,《清实录》(第二十九册),中华书局1986年版,第482页。
③　《仁宗睿皇帝实录》卷三六七,嘉庆二十五年二月庚寅,《清实录》(第三十二册),中华书局1986年版,第851页。
④　张仁善:《礼·法·社会——清代法律转型与社会变迁》,商务印书馆2013年版,第164—168页。

（三）情理的平衡与妾的上升空间

《红楼梦》中，贾府各代已婚成年男子，均收纳了数量不等的侍妾。例如，代字辈中，第五十五回探春理家时，对吴新登媳妇说道："那几年老太太屋里的几位老姨奶奶，也有家里的，也有外头的，有两个分别。"文字辈中，除了姬妾最多的贾赦，为人古板方正的贾政亦有赵姨娘、周姨娘两位妾室。玉字辈中，第三十九回的螃蟹宴中，平儿谈起王熙凤的陪嫁丫头，说道："先时赔了四个丫头来，死的死，去的去，只剩下我一个孤鬼儿了。"贾琏后来又收了贾赦送给他的秋桐。李纨向平儿说起贾珠生前所纳的妾："想当初你大爷在日，何曾也没两个人？你们看，我还是那容不下人的？天天只是他们不如意，所以你大爷一没了，我趁着年轻都打发了。"此外，袭人是大家默认的宝玉的"准姨娘"，经王夫人首肯已经按照妾的标准领月例银。

在礼法繁重的世族家庭中，夫妻关系以伦理为导向，以义务为本位，注重家庭角色功能性的发挥，夫妇之间的感情和欲望是偏于保守的、克制的。像贾琏与王熙凤在第七回中那样白日秘戏宣淫，已经有违礼教。[①] 不过，在现实生活中，出于对人类自然情感，尤其是男性生理欲望的考虑，传统礼制也为男女之间表达情感、宣泄欲望留下了一定的弹性空间，故而有了妾及妾制。

纪昀《阅微草堂笔记》中记载："交河一节妇女建坊，亲串毕集。有表姊妹自幼相谑者，戏问曰：'汝今白首完贞矣，不知此四十馀年中，花朝月夕，曾一动心否乎？'节妇曰：'人非草木，岂得无情？但觉礼不可逾，义不可负，能自制不行耳。'"又记举人王梅序对此节妇评论曰："佛戒意恶，是铲除根本工夫，非上流人不能也。常人胶胶扰扰，何念不生？但有所畏而不敢为，抑亦贤矣。此妇子孙，颇讳此语。余亦不敢举其氏族。然其言光明磊落，如白日青天，所谓皎然不自欺也，又何必讳之？"[②]对于非圣非贤的普通人来说，经历长期的性压抑后，难免会滋生对情欲的向往，但只要行为磊落，便应当论迹不论心。

同卷中又载姬妾私祭一事：某公纳了一位美丽的妾，一日，他发现该妾在屋内精心打扮，陈设酒果，私自祭祀某个亡人，便推门而入，盘问她所祭何人。女子答道，她本是一位翰林的宠婢，翰林临终前，担心他死后夫人会将她卖入青楼，于是死前安排她出府，并嘱咐她："汝嫁我不恨，嫁而得所我更慰。惟逢我忌日，汝

---

① 吴存存：《明清社会性爱风气》，人民文学出版社 2000 年版，第 27—32 页。
② （清）纪昀：《阅微草堂笔记》卷十一《槐西杂志一》，韩希明译注，中华书局 2014 年版，第 748 页。

必于密室靓妆私祭我。"听闻后,其夫颇为理解,并未怪罪她。纪昀评道:"虽琵琶别抱,已负旧恩,然身去而心留,不犹愈于同床各梦哉。"①相对于妻,妾虽无守节的道德义务,但夫妾之间亦有真情。

高彦颐在《闺塾师》曾谈道:

> 20世纪的学者,经常将"从"解释为妻子对丈夫的无条件服从,并且悲叹"妻子对丈夫,是人身和精神上的全面依附"。我以为,这一解释是将社会性别关系的运作和儒家伦理系统——我称之为社会性别系统——过分简单化了。这一曲解表达出这样一种印象,即中国社会性别体系是建立在强制和蛮横压迫基础上的,在我的观点中,这样的结论未免太过简单和太缺少权力关系变化了。伦理规范和生活实践中间,难免存在着莫大的距离和紧张。儒家社会性别体系之所以能长期延续,应归之于相当大范围内的灵活性,在这一范围内,各种阶层、地区和年龄的女性,都在实践层面享受着生活的乐趣。②

一方面,姬妾作为一种社会身份,象征着人类的欲望,在秉持正统观念的士人看来,她们总是轻浮的、淫逸的、非理性的;同时,欲望也是生物的本能需求,貌美的姬妾对于性成熟的男性来说有着相当的诱惑力。因此,儒家礼法允许男性以繁衍后嗣为名纳妾。另一方面,士族夫妻关系建立在阴阳理论和尊卑伦序基础上,注重家庭责任与道德义务的履行,具有一定的对等性和排他性,妾的地位远低于妻。在家中已有主妇的情况下,妾室绝不能对妻子的地位造成威胁,混淆贵贱之别。于是,在历代士大夫的话语体系中,妾便成了被压制、物化(奴化)和轻贱的对象。纳妾时,士人并不希望本阶层出身的女性沦落为妾,甚至会刻意选择地位微贱的女子,以突出妻妾的名分差异,从而保证家庭秩序的稳定。纪昀在《滦阳消夏录》感叹道:"夫妻妾同居,隐忍相安者,十或一焉;欢然相得者,千百或一焉。以尚有名分相摄也。至于两妻并立,则从来无一相得者,亦从来无一相安者。无名分以摄之,则两不相下,固其所矣。"③

在严格的家庭等级结构下,妾的生存压力可想而知。《红楼梦》中,赵姨娘虽

---

① (清)纪昀:《阅微草堂笔记》卷十一《槐西杂志一》,韩希明译注,中华书局2014年版,第746页。
② 〔美〕高彦颐:《闺塾师:明末清初江南的才女文化》,李志生译,江苏人民出版社2005年版,第7页。
③ (清)纪昀:《阅微草堂笔记》卷四《滦阳消夏录四》,韩希明译注,中华书局2014年版,第273—274页。

育有一子一女,但她的家庭地位和生活境况并未因成为庶母而得到改善,其月例银仍是二两,仅为王夫人的十分之一。无怪乎赵姨娘会对马道婆抱怨:"我手里但凡从容些,也时常来上供,只是'心有馀而力不足'。"后又对探春哭诉:"我这屋里熬油是的熬了这么大年纪,又有你兄弟,这会子连袭人都不如了,我还有什么脸?"可见,赵姨娘虽然为人狭隘,行为卑鄙,但也未必没有可怜可悲之处。相比于赵姨娘,平儿则要幸运很多。王熙凤在世时,平儿忠心护主,被委以协理家务的重任,成了王熙凤的左膀右臂,李纨称赞她是凤姐的"钥匙";王熙凤去世后,平儿因性格和善,行事周全,使贾琏心生敬意,续书作者安排她被贾琏扶为正室。此外,香菱、娇杏也都是在丈夫原配死后被扶正的。几位女子身份的变化揭示出了清代社会生活中妾的地位上升渠道:嫡妻去世后被扶为继妻。以下试举几例。

宗室中,宣宗长子奕纬侧福晋乌梁海氏(乌明罕氏)在道光七年(1827 年)被封为正福晋。[①] 品官中,据《高宗实录》载,户部尚书于敏中之妾张氏曾获得特别恩封。上谕曰:"于敏中之妾张氏,于例原不应封。但于敏中现无正室,张氏本系伊家得力之人,且其所生次女,已适衍圣公孔昭焕长子孔宪培,系应承袭公爵之人,将来伊女亦可并受荣封,张氏著加恩赏给三品淑人。"[②]虽然张氏未被明确立为正妻,但其所享受的待遇已与正室无二。《清稗类钞》中载有一例妻死后"以妾为妻"事件:大学士官文[③]任湖广总督时,即咸丰五年(1855 年)至同治五年(1866 年)的十一年间,[④]纳了一位妾室。这位妾"始为蜀人灶下婢,久历磨折,官纳之为妾,嬖之甚,饮食起居,拟于王侯",[⑤]没过几年,官文又将她抬为了继妻。

《沈阳甘氏家谱》为清初著名将领甘文焜(炳如公)家族谱牒,其中记录有两例妾室扶正的事迹:

其一,甘士锜,生于康熙二十二年(1683 年),太学生,考授县丞,卒于乾隆五年(1740 年)。原配高氏,生于康熙二十一年(1682 年),卒于康熙六十一年(1722 年)。继配李氏,康熙四十六年(1707 年)生,乾隆五十八年(1793 年)卒,本为士

① 《呈皇帝长子奕纬侧室福晋主事禄德之女乌梁海氏道光七年七月十二日封为福晋单》道光七年,《朱批奏折》,档号:04—01—15—0044—002,中国第一历史档案馆藏。
② 《高宗纯皇帝实录》卷九二二,乾隆三十七年十二月庚午,《清实录》(第二十册),中华书局 1986 年版,第 374 页。
③ 官文谥号应为"文恭",《清稗类钞》误记为"文忠","文忠"应为其友胡林翼的谥号。
④ 赵尔巽等:《清史稿》卷三百八十八《列传第一百七十五·官文》,中华书局 1977 年版,第 11713—11716 页。
⑤ 徐珂:《清稗类钞》(第五册),中华书局 1986 年版,第 2085 页。

锜之妾,生有二子,自夫死后便为其守节。《家谱》说她为人"端谨醇严,安闲厚重,教导子孙俱经登科,年逾耋寿,族众敬服,公举立为正室"。① 李氏被族人推举为正室时已经八十多岁,为其夫守节近五十年,最终凭借养育和教导子嗣的功绩得到了族人敬服。

其二,甘运海,雍正十二年(1734年)生,为太学生,乾隆六十年(1795年)去世。嫡妻为崔氏,生于雍正九年(1731年),卒于乾隆五十四年(1789年)。妾罗氏,乾隆十二年(1747年)生人,与甘运海生育两子,嘉庆十五年(1810年)去世。《家谱》描述罗氏生平:"正室早卒,侍夫有年,所生二子,抚育成立,艰苦异常,为人诚朴,族众悦服,年已六十,公举立为正室。"②劳苦功高的罗氏终于在花甲之年获得了族人的认可,被扶为正室。不过,此时距离其夫去世也已过去十余年。

通过上述事例可以看出,明清"以妾为妻"的去罪化,即"妻在"时扶妾为妻方符合入罪条件,为生活逼仄的侧室们保留了一定的地位上升空间。这是儒家礼制系统内所含人情因素对社会等级结构、家族伦理秩序发挥调节作用的一种表现,也是国家律法刻意留下的可供人们自由裁量、适度进退的模糊地带。直至民国初年,学者、司法者对于妾的身份、侧室扶正等问题的争论仍未休止。③

需要注意的是,妾室往往出身低微,世族家庭中将妾扶正的情况并不具有普遍意义。正如陈顾远先生所言:"秦汉以后,用律辅礼,故礼制上所否认之妻妾易位,或尊妾为妻,历代各律条每禁止之。"④像官文那样以妾为妻,尊卑不分,就遭到了世人的耻笑:"事皆其妾与门丁主之,有庑人为肃顺荐,尤骄。时称督抚'三大'。妾死,治丧如丧父母。"⑤由于严格的阶层划分与固有的差等观念,在清代的实际生活中,旗人世家鲜有将妾室扶为正妻者。那些被扶正的侧室或是本来出身就士族阶层,或是经过了严苛的条件筛选——长期守节、养育子嗣,并获得族人认可。《儒林外史》中,严监生在原配王氏死后,本想将赵氏扶为正妻,却担心本族长辈非议——"怕寒族多话"。⑥ 如此看来,《红楼梦》中娇杏、平儿、香菱

① 《沈阳甘氏家谱》,何晓芳:《清代满族家谱选辑》,辽宁民族出版社2016年版,第1024页。
② 《沈阳甘氏家谱》,何晓芳:《清代满族家谱选辑》,辽宁民族出版社2016年版,第1028页。
③ 汪雄涛:《民初法律冲突中的妾制——以大理院解释例为素材的考察》,《云南社会科学》2013年第2期。
④ 陈顾远:《中国婚姻史》,上海书店出版社1984年版,第52页。
⑤ 费行简:《近代名人小传》,中国书店1988年版,第90—91页。
⑥ 童汉明:《〈儒林外史〉中的清代妻妾关系》,谢进杰:《中山大学法律评论》(第10卷·第2辑),法律出版社2013年版,第186—197页。

等待妾被扶为正妻的情节，就如同"娇杏"之名的谐音"侥幸"所暗示的那样，只是极为特殊的例子，或是礼法废弛后的偶然事件，或是续作者基于因果报应观念以及自己的愿望而为几位品性良善的女子设置的理想归宿，以此弥补原书带来的些许遗憾罢了。

第三章
礼法系统伦序倒错后的乱象及规制

　　明朝灭亡后,张岱曾在《自为墓志铭》中追忆少年时代的放荡不羁与声色犬马,述云:"少为纨绔子弟,极爱繁华,好精舍,好美婢,好娈童,好鲜衣,好美食,好骏马,好华灯,好烟火,好梨园,好鼓吹,好古董,好花鸟,兼以茶淫橘虐,书蠹诗魔。"①对此,卜正民(Timothy Brook)谈道,这时的张岱并不是以此来说明他的个性,而是在日后更为清醒理智的年代回忆起自己当年的堕落。在自谴和忏悔的同时,他心中仍怀有着一种对逝去时光的深深眷恋。② 曹雪芹的人生历程与张岱颇有雷同之处,两人均出身仕宦之家,又都由富贵场跌入了苦寒地,经历了繁华到破败的巨大落差。张岱著有《陶庵梦忆》,其序曰:"鸡鸣枕上,夜气方回,因想余生平,繁华靡丽,过眼皆空。五十年来,总成一梦。……遥思往事,忆即书之,持向佛前,一一忏悔";③曹雪芹写下《红楼梦》,首回云:"知我之负罪固多,然闺阁中历历有人,万不可因我之不肖,自护己短,一并使其泯灭也。所以蓬牖茅椽,绳床瓦灶,并不足妨我襟怀。……更于篇中间用'梦''幻'等字,却是此书本旨。"叶晔指出,当两人都用一个"梦"字来追忆和反省自己的往昔生活时,字里行间已流动着一股相似的气息:美梦间杂着噩梦,追忆交织着忏悔,补天与玩世相交叉。张岱和曹雪芹所具有的这种特殊的文人心态,完整地体现在他们的作品和梦里。④

---

① (清)张岱:《张岱诗文集·张岱文集》卷五(增订本),夏咸淳辑校,上海古籍出版社 2014 年版,第373 页。
② [加]卜正民:《纵乐的困惑:明代的商业与文化》,方骏等译,广西师范大学出版社 2016 年版,第267 页。
③ (清)张岱:《陶庵梦忆·自序》,《陶庵梦忆 西湖梦寻》,栾保群点校,浙江古籍出版社 2012 年版,第1 页。
④ 叶晔:《张岱、曹雪芹文人心态比较论》,《红楼梦学刊》2003 年第 4 辑。

《红楼梦》作为一部男性成长小说,明显带有着作者自传性质,贾宝玉这一人物形象身上凝聚着曹氏自身的经历、情感,以及他对个体责任和家族命运的深刻反思。全书第五回中,宝玉神游太虚幻境,在薄命司内看到了预示家族中重要女性命运的簿册,册中录有每一位金钗的画像和判词。正册的最后,出现了这样一位女子:"诗后又画一座高楼,上有一美人悬梁自尽。其判云:情天情海幻情深,情既相逢必主淫。漫言不肖皆荣出,造衅开端实在宁。"该女子便是贾蓉之妻秦可卿。《红楼梦》原稿中,她与贾蓉之父贾珍逾越了伦常。这对翁媳之间的苟合被焦大骂作"爬灰",秦可卿最终也因奸情败露而羞忿自缢。实际上,秦氏的四句判词不仅是对她品性的总结和命运的预告,而且隐含着作者对于贾家衰败内在原因的理性审视与高度概括:宁荣二府由盛而衰的根本因素,并不在于传统礼教压迫人性欲望,而在于这一时期既有的礼法已经无法有效地规范和控制人们的欲望,家族内部的伦理秩序因而发生了剧烈的崩塌。

第一节 明清社会性别界限的模糊

一、性别观念的模糊

(一) 气本论的复兴与发展

詹姆斯·伍德(James Wood)指出,18—19 世纪的英国电影与各种通俗小说中的人物,"坏蛋是坏蛋,英雄是英雄,黑白分明——想想菲尔丁、歌尔德斯密斯、斯考特、狄更斯、沃(Waugh)。这些作家笔下的人物有稳定的本质,不变的特征。但与此同时,另一种小说也在发展,这里面的人物内心正邪交战,自我绝不接受静止不变"。① 同样诞生于 18 世纪的《红楼梦》即属于后者。曹雪芹在全书第二回中,就通过冷子兴与贾雨村的对话开宗明义地谈到了这点:

> "天地生人,除大仁大恶,馀者皆无大异。若大仁者则应运而生,大恶者
> 则应劫而生。运生世治,劫生世危。……大仁者修治天下,大恶者扰乱天
> 下。清明灵秀,天地之正气,仁者之所秉也;残忍乖僻,天地之邪气,恶者之

---

① [英]詹姆斯·伍德:《小说机杼》,黄远帆译,河南大学出版社 2015 年版,第 110 页。

所秉也。今当祚永运隆之日，太平无为之世，清明灵秀之气所秉者，上自朝廷，下至草野，比比皆是。所馀之秀气，漫无所归，遂为甘露、为和风，洽然溉及四海。彼残忍乖邪之气，不能荡溢于光天化日之下，遂凝结充塞于深沟大壑之中。偶因风荡，或被云催，略有摇动感发之意，一丝半缕误而逸出者，值灵秀之气适过，正不容邪，邪复妒正，两不相下，如风水雷电，地中既遇，既不能消，又不能让，必致搏击掀发。既然发泄，那邪气亦必赋之于人。假使或男或女，偶秉此气而生者，上则不能为仁人为君子，下亦不能为大凶大恶。置之于千万人之中，其聪俊灵秀之气，则在千万人之上；其乖僻邪谬、不近人情之态，又在千万人之下。若生于公侯富贵之家，则为情痴情种。若生于诗书清贫之族，则为逸士高人。纵然生于薄祚寒门，甚至为奇优，为名娼，亦断不至为走卒健仆，甘遭庸夫驱制。"

曹氏明确将人的秉性分为两种：仁与恶。这些秉性的天生持有者可分为三类：大仁者、大恶者以及兼具前两者特质的"正邪两赋"者。而人的这些秉性均来源于天地之间的"气"，气本存在于宇宙之间，随着风水雷电等自然现象而发生了流动，又在流动的过程中附着于人；因气有正邪之别，所以人便有了善恶之分。"气"不仅仅对人的品行和性格有决定性作用，还会赋予宇宙间万物对立而又统一的两种属性：阴与阳。

第三十一回，湘云在与丫鬟翠缕观赏荷花时说道："天地间都赋阴阳二气所生，或正或邪，或奇或怪，千变万化，都是阴阳顺逆。就是一生出来，人人罕见的，究竟道理还是一样。"而后又道："这阴阳不过是个气罢了。器物付了，才成形质。"这里，"阴""阳"不是实在的物体，而是《周易》中所蕴含的宇宙变化规律，如翠缕所说，"没影没形的"，具体表现为事物之间总是相互对立而又彼此依存，并有着向其对立面发展的变化趋势；同时，史湘云又将阴阳变化规律发挥作用的形式和动力称为"气"。

曹氏借贾雨村和史湘云之口说出的哲学论断，不由使人想到与二程、朱熹"理气"思想呈尖锐对立的张载"气论"之说。张载《正蒙·太和》篇载：

太和所谓道，中涵浮沉、升降、动静、相感之性，是生细缊、相荡、胜负、屈伸之始。……太虚无形，气之本体，其聚其散，变化之客形尔；至静无感，性之渊源，有识有知，物交之客感尔。客感客形与无感无形，惟尽性者一之。

天地之气,虽聚散、攻取百途,然其为理也顺而不妄。气之为物,散入无形,适得吾体;聚为有象,不失吾常。太虚不能无气,气不能不聚而为万物,万物不能不散而为太虚。……气块然太虚,升降飞扬,未尝止息,《易》所谓"细缊",庄生所谓"生物以息相吹""野马"者欤!此虚实、动静之机,阴阳、刚柔之始。浮而上者阳之清,降而下者阴之浊。其感通聚结,为风雨,为雪霜,万品之流形,山川之融结,糟粕煨烬,无非教也。①

"道"或"太虚"为宇宙本原,"气"为"太虚"的本体,充盈于"太虚",与"太虚"同为宇宙的最高存在。"气"及其形成的万物所表现出来的变化规律称为"理","理"与"气"之间并不存在先后、主从、高下或抽象具体之别。所谓"太虚者,气之体。气有阴阳,屈伸相感之无穷,故神之应也无穷;其散无数,故神之应也无数。虽无穷,其实湛然;虽无数,其实一而已。阴阳之气,散为万殊,人莫知其一也;合则混然,人不见其殊也",②意为万事万物及其表现出来的性质虽各有不同,但均由阴阳二气赋形成器,造作而生。

"宋儒创造的理气论,是为了解释'本来性'与'现实性'的差别。二程建立了以'天理'为核心的思想体系,用它作为构建理想人格与社会的理论基础。张载建构了一个以气为核心的思想体系,用气的聚散循环来解释宇宙的生化以及人性的形成。朱熹则将两者结合起来,建立了一套以理气二元论为核心的哲学体系。"③其中,理是生物之本,气是生物之具,理气"不即"有分而又"不离不杂"。为了保持"理"作为本然范畴的先验性和超越性,朱子强调理与气、义理之性与气质之性之间的差别与张力,因而在客观上促使儒家宇宙观与人性论均走向了二元分殊的格局。

相比于朱熹,张载的气论尚存在着理论形成期的混沌性与过渡性,逻辑体系并不那么清晰圆熟。然而,正是这种原始特征和初创风貌,在明代官方理想与社会现实充满矛盾,天理与人欲、知识与实践日趋背离的环境中,再次吸引了一批学者的关注。他们在张载太虚、气与阴阳学说的基础上,进一步突出了"气"的客观存在和本体属性以及理气的统一性,与王门心学共同推动着理气、心物二元论

---

① (宋)张载:《正蒙·太和篇第一》,《张载集》,中华书局1985年版,第7—8页。
② (宋)张载:《横渠易说·系辞上》,《张载集》,中华书局1985年版,第184页。
③ 高海波:《宋明理学从二元论到一元论的转变——以理气论、人性论为例》,《哲学动态》2015年第12期。

走向一元论。明清气本论虽未如阳明心学影响深远，但作为一场作为哲学的"复古"，其理论意义仍不可忽略。

明开国文臣之首宋濂就是一位典型的理气合一论者，所言"人之身，天之气也；人之性，天之理也。理与气合而成形，吾之身与天地何异乎？"，[1]即强调有是理则有是气，两者绝不可分。

明人王廷相的气论直接继承了张载"太虚即气"的思想，其《雅述》《慎言》多处与《正蒙》的气论思想遥相呼应，黄宗羲评之曰："先生主张横渠之论理气，以为'气外无性'，此定论也。"[2]例如，"有虚即有气，虚不离气，气不离虚，……不可知其所至，故曰太极；不可以为象，故曰太虚，非曰阴阳之外有极有虚也"，[3]"元气即道体。有虚即有气，有气即有道"，[4]重复了气即道与太虚的本体论和一元论。又如，"天地之间，一气生生，而常而变，万有不齐，故气一则理一，气万则理万"，[5]"精神魂魄，气也，人之生也；仁义礼智，性也，生之理也；知觉运动，灵也，性之才也。三物者一贯之道也"，[6]明确指出气既有客观恒常性，所谓"气之本"（湛一）；又有内在运动性，所谓"气之欲"（攻取）。理生于气不能独存，气、理之道同一而非两分。论及气物关系，他认为万物均由气化而成，同归而殊途，各得一支后又复始一元，人类在认识自身与万物的过程中赋予其价值判断。此外，王廷相同样认为阴阳二气运动变化是宇宙间根本法则，天下万物无时无刻不处在永无休止的运动变化之中。[7]《明儒学案》录其《阴阳管见辨》曰："阴阳即元气，其体之始，本自相浑，不可离析，故所生化之物，有阴有阳，亦不能相离。……天阳为气，地阴为形，男女牝牡，皆阴阳之合也，特以气类分为阴阳耳。"[8]可以看出，他将人事与自然并归为阴阳气化之道的天人合一论，与史湘云与翠缕的对话内容不谋而合。

除了王廷相，不少明儒也都以张载的气本论为正学。罗钦顺虽为"朱学后劲"，但就理气关系而言，他明显更倾向于一元论和气本论，赞同理气"不离"之

---

① （明）宋濂：《宋濂全集》，浙江古籍出版社1999年版，第2087页。
② （清）黄宗羲：《明儒学案》卷五十《诸儒学案中四》，沈芝盈点校，中华书局2008年版，第1173页。
③ （明）王廷相：《慎言》卷一《道体篇》，《王廷相集》（三），王孝鱼点校，中华书局1989年版，第751页。
④ （明）王廷相：《雅述》上篇，《王廷相集》（三），王孝鱼点校，中华书局1989年版，第848页。
⑤ （明）王廷相：《雅述》上篇，《王廷相集》（三），王孝鱼点校，中华书局1989年版，第848页。
⑥ （明）王廷相：《王室家藏集》卷三十三，《王廷相集》（二），王孝鱼点校，中华书局1989年版，第602页。
⑦ 曾振宇：《从张载到王廷相——中国古代气学的超越与回复》，《齐鲁学刊》2010年第3期。
⑧ （清）黄宗羲：《明儒学案》卷五十《诸儒学案中四》，沈芝盈点校，中华书局2008年版，第1187—1188页。

论,扬弃二者"不杂"之说。他谈及《易》理时论道:"理果何物也哉?盖通天地,亘古今,无非一气而已。气本一也,而一动一静,一往一来,一阖一辟,一升一降,循环无已。……初非别有一物,依于气而立,附于气以行也。"①对于张载《正蒙》,又评曰:"《正蒙》有云:'阴阳之气,循环迭至,聚散相荡,升降相求,缊缊相揉。盖相兼相制,欲一之而不能。此其所以屈伸无方,运行不息,莫或使之。不曰性命之理,谓之何哉!'此段议论最精,与所谓太虚、气化者有间矣。"②强调阴阳二气运动不止,彼此交感又相互制约。"欲一之而不能",与曹雪芹论证正邪之气"两不相下"的思维逻辑极为相近。此外,区别于绝大多数性善论者,他做出了"盖一物之生,受气之初,其理惟一;成形之后,其分则殊。……性善理之一也,而其言未及乎分殊,有性善有性不善,分之殊也,而其言未及乎理一。……惟以理一分殊蔽之,自无往而不通"③的论断,认为人性既可两分而又同归于一,只有将"一"与"分"结合起来看待人性善恶交织的复杂面向,才能有效避免朱熹天命之性、气质之性在现实中难以弥合的理论困境。

唐顺之之子唐鹤征在《桃溪札记》论云:"盈天地间一气而已,生生不已,皆此也。乾元也,太极也,太和也,皆气之别名也。自其分阴分阳,千变万化,条理精详,卒不可乱,故谓之理。非气外别有理也。"乾元、太极、太和,名称虽各异,但万变不离其宗,统归都是气。又论"性"曰:"性不过是此气之极有条理处,舍气之外,安得有性?……心中之生,则性也,盖完完全全是一个乾元托体于此,故此方寸之虚,实与太虚同体。"④性与气、太虚同体,并不存在义理之性和气质之性的分别。他认为,古时学者常谈心、性、命,却少有谈气者,直至孟子才有养气之说。王道《文录》亦载:"盈天地间,本一气而已矣。方其混沦而未判也,名之曰太极。迨夫酝酿既久,升降始分,动而发用者,谓之阳,静而收敛者,谓之阴,流行往来而不已,即谓之道。因道之脉络分明而不紊也,则谓之理。数者名虽不同,本一气而已矣。"⑤他们的结论基本上是在重申张载气虚同一相即、阴阳二分互动的理论,反对将理与气、人的天性与气质支离开来,在"天人合一"的思维模式下,同心学一般,表现出了向宇宙、人性一元论的复归。

当时的一元化倾向,"不仅表现了明儒对清算佛老旧账的一种自得感,而

① (明)罗钦顺:《困知记》卷上,沈芝盈点校,中华书局1990年版,第4—5页。
② (明)罗钦顺:《困知记》卷下,沈芝盈点校,中华书局1990年版,第31页。
③ (清)黄宗羲:《明儒学案》卷四十七《诸儒学案中一》,沈芝盈点校,中华书局2008年版,第1111页。
④ (清)黄宗羲:《明儒学案》卷二十六《南中王门学案二》,沈芝盈点校,中华书局2008年版,第605页。
⑤ (清)黄宗羲:《明儒学案》卷四十二《甘泉学案六》,沈芝盈点校,中华书局2008年版,第1036页。

且还表现着其对儒家理论自足性与圆满性的一种自觉。当然，这种一元化倾向同时也表现着明儒对朱子理论继承与推进的愿望。因而对于朱子的学说，他们不仅要求理更加内在于气，而且要求性更内在于心。"[①]但与王门后学多遵循孟子性善论，主张"明心见性""为善去恶"不同的是，王廷相、罗钦顺等人在阐释阴阳二气交感与制衡的过程中，已经发现人类内部的复杂性和矛盾性，即人性既非至善也非纯恶，而是与宇宙间阴阳、清浊、动静之气的变化原理和运动机制相对应，自诞生之日起，便将明暗、善恶、正邪等相互对立的人格要素融汇于一体。

清代王夫之继承并发展了张载阴阳交感与"一物两体"思想。张载《正蒙·太和》篇曰："游气纷扰，合而成质者，生人物之万殊。"[②]王夫之注曰："合者，阴阳之始本一也，而因动静分而为两，迨其成又合阴阳于一也。如男阳也而非无阴，女阴也而亦非无阳，以至于草木鱼鸟，无孤阳之物，亦无孤阴之物，唯深于格物者知之。时位相得，则为人，为上知；不相得，则为禽兽，为下愚；要其受气之游，合两端于一体，则无有不兼体者也。"[③]他将阴阳二气与男女性别对应起来，并指出，由于万物本源同为气，因此，包括两性在内，那些属性相对之物中任何一方的气质均非至阳或至阴。男性气质并非绝对阳刚，女子脾性也并不是纯然阴柔，而是彼此都保有着对方的属性。由此，天地万物才能互动相应、生生不息。《正蒙·参两》篇亦载："地所以两，分刚柔男女而效之，法也；天所以参，一太极两仪而象之，性也。一物两体，气也；一故神，两故化，此天所以参也。"[④]王夫之注云："在天者浑沦一气，凝结为地，则阴阳分矣。植物有刚柔之殊，动物有男女之别。……凡山川、金石、草木、禽虫以至于人，成乎形者皆地之效而物之法则立焉，两者之分不可强而合矣。"[⑤]在体认阴阳两立、万物分殊以及男女有别的基础上，又云，"阴中有阳，阳中有阴，原本于太极之一，非阴阳判离，各自孳生其类。故独阴不成，孤阳不生"，[⑥]认为宇宙万物实际上兼具阴阳两性。"阴亦有阴阳，阳亦有阴阳，非判然二物，终不相杂之谓"，[⑦]两种气质相互制衡，同时彼此渗透。

① 丁为祥：《气学——明清学术转换的真正开启者》，《孔子研究》2007年第3期。
② （宋）张载：《正蒙·太和篇第一》，《张载集》，中华书局1985年版，第9页。
③ （清）王夫之：《张子正蒙注》卷一《太和篇》，中华书局1975年版，第21—22页。
④ （宋）张载：《正蒙·参两篇第二》，《张载集》，中华书局1985年版，第10页。
⑤ （清）王夫之：《张子正蒙注》卷一《参两篇》，中华书局1975年版，第29页。
⑥ （清）王夫之：《张子正蒙注》卷一《参两篇》，中华书局1975年版，第30页。
⑦ （清）王夫之：《张子正蒙注》卷一《参两篇》，中华书局1975年版，第40页。

可以看出,王夫之继承气本论的同时,也吸收了朱熹的理气"不杂"学说,从而进一步完善了张载认识论中的辩证统一思想。

(二)男女性别界限的模糊

在张载气本思想以及明清气学流派学者一元论和阴阳学说的影响之下,《红楼梦》作者在书中塑造的许多男女形象的外貌、气质、性格、行为和生活习惯,便呈现出了一种去性别化的模糊感。典型如男主人公贾宝玉,在第三回初见林黛玉时,黛玉眼中的宝玉"面若中秋之月,色若春晓之花,鬓如刀裁,眉如墨画,鼻如悬胆,睛若秋波,虽怒时而似笑,即瞋视而有情","面如傅粉,唇若施脂,转盼多情,语言若笑",足见其面貌、神态之美不输女子。第四十一回中,刘姥姥参观大观园醉酒后,在怡红院睡着了,醒来后问道:"这是那个小姐的绣房,这么精致。我就像到了天宫里的的。"袭人微微地笑道:"这个么,是宝二爷的卧房啊。"又可见其爱好、品味亦宛如闺秀。第七回中,曹氏写到与宝玉交好的秦钟,说他"眉清目秀,粉面朱唇,身材俊俏,举止风流,似更在宝玉之上,只是怯怯羞羞,有些女儿之态"。第八回中,贾母见秦钟"形容标致,举止温柔",心中十分欢喜。第九回中,作者描述贾府家学的两位学生,"亦不知是那一房的亲眷,亦未考真姓名,只因生得妖媚风流,满学中都送了两个外号,一个叫'香怜',一个叫'玉爱'"。第二十八回中,宝玉与唱小旦的伶人蒋玉菡(琪官)同赴冯紫英和薛蟠设的酒宴。两人解手期间,宝玉观察蒋玉菡"妖媚温柔,心中十分留恋",就如同初见秦钟一般。对于第四十七回出场的柳湘莲,作者形容道:"他最喜串戏,且都串的是生旦风月戏文","因他年纪又轻,生得又美,不知他身分的人,却误认作优伶一类"。

全书中,粉面、朱唇、妖媚、温柔这些常用来形容传统女子容貌和举止的词汇,被反复用来描绘男子的长相和姿态,且作者在行文时,对于这类气质的男性表露出的态度或是暗暗赞美,或是明示褒扬,从无轻视或诋毁之意。例如在与秦钟相识后,宝玉痴了半天,自思道:"天下竟有这等的人物!如今看了,我竟成了泥猪癞狗了,可恨我为什么生在这侯门公府之家?要也生在寒儒薄宦的家里,早得和他交接,也不枉生了一世。"生在侯门公府的宝玉和生在寒儒薄宦的秦钟,正对应着作者在第二回谈及的身处不同社会阶层、兼有正邪两气的一类人,他们融合了阴阳、清浊、刚柔以及与之对应的两性气质。此外,书中还多处用"清秀""俊秀"等不具有明显性别指向的辞藻描绘年轻男子和少年形象。

除了女性化的男性,曹雪芹还塑造了几位颇有"阳刚"气质的女性人物。例如,全书开篇,冷子兴演说荣国府时,将贾琏和凤姐作了一番比较,论道:"这位琏爷身上现捐了个同知,也是不喜正务的,于世路上好机变,言谈去得,所以目今现在乃叔政老爷家住,帮着料理家务。谁知自娶了这位奶奶之后,倒上下无人不称颂他的夫人,琏爷倒退了一舍之地,模样又极标致,言谈又爽利,心机又极深细,竟是个男人万不及一的。"第三十一回,薛宝钗说起史湘云爱穿男装的习惯,笑道:"姨妈不知道,他穿衣裳,还更爱穿别人的。可记得旧年三四月里,他在这里住着,把宝兄弟的袍子穿上,靴子也穿上,带子也系上,猛一瞧,活脱儿就像是宝兄弟,就是多两个坠子。"第四十回中,刘姥姥来到林黛玉所住的潇湘馆,"因见窗下案上设着笔砚,又见书架上放着满满的书",刘姥姥猜道:"这必定是那一位哥儿的书房了?"贾母笑指黛玉道:"这是我这外孙女儿的屋子。"黛玉的书房样式与宝玉的卧房布置形成了鲜明的对照。第五十五回,贾探春对众人言及自己的志向,坦言道:"我但凡是个男人,可以出得去,我早走了,立出一番事业来,那时自有一番道理。"第六十五回,尤三姐在与贾珍、贾琏饮酒时,"自己高谈阔论,任意挥霍洒落一阵,拿他弟兄二人嘲笑取乐,竟真是他嫖了男人,并非男人淫了他"。①

这些女子或才能卓然、行止磊落,或情志高远、性格豪迈,均脱离了人们对于传统闺阁女子阴柔内敛、贞静少言,又或缺乏识见的刻板印象。综上而言,无论是生于公侯富贵之家的少爷小姐,还是生于诗书清贫之族的士族子弟,又或是那些隶属贱民阶层的奇优名伶,传统社会男女自出生起被塑造而成的诸多两性性别特征和人格特质,在《红楼梦》作者这里被弱化了,性别界限因而变得模糊,甚至发生了彻底的倒置和错乱。

雷金庆(Kam Louie)指出:"在大众对阴阳理论的浅显了解中,女性特质和男性特质被置于一组二元对立关系之中,阴为女而阳为男。这一二元对立与毕达哥拉斯哲学中明暗、男女、右左等对立范畴相似。真正的男人应该有充沛的阳气。⋯⋯毕达哥拉斯对立哲学与阴阳理论的不同在于,后者认为阴中有阳,阳中有阴,交互感应,生生不息。这就意味着每个男女都同时具有阴阳之气,两性交

---

① (清)曹雪芹、脂砚斋:《脂砚斋重评石头记庚辰校本》,邓遂夫校订,作家出版社 2006 年版,第 1141 页。

合时,则阴阳互补。"①他进一步认为,以阴阳哲学来讨论传统文化中男性特质的理论范式存在着局限性,"阴阳无休止的内在互动的潜力将对认知性别的特异性造成障碍。……儒家思想对社会组织的约束体现于性别秩序当中,就是将男性明显置于女性之上,这意味着必然有其他的性话语存在,足以抵消'阴阳'的互动关系,并将两性权力的不平衡合法化、常态化",②"文"(心智的或文职的)与"武"(体力的或武术的)的二元体系,是理解男性特质的更适宜的范式。但这种弃用我国传统哲学话语体系和历史概念的理论创造并不算成功,尤其是刻意抛开女性特质而单独探讨特定的男性特质,显然与我国传统社会相对式的性别秩序不相吻合。在中国哲学史上,"阴""阳"固然彼此不断交融互补,也始终存在着差异和张力,士人们只不过在不同的历史时空和语境下,选择性地突出了它们的对立面向或者融合趋势。换言之,"从行为上看男女两性的性别差异只有程度上的差异,并不是非此即彼的"。③

时至明代中晚期,随着工商业的发展,天理与人欲的日益乖离,儒家伦理秩序发生了松动,以朱子"理—气""性—理"二元本体论、认识论为基本学理依据建立起来的社会管理模式也逐渐走向失效。④ 如果说阳明心学是为了解决人性中的理欲、善恶冲突,而不得不通过道德相对主义式的"无善无恶"论,合理化朱子理论体系中人类欲望的"罪"性。⑤ 那么,后世气学流派对张载气本思想的复归和进一步阐释,则可以说是为了适应物欲横流的客观世界中人性善恶一体共存的事实,以及两性划分和审美标准的变迁而进行的理论重建。

《红楼梦》第一回中,作者描写绛珠仙草幻化人形的过程说道:"后来既受天地精华,复得甘露滋养,遂脱了草木之胎,幻化人形,仅仅修成女体。""仅仅修成女体"说辞的背后,还隐含着草木化身为男体的潜在可能性,这可以看作作者对人物"万殊"而阴阳"本一"之一元气学思想的落实。由此可见,男女气质的融合或错置并不是曹氏刻意追新求异的结果,而是建立在张载理气一元、阴阳交感、刚柔相济等哲学思想基础之上。经过明清儒者对这些理论的再解释和再利用,明清社会男生女相、女强男弱等性别"反转"现象的存在便有了合

---

① [澳]雷金庆:《男性特质论:中国的社会与性别》,刘婷译,江苏人民出版社 2012 年版,第 14—15 页。
② [澳]雷金庆:《男性特质论:中国的社会与性别》,刘婷译,江苏人民出版社 2012 年版,第 15—16 页。
③ 魏国英:《女性学概论》,北京大学出版社 2000 年版,第 31 页。
④ [日]沟口雄三:《中国前近代思想的屈折与展开》,龚颖译,生活・新知・三联书店 2011 年版,第 84—90 页。
⑤ 格非:《雪隐鹭鸶——〈金瓶梅〉的声色与虚无》,译林出版社 2015 年版,第 84—91 页。

理依据。

　　"从根本上说,西方的性别观念是建立在生物学意义上的,并以二元对立的逻辑进行填充。与西方不同,中国传统文化对'性别'的理解从未脱离儒家伦理秩序,更未脱离其实践中的角色功能,只有进入父母、夫妇、兄妹等人伦关系才能理解'性别','夫妇'角色比'男女'区分更重要。"①我国传统士族家庭建构和强化男女之别的最终目的是建立相对式关系和等级式秩序,即通过明确两性分工,使子女承担起相应的家庭和社会责任。② 在家族本位观的统摄之下,人们对于夫妇社会性别与伦理地位的重视程度要高于男女的生理性别和天然气质。甚至可以说,在士人阶层的话语体系中,两性的生理性别是模糊的,使人感到"羞耻"的且不可轻易提及的,更不必提在理论上与社会性别作出区分。

（三）明清男风现象的盛行

倪湛舸谈及朱迪斯·巴特勒的表演论（performativity）认为：

　　首先,纯粹的天然性身体并不存在,我们所说的"身体",是重重社会规范依赖社会强制反复书写、引用（另一种表述是：表演）自己的结果。换言之,作为社会规范的性别（生理性的"性别"作为独立概念几乎完全地被文化性的"性别"所涵盖了）通过表演来创造主体。规范（性别）,表演（引用）,主体（身体）,这三者是相辅相成的,理论上可以作区分,实际上却是一个不断流动着自我创造的完整过程。……其次,因为有社会性文化性的规范存在,被创造的主体注定有边界,然而,边界之外并非空白,边界外的生存,就是那些不符合社会规范的特例。……再次,因为表演（书写、引用）总有缺陷和失败,主体只能无限地接近合乎规范,而不是完美无缺的铁板一块。③

①　岁涵：《"情"的生成性与晚清小说中的性别越界——以〈品花宝鉴〉和〈凤双飞〉为例》,《中国现代文学研究丛刊》2017 年第 5 期。
②　Matthew H. Sommer. *Sex*, *Law and Society in Late Imperial China*. Stanford University Press, 2000, pp.116 - 117.
③　倪湛舸：《语言·主体·性别——初探巴特勒的知识迷宫》,[美]朱迪斯·巴特勒：《消解性别·总序》,郭劼译,上海三联书店 2009 年版,第 5 页。

将这里的"表演"理解为履行家庭义务、发挥社会功能的知识传播和行为实践，就可以解释我国传统男女性别观念的建构逻辑。由于阴阳二气交互共生，并统一于"理"或"太虚"，且可以相互转化。因此，即使男性的气质偏于阴柔，女性的气质趋向阳刚，只要他们的存在不威胁到礼法秩序的存续，便都在社会容忍和接受的范围之内。① 这也就可以解释为何我国古代社会对于同性之间发生恋爱或情欲关系的态度，相比于欧美国家要宽容得多，②男同性恋从未遭遇过像西方后基督教时代那样的普遍压制。③

　　《大明律·刑律》"斗殴"条规定："凡斗殴（相争为斗，相打为殴），以手足殴人，不成伤者，笞二十；成伤，及以他物殴人不成伤者，笞三十；成伤者，笞四十。青赤肿为伤，非手足者，其余皆为他物。即兵不用刃，亦是。拔发方寸以上，笞五十。若血从耳目中出，及内损吐血者，杖八十。以秽物污人头面者，罪亦如之。折人一齿及手足一指，眇人一目，抉毁人耳鼻，若破人骨及用汤火、铜铁汁伤人者，杖一百。以秽物灌入人口鼻内者，罪亦如之。"④将鸡奸比附为斗殴，往往意味着案件存在当事人强迫、打斗和伤亡等较严重的犯罪情节或结果时，鸡奸行为方能入罪。以此推测，如果是两个男子和奸，且未发生打斗或造成伤亡，除非有人主动告发，否则这类案件很难进入司法程序。陈新宇就认为，本条规定对比附原则的适用极不合理："此条所涉的鸡奸行为是双方合意（即后来清例所谓的'和同鸡奸'），'秽物灌入人口'律则无疑为胁迫，主观方面差距甚大，客观方面的行为更是风马牛不相及，该条不免带有'造法'者极富想象力的直觉色彩。"⑤

　　"中国古典时代从未将男男性行为和女女性行为视为一种固化的性身份，从这个意义上说，中国古代不存在'同性恋'，只存在男人之间或女人之间的'同性情欲经验'"。⑥ 当简单地用"同性恋"这个词汇来处理中国古代"同性"议题时，

①　Giovanni Vitiello. The Dragon's Whim: Ming and Qing Homoerotic Tales from The Cut Sleeve. *T'oung Pao*, Vol.78, Livr.4/5, 1992, pp.364 - 365.

②　张在舟：《暧昧的历程：中国古代同性恋史》，中州古籍出版社 2001 年版，第 22—27 页。

③　Wu Cuncun. *Homoerotic Sensibilities in Late Imperial China*. RoutledgeCurzon, 2004, p.26.

④　《大明律》，怀效锋点校，法律出版社 1999 年版，第 159 页。

⑤　陈新宇：《比附与类推之辨——从"比引律条"出发》，《政法论坛》2011 年第 2 期。

⑥　岑涵：《"情"的生成性与晚清小说中的性别越界——以〈品花宝鉴〉和〈凤双飞〉为例》，《中国现代文学研究丛刊》2017 年第 5 期；吴瑞元：《古代中国同性情欲历史的研究回顾与几个观点的批评》，何春蕤：《从酷儿空间到教育空间》，台北麦田出版 2000 年版，第 159—198 页；Wu Cuncun. *Homoerotic Sensibilities in Late Imperial China*. RoutledgeCurzon, 2004, p.5.

是带着一个"后设"的角度来回溯过往的历史。[①]

考察明清那些爱好男风的士人的生平,便会发现,他们中的大多数均有妻妾,并非只与同性发生情欲关系。例如,张岱"好娈童",同时也"好美婢"。陈维崧与冒襄家优伶徐紫云有一段持续多年的断袖之情,但他与结发之妻的感情也非常好,而且兄弟友人共狎一"伶"亦不足为怪。[②] 郑燮虽有妻有子,仍然宣称自己好男色,"酷嗜山水,又尤多余桃口齿及椒风弄儿之戏"。[③] 袁枚兼嗜男女二色,不仅有桂官、金凤等男宠,还有陶氏、方氏、陆氏、钟氏等诸多姬妾。[④] 名优许云亭曾主动叩门拜访袁枚,当时袁枚大喜过望,所赠绝句三四句云:"底事一泓秋水剪?曲终人反顾周郎",[⑤]可以窥见其中带有的情欲色彩。他所著的《子不语》中记载了一则感人的同性之爱。江西人氏陈仲韶为贵族子弟,路遇貌美的多官,对之一见钟情。后来多官自杀,陈仲韶"一恸几决","誓不再娶",多官给陈托梦云:"不可以我故废君祀,君娶,我将为君后。"[⑥]陈从其所愿,果然得到一子。虽然是怪力乱神之语,但故事主人公对于同性之爱与传统婚姻、情欲与伦理关系的看法却合于时代风气。《随园诗话》中毕沅、李桂官两人的情事,与陈仲韶和多官的故事情节非常相似:"(多官)卧病在床,……(仲韶)遂亲侍汤药,衣不解带者半月有余";陈装病,多官"亦如仲之侍己疾者",并"暗中乃刺血和药以进"。[⑦] 袁枚为毕沅作《劝毕公习字》序曰:"若教内助论勋伐,合使夫人让诰封。"既然有"让"之说,便说明毕沅早已有妻室。总之,在他们看来,士人狎男色多只为娱情或泄欲,婚姻家庭才是正经的归宿。[⑧]

《红楼梦》中好男色的士人们也多同此类。第四回中,作者叙及薛蟠与冯渊为争抢英莲一案时讲道:"这个被打死的,是一个小乡宦之子,名唤冯渊,父母俱亡,又无兄弟,守着些薄产度日,年纪十八九岁,酷爱男风,不好女色。"但他一见英莲后,又"立意买来做妾,设誓不近男色,也不再娶第二个了"。薛蟠先纳香菱为妾,后娶夏金桂为妻,但他不仅与家学中"香怜""玉爱"等青年子弟兴起龙阳之癖,还误以为柳湘莲也好男风而欲与之相好。秦钟一面与尼姑智

---

① 余俊锋:《情欲、身份与法律:十八世纪中国社会的鸡奸犯罪》,台湾东吴大学硕士学位论文,2018年。
② 朱丽霞:《明清同性恋文化的诠释与思考——以明清之际男性同性恋为例》,《江淮论坛》2009年第4期。
③ (清)郑燮:《郑板桥集》,中华书局1962年版,第186页。
④ 张在舟:《暧昧的历程:中国古代同性恋史》,中州古籍出版社2001年版,第330页。
⑤ (清)袁枚:《随园诗话》卷四,浙江古籍出版社2011年版,第70页。
⑥ (清)袁枚:《续子不语》卷六,远方出版社2007年版,第130页。
⑦ (清)袁枚:《续子不语》卷六,远方出版社2007年版,第129页。
⑧ Wu Cuncun. *Homoerotic Sensibilities in Late Imperial China*. RoutledgeCurzon,2004,p.6.

能儿在私下偷情,一面又在义塾中与宝玉、香怜、玉爱三人"八目勾留,或设言托意,或咏桑寓柳,遥以心照",在与香怜私会时被金荣嘲笑"贴的好烧饼"。贾琏与凤姐前期夫妻感情和谐,凤姐陪嫁平儿也被其收为侍妾,他后又偷纳了尤二姐,还私下与多姑娘偷情。即便如此,贾琏因巧姐得了水痘,搬到外书房独寝,才过两夜便感到"十分难熬,只得暂将小厮内清俊的选来出火"。包括贾宝玉在内,这种男性士人性取向的模糊性和流动性在全书多处都有所体现。中国古代同性恋的特点之一,是同性恋者当中双性恋者占有极大比例。①

明清士族社会中男男之间的情欲关系很少是稳定和平等的。长相美丽俊俏的男童或少年就像娼妓、姬妾乃至玩器一般,只是权贵、官僚、儒生狎亵的对象之一,所谓"得志士人,致娈童为厮役;钟情年少,狎丽竖若友昆"。② 纪昀《阅微草堂笔记》载:"凡女子淫佚,发乎情欲之自然。娈童则本是无心,皆幼而受给,或势劫利饵耳。"③意为那些供成年男子淫乐的男孩,并不是天生对同性有情欲冲动,而多是因为年幼被主动方欺骗、胁迫或利诱所致。在"牧童"故事中,纪昀借一位私塾先生之口说出了正统士人对男子同性关系的看法:"至若娈童,本非女质,抱衾荐枕,不过以色为市耳。当其傅粉熏香,含娇流盼,缠头万锦,买笑千金,非不似碧玉多情,回身就抱。迨富者赀尽,贵者权移,或掉臂长辞,或倒戈反噬,翻云覆雨,自古皆然。"④男男之情往往持续时间短暂,被动方的感情多半夹杂着功利目的。

在余俊锋搜集到的 1 588 件与鸡奸相关的案件中,明确显示存在"和奸"情况的有 780 件,所占比例为 49%。这类和奸关系大多数是建立在金钱与物质基础上的,一方通过包养吃住、给予物品、以身偿债等方式换取对方的性服务。⑤他们之间不可能发展出类似夫妻的对等情感模式。有学者甚至认为,晚明以来,男子之间的同性之爱只发生于小部分精英士人之间。⑥

施晔将明清小说中男风现象的特征总结为三点:一是同性恋双方的主从

---

① 张在舟:《暧昧的历程:中国古代同性恋史》,中州古籍出版社 2001 年版,第 29 页。

② (明)沈德符:《万历野获编》卷二十四,杨万里校点,上海古籍出版社 2012 年版,第 522 页。

③ (清)纪昀:《阅微草堂笔记》卷十二《槐西杂志二》,中华书局 2014 年版,第 876 页。

④ (清)纪昀:《阅微草堂笔记》卷七《如是我闻一》,中华书局 2014 年版,第 454—455 页。

⑤ 余俊锋:《情欲、身份与法律:十八世纪中国社会的鸡奸犯罪》,台湾东吴大学硕士学位论文,2018 年。

⑥ Giovanni Vitiello. Exemplary Sodomites: Chivalry and Love in Late Ming Culture. *Nan Nü*, Vol.2, No.2, 2000, p.256.

性,即同性关系双方按照社会、经济地位,例如尊对卑、富对贫、主对仆、师对徒、长对幼等,分为主动和被动方;二是性取向的双重性,例如《无声戏·男孟母教合三迁》中许葳或《随园诗话》中春江公子那样绝对的同性恋者非常少见,大多数主人公兼好男女两色;三是性别认同的戏拟性,好男风者更偏爱女性化的男色,把男色戏拟成妓女或妾妇来受用,被动方因处于权力结构中的弱势地位而不得不投其所好,接受主动方对其身心的雌化想象,刻意按照主动方的猎奇及渔色心态将自己模拟成女性。[①] 由此便不难理解,为何《红楼梦》中那些陷入或被陷入同性关系的男性均为青少年,这些人男性性征尚不明显,气质偏于柔美,可扮演女性或无性角色。[②]

小说、笔记中的男风现象即便不完全符合明清社会的现实情形,却依然从侧面反映出了当时文士所秉持的性别观念与性道德。对于清代男风的兴起和延续,王书奴认为:"清承明代男色极盛之后,顺治时即已猖狂,⋯⋯延及康雍,慕好男色,仍而未辍,至乾隆朝而极盛。"[③]吴存存同样认为:"清代士人的狎优蓄童习气是直接从晚明社会盛行男风的潮流中延续而来的,但清人比明人更为投入,改朝换代的政治巨变没有打断这方兴未艾的行乐风气,它反而更加活跃热烈。"[④]王志强指出,"在尚未富之、教之的落后地区,民间固然无暇治礼义,而在商业经济发达的地区,从明清小说中反映出的物欲和人欲横流的风习下,正统观念遭到冲击和蔑弃的程度,与贫穷的压力相比,其实可能往往有过之而无不及"。[⑤]

有学者认为,明清男风是反宋明理学和禁欲主义的人性解放,"个人主义的兴起对士大夫阶层文化领导权的挑战",[⑥]又或将之归因于"整个社会的性观念和性取向的改变,尤其是广大士人和官员的积极参与"。[⑦] 但实际上,这些现象

---

① 施晔:《明清同性恋小说的男风特质及文化蕴涵》,《文学评论》2008 年第 2 期。

② 董笑寒通过对中国第一历史档案馆馆藏内阁刑科题本婚姻家庭类的 1 110 个案件研究发现,19 世纪清代下层社会男同性恋群体中,主动者为 33.22 岁,被动者为 17.81 岁;在全部案件中,有 1 017 个年龄差数据,二者的年龄差为 15.12 岁。此外,在拒奸类案件中,被动者引发主动者鸡奸意图的原因主要来自体貌,具体包括"年轻""年幼""貌美""生的可爱""清秀""聪俊""白净""干净"以及赤裸身体等。因被动者体貌吸引而起意鸡奸的案件占拒奸案件总数的 28.15%。董笑寒:《19 世纪中国下层社会男同性恋研究——基于内阁刑科题本的分析》,中国人民大学博士学位论文,2013 年。

③ 王书奴:《中国娼妓史》,生活·读书·新知三联书店 2012 版,第 386—389 页。

④ 吴存存:《清代士人狎优蓄童风气叙略》,《中国文化》1997 年第 15、16 期。

⑤ 王志强:《清代国家法:多元差异与集权统一》,社会科学文献出版社 2017 年版,第 77 页。

⑥ Mark Stevenson and Wu Cuncun. *Wanton Women in Late-Imperial Chinese Literature: Models, Genres, Subversions and Traditions*. Brill Academic Pub., 2017, p.61.

⑦ 吴存存:《明清社会性爱风气》,人民文学出版社 2000 年版,第 121 页。

不过是人类欲望不断膨胀和自然延伸的结果。在明末商品经济和阳明心学的推动之下，那些稀松平常的情欲对象和性交方式已经不能满足士人对于声色之娱的追求，他们开始尝试更为新奇的、异化的、能够刺激感官的欲望表达方式，以求"娱乐至死"，将士人与姬妾、娼优等男女情欲关系中的权力格局扩展到同性之间只是其中的一种，故而李渔有所谓"南风一事，不知起于何代，沿流至今，竟与天造地设的男女一道争锋比胜起来"①之感叹。吴存存也指出，娈童和妓女均是性剥削的对象，只不过相较于娈童，妓女的职业寿命要长得多，且还有成为侍妾的可能；而大多娈童一旦被抛弃，则将会终生面对耻辱和贫困，或是流浪行乞，或是死于暴力，又或是从事社会最低贱的工作。②

对此，除了"人欲即天理"一类极端化的心学思想在客观上起到了推波助澜的作用外，理气一元、阴阳转化以及刚柔兼济等气学观念，同样为儒家士人倒置性征、模糊性别留下了规避礼法惩戒与道德约束的解释空间。与此同时，这种生理性别界限的淡化也在无声地冲击和瓦解着根据传统社会性别观念建构起来的家庭伦常关系。《红楼梦》中，冯渊不幸死亡，秦钟莫名早夭，宝玉和薛蟠先是因为"香怜""玉爱"在学堂斗殴，后又分别因蒋玉菡和柳湘莲而被打等。这些偶然性事件的发生，与其说是来自不可预见的天灾人祸，不如说是作者对于同性尤其是士人之间产生"关系"而发出的警讯，即性别观念的模糊、男女气质的倒置，以及性取向和性行为的混乱，会给建立在儒家伦理思想与等级结构上的世族家庭带来根本性的危机。

二、法外之刑的施用

在理气一元、善恶一体、正邪两赋观念的指引下，曹雪芹塑造的众多男女既拥有着不受礼教束缚的自然性情，也保留了具有侵犯性的可能破坏礼法规则的本能欲望。《红楼梦》中，男子之间建立性关系多以发泄欲望为目的。第六十五回中，贾珍的小厮喜儿、寿儿同贾琏的心腹隆儿喝酒。其间，三人先是调戏鲍二的女人，后又因担心"犯夜"，便决定在当晚留宿在尤二姐家的厨房，醉酒的喜儿对同睡的另两位小厮说道："咱们今儿可要公公道道贴一炉子烧饼了。"对此，王伯沆评曰："分明是人多，多姑娘去了，不得已而为此也。"③这类粗鄙的语言还出

---

① （清）李渔：《无声戏·男孟母教合三迁》，《李渔全集》（第八卷），浙江古籍出版社1991年版，第107页。
② Wu Cuncun. *Homoerotic Sensibilities in Late Imperial China*. RoutledgeCurzon, 2004, p.50.
③ 王伯沆：《王伯沆红楼梦批语汇录》，江苏古籍出版社1985年版，第711页。

现在第九回宝玉的书童茗烟与金荣的叫骂中。

在没有礼制和道德约束的情景中,下层社会的男性对于欲望的表达更为直接、卑陋,只要能够解决生理需求,性关系中的主动方实际上无所谓被动方是同性还是异性,更无所谓同性之"爱"或"恋"。清代的男性性侵犯罪,即鸡奸罪①中,很多案件的双方都是社会底层人士,包括农民、雇工、僧道、乞丐、游民,或者做小买卖的普通百姓等。② 关于这类案件的汇总、归类及其司法处理过程与审判结果的分析,已有学者做过非常精细的研究,③这里不再赘述。本书更关注的是,《红楼梦》所揭露的清代世族家庭对士族子弟与其他男性自愿发生同性情欲关系的礼法规制手段,以及士人群体作为"男风"潮流的参与者或反对者,又作为"鸡奸"犯罪的裁判者,在审理相关案件的过程中对于法、理与情的取舍与平衡。

(一)清律对"和同鸡奸"犯罪的规定

清律对于男性通奸的规定相比于明律附例更为详细。《大清律例·刑律·犯奸》"犯奸"条例文载:

> 恶徒伙众将良人子弟抢去强行鸡奸者,无论曾否杀人,仍照光棍例,为首者,拟斩立决;为从若同奸者,俱拟绞监候;余犯,问拟发遣。其虽未伙众,因奸将良人子弟杀死,及将未至十岁之幼童诱去强行鸡奸者,亦照光棍为首例斩决。如强奸十二岁以下十岁以上幼童者,拟斩监候。和奸者,照奸幼女虽和同强论律,拟绞监候。若止一人强行鸡奸并未伤人,拟绞监候。如伤人未死,拟斩监候。其强奸未成者,杖一百、流三千里。如和同鸡奸者,照军民

---

① 郭晓飞指出,"鸡奸"作为一个词出现在法律中本身就意味着法律对同性性行为明确制裁的开始,此前在中国历史上同性性行为和法律没有什么必然关系,与"龙阳""分桃""断袖"等指涉及男性情欲关系的典故用语含义相同。韩献博(Bret Hinsch)研究指出,据袁枚的解释,最早"雞"原初字形是上边一个田字,下边一个女字(娈),意为一个男人将自己模拟成女性,承担被动的性角色。正是堕落化的鸡奸,出现在清律中限制特定的同性性行为,而非更为诗意、具有褒义色彩的"断袖""分桃"等,隐含了对同性性行为的谴责。郭晓飞:《中国法视野下的同性恋》,知识产权出版社 2007 年版,第 16—17 页;Bret Hinsch. *Passions of the Cut Sleeve: The Male Homosexual Tradition in China*. University of California Press, 1990, pp.88–89.
② 董笑寒:《19 世纪中国下层社会男同性恋研究——基于内阁刑科题本的分析》,中国人民大学博士学位论文,2013 年。
③ 陈寒非:《清代的男风犯罪》,苏力:《法律和社会科学》(第 14 卷·第 1 辑),法律出版社 2015 年版,第 112—168 页。

相奸例,枷号一个月,杖一百。①

然而,在司法实践中,这一例文能否得以全面适用,恐怕值得怀疑。郭晓飞指出,和同鸡奸很少单独成案,除非是鸡奸犯罪引起人命官司,或者其他更严重的如强制鸡奸或轮奸行为才牵扯出对和同鸡奸的惩罚。② 梅耶尔(Meijer)发现,清代的同性恋犯罪往往伴随着杀人、敲诈等行为。③ 吴存存认为,明清律法对同性之间性行为的关注主要在于其往往与暴力(强奸)或卖淫有关,而非在于"同性恋"之"罪性"(sin),这也可以解释为何官方对于女性同性性行为关注甚少。④

这里,笔者选取了清代乾隆、嘉庆、道光三朝实录,⑤以及《刑案汇览》《续增刑案汇览》《新增刑案汇览》《驳案新编》《驳案续编》《刑部比照加减成案》《刑部比照加减成案续编》等已出版案例集中所记载的含有和奸情形的鸡奸案件为例进行说明(见表3-1)。

表3-1　清代和同鸡奸类案件(乾隆——道光)

序号	时　间	主动方	被动方	犯　罪　情　节	出　　处
1	乾隆三十七年(1772年)	任富库	雷吉明 雷二哥	任富库先哄诱鸡奸雷吉明、雷二哥(年十一),后又将二人典卖	《驳案新编》
2	乾隆三十八年(1773年)	陈重礼	赵三儿	陈重礼因与伊鸡奸之赵三儿,潜至郝景成家觅工,屡往缠扰,该犯恋奸,以致争殴。辄拔刀连扎郝景成毙命	《高宗实录》卷九四三,乾隆三十八年九月庚辰
3	乾隆五十八年(1793年)	范生玉	靳青	陕西省靳青愧悔拒奸,所伤范生玉身死。靳青被范生玉鸡奸时,年已十六,已甘心叠被奸宿	《高宗实录》卷一四四〇,乾隆五十八年十一月丙申

① 马建石、杨育棠:《大清律例通考校注》,中国政法大学出版社1999年版,第951页。
② 郭晓飞:《中国法视野下的同性恋》,知识产权出版社2007年版,第33页。
③ M. J. Meijer. Homosexual Offences in Ch'ing Law. *T'oung Pao*, Vol.71, Livr.1/3, 1985, pp.109-133.
④ Wu Cuncun. *Homoerotic Sensibilities in Late Imperial China*. RoutledgeCurzon, 2004, p.17.
⑤ 顺治、康熙、雍正三朝实录未载和同鸡奸案件。

序号	时　间	主动方	被动方	犯罪情节	出　处
4	乾隆五十九年(1794年)	李亨锡	孙双喜	李亨锡哄诱孙双喜成奸。孙双喜被孙母责打后不再与李来往。李后又求奸,孙坚拒不从,用刀戳伤李,李伤重,第二日早殒命	《驳案续编》
5	嘉庆元年(1796年)	王四儿	格绷额	诱奸九岁幼童已成	
6	嘉庆九年(1804年)	王济众	李玘元	李玘元因向王济众借钱调戏成奸。王济众借索债强奸李玘元妻慕氏,慕氏跳井自尽	
7		梁勇常	六十九	梁勇常挨近六十九(十岁)身旁图向鸡奸未成。六十九母王氏听闻进内,取刀向砍,该犯夺刀拒捕,砍伤王氏额颅	《刑案汇览》
8	嘉庆十七年(1812年)	王腾标	蓝朝超	王腾标与蓝朝超在黄香香家鸡奸,黄香香知情容止。王腾标致伤蓝朝超身死	
9		熊文杰	熊荷珠	熊文杰与无服族侄孙熊荷珠鸡奸情热,主令熊荷珠屡向伊妻小张氏调奸,小张氏不从,屡遭打骂逼勒,后羞忿自尽	
10		李靠山	二格	李靠山与二格同炕睡宿,乘二格睡熟即行鸡奸。李欲续奸,二格惊醒不依,喊告被获	
11	嘉庆二十年(1815年)	李楞三赵学子	郭争气子	李楞三强奸郭争气子已成,郭争气子先被赵学子奸污,业已自认不讳	《刑部比照加减成案》
12	嘉庆二十一年(1816年)	田玉	靳自来子	田玉等均雇觅良民靳自来子等引诱鸡奸,复窝流卖奸渔利	
13	嘉庆二十二年(1817年)	任蔓受	李伏	任蔓受向与李伏鸡奸,后因李伏欲行辞去,该犯忿恨,乘李伏睡熟持刀抹毙	《仁宗实录》卷三三〇,嘉庆二十二年五月丁卯

序号	时　间	主动方	被动方	犯罪情节	出　处
14	嘉庆二十三年(1818年)	卢嘉会	卢莲舫	卢嘉会鸡奸弟子卢莲舫(年十四)、复借端呈控卢莲舫之父异姓乱宗,希图挟制卢莲舫仍与奸好。本案亦见于《刑部比照加减成案》	《刑案汇览》
15		王士现	彭自仁	彭自仁男扮女妆,与王卢氏通奸,并学习符咒行医骗钱,被王士现看出改妆,愿听鸡奸	
16		高勋	幼童	高勋鸡奸典雇幼童,其所奸系先经犯奸之人	《仁宗实录》卷三四六,嘉庆二十三年九月己亥
17	嘉庆二十四年(1819年)	扎布占 吉勒彰阿 陈虎儿	广凝	广凝与吉林阿、扎布占均有奸,吉林阿捏控扎布占等抢夺钱票。扎布占将广凝带回伙同吉勒彰阿、陈虎儿轮奸。本案亦见于《刑部比照加减成案》,广凝作广宁	《刑案汇览》
18		韩元培	王二格	吏部额外司务韩元培与剃头王二格鸡奸,复因妒奸挟嫌,纠众持械将范七叠殴多伤	
19		陈大 王玉兴	学徒	陈大、王玉兴各自开设剃头棚,将学徒铺伙自行鸡奸,复令其卖奸,分使钱文。本案亦见于《刑部比照加减成案》	
20	嘉庆二十五年(1820年)	戒宽 吕玉山	增亮	僧人增亮被僧人戒宽并吕玉山先后鸡奸,因将戒宽殴伤,听从吕玉山改扮女装私逃,复听嘱如被控到官,即捏称于十二岁时即被戒宽鸡奸,图减罪名	《刑部比照加减成案》
21	道光元年(1821年)	曾兴儿	梁兴旺	曾兴儿因向梁兴旺续奸不允,用言吓唬,致梁兴亡服毒自尽	

序号	时　间	主动方	被动方	犯　罪　情　节	出　处
22	道光二年 （1822 年）	王忠贵	苏翠林	王忠贵因在家演戏，将戏旦苏翠林（年甫十二）鸡奸，复率众人在途将苏翠林抢夺	《刑案汇览》
23	道光三年 （1823 年）	李万年	徐生旺	李万年与徐生旺鸡奸败露，致徐生旺羞愧自尽	
24		幅山	何招儿	僧人幅山违例收徒，并将年甫十岁之幼徒何招儿哄诱鸡奸。本案亦见于《刑部比照加减成案续编》	
25		奎明	伊览	奎明与雇工伊览鸡奸情密，辄思诱令伊妻博特氏亦与伊览奸宿。因其不从，两次逼勒，致伊妻抱忿自尽。本案亦见于《宣宗实录》	
26	道光四年 （1824 年）	孟开	孟小破	孟开与孟小破和同鸡奸，被孟小破之父孟营傅查出奸情。孟营傅心怀忿恨，将孟小破殴死。本案亦见于《刑部比照加减成案续编》	
27		赵小兵	刁思玉	赵小兵因贪利与刁思玉鸡奸，后因无钱资助，即向拒绝，嗣刁思玉与该犯续奸，不允争殴，致被该犯推跌痰壅身死。本案亦见于《刑部比照加减成案续编》	《续增刑案汇览》
28	道光六年 （1826 年）	姚七十 松山	孟三儿	姚七十先与孟三儿鸡奸，后将孟三儿引给松山奸宿	
29	道光十年 （1830 年）	戴潮青	冯帼庆	戴潮青与弟子冯帼庆鸡奸，后冯帼庆因病身死	
30	道光十一年 （1831 年）	宋普儿	彭太平	宋普儿与彭太平商换鸡奸，彭太平还奸未遂，将宋普儿逐出。宋普儿在外扬言以致彭太平自戕	《刑部比照加减成案续编》

序号	时　间	主动方	被动方	犯　罪　情　节	出　处
31	道光十二年 (1832年)	杜住儿	范二格	范二格年甫十二岁,曾被无名乞丐鸡奸,后经同母异父之兄杜住儿鸡奸	《刑部比照加减成案续编》
32	道光十三年 (1833年)	苏桃	曹二林	苏桃因曹二林穷苦无依,收留为徒,哄诱鸡奸,复开设软棚,窝顿曹二林、孙四儿、何保儿卖奸渔利	
33	道光十四年 (1834年)	李帼沅	刘金沅	李帼沅因哄诱刘金沅鸡奸败露,以致刘金沅羞愧自缢身死	《续增刑案汇览》
34		李长青	祁兴成	祁兴成年已十三岁,被儒师李长青哄诱鸡奸	
35	道光十五年 (1835年)	晁云	谈世景	谈世景借欠晁云钱,因贪利允从与其行奸。晁云不复资助,仍屡次欲与续奸,时常缠扰。谈世景忿起杀机,以小刀戳晁云脊背等处殒命	
36	道光十七年 (1837年)	庄亲王	贾花亭	民人贾花亭父贾玉呈告。庄亲王奕典年已十三之幼童贾花亭在府内演唱清音,与贾花亭奸宿	
37	道光十八年 (1838年)	嵩山	德子	护军德子与嵩山鸡奸,被张三窥见,屡向讹钱,德子起意纠殴,致杨三等共殴张三身死	

　　由表3-1可以发现,在这30多个案件中,大多数案件的犯罪事实中,除了"和同鸡奸"或"哄诱鸡奸"等基本行为要件之外,均含有从重或加重处罚的情节。具体而言,又可分为四类:一是和同鸡奸的双方或其他当事人,因续奸不从、奸情暴露等原因发生强迫、争执或斗殴,以致出现了伤亡结果,这类情况共有20例,占了全部案件的半数以上(53%);二是鸡奸主动方的身份特殊,或为儒师,或为僧人,或为兄长,共6例(16%);三是鸡奸的对象为12岁以下(含12岁)的幼童,此类案件视同强奸,共有4例(11%);四是鸡奸一方人数众多(两人以上),具

体又包括两种情形：一为轮奸，二为主动方先与被动方鸡奸，后又容留卖奸，共5例（14％）；五是其他加重情形（3％），例如主动方以符咒行医骗钱。在这些案件中，只有庄亲王奸宿幼童的案发是基于被动方父亲的举报，主动方后凭借其宗亲身份以俸禄折抵了杖刑，被动方也因年幼获得从宽处理。除此之外，其余的每一例案件都是因为存在其他加重情节才进入司法审判程序。

由于男性之间的和奸行为本身存在着隐蔽性又难以取证，且未对传统家庭造成直接的威胁和破坏，若非犯罪造成了严重后果，或者有违宗教戒律、儒家纲常，突破了鸡奸双方私域，可能威胁到社会的稳定，仅凭清律中的个别例文，清廷实际上很难对此类犯罪进行严格防治。

清廷防治和同鸡奸案件的模糊和松动，从鸡奸案件的审理过程和裁判结果来看也可窥见一二。司法者审理上述这些案件多是援引律例、参酌成案来比附定罪的，但各案比照的原理、引用的例文与量刑的标准并不完全一致。例如，他们有时将鸡奸双方类比为男女关系，有时又将之比附为官民、军民关系。又如，儒师鸡奸弟子案的一种处理意见是比照亲属相奸减等量刑；另一种则是比照本管官奸所部民妻女加等处罚，比附的原理前后差别明显。即便是循例裁断，通过对比类似案件的量刑结果，仍可看出其中存在的不合理之处。道光十四年（1834年），鸡奸13岁学徒的李长青被判杖70，徒1年半，枷号40日；而诱奸10岁幼徒的和尚幅山则被勒令还俗，杖100，流3 000里，枷号两个月。两案中，鸡奸被动方年龄相差不过3岁，量刑却相差了5个等级。

此外，"犯奸"罪例文的续纂、修订和删改集中在乾隆、嘉庆年间，由此不难推测，在清初律文没有规定或规定不明的情况下，各级承审者在处理"和同鸡奸"类犯罪时并没有一套统一而具体的定罪量刑适用准则。例如对于先和同鸡奸后被动方又拒从续奸，即和奸转强奸的情况，"犯奸"例文载："凡强奸杀死妇女及良家子弟，仍按例问拟斩决外；其有先经和奸，后因别故拒绝，致将被奸之人杀死者，俱仍照谋、故、斗殴本律定拟。"馆员按："此条系乾隆四十年十月内，臣（刑）部因各省和奸杀命之案，有拟斩决者，有拟监候者，办理多未画一，是以奏准定例，应纂辑遵行。"[1]该例是在乾隆四十三年（1778年）才修订入律，可见在此之前，各地方官对这类案件所拟定的量刑，尤其对于减等与否，多半参差不齐。地方审判官或刑部官员往往根据鸡奸双方的身份、年龄、既有关系、前科背景、证人证词、尸

---

① 郭成伟：《大清律例根原》（四），上海辞书出版社2012年版，第1585页。

亲供认以及行奸的具体情节,灵活地择取例条和成案作为比照援引对象,尽量使判决结果合乎情理和司法经验。

(二)贵族家庭对鸡奸行为的管制

《红楼梦》的作者曹雪芹正是生活在康熙末或雍正初至乾隆朝前期——一个对男风,即"和同鸡奸"一类犯罪律法规定既不繁密也不够完善的过渡发展时期。在这样的背景之下,若非造成严重后果,或主体身份特殊、性质、情节恶劣,又或他人主动呈告,成年男性(15 岁以上)之间只是发生偶然的、短暂的情欲关系,相比于可能危及家庭、夫妻关系的男女和奸,实则更难被有司发觉作入罪处理。《红楼梦》故事中有多处涉诉情节,例如其中的"停妻更娶"一案就包括了贾琏与尤二姐之间的和奸,但这些官司中无一例涉及男性鸡奸。这也就说明,贾府中的男风作为一种士人的癖好或群体亚文化,既不得被公开化、合法化,也无法被完全禁止,而是被默许存在于个体私域或家族内部的边缘位置。即便是因男风问题引发的矛盾,最终也是凭借家庭内部的权力机制获得了解决,第三十三回的宝玉挨打即为典型。

在本回中,贾政先是听闻忠顺王府长府官说宝玉与王府的小旦琪官交好,因而怒斥宝玉,让他在书房等候问话。之后,贾政又路遇庶子贾环,贾环将府内丫鬟跳井一事告诉了贾政,贾政惊疑问道:

> "好端端,谁去跳井?我家从无这样事情。自祖宗以来,皆是宽柔待下,大约我近年于家务疏懒,自然执事人操克夺之权,致使弄出这暴殄轻生的祸来。若外人知道,祖宗的颜面何在!"……贾环忙上前拉住贾政袍襟,贴膝跪下道:"老爷不用生气。此事除太太屋里的人,别人一点也不知道。我听见我母亲说……"说到这句,便回头四顾一看。贾政知其意,将眼色一丢,小厮们明白,都往两边后面退去。贾环便悄悄说道:"我母亲告诉我说,宝玉哥哥前日在太太屋里,拉着太太的丫头金钏儿,强奸不遂,打了一顿,金钏儿便赌气投井死了。"

结交、私藏优伶,表赠私物,加上贾环添枝加叶转述的逼淫母婢一事,宝玉这个"不肖子"的种种行径彻底激怒了贾政。贾政回到书房,命小厮将房门关上,禁止任何人向外传信,继而喝命道:

"堵起嘴来，着实打死！"小厮们不敢违，只得将宝玉按在凳上，举起大板，打了十来下。宝玉自知不能讨饶，只是呜呜的哭。贾政还嫌打的轻，一脚踢开掌板的，自己夺过板子来，狠命的又打了十几下。宝玉生来未经过这样苦楚，起先觉得打的疼不过，还乱嚷乱哭，后来渐渐气弱声嘶，哽咽不出。众门客见打的不祥了，赶着上来，恳求夺劝。贾政那里肯听，说道："你们问问他干的勾当，可饶不可饶？素日皆是你们这些人把他酿坏了，到这步田地，还来劝解。明日酿到他弑父弑君，你们才不劝不成？"

在正统士大夫的观念中，宿娼嫖妓、狎优蓄童、嗜酒赌博等行为性质相同，均为淫逸纵欲的表现，意味着士人缺乏自控，违礼失检，是一种人格的堕落。清律沿袭明律规定，明确禁止官员及其荫袭爵位的子孙宿娼。《大清律例·刑律·犯奸》"官吏宿娼"条律文曰："凡（文武）官吏宿娼者，杖六十。（挟妓饮酒，亦坐此罪。）媒合人，减一等。若官员子孙（应袭荫）宿娼者，罪亦如之。"[1]

昭梿《啸亭杂录》中记载了清世宗"杖杀优伶"一事："世宗万几之暇，罕御声色。偶观杂剧，有演《绣襦》院本《郑儋打子》之剧，曲伎俱佳，上喜赐食。其伶偶问今常州守为谁者（戏中郑儋乃常州刺史），上勃然大怒曰：'汝优伶贱辈，何可擅问官守？其风实不可长。'因将其立毙杖下，其严明也若此。"[2]足见雍正帝对于优伶的轻鄙和严苛。士大夫们身份尊贵，为保持清正廉洁，往往需要节制欲望；而以优伶为代表的从事娱乐和色情行业之人则地位低贱，象征着纵情嗜欲、骄奢淫逸。世宗的生活习惯与喜怒突变透露出他一方面非常了解情欲的诱惑力，一方面又对戏伶行业、迷恋声色等纵欲行径保持着强烈的抵触和排斥。

陈弘谋《训俗遗规》录《王阳明文钞》曰："近时所撰院本，多是男女私媟之事，深可痛恨。而世人喜为搬演，聚父子兄弟，并帅其妇人而观之。见其淫谑亵秽，备极丑态，恬不知愧。曾不思男女之欲，如水浸灌，即日事防闲，犹恐有渎伦犯义之事，而况乎宣淫以道之。试思此时观者，其心皆作何状。不独少年不检之人情意飞荡，即生平礼义自持者，到此亦不觉津津有动。稍不自制，便入禽兽之门，可不深戒哉。"陈注云："《人谱类记》一则，与先生之意相为发明，均为近时良药，故附录于此。更有演戏不以邪淫为戒，偏以悲苦为嫌，以姓名为讳，则其惑尤甚

---

[1]　马建石、杨育棠：《大清律例通考校注》，中国政法大学出版社1999年版，第961页。
[2]　（清）昭梿：《啸亭杂录》，中华书局1997年版，第12页。

矣。"①清代士大夫、卫道者对于戏曲及优伶挑逗观众情欲、引发淫乱的忧惧心理与危机意识从此可见微知著。这种根深蒂固的意识形态与爱恨交织的复杂情感一直延续至清末。

优伶如同姬妾,不仅是一种情感欲望的指代符号,而且较之后者地位更为低贱。明清社会的君主利用权力打杀伶人,与父亲凭借权力杖责子嗣实则同理,均象征着以程朱理学为代表的节欲文化与等级制度下的纲常伦理对人性欲望的压制。作为一种治理手段,相比于律例的法定性和相对稳定性,家长权如同君主个人的权力意志一般,其施用具有更高的任意性、私密性以及更为明显的暴力特征。如福柯所言:"在旧体制下,犯人的肉体变成国王的财产,君主在上面留下自己的印记和自己权力的效果"。②

本回中,贾环所说的"此事除太太屋里的人,别人一点也不知道",贾政哀叹的"若外人知道,祖宗的颜面何在"等对话,贾环的"上前拉住贾政袍襟"和"贴膝跪下","便回头四顾一看"和"悄悄说",以及贾政的"将眼色一丢",小厮们即刻"都往两边后面退去"等一系列动作,加上随后贾政命人关上房门、禁止传信等举措,均是父权上述特点的具体表现。贾政利用权力即时营造了一个封闭、高压,进而可以任意施展个人意志的空间环境,又运用肉刑对宝玉的身体进行惩罚。而后,贾政"自己夺过板子来"亲自执行,意味着此时权力变得更为集中。贾政最后反问:"明日酿到他弑父弑君,你们才不劝不成?""弑父弑君"的反面即为"从父从君",由此揭示出父权与君权具有的相同的结构特征与规制方式。

《颜氏家训·治家》云:"笞怒废于家,则竖子之过立见;刑罚不中,则民无所措手足。治家之宽猛,亦犹国焉。"③《教子》篇亦载:"凡人不能教子女者,亦非欲陷其罪恶;但重于诃怒,伤其颜色,不忍楚挞惨其肌肤耳。当以疾病为谕,安得不用汤药针艾救之哉? 又宜思勤督训者,可愿苟虐于骨肉乎? 诚不得已也。"④在家国同构的传统帝制社会中,贾政所谓家长的"克夺之权"是与君令、律例并存的暴力性治理手段,用以调整那些公权力无法覆盖到的家庭私域中的人际关系,并对家庭成员违礼犯法程度较为严重的行为加以制裁,其中就包括用笞杖等刑罚

---

① （清）陈弘谋:《五种遗规》,苏丽娟点校,凤凰出版社 2016 年版,第 237 页。
② ［法］米歇尔·福柯:《规训与惩罚: 监狱的诞生》,刘北成、杨远婴译,生活·读书·新知三联书店 2012 年版,第 123 页。
③ 王利器:《颜氏家训集解》卷第一《治家第五》,中华书局 2002 年版,第 41 页。
④ 王利器:《颜氏家训集解》卷第一《治家第五》,中华书局 2002 年版,第 12 页。

手段对子嗣身体直接施加惩戒的教令权,可以说家长权已经变相地成了一种替代国家机关行使职权的派生性权力。

对于清代正统士大夫来说,相较于嗜酒等一般的纵欲行为,耽于男风又逼淫母婢无疑是极度严重的悖逆之举,性别界限的模糊威胁到了儒家伦序存在的根基。康熙四十七年(1708年),圣祖谕令诸官曰:"朕历览书史,时深警戒,从不令外间妇女出入宫掖,亦从不令狡好少年随侍左右,守身至洁,毫无瑕玷。见今关保、伍什俱在此,伊等自幼随侍朕躬,悉知朕之行事。今皇太子所行若此,朕实不胜愤懑。至今六日,未尝安寝。上涕泣不已。"①话语间似乎透露出因太子涉嫌男风而对清廷未来统治倍感焦虑的情绪。张廷玉之父张英在其所著家训《聪训斋语》卷一云:"圣贤领要之语,曰:'人心惟危,道心惟微。'危者,嗜欲之心,如堤之束水,其溃甚易,一溃则不可复收也。"②

对于清律"犯奸"条下"恶徒伙众,将良人子弟抢去强行鸡奸者,……罪止斩决者,照恶徒生事行凶例,发遣"以及"强奸十二岁以下幼女,……和奸者,仍照虽和同强论律,拟绞监候"两条例文,馆员按:"以上二条俱系雍正十二年定例,原议内'年止十六、七岁,尚属童顽无知,有将幼童、幼女强奸者,照已成、未成律减等发落'等语,先据原任江苏巡抚邵基条奏,年至十六、七岁,已属成丁,嗜欲日强,至强奸幼童、幼女,法律尤严,若从而减等,无以示儆。又据江西按察使凌燽条奏,《名例》七十为老,十五为幼,十五以下、十岁以上,犯死罪不准收赎。而十六、七岁强奸幼女,犹为减等,似非所以戢淫暴等语,应如所奏,原议十六、七岁减等之处,今删。"③士大夫们对于青少年性冲动导致的出礼入刑充满了忧患,此处例文的创制目的不仅在于惩罚,还在于警戒和预防。

在贾政看来,仅凭言语训诫已经不足以体现家长威权,做到罪罚相当,并警示来者和杜绝后患。为此,他不惜利用"克夺之权",以类同刑罚的暴力手段试图将宝玉偏离正轨的观念和行为彻底扭转过来,防止其将来"嗜欲日强""出礼入刑",并在施刑过程中构建了相对封闭的空间,避免消息外传,尽力将矛盾完全化解于家庭内部,以维护贾家作为诗礼之族的百年声誉。可以说,士子们的后天性取向、社会性别观与传统性道德不仅由父母一手塑造而成,也是家长权反复规训

---

① 《圣祖仁皇帝实录》卷二三四,康熙四十七年九月壬午,《清实录》(第六册),中华书局1985年版,第338页。

② (清)张英、张廷玉:《聪训斋语 澄怀园语——父子宰相家训》,安徽大学出版社2013年版,第3页。

③ 郭成伟:《大清律例根原》(四),上海辞书出版社2012年版,第1583页。

的对象。甚至可以认为，我国传统社会的性别史就是一部按照"规训—反规训"或"压抑—反压抑"模式顺时发展的人格塑造史与心灵对抗史。

（三）官方话语与惩戒实践的背离

福柯曾对学者研究十七八世纪性史惯用的性压抑理论范式发出过质疑：

> 在这漫长的两个世纪中，性的历史应该被看作压抑越来越严重的编年史。据说，我们或许只是在很小的程度上解放了自己，或许弗洛伊德取得了一点进步，但他的研究那么谨小慎微，在医学上那么持重，从科学上保证了它无碍风化，还要预先作出那么多警告，以求一切都能得到控制，没有"泛滥"之虞，放到卧榻与话语之间最安全、最无关碍的地方，但还是在床上轻轻耳语。然而，事情难道就不能是另外一种面目？……关于现代性压抑的议论立足颇为稳当，这无疑是由于它极易立足。它有着历史与政治的庄重保证。人们将压抑时代的到来定在经过千百年的开放与自由表达之后的 17 世纪，这样便使它能与资本主义的发展得以吻合，从而成为资产阶级秩序的一个不可分割的组成部分。[①]

性研究者是否会为了将某个历史时期界定为性可以得到自由表达的开放时代，而有意地强化此前或之后政治权力对于性的控制，进而将这些时段描述为性压抑、性禁忌的时期，但实际情况并非如此？或者说，"压抑—解放"的革命叙事模式与真实的历史相比，是否过于简单化了？江晓原指出，"性压抑"理论中，同样总是有一对相反相成的概念："压迫"与"反抗"，并且归结到"压迫愈深反抗愈烈"的陈词滥调。他继而发出疑问："如果真是压迫和反抗，那怎样解释上述两方面长期共存这一事实？为什么千百年持续进行压迫却未能最终将对手压服，而千百年进行反抗也未能最终将压迫者打倒？"[②]

由此而重新审视清代的一些男风现象，便可发现，传统司法者对士人和同鸡奸犯罪的话语表述与实际惩戒之间，实际上存在着一种微妙的背离。上述和同鸡奸案（表 3-1）中，士人犯罪者的具体身份包括三种：一为儒师；二为职官；三

---

① ［法］米歇尔·福柯：《性史》，张廷琛等译，上海科学技术文献出版社 1989 年版，第 5—6 页。
② 江晓原：《性张力下的中国人》，华东师范大学出版社 2010 年版，第 6—7 页。

为宗室。其中，只有"亲王将学戏幼童奸宿"一案单涉及男子之间的和奸行为，没有其他加重情节：

> 宗人府会奏：民人贾玉呈告伊子贾花亭在庄亲王府内学戏，致被奸宿一案。此案庄亲王契典年已十三之幼童贾花亭在府内演唱清音，与贾花亭奸宿，合依和奸律杖八十，照官员犯私罪例降三级调用，折罚亲王半俸九年，不准抵销。贾花亭幼稚无知，从宽免议，交伊父领回等因。奉旨：本日宗人府会同刑部奏贾玉呈控一案，庄亲王奕赉拟折罚亲王半俸九年，自系照例办理，惟情节甚属卑鄙，奕赉著实罚亲王俸五年，以示惩儆。钦此。（道光十七年云南司案见邸抄）①

道光年间，宗室案件多由军机大臣、宗人府会同刑部审理。② 本案没有争斗和伤亡情节，幼童年满 12 岁，主动者与被动者之间不存在特殊关系，因而宗人府比照男女凡奸定罪量刑。

据《大清律例·名例律》"文武官犯私罪"条规定："凡内外大小文武官，犯私罪该笞者，一十，罚俸两个月；二十，罚俸三个月；三十、四十、五十，各递加三月（三十罚六月，四十罚九月，五十罚一年）。该杖者，六十降一级，七十降二级，八十降三级，九十降四级，俱调用。一百，革职离任。（犯赃者不在此限。）吏典犯者，杖六十以上罢役。"③因庄亲王奕赉身带官阶，故而附加降三级调用的处罚。同时，奕赉的爵位为和硕亲王，属于宗室爵位中的最高级别，且庄亲王又属清初所定十二家铁帽子王之一，爵位世袭罔替，奕赉为第六代庄亲王，按照八议制度，该案最终由道光帝裁定，将量刑折抵为实罚俸五年。与其他 35 个和同鸡奸类案件相比，本案的情节和处罚均是最轻的，但宣宗的谕旨中却出现了"情节甚属卑鄙""以示惩儆"等措辞，以强调该案的性质恶劣与惩戒之重。同样是为了"示儆"，为何年满十六岁的成丁与十二岁以下、十岁以上幼童和同鸡奸要拟定绞监候，而本案却只判处罚俸就能达到预警的社会效应？

实际上，这类案件判决叙述与实刑执行之间的背离，并不仅仅源于主动方身

---

① （清）祝庆祺等：《刑案汇览三编》（四），北京古籍出版社 2004 年版，第 431 页。

② 王洪兵：《清代顺天府与京畿司法审判体制研究》，常建华：《中国社会历史评论》（第十二卷），天津古籍出版社 2011 年版，第 358 页。

③ 马建石、杨育棠：《大清律例通考校注》，中国政法大学出版社 1999 年版，第 216 页。

份或被动方年龄,而更多的是因为士族与庶民两个阶层的道德和行为评价标准存在着差异。在传统等级社会中,"礼"之所以"不下庶人",在于它对士族群体提出了更高的道德要求,庶人则不必做到;"刑"之所以"不上大夫",在于它有损士人的体面和尊严,庶人、贱民则未必在意。

乾隆八年(1743年),在一起发生在乞丐之间的鸡奸案中,乞丐马宝供词称:"都是乞丐,分什么体面不体面。"①与之相对,如果士人"出礼入刑",即便刑罚轻微,背后依然隐含着道德的堕落与人格的"减等"。例如,在犯奸罪中,若被动者是已犯奸之人,那么,无论主动者主观是否知晓,审理者都可以根据原有量刑减一等,对主动者减轻处罚,足见统治者对于贞节的重视,将纵欲视若洪水猛兽。因此,本案之所以"甚属卑鄙",并不在于情节的严重或惩罚的轻重,而在于亲王本应是君主之外"礼"的最高遵守者和坚决维护者,然而,作为天潢贵胄,他却无视男女社会性别,因鸡奸而入罪,这是对整个社会伦理秩序的重大冲击,其性质的恶劣程度当然不言而喻。

贾政以"克夺之权"对宝玉施加了肉刑惩戒,宣宗因特权规定使奕𪩘避免了肉刑处罚,虽然结果宽严有别,但两者共同之处在于,面对着士人的"(准)出礼入刑",他们分别凭借父亲、君主个人的权力意志,替代成文律法实施了规训与惩罚;与此同时,又分别以私密处置和折抵官俸的方式为包括犯奸者在内的士人群体保留了一定的人格尊严。由此推论,贾政的严刑并不意味清代社会的"性"被一直压抑着,宣宗的轻罚也并不一定代表这一时期"性"处于自由状态。犯奸律例与"法外之刑"被反复适用于鸡奸行为的根本原因,在于清代中期以后,帝制社会的伦序出现了或伏或显的危机。伴随着下层社会性秩序的失控与性犯罪的增多,传统礼制及其背后的性别观和性道德也已经无法约束士人的情欲,逐渐走向了失效。②

不论是西方的性压抑还是性解放,又或是我国的节欲文化与纵欲思潮,任何一种社会文化潮流都不是单独地存在于某个特定的历史时期,而是分裂为两种甚至多种对抗式的力量并存于人类发展的所有阶段,此消彼长,并始终保持着张力。

---

① 中国第一历史档案馆藏:《内阁刑科题本》,乾隆八年十月十五日,微卷号:02—0214—009。
② 郭松义指出,根据中国第一历史档案馆所藏"婚姻奸情类"案件,乾隆间,各省区每年上报朝廷批决的婚姻奸情类命案要案,平均在800件左右。这800件中,因通奸引发的为250—530件。通奸和奸杀案件频发,从中也能看出当时,男女私通属于社会上经常可见、不可忽视的事实。参见郭松义:《伦理与生活:清代的婚姻关系》,商务印书馆2000年版,第527页。

这种人类对于情欲的矛盾态度还体现在个人的生命史中。《啸亭杂录》"广赓虞之死"记有清代名臣高晋之子广兴的主要人生经历：

> 广侍郎兴，高文端公第十二子，以赀郎补官。少聪敏，熟于案牍，每对客背卷宗如瓶泻水，不余一字。任祠部时，王文端公识为伟器，洊升给谏。嘉庆己未，首劾和相贪酷，今上嘉其直言，立擢副都御史令掌川中军需。时用兵数载，司事者任意挥霍，不复稽核，侍郎司事数月，力为裁核，每月省糜费数十万，而国帑赖以充裕。当事者恨入切骨，以骚扰驿站入奏，上优容之。又与魁制府伦互相讦劾，乃降补通政卿。居逾年，复任刑部侍郎。时秋曹诸卿，有由久任司员擢者，皆轻渺之。侍郎阅数稿毕，即大声曰："误矣！"众询其故，侍郎曰："某条实有某例，而今反称比照某条。实无正例，乃反云照例云云。未审诸公业经阅目与否？"稿首则朱墨淋漓皆已画诺。侍郎笑曰："不期三十年老妪，反倒绷孩儿若是。"众乃慑服。时上颇加倚任，侍郎亦慷慨直言，当召对时，凡庭臣舞弊诸状，及闾阎细事，必详赡入告，每逾数刻。……侍郎性爽朗，少随文端公居两江久，习染南人风度。举趾迂缓，不入时趋，惟以驱奸逐恶为念。遇事讦人阴私，锋芒凛然，人多隐恨。然心无城府，事过即忘，故忌者恨侍郎若仇，而侍郎罔觉也。既得志，骄奢日甚，纵容家人贪鄙，不复稽察。又性耽风月，以致日拥优伶，饮酒终夕，反寄耳目于若辈，识者讥之。[①]

广兴自小天资聪颖，为人耿介直爽，疾恶如仇，在刑部任侍郎时熟谙律例，恪尽职守，颇得仁宗重用；但当他得志后，却日益骄奢，狎玩优伶，朝夕饮酒，被处以绞刑并抄家。其生平《清史稿》亦有传。

通过对比昭梿所记叙的广兴前期与后期的人物品格，及其在公职领域与私人领域的行为方式，可以发现同样出现了一种纸面叙述与生活逻辑的背离：得志前，广兴为人端方，为官廉洁，对卷宗、律典皆可过目成诵，在刑曹审理案件时谨遵律例，对其他司官要求严格，极度厌恶官员奢靡、舞弊和贪酷；到了后期，他却骄奢刚愎，嗜酒好色，纵容家人贪污而疏于管治，最终因赃罪被下狱处刑。

这便不免让人产生疑问：广兴为人公私分裂、前后矛盾，到底是因为他的人

---

① （清）昭梿：《啸亭杂录》，中华书局 1997 年版，第 107—108 页。

品和性格随着时间的发展和地位的变化发生了剧变,还是叙述者为了表现其纵欲的负面后果,而刻意突出了他的性格缺陷,以达到道德劝谏的叙事目的?可能的答案是,叙述者为了劝导士大夫节制欲望、保持清廉,刻意夸大了广兴后期私人生活中骄奢、纵欲的一面,而其被杀的结果又保证了这种性格决定论和善恶报应论的可靠性,从而达到了一种劝诫士人节制欲望的社会功效。当然,广兴因社会风气由俭入奢以及个人权势的日益扩张,相较以往缺乏克制、纵情声色的情况也是客观存在的事实。尽管国家统治者和正统士大夫对人们反复规训、百般劝诫,但社会的性秩序和性道德依然走向了溃败,广兴也因此成为清中期之后礼教不兴、权贵堕落的一个示儆例证。

嘉庆年间,张问陶任山东莱州知府期间,遇到了这样一起鸡奸案件:

> 京师多相公,男风大炽。后渐南下,蔓延至于山东。昌邑县有大腹贾朱振扬之子刚木者,与友人章天权相善。章有弟,名天亮者,年不过二十,而丰姿翩翩,俨然一浊世之贵公子。刚木惑焉,屡思挑之。奈天亮桃李其貌,冰霜其心,凛然有不可干犯之色。刚木用尽心思,设计多端,终不能得。一日,借为母祝寿为名,设小酌招章天权兄弟至,自午至酉,三人畅饮不已。迨日落西山,万家灯火,始洗盏上饭。然章氏兄弟已屡舞傞傞,目昏头晕而不能自主矣。朱因留之宿,寓其兄于东偏,而宿其弟于西侧。俟人静更深后,刚木潜至西侧,乘天亮醉卧而污辱之。天亮醒,大悔恨,即自缢也。次日天权等起,往西房呼弟,但见三尺白绫高高悬起,目张舌出,一命呜呼。群大骇,莫知所为,因疑为魅,草草棺殓也,众莫知者。一年后,刚木忽自行投称,报告真情,并请依律重惩,愿一死以报知己。县令大诧,审鞫一过后,判将朱刚木绞立决,以自首故,减轻一等,为绞监候,详文臬司。时任山东臬司者,为一名翰林,亦有断袖癖,思贷其一死,因驳斥不准,发回重问。乃昌邑县令不服,仍以绞监候顶详,最后并有决绝之语,谓此案酌理斟情,为风化,为国法,绞监候实为最轻者。大人如尚明为重者,不妨另发他员审判。在卑职实知有加重于此者,不知其次。臬司阅禀,大怒,以该县令滥用刑罚,草菅人命,并出言不避,无属下礼,详请巡抚奏革。一面将本案发交府宪审问。[1]

---

[1]　襟霞阁:《张船山判牍》,中央书店1934年版,第51—52页。

审理过后，张问陶作出了改判，判曰：

> 查采兰、赠芍尚见讥于葩经，断袖、分桃更贻丑于古史。人必力士，鸟道方可生开，洞非桃源，渔篙宁可误人？况男女相悦，原本人情，燥湿互通，阴阳正窍。彼舍正路而不由，从下流而往返者，其事更不堪。问其心，愈不可容。朱刚木藉乃父之余荫，妄谓财可通神；章天亮羞遗体之被污，竟尔愤而自杀。欢娱未及于一宵，生命已了于三尺。章天亮之拘泥固执，信果有之；朱刚木之不法凶横，亦徒然矣。本府鞫审再三，供证确实，按以律例，既难合于强奸；握诸旌典，亦不同乎贞烈。该令谓，伯仁之死由彼，应相抵以一命；本府谓，自首之条可援，宜放流乎三千。朱刚木着即按照威逼致死人命罪减一等，杖二百，流三千里。①

按照张问陶判牍记载，山东臬司承审官员因同有断袖之癖，对朱刚木起了恻隐之心，特意将该案发回重审，试图免去朱刚木的死罪。昌邑县令却认为朱的行为败人伦、伤风化，定绞监候已是从轻处置，故而坚持原判；并隐晦指出臬司因个人癖好有意偏袒朱刚木，建议另择其他官员审理。

无论是知府张问陶的判牍转述，还是昌邑县令的"决绝之语"，都是他们凭借自己的揣测对山东臬司发回重审动机做出的猜测，臬司是否因与朱刚木同好男风而试图轻判尚待考证。根据清律"犯奸"例文规定，单独一人将良人强行鸡奸的量刑只有三等，分别为绞监候（未伤人）、斩监候（伤人未死）以及杖 100、流 3 000 里（强奸未成）。《大清律例·刑律·人命》"威逼人致死"乾隆三十七年（1772 年）的定例载："强奸已成，本妇羞忿自尽者，照因奸威逼致死律，拟斩监候。其强奸未成，或但经调戏，本妇羞忿自尽者，俱拟绞监候。"②也就是说，无论是按照强行鸡奸例还是威逼人致死例，本案都不太可能出现初拟绞立决进而减等为绞监候的量刑结果，③而应拟定为绞监候或斩监候，再根据自首情节做减等处理。知府张问陶认为，章朱二人醉酒后淫乱并不能算真正意义上的强奸，因而将之比照威逼致死人命罪，又根据"加减罪例"律文中"惟二死、三流，各同为一减

---

①　襟霞阁：《张船山判牍》，中央书店 1934 年版，第 52—53 页。

②　郭成伟：《大清律例根原》（三），上海辞书出版社 2012 年版，第 1296 页。

③　只有亲属相奸中"奸兄弟妻、兄弟子妻"情节中涉及绞决。律文载："若奸从祖祖母、（祖）姑，从祖伯叔母、（从祖伯叔）姑、从父姊妹、母之姊妹及兄弟妻、兄弟子妻者，（奸夫、奸妇）（决）绞。"显然，这条律文与本案情节并不契合。

（二死，谓斩、绞。……如犯死罪，减一等，即坐流三千里）"①的规定，最终判决朱刚木杖 200，流 3 000 里。

由此看来，山东臬司发回重审的主观动机中可能含有同情因素，但就其判决内容而言却并未枉法，改判结果严格依循了律例对鸡奸罪规定的量刑适用标准。反倒是昌邑县令因考量了本案对儒家伦理和社会风俗的负面影响，故而作出的原审判决有量刑偏重的嫌疑。

张船山判词先云："男女相悦，原本人情，燥湿互通，阴阳正窍。彼舍正路而不由，从下流而往返者，其事更不堪"，后却又道："章天亮之拘泥固执，信果有之"，②这在一定程度上说明，清中期以后，传统男女有别、阴阳两分的性别观和婚恋观固然属于主流意识形态，但在男风文化的传播和影响下，原有的性别观念已经出现了松动，一些士大夫并不认为为恪守性道德而自戕是多么崇高的举动，男性之间自愿发生性行为又多么不可饶恕。与之相应，由于和同鸡奸罪的例文规定偏于简陋，进入审判程序的案件情节又较为复杂，因此，司法者在审理鸡奸类案件时，往往可以利用比附规则"不受严格形式主义拘束"③的特点，来调和个人偏好与法律规定之间的冲突，做出合乎律例规定同时又融合人情因素和社会潮流的裁断，其中就包含了士大夫对于男风现象的适度容忍，即"合乎天经地义，惬乎人心之公好公恶；……要皆阐发律意例义之精微，本经术而酌人情，期孚乎中正平允而止"。④ 就本案的结果而言，在这一场正统伦理观与社会亚文化的对抗中，前者做出了妥协，后者则获得了话语空间。在一定意义上，可以将之视为传统礼教压制士人情欲的又一次失败。

明清时期的气论、心学一道，对以程朱理学为代表的官方意识形态发出了挑战，共同冲击并瓦解着儒家礼教建构起来的性别秩序与等级格局。明中晚期以来男风现象的盛行，清中期之后鸡奸犯罪的增多，士子、职官、权贵的出礼入刑，以及司法者对男风情结的宽忍，皆为士族社会礼教控制功能与理学节欲文化衰落的重要表征。士人在身体的"规训—反规训"、性的"压抑—反压抑"反复博弈中，目睹着明清帝制社会以及以贾府为代表的传统世族家庭逐步走向消亡。

---

① 郭成伟：《大清律例根原》（一），上海辞书出版社 2012 年版，第 206 页。
② 襟霞阁：《张船山判牍》，中央书店 1934 年版，第 52 页。
③ 陈新宇：《比附与类推之辨——从"比引律条"出发》，《政法论坛》2011 年第 2 期。
④ （清）全士潮、张道源等纂辑：《驳案汇编·驳案新编·序》，何勤华等点校，法律出版社 2009 年版。

第二节　世族家庭尊卑等级的错乱

一、内乱与过"度"

（一）"情"的人物具象和异变

在人类男女之情的构成中，精神之爱与肉体之爱上很难截然二分。理安·艾斯勒（Riane Eisler）论道：

> 我们所看到的西方宗教有一个最大的可悲之处，这就是它将人类的体验割裂开来，尤其是将虚幻的或"精神的"爱置于实在的或"肉体的"爱之上。我们知道，关于人类体验的这种分裂的观点，并非西方宗教所独有。当然，这种观点也不是宗教所独有的。比如一般人认为（这是古希腊哲学家和中世纪基督教学者留给我们的遗产的一部分），性感觉是"低贱的"，而爱则是心灵的事情，我们所说的更高的意识只是一种思想的而不是肉体的状态。……爱的情感同样来自我们的大脑。事实上，人类所有的感情和感觉——关于性的、精神的或爱的——都是经由心理学家所谓认知或思维的产生，并在大脑里形成的。但是由于我们的大脑是肉体的一部分，因此，我们是在肉体里体验所有的感情和感觉。①

对于情的组成与特点的认识，曹雪芹可谓先知先觉者。为了展现情尤其是男女之情的内涵、特征及其给传统世族家庭带来的影响，作者专门塑造了一位女性人物作为情的具象化载体，这就是贾蓉之妻秦可卿。秦氏从其姓名、品貌，到判词、曲词，再到她的住处、病症和死亡，只要是能够指代或象征这位女子人格的物事，均与情有着千丝万缕的联系。

第八回中，作者介绍秦氏家世说道："（这秦业）现任营缮郎，年近七十，夫人早亡。因当年无儿女，便向养生堂抱了一个儿子并一个女儿。谁知儿子又死了，

---

① ［美］理安·艾斯勒：《神圣的欢爱：性、神话与女性肉体的政治学》，黄觉、黄棣光译，社会科学文献出版社 2009 年版，第 173 页。

只剩女儿,小名唤可儿。长大时,生得形容袅娜,性格风流。因素与贾家有些瓜葛,故结了亲,许与贾蓉为妻。"①对于"秦业"的名字与"营缮郎"之官职,甲戌夹批云:"妙名。业者,孽也,盖云情因孽而生也。官职更妙,设云因情孽而缮此一书之意。"评及秦可卿的"性格风流",又说道:"四字便有隐意。春秋字法。"②秦可卿的命名与秦业、秦钟③的命名原理相同,均是作者通过谐音法来喻指人物的性格或在书中发挥的功能,这里是暗指秦可卿的品性中有着风流的一面。④

暗寓秦可卿之死的《红楼梦曲·好事终》曲文写道:"画梁春尽落香尘。擅风情,秉月貌,便是败家的根本。箕裘颓堕皆从敬,家事消亡首罪宁。宿孽总因情。"指出贾家败亡的起因在于宁国府内滋生的"孽",即秦氏因其姿色和性格陷入了一段不伦关系。同在本回中,宝玉来到了秦可卿的房间午睡,房中悬挂、摆放的物件包括:唐伯虎的《海棠春睡图》、武则天镜室中的宝镜、赵飞燕立着舞的金盘、安禄山掷过伤了太真乳的木瓜、寿昌公主于含章殿下卧的宝榻,还有同昌公主制的连珠帐。这些作者杜撰或野史记载之物的共同点在于都与女子的肢体、姿态和闺情有关,极为香艳。而典故中的女性历代史传中均有记载,她们高贵、美丽且风情万种,极易成为男性欲望的投射对象。可以说,秦氏房间的布局愈发地突出了她的姿容艳丽及其性格中的风流面向。

第十回中,张友士为秦氏诊断病症,说道:"大奶奶是个心性高强、聪明不过的人。但聪明太过,则不如意事常有;不如意事常有,则思虑太过。此病是忧虑伤脾,肝木忒旺,经血所以不能按时而至。"指出秦氏的病源于思虑过重、积郁成疾,而非天然体弱或身染绝症。作者以此暗示,心病形成的背后必然隐藏着难言之隐。第十三回中,脂砚斋回前总批云:"'秦可卿淫丧天香楼',作者用史笔也。老朽因有魂托凤姐贾家后事二件,岂是安富尊荣坐享人能想得到者,其言其意,令人悲切感服,姑赦之,因命芹溪删去'遗簪''更衣'诸文。是以此回只十页,删去天香楼一节,少去四、五页也。"⑤根据第五回簿册中的图示,以及曲词中"画梁

---

① (清)曹雪芹、脂砚斋:《脂砚斋重评石头记庚辰校本》,邓遂夫校订,作家出版社2006年版,第204页。

② [法]陈庆浩:《新编石头记脂砚斋评语辑校》(增订本),中国友谊出版公司1987年版,第194页。

③ 脂砚斋对"秦钟"的解释与秦业之"情孽"出于一理。甲戌夹批曰:"设云秦钟(有正本'秦钟'作'情种';王府本作'惜种')。古诗云:'未嫁先名玉,来时本姓秦。'二语便是此书大纲目、大比托、大讽刺处。"[法]陈庆浩:《新编石头记脂砚斋评语辑校》(增订本),中国友谊出版公司1987年版,第164—165页。

④ 在晚明流行观念中,对于男性来说,"风流"(wanton)往往含有褒义,意味着他们受人欢迎;但对于女性来说,却代表着人格堕落。Mark Stevenson and Wu Cuncun. *Wanton Women in Late-Imperial Chinese Literature: Models, Genres, Subversions and Traditions*. Brill Academic Pub., 2017, p.57.

⑤ [法]陈庆浩:《新编石头记脂砚斋评语辑校》(增订本),中国友谊出版公司1987年版,第231页。

春尽落香尘"的谶言,在作者的原初版本中,秦氏本是因奸情暴露而在天香楼中羞忿自缢。但由于她死前给凤姐托梦谏言极为恳切,对家族有功,所以曹雪芹听从了脂砚斋的建议,将原有情节进行了删改,以便为死者讳。当秦氏的丧钟响起时,全家听闻后的反应却是"无不纳罕,都有些疑心"。脂批云:"九个字写尽天香楼事,是不写之写。"①说明秦氏之死发生得诡异而突然,并非全因久卧病床而油尽灯枯。在秦可卿的丧仪中,贾家为她"另设一坛于天香楼上"来超度亡魂。甲戌夹批曰:"删却,是未删之笔。"②再次印证了秦氏死于天香楼确实被曹雪芹删去了,此处为未删尽之残文。第七回中,焦大醉酒后骂道:"(我)要往祠堂里哭太爷去,那里承望到如今生下这些畜生来,每日家偷狗戏鸡,爬灰的爬灰,养小叔子的养小叔子,我什么不知道? 咱们'胳膊折了往袖子里藏'!"其毫不避讳地说出了贾珍与秦可卿的翁媳不伦之情,与后来秦氏的心病和死亡相呼应。姚燮眉批曰:"贾府中之菁事,观览者方在狐疑,竟被焦大醉中直喊出来。信墙茨之不可扫也!"③

除了秦可卿的种种事迹,从贾珍对秦氏死亡的态度,也可窥见两人关系并不止于翁媳,有明显违礼越轨之嫌。第十三回,秦可卿死后,贾珍"哭的泪人一般",夸赞儿媳一番后,"说着又哭起来"。被问及该如何料理丧事,他答道:"如何料理! 不过尽我所有罢了"。对于贾珍的情绪反应,脂批曰:"可笑,如丧考妣,此作者刺心笔也。""'尽我所有'为媳妇,是非礼之谈,父母又将何代之。故前此有恶奴酒后狂言,及今复见此语,含而不露,吾不能为贾珍隐讳。"④在贾珍与贾政商议秦氏所用棺木时,作者写道,此时的贾珍"恨不能代秦氏之死"。王府夹批曰:"'代秦氏死'等句,总是填实前文。"⑤只不过《红楼梦》整理者认为该句句意太过显露,于是删去。

此外,叙及贾珍请王熙凤料理丧事,作者述曰:"贾珍此时也有些病症在身,二则过于悲痛,因拄了拐踱了进来。"儒家为死者亲属在守丧期间表达哀戚之情制定了一系列行为约束标准,称之为"度"。无故而没有达到礼制标准叫作"不度",不度之人向来为儒家深恶痛绝,并被认为是祸乱的根源;但是儒家也不赞成

<hr>

① 〔法〕陈庆浩:《新编石头记脂砚斋评语辑校》(增订本),中国友谊出版公司 1987 年版,第 233 页。
② 〔法〕陈庆浩:《新编石头记脂砚斋评语辑校》(增订本),中国友谊出版公司 1987 年版,第 236 页。
③ 冯其庸辑校:《重校〈八家评批红楼梦〉》(一),青岛出版社 2015 年版,第 324 页。
④ 〔法〕陈庆浩:《新编石头记脂砚斋评语辑校》(增订本),中国友谊出版公司 1987 年版,第 235—236 页。
⑤ 〔法〕陈庆浩:《新编石头记脂砚斋评语辑校》(增订本),中国友谊出版公司 1987 年版,第 238 页。

哀戚过度而导致伤身甚至死亡的行为（称为"毁瘠""毁卒""不胜丧"等）；哀伤的程度要和其与死者关系的亲疏远近相对应。①曹氏特意描写贾珍拄杖蹒跚的动作，是在影射他已暗自将"不杖期"的亲属关系与哀戚程度加深至"杖期"，以此讽刺其哀伤过"度"、逾越礼制，有乱伦的嫌疑。总之，作者在行文中多处运用春秋笔法，通过贾府中各类人物反常规、反逻辑的表现，暗中坐实了贾珍与秦氏之间存有私情。

《情史》"情秽类"之"窦从一"篇末，情主人评曰："情，犹水也。慎而防之，过溢不上，则虽江海之洪，必有沟浍之辱矣。……上以淫导，下亦风靡。……夫有奇淫者，必有奇祸。"②一方面，人们可以为情爱而跨越生死和性别界限，表现出人类内在精神的超越性与爱的创造性；另一方面，情以及随之而生的欲望如果过度泛滥，不以理性加以节制，就可能导致传统社会的尊卑秩序与伦理界限被一并打破，并由此引发出被统治者和士大夫视为禁忌的乱伦现象。戚序本第十三回回末总评道："借可卿之死，又写出情之变态。"③

（二）"内乱"的行为特征及惩治

《唐律疏议》"十恶"条（6）"内乱"载："谓奸小功以上亲、父祖妾及与和者。"疏议曰："《左传》云：'女有家，男有室，无相渎。易此则乱。'若有禽兽其行，朋淫于家，紊乱礼经，故曰'内乱'。"④《礼记·曲礼上》云："鹦鹉能言，不离飞鸟；猩猩能言，不离禽兽。今人而无礼，虽能言，不亦禽兽之心乎！"⑤古礼制定者以繁复的行为规范来区别男女、尊卑与亲疏，阻断近亲繁殖，促成族外婚制，最终目的是保证家庭结构的稳定有序与父系血脉的健康传承。因此，唐律注疏者将无视尊卑界限、违背礼制规则，与小功以上之近亲发生性关系的行为视同禽兽行径，归入"十恶"严惩。

明清律均沿袭了唐律对亲属相奸服叙范围的限定，规定更为详尽，并对各亲等奸罪的量刑有所加重：若奸缌麻以上亲及缌麻以上亲之妻，和者徒三年加杖一百，强者由流二千里改为斩监候；若奸从祖祖母、（祖）姑、从祖伯叔母、（从祖伯叔）姑、从父姊妹、母之姊妹及兄弟妻、兄弟子妻，和者由流二千里改为绞，强者由绞改为斩决；若奸父祖妾，伯叔母、姑、姊妹、子孙之妇，兄弟之女者，由绞改为斩

---

① 丁凌华：《五服制度与传统法律》，商务印书馆2013年版，第233—234页。
② （明）冯梦龙：《情史》，浙江古籍出版社2011年版，第404—405页。
③ （清）曹雪芹、戚蓼生：《戚蓼生序本石头记》，人民文学出版社1975年版，第456页。
④ 刘俊文：《唐律疏议笺解》（上），中华书局1996年版，第65页。
⑤ （汉）郑玄注、（唐）孔颖达正义：《礼记正义》卷第二，上海古籍出版社2008年版，第19页。

决,强者奸夫斩决。《红楼梦》中,贾蓉系贾珍长子,按照服叙制度,贾珍应为秦可卿期亲(齐衰不杖期),两人发生乱伦理应入"十恶"之"内乱",按照"若奸父祖妾、伯叔母、姑、姊妹、子孙之妇,兄弟之女者,(奸夫、奸妇)各(决)斩。(强者,奸夫决斩。)"①的规定处以死刑。

朱迪斯·巴特勒研究指出:"那种把乱伦禁忌当成象征性家庭结构的基础加以维护的规则不仅认为乱伦禁忌具有普遍性,而且认为它具有必然的象征性结果。"②不过,"心理分析家有时候认为,尽管乱伦禁忌的目的是要促成异性异族婚姻,但它并非总能发挥作用,而人类性行为中的各种倒错和物恋都证明了,这种象征性规则并不总是能完全维持我们的性生活秩序"。③ 岁涵表达了与之类似的观点:"任何一种话语权力在实际的'操演'中都有失效的时候,或者说根本不存在一个完美'操演'秩序的'现实',秩序和观念对'经验现实'的规训是有限的。……中国传统中'情'的概念具有一种'生成性'(指随地域情境而异),它不但可超越生死,亦可超越性别,它是身体权力的表达,它随形附义,生成'无规训之物',并向未知开放。"④

我国传统社会中的礼法规则发挥作用的时间和空间同样是有限的,正统观念的背后永远潜藏着异端思想,性别秩序与道德禁忌的背后也总是存在着反秩序、反规训的倒错与混乱现象。尽管礼制法规一直将亲属相奸视若洪水猛兽,统治者反复劝诫,士大夫百般禁止,清律对该罪的处罚也极重,但现实情况却是民间社会的乱伦现象及其牵连出的斗殴、死伤和自杀案件层出不穷。

以《刑案汇览三编》为例,据笔者统计,其中共收"犯奸"类(含犯奸、纵容妻妾犯奸、亲属相奸、奴及雇工人奸家长妻、奸部民妻女、居丧及僧道犯奸)案件179个,其中亲属相奸案就有63个,约占案件总数的35%。又如,《刑部比照加减成案》及《续编》中共收嘉道两朝"犯奸"类(含犯奸、纵容妻妾犯奸、亲属相奸、奴及雇工人奸家长妻、奸部民妻女、良贱相奸、居丧及僧道犯奸)案件109个,其中包括同宗无服亲犯奸(收入"犯奸"类目)在内的亲属相奸案件共41个,约占案件总数的37%。犯奸双方的服叙上至期亲,下至同宗无服亲,亲属间淫乱现象之频发由此可见一斑。其中,翁媳犯奸案件(含和奸、强奸)见表3-2。

---

① 马建石、杨育棠:《大清律例通考校注》,中国政法大学出版社1999年版,第956页。
② [美]朱迪斯·巴特勒:《消解性别》,郭劼译,上海三联书店2009年版,第162页。
③ [美]朱迪斯·巴特勒:《消解性别》,郭劼译,上海三联书店2009年版,第163页。
④ 岁涵:《"情"的生成性与晚清小说中的性别越界——以〈品花宝鉴〉和〈凤双飞〉为例》,《中国现代文学研究丛刊》2017年第5期。

表3-2 翁媳犯奸案件(乾隆——道光)

序号	时　　间	地区	性质	案　　情	量　刑
1	乾隆五十年(1785年)	山东	和奸	韩氏与奸夫张可习谈笑被伊翁赵刚撞遇斥詈,张可习教令韩氏诱引伊翁,拿其柄据使不敢管束。韩氏咬落伊翁舌尖	斩监候
2	嘉庆十四年(1809年)	河南	强奸	赵氏被伊翁张万言强欲行奸,取铁锥扎伤张万言右臀。赵父赵世占带同伊子赵平、侄孙赵学周理论,将张万言共殴致毙	斩监候
3	嘉庆十七年(1812年)	山东	强奸	邢杰强奸子妇邢吴氏未成,被邢吴氏咬落唇皮	邢吴氏免罪邢杰发乌什叶尔羌为奴
4		山东	强奸	王锡强奸子媳王孟氏未成,致被王孟氏咬落舌尖	免罪
5	嘉庆十八年(1813年)	山东	调奸	张张氏先与崔南东通奸,后悔过拒奸。伊翁张保成因该氏本不端,起意调奸,该氏情急咬落张保成舌尖	满流
6		奉天	强奸	姜忠图奸童养媳满儿,满儿不依。满儿父王忠义闻知气忿,欲将女接回家,姜不允,将姜忠殴戳毙命	绞监候
7	嘉庆二十年(1815年)	山西	调奸	何成武向继子之妻史氏调戏不从,被胞侄何玉保纠同史氏堂兄史千小子等殴伤身死	何玉保斩决
8	嘉庆二十一年(1816年)	山东	强奸	张四屡次图奸伊媳么二不从,捏称该氏懒惰,用火箸将其手指烙伤,即与强奸无异	发往新疆给官兵为奴
9	嘉庆二十二年(1817年)	吉林	调奸	李凤儿许配赵帼洪之子赵勇为妻,童养过门,尚未成婚。赵帼洪向李凤儿调戏图奸,李凤儿拔针扎伤其茎物,连夜奔回母家。赵帼洪尾随跟至,李父李荣才与赵帼洪扭打,用刀戳伤其右肋殒命	李凤儿免罪李荣才绞监候
10		山西	强奸	胡应调戏子媳冀氏不依,起意强奸未成。冀氏父冀法升嘱托缌麻服弟冀法贵前往理论,冀法贵殴伤胡应,致其殒命	绞监候

续 表

序号	时 间	地区	性质	案 情	量 刑
11	嘉庆二十五年(1820年)	京畿	调奸	周帼珍因调奸次媳小王氏不从,屡加磨折,并诬指与工人有奸,复疑小王氏捏造伊与长媳有奸之言,与小王氏胞叔王兆兴、次子周锁儿将小王氏活埋致死	周帼珍斩监候
12		山东	调奸	常亮图奸守节子妇那拉氏不从,屡向折磨,逼令改嫁,以致该氏抱忿轻生	枷号一月,发往新疆充苦差
13		山西	强奸	姚宗库将年甫十一岁之童养义子媳杨二女子强奸已成	斩监候
14	道光元年(1821年)	四川	强奸	刘腾位先因图奸媳贾氏未成,后因贾氏煮饭顶撞,将其殴伤殒命	发附近充军
15	道光二年(1822年)	直隶	调奸	高彦调奸子媳周氏不从,刃伤本妇	发附近充军
16		贵州	和奸	姜起顺先与子妇袁氏通奸(袁氏为伊翁威逼成奸),复将子姜三妹致死。袁氏询悉伊夫身死情由,忿激将姜起顺致毙	斩决
17		陕西	和奸	赵金山与妻前夫子媳权氏通奸	发附近充军
18	道光三年(1823年)	直隶	强奸	张安因伊父起坤强奸伊妻张氏已成,同妻将张起坤殴伤身死	斩监候
19		山西	强奸	张进太强奸孙媳未成,致妇自尽	发边远充军
20	道光四年(1824年)	四川	强奸	薛傅氏因被伊翁薛桂兰强奸,用斧将薛桂兰拒砍身死	斩监候
21		河南	调奸	李潮淙两次向子媳萧氏调奸不依。李潮淙恐萧氏将调奸事情张扬,连殴萧氏致死	斩监候
22	道光五年(1825年)	云南	和奸	王添锡与义子王小庆童养之妻唐氏通奸,氏父唐荣闻奸后,将伊女唐氏毒毙图赖	王添锡杖一百、徒三年
23	道光六年(1826年)	山西	调奸	李懿青调奸子妇李曹氏不从,踢伤李曹氏肚腹,立时殒命	绞监候
24	道光七年(1827年)	黑龙江	强奸	伊尔根觉罗氏因伊翁扎伦保黉夜图奸,将扎伦保拒戳身死	斩监候
25		江西	强奸	伍济瀛图奸子妇彭氏不遂,将彭氏登时掯死,伪造自缢死亡现场	斩立决

续　表

序号	时　间	地区	性质	案　情	量　刑
26		河南	强奸	霍岳氏因霍登鳌拉裤图奸,该氏惊醒,黑暗中不辨何人,情急将霍登鳌咬伤	勿论
27	道光八年 (1828年)	江西	调奸	王建得调奸义子之妻王氏未成,王氏情急咬伤王建得	王氏勿论 王建德杖九十,徒二年半
28		陕西	强奸	杜进科因强奸子媳未成,致伊子夫妇自缢身死,该犯畏罪欲行自尽,复逼令次子、二女一同缢毙	发往新疆给官兵为奴
29	道光九年 (1829年)	山西	调奸	臧添顺调奸子妇贾氏未成,致氏羞忿自尽身死	发附近充军
30	道光十年 (1830年)	陕西	强奸	林谢氏之夫林学儒佣工外出,被伊翁林帼亨强奸不从,将其茎物割落,因伤身死	斩监候
31	道光十一年 (1831年)	陕西	强奸	李殿鳌强奸子媳杜氏未成,嗣令伊子李平儿将杜氏殴责,致氏自缢身死	发极边充军
32	道光十八年 (1838年)	陕西	强奸	李包氏因伊翁李万盛黑夜图奸,喝问不应,情急势危,仓促抗拒,将其殴伤致毙	斩监候

　　这30余个翁媳(含孙媳)之间的犯奸案中,绝大多数的案件性质均为强奸(56%);调奸(31%)虽介于强奸与和奸之间,但其中明显带有强制、胁迫的情节,基本可以等同于强奸;即便是和奸(13%),例如姜起顺与子妇袁氏之间的关系,最初也是由于袁氏为姜起顺威逼成奸的。翁媳相奸极少是双方自愿成奸,或是媳妇主动勾引,大部分都是因其翁见色起意,图谋与子媳、孙媳强行发生性关系而促成的。

　　此外,在一些案件中,媳妇的拒奸还引发了翁公日后持续性的恶意报复,例如:张四屡次图奸伊媳么二不从,用火箸将其手指烙伤;常亮图奸子妇那拉氏不依,嗣后屡次折磨,逼令她改嫁,以致该氏自尽;周帼珍调奸次媳小王氏不从,平日便反复磨折她,最终将其活埋致死;李殿鳌强奸子媳杜氏未成,就以杜氏顶触管教为名,令子李平儿将杜氏殴责,致其自缢,李殿鳌进而烧尸灭迹。这些惨烈情节表明,翁媳的私通淫乱,固然是由男女之情尤其是男性的色欲所引发,然而,由于翁公与子妇之间存在着尊卑身份和家庭地位的差异,前者便对后者形成了一种绝对性的权力控制关系,使得子妇无论是否反抗,都会陷入犯义或蔑伦的境地。

综上而言,若子媳与翁公通奸,则两人均会陷入内乱之罪;若她放弃反抗,消极承受,则自己失去贞洁,其翁依然会因强奸子妇被判以斩刑;若她坚决抵制,情急之下便难免发生激烈搏斗,继而造成对方或伤或亡。按照清律"妻妾与夫亲属相殴"条律文的规定,"妻妾殴夫之祖父母、父母者,皆斩;杀者,皆凌迟处死",[①]卑幼冒犯尊属,关系越亲近,处罚越严重,无"正当防卫"等违法阻却事由可依,故而子媳终归难逃制裁。一旦翁父见色起意,实施骚扰甚至强奸,为人媳者不是失贞,就是失节;若不想陷入淫乱,便只得以卑犯尊;就算勉强逃过一劫,日后还是会继续生活在翁公威逼、引诱或报复的阴影之下。

在男女生理有别、翁媳尊卑有差的权力格局中,妇女作为弱势和被动的一方,即便毫无过错,依然无法避免国家律法的重惩、伦理道德的谴责,以及家庭和社会环境的持续性施压。有学者就曾指出,实际上,强奸案的举证责任主要落在了被害人身上。按照顺治三年(1646年)律例(《大清律集解附例》)规定的证明标准,[②]除非被强奸妇女自杀或受到严重的身体伤害,否则很难说服司法官员相信她们强奸控诉的真实性。[③]州县(府厅)、臬司、督抚、刑部乃至君主等司法行政者、监督者对翁媳案件的背景情况大多心知肚明,也对为人媳者逼仄尴尬的境地抱有一定的同情。因此,题本和说帖中的法律意见多将子妇殴伤、致毙欲行奸翁公一类案件的量刑拟减为监候,君主最终亦少以勾决处置,此可谓"死罪可免,活罪难逃"。

《红楼梦》中,论及贾珍与秦可卿这对翁媳之间的关系,有学者认为,按照古时早婚传统推断,两代人之间的年龄相差并不大,贾秦两人性格又都风流放浪,因此,双方的情欲关系很可能是建立在你情我愿的基础上,而非像一些学者所认为的是由贾珍逼奸所致。[④] 但实际上,秦可卿生活在贾府这样严分尊卑的家庭

① 马建石、杨育棠:《大清律例通考校注》,中国政法大学出版社1999年版,第856页。
② 这里指的是"凡问强奸,须有强暴之状,妇人不能挣脱之情,亦须有人知闻及损伤肤体、毁裂衣服之属,方坐绞罪。若以强合以和成,犹非强也"的律注规定。(清)沈之奇注、洪弘绪订:《大清律集解附例》,《续修四库全书·史部》,上海古籍出版社2002年版,第863册,第624页。
③ Vivian W. Ng. Ideology and Sexuality: Rape Laws in Qing China. *The Journal of Asian Studies*, Vol.46, No.1, 1987, p.61.
④ 欧丽娟:《秦可卿新论:才情与情色的特殊演绎》,台湾《成大中文学报》2016年第52期;赵冈、陈钟毅:《红楼梦研究新编》,台湾联经出版事业公司1975年版,第173页。

权力结构中,又饱受"胳膊折了往袖子里藏"即家丑不可外扬的传统观念熏染,公媳通奸属于内乱之尤,因此,她接受贾珍提出的性要求很难说是自愿还是被逼,更可能是介于两者之间,接近姜起顺与子妇袁氏之间先逼奸而后通奸的情形。而秦氏除了委身、掩饰以及奸情败露后的羞愤自尽,似乎并无更好的办法来同时保全自己与家族的名誉。正如安徽巡抚所言,"自刎明志"、春秋大义固然是"责备贤者之词","而非乡曲愚妇仓猝之际所能计及",但对于士族女性来说,却可能是她们走投无路时,能够留存些许"贤者"节操的无奈之举和最后选择。贾珍在秦氏死后的哀戚表现固然含有真情,但在贾府伦纪崩坏的背景之下,便呈现出一种反讽的效果。

司法官员对于翁公强奸或调奸子妇的行为多是义正辞言地加以斥责,例如"乱伦凶暴""淫恶蔑论""渎伦伤化,形同禽兽""天理人心渐灭已尽"等等。对于拒奸自尽、被杀的节烈妇女,他们特请君主予以旌表。例如,不愿改嫁、死于自尽的那拉氏"不甘失节,捐躯明志,洵属节烈。应请旌表,以慰幽魂",[①]被其翁掐死的伍彭氏"守正不污,拒奸被搕毙命,节烈可嘉,应请旌表,以慰贞魂,而维风化"。[②] 然而,从另一视角来看,越是严如斧钺的责难之辞,越是高标准的道德诉求,其背后越是隐含着上位者的严重道德失格与礼法秩序的大面积崩坏。

与贾、秦两人翁媳相奸性质类似的两代人之间的乱伦现象,还发生在贾珍、贾蓉与尤二姐之间。第六十四回中,作者写贾敬丧礼期间,贾琏欲与尤二姐交接时说道:"贾琏素日既闻尤氏姐妹之名,恨无缘得见,近因贾敬停灵在家,每日与二姐儿、三姐儿相认已熟,不禁动了垂涎之意。况知与贾珍、贾蓉等素有聚麀之诮,因而乘机百般撩拨,眉目传情。那三姐儿却只是淡淡相对,只有二姐儿也十分有意,但只是眼目众多,无从下手。贾琏又怕贾珍吃醋,不敢轻动,只好二人心领神会而已。"第六十九回中,病中的尤二姐梦到了已去世的尤三姐,三姐对她说道:"你我生前淫奔不才,使人家丧伦败行,故有此报。"又云:"姐姐,你终是个痴人。自古'天网恢恢,疏而不漏',天道好还。你虽悔过自新,然已将人父子兄弟致于聚麀之乱,天怎容你安生?"[③]《礼记·曲礼上》云:"夫唯禽兽无礼,故父子聚

① (清)祝庆祺等编:《刑案汇览三编》(三),北京古籍出版社 2004 年版,第 1996 页。
② (清)祝庆祺等编:《刑案汇览三编》(三),北京古籍出版社 2004 年版,第 1995 页。
③ (清)曹雪芹、脂砚斋:《脂砚斋重评石头记庚辰校本》,邓遂夫校订,作家出版社 2006 年版,第 1180 页。

麀。是故圣人作,为礼以教人,使人以有礼,知自别于禽兽。"郑玄注云:"聚,犹共也。鹿牝作麀。"①指父子与同一位女子发生性关系。尤氏姐妹为尤氏继母之女,根据清制,其与贾氏父子既无服制关系,也不属于同宗亲,清律未对这类奸淫行为作出专门或特别规定。不过,父子聚麀却同样导致两代人之间的性秩序混乱,严重违反了礼制,与"爬灰"相比,其性质恶劣程度有过之而无不及。

《仁宗实录》中记载了嘉庆年间发生的两起父子聚麀案件。一件发生于嘉庆十二年(1807年),仁宗谕内阁曰:

> 马慧裕奏,审明蔑伦助逆首从各犯按例正法一摺。此案吕辉同伊父吕怀南,均与傅张氏通奸。因吕怀南妒奸寻杀,吕辉遂起意纠人将吕怀南谋砍致毙。是吕辉之聚麀蔑伦,皆由于傅张氏起衅,且案内张大金、李恒二犯,因系助逆加功,俱已照例绞决,则傅张氏犯奸之罪,自难援照寻常因奸争妒谋命者比例科断。该抚仅拟依纵容妻妾与人通奸、奸妇杖九十律,的决离异,未免无所区别。其应如何酌定罪名,重加惩办之处,著该部详悉核议具奏,并著纂入则例,以示执法平情、明刑弼教之至意。寻议:请将傅张氏实发驻防,给兵丁为奴,并请通行直省各督抚将军都统府尹,嗣后凡妇女与人父子通奸,致其子因奸谋杀其父,酿成逆伦重案者,一体遵照,并载入例册遵行。从之。②

本案中,吕氏父子因同与傅张氏通奸而相互妒忌,吕辉协同他人将父亲吕怀南谋杀。仁宗对于三位男性案犯的死刑判决并无异议,但认为儿子杀害父亲的蔑伦行径是由傅张氏同时与二人和奸并从中挑唆引发的,因而不应将傅张氏比照巡抚所拟的纵容通奸罪量刑,特令刑部将之重惩,并将该案作为妇女与父子通奸,即聚麀类案件的参照标准载入则例,以作明刑弼教之后范。由此可见,清中期以后,这一类乱伦犯罪的发生并非偶然现象。

第二件父子聚麀乱伦案发生于嘉庆二十四年(1819年),仁宗向军机大臣发布谕令曰:

> 赛冲阿等奏,宗室喜福,同伊子敦柱,先后与李康氏通奸,主使李康氏将

---

① (汉)郑玄注、(唐)孔颖达正义:《礼记正义》卷第二,上海古籍出版社2008年版,第19页。
② 《仁宗睿皇帝实录》卷一八七,嘉庆十二年十一月己亥,《清实录》(第三十册),中华书局1986年版,第467—468页。

嫡妻塔他拉氏殴伤勒毙一案。蔑伦伤化，玷辱宗盟，览奏实堪痛恨。喜福、敦柱俱著革去顶带，交赛冲阿等，严加审讯，务令供吐实情。此案喜福身系宗室，父子聚麀，无耻已极。其妻塔他拉氏，劝以正言，乃逞忿殴伤至一百二十余处之多，惨毒异常，复主使李康氏将妻勒毙。似此淫恶之徒，即应问拟绞决。至敦柱，先与李康氏通奸，迨李康氏向其告知，伊父令将伊母勒死，乃并无一言阻止，转以"随你们闹去"之言回答，并帮同移尸装缢，即与谋毙母命无异，按律罪应凌迟。惟宗室向无凌迟之例，著赛冲阿率同绷武布、庆杰传集移居各宗室，并喜福一同看视，先将敦柱重责一百板，打至血肉溃烂，再将喜福、敦柱一同绞决。李康氏下手勒毙塔他拉氏，以邪淫陷害三命，著即行斩决。审明后，赛冲阿等即奏明分别办理。至绷武布、庆杰，本有失察之咎，念伊二人管理未久，著免其议处，嗣后当认真稽查，随时管束，务令诸宗室各知戒惧，免蹈刑章。将此谕令知之。①

该案犯罪主体为宗室，但量刑并未因其旗人身份有所轻缓：喜福为本案主犯，拟为绞决；其子敦柱，放纵奸妇李康氏勒死嫡母，又协助她将犯罪现场伪装成自杀，仁宗认为敦柱的行为与谋杀母亲无异，应处以凌迟，但考虑到其宗室身份，改为在绞决之前杖责至血肉溃烂再行刑；李康氏处以斩决。同时，仁宗勒令主管官员绷武布、庆杰应以此为戒，勤加管束。与前案庶民的"聚麀蔑伦"、儿子亲手将父亲杀害相比，仁宗对本案表现得更为愤怒，态度更为严厉。

"大量证据表明，至晚到清中期以后，八旗社会上上下下，已经完全以儒家的伦常礼教为准则。"②对于本应恪守《诗》《礼》之教的宗室贵族来说，违逆礼教、颠倒伦常的纵欲淫乱，是比平民社会乱伦犯罪性质更为恶劣的出礼和入刑。因此，嘉庆帝言辞激烈地痛斥喜福父子"蔑伦伤化，玷辱宗盟"，"身系宗室，父子聚麀，无耻已极"。嘉道年间父子聚麀、谋杀尊亲现象的重复发生，意味着统治者和士大夫不断以礼法规训社会、劝诫民众的同时，传统性秩序和性道德却开始自上而下地走向衰落。

所谓礼责"贤者"，士人地位越是尊贵，儒家对其品行的要求就越高。贾氏宁国府一支中，贾敬好道炼丹，不理家事，由贾珍承袭了爵位。第四回中，薛蟠来到

① 《仁宗睿皇帝实录》卷三五七，嘉庆二十四年闰四月己未，《清实录》（第三十二册），中华书局1986年版，第717—718页。

② 定宜庄：《满族的妇女生活与婚姻制度研究》，北京大学出版社1999年版，第156页。

京城后本不想在贾府居住,经过母亲劝说后才勉强留下,可没过多久,"贾宅族中凡有的子侄,俱已认熟了一半,都是那些纨绔气习,莫不喜与他来往。今日会酒,明日观花,甚至聚赌嫖娼,无所不至,引诱的薛蟠比当日更坏了十倍。虽然贾政训子有方,治家有法,一则族大人多,照管不到;二则现在房长乃是贾珍,彼乃宁府长孙,又现袭职,凡族中事都是他掌管"。作为一房(族)之长,①贾珍本应克己复礼,严谨治家,为子侄作出表率。然而,不仅宁国府中常见家中子弟会酒观花、聚赌嫖娼,族长疏于管理,而且宗法社会中性质极为恶劣的内乱和蔑伦行为——"爬灰"和"聚麀"——均发生在贾珍本人身上。尊者的道德失格与行为淫乱自会上行下效,继而产生出一系列的负面连锁效应。

贾珍在秦可卿死亡后的悲痛不止,贾琏在尤二姐吞金后的抱尸大哭,本应为亲人哀悼亡者的真情流露,但两位女性的悲剧命运却又是贾珍等人违反礼教造成的结果。清中期之后,随着礼法的日渐废弛,传统的性道德与性秩序再也无法压制人性欲望、维持既有伦常,贾氏一族的颓败也由此成为必然之势。世族家庭中的种种礼仪规则也只是徒留其表,在"内乱""蔑伦"的死亡背景之下,贾府男性们的哀戚之情便显得尤为讽刺。正如平儿看到贾琏为尤二姐殓尸哀哭时所感:"又是伤心,又是好笑。"

二、丧礼与逾制

在我国古礼中,丧礼本是为了表达生者对于亲友死亡的哀戚之情,且生者的哀戚程度要和服叙,即己身与死者的亲疏关系呈正比:生者与死者的关系越是亲近,守丧期就越长,越要在居丧期间不危及性命的前提下进行自我毁伤,具体表现为容貌哀毁、哭泣无时、服饰破旧、不思饮食、不愿交谈、无暇沐浴,为人子女者不得婚嫁,并远离房事与娱乐活动等,以此展现人类自然情感与礼仪形式、"亲亲"与"慎终"原则的内在统一性,以及儒家爱有差等的社会伦理意义。

此外,在等级社会中,虽然君主、勋贵、品官与命妇的丧葬规模主要取决于死者的政治地位,但儒家制定的礼制标准只是为士人的具体适用提供了上限,从理论上而言,在不僭礼逾制的情况下,除了形貌举止和生活习惯,丧礼的规格与奢俭同样可以表现家属哀戚之情的多寡及其与死者的亲疏远近。

---

① 这里应是从"代"字辈即贾母一辈起算。第五十四回中,作者又写贾蓉为"长房长孙",属作者笔误,应为"长房玄孙"。例如,第九回中,作者介绍贾蔷"亦系宁府中之正派玄孙",可见这里"草"字辈应为曾孙辈。此处"房长"义同"族长"。

《红楼梦》的作者主要描写了秦可卿、贾敬、贾母的三场丧葬仪式,三人的死亡分别发生于贾家的盛期末尾、盛衰转折与落入衰败三个阶段。其中,秦可卿的丧礼占全书两回篇幅(第十三回和第十四回),最为隆重奢华。从报丧、讣闻、停灵,到入殓、守孝、吊唁,再到哭丧、出殡、路祭,作者对仪式中的各个程序均进行了细致的描绘。这场丧礼不仅体现了王熙凤的管理才能,而且集中展示了贾府尚处于鼎盛阶段的权势和财力。同时,为了与贾珍的淫乱蔑伦与哀戚过“度”相呼应,曹氏还通过刻画礼制规格与丧葬场景,揭露了秦氏丧仪种种违反律法与僭越礼制之处,揭示出贾家虽为诗礼之族,却背弃朱子《家礼》、依循民间风俗这一行为背后隐含的制度与文化危机。

(一) 出格的停灵场景

秦可卿一死,贾珍就请钦天监择选设奠停灵时间,三日后开丧送出讣告。而后,他又为秦氏选购棺木,看了几副杉木板都不满意,认为不够奢华。恰逢薛蟠来吊唁,薛蟠将原本忠义亲王要用的棺木推荐给贾珍。这套樯木板“帮底皆厚八寸,纹若槟榔,味若檀麝,以手扣之,声如金玉”,可保“万年不坏”,且京城“没有人买得起”。被问及价值多少,薛蟠答曰:“拿着一千两银子,只怕没处买;什么价不价,赏他们几两银子作工钱就是了。”贾珍忙道谢,命人解锯造成棺材。此时,贾珍尚未给贾蓉捐官,秦可卿仍属于庶民。贾政认为将本由勋贵享用的木料转用于为监生之妻造棺不甚合礼,于是劝说贾珍:“此物恐非常人可享,殓以上等杉木也罢了”。然而,贾珍只想将秦氏的葬礼办得风光,并不肯听从劝告。他将丧事托付给凤姐,嘱咐她别存心省钱,要好看为上。

关于棺木的材质,朱子《家礼》有“护丧命匠择木为棺,油杉为上,柏次之,土杉为下”①之说。明太祖采用朱熹《家礼》,洪武五年(1372 年)诏定“士庶人丧礼”云:“棺用坚木,油杉为上,柏次之,土杉松又次之。”②又规定“棺椁,品官棺用油杉朱漆,椁用土杉”。③ 清理学名臣李光地所著《榕村续语录》“本朝时事”亦载:“闽有油杉木,生长于地下,人偶掘地得之,以为宝。做棺木试法,六月以生肉置其中,久但干缩,不臭腐。安溪师为太老师置一副,值四五百金。”④可见,油杉木

---

① (宋)朱熹:《家礼》卷四,《文渊阁四库全书》(第 142 册),台湾商务印书馆 1986 年版,第 548 页。
② (清)张廷玉:《明史》卷六十《志第三十六·礼十四》,中华书局 1974 年版,第 1492 页。
③ (清)张廷玉:《明史》卷六十《志第三十六·礼十四》,中华书局 1974 年版,第 1485 页。
④ (清)李光地:《榕村续语录》卷十二,中华书局 1995 年版,第 715 页。

本就质地优良,价值不菲。根据朝廷定制,秦氏无论是作为民妇,还是获得恩赠的命妇,按贾政建议选用上等杉木即油杉造棺,已经是最高的丧葬规格。而贾珍恣意靡费,务求华丽,因纵欲而乱伦,为尽哀而过"度",选用的棺木明显逾越了礼制上限。

除了棺木,从秦氏的停灵、设奠和吊唁等过程,也可看出宁国府丧礼之奢侈及其对明清礼制的背离之处。"挺灵"即"停灵",民间社会"停灵"时间长短不等,例如尤二姐去世只停7天,秦可卿停灵49天为丧礼停灵的最长时间。为了追求丧礼的场面阔绰,道上灵牌、经榜、铭旌的形式美观,并彰显秦可卿的社会地位,贾珍又特意为贾蓉捐了五品龙禁尉之职,秦可卿随即成为诰命夫人。不同于传统的妻以夫贵,此处贾蓉可谓"夫凭妻贵"。

作者细致描绘了停灵期间牌位榜文的形制:

> 贾珍命贾蓉次日换了吉服,领凭回来。灵前供用执事等物,俱按五品职例;灵牌疏上,皆写"天朝诰授贾门秦氏恭人之灵位"。会芳园临街大门洞开,旋在两边起了鼓乐厅,两班青衣按时奏乐。一对对执事摆的刀斩斧齐。更有两面朱红销金大字牌位竖在门外,上面大书:"防护内廷紫禁道　御前侍卫龙禁尉。"对面高起着宣坛僧道对坛榜文。榜上大书:"世袭宁国公冢孙媳、防护内廷御前侍卫龙禁尉贾门秦氏恭人之丧。"①

明清时期,五品官之妻所获封赠称为"宜人",四品官之妻则称为"恭人"。根据《红楼梦》乾隆甲辰抄本、有正书局的戚序本和程伟元的初排本等版本所载,引文中秦可卿的称号为"宜人";但脂砚斋乾隆己卯本、庚辰本却将秦氏的称号记为"恭人"。俞平伯认为,曹雪芹最初写的就是"恭人",不过,这一错置并不是因为他不了解当时的职官制度,而是曹氏特以虚构的官职以及与之并不相称的诰命称号,来讽刺贾家的豪奢与贾珍的荒唐。② 这是作者再一次运用春秋笔法,将秦可卿获赠的封号抬高一级,以此讥讽宁府丧仪的排场已经逾越了明清官方的礼制规格。

类似的荒诞场景还出现在秦可卿停灵期间的"助哭"阶段:"凤姐款步入会芳园中登仙阁灵前,一见棺材,那眼泪恰似断线之珠,滚将下来。院中多少小厮垂

---

① （清）曹雪芹、脂砚斋:《脂砚斋重评石头记庚辰校本》,邓遂夫校订,作家出版社2006年版,第264页。
② 俞平伯:《读〈红楼梦〉随笔》,《俞平伯论红楼梦》,上海古籍出版社1998年版,第696—699页。

手侍立,伺候烧纸。凤姐吩咐一声:'供茶烧纸。'只听一棒锣鸣,诸乐齐奏,早有人请过一张大圈椅来,放在灵前,凤姐坐下,放声大哭,于是里外上下男女都接声嚎哭。贾珍、尤氏忙令人劝止,凤姐才止住了哭。"《听雨丛谈》"助哭"条载:

> 哀哭之事,中外礼仪不同。至尊亲临大臣之丧,或望衡即哭,或见灵而哭,各视其臣之眷也。哭毕,祭酒三盏,既灌复哭。每哭必有中官助声,虽列圣大事,亦有助哭之宦寺等辈。一人出于哀切,众人出于扬声,闻之自有别也。八旗丧礼,属纩、成殓、举殡,则男妇擗踊咸哭。朝晡夕三祭,亦男女咸哭。男客至,客哭则孝子亦哭,不哭则否。女客至,妇人如之。……《王阳明年谱》云,父卒,久哭暂止,有吊客至,侍者曰:"宜哭。"先生曰:"客至始哭,则客退不哭,饰情行诈也。"此侍者之言,乃今八旗所行之礼;王阳明之言,乃现今各省所行之礼节也。[1]

丧礼之哭本是亲友表达哀戚的情感自然流露,丧家何时而哭与客至与否没有必然关系,正如孔子所言,"与其哀不足而礼有余也,不若礼不足而哀有余也"。[2] 但随着礼制的发展,人们开始刻意地追求礼仪形式,哭泣的起止时间与吊客是否在场联系起来,甚至要取决于侍者的提示,渐渐地带上了表演的性质。为了制造声势、渲染气氛,并掩饰丧主的真实情态,哀哭期间还须伴有奴仆的助声。助哭者按班轮换,干嚎而无泪,无怪乎王阳明视之为饰情行诈。然而,这类虚礼却为清代八旗家庭所继承和遵从。

马兰安指出,中国的悼亡活动历来发生在某种为社会认可的礼俗仪式中,而这种礼俗仪式带有其自身的规则。例如,中国哭丧习俗要求男性和女性都要按照辈序进行哀哭。在她看来,中国的哭丧活动是一种被精心设计成不同阶段的节目表演,女性用哀恸哭号为亡者的亲戚履行礼俗上的责任。[3]

《红楼梦》第六十三回中贾敬去世,尤氏因忙于办理丧事,便将继母及其两个女儿接来看家。贾珍父子收到丧信后告假赶回,途中听说尤二姐、尤三姐来了宁府时,两人相视一笑;待到达贾敬的停尸处后,贾珍"下了马,和贾蓉放声大哭,从

---

① (清) 福格:《听雨丛谈》,中华书局 1997 年版,第 161—162 页。

② (汉) 郑玄、(唐) 孔颖达:《十三经注疏·礼记正义》卷第七,北京大学出版社 1999 年版,第 214 页。

③ [澳] 马兰安:《哀哭——明清时期女性悲情的表演》,[加] 方秀洁、[美] 魏爱莲:《跨越闺门:明清女性作家论》,北京大学出版社 2014 年版,第 49—51 页;Anne E. McLaren. *Performing Grief: Bridal Laments in Rural China*. University of Hawai'i Press, 2008, pp.84 - 85.

大门外便跪爬起来,至棺前稽颡泣血,直哭到天亮,喉咙都哭哑了方住"。两人先是喜形于色,后又痛哭不止的前后差异揭示出,这对父子对于父祖的死亡内心实则并无多少哀意,他们灵前显露的悲痛不过是一场在公开场合进行的"哀哭"表演,以应付国家、社会和家庭施加的道德压力。一顿哀嚎之后,贾蓉一回家就开始与二尤调情,面上再不见哀戚。与贾珍、贾蓉为父哭丧相比,凤姐一直与秦氏交好,她的哭泣自然多出了几分真情实感,但即便如此,其中也未必没有矫情饰诈的作秀成分,更多是为了达到丧礼场面"好看为上"的目的。

(二) 违禁的佛道法事

秦可卿丧礼中,贾珍延请的僧道数目极为可观:"单请一百单八众禅僧,在大厅上拜大悲忏,超度前亡后化诸魂,以免亡者之罪。另设一坛于天香楼上,是九十九位全真道士,打四十九日解冤洗业醮。然后挺灵在会芳园中,灵前另请五十众高僧、五十众高道,对坛按七作好事。"①大厅 108 位僧人,天香楼 99 位道士,会芳园 50 位僧和 50 位道,共 307 人。这种做法堂而皇之地背离了儒家礼法。

早在唐宋时期,随着佛道二教的盛行、融合与世俗化以及人们生死观的转变,作佛事、设道场就已经成了民间丧葬仪式中的重大支出项目。② 对此,朱熹在《家礼》中援引司马光《书仪》之言辟佛,反对丧葬之家为作佛事耗费资财,力图维护儒家正统观念:

> 世俗信浮屠诳诱,于始死及七七日、百日、期年、再期、除丧,饭僧设道场,或作水陆大会,写经造像,修建塔庙。云为此者,灭弥天罪恶,必生天堂,受种种快乐;不为者必入地狱,锉烧舂磨,受无边波吒之苦。殊不知人生含气血、知痛痒,或剪爪剃髮从而烧研之已不知苦,况于死者,形神相离,形则入于黄壤,朽腐消灭与木石等,神则飘若风火,不知何之。借使锉烧舂磨,岂复知之? ……世人亲死而祷浮屠,是不以其亲为君子,而为积恶有罪之小人也,何待其亲之不厚哉! 就使其亲实积恶有罪,岂略浮屠所能免乎? 此则中智所共知,而举世滔滔信奉之,何其易感而难晓也? 甚者至有倾家破产然后已,与其如此,曷若早卖田营墓而葬之乎?③

① （清）曹雪芹、脂砚斋:《脂砚斋重评石头记庚辰校本》,邓遂夫校订,作家出版社 2006 年版,第 261 页。
② 丁双双、魏子任:《论唐宋时期丧葬中的佛事消费习俗》,《河北学刊》2003 年第 6 期。
③ （宋）朱熹:《家礼》卷四,《文渊阁四库全书》(第 142 册),台湾商务印书馆 1986 年版,第 549—550 页。

朱熹认为,人死如同灯灭,如果人的罪责都能够通过死后贿赂浮屠而豁免,那么在世的人又何必做正人君子?他通过否定因果轮回之说,竭力维护儒家人本观念在民间社会的正统地位与影响力。时至明代,朝廷将朱子《家礼》定为官方礼典;士人在传播《家礼》的过程中,也试图发挥其禁奢防邪、移风化俗的功能,营造出一种儒礼独尊的局面;①《大明律》亦明确禁止官民丧葬违礼逾制、修斋设醮:"凡有丧之家,必须依礼安葬。若惑于风水即托故停枢在家,经年暴露不葬者,杖八十。其从尊长遗言,将尸烧化及弃置水中者,杖一百。卑幼并减二等。……其居丧之家,修斋设醮,若男女混杂、饮酒食肉者,家长杖八十。僧道同罪,还俗。"②

然而,从明代地方志来看,自成化、弘治开始,社会风气开始由俭入奢,尤其是嘉靖以后,丧家僭礼逾限、竞奢用佛的现象更是层出不穷。③ 到了清代康雍年间,登基不久的世宗唯恐八旗官员置办婚丧礼仪相互攀比,造成官民社会奢靡成风,特谕令九卿曰:"向来八旗官员于丧葬等事,每多糜费,今见朕备礼如是,恐习以成风,竞尚奢侈,而兵民等或至倾家荡产,殊非朕以礼教天下之意。《论语》云:'礼,与其奢也,宁俭;丧,与其易也,宁戚。'《礼记》云:'丧具,称家之有无。'载在典籍,灼然昭著。著九卿等:将满汉职官,按其品级,分为等次,及兵民丧葬,务从简朴,毋得僭妄。"④雍正十三年(1735年),高宗登基后发布"丧葬循礼谕",告诫富裕之家丧葬不得演剧奏乐,强调礼仪的本旨在于哀乐有节,开销应当适度,该令曰:

> 朕闻外省百姓,有生计稍裕之家,每遇丧葬之事,多务虚文,侈靡过费。其甚者至于招集亲朋邻族,开筵剧饮,谓之"闹丧"。且有于停丧处所连日演戏,而举殡之时,又复在途扮演杂剧戏具者。从来事亲之道,生事死祭,皆必以礼得为而不为与不得为而为之者,均为非孝。是知各循其分,乃能各尽其孝,初不在以奢靡相尚也。况当哀痛迫切之时,而顾聚集亲朋,饮酒演剧,相习成风,恬不知怪,非惟于礼不合,抑亦于情何忍?此甚有关于风俗人心,不

---

① 陈彩云:《朱子〈家礼〉中的禁奢思想及对后世的影响》,《孔子研究》2008年第4期;王志跃:《明代〈朱子家礼〉传播新探》,《社会科学战线》2016年第2期。
② 《大明律》,怀效锋点校,法律出版社1999年版,第96—97页。
③ 钞晓鸿:《明清人的"奢靡"观念及其演变——基于地方志的考察》,《历史研究》2002年第4期。
④ 《世宗宪皇帝实录》卷二,康熙六十一年十二月癸亥,《清实录》(第七册),中华书局1985年版,第55页。

可不严行禁止。著各省督抚等通行明切晓谕：嗣后民间遇有丧葬之事，不许仍习陋风，聚饮演戏，以及扮演杂剧等类，违者按律究处。务在实力奉行，毋得姑为宽纵。①

高宗下达谕令后的第二年，清廷即以定例的形式严禁民间丧葬作佛事、兴鼓乐："民间丧祭之事，凡有丝竹管弦延唱佛戏之处，该地方官严行禁止，违者，照违制律定罪。"②此后，颁布于乾隆五年（1740年）的《大清律例》沿袭了明律"丧葬"条的规定。③同年又将世宗上谕纂为定例："民间遇有丧葬之事，不许聚集演戏以及扮演杂剧等类。违者，按律究处。"④就在清廷反复发布谕令、制定律例禁止民间佞佛崇道、防范士人僭礼逾制的同时，士庶之家尤其是江南地区的富裕家庭办理丧葬期间延请僧道、演剧奏乐的现象却屡禁不止，即便是当地声名赫赫的诗礼之族亦不能免俗。

对此，通过梳理四川、江西、安徽、福建、江苏、浙江、贵州等省份所辖县的地方志，可以窥见乾隆年间民间丧葬沿用僧道的普遍。《巴县志·风土》载："民间率用僧道，设灵不设主。三年服满，设醮事焚之，谓之除灵，早岁士大夫家亦尝不免。"⑤金溪隶属江西抚州府，当地人家"凡丧葬，始死焚纸锭，小敛、大敛以一日行之。既敛成，服五服，人各以其服。亲友皆以楮镪、香帛来吊。自七日至七七日俱设奠，或作佛事"。⑥歙县位于安徽南部，县令张佩芳记本地风俗云："丧礼，俗尚七七，崇浮屠，非制也。鼓吹迎宾，顿忘哀戚，蔑礼甚矣。"⑦福建海澄县的居丧之家多作佛事，守礼者寥寥无几，理学之士亦不能引导习尚，反而更倾向于追随民俗。对此，县志修纂者无奈记道："后世礼制不明，信佛氏天堂地狱之说以忏悔者，是以有过待其亲也，宋儒论之详矣。今以无知小民居丧作佛事犹不足怪，若士君子读

<hr />

① 《高宗纯皇帝实录》卷六，雍正十三年十一月丁酉，《清实录》（第九册），中华书局1985年版，第260页。
② 郭成伟：《大清律例根原》（二），上海辞书出版社2012年版，第667页。
③ 《大清律例·礼律·仪制》"丧葬"载："凡（尊卑）丧之家，必须依礼（定限）安葬。若惑于风水及托故停枢在家，经年暴露不葬者，杖八十。（其弃毁死尸，又有本律。）其从尊长遗言，将尸烧化及弃弃水中者，杖一百；从卑幼，并减二等。若亡殁远方，子孙不能归葬而烧化者，听从其便。其居丧之家，修斋设醮，若男女混杂、（所重在此。）饮酒食肉者，家长杖八十；僧、道同罪，还俗。"郭成伟：《大清律例根原》（二），上海辞书出版社2012年版，第666页。
④ 马建石、杨育棠：《大清律例通考校注》，中国政法大学出版社1999年版，第569页。
⑤ （清）王尔鉴：《巴县志》卷十，乾隆二十五年刻本。
⑥ （清）程芳、郑浴修：《金溪县志》卷四，同治九年刻本。
⑦ （清）张佩芳、刘大櫆：《歙县志》卷一，乾隆二十六年刊本。

书明理不能力挽颓风,而亦以'从俗'二字借口,不远于理甚矣?"①《金山县志》描述当地儒礼废弛的状况云:"吉凶多沿俗礼,冠不备三加,丧事尚佛老,祭多以俗节,婚丧之费尤侈。士大夫间行古礼,闾里亦多慕之,然积习既久,未能悉变也。"②乾隆二十八年(1763年),浙江巡抚熊学鹏上奏高宗,认为杭州风俗应禁者有二:一为妇女在进香期间借宿僧寺,为防其淫乱,请求务必禁止;二为"丧葬延请僧众,丝竹并奏,名曰佛曲。可以夺人哀思,生其邪僻",③此举既已丧失佛教原旨,也不利于官方敦风化俗,应一并加以禁绝。高宗准奏,下旨命其整顿。

不难发现,"尚七七,崇浮屠"以及"鼓吹迎宾""丝竹并奏",各种民间盛行的丧葬风俗均出现在秦可卿的丧礼仪式上。作为士大夫之家,贾府不仅"不能力挽颓风",反倒背离朱子《家礼》,追随丧葬流俗。《红楼梦》第十四回中,作者叙及秦可卿的"五七"丧仪,写道:"这日乃五七正五日上,那应付僧正开方破狱,传灯照亡,参阎君,拘都鬼,延请地藏王,开金桥,引幢幡;那道士们正伏章申表,朝三清,叩玉帝;禅僧们行香,放焰口,拜水忏;又有十二众青年尼僧,搭绣衣,靸红鞋,在灵前默诵接引诸咒,十分热闹。"这一幕同样可见于地方的丧礼中。乾隆《清泉县志·风俗》载:"有诵经而设斋厨者,有家祭后用豕酒宴宾者。以殁之首七日数之至于七七日,皆延缁黄诵经礼忏,焚冥钱。而五七尤重,其奢者,作五日或七日道场,召亡交赦破狱诸科。又或百日而大荐,或周年而大荐,或三年焚灵而大荐,皆用僧道,殆积习使然也。"④《清稗类钞·丧葬类》"八旗丧葬"条亦载:"逢单七,辄招僧讽经,双七则否,五七有焚帛之举。"⑤尽管士人仍以朱子《家礼》为尊为正,但就清代社会的实践情况来看,民间丧葬风俗的影响似乎已经超过了官方意识形态的传播力度。

丧礼中引入僧道作法事的习俗并不局限于江南地区。《平山县志·风俗》载:"'丧具,称家之有无',故棺有用建板、杉板及杂大者。殓后三日,亲友赴吊,成礼,讣告。远近祭仪悉遵朱文公《家礼》。……期小祥、大祥,设馔致祭亦有用僧道超荐者,诗礼家恒非之。"⑥又如,介休位处山西腹地,当地丧葬程序为:"将葬前数日,遍粘讣纸;先一夕,灵案前盛陈祭品,鼓吹参灵;次晨发引,诸亲毕集,

① (清)陈锳、邓廷祚等:《海澄县志》卷十五,乾隆二十七年刊本。
② (清)常琬、焦以敬:《金山县志》卷十七,乾隆十六年刊本,民国十八年重印。
③ 《高宗纯皇帝实录》卷六八三,乾隆二十八年三月壬午,《清实录》(第十七册),中华书局1986年版,第647页。
④ (清)江恂、江昱:《清泉县志》卷二,乾隆二十八年刻本。
⑤ 徐珂:《清稗类钞》(第八册),中华书局2003年版,第3549页。
⑥ (清)张曾敏等:《屏山县志》卷一,乾隆四十三年刻本。

丧仗列衢,至数里而遥,祭筵或数十桌,远近观者如堵,名曰'闹丧'。此富贵之家奢靡相尚,虽千金不恤也。……今缙绅咸知遵守《家礼》,罕饭僧忏佛等事;而商贾好侈,尚沿旧习。"①在这些地区,《家礼》虽占据正统地位,为诗礼大夫之家所遵从,但那些少受理学观念约束的商贾家庭追求丧礼排场、延请僧道作法的现象也并不罕见,大小传统之间呈现出相互对峙、交错杂用的局面。

《红楼梦》中,贾家居于金陵(江宁府),林黛玉本贯姑苏(苏州府),后又随父迁居扬州,三地在清代均隶属江苏省。这里以康熙至道光五朝间修纂、续纂的江苏省县志为样本,②可以考察江南丧葬风俗流变及其对秦氏丧礼的影响。方志中所载各府县丧葬风俗见表3-3。

表3-3　清代江苏省各府县丧礼风俗

地点	丧　礼　风　俗	出　　处
常州	丧葬,视文公《家礼》仅十得二三耳。……若士大夫家,则方相、翣灵之具,务惟瑰丽。鼓吹、旌幢前导。孝子扶柩前,匍匐而行。亲友毕送于郊,或至于墓	康熙《常州府志》卷九
常熟	丧礼,往时吊者生刍之外非亲故不陈奠,而姻娅则设祭筵侈甚。孝子亦以多致吊客,盛列绅旒为慎终。今则丧家不胜开吊,而奠赙、束帛无复,当年之靡费独是卜求吉壤,积岁月而不葬其亲,非礼也。迤来又有服制未终,辄以从吉举殡,非礼也	康熙《常熟县志》卷九
昭文	其丧纪,虽士夫之家,必用僧道葬,信风水,恒失之	雍正《昭文县志》卷四
长洲	吴俗丧葬尤侈,竭资财,邀贵介,轩盖络绎,酒食欢闹,非是则消为不孝。清门旧族或以无力,兼有惑于风水致累世不葬者	乾隆《长洲县志》卷十一
元和	丧者,送死之大端,罔极之至痛,必诚必信,至敬至哀。今乃用鼓乐、用优人,命曰参材。是居忧之地适为听乐之所也	乾隆《元和县志》卷十
吴江	凡丧家,必多作佛事,导丧悉用音乐,习以为常,惟沈副使启一洗陋俗。今其俗益炽,有兼用道士者	乾隆《吴江县志》卷三十八
震泽	凡丧家,必多作佛事,导丧悉用音乐,习以为常,惟沈副使启一洗陋俗。今其俗益炽,有兼用道士者	乾隆《震泽县志》卷二十五

① (清)徐品山、陆元鏸:《介休县志》卷四,嘉庆二十四年刊本。
② 本书所选江苏府县志各刊本主要出自《中国地方志集成·江苏府县志辑》,江苏古籍出版社、上海书店出版社、巴蜀书社1991年版。《苏州府志》为乾隆十三年刊本,日本昌平坂学问所藏。

地点	丧　礼　风　俗	出　处
镇江	自后世墓大夫之职废,而葬之期无所画一也。于是有迟之数年或数十年不得就兆域者	乾隆《镇江府志》卷四
句容	丧事,必勉力从其厚。其文公《家礼》所载一切仪文,或阙为未备,倘所谓"与易宁戚"者呼?唯是荐绅、士夫之家,惑于堪舆之说,以致因循久淹者颇有之,亦未有议其非者	乾隆《句容县志》卷一
江都	丧祭,士大夫家采用考亭《家礼》,惟大小殓制迥殊,每七日多作佛事,以资冥福,即守礼者,亦未能不踾俗也。朝祖之夕,亲友环集,共庭具酒食、鼓乐,名曰伴夜。送丧以致客多者为盛。卜地则富家多权厝惑山水之说,必待吉壤而后葬	乾隆《江都县志》卷十
苏州	吉凶仪典概多弥文。……举丧则先致吊者练帛,皆靡习也	乾隆《苏州府志》卷二
江宁	旧时吾乡凡有婚丧自宗勋、缙绅、外人家,虽富厚,无有用鼓吹与教坊大乐者。近日则不论贵贱,一概混用,浸淫之久,体统荡然	嘉庆《江宁府志》卷十一
溧阳	然好胜喜讼,丧葬惑于堪舆家说,有喜赛会、演剧、斋醮、淫祠,以理喻之,亦稍稍衰息	嘉庆《溧阳县志》卷一
扬州	丧礼以厚葬为美,中人之家亦必以二三十金治棺木。其居丧也,具酒肴,待宾客,惑堪舆之术,今日视昔尤甚。(隆庆《高邮志》)士大夫家用司马及考亭《家礼》,惟大小敛制迥殊。亡之日,孝子送饭土神祠;次日起解;城隍每七作佛事,破狱救亲,皆背礼拂经之甚者也。近日扬城治丧,灵前笙宝丝竹之音胜于哭泣。朝祖之夕演剧、开筵、声伎杂遝,名曰伴夜。(《雍正志》)丧礼,昔务夸侈,至停柩十余年始得归窆,且多鬻田宅以供丧,今绝无是事。但富家竞鼓吹、盛宾筵,甚至用戏,殊可笑也。(万历《宝应志》)初丧闻讣,亲知往唁,馈纸钱,其至戚则重以馈遗,群聚主家,名曰伴夜。三朝治筵,焚刍马,哭奠为钱。逢七延浮屠诵经,受吊至葬亦如之。发引时,鼓乐、僧道、铭旌、魂亭、旗幡、方相前引,亲知路祭,有至墓所祭者(《东台志稿》)	嘉庆重修《扬州府志》卷六十
昆山、新阳	丧家闻吊,遍请邑客主丧,谓之陪宾。每日张筵犒赐烦费甚多。至吊客所具仪物,丧家概谢不授,故率赁之肆中,或用空柬以至。无行贫生借吊丧希赠赀,俗称丧鬼,皆丧礼之大坏	道光《昆新两县志》卷一
仪征	婚丧宴会竞以华缛相高,间或歌舞、燕游,靡务精业骎骎乎,奢逸矣	道光重修《仪征县志》卷三
泰州	逢七多作佛事。……发引时僧道、鼓乐、旗幡前引。亲知设路祭	道光《泰州志》卷五

　　通过比较江苏省各府县的丧礼习俗,可以看出,这些地区的丧礼呈现出一些共同的特点与流变趋势:一是吴地浸淫释老日久,受宗教文化影响深远,在财力允许的情况下,几乎各个地区的家庭理丧均延请僧道,修斋设醮。正如《江南通志》记苏州府风俗所云:"因士类显明于历代而人尚文,因僧徒倡法于群山而人尚佛。"①二是除了个别地区的士大夫之家外,朱子《家礼》的影响越来越小,甚至被弃而不用;且这些守礼之家也受到了流俗影响,在丧仪中混用僧道作法事,生死观渐渐发生变化。三是许多人家丧仪追求奢华热闹,停灵期间饮酒、鼓乐或演剧不止,花费甚巨。四是一些家庭迷信风水之说,非吉壤便不下葬,停灵时间远超定限。② 与此同时,这些地区的丧葬风俗又相互浸染,共同组成了吴地文化的"奢靡"面向。

　　对于这些违礼犯法的丧葬习俗,当地行政官员并非没有察觉。乾隆十三年(1748年),江苏巡抚觉罗雅尔哈善向高宗奏报地方事宜时说道:"江省俗尚浮夸,庶民婚嫁丧葬,礼多僭越。治丧设席演戏,忘亲灭礼,江、苏、扬三郡尤甚。"③此时,距离国朝定鼎已有百余年,由于长期处于承平之世,江南社会尤其是吴中地区的骄奢淫逸之风已经根深蒂固,丧葬礼仪的靡费习尚不仅难以礼法压制和禁绝,而且出现了愈演愈烈的趋势。奏中的"江、苏、扬三郡",恰是四大家族与林家的籍贯和居住地。按照康熙五十四年(1715年)"乙未说"起算,这时的曹雪芹大约刚过而立之年。

　　由此不难推测,曹氏笔下秦氏充斥着鼓乐和法事奢华的丧仪,正是江南地区富贵之家丧葬风貌在小说中的真实反映。贾家虽然自诩诗礼簪缨之族,但在地方风土的浸染下日益颓靡,不仅未遵守朱子《家礼》,以礼敦风化俗,反而"竭资财,邀贵介,轩盖络绎,酒食欢闹","每七作佛事,破狱救亲",又在"伴宿之夕"④演剧、开筵,一味追从于民间丧葬习惯。

　　宁国府这场声势浩大的丧葬仪式,奢华靡费是其表象,逾制犯律是其结果,种种僭越行为背后的深层原因,在于自清中期开始,传统礼法对于人性欲望和社

---

① (清)赵弘恩等:《江南通志》卷十九,《文渊阁四库全书》(第507册),台湾商务印书馆1986年版,第601页。

② 胡中生:《礼法与俗尚:清代徽州女性葬礼再探》,《安徽史学》2016年第4期。

③ 《高宗纯皇帝实录》卷三三一,乾隆十三年十二月己酉,《清实录》(第十三册),中华书局1986年版,第532页。

④ 《听雨丛谈》载:"京师有丧之家,殡期前一夕举家不寐,谓之伴宿,俗称坐夜,即古人终夜燎之礼也。"(清)福格:《听雨丛谈》,中华书局1997年版,第234页。

会结构的控制力日渐衰落。清廷不断推行礼书、发布谕令、制定律例,以规范地方社会的丧葬流俗。但百十来下的杖刑惩戒并未对民众造成实质压力,民间社会的礼仪风尚反而自下而上地影响着士人家庭的丧葬程式。

在大小传统的对峙、互动中,贾府一系士大夫之家一边以守礼为名,继续使用着朱子《家礼》;一边又延请僧道、修斋设醮,为死者超度亡魂、解冤洗业。整个丧葬过程呈现出一种世俗与宗教观念交织、儒礼与左道仪式综错的混杂局面。与此同时,在士人追求礼制形式和追随民间流俗的过程中,丧礼也逐渐失去了原本的尽哀目的,转而成为人们纵欲作乐的依托与炫财攀比的工具。

从一定意义上而言,与其说秦氏的丧葬仪式是贾珍为乱情纵欲主导的一场闹剧,不如说这是帝制社会末期世族家庭空有守礼之名,"只会讲外面假礼、假体面",而生活习惯却与礼法制度日益背离的自然结果。曹雪芹开篇所作的判语"造衅开端实在宁"以及"箕裘颓堕皆从敬,家事消亡首罪宁",可谓在"哀其不幸、怒其不争"中道出了这一世家大族败落的内在根源。

第三节　真俗世界内外空间的失序

一、铁槛难"拦"

(一)"铁槛"的来历与功能

《红楼梦》中,贾瑞、秦可卿、贾敬以及尤二姐从亡故后到发引前寄放灵枢的地点均为铁槛寺。第十二回中,贾瑞死后,"三日起经,七日发引,寄灵于铁槛寺,日后带回原籍"。第十四回中,贾珍在秦氏发引日前,"亲自坐车,带了阴阳生,往铁槛寺来踏看寄灵之所,又一一嘱咐住持色空,好生预备新鲜陈设,多请名僧,以备接灵使用"。在第六十三回,尤氏将贾敬的尸身"装裹好了,用软轿抬至铁槛寺来停放"。说起铁槛寺的来历,作者讲述道:

> 原来这铁槛寺是宁、荣二公当日修造,现今还是有香火地亩布施,以备京中老了人口,在此便宜寄放。其中阴阳两宅,俱已预备妥贴,好为送灵人口寄居。不想如今后辈人口繁盛,其中贫富不一,或性情参商;有那家业艰

难安分的，便住在这里了；有那尚排场有钱势的，只说这里不方便，一定另外或村庄或尼庵寻个下处，为事毕宴退之所。即今秦氏之丧，族中诸人皆权在铁槛寺下榻，独有凤姐嫌不方便，因而早遣人来和馒头庵的姑子静虚说了，腾出两间房子来作下处。原来这馒头庵就是水月寺，因他庙里做的馒头好，就起了这个浑号，离铁槛寺不远。①

铁槛寺对于贾氏族人具有重要意义，除了岁时祭祀，这间家庙还发挥着安置族中贫弱孤老、为棺柩提供暂寄和转运地点的救济功能。据学者研究，明清时期，佛寺寄灵现象非常普遍。一种是亡者因无人收葬、无地以葬而寄灵佛寺，避免尸骸暴露；二是士人在游宦期间身故外地，在扶棺归葬以前，其灵柩便被暂放于寺庙；又或是一些人家笃信风水之说，要等待吉壤安葬死者，亲人便把他们的尸棺寄存在庙宇。② 例如，《刑案汇览》中载有"山西司法审办西城奏送僧安喜等私起厝棺一案"，该司奏曰："地藏寺本系山西临汾等五县客民公置义地，浮埋旅槥。后因地窄，众议起旧葬新相沿已久，并查明寺内有乾隆六年碑记载明暂寄灵柩有力者起去，无力者三年焚化，供证确凿。"③足见当地义冢之紧俏、寄灵现象之普遍。这些寺庙类似于清代的善堂、义庄等慈善设施，为同乡或同族之人提供养生送死服务，带有着社会公益性质。④

第六十三回中，作者借宝玉和邢岫烟的对话揭示出"铁槛寺"及其附近"馒头庵"名字的内涵。当宝玉问及邢岫烟该如何给妙玉回帖时，岫烟为宝玉讲述起了妙玉的为人：

> "他这脾气竟不能改，竟是生成这等放诞诡僻了。从来没见拜帖上下别号的，这可是俗语说的'僧不僧，俗不俗，女不女，男不男'，成个什么理数。"……"他常说古人中，自汉晋五代唐宋以来，皆无好诗，只有两句好，说道：'纵有千年铁门槛，终须一个土馒头。'所以他自称'槛外之人'。……如今他自称'槛外之人'，是自谓蹈于铁槛之外了，故你如今只下'槛内人'，便合了他的心了。"宝玉听了，如醍醐灌顶，"嗳哟"了一

① （清）曹雪芹、脂砚斋：《脂砚斋重评石头记庚辰校本》，邓遂夫校订，作家出版社2006年版，第293页。
② 高强：《佛寺寄灵现象初探》，《齐鲁学刊》2016年第1期。
③ （清）祝庆祺等：《刑案汇览三编》（二），北京古籍出版社2004年版，第758页。
④ 张小坡：《清代江南与徽州之间的运棺网络及其协作机制——以善堂为中心》，《清华大学学报（哲学社会科学版）》2018年第5期。

声,方笑道:"怪道我们家庙说是'铁槛寺'呢,原来有这一说。"

由于"铁门限""土馒头"本就出自诗僧之手,隐含着方外人士摆脱世俗、看破生死的宗教义旨。① 因此,妙玉引范成大诗句,用门槛将人作"内""外"之分,并自称"槛外人",也不外乎是在以物理空间代指心理场域,表明自己好洁成癖的清高人格、看空世事的超脱境界以及安守一方净土的人生追求。关于铁槛寺、馒头庵(水月庵)的名字来源与象征意义,学者的考证和分析已颇为详尽,对诗句中"门槛"(门限)引申义的解释一般有两种:一为比喻生死界限,二为比喻世俗富贵。② 综上可知,贾府家庙取名铁槛的本意应有两种:一是将门槛视为贾氏族人由生到死的中间过渡地带,用以寄放灵柩,并借僧道"超度前亡后化诸魂,以免亡者之罪";二是希望铁槛将人性欲望拦截于寺门之外,使得佛家地界独立于世俗社会,远离是非,保持清净。理想中的铁槛寺融合了儒家仁义思想中的"均平"观与佛教业报逻辑下的"行善"观,③是汇集儒家义理与佛教教义的复合式物理空间,兼有世俗之实用性和宗教的神圣性。

然而,《红楼梦》中,无论是铁槛寺、馒头庵,还是玉皇庙、地藏庵、清虚观、牟尼院等贾府其他十多座类似性质的家庙,均非化外乐土,也不是什么绝对清净之地,世俗社会的违法和淫乱现象相继发生在寺院之内。例如第十五回回目所示,秦可卿出殡期间,先有"王凤姐弄权铁槛寺",净虚老尼收受了张财主家的钱财,以激将法将张家与长安守备家的官司托付给了凤姐,凤姐直言不信"阴司地狱报应",最终促成两家退婚,并间接导致张家女儿与守备家公子双双自尽,后有"秦鲸卿得趣馒头庵",秦可卿刚刚发引,秦钟就与小尼智能儿暗中私会。

作者描述两人在寺庙中和奸犯戒的情形,说道:

> 谁想秦钟趁黑晚无人,来寻智能儿。刚到后头房里,只见智能儿独在那儿洗茶碗,秦钟便搂着亲嘴。智能儿急的跺脚说:"这是做什么。"就要叫唤。

---

① 寺庵名称出自唐代诗僧王梵志的两首诗,其一:"世无百年人,强作千年调;打铁作门限,鬼见拍手笑。"其二:"城外土馒头,馅食(一作'草')在城里;一人吃一个,莫嫌没滋味。"宋代诗人范成大在王诗基础上作《重九日行营寿藏之地》,"纵有千年铁门槛,终须一个土馒头"即出自该诗。原句"门槛"作"门限",意为铁铸的门槛也挡不住门里的人走向坟墓,坟墓才是人生的最终必然归宿。此外,关于"水月庵"的命名,可能是曹雪芹 取"坎"卦"为水""为月"的易象而得。国光红:《〈红楼梦〉中的易卦、易象隐喻》,《周易研究》2010 年第 4 期。

② 王以兴:《铁槛寺与馒头庵的文本意义补说》,《红楼梦学刊》2013 年第 6 辑。

③ 张自慧:《真相与启示:先秦儒家"均平"思想探微》,《孔子研究》2014 年第 4 期。

秦钟道:"好妹妹,我要急死了。你今儿再不依我,我就死在这里。"智能儿道:"你要怎么样? 除非我出了这牢坑,离了这些人,才好呢。"秦钟道:"这也容易,只是'远水解不得近渴'。"说着,一口吹了灯,满屋里漆黑,将智能儿抱到炕上。

待秦钟要离开寺庙时,作者叙述道:"那秦钟与智能儿两个,百般的不忍分离,背地里设了多少幽期密约,只得含恨而别,俱不用细述。"秦钟虽处在居丧期间,但对其姐的亡故并无多少哀戚之情,反而不加节制地宣淫纵欲。由此看来,净虚老尼非"净"非"虚",智能儿也无"智"无"能",曹氏的命名极具反讽效果。佛庙的门槛既未隔离世事纷扰,也未禁绝人性欲望,伴随着贾瑞、秦可卿、尤二姐等犯奸罪者的尸身由槛外进入寺内,贾府的种种乱象也一直由尘世空间延伸到了宗教辖地。不过,这些乱象并非《红楼梦》作者凭空杜撰,而是他借助小说作品对清代僧道政策及其实施状况的侧面反映。

(二) 僧道犯奸的特殊惩戒

《大明律·刑律·犯奸》对僧尼、道冠(官)犯奸之罪以专条的形式加以规制。"居丧及僧道犯奸"条曰:"若僧、尼、道士、女冠犯奸者,各加凡奸罪二等。"[①]《大清律例》承袭明律规定,馆员按:"若僧、尼、道士、女冠,既遵释、道之教,而不守淫戒,是违教之甚。故加凡人奸罪二等。"[②]

此外,乾隆二十六年(1761 年)所定例文又载:"僧道、尼僧、女冠有犯和奸者,于本寺、观、庵门首,枷号两个月,杖一百。其僧道奸有夫之妇及刁奸者,照律加二等,分别杖、徒治罪,仍于本寺、观、庵门首,各加枷号两个月。"按曰:"此条系乾隆二十五年十一月内,刑部议覆山东按察使沈廷芳条奏定例,应纂辑,以便遵行。"[③]

《刑案汇览》中载有沈廷芳于乾隆二十五年(1760 年)所陈该例条奏:

> 又例载:僧道及尼僧女冠犯奸者,依律问罪,各于寺观庵院门首枷号一个月发落各等语。诚以此辈业已身入空门,不修五品之伦,当绝七情之欲,岂容复以男女淫邪之事破法戒而乱清规? 故别立科条,较凡人为加重意甚

① 《大明律》,怀效锋点校,法律出版社 1999 年版,第 199 页。
② 郭成伟:《大清律例根原》(四),上海辞书出版社 2012 年版,第 1604 页。
③ 郭成伟:《大清律例根原》(四),上海辞书出版社 2012 年版,第 1605 页。

深也。第迩来定例，军民相奸，业已改为满杖枷号，而僧道犯奸之条，仍循其旧，未之增易，是仍与凡人无所区别，殊与加等之律意未符，应请嗣后如遇僧道及尼僧女冠犯奸之案，应照军民相奸枷号一个月，杖一百例，再加枷号一个月，发落等语。①

据雍正三年（1725年）该罪原例规定，"僧、道不分有无度牒，及尼僧、女冠犯奸者，依律问罪；各于本寺、观、庵院门首，枷号一个月发落"。② 由于雍正年间度牒给发制度基本失效，因此，按照原定例，司法者不必以度牒作为界定僧尼和道冠身份的依据，而以其实际的生活状态以及实施的行为作为入罪和量刑的标准。此后，自乾隆元年（1736年）开始到彻底废止度牒制度的三十余年间，牒照至少在名义上仍是僧道的身份证明，故乾隆二十六年（1761年）定例特将"不分有无度牒"等语删除。与此同时，沈廷芳认为，僧道相比于军人、庶民，身份具有特殊性。佛门中人除了受世俗律法约束外，还要受宗教戒律规制，理应"通晓经义，恪守清规"，③禁绝欲望。因此，僧道相奸的量刑不仅要重于凡人相奸，还要与军民相奸有所区别，以示差等；应在枷号一个月的基础上再加1个月，通过加重耻辱刑，达到以儆效尤的惩戒和规训目的。

值得注意的是，清代统治者选择寺、观、庵院门首作为公开行刑的地点，似乎还揭示出他们观念中所隐含的一种深层的区隔意识：这些院门既是划分世俗社会和宗教领地的物理结构，也是将包括奸淫在内的罪恶隔绝于佛家净土之外的空间标识。犯奸罪的僧道在这些地点被执行枷号，除了接受世俗权力的身体规训以外，还多出一层戒除淫欲的宗教悔罪意味。

圣严法师提出，诸佛所制比丘、比丘尼戒中，均包括行淫、偷盗、杀人、大妄语四条根本大戒，即四条波罗夷戒。据《僧祇律》的记载，佛陀为比丘们制第一条戒，便是淫戒："世尊于毗舍离城，成佛五年，冬分第五半月，十二日后，食后，东向坐一人半影，为长老耶奢伽兰陀子制。"④当然，在比丘及比丘尼戒的六等罪名中，波罗夷罪属重罪，只有犯法而无悔法。即便是初次犯根本淫戒，立即发露，向僧团立即自首自白而痛切反悔的人，在向二十人僧中求悔之后，也只能成为与学

---

① （清）祝庆祺等：《刑案汇览三编》（三），北京古籍出版社2004年版，第2008页。
② 郭成伟：《大清律例根原》（四），上海辞书出版社2012年版，第1604页。
③ 皇太极天聪六年（1632年）所定度牒发放标准。（清）昆冈：《钦定大清会典事例》卷五百一《礼部·方伎·僧道》，光绪二十五年重修本。
④ 圣严法师：《戒律学纲要》，宗教文化出版社2006年版，第182页。

比丘,终身失去一切僧权,不得参加任何羯磨法,在一切清净比丘之下,为大众比丘承事服役作苦行。[1] 从这一角度来看,由于僧尼受世俗法律与佛教戒律的双重约束,犯奸者于佛门前枷号示众,可以被视为一种世俗政权对僧团内部惩戒权的补充、替代或延续。[2]

《啸亭杂录》记有乾隆中后期僧侣、权贵、官宦及庶民于寺庙内纵欲淫乱之事。"法和尚"条载:"乾隆中,有法和尚者,居城东某寺,势甚薰赫。所结交皆王公贵客,于寺中设赌局,诱富室子弟聚博,又私蓄诸女伎日夜淫纵,其富逾王侯,人莫敢撄。果毅公阿里衮恶其坏法,乃令番役阴夜逾垣擒之,尽获其不法诸状。""西山活佛"条又载:"乾隆乙巳(1785 年)、丙午(1786 年)间,有顺义民妇张李氏,善医术,兼工符箓祈祷之事,病者服其药辄瘥。又有宦家妇女为之延誉,争建西山三教庵、西峰寺与之居,虔为供奉,号为'西山老佛'。后烧香者既众,男妇杂沓,颇有桑间、濮上之疑,为有司所惩治,将张李氏伏法,其风始熄云。"[3]可见,乾隆执政中期之后,度牒给发制度名存实亡,僧道犯奸等乱象并未减少,君主和士大夫只得通过延长闰刑刑期,借枷号这类公开仪式促使犯奸僧道知耻敛迹,同时警戒来者。

《刑案汇览》和《刑部比照加减成案》中所载几例僧道犯奸案件均发生在嘉庆、道光年间,且多在原本量刑基础上被判处枷号示众两个月,并被勒令还俗,见表 3-4。

表 3-4 僧道犯奸案件(嘉庆——道光)

序号	时 间	地区	案 情	量 刑	枷号地点
1	嘉庆十八年(1813 年)	京畿	僧人悟量与有夫之妇张氏通奸,奸情被其夫发现后张氏自尽	满徒加等杖一百,流二千五百里外,枷号两个月	庙门首
2		浙江	外结徒犯僧大义先与凤金通奸,后商令凤金剃发同逃	照和诱拟军例减一等,拟满徒,仍照本法枷号两个月	门首

---

[1] 圣严法师:《戒律学纲要》,宗教文化出版社 2006 年版,第 224 页。
[2] 除了四波罗夷中的"淫戒"外,比丘尼的八波罗夷罪中淫戒具有重要的地位,还有摩触罪也是对男女之间奸淫的犯罪预防。参见陈晓聪:《中国古代佛教法初探》,华东政法大学博士学位论文,2011 年。
[3] (清)昭梿:《啸亭杂录》卷八,中华书局 1997 年版,第 234 页。

续 表

序号	时 间	地区	案 情	量 刑	枷号地点
3	嘉庆二十一年(1816年)	江苏	僧人旭亮与人母女通奸,致酿人命,一死一抵	比照"本夫登时捉奸、误杀旁人、脱逃之奸夫例",满徒	无
4	嘉庆二十三年(1818年)	浙江	僧源澄因胡徐氏至庵为伊夫拜经追荐,向其调戏成奸	照"和奸有夫者杖九十律"上加二等,杖六十,徒一年,枷号两个月	庵门首
5		山东	外结徒犯内僧人大朝因王家相之妾韩氏在逃,领至庙内奸宿	依"僧人于各寺观庙刁奸妇女而又诓财物拟军例"上量减一等,满徒	无
6	嘉庆二十五年(1820年)	江苏	道士李九贤与张傅氏通奸	依"和奸有夫者杖九十律"上加二等,杖六十,徒一年,枷号两个月	寺观门首
7		奉天	僧人增亮被僧人戒宽并吕玉山先后鸡奸,因将戒宽殴伤,听从吕玉山改扮女装私逃,复听嘱如被控到官,即捏称于十二岁时被戒宽鸡奸,图减罪名	将增亮依"左道惑众绞罪"上,量减一等,满流,仍尽本法枷号两个月,勒令还俗	门首
8		奉天	道士孙幅金吓逼屈张氏成奸,复殴吓本夫屈开林允许通奸	照棍徒扰害例拟军,加枷号两个月	门首
9		江苏	僧广伏与胡王氏通奸,潜往续旧,撞遇亦与该氏有旧之胡有凤,彼此争奸。广伏将胡有凤砍伤肇衅。胡王氏因奸败露,羞愧自尽	将广伏比照"和奸之案奸妇因奸败露羞忿自尽、奸夫满徒例",仍照僧道犯奸加二等,杖一百,流二千五百里,枷号两个月,还俗发配	庙门首

序号	时　间	地区	案　情	量　刑	枷号地点
10	道光四年 （1824 年）	奉天	僧人幅山违例收徒，并将年甫十岁之幼徒何招儿哄诱鸡奸	依"强奸十二岁以下幼童、照奸幼女虽和同强绞监候律"上，量减一等，杖一百，流三千里，仍尽僧道犯奸本法，枷号两个月	寺门首
11	道光七年 （1827 年）	安徽	尼姑与僧受泳通奸	还俗，杖决，枷号收赎	无
12	道光十四年 （1834 年）	贵州	僧人源和因与吴刘氏在房续奸，被氏媳吴丁氏进房撞见，吴刘氏虑被张扬，起意逼勒吴丁氏与该犯行奸，该犯听从，将吴丁氏奸污	本部查强奸之罪，律无首从之分，故一人强捉，一人奸之，行奸之人不问是否起意，均应拟绞，驳令改依"强奸者绞监候律"拟绞监候	无

通览各案后可以发现，首先，僧道犯奸案多发生在奉天和江浙地区，两地分别为曹雪芹先祖入关前世居地与入关后的主要任职地和生活地。[①] 由此推测，曹氏所写女尼犯奸、涉诉以及带发修行等现象并非纯粹虚构，而可能是他幼时亲眼所见或由长辈转述得知。其次，僧道犯奸无论照何例定罪，大多案件均未免除枷号两个月的耻辱刑。直到道光七年（1827 年），安徽巡抚奏报"僧合志等共殴饶灶顺身死"一案，刑部说帖对枷号的执行方式做出了调整：

　　安徽司查：妇女犯奸杖决枷赎，例有明文。至僧道尼僧犯奸枷杖，例内并未载明尼僧应准赎枷。惟查尼僧亦系妇女，且一经犯奸，即应还俗，实与寻常妇女无异。例不言尼僧枷赎，亦犹军民相奸，奸夫奸妇枷杖例内不言奸妇枷赎，以名例既有明文，不必逐条分载故也。今安抚题僧合志等共殴饶灶顺身死案内，尼僧有尼姑与僧受泳通奸，该省将有尼姑杖决枷赎，系属照例

---

① 黄一农：《二重奏：红学与清史的对话》，中华书局 2015 年版，第 28—58 页。

办理,似可照覆。惟检查各司办过成案,间有未能画一者,应传知各司存记,以免歧误。①

根据以往成案,对于尼姑犯奸枷杖刑是否可以收赎? 不同地区的执行情况各异,该说帖所拟意见也未见得能够实行于全国,但刑部司员"一经犯奸,即应还俗,实与寻常妇女无异"的论断及其背后所透露出的法律观念,仍在一定程度上说明,相比于乾嘉时期,道光朝对僧道的管理更加宽松了。或者说,由于这类犯罪发生的频率越来越高,统治者和司法官员更倾向于选择低成本的惩罚措施和执行方式。枷号由耻辱刑转变为财产刑,意味着它所要发挥的明刑弼教、道德训诫的社会功能发生了弱化。与之相应,寺、观、庵门首等行刑地点原本将淫恶等罪行拦截于宗教净土之外的象征意义也逐渐消亡。

福柯论刑罚执行方式说道:

> 惩罚逐渐不再是一种公开表演。而且,依然存留的每一种戏剧因素都逐渐减弱了,仿佛刑罚仪式的各种功能都逐渐不被人理解了,仿佛这种"结束罪恶"的仪式被人们视为某种不受欢迎的方式,被人们怀疑是与罪恶相连的方式。在人们看来,这种惩罚方式,其野蛮程度不亚于,甚至超过犯罪本身,它使观众习惯于本来想让他们厌恶的暴行。它经常地向他们展示犯罪,使刽子手变得像罪犯,使法官变得像谋杀犯,从而在最后一刻调换了各种角色,使受刑的罪犯变成怜悯或赞颂的对象。……定罪本身就给犯罪者打上了明确的否定记号。公众注意力转向审讯和判决。执行判决就像是司法羞于加予被判刑者的一个补充的羞辱。②

由此可解释为何《红楼梦》中智能儿与秦钟的犯淫纵欲不仅未被读者谴责,反而被一些人视为追求自由爱情的例证;而较为陈旧史观的指引下的"封建礼教"则似乎变得毫无可取之处。

此外,晚清笔记、小说中,还接二连三地出现了一批批纵欲行淫、犯戒乱法的僧尼形象:《萤窗异草》中的"固安尼"打通了观音庵到附近法祥寺的暗道,为寺

---

① (清)祝庆祺等:《刑案汇览三编》(三),北京古籍出版社 2004 年版,第 2007 页。
② [法]米歇尔·福柯:《规训与惩罚:监狱的诞生》,刘北成、杨远婴译,生活·读书·新知三联书店 2012 年版,第 9—10 页。

僧到庵中私会女尼大开"方便门",又率领女弟子夜行到寺中与僧人淫乐;朱翊清《埋忧集》中的"昭庆僧"先与有夫之妇通奸,后潜入奸妇家中杀人,结果误将奸妇杀死;许奉恩《里乘》"活佛"故事中,兰若寺众僧与妇女淫乱,并囚禁了目睹其罪状的书生,欲将书生祭天;吴炽昌《客窗闲话》中,"奸僧"们将一佞佛的妇人诱拐到寺庙内多次轮奸,妇人被救后仍然羞愤自尽。

在一定程度上,这些小说情节均是对当时社会中僧团鱼龙混杂、僧尼作奸犯科等各种乱象的折射。清代中后期,庙宇、道观等方外之地"纵有千年铁门槛",依然无法阻挡人性欲望的泛滥与空间秩序的失调,礼法秩序崩坏带来的种种恶果一路由世俗社会延伸到了宗教地界。就如同《红楼梦》中,妙玉虽想一直作"槛外人",但最终还是难逃被盗贼闯入栊翠庵掳走,陷入尘世淖泥的悲剧命运。

二、大观未"关"

米克·巴尔(Mieke Bal)指出,将场所加以分类是洞悉成分间关系的一种方式,其中,场所的内部与外部之间的对照通常相互关联,内部可以带有防护、外部则带有危险的意思;同样可能的是,内部表示严密的限制,外部表示自由,或者是我们所看到的这些意义的结合,或是从其中一种到另一种的拓展。[1]

《红楼梦》中的大观园即为一个与外在世界区隔开来的内部空间。外部政治社会是由男性主导的、污浊的、开放的且危险的;而理想中的大观园则是由女性主宰的、洁净的、私密的且安全的。对于居住于其中的未婚或守寡女性来说,这座园林固然限制了她们的活动范围与行动自由,但同时也为她们的身心提供了有效的保障。

宋淇在《论大观园》中谈道,大观园是一个把女儿们和外面世界隔绝的园子,希望女儿们在里面,过无忧无虑的逍遥日子,以免染上男子的腥臊气味;在前八十回中,只有贾芸、胡太医等因特殊情况进入过园中,且他们的行动范围多限于宝玉的怡红院,未曾涉足各金钗的居所,其余如贾政、贾琏等男性在众钗入住后再没有进过大观园。[2] 大观园园门以及位于园门不远的怡红院,似乎对贾宝玉之外的所有男性构成了一道"男子勿入"的无形禁令。夏志清先生也认为:"大观园可以看作是为这些惶恐不安的青少年设计的天堂,以消除他们对即将到来的

---

① ［荷］米克·巴尔:《叙述学:叙事理论导论》(第三版),谭君强译,中国社会科学出版社 2015 年版,第 221 页。
② 宋淇:《论大观园》,《〈红楼梦〉识要——宋淇红学论集》,中国书店 2000 年版,第 18—22 页。

成年所感到的悲哀。妙龄女郎在这里保持着处女的贞洁纯朴,享受着田园诗般的恬淡宁静,相互间的交往充满了诗意和温馨。"①张世君同样指出,"贾府和大观园建筑与外面的大世界相对隔离,门的描写反映了园林的封闭性。贾府大门一般是不开的,即使开,对外也是戒备森严"。②

然而,就是这样一所带有理想主义色彩的封闭式女儿乐园,在贾府败落之后,却被一伙盗贼轻易闯入,妙玉也被劫掠而走。作者虽未说明妙玉的最终去向,但"可怜金玉质,终陷淖泥中"的判词与"好一似无瑕白玉遭泥陷"的曲词已经预示她不是被奸淫,就是被转卖,或两者兼而有之。实际上,作为一所内置于贾府的私家园林,大观园并非脱离尘世的人间仙境,而是与贾家内外一体、盛衰同步的组织结构;妙玉被劫当晚也并非外来男性首次潜入园中,而是在惜春的丫鬟司棋与其表哥潘又安私会之时,这座女儿世界已经被男性沾染,未获礼法认可的男女桑濮之会随之发生于其中。

(一) 门界的松动

第七十二回中,鸳鸯打算在园中湘山石后小解,意外发现了司棋与一个小厮幽会,司棋告诉鸳鸯,男子是她的姑舅哥哥,鸳鸯答应为其保密。原来,司棋与潘又安自小青梅竹马,但怕双方父母不允婚,便私订终身。潘又安买通了园内看门的老婆子们,约司棋在园中私会。第七十三回中,作者叙述绣春囊的发现过程写道:

> (傻大姐)无事时便入园内来玩耍,正往山石背后掏促织去,忽见一个五彩绣香囊,上面绣的并非花鸟等物,一面却是两个人赤条条的相抱,一面是几个字。这痴丫头原不认得是春意儿,心下打谅:"敢是两个妖精打架? 不就是两个人打架呢?"左右猜解不来,正要拿去与贾母看呢,所以笑嘻嘻走回。忽见邢夫人如此说,便笑道:"太太真个说的巧,真是个爱巴物儿。太太瞧一瞧。"说着,便送过去。邢夫人接来一看,吓得连忙死紧攥住,忙问:"你是那里得的?"傻大姐道:"我掏促织儿,在山子石后头拣的。"邢夫人道:"快别告诉人,这不是好东西。连你也要打死呢。因你素日是个傻丫头,已后再别提了。"

① [美] 夏志清:《中国古典小说史论》,胡益民等译,江西人民出版社 2003 年版,第 290—291 页。
② 张世君:《红楼门的叙事视角》,《红楼梦学刊》2000 年第 1 辑。

绣春囊的发现引起了府内主妇们的惊慌,邢夫人托人将香囊交给王夫人,王夫人又严厉责问王熙凤,几人商议暗查此事。随后,王夫人听从邢夫人陪房王善保家的建议,决定连夜抄检大观园各处居所。第七十四回中,王熙凤带着平儿、周瑞家的、王善保家的抄至迎春房后,在司棋的箱子中发现了男子的棉袜、缎鞋、同心如意和一个字帖儿。帖子上写道:

> 上月你来家后,父母已觉察了。但姑娘未出阁,尚不能完你我心愿。若园内可以相见,你可托张妈给一信。若得在园内一见,倒比来家好说话。千万千万! 再所赐香珠二串,今已查收。外特寄香袋一个,略表我心。千万收好。

一众人终于确定绣春囊为司棋所有,并将其赶出府中。第九十二回中,司棋因母亲坚决不同意她与潘又安的婚事,撞头自尽而亡,潘又安随后殉情。

《大清律例》最初沿袭明律,规定同辈姑舅、两姨兄弟姐妹为缌麻服,属于近亲,不得结婚。"尊卑为婚"律文载:"若娶己之姑舅两姨姊妹者,(虽无尊卑之分,尚有缌麻之服。)杖八十。并离异。(妇女归宗,财礼入官。)"[①]然而,民间却广泛存在着姑舅、两姨表亲缔结婚姻的习俗。[②] 中表婚姻还成为一些望族通过联姻维系家族稳定、延续累世声望并保持文化优势的手段之一。[③]

以清代旗人世家为例,《钮祜禄氏家谱》为清初五大臣之一额亦都家族谱书,据谱中记载,额亦都之妻为觉罗礼敦的孙女,而伊尔登(额亦都第十子)之子察祥则娶礼敦之曾孙女;遏必隆之子音德,娶正白旗汉军总督董维国之女,音德之子讷亲,又娶董维国的孙女;英赫资,妻为正白旗觉罗尚书七十五之妹,其子额楚之妻又为七十五之女;英赫资之女嫁正黄旗汉军西安副都统金无极,英赫资子德通之女又嫁金无极之子,是姑姑侄女嫁父子。以上均属中表亲。[④] 又如,按《吉林他塔拉氏家谱》所记,常顺、舒章阿两家的祖孙三代,均娶富察氏之女,付谦、定柱

---

① 马建石、杨育棠:《大清律例通考校注》,中国政法大学出版社 1999 年版,第 448 页。
② 张丽丽:《明清以来的中表婚及其禁止》,苏力:《法律和社会科学》(第二卷),法律出版社 2007 年版,第 151—174 页。
③ 汪孔丰:《清代桐城文化家族的姻娅网络及其文化特征——以麻溪姚氏为中心》,《河北科技大学学报》2017 年第 4 期。
④ 杜家骥:《满族家谱对女性的记载及其社会史史料价值》,常建华:《中国社会历史评论》(第七卷),天津古籍出版社 2006 年版,第 80 页。

父子同娶周佳氏之女,克蒙阿一家的姑姑侄女同嫁纪氏,都有可能是中表婚。而富平阿、富永阿兄弟二人同娶洪佳氏之女,富平阿之子永贵也娶洪佳氏之女,则不仅是中表婚,还属姐妹同嫁胞兄弟。① 再如,《沈阳甘氏家谱》记载,甘国樟为应元公甘体垣的承嗣子,原配是江南嘉定县知县隋登云长女,其第三子甘士镳娶了隋登云的孙女,亦为中表婚姻。② 《红楼梦》中,宝玉与黛玉、薛宝钗分别为姑表、姨表亲。贾家原本有意将黛玉嫁给宝玉,后因黛玉早逝,续书作者便根据第五回曲词中的谶语安排宝玉迎娶了宝钗。由此可见,旗人家庭对于中表婚姻、"亲上加亲"的态度不仅没有反对,反而多是乐见其成。

正因为此,清廷不得不在民间婚俗与正统儒礼之间做出调和。雍正八年(1730 年)定例规定:"尊卑为婚"情形中,"其间情犯稍有可疑,揆于法制似为太重,或于名分不甚有碍者,听各该原问衙门,临时斟酌拟奏";又有,"外姻亲属为婚,除尊卑相犯者,仍照例临时斟酌拟奏外,其姑舅、两姨姊妹,听从民便"。③ 该定例于乾隆五年(1740 年)馆修入律。这就说明,司棋若与潘又安缔结婚姻并没有法律上的阻碍,而是主要取决于双方家长的意志。又根据潘又安信中所说"上月你来家后,父母已觉察了。但姑娘未出阁,尚不能完你我心愿"等语,可以推测,男方父母也并未明确禁止二人来往,而是反对他们在婚前发生性关系,做出非礼的淫奔之事。

秦钟对智能儿说的"远水解不得近渴",潘又安写给司棋的"姑娘未出阁,尚不能完你我心愿",均是少男少女不愿克制身体欲望、遵守婚媒程序,进而犯奸行淫的具体表现。类似的情景还见于《莺莺传》中,张生与崔莺莺亦为中表亲,张生向红娘说出心事,红娘问张生为何不按六礼仪式求娶崔莺莺,张生却以《庄子》的话自喻道:"数日来,行忘止,食忘饱,恐不能逾旦暮。若因媒氏而娶,纳采问名,则三数月间,索我于枯鱼之肆矣。"④对其急色之态毫无掩饰。莺莺后来也因张生的抛弃而为自己的乱情纵欲悔恨自责:"岂期既见君子,而不能定情,致有自献之羞,不复明侍巾帻。"无论是智能儿、司棋还是崔莺莺,这些年轻女子的命运最终都走向了悲剧:智能儿失踪,司棋自尽,崔莺莺写下"不为旁人羞不起,为郎憔悴却羞郎",后半生郁郁寡欢。这些悲剧故事之所以发生,除了社会制度和文化

---

① 杜家骥:《清代满族家谱的史料价值及其利用》,《吉林师范大学学报(人文社会科学版)》2016 年第 5 期。
② 《沈阳甘氏家谱》,何晓芳:《清代满族家谱选辑》,辽宁民族出版社 2016 年版,第 1014 页。
③ 郭成伟:《大清律例根原》(一),上海辞书出版社 2012 年版,第 462 页。
④ (宋) 李昉:《太平广记·莺莺传(元稹撰)》卷第四百八十八,中华书局 1961 年版,第 4013 页。

因素外,更多是由男性一方死亡、逃离或抛弃,无力对女性承担相应责任所致。从另一角度来看,礼法固然压制了情感欲望,束缚了人性自由,但同时也在一定程度上保护了少女的身心健康,使她们免受浊世与男性的侵扰。

门,本为一种普通的建筑形式和房屋结构,大观园之门与园中各处居所的闺门,同时又是构建社会身份与男女之防的显著标志。第三十七回中,宝玉与众钗结社后首次集体限韵作诗,所选韵部为"十三元",起头韵定为"门"字。各位女子表面是在咏白海棠,实际上是在以花喻人,托物言志,借白海棠表明自己的人格和价值观。宝钗所作首句为"珍重芳姿昼掩门","珍重芳姿"代表着她大家闺秀的身份,诗人极为看重这一身份,看重世俗社会的等级位分;"昼掩门"意为白天也要关着门,诗人一点也不愿意将自己的姿容和情感显露于外。全句表明了宝钗谨遵闺训、节制情感并恪守礼仪的正统人格与处世态度。黛玉写下"半卷湘帘半掩门",相比于宝钗,黛玉对自己情感欲望的遮掩要少一些,愿意将自己的情态部分地展示给他人;但这份显露和释放依然是节制的、有限度的,不失闺秀身份,没有违背礼法。此外,探春和宝玉的"重门",湘云的"都门""萝薜门"等门意象,也都带有女性自恃身份、深藏内室、规避情欲的意涵。

门的松动和倾倒、看门人的渎职以及闺秀贸然逾越门界,则往往代表着礼制功能的弱化甚至失效。《中华全国风俗志》记载,南京妇女有种种恶习,"如每日傍晚时,多有倚立门外,观望来往车马行人,俗谓之趷门子。不独小家为然,即中上之家,亦往往如是,殊可怪也"。又有小家妇女"不理家事,常至远近邻家,镇日谈天。除食宿外,几无家居之片刻。往往议长论短,致生口角。此种恶习,俗谓之闯门子"。[1] 从记述者的责难口吻不难看出,妇女倚门、串门等临界、越界行为往往隐含着她们德行失检、地方礼法不兴的意味。

(二) 女性的自戒

《刑案汇览》载道光二年(1822 年)广东司现审的"过门童养未婚之妻与之行奸"一案:"胡六五儿聘定戴张氏之女妞儿为妻,过门童养。该犯辄与妞儿行奸,惟妞儿究系已经过门童养,与未经过门者有间。将胡六五儿依男女订婚未曾过门私下通奸,比依子孙违犯教令,杖一百律酌减一等,拟杖九十。"[2]

---

① 胡朴安:《中华全国风俗志》(下编),岳麓书院 2013 年版,第 438 页。
② (清)祝庆祺等:《刑案汇览三编》(一),北京古籍出版社 2004 年版,第 245 页。

本案中,妞儿虽已过门,居住在夫家,但因尚未举办婚仪,其身份与已婚妇女有别,婚前发生性行为仍属非礼犯法;与此同时,"过门童养"处在已婚与未婚的中间状态,两人行淫也不能被简单视为和奸,不应将男方按照凡奸论处。最终,审理者根据"凡子孙违犯祖父母、父母教令,及奉养有缺者,杖一百"①的规定,酌情减轻处罚。

由此可见,大观园的建造者和贾府的主妇们试图将淫行拦截于外的屏障并不仅仅是具体的园门,还包含门所象征的正式礼仪程序,对于女性来说,即指婚前所行笄礼以及之后的婚仪。如果未经礼仪程序,提前越过门槛,女性便可能遭受身体侵犯,承担道德风险。

笔者以《刑案汇览三编》《刑部比照加减成案》《驳案汇编》"威逼人致死"类案件中那些因遭受强奸、调奸、戏谑、猥亵或侮辱等性侵或准性侵行为而自认为声名有亏,进而羞愤自尽者(不含因和奸败露自尽者或其亲人自尽者)为例试进行说明,见表3-5。

表3-5 "威逼人致死"案因被图奸、调戏、猥亵、秽辱抱忿自尽者(乾隆——道光)

序号	时 间	案 情	自尽者性别
1	乾隆十六年(1751年)	邓观音向缌麻服侄邓七俚之妻曾氏取回骨牌,顺口说你若看戏,我请吃茶。曾氏以土俗妇人受聘为吃茶即正言斥责,该犯覆称常请妇人吃茶。后曾氏投水身死	女
2	乾隆二十一年(1756年)	朱小并黄朴夫妇带女黄二姐均雇与张学诗家佣工,朱图奸张学诗婢女小丫头,小丫头允从。因黄二姐在小丫头房中睡卧,朱小误摸黄二姐,二姐羞忿莫释,投水殒命	女
3	乾隆三十二年(1767年)	何元三为何先佑师长,与何先佑母朱氏通奸;复因何先佑之妻孙氏撞破奸情,为使孙氏塞口,屡次调戏、逼奸孙氏,以致孙氏投缳殒命	女
4	乾隆四十四年(1779年)	陈三与耿氏系外姻缌麻兄妹,耿氏业经出家,即属无服,陈三向氏调戏,致氏羞忿自尽	女
5	乾隆五十年(1785年)	张季之妻梁氏因刘烺(无图奸心)出语亵狎自缢身死	女

---

① 马建石、杨育棠:《大清律例通考校注》,中国政法大学出版社1999年版,第895页。

序号	时　间	案　　情	自尽者性别
6	乾隆五十七年(1792年)	许荣贵与王贵秽语戏谑,致王贵之妻李氏羞忿自尽	女
7	嘉庆四年(1799年)	曹祖盛因缌麻服侄曹道廊之妾王氏年轻,见人不避,时常往山寻猪食草。该犯向曹年送等声称,恐其将来不端,败坏门风,以致王氏气忿自尽殒命	女
8	嘉庆九年(1804年)	金瑶与程氏之翁周富时相往来,嗣金瑶因酒醉乞水,误入程氏房中,睡卧昏迷。程氏回家查知,羞忿投缳殒命	女
9		乔朋因裤未系带,被王氏撕扭,以致将裤褪下,王氏哭骂回家,气忿莫释,投缳殒命	女
10	嘉庆十二年(1807年)	叶五幅向高大姐调戏,高大姐喊骂,叶五幅当即逃回。高大姐之父因高大姐被调戏无人联姻欲告官,钱连生劝阻,高大姐詈其多管,钱连生以要出丑之言回诟,高大姐追悔难堪,气忿自缢身死	女
11	嘉庆十四年(1809年)	李有义饮醉至纪焕章拜年,用言戏谑纪妹大妮,复将供器摔掷,掌批纪腮颊,纪肆哭詈骂。李潜至纪家园内自缢殒命	男
12		贾保仔调奸冯姚氏未成,该氏因连赵氏欲将贾保仔送官究,恐到官出丑,自缢殒命	女
13	嘉庆十六年(1811年)	杨杰图奸杨治之妻刘氏未成,杨杰之母张氏因猫只走失,以谁家妇女将猫霸住不放之言在街海骂,刘氏闻知顿起杨杰调奸之事,心疑张氏借端污蔑,服毒殒命	女
14	嘉庆十八年(1813年)	陆简图奸无服族侄女陆现姐未成,致陆现姐羞忿自尽	女
15		徐映明调奸施丙姑不从,赔礼允息后,施丙姑被伊父殴骂,气忿莫释,投塘自尽	女
16		刘添贵调奸李氏,声言给予钱文,致本夫李发羞忿自尽	男
17		丁五将王耿氏之裤撕破,并踢伤王耿氏左臀等处,致氏气忿自缢	女
18	嘉庆十九年(1814年)	尹五因与李徐氏之夫李二口角,尹五以李徐氏曾在母家养汉之言相诟。嗣李二与徐氏相争,以在母家养汉之言斥骂,徐氏气忿莫释,投缳殒命	女

序号	时　间	案　情	自尽者性别
19	嘉庆二十年（1815 年）	刘霜诱奸刘辛氏未成，后因伊夫刘生唐将刘霜之父殴伤，控告刘霜未即就获，刘辛氏既不能泄己之忿，反致贻累其夫，忿急轻生	女
20		杨拾来因与孙张氏家雇工夏耀秸之弟夏石包戏谑，言及孙张氏貌美，夏耀秸好与之睡宿，夏石包回告伊兄，被孙张氏听闻，赶向哭闹后气忿自缢身死	女
21	嘉庆二十一年(1816 年)	赵应伟强奸无服族嫂赵许氏未成，用刀背殴伤许氏手背、割伤大指，许氏羞忿莫释，自缢身死	女
22		旗人贵凝同妻借伊妻弟家暂住，夜间寻伊妻说话，误将与伊妻同炕睡宿的伊尔根觉罗氏推醒，伊尔根觉罗氏疑其图奸，羞忿莫释，潜服铅粉自尽被救，后自缢身死	女
23	嘉庆二十二年(1817 年)	王兴图奸王甘氏未成，业经赔礼寝息。因其夫王二虎儿同家查知，向甘氏抱怨和息之非，致氏追悔自尽	女
24		彭氏因伊夫曾德仁央邻妇龚氏摘梨，完毕送给龚氏两个，却不许彭氏自食，辄辱伊夫与龚氏有奸，龚氏听闻，自缢殒命	女
25		倪王氏后院土墙倒塌，外系岳王氏菜园。倪王氏之夫赴园摘菜，误将倪王氏当作岳王氏问其曾否做饭，倪王氏听闻，村斥岳王氏没脸，岳王氏气忿自尽	女
26	嘉庆二十四年(1819 年)	韩思伏稔知郑李氏与李添保有奸，黄夜推门入室调戏，掌批郑李氏并嚷破奸情，致氏因奸败露又被欺辱殴打，羞忿自尽	女
27		朱元信因王景姐偷伊地内豆禾，将其衣裤撕破，致王景姐气忿投缳殒命	女
28	嘉庆二十五年(1820 年)	寇成珑调奸尚乔女未成，业经官为责惩，后因寇成珑之妻郝氏与伊戚谈及尚乔女年轻不知自爱，致被取辱之言，经尚乔女听闻，追悔抱忿自尽	女
29		王克成胞侄王三才子向徐过娃之妹徐女娃拉手调戏，被骂脱逃，徐女娃之兄徐林等赶至叫骂，经人劝散。王克成外回询之，以调奸无据，令王三才子之母叶氏同往吵嚷要人，并跳崖图赖，致徐女娃情急投窨	女
30		武玉与武满仓戏谑，辱及张成之母，致张成羞忿自尽	男

序号	时 间	案 情	自尽者性别
31	道光元年（1821 年）	刘三因知王皋赶集未回,起意冒奸其妻郭氏未成,致氏羞忿自尽	女
32		贾三有图奸贾王氏未成,求息后经氏夫贾连成疑奸村辱,致氏气忿抱子投井自尽	女
33		刘耀因向祁纪氏之翁敛钱耍灯,与纪氏致相争詈。刘耀随口骂称与伊同睡即不要钱,纪氏欲与拼命。嗣刘耀至纪氏大门墙外公井汲水,随口学唱秧歌,纪氏隔墙听闻,疑其有意讥诮,触起前忿,投缳殒命	女
34		殷大庸向朱张氏调奸,被本夫朱达住撞获,将殷捆缚往投地保,殷自愿立据,磕头赔罪,朱将其解放。殷心怀不甘,连次至朱达住门首索还笔据吵闹,并称定行控告,将朱张氏出丑之言吓制,朱张氏被闹悔忿,自缢殒命	女
35	道光二年（1822 年）	于大合图奸皮四节未成,致其母皮吴氏羞忿自尽	女
36		董顷姐因熊振唐不分男女,拉伊胳膊,挣脱走回,气忿投水殒命	女
37	道光三年（1823 年）	杨三黑强奸犯奸之妇吴董氏不从,殴伤后致氏自尽	女
38		陈友会用言向梁尹氏调戏,致该氏羞忿自尽	女
39		茹应韶因见陈海子由茹封印家走出,疑其妻雷氏不端,嘱茹封印留心察看,致雷氏听闻忿激自缢身死	女
40	道光四年（1824 年）	正犯病故册内王米贵撞见王长春与王孙氏通奸,欲向刁奸未成,致王孙氏因奸情败露羞愧自尽	女
41		袁大得因无服族婶袁司氏向伊索食面卷,辄以伊妻爱食之言信口答复,袁司氏疑为调戏,其夫耻笑,袁司氏追悔抱忿投缳殒命	女
42		赵拐子饮醉,由赵敬家门首经过,赵敬妻赵刘氏同媳董氏在彼站立。赵拐子以将钱送给,欲与该氏孙女睡宿之言向赵刘氏戏说,刘氏听闻,即向村骂。赵拐子自知失言,向氏磕头服醴走回。赵刘氏羞忿莫释,服毒殒命	女
43		刘琢因崔张氏屡次登门辱骂,复将伊女污蔑,撕破崔张氏中衣,采落阴毛,抓伤小腹,致氏被辱难堪,气忿自缢	女

续 表

序号	时 间	案 情	自尽者性别
44	道光四年（1824 年）	解绰娃与裴解氏之夫裴四幅交好,素相戏谑,解绰娃取纸条捏写伊妻解氏与解丙寅有奸好字样,经裴四幅看见回向解氏查问,致氏被污忿激投缳殒命	女
45		张泳幅图奸小功服侄张成彩之妻张马氏未成,张马氏嗣被犯母袭氏耻笑,马氏听闻,追悔抱忿自尽	女
46	道光五年（1825 年）	蔡士有见冯瑞之妻独处,辄向调奸未成。冯瑞回归闻知,将蔡重责二十棍,冯瑞因无颜见人,斥詈冯张氏,冯张氏自缢身死	女
47		胡大潆向袁引弟调奸未成,被控枷责。该犯枷满释放回家,袁引弟触起前情,投缳殒命	女
48		史起睹图奸无服族婶史任氏未成,隐忍后被本夫问知埋怨,致氏追悔自缢	女
49		郭三调奸张郭氏未成,因人耻笑,致氏追悔自尽	女
50		梁德因无服族叔母梁成氏将欲伊兑换银两扣抵伊弟欠项,该犯不允,事后因梁成氏斥伊代弟赖欠,以成氏爱财无耻,不如卖奸之语斥詈,致成氏羞忿自尽	女
51		任连魁因养媳任曾氏见桃子被窃嚷骂,刘伯伶听闻疑其詈己回骂,起意还辱刘伯伶妹刘让姐。任连魁遂将刘让姐推跌,剥脱下衣跑走,刘让姐羞忿莫释,投缳殒命	女
52	道光六年（1826 年）	郭盛儿调奸高武氏未成,业经服罪和息。嗣该氏独立门外,被夫训斥,追悔自缢身死	女
53	道光七年（1827 年）	杨玥图奸李中和侄媳李路氏,贾长辉义母贾黄氏哄诱李路氏至家,该犯调戏,李路氏逃回。李中和向贾黄氏吵骂,经劝寝息。嗣贾长辉捏以贾黄氏被李中和诬陷,致李中和等殴伤涉诉,李路氏追悔抱忿自尽	女
54		强兵儿等与冯金法语言戏谑,致冯金法之妻贺氏听闻气忿自尽	女
55		蔡重因张文与陈石争殴,向劝被骂,先掌批其颊,复商同陈石将张文按倒脱裤耻辱,以致张文忿迫投窖自尽	男

序号	时　间	案　　情	自尽者性别
56	道光八年（1828年）	僧楚良强奸汤呈武未成,致令羞忿自缢	男
57		王畅因不知孀妇王贺氏之父在王贺氏家歇宿,于二更时路过王贺氏门首,听闻王贺氏家有男子咳嗽声音,疑贺氏不端,向族邻谈论,致王贺氏听闻,气忿投缳殒命	女
58	道光九年（1829年）	马如龙与李寒食妹贺李氏通奸,许给伊妹银两,嗣伊妹回夫家,马如龙措银寄去。李寒食以譬如尔妻与人通奸,奸夫寄银到家,尔岂不查来历之言斥,致马如龙之妻马李氏听闻气忿服毒身死	女
59		赵骆驼图奸同姓不宗之男子赵潮未成,致令羞忿自缢身死	男
60		余得耀向田黑汉调奸未成,嗣张光修查知耻笑,适被田黑汉得之,旋即悔忿,自缢身死	男
61		家人王升秽语言辱骂家长侄媳包陈氏,致氏气忿自缢身死	女
62		杨聚得因见高得青年轻,起意强奸,令李金斗帮同捆按,将其强行鸡奸,以致高得青羞忿自缢身死	男
63	道光十年（1830年）	高建顺雇杜万仓在铺做饭,至杜万仓屋内闲坐,用手戏拍其腿,并以好白腿臀之言相谑,鱼得水将戏谑之事向吕泳真告述,随口耻笑。杜听闻追悔翻闹,气忿乘空自刎身死	男
64		汝大成见无服族叔之妻汝李氏在房独处,用言调戏,汝李氏不依扭衣不放,该犯挣不脱身,将汝李氏殴伤,致氏羞忿自缢身死	女
65		赵二孟乘无服族叔赵驴在赵九家饮酒,潜至赵驴之妻赵胡氏冒奸已成,致赵胡氏羞忿自缢身死	女
66		高登云因无服族孙媳高桑氏不还麦价钱文,被斥争殴,将该氏推跌倒地,并将其衣服撕破,致氏服毒自尽	女
67		李鳌向小功兄妻李唐氏调戏,唐氏不依叫骂,经李常幗等劝息。李卢氏向唐氏询及调戏之事,唐氏疑其耻笑,当即啼哭抱怨,是夜投缳殒命	女
68		文思典向弟妻文吴氏调奸未成,和息后文吴氏因伊姑抱怨追悔抱忿,自抹咽喉身死	女
69		秦仕仁调奸缌麻弟妻马氏未成,和息后因秦师仁继母赵氏谈及前事,致马氏听闻追悔,投水毙命	女

续　表

序号	时　间	案　　　情	自尽者性别
70		杨秀系马兴栋之小功母舅,刘氏系杨绣缌麻以上亲之妻,杨秀向刘氏调戏,以致刘氏羞忿自尽	女
71		崔黑见李汪氏与伊母舅汪希武争闹趋劝,李汪氏疑护不依,互相揪拉,将李汪氏单裤撕破后,致氏气忿服毒身死	女
72	道光十一年(1831 年)	监生马枢因贪夜闻响疑贼,追至胞侄马诏升家,被马撞见,究问争吵。该犯气忿,以图奸之言向答,以致马之妻马张氏在屋听闻,气忿自缢身死	女
73		李彭氏因李杨氏将伊包谷踏毁,以不正经娼妇之言向詈,以致李杨氏气忿轻生	女
74		张泳吉在庞刘氏之夫庞士明背上印一龟形,被庞刘氏瞥见,致氏羞忿投井身死	女
75	道光十四年(1834 年)	李大魁调戏小功服婶小李杨氏,本妇自允和息。迨一闻张李氏谈论私和恐耻笑之言,追悔抱忿,自缢毙命	女

在列出的 75 个案件中,按照性别划分,因强奸、调奸或调戏而自尽的男性共有 9 人。其中,6 位自尽者本人即为被图奸、戏谑或侮辱的对象,1 位为调戏他人后被对方辱骂而选择自尽,1 人为妻子被调戏而羞忿自尽,1 人为母亲被侮辱而羞忿自尽;其余 66 个案件的自尽者均为女性。按照案情(构成要件、犯罪阶段)和死因划分,第一,有实际的强奸(逼奸)、图奸、调奸行为,即犯罪者已经着手实施犯罪的案件共 31 例,约占全部案件的 41%,含 2 例既遂,29 例未遂。第二,13例为犯者以言语或动作调戏对方,最终导致对方当即或事后羞忿自尽,其间,虽有性暗示或图奸之犯意,但并未真正行奸,占案件总数的 17%。第三,犯者并无犯奸意图,而是以言语或行为侮辱、污蔑了对方或对方亲属,促使对方或对方亲属抱忿而亡,共 17 例,约占 23%。第四,犯罪者既无图奸目的,也无侮辱意图,自尽者是因误会、多疑或过于敏感抱忿而终,共有 6 例,占上述案件的 8%。第五,双方发生争斗拉扯,导致对方衣服破损,肌肤或器官暴露,女方感到羞耻,自杀殒命,共 8 例,占总数的 11%。此外,还有一些表 3-5 未列出的案件,犯罪者因调奸、侮辱、污蔑等行为造成了更为严重的后果,包括妻子患疯丈夫自尽、夫妻自尽两命、一家自尽三命、母女自尽两命或四命等情形,共有 12 例。

综上而论,女性因生理条件较之男性明显处于弱势地位,九成左右的性侵、猥亵、侮辱、诽谤类案件的被侵害对象均为女性,清代中后期社会对于女性贞洁名声的要求达到了近乎扭曲、变态的地步。其中最极端者莫过于程氏自尽一案:金瑶因酒醉乞水,误入程氏房中熟睡。当时程氏并不在家,两人更未有过接触,仅因她回家后查知,金瑶在其房间睡卧过,便羞忿不已,自缢殒命。由此可见,部分女性的性道德压力不仅源于君主、卫道士、父亲、丈夫以及同阶层的其他男性,她们自身也对这种贞节观有着高度认同,并以自尽等极端方式践行着相应的道德义务,以致出现了妻子一人被侵犯,夫妇、全家人都自杀的严重后果。此外,一些女性自尽的直接原因并不是外来男子的调奸和戏谑,而是家人的耻笑和指责,但司法者仍将罪责完全归咎于实施性侵或猥亵的行为者,父亲、丈夫并不对女性的死亡承担责任;君主还对其中一些节烈女性进行了旌表,强化着固有的性道德和性秩序。可以说,清律全面地融合和落实了儒家的"三从"之道。

在一些案件中,家门、门墙等地点成为引发争端或导致自尽的重要地点。例如在"并无他故觌面亵狎追悔自尽"一案中,直省总督描述案情说道:"此案赵拐子因饮醉回归,见赵刘氏站立门首,并无他故,辄以将钱送给欲与该氏孙女段赵氏睡宿空言向赵刘氏觌面戏狎。"[1]又云:"其时尚有刘氏之媳董氏同站门首,董氏系丧居幼妇,既在场同闻秽语,羞忿之心自必较甚"。[2] 赵拐子与赵家并不相识,本不可能与赵刘氏交谈,赵拐子正是趁赵刘氏与其媳妇董氏站立门首的契机,临时起意要以钱财奸宿赵刘氏的孙女。又如,刘耀与纪氏因钱财争吵一事本已平息,但"刘耀至纪氏大门墙外公井汲水,不知纪氏已回,随口学唱秧歌,纪氏隔墙听闻,疑其有意讥诮,触起前忿,投缳殒命"。[3] 作为划分内外界限的门又一次成为引发激烈争端和严重后果的场地。再如,郭盛儿调奸高武氏未遂,且两人已经和解,但高武氏的丈夫却杯弓蛇影,因高武氏后又"独立门外",便训斥她行为失检,直接导致其妻自尽身亡。还有殷大庸连次至朱达住门首索还笔据吵闹,并称定行控告,恐吓朱张氏要其出丑,朱张氏被闹悔忿,自缢殒命;王畅因夜晚路过王贺氏门首,听闻王贺氏家有男子的咳嗽声音,不知该男子为贺氏之父,怀疑贺氏不端,还和族邻谈论,王贺氏听闻后,气愤投缳殒命等。这些案件中,门首均为引发事端、矛盾激化的关键地点。

门作为一种房屋结构与通行装置,本身并不具有道德意义。然而,随着清代

[1] (清)祝庆祺等:《刑案汇览三编》(二),北京古籍出版社 2004 年版,第 1296 页。
[2] (清)祝庆祺等:《刑案汇览三编》(二),北京古籍出版社 2004 年版,第 1295 页。
[3] (清)祝庆祺等:《刑案汇览三编》(二),北京古籍出版社 2004 年版,第 1302 页。

社会"女正位乎内,男正位乎外"等意识形态建构的完成和深入人心,门的价值和意义早已不再局限于它们的实际功能,而是成为象征男女权力关系、家庭劳动分工与尊卑伦理秩序的空间标志物。与其说闺门限制女性自由、礼教压迫人性欲望,毋宁说礼制下移后发生了诸多异化。民间社会将礼对两性的双向要求变为女性的单方义务,赋予了男性性的主动权、身体的控制权,同时,又对女性的贞洁和名誉提出了颇高的要求。"门"及其组成结构原本的象征意义和社会功能也随着礼制的僵化和变异,日渐由保护女性的屏障转变为压抑人性的工具。社会中的人性欲望越是难以控制,统治者和正统士大夫就越是加强男女之防与对女性身心的约束,以及官方话语逻辑下失贞,尤其是女性失贞将承担越多的道德责任和声誉风险,女性倚门、望门、串门又或坐在门槛子上等动作也由此成为僭越内职、妇德缺失乃至行为浪荡的一种暗示或象征。一些男性甚至仅凭女性与家门的位置关系,来判断她们的德行。门外的戏谑诱惑与门内的斥责耻笑使得女性自由行动的空间变得越来越逼仄。

《红楼梦》中,实际上,大观园从建园伊始到众钗入住前,一直都有男性涉足其中。第十六回,作者介绍大观园的基址选择时,借贾蓉之口说道:"我父亲打发我来回叔叔,老爷们已经议定了,从东边一带,接着东府里花园起,至西北,丈量了,一共三里半大,可以盖造省亲别院了,已经传人画图样去了,明日就得。"说起建造过程,作者又写道:"次早贾琏起来,见过贾赦、贾政,便往宁国府中来,合同老管事的家人等并几位世交、门下、清客相公们,审察两府地方,缮画省亲殿宇,一面参度办理人丁。自此后,各行匠役齐全,金银铜锡以及土木砖瓦之物,搬运移送不歇。先令匠役拆宁府会芳园的墙垣楼阁,直接入荣府东大院中。荣府东边所有下人一带群房已尽拆去。"换言之,大观园的位置处在宁府与荣府之间,起自宁府会芳园,即秦可卿停灵处和贾瑞起淫心之地,终于荣府东大院,园体与荣宁两府首尾相连,而非绝对独立的庭院结构。谈及主管建园者和具体执行者,作者叙述道:"贾政不惯于俗务,只凭贾赦、贾珍、贾琏、赖大、赖升、林之孝、吴新登、詹光、程日兴等几人安插摆布。……贾赦只在家高卧,有芥豆之事,贾珍等或自去回明,或写略节;或有话说,便传呼贾琏、赖大等领命。"可见,真正负责整个园子起造的人乃是贾珍。第十七回,贾珍等向贾政交代园中事宜说道:"园内工程俱已告竣,大老爷已瞧过了,只等老爷瞧了,或有不妥之处,再行改造,好题匾额对联。"之后,贾政带领宝玉与众清客提前观览刚建好的大观园,一路题匾额、对对联。到了出园之际,一众人却迷了路。这时,贾珍笑道:"老爷随我来,从这里出去,就是后院;出了后院,倒比先近了。"于是,贾珍"在前导引,众人随着,由山脚下一转,便是平坦大路,豁然大门出现于面前"。

从建园基址的所有者、议定者,到修造过程的主持者、执行者,再到先入园的众多游览者,无一不是贾府的男性,并且对大观园的设计原理、整体结构与园门位置最为熟悉的人,竟然是贾珍这样一位身陷"爬灰""聚麀"等丑闻的人物。因此,可以说,大观园从未真正与世隔绝,也不是理想主义者的乐园,而始终与贾府内外一体、俱荣俱损;这座园林的园门也从未完全关闭,日益滋长的欲望以及随之而生的宁荣二府中的各种违礼乱法现象,依然会通过园门侵入整个女儿世界。随着园中少男少女走向性成熟,金钗们依次死亡、出嫁、失踪和出家,大观园逐渐丧失了它原本要为居住者提供的保障功能,彻底告别诗意和温馨,和贾府同步走向萧条破败。

第四章
家国治理权力格局中的规则与人情

　　浦安迪先生研究指出，明代几部著名的百回本章回体小说均有着相似的结构特点和叙事模式：全文被划分为对等的两半，且中点多为全书的第四十九回。其中，《金瓶梅》第四十九回为西门庆的永福寺获春药，小说的前半部刻画了西门庆如何发财、做官、纵欲，步步升级，后半部讲述的则是这些春风得意过后他的自毁过程。《西游记》的第四十九回渡通天河，恰好象征性地发生在西天取经的中途，标志着小说上半部的结束；而再渡通天河在小说的下半部结尾处重演，引渡者是同一头通灵的老龟。《三国演义》在第四十九回、五十回的"赤壁大战"中拉开了"中点"的序幕，直到第六十回刘备取益州，"中点"才真正收尾，主要人物自此纷纷退场。① 第四十九回这一目次在几部奇书中，成了小说情节进入盛衰变革与因果轮回的共同转折点。

　　《红楼梦》全书的第四十九回回目为："琉璃世界白雪红梅、脂粉香娃割腥啖膻"。故事发展到此时，钗黛尽释前嫌，宝黛日趋相契，贾府表面上呈现出一片祥和之景。这一回的新人联袂来京与群芳毕集争妍，加上第五十回的即景联句、冒雪乞梅和雅制灯谜，构成了大观园盛极一时的旖旎风光，代表着诗社人才的复兴时代；而林黛玉解疑癖后的眼泪渐少、平儿虾须镯的无故遗失，则意味着贾府平静生活的表面之下隐藏着随时可能爆发的危机，成为这座女儿世界将要由盛转衰的预告和伏案。护花主人王希廉将全书分为了二十一段，其中，"四十五回至五十二回为十段，于诗酒赏心时，忽叙秋窗风雨，积雪冰寒，又于情深情滥中，忽写无情绝情，变幻不测，隐喻泰极必否，盛极必衰之意"。②

———————

① ［美］浦安迪：《中国叙事学》，北京大学出版社 1996 年版，第 78—79 页。
② （清）曹雪芹、高鹗：《红楼梦》（三家评本），上海古籍出版社 1988 年版，第 12 页。

在贾府出现颓势、走向败落之际，贾政与其妾赵姨娘之女贾探春被委以革除积弊的重任，试图力挽狂澜拯救家族的命运。西园主人评及探春说道："探春者，《红楼》书中与黛玉并列者也。以情言，此书黛玉为重；以事言，此书探春最要。以一家言，此书专为黛玉；以家喻国言，此书首在探春。何也？论情，则全部专为宝黛木石前缘而成，故以两游太虚为关键；论事，则此书又为凤姐希宠弄权兴刺，故以探春摄政为点睛。以一家言，馋人间阻，好事不谐，以怡红为绛珠出家、侯门不振、寡鹄徒伤为正文；以家喻国言，庶孽旁支，难承大统，以探春出于赵氏、鸡群鹤立、终遭远谪为寓言。……作者以小喻大，于探春一身寓此千古兴亡无限感慨在内。"[①]

帝制中国在官方主导的儒家伦理建构之下，从整体上，至少在仕宦文人的观念和想象中，呈现出家国同构、管治同理、各安其位、德主刑辅、等差有序的政治面貌。[②] 作为晚期帝制社会的世家大族，贾家以及与之俱荣俱损的其他三大家族，均是按照儒家礼法由严格的尊卑等级结构层层搭建起来的。贾探春兴利除弊的理家过程，实际上可被视为我国传统政治体变法革新过程的一个缩影。

第一节　贾探春的法家人格与
士大夫的行政理念

《红楼梦》中，曹雪芹将男女两性作了"浊"与"清"、泥与水的二元划分，并借贾宝玉之口激烈地抑"浊"扬"清"——贬低男性，赞美少女，强化了明末以来稗史小说和文人笔记中常见的"天地秀丽之气，不钟于男子，而钟于妇人"之论。[③] 他塑造的以十二金钗为代表的众多女子均为人间"精华灵秀"，她们或是容貌美丽、才华横溢，或是聪慧机辨、人品高洁，再或是德性醇厚、情志高远，人物形象各具特点；对比之下，族中的男性则显得黯然失色。

在这群资质不凡的女性佼佼者中，王熙凤以其泼辣的性格、过人的识见和卓

---

① 一粟：《红楼梦资料汇编》，中华书局 2004 年版，第 203—204 页。
② 闾小波：《保育式政体——试论帝制中国的政体形态》，《文史哲》2017 年第 6 期。
③ [日] 合山究：《明清时代的女性与文学》，萧燕婉译注，台湾联经出版事业公司 2016 年版，第 284—299 页。

越的才能独树一帜,管理着府中的大小事务,掌握着贾家的经济命脉,支撑起了家族的半壁江山。王熙凤流产后,能够代替她担负起理家重任的人,必定同样需要拥有不输于当时男子的智识、才干和气魄,这便是贾政与妾室赵姨娘之女贾探春。

不同于迎春的避世、惜春的出世,"才自清明志自高"的探春关心着府中的事务、家族的命运,有着明显的入世倾向。她的身上承载着传统男性士人经世致用的主流意识形态,拥有以法家为主又兼具儒家要素的复杂人格。在临危受命之际,这位女子的价值观念和人格特质得到了充分彰显。

一、探春的诗社别号与历代官方的士师形象

《红楼梦》中,为表现每位金钗各自的性格特点、才情志向和价值观念,作者经常借助经史典故、诗文意象乃至稗官杂说来塑造人物形象。为了不显得生硬拗涩,他将带有人格寓意的物象符号融入与每个女子相关的生活场景之中,包括她们选择的居所、携带的配饰、抽到的花签、起立的别号等。通过这些符号隐含的"言外之意"与"文外之旨",作者间接地揭示出她们的人格特质和价值取向在传统社会礼法体系内所属的位置、代表的阶层和发挥的功能。

(一) 探春诗社别号的寓意

在第三十七回中,众人商议诗社事宜,李纨建议每人都起立别号,以示文人雅趣。其中,探春自号为"蕉下客",黛玉随即引用"蕉叶覆鹿"的典故打趣探春,戏谑要将她做成鹿脯下酒。黛玉的戏谑仅仅是文字游戏,还是作者另有深意?对此,林方直先生认为,"名者, 实之宾也",名实必符;别号是能指符号,符号之下,必有与之相符的所指。这所指,就是探春的本质特征,就是作者塑造这一形象的基准、定格。[①]

林黛玉因探春别号联想到的"蕉叶覆鹿"之典出自《列子·周穆王》篇:

> 郑人有薪于野者,遇骇鹿,御而击之,毙之。恐人见之也,遽而藏诸隍中,覆之以蕉。不胜其喜。俄而遗其所藏之处,遂以为梦焉。顺涂而咏其事。傍人有闻者,用其言而取之。既归,告其室人曰:"向薪者梦得鹿而不知

---

① 林方直:《从"蕉下客"视角看探春》,《内蒙古大学学报(哲学社会科学版)》1995 年第 2 期。

其处；吾今得之，彼直真梦矣。"室人曰："若将是梦见薪者之得鹿邪？诅有薪者邪？今真得鹿，是若之梦真邪？"夫曰："吾据得鹿，何用知彼梦我梦邪？"薪者之归，不厌失鹿。其夜真梦藏之之处，又梦得之之主。爽旦，案所梦而寻得之。遂讼而争之，归之士师。士师曰："若初真得鹿，妄谓之梦；真梦得鹿，妄谓之实。彼真取若鹿，而与若争鹿。室人又谓梦仞人鹿，无人得鹿。今据有此鹿，请二分之。"以闻郑君。郑君曰："嘻！士师将复梦分人鹿乎？"访之国相。国相曰："梦与不梦，臣所不能辨也。欲辨觉梦，唯黄帝孔丘，孰辨之哉？且恂士师之言可也。"①

大观园的结社、起号和吟诗作对，是贵族儿女们闲暇时的娱乐活动。他们所处的环境氛围轻松，远离世俗利益的纷扰，可以无视"仕途经济"，尽情展现文采风流。从表面看来，"蕉下客"的称号似乎也体现着被命名者的清识雅致与闲情逸趣。然而，《列子》"蕉鹿梦"的故事基调却并不如此。

寓言的原初版本中，被用来覆鹿的不是"绿蜡春犹卷"的蕉叶，而是普通的柴薪、柴草。② 同时，故事主人公所处的梦境和现实中均充斥着关于事实的真假与是非之辨以及人物之间的利益纷争：樵夫先得鹿，后藏鹿，继而失鹿，复又梦鹿，进而寻鹿；路人则先闻鹿，后寻鹿，随即得鹿；待两人碰面时，便开始争鹿。他们先将争议诉到士师处，后又询问于郑君，再又上访至国相。以现代民法的视角来分析这则寓言，这是一个有关"占有""发现埋藏物"和"不当得利"的法律案件，诉讼标的是一只似幻似真的野鹿。经过反复的争诉、上诉，案件最终依照士师的判决确定了鹿的所有权归属。

由此而产生的问题是，作者由黛玉引出"蕉叶覆鹿"的典故，到底是暗示探春系被争夺之鹿，还是寻鹿、争鹿的樵夫和路人？抑或是寓言中的其他人物？

《红楼梦》的故事经过盛衰转捩点后，贾家潜在的各种矛盾逐渐暴露出来，探春从"粉墨登场"并发挥才能开始，便陷入了复杂的利害关系，众多纷乱而细碎的家事等待着她做出裁断。林方直先生认为，"探春不是黛玉取笑的那只被'竞争'的鹿，而是竞争鹿之得失的薪者和路人，他们被卷入物欲的旋涡中，得失的纠葛中，真妄的幻境中而不能自拔"。③ 而笔者则认为，探春对家族的命运和自身的

---

① 杨伯峻：《列子集释》卷第三《周穆王》，中华书局 2013 年版，第 111—113 页。
② 张珍：《〈红楼梦〉中的"蕉叶覆鹿"来源于明杂剧〈蕉鹿梦〉》，《红楼梦学刊》2015 年第 2 辑。
③ 林方直：《从"蕉下客"视角看探春》，《内蒙古大学学报（哲学社会科学版）》1995 年第 2 期。

责任实际上有着清醒的认识。王熙凤一行人抄检大观园时,探春感慨道:"可知这样大族人家,若从外头杀来,一时是杀不死的。这可是古人说的,'百足之虫,死而不僵',必须先从家里自杀自灭起来,才能一败涂地呢!"王熙凤评价探春坦言道:"他虽是姑娘家,心里却事事明白,不过是言语谨慎。他又比我知书识字,更利害一层了。"

显然,探春并未如凤姐那般陷入利益纠葛而迷失自我、骑虎难下。曹雪芹用"蕉下客"这一看似唯美却意味深长的别号代指贾探春,更合理的解释是,一面以"鹿"暗喻探春身陷充斥着贾府支系、阶层矛盾的困顿局面,一面借寓言中"士师"一类司法者的人物形象和职权特点,来展现她在理家格局中的人格特质、家庭地位以及发挥的功能。

(二)历代官方的士师形象:以皋陶为中心

虽然《列子·周穆王》通篇宣扬浮生若梦,直写怪力乱神,"迂诞恢诡,非君子之言也",①但"士师"这一掌管狱讼的职业以及与之相关的历史人物形象却并非完全杜撰,而是常见于经史、子书和士人诗文当中。

《论语·微子》载:"柳下惠为士师,三黜。"注云:"孔曰,士师,典狱之官。"②《论语·子张》载:"孟氏使阳肤为士师,问于曾。"包咸注:"士师,典狱之官。"③《孟子·梁惠王下》中孟子问梁惠王曰:"士师不能治士,则如之何?"赵岐注:"士师,狱官吏也。不能治狱,当如之何?"④《孟子·公孙丑下》记有:"孟子谓蚔蛙曰:'子之辞灵丘而请士师,似也,为其可以言也。今既数月矣,未可以言与?'蚔蛙谏于王而不用,致为臣而去。"注曰:"士师,治狱之官也。"⑤同篇又有孟子用杀人类比伐燕一事,孟子曰:"今有杀人者,或问之曰:'人可杀与?'则将应之曰'可'。彼如曰:'孰可以杀之?'则将应之曰:'为士师则可以杀之。'"注云:"今有杀人者,问此人可杀否,将应之曰可,为士官主狱,则可以杀之矣。"⑥

在《周礼》系统中,士师位列秋官大小司寇之下,但并非专治狱讼和刑罚,除了职掌国家五禁之法,还负责考察国家政令,协助祭祀仪式,兼管民用、卫禁、军

① 杨伯峻:《列子集释》附录二《列子新书目录》,中华书局 2013 年版,第 292 页。
② (清)刘宝楠:《论语正义》,高流水点校,中华书局 1990 年版,第 715 页。
③ (清)刘宝楠:《论语正义》,高流水点校,中华书局 1990 年版,第 747 页。
④ (清)焦循:《孟子正义》,沈文倬点校,中华书局 1987 年版,第 141 页。
⑤ (清)焦循:《孟子正义》,沈文倬点校,中华书局 1987 年版,第 267 页。
⑥ (清)焦循:《孟子正义》,沈文倬点校,中华书局 1987 年版,第 289 页。

事活动等,处理的事务较为庞杂,无所谓行政与司法,或者民事、刑事与军事等明确的职属划分。在《晏子春秋》和《管子》相关篇目中,士师的职责似乎又转变为管理吏治人事,选拔贤良之才。这在一定程度上说明,时至《周礼》的成书年代,王官和士职制度尚未完全系统化,士师与其他司职所负责的政务时常发生交叉或重合。① 而在战国之后的官僚体系中,"士师"这一官名虽然已经不复存在,却被后世注疏者赋予了越来越多的专职色彩。"士师"们主理刑狱,判断是非,拟定罪责,施加刑罚,承担相同或类似职责的历史人物则成了权威、严明和公正的象征。

传说中的刑狱之官鼻祖为皋陶,所司之职在《尚书·尧典》《孟子·尽心下》中即称为"士",上博简《容成氏》《管子·法法》中则为"李",《文子·精诚》《淮南子·主术训》中写为"理",东方朔《楚辞·怨世》中,王逸注为"八师"之一。在《左传》《吕氏春秋》和《尚书·皋陶谟》中,除了作刑治狱,皋陶还辅助君王处理政事,负责布德、作乐、知人和安民。可见,皋陶的原初职责并非专司刑狱。②

及至西汉,一方面,史传明确了皋陶为尧的旧臣;③另一方面,皋陶主刑治狱的人物形象和职权性质开始具体化、专一化;到了东汉,还带上了些许神异色彩。例如,王充将皋陶治狱、神兽助判之说托言儒者,并对此类说法进行了质疑和批判。④《论衡·是应》篇载:"儒者说云:'䚦䚦者,一角之羊也,性知有罪。皋陶治狱,其罪疑者,令羊触之,有罪则触,无罪则不触。斯盖天生一角圣兽,助狱为验,故皋陶敬羊,起坐事之。'此则神奇瑞应之类也。"⑤王充的批判无异于间接承认了当时社会盛行皋陶神判传说的事实。

西晋初,晋武帝委托挚虞对荀顗等人所制《新礼》进行修订,⑥议订人员在引述三代典坟、汉魏"故事"时,所引典故中皋陶身上带有的神权特征更为明显,并被直接冠上了"士师"之称。《晋书·礼志上》载:"故事,祀皋陶于廷尉寺,新礼移祀于律署,以同祭先圣于太学也。……挚虞以为:'案《虞书》,皋陶作士师,惟明

---

① 温慧辉:《〈周礼〉"主察狱讼"之官——"士"官辨析》,《史学月刊》2011年第12期。
② 罗新慧:《士与理——先秦时期刑狱之官的起源与发展》,《陕西师范大学学报(哲学社会科学版)》2010年第5期。
③ 高旭晨:《中国传统法律的形象——"皋陶作士"的文化解读》,《社会科学家》2016年第11期。
④ 陈灵海:《中国古代獬豸神判的观念构造》(下),《学术月刊》2013年第5期。
⑤ (汉)王充:《论衡校注》卷第十七,张宗祥校注,上海古籍出版社2013年版,第356页。
⑥ 关于西晋《新礼》的制订过程、修订背景,以及挚虞对荀顗《新礼》内容的因革损益等几方面的介绍,参见徐昌盛:《从"制度创新"到"意先仪范":论西晋〈新礼〉的制订与修订》,北京大学《儒藏》编纂与研究中心:《儒家典籍与思想研究》(第八辑),北京大学出版社2016年版,第200—218页。

克允,国重其功,人思其当,是以狱官礼其神,系者致其祭,功在断狱之成,不在律令之始也。大学之设,义重太常,故祭于太学,是崇圣而从重也。律署之置,卑于廷尉,移祀于署,是去重而就轻也。律非正署,废兴无常,宜如旧祀于廷尉。'"①挚虞的建议获得了诏可。唐开天年间,玄宗因崇信玄学和道教,于执政期间开展了一系列崇玄活动。② 例如,在天宝元年(742 年)分别将庄子、文子、列子、庚桑子号为南华、通玄(元)、冲虚、洞灵真人,列入道教神谱,将四子名下著书奉为真经。第二年又追尊老子、老子的父母分别为大圣祖玄元皇帝、先天太上皇和先天太后,皋陶(咎繇)也随之"沾得余泽",被尊奉为德明皇帝。③ 此时,皋陶的形象是神道设教、政教合一的产物,兼有帝王政治的世俗特征和宗教信仰的神异色彩。

自宋代开始,随着官僚系统实用主义之风的兴起,皋陶人物形象带有的神权色彩开始减弱,而其出于王官的法家职官属性和世俗特征则被突出了。《太平御览·职官部》引《艺文类聚·廷尉》,录皋陶之职为"大理",《疾病部》引《文子》中"皋陶喑(瘖)而为大理"④一句时,"大理"被记为"士师"。⑤ 苏轼在《省试刑赏忠厚之至论》写道:"当尧之时,皋陶为士。将杀人。皋陶曰'杀之'三,尧曰'宥之'三。故天下畏皋陶执法之严,而乐尧用刑之宽。"⑥这里,苏轼站在儒家立场上突出了皋陶作为法家一流弃仁寡恩的"刻者"一面。苏轼文中"皋陶杀人"本事的出典问题引起了当时士人广泛的讨论,⑦其中有名的趣闻,便是梅尧臣和苏轼不约而同地反问欧阳修:"何须出处?"类书编撰者和仕宦文人们将皋陶的司职进行了类型化处理,在他们的观念中,士、士师、大理均只是主管狱讼、职掌刑罚的官名,使用时可以互相替代。

仕宦文人们基于诗文的主观创作目的和策论担负的政治功能,在有意无意间建构着这一历史人物:或凸显其儒者面向赞赏他贤能尚德,或强调其司法者身份称颂他公正严明,再或是附加齐谐志怪之说、宗教神异色彩来增加他的权威性。而与此同时,皋陶的原始形象和职业类型变得不再那么重要。他作为士、大

① (唐)房玄龄等:《晋书》卷十九《志第九》,中华书局 1996 年版,第 600 页。
② 袁清湘:《〈通玄真经〉名称的由来及意义》,《中国道教》2008 年第 2 期。
③ (后晋)刘昫:《旧唐书》卷九《本纪第九·玄宗下》,中华书局 1975 年版,第 215—216 页。
④ (战国)文子:《文子校释》,李定生、徐慧君校释,上海古籍出版社 2004 年版,第 76 页。
⑤ (宋)李昉:《太平御览》卷第二百三十一《职官部二十九》、卷第七百四十《疾病部三》,河北教育出版社 2000 年版,第 213、769 页。
⑥ (宋)苏轼:《苏轼文集》(第一册),孔凡礼点校,中华书局 1986 年版,第 33 页。
⑦ 王基伦:《苏轼对史事本意的追求——从〈省试刑赏忠厚之至论〉谈起》,《长江学术》2007 年第 1 期。

理(李)或士师掌管刑狱的始祖,能够为三代理想政体添砖加瓦,为法家者流正本清源,成为象征公平正义的价值符号,并在当下社会发挥明刑弼教的政治传播和社会控制功能,才是后世的士人们最为看重的。

明代嘉靖年间,皇甫汸曾作一组《议狱诗》,诗前序曰:"臣汸始第,观政廷尉右署,日取古刑书绎之,以究夫君子尽心焉者。绎而有所感,辄发为诗,爰得二十六篇,纪之名曰《议狱》云。或曰:'狱可议乎?'曰:'可。''畴克议之?'曰:'士师克议之。'然则,作是诗者奈何夫诗非议夫今之狱也,议夫古以讽今焉尔。君子谓是诗也与政通矣。"①一方面,诗人借古讽今,慨叹明代重典治世下民生疾苦。例如《议狱诗》其二十三云:"大夫刑弗上,北面聊宠珍。一德岂不丽,四维良可敦。造室引自裁,徒宫非等论。盘水无剑辱,朝堂有杖冤。死灰未及焰,狱吏从此尊。吁嗟洛阳泪,汉文犹寡恩";另一方面,这组诗也代表着近世文人对士师这一司法之职的渊源、性质与功能的理解和认识。例如其三曰:"士师昉自昔,建官表惟能。周方位司寇,秦亦置廷平。夏谟纪大理,汉景崇令名。正监列群辟,勾检革咸宁。御世若御勒,佐王诘兹民。"诗人罗列前代司法官职设置,以说明其设置之必要性和重要性。不过,他最终仍将司法者的责任落脚于驾驭臣民、佐君治国,在彰显法官一职专业性的同时,也揭示出其作为国家治理手段的工具价值和附从性质。

随着历史的演进与制度的变迁,皋陶以及后来的季羔、阳肤、柳下惠等士师们专掌理讼治狱,负责杀伐决断,却难免刻薄寡恩的职业特点越来越鲜明;他们品格刚直、忠厚且不畏强权的正面形象也被渲染得更为突出。经过数代统治者、史官和学者的记录、传抄与书写,皋陶所司之职不断趋向单一化、专业化;近古之后,在官方的话语体系中,皋陶彻底成为专掌理讼治狱的代表人物,士、(大)理、廷尉与士师的职业性质也趋向同一化,成为国家机器的固有组成部分。

明杂剧《蕉鹿梦》的作者车任远延续了《列子》中这则寓言梦境与现实交织的故事架构,同时结合晚明物欲高涨、士商逐利的时代特点,揭露了现实社会中弱肉强食、"锱铢共竞"的物利纷争及道德沦丧。剧本多次使用有关"鹿"的典故和"逐鹿"的象征意义,来喻指世人追逐名利的野心。② 在第六折,士师出场即表明身份:"下官郑国士师是也,职亲鞫狱,案掌爰书。听断公平,不紊五刑之典;奉法

---

① (明)皇甫汸:《皇甫思勋集》卷三,《文渊阁四库全书》(第1275册),台湾商务印书馆1986年版,第533页。
② 陈晓耘:《明杂剧〈蕉鹿梦〉的演义》,《文史知识》2013年第6期。

明允,那飞六月之霜。但我国主精于吏治,勤于民隐,虽琐细之事,皆当奏谳以闻。"在廓清士师职责和权限的同时,特意强调了自己听讼及时、断案公正,并且忠于国主。

探春一方面作为家政管理者、家法改革者,具有一定专业性和独立性;另一方面,作为在室庶女,又必须依附于王夫人的人格特质和身份特征,与士师的人物形象和职业特点在本质上是相同的。曹氏以"蕉下客"命名探春既非无意,也非巧合。通过深入剖析探春理家过程中发生的各种人物冲突以及她推行的一系列改革措施,便可以发现,探春虽如"蕉鹿"一般身处家族矛盾中心,但也绝非刀俎,她展现出的人格特质、执政理念,与以士师为代表的传统司法者不谋而合。

二、探春的理家模式与传统法家的执政要素

(一) 探春的母女矛盾与明法立公思想

王熙凤小产后,王夫人委托李纨、探春、宝钗协理家事,三人的配合管理比凤姐当权时更为谨饬,因而招致下人抱怨:"刚刚的倒了一个'巡海夜叉',又添了三个'镇山太岁',越发连夜里偷着吃酒玩的工夫都没了。"贾府由盛转衰之际,主仆之间潜伏的各种矛盾已非一日之寒。面对仆妇私下怠工、暗中掣肘的局面,探春到底是以何种理家手段取得改革成效,使得众奴仆安分守己,大观园收支平衡,凤姐等人又心生敬畏的呢? 这还要从第五十五回的刁奴欺主情节说起。

这天,吴新登的媳妇来到探春和李纨所在的议事厅,为赵姨娘的兄弟赵国基报丧并讨要赏银。探春按照"家里人"去世的旧例赏了她二十两,节省了平日一半的开销。探春的生母赵姨娘在吴新登媳妇离开不久后,也来到了议事厅,为赵国基赏银一事当着众人之面抱怨和责骂探春,引发了一场涉及母女身份关系和主仆阶层矛盾的戏剧性争执:

> 忽见赵姨娘进来,李纨、探春忙让坐。赵姨娘开口便说道:"这屋里的人,都踹下我的头去还罢了。姑娘你也想一想,该替我出气才是!"一面说,一面便眼泪鼻涕哭起来。探春忙道:"姨娘这话说谁? 我竟不懂。谁踹姨娘的头? 说出来,我替姨娘出气。"赵姨娘道:"姑娘现踹我,我告诉谁去!"探春听说,忙站起来说道:"我并不敢。"

探春在明白赵姨娘哭闹是因为给赵国基丧礼赏银过少,让她感到有失颜面后,笑道:

> "原来为这个,我说我并不敢犯法违礼。"一面便坐了,拿账翻给赵姨娘瞧,又念给他听,又说道:"这是祖宗手里旧规矩,人人都依着,偏我改了不成?……他是太太的奴才,我是按着旧规矩办。……依我说,太太不在家,姨娘安静些,养神罢,何苦只要操心? 太太满心疼我,因姨娘每每生事,几次寒心。我但凡是个男人,可以出得去,我早走了,立出一番事业来,那时自有一番道理;偏我是女孩儿家,一句多话也没我乱说的。太太满心里都知道,如今因看重我,才叫我管家务。还没有做一件好事,姨娘倒先来作践我。倘或太太知道了,怕我为难,不叫我管,那才正经没脸呢。连姨娘真也没脸了!"

对于赵姨娘来说,掌握治家之权、担负理事之责的贾探春,同时拥有着尊者与卑幼的双重身份:探春在以暂代王夫人、王熙凤掌管家务的主事者身份,面对贾政之妾赵氏时,为家长、为尊者;而当她以从其所出的子女身份,面对生母赵姨娘时,为晚辈、为卑幼。

细究这对母女之间几个回合的对话可以发现,探春通过变换称谓用语和肢体动作,不断地在公与私、尊与卑之间切换着自己扮演的角色。在赵姨娘刚进来时,探春"忙让坐";听闻母亲抱怨自己驳其颜面时,她"忙站起来"解释;之后又被赵姨娘气得脸白气噎、呜咽哭泣。这些日常习惯和情绪反应,都展现出探春对母亲"按礼尊敬",内心服膺于儒家伦理,没有完全忽略母女亲情。然而,当探春就赵国基赏银一事与母亲理论时,两段回答中,她连续用了 7 个"姨娘",以示对其生母和母舅的疏远,代表贾母、王夫人严守着妻妾、主仆之间的尊卑界限。此外,在声明自己"并不敢犯法违礼"后,探春"一面便坐了"。由站立到坐下,无疑又是在宣示其作为临时家主的威仪身份。

两人的争执生动地阐释了贾探春一面作为"女孩儿家"和庶出者,不得不遵从儒家礼法,藏身闺阁,为人伦亲情所牵绊,另一面又怀有传统士大夫志向,渴望突破性别和身份的限制,能够秉公去私、经世致用的矛盾心理,其中同时包含着卑幼与尊长的差等地位、内闺与外界的空间区隔、女性与男性的事功划分,以及私情与公理的价值取向等相互冲突的意识形态。

《礼记·丧服四制》和《大戴礼记·本命》均载有一段儒家经典语录："门内之治恩掩义,门外之治义断恩。"此语亦见于《郭店楚墓竹简·六德》和《孔子家语·本命》等篇目中,意为家族之内的丧事,感情大于道义;家族之外的丧事,道义制约感情,反映出儒家处理"门内"(家庭、家族关系)与"门外"(君国、君臣关系)事务的不同原则。①

本回中,赵姨娘埋怨探春枉顾母女情分,巴结王夫人,探春随即发怒反驳,只认王子腾为舅氏,强调赵国基为奴才。这就意味着,探春暂时搁置了心理矛盾,抛开了自己作为庶女、在室女的卑者地位、闺秀身份、弱女气质与私人关系,摒弃了儒家伦理体系中处理家门内部事务需要考量的个体情感,进而将齐家之私事等同于治国之公事对待,即"公事不私议"(《礼记·曲礼下》)。

《商君书·修权》载:"立法明分,而不以私害法。"②《管子·任法》载:"圣君任法而不任智,任数而不任说,任公而不任私,任大道而不任小物,然后身佚而天下治。"③《慎子·逸文》同样强调法的地位:"无法之言,不听于耳;无法之劳,不图于功;无劳之亲,不任于官。官不私亲,法不遗爱,上下无事,唯法所在。"④韩非继商鞅、管子等人任法去私、废私立公之论后,首次对"公""私"明确下了定义:"古者苍颉之作书也,自环者谓之私,背私者谓之公。公私之相背也,乃苍颉固以知之矣。"(《韩非子·五蠹》)⑤

韩非假托苍颉的定义被许慎采纳,被视为对公、私两字的经典训释。他所论公私对立重点指向君、国与臣民、个体之间的主体对立,也指主体任法、守法与主体废法、背法的价值对立,且这两个方面经常纠缠在一起。探春理家中的公私对立同样包含了两方面的内涵:一是指家族与个人之间的主体利益对立;二是指适用家法、遵循旧例与违背家法、满足私欲的程序价值对立。这两方面的对立在母女争执过程中达到顶峰。

《韩非子·外储说左上》篇记录了一段韩昭侯与申不害关于请托的著名对话:

韩昭侯谓申子曰:"法度甚不易行也。"申子曰:"法者,见功而与赏,因能

而受官。今君设法度而听左右之请,此所以难行也。"昭侯曰:"吾自今以来知行法矣,寡人奚听矣。"一日,申子请仕其从兄官。昭侯曰:"非所学于子也,听子之谒,败子之道乎,亡其用子之谒。"申子辟舍请罪。①

申不害告诫韩昭侯做事必须严格依照规矩,决不能在法度之外答应亲近臣子的请托,但申子自己却并未完全规避人情的影响,昭侯的回答可谓"以子之矛攻子之盾"。而在《红楼梦》中,至少在理家伊始阶段,天性较为"凉薄"②的探春则完全符合法家学派为施政者设定的"明法正义,若悬权衡以称轻重"③的理想标准。

严苛的执政者和改革者想要在一个已经成熟、趋于封闭,且按惯例运行的政治体制中,通过推行强制性措施来重新分配权力和利益,势必会因折损他人的利益而遭受怨谤和忌恨,因此而有"商君车裂于秦","吴起枝解于楚"(《韩非子·和氏》),韩非子亦没有逃脱遭人排挤、锒铛入狱的悲剧命运。

第五十五回中,凤姐对平儿道出了家政的积弊之深与改革之难:"你知道,我这几年生了多少省俭的法子,一家子大约也没个背地里不恨我的。我如今也骑上老虎了,虽然看破些,无奈一时也难宽放;二则家里出去的多,进来的少。凡有大小事儿,仍是照着老祖宗手里的规矩,却一年进的产业,又不及先时多。省俭了,外人又笑话,老太太、太太也受委屈,家下也抱怨克薄。"她在赞赏探春后又说道:"按正礼天理良心上论,咱们有他这一个人帮着,咱们也省些心,与太太的事也有益;若按私心藏奸上论,我也太行毒了,也该抽回退步,回头看看。……趁着紧溜之中,他出头一料理,众人就把往日咱们的恨暂可解了。"细观凤姐之论,就可以理解探春为何要拿自己的亲母作为示儆之例,以弃绝私情、坚守规矩来堵住悠悠众口。

《商君书·修权》载:"公私之分明,则小人不疾贤,而不肖者不妒功。"④相比于王熙凤的"私心藏奸",探春的光明磊落则减少了予人口实、积怨成患的可能性,为其新政的实现奠定了基础。故而西园主人评之曰:"至于探春不知有母,阿

---

① (清)王先慎:《韩非子集解》,钟哲点校,中华书局 2016 年版,第 307—308 页。
② 对于曹雪芹创造的十二金钗的人物性格,俞平伯先生评道:"作者对于十二钗,是爱而知其恶的。所以如秦氏底淫乱,凤姐底权诈,探春底凉薄,迎春底柔懦,妙玉底矫情,皆不讳言也。"参见俞平伯:《红楼梦研究》,《俞平伯论红楼梦》,上海古籍出版社 1988 年版,第 471 页。
③ 严可均辑:《全上古三代秦汉三国六朝文》(一),上海古籍出版社 2009 年版,第 35 页。
④ 高亨:《商君书注译》,中华书局 1974 年版,第 300 页。

附王夫人者,乃其深心大略,犹如狄怀英之附武氏。冀以一身见任,疏斥熙凤,权归李氏之意,所以探春摄政,凤姐与平儿共怀隐忧,极力周旋,非明征欤! 岂真不知有母哉?"①

《慎子·威德》篇载:"蓍龟,所以立公识也;权衡,所以立公正也;书契,所以立公信也;度量,所以立公审也;法制礼籍,所以立公义也,凡立公,所以弃私也。"②黄震《黄氏日钞》云:"其言依法以治曰:'投钩分财,投策分马,非钩策为均也,所以塞怨望也。'愚谓此一断于弊法者耳。若以理为断,则以吾心而裁轻重,何嫌耶? 然子华子亦曰:'分财贿而投钩策,非以夫钩策之能均也,使善恶多寡无所归怨也。盖当时之论已然矣,殆以戒人情之任私者耶?'"③

蓍龟、权衡、书契、度量以及法制礼籍均为立公的工具,它们的共同点是适用过程和结果不以或不完全以制定者与实施者的主观意志和价值判断为依据,适用过程带有着随机性、均平性,适用结果体现出客观性、公正性。"镜设精,无为而美恶自备;衡设平,无为而轻重自得""为人臣者,操契以责其名"(《申子·大体》),④明确法度,戒除人情,一方面,可以规避改革过程当中因人情关系滋生出的"五蠹""六虱""八奸"等现实障碍;另一方面,可以防止改革攻坚阶段改革对象对改革者产生积怨,造成后患。慎、申两家由因道而明法,为立公而弃私的共通之处,不仅为韩非的政治理论所吸收融合,也成为探春进行家事改革所恪守的实践准则。

(二) 探春的花签辞令与势术治理方法

赵姨娘一事后,探春又分别停支了贾宝玉、贾环、贾兰等人每月 8 两的家学用银,包括自己在内的小姐们每月二两头油、脂粉钱。待秋纹欲向探春回话时,平儿对她道:"你快回去告诉袭人,说我的话,凭有什么事,今日都别回。若回一件,管驳一件;回一百件,管驳一百件。"秋纹问为何如此,平儿说道:

> "正要找几处利害事与有体面的人来开例,作法子镇压,与众人作榜样呢。何苦你们先来碰在这钉子上? 你这一去说了,他们若拿你们也作一二

① 一粟:《红楼梦资料汇编》,中华书局 2004 年版,第 204 页。
② 许富宏:《慎子集校集注》,中华书局 2013 年版,第 18 页。
③ (宋) 黄震:《黄氏日钞》卷五十五,《文渊阁四库全书》(第 708 册),台湾商务印书馆 1986 年版,第 414 页。
④ 严可均辑:《全上古三代秦汉三国六朝文》(一),上海古籍出版社 2009 年版,第 35 页。

件榜样,又碍着老太太、太太;若不拿着你们做一二件,人家又说,偏一个向一个,仗着老太太、太太威势的就怕,不敢惹,只拿着软的做鼻子头。你听听罢,二奶奶的事,他还要驳两件,才压得众人口声呢。"

姚燮评之曰:"凡欲整顿积弊者,总是从有体面人做起,古来如此者不一而足。"①探春动怒后,平儿嘱咐众媳妇道:"你们太闹的不像了。他是个姑娘家,不肯发威动怒,这是他尊重,你们就藐视欺负他。……他撒个娇儿,太太也得让他一二分,二奶奶也不敢怎么。你们就这么大胆子,小看他,可是鸡蛋往石头上碰。"又补充道:"你们素日那眼里没人、心术利害,我这几年难道还不知道?二奶奶要是略差一点儿的,早叫你们这些奶奶们治倒了。……二奶奶在这些大姑子、小姑子里头,也就只单怕他五分儿。你们这会子倒不把他放眼里了。"

贾府中,贾母、王夫人、王夫人的侄女王熙凤及凤姐的心腹平儿,以探春为主导的理家者,以吴新登媳妇为核心的众奴仆,三个群体分别代表着家政的实际掌权者、暂领改革者与具体执行者三方阵营。她们之间的几番对话揭示出,探春之所以能够在复杂的利益关系中迅速落实各种省俭之法,除了她能够做到摒弃私情、明法立公外,还要倚仗王夫人、王熙凤赋予她的暂代家主的强势地位,以及她趁机拿生母、宝玉、众小姐等"体面人"及其"利害事"杀鸡儆猴,通过压制众人而树立起的威严。

先秦时期,"势"又写作"执"(《礼记·礼运》),有形势、势位、趋势等含义。"势"作为一种事物的客观存在状态,或事物间的相对关系,以及由此引起的变化趋向,本身并不带有贵贱价值判断。法家学者将其中自然物之间的"差异性位置关系",即势位这一义项,引申为政治领域中人们的社会地位、拥有的权力资源,以及由此产生的人际影响力和社会控制力。

《诗经》中,诗人常以"山有……隰有……"这一山、隰高低对举的自然物象,作为兴起男女之情或夫妇之爱等婚恋诗主题的套语,将各种植物的生长位势特征类比为女子依附于男性的社会特性。②《郑风·山有扶苏》写的是女子欢会时戏谑笑骂恋人;《唐风·山有枢》多被解释为诗人对守财奴的嘲笑,实则亦可理解为思妇对征夫有家而不归、有财物却不享受的怨刺与规劝;《秦风·晨风》中,妻

① 冯其庸辑校:《重校〈八家评批红楼梦〉》,青岛出版社2015年版,第1391—1392页。
② 李广宽、杨秀礼:《〈邶风·隰有苌楚〉怨妇悔婚说论》,《文艺评论》2011年第6期。

子疑心无情的丈夫忘记、抛弃了自己,心中充满不安和焦虑;《小雅·四月》中,诗人以男性的视角抒写主人公颠沛流离,怀念故乡与配偶,满腹相思哀怨。① 后世儒家注诗者将其中的一些男女言情意象引申为臣子比德托志,美刺或讽喻君王。② 例如,对于《邶风·简兮》的理解,《毛诗序》曰:"刺不用贤也。卫之贤者仕于伶官,皆可以承事王者也。"③ 朱熹《诗集传》云:"西方美人,托言以指西周之盛王,如《离骚》亦以美人目其君。又曰西方之人者,叹其远而不得见之辞也。"④《诗经》作者是否有怨刺君王、讽喻政治的内在动机,历来众说纷纭,考证者亦无从完全知晓。但这些解读视角无疑为后世文人抒写下位者与上位者的关系寄托己志奠定了创作基调。

中古以来,士人时常在诗中以植物的生长地势喻指自身所处的社会阶层,较为直接地表达着自己因出身卑微而怀才不遇、壮志难酬的愤世之情。例如,西晋太康诗人左思的名篇《咏史》其二云:"郁郁涧底松,离离山上苗。以彼径寸茎,荫此百尺条。世胄摄高位,英俊沉下僚。地势使之然,由来非一朝。"⑤ 左思出身寒门,且"貌寝,口讷""不好交游"。⑥ 在极为注重门第的魏晋时代,他虽然拥有才华又入世心切,却始终难以突破出身限制而得到重用。诗中,他用涧底之松与山上树苗生长的高低地势差距,来比喻寒素与贵胄之间的品级与阶层隔阂。

《红楼梦》第六十三回的夜宴占花游戏中,大观园的群钗们每人抽取了一只花签,上面的签词分别代表着她们各自的人格特质、情趣志向与命运归属。其中,探春所抽花签上的诗句为"日边红杏倚云栽"。蔡义江先生指出,这些花签上镌刻的诗句,极大部分均可见于旧时流行的《千家诗》,"因为人们比较熟悉,所以只要提起一句,就容易联想到全诗。这就便于作者采用隐前歇后的手法把对掣签人物的命运的暗示,巧寓于明提的那一句诗的前后诗句之中,而达到雅俗共赏的目的"。⑦ 探春这句诗出自晚唐高蟾的《下第后上永崇高侍郎》,全诗云:"天上

---

① 李炳海:《情感与哲理默契的复合象征——〈诗经〉山、隰对举发微》,《中州学刊》1990 年第 5 期;陈珍珍:《〈诗经〉"山有×,隰有×"考》,《洛阳师范学院学报》2011 年第 7 期。
② 鲁洪生、王美英:《〈诗经〉比兴中的"以男女喻君臣"》,《河北师范大学学报(哲学社会科学版)》2012 年第 4 期。
③ (唐)孔颖达:《十三经注疏·毛诗正义》卷第二,北京大学出版社 1999 年版,第 160 页。
④ (宋)朱熹:《诗集传》卷第二,赵长征点校,中华书局 2011 年版,第 32 页。
⑤ (梁)萧统:《文选》卷第二十一《诗乙》,李善注,上海古籍出版社 2011 年版,第 988 页。
⑥ (唐)房玄龄等:《晋书》卷九二《文苑传·左思》,中华书局 1996 年版,第 2376 页。
⑦ 蔡义江:《红楼梦诗词曲赋鉴赏》,中华书局 2016 年版,第 321—322 页。

碧桃和露种,日边红杏倚云栽。芙蓉生在秋江上,不向东风怨未开。"高侍郎为高湜,咸通十二年(871年)以中书舍人权知贡举,旋拜礼部侍郎。① 高蟾因名落孙山,便借诗向其发泄满腹牢骚。天上碧桃、日边红杏,皆指代豪门子弟或依附权贵而登科者,能够获得君王宠信,地位优渥;秋江芙蓉则用以比喻出身寒门的士子,因屡试不第无法改变所属阶层,心中充满怨气和愤慨,此处为诗人自况。可见,这是士人将自己的感触代入到了本不会有情绪的花卉中,又一次借植物生长的地域之别代指自己与他人的地位差异。本回中,曹雪芹将这首诗配予探春,是在暗喻她因受到家族位高权重者的赏识,由庶女身份转变为家主身份而发生的势位转变。

第五十五回中,凤姐为探春慨叹道:"你那里知道? 虽然正出庶出是一样,但只女孩儿却比不得儿子。将来作亲时,如今有一种轻狂人,先要打听姑娘是正出是庶出,多有为庶出不要的。"《大清律例·户律·婚姻》律文载:"凡男女定婚之初,若(或)有残(废或)疾(病)、老幼、庶出、过房(同宗)、乞养(异姓)者,务要两家明白通知,各从所愿,(不愿即止,愿者同媒妁)写立婚书,依礼聘嫁。"馆员按云:"此言婚姻之道,宜谨始也。残疾等项,兼男女言。"② 一方订婚者是否庶出与身体是否残疾等情况,同属于婚前必须告知另一方的事项;否则,对方可以不知情为由提出悔婚。足见时人对于缔结婚姻对象正庶身份颇为重视。王伯沆对这类社会现象评道:

> 清初风气,嫡庶之分最严,满汉皆相似也。偶忆雍正时,大学士尹泰侧室徐氏,文端生母也。文端年少已督云贵,其生母徐氏尚日侍尹泰会客,不敢避。乾隆时,江宁吴鼎昌弟兄三人官皆至监司,其母受封至二品。母卒,嫡母不许走大门。临发丧,子三人共卧母棺上,始由大门舁出,人咸哀之。道、咸时,临川李小湖大理、固始吴子健中丞,皆以庶子,不为嫡所齿。此犹指男子言也。若女子,则同治间湘乡曾文正夫人欧阳氏为次子订婚,几以其女为贺耦耕中丞妾出作废。后赖文正婉转解释,始成。③

到了清代中晚期,嫡庶之别虽业已淡化,但包括清初在内的整个帝制时代,

---

① 陈贻焮:《增订注释全唐诗》(第四册),文化艺术出版社2001年版,第975页。
② 郭成伟:《大清律例根原》(一),上海辞书出版社2012年版,第451页。
③ 王伯沆:《王伯沆红楼梦批语汇录》,江苏古籍出版社1985年版,第590页。

等级划分不仅存在于阶层或性别之间，贵族社会内部更是按照细密的差序位次层层构建起来的。探春所象征的寒素阶层士人们想要凭借个人才能积极用世，就必须要倚赖上位者赋予其相应的势位和权力。

《韩非子·功名》篇载："夫有材而无势，虽贤不能制不肖。故立尺材于高山之上，下则临千仞之溪，材非长也，位高也。桀为天子，能制天下，非贤也，势重也；尧为匹夫，不能正三家，非不肖也，位卑也。"①君主、臣僚、平民、奴隶因地位存在高低差异，所以手中握有的权力大小有别，故而对他人、社会施加的影响力和控制力不同。这便是慎到、韩非所强调的国家治理中的势位要素。

类似比喻还见于《慎子·威德》篇：

> 故腾蛇游雾，飞龙乘云，云罢雾霁，与蚯蚓同，则失其所乘也。故贤而屈于不肖者，权轻也；不肖而服于贤者，位尊也。尧为匹夫，不能使其邻家。至南面而王，则令行禁止。由此观之，贤不足以服不肖，而势位足以服不肖，而势位足以屈贤矣。故无名而断者，权重也；弩弱而矰高者，乘于风也；身不肖而令行者，得助于众也。②

篇中，慎到用不同种动物生活的地理位置差异，比喻政权统治者所处的政治地位变迁，充分揭示出势位的客观性与控制力，并对儒家贤人治世成就条件的充分性提出了质疑——"弃道术，舍度量。以求一人之识识天下，谁子之识能足焉?"③

《韩非子·难势》篇转述了慎到的这段势治之说后，又通过"应慎子"者的诘难，以及"复应之"者的辩驳，反复地讨论着势治与贤治的关系。"应慎子"者一方面承认了势位的重要性，另一方面则认为它是一柄双刃剑。④ 同样是利用权势，贤者与匹夫的治理效果却大相径庭，绝不可专任权势而放弃选贤举能。"复应之"者在"应慎子"者论断的基础上指出，动物的习性是顺应自然力量而形成的，政治格局中的人事安排则要倚赖人为之力造就。与其待贤防暴，不如让统治者

---

① （清）王先慎：《韩非子集解》，钟哲点校，中华书局 2016 年版，第 223 页。
② 许富宏：《慎子集校集注》，中华书局 2013 年版，第 9 页。
③ 许富宏：《慎子集校集注》，中华书局 2013 年版，第 82 页。
④ 宋洪兵：《中国现代学术史上的一桩公案——〈韩非子·难势〉篇"应慎子曰"辩证》，《哲学研究》2008
年第 12 期。

坚守法度、保持势位,这样就算君王仅有中人资质也能治理好国家。①

　　实际上,慎到将"贤智"与"势位"放在一起对比,根本意图只是想更加鲜明地凸显"势位"在政治领域的极端重要性,并没有批判"贤智"的意味。②《红楼梦》的作者同样没有执着于篇中三人的矛盾焦点,对他们的论点做出非此即彼的价值评判,而是选取了各方观点中的合理成分,塑造出贾探春这位既有品行才干又能借势酬志的理想式法家人物,并辅之以"贤"者宝钗调和探春人格中的"刻者"一面,从而避免任何一方的政治理念在实践中走向极端化。

　　值得注意的是,虽然探春性格刚烈,地位强势,办事果决,兴儿说她是扎手的"玫瑰花",连王夫人、凤姐都对她心存几分忌惮,但在整个理家过程中,探春行事始终严守职分,从未有恃宠而骄、滥施威刑或超越权限等失礼逾矩之举。

　　第六十二回中,众人为宝玉等人庆祝生日而游园集会时,林之孝家的和一群女人带了一个媳妇进来,向探春汇报家事等她定夺,说道:

　　　　"这是四姑娘屋里小丫头彩儿的娘,现是园内伺候的人。嘴很不好,才是我听见了,问着他,他说的话也不敢回姑娘。竟要撵出去才是。"探春道:"怎么不回大奶奶?"林之孝家的道:"方才大奶奶往厅上姨太太处去,顶头看见,我已回明白了,叫回姑娘来。"探春道:"怎么不回二奶奶?"平儿道:"不回去也罢,我想回说一声就是了。既这么着,就撵他出去,等太太回来再回,请姑娘定夺。"探春点头,仍又下棋。

此时,黛玉和宝玉两人正站在远处观看着他们的对话。黛玉对宝玉说道:

　　　　"你家三丫头倒是个乖人。虽然叫他管些事,也倒一步不肯多走。差不多的人,就早坐起威福来了。"宝玉道:"你不知道呢。你病着时,他干了几件事,连园子也分了人管,如今多掐一根草也不能了。又蠲了几件事,单拿我和凤姐姐做筏子。最是心里有算计的人,岂止乖呢。"

何谓"乖"呢?《韩非子·二柄》篇载:

---

① （清）王先慎:《韩非子集解》,钟哲点校,中华书局2016年版,第424—429页。
② 宋洪兵:《韩非"势治"思想再研究》,《古代文明》2007年第2期。

昔者韩昭侯醉而寝,典冠者见君之寒也,故加衣于君之上。觉寝而说,问左右曰:"谁加衣者?"左右对曰:"典冠。"君因兼罪典衣与典冠。其罪典衣,以为失其事也;其罪典冠,以为越其职也。非不恶寒也,以为侵官之害甚于寒。故明主之畜臣,臣不得越官而有功,不得陈言而不当。越官则死,不当则罪。守业其官,所言者贞也,则群臣不得朋党相为矣。①

所谓"术",古文作"術",从行,术声,《说文》解释为"邑中道也",引申为做事的方法、途径、学说、策略等。韩非用"术",指的是君王运用权力驾驭臣下的手段和技巧。这则故事中,韩昭侯任申不害为相治理国家,并认真奉行其主张:君主要掌控、驾驭臣下,应该做到职责明确,这样才能"循名责实",准确地核查官吏的政绩,同时让他们之间互相监督和制衡,防止臣下揽权或推卸责任。这便是申不害着重强调的人君御臣的权责分立之"术"——"君操其柄,臣事其常"(《申子·大体》),韩非子虽然并不完全赞同申子的术治之说,但他亦反复强调,臣下应各司其职,君主绝对不能允许臣子有兼官的现象,即所谓"一人不兼官,一官不兼事"(《韩非子·难一》),"治不逾官,虽知弗言"(《韩非子·难三》)。

《红楼梦》中,虽然王夫人外出未归,王熙凤身体尚未痊愈,李纨心如槁木,不喜揽事,但她们仍是家族事务实际和名义上的掌管者,也是探春所处势位、手中事权的赋予者和监督者。在对家务做出决定前,探春作为家中小辈和家事暂理人,必须要征求她们的意见才不算违礼和越权——"一句多话也没我乱说的"。因此,黛玉评价探春是个"乖人""一步不肯多走"。探春的"乖",即指她全身心扮演着"人臣"角色,因循礼法、谨慎行事,恪守申、韩所主张的职当其位、权责明确与名实相副的术治理念。

那么,又何谓"心里有算计"呢?宝玉是贾府的宠儿,且与探春非常亲厚;凤姐是家务的主管,且极受贾母喜爱。探春拿宝玉和凤姐做"筏子",是将与自己亲近友爱者、家族地位优渥者作为首当其冲的革旧对象,借此在众奴仆间树立起自己的诚信和威严,巩固自己作为临时家主的优势地位。

韩非也将这一家族治理模式引申为国家治理策略。《韩非子·内储说上·七术》篇载:"爱多者则法不立,威寡者则下侵上。"《韩非子·六反》篇载:"母之爱子也倍父,父令之行于子者十母;吏之于民无爱,令之行于民也万父

---

① (清)王先慎:《韩非子集解》,钟哲点校,中华书局2016年版,第44页。

母。父母积爱而令穷,吏用威严而民听从,严爱之筴亦可决矣。……明主知之,故不养恩爱之心,而增威严之势。故母厚爱处,子多败,推爱也;父薄爱教笞,子多善,用严也。"①探春本有着男子的气概和志向,在改革阶段,她按照父权式的家国治理方法,"以威代爱"、②舍弃私情、不计亲疏,凭借手中权势逐渐积累起个人威望,贯彻着"七术"中君主"必罚明威"这一"以法术御其臣"的术治手段。

第七十三回中,迎春的累金凤被乳母偷走赌钱,但迎春却因性格懦弱打算得过且过,徒留丫鬟与玉柱儿媳妇争辩。探春碰巧与宝钗等人来探望迎春,听闻了状况,探春一面训斥仆妇,一面对自己的丫鬟侍书使眼色,侍书随即会意,出去将此事汇报给了平儿。平儿进来后,探春对她说道:

> "我且告诉你,若是别人得罪了我,倒还罢了。如今这玉柱儿媳妇和他婆婆,仗着是嬷嬷,又瞅着二姐姐好性儿,私自拿了首饰去赌钱,而且还捏造假账,逼着去讨情,和这两个丫头在卧房里大嚷大叫,二姐姐竟不能辖治。所以我看不过,才请你来问一声:还是他本是天外的人,不知道理? 还是有谁主使他如此,先把二姐姐制伏了,然后就要治我和四姑娘了?"平儿忙赔笑道:"姑娘怎么今日说出这话来? 我们奶奶如何担得起?"探春冷笑道:"俗语说的,'物伤其类,唇亡齿寒',我自然有些心惊么。"

探春为迎春失去金凤首饰一事发表的峻切言辞,正符合《慎子·威德》篇所论:"毛嫱、西施,天下之至姣也。衣之以皮倛,则见者皆走;易之以玄緆,则行者皆止。由是观之,则玄緆,色之助也。姣者辞之,则色厌矣。"③在传统社会的等级结构中,若要驾驭地位低于自己的人,上位者自身必须首先保持尊严、切合法度、树立威势。为此,不同阶层的人需要通过穿戴不同类型的衣着服饰以示尊卑之别。清律"服舍违式"例文载:"妇女僭用金绣闪色衣服,金宝首饰、镯钏(言金宝,则止用金饰无珠宝不禁)及用珍珠缘缀衣履,并结成补子、盖额、璎珞等件,事发,俱照律治罪。"④贾府小姐们的攒珠累金凤是象征其所有者地位和权力的贵

---

① （清）王先慎:《韩非子集解》,钟哲点校,中华书局 2016 年版,第 456—457 页。
② 杨义:《〈韩非子〉还原》,《文学评论》2010 年第 1 期。
③ 许富宏:《慎子集校集注》,中华书局 2013 年版,第 7 页。
④ 马建石、杨育裳:《大清律例通考校注》,中国政法大学出版社 1992 年版,第 560 页。

重饰物,它的丢失则意味着,迎春因其软弱木讷,无力以礼法规囿奴仆,致使其与下人之间的尊卑秩序发生了错乱。

本回中,在众人未曾注意的时候,探春已用眼色指使丫鬟将平儿叫来,与平儿里应外合地震慑了仆妇。宝琴见此笑道:"三姐姐敢是有驱神召将的符术?"黛玉应道:"这倒不是道家法术,倒是用兵最精的所谓'守如处女,出如脱兔','出其不备'的妙策。"实际上,探春这回对玉柱儿媳妇言行拨乱反正所使用的"妙策",与压制吴新登媳妇"刁奴欺主"一样,均是她依傍礼法、运用权势,"乘威严之势以困奸邪之臣"(《韩非子·奸劫弑臣》)的术治策略。

第七十四回中,王夫人因发现绣春囊一事,受邢夫人陪房王善保家的挑唆,便命其与王熙凤在入夜后,趁着园中众钗没有防备抄检大观园。在他们走到探春住处前,却"早有人报与探春了,探春也就猜着必有原故,所以引出这等丑态来,遂命众丫鬟秉烛开门而待"。众人行至秋爽斋后,探春命丫鬟们把自己下人的箱子一齐打开,主动请他们抄阅,并故意说自己是包庇奴仆的"窝主"。凤姐、周瑞家的只好赔笑道歉,不敢再真动手搜查,命人将箱子合上。王善保家的却无视主仆之分,掀了探春衣服,被探春扇了巴掌,又被痛骂了一顿。

《韩非子·内储说上·七术》篇载:

> 韩昭侯使骑于县。使者报,昭侯问曰:"何见也?"对曰:"无所见也。"昭侯曰:"虽然,何见?"曰:"南门之外,有黄犊食苗道左者。"昭侯谓使者:"毋敢泄吾所问于女。"乃下令曰:"当苗时禁牛马入人田中,固有令。而吏不以为事,牛马甚多入人田中。亟举其数上之;不得,将重其罪。"于是三乡举而上之。昭侯曰:"未尽也。"复往审之,乃得南门之外黄犊。吏以昭侯为明察,皆悚惧其所而不敢为非。[①]

这则故事中,韩昭侯所用的"术"为《内储说上》所列七术之一"挟知而问",即君主掌握了事实之后反而询问臣子,"藏之于胸中,以偶众端,而潜御群臣者也"(《韩非子·难三》),以此增加自己在臣子心目中的神秘感、洞察力和威慑力。这样,官员们就会认为君主无所不知,不敢再轻易作奸犯科。由此看来,探春"心里的算计",除了之前拿宝玉、凤姐做筏子以"明威",还包括这里仿照韩昭侯提前探

---

① (清)王先慎:《韩非子集解》,钟哲点校,中华书局2016年版,第254页。

问搜查情况的"挟智",以及通过"倒言"——说反话用反事来检验自己所怀疑之事——了解到抄检大观园为仆妇教唆促成这一"奸情"。不过是一个短短的查抄情节,韩非的"七术"已备其三。

与此同时,探春心地正大光明,言辞有理有节,又淡化了法家驭术中带有的权诈色彩。第七十五回中,探春对李纨说道:"告诉你罢,我昨日把王善保家那老婆打了,我还顶着罪呢。不过背地里说我些闲话,难道也还打我一顿不成?"张新之评曰:"声情曲肖,至理存焉。"①可以说,探春以各式驭人之术维持着家族的尊卑结构和运行秩序,压制着府内和谐的表面之下暗藏的支系冲突和阶层矛盾,为实现"得效度数之言,上明主法,下困奸臣,以尊主安国者也"(《韩非子·奸劫弑臣》)的治理目标而恪尽职守。

综上而言,法家理论不仅有着深厚的学术渊源,也是长期政治实践的产物。曹雪芹利用"蕉叶覆鹿""日边红杏"等带有现实主义色彩的典故、意象及其背后的法律文化,巧妙地塑造了贾探春这一虽为庶女出身却才能敏捷、志向高远的入世人物形象。作为家族事务的代理者,她既能以君主之法驭下,又坚持以臣子之行敬上,在兴利除弊的改革过程中,始终占据着主导地位,全面展示出其抱法处势、秉公去私、明理忍情,甚至有些刻薄寡恩的司法者形象,践行着"法""势""术"互生相用的法家执政思想。探春也由此成为寄托传统士人经世志向与政治理想的巾帼英雄。

第二节　大观园的空间意象与
贾探春的儒家思想

一、贲于丘园:帝王政治与明清士人的隐逸思想

（一）君臣关系与士人的隐居生活

《红楼梦》中,大观园各处屋舍、庭院的居住者除了贾宝玉之外,均为贾府中的闺阁女子。她们或是尚未出嫁,或者已经丧偶,隔离于外部社会和家族中的成熟男子,过着无性、富足而诗意的贵族式理想生活。第八十回中,迎春婚后返家,

---

① （清）曹雪芹、高鹗:《红楼梦》（三家评本）,上海古籍出版社 1988 年版,第 1239 页。

被问及想在哪里安歇时,便感慨道:"乍乍的离了姊妹们,只是眠思梦想;二则还惦记着我的屋子。还得在园里住个三五天,死也甘心了。"

值得注意的是,自六朝开始直到明清,在传统士人的观念中,此类隔离于外在社会的园林空间,并非代表着限制和封闭,也并未直接与男女性别相对应,而是臣民逃避政治干扰、追求心灵自由、回归本性生活的隐居场所与独立人格的象征符号。这不仅体现在自东晋"隐逸诗人之宗"①陶渊明叙写田家隐居生活、抒发孤介清高之志后,历代文士们仿照陶诗、陶文的风格和体式,创作了大量田园主题诗文效陶、奉陶、和陶,表达自己"不事王侯,高尚其事"(《周易·蛊·上九》)的归隐意向,还体现于六朝志怪小说、唐代诗文和传奇中,开始频繁出现隔绝于尘世的超现实与神道化空间,例如山林、洞穴、神界、仙境、地狱等。主人公通过"上穷碧落下黄泉",可以暂时摆脱世俗纷扰,成就各类梦想,展现出时人渴望逃离政治社会的隐逸思想,或者门第婚姻压力下的慕仙心理。②

此外,政权统治者也自这一时期开始,在官修正史中为托疾、托孝或老耄辞官回归山林田野的隐士和逸民立传,这无疑是对险恶的政治环境下,隐逸人士数量急剧增加的社会现实的变相承认和默许。③ 一方面,统治阶层可以借此来缓解士族的不满情绪,并向世人暗示,隐者已被纳入政权覆盖范围,受到了礼敬和重视,从而笼络人心、引导舆论——野无遗贤表明政治清明,野有遗贤也可以表明当局宽宏大量。④ 另一方面,清流文人往往以拒绝征辟、耻事新朝的态度向官方表明政治倾向,标榜自身人格忠贞。⑤ 总体而言,在中古时期,朝野双方始终保持着消极对立而又互利共生的微妙平衡关系。

君臣之间以招隐、反招隐的互动形式表现出的博弈关系和对峙局面,在唐代律令中亦可见其端倪。《唐律疏议·名例》"以理去官"条(15)载:"诸以理去官,与见任同。(解虽非理,告身应留者,亦同。)"又"赠官及视品官,与正官同。(视六品以下,不在荫亲之例。)"⑥明清律沿袭了本条规定。《大清律例·名例律》"以理去官"条载:"凡任满得代、改除、致仕等官,与见任同。(谓不因犯罪而解任

---

① (梁)钟嵘:《诗品集注》(增订本)(下),曹旭集注,上海古籍出版社 2011 年版,第 337 页。
② 石昌渝:《中国小说源流论》(修订版),生活·读书·新知三联书店 2014 年版,第 126—127 页。
③ 《后汉书·逸民传·序》载:"汉室中微,王莽篡位,士之蕴藉义愤者甚矣。是时裂冠毁冕,相携持而去之者,盖不可胜数。"参见(南朝)范晔:《后汉书》卷八十三《逸民列传第七十三》,中华书局 1973 年版,第 2756 页。
④ 胡秋银:《论汉南朝的隐逸政策》,《社会科学辑刊》2002 年第 1 期。
⑤ 蒙金含:《从正史〈隐逸传〉看陶渊明身份建构的政治色彩》,《中华文化论坛》2016 年第 6 期。
⑥ 刘俊文:《唐律疏议笺解》(上册),中华书局 1997 年版,第 162—163 页。

者，若沙汰冗员、裁革衙门之类。虽为事解任降等不追诰命者，并与见任同。）封赠官与（其子孙）正官同。"①

"以理去官"即指法定的正当离职事由，②例如因年老或疾病致仕，任满后后任接替前任，政府裁剪官员额缺，以及废除州县建置等。其中，唐律"赠官及视品官，与正官同"《疏》议曰："赠官者，死而加赠也。令云：'养素丘园，征聘不赴，子孙得以征官为荫。'"这里的"令"可能是"选举令"中的征官荫子制。③

"素养丘园"则来自《周易》的第五爻爻辞。《易·贲·六五》云："贲于丘园，束帛戋戋，吝，终吉。"荀爽注《象》曰："艮山震林，失其正位，在山林之间，贲饰丘陵，以为园圃，隐士之象也。"李鼎祚按："五下应二，'贲于'者，贲二也。二互体坎，坎为隐伏，隐士之象也。……《九家·说卦》曰：'坎为丛棘'，园有树林，'丘园'之象也。……吴薛综释此《爻》云：'古者招士，必以束帛，加璧于上'是也。"④尚秉和解释"束帛戋戋"说道："坤为帛，乾圜约其两端，故曰束帛。……俗解因戋通残，便训戋戋为薄物，又或作残落者，非也。《仪礼·士冠》《士虞礼》《周礼·大宗伯》注，皆以束帛为十端，每端丈八尺，两端合卷，总为五匹。皆与《子夏传》同。然则束帛五匹者，乃先王之定制。戋戋乃形容束帛之盛，谓薄物固非，残落尤谬也。"⑤以卦体爻象而论，《贲》卦外卦为艮卦、为山，上互为震卦、为林，下互为坎卦、为隐伏，本爻描述的是士之贤者远离庙堂、回归山林，修饰自家田园，过着隐居生活；上位者虽持厚礼招贤求才，士人却不应征召的君臣关系与政治格局。

史传、诗文作者也常以"贲于丘园"这一意象代指士人归隐园林，征辟不就，高蹈世外。例如范晔《逸民传论》载："光武侧席幽人，求之若不及，旌帛蒲车之所征贲，相望于岩中矣。若薛方、逢萌聘而不肯至，严光、周党、王霸至而不能屈。"⑥谢灵运常将《周易》中的卦爻辞引入诗文，其诗赋中用《贲·六五》"丘园"一词共4次，均是为了表达自己的归隐之思。⑦《晋书·隐逸传》收录传主46人，达到了历代隐士列传录入人数之最。⑧《晋书·庾峻传》记载，西晋初，庾峻曾上疏建议武帝利用在野士人的道德清望来改善朝臣争竞、官场贪浊的社会风气，疏云：

①　马建石、杨育裳：《大清律例通考校注》，中国政法大学出版社1992年版，第224页。
②　刘晓林：《唐律疏议中的"理"考辨》，《法律科学（西北政法大学学报）》2015年第4期。
③　［日］仁井田陞：《唐令拾遗》，栗劲等编译，长春出版社1989年版，第216—217页。
④　（唐）李鼎祚：《周易集解》（上册），九州出版社2006年版，第223页。
⑤　尚秉和：《周易尚氏学》，张善文点校，中华书局2016年版，第110—111页。
⑥　（梁）萧统：《文选》卷第五十《史论》，李善注，上海古籍出版社2011年版，第2214—2215页。
⑦　张一南：《谢灵运诗文化用〈易〉典方式研究》，《云南大学学报（社会科学版）》2014年第2期。
⑧　王营绪：《二十四史〈隐逸传〉编撰研究》，福建师范大学硕士学位论文，2007年。

"山林之士,被褐怀玉,太上栖于丘园,高节出于众庶。其次轻爵服,远耻辱以全志。最下就列位,惟无功而能知止。彼其清劲足以抑贪污,退让足以息鄙事。故在朝之士闻其风而悦之,将受爵者皆耻躬之不逮。斯山林之士、避宠之臣所以为美也,先王嘉之。节虽离世,而德合于主;行虽诡朝,而功同于政。故大者有玉帛之命,其次有几杖之礼,以厚德载物,出处有地。既廊庙多贤才,而野人亦不失为君子,此先王之弘也。"①

南北朝时期,韦夐历经北魏、北周两朝的十次征辟,却一直隐居不仕。即便如此,北周君主仍然以礼厚待他,明帝号其为"逍遥公"。《北史》论赞评曰:"隐不负人,贞不绝俗,怡神坟籍,养素丘园,哀乐无以动其心,名利不足干其虑,确乎不拔,实近代之高人也。明帝比诸园、绮,岂徒然哉!"②《旧唐书·隐逸传·序》载:"前代贲丘园,招隐逸,所以重贞退之节,息贪竞之风。"③同传又记述孔述睿曾两度受征辟,每次就任不久后便辞官归隐嵩山。德宗诏之曰:"卿怀伊挚匡时之道,有广成嘉遁之风。养素丘园,屡辞命秩。朕以崆山问道,渭水求师,亦何必务执劳谦,固求退让。无违朕旨,且启乃心。"④孔述睿无法推辞,只得再次就任。此后,他又多次上表托疾罢官,最终以致仕回归乡里。德宗赐其衣帛,以示君主对儒者的优宠和恩惠。北宋天圣七年(1029年),仁宗为招徕人才,特别增设"高蹈丘园""沉沦草泽""茂才异等"三科为制举科目,以弥补常举制度的不足,期待"词理优长"的高尚隐逸之士能够主动入其彀中。⑤ 事实上,这并非宋代君主的首创,唐时已有"幽素""销声幽薮""高蹈丘园"一类制举科目,统设于"旌贲隐逸"这一总名目之下,初唐四杰之一王勃便是在乾封元年(666年)以幽素举得第的士子之一。⑥

细究这些传主的身份,再结合群雄割据或帝国初建的时代背景进行分析,不难发现,士人隐逸之风的盛行,表面看似是社会潮流对于高士德行和名士风骨的肯定与提倡,而实际上,这类现象的背后无疑有王室的默许乃至鼓励在推波助

---

① (唐)房玄龄等:《晋书》卷五十《列传第二十·庾峻》,中华书局1996年版,第1392—1393页。该奏疏又名《上疏请易风俗兴礼让》,《全晋文》卷三十六,严可均辑:《全上古三代秦汉三国六朝文》(三),上海古籍出版社2009年版,第242页。

② (唐)李延寿:《北史》卷六十四《列传第五十二》,中华书局1974年版,第2291页。

③ (后晋)刘昫:《旧唐书》卷一百九十二《列传第一百四十二·隐逸》,中华书局1975年版,第5115页。

④ (后晋)刘昫:《旧唐书》卷一百九十二《列传第一百四十二·隐逸》,中华书局1975年版,第5130页。

⑤ [元]脱脱等:《宋史》卷一百五十六《志第一百九·选举二》,中华书局1977年版,第3647页;《宋会要辑稿》(第九册),刘琳等校点,上海古籍出版社2014年版,第5461—5462页。

⑥ 查正贤:《论制举与唐代隐逸风尚的关系》,《文学遗产》2009年第5期。

澜。除此之外,更重要的一点是辞官归隐人数与频率的增加恰恰说明,正是由于这一时期的士族能够凭借其政治地位、文化优势、财力以及声誉,与已被世族削弱或尚未完全集中的王权相抗衡,他们才"敢"多次以老疾、丁忧、尽孝等理由退出官场,在自家园林中伤时晦迹,素养清望。

时至元代,元史虽为明代馆阁官修的第一部史书,很大程度上代表着明初的官方意识形态,但通过文本,仍可看出元代统治阶层与隐士群体之间互不相妨、互敬互利的政治立场和心理倾向。《元史·隐逸传·序》载:"元之隐士亦多矣,如杜瑛遗执政书,暨张特立居官之政,则非徒隐者也,盖其得时则行,可隐而隐,颇有古君子之风。而世主亦不强之使起,可谓两得也已。"①

(二) 皇权集中下隐逸风气的转变

经过明初到明代中叶的一段时期,隐逸之风似乎发生了转变。《明史·隐逸传·序》载:

> 韩愈言:"《蹇》之六二曰'王臣蹇蹇',而《蛊》之上九曰'高尚其事',由所居之时不一,而所蹈之德不同。"夫圣贤以用世为心,而逸民以肥遁为节,岂性分实然,亦各行其志而已。明太祖兴礼儒士,聘文学,搜求岩穴,侧席幽人,后置不为君用之罚,然韬迹自远者亦不乏人。迨中叶承平,声教沦浃,巍科显爵,顿天网以罗英俊,民之秀者无不观国光而宾王廷矣。其抱瑰材,蕴积学,槁形泉石,绝意当世者,靡得而称焉。②

朱元璋在渡江前的至正年间,就四方搜罗儒士,将他们纳入礼贤馆;定鼎之初,又屡次下诏要求各地寻访、举荐隐于山林、岩穴、田间的贤才,命有司持礼征聘并遣送京城,以便收为国用。③ 例如,洪武元年(1368 年),朱元璋下诏求贤曰:"朕惟天下之广,固非一人所能治,必得天下之贤共理之。向以干戈扰攘,疆宇彼此,致贤养民之道未之深讲。虽赖一时辅佐,匡定大业,然怀材抱德之士尚多隐于岩穴,岂有司之失于敦劝欤?"④洪武二年(1369 年)二月,太祖下诏编修元史,

① (明) 宋濂等:《元史》卷一百九十九《列传第八十六·隐逸》,中华书局 1976 年版,第 4473 页。
② (清) 张廷玉等:《明史》卷二百九十八《列传第一百八十六》,中华书局 1974 年版,第 7623 页。
③ 李兵:《科举成"永制":朱元璋试行荐举后的选择》,《厦门大学学报(哲学社会科学版)》2013 年第 6 期。
④ (明) 胡广等:《明太祖实录》卷三十五,洪武元年九月癸亥,台北"中研院"历史语言研究所校勘本 1962 年版,第 629—630 页。

征召汪克宽、胡翰、陶凯、高启、赵汸等山林隐逸之士16人为纂修官,八月"各赏白金三十三两,文绮帛各四匹"。① 洪武三年(1370年),上谕廷臣曰:"六部总领天下之务,非得学问博洽、才德兼美之士不足以居之。其有贤才隐居山林,或屈在下僚,朕不能周知。卿等其悉举以闻,朕将用之。于是诏天下曰:'……今朕肇基江左,统有万邦,稽古建官,期臻至治永。惟六部政繁任重,而在位未尽得人,岂朕用贤之道未广欤? 抑贤智之士抗其志节而甘隐于岩穴欤? 诏下之日,有司其悉心推访,以礼遣之。'"② 洪武四年(1371年),太祖"命中书省征天下儒士、贡举下第者及山林隐逸,悉起赴京。其有业农而有志于仕才堪任用者,俱官给廪传遣之"。③ 洪武六年(1373年),太祖暂停科举的两个月后即下诏求贤:"今山林之士岂无德行文艺之有称者,宜令有司采举,备礼遣送至京,朕将任用之,以图治。"④洪武十三年(1380年)以后,受空印案株连的大量官员被杀,各级官僚机构急需补足额缺,朱元璋频繁颁布荐举贤才的诏令,加大了荐举人才的力度。例如当年六月太祖召儒士吕慎明敕曰:"古之贤者多隐处岩穴,甘乐贫贱,必待有道之君,以礼征聘,然后出为时用。……今天下不患无贤才,特虑朕求之之道未至耳。"⑤洪武十四年(1381年),他又发布求贤令云:"今再诏寰宇之内,果有才高识广之士,隐于耕钓,困于羁旅,虽有至智,一时不能自伸者,有司以礼敦遣,朕将尊显之。"⑥洪武十九年(1386年)再诏天下曰:"山林岩穴隐逸之士,有司旁求博访,以礼敦遣,赴京量材录用。"⑦

不同于以往的君主,朱元璋求贤若渴,诏令措辞谦抑,希望尽可能将政治人才收入麾下佐君治民,极不赞成士人隐居山野、独善其身;又作《严光论》借古讽今,严厉斥责严光是沽名钓誉之徒,与他在《明史·隐逸传》表达的对隐逸风气的批判态度相呼应。无怪乎传中所记载的12人中,7人都是由元入明,不受征召尚属于正常之举,但其余几人中,诸如刘闵等力辞官职之际,仍须由知府"请遂其志",得到朝廷批准方能合法隐居。⑧ 相应地,《明史》中也再没有出现过"丘园"

① 《明太祖实录》卷四十四,洪武二年八月癸酉,第865页。王世贞《赏赉考》记赏金数额为"各赏白金三十三两"。(明)王世贞:《弇山堂别集》卷七十六《赏赉考上》"修史之赏",中华书局2006年版,第1469页。
② 《明太祖实录》卷四十九,洪武三年二月戊子,第972—973页。
③ 《明太祖实录》卷六十四,洪武四年四月丙午,第1220—1221页。
④ 《明太祖实录》卷八十一,洪武六年四月辛丑,第1465页。
⑤ 《明太祖实录》卷一百三十二,洪武十三年六月甲申,第2097页。
⑥ 《明太祖实录》卷一百三十五,洪武十四年正月丙辰,第2142—2143页。
⑦ 《明太祖实录》卷一百七十八,洪武十九年五月甲辰,第2697页。
⑧ 李治安:《元和明前期南北差异的博弈与整合发展》,《历史研究》2011年第5期。

一词。

　　洪武二十年(1387 年)，太祖将"寰中士夫不为君用"相关条目列入《御制大诰三编》，[1]宣布拒征行为违制入刑，"罪至抄札"[2]——"诛其身而没其家"，[3]洪武朝重典治吏举措之峻烈可谓昭然若揭。[4] 自此，至少在官方语境下，君主对于士人归隐丘园之风不再被动忍耐，或礼让尊重，而倾向于以强制力干预、矫正甚至扑灭。士大夫出处去就的话语权与进退之道的选择权被剥夺了，君主与隐士之间自中古以来形成的制衡关系也随之被彻底打破。

　　赵汸《送操公琬先生归番阳序》云：

　　　　圣天子既平海内，尽挈胜国图史典籍归于京师，乃诏修《元史》，起山林遗逸之士使执笔焉。凡文儒之在官者无与，于是在廷之臣各举所知以应诏。汸以衰病屡谢征命，亦误在选中使者至郡。太守、将吏皆能言其病状，然莫肯受其咎者，故不得终辞。……士之在山林与在朝廷异，其于述作也亦然。……今吾人挟其山林之学以登于朝廷之上，则其茫然自失，凛然不敢自放者，岂无所惧而然哉？尚赖天子明圣，有旨即旧志为书，凡笔削悉睿断，不以其所不能为诸生罪，蒙德至渥也。于是先生得以病辞归，而支离昏昧如汸者亦得以预闻纂修自诡，岂非其幸欤？[5]

　　山林隐逸之士虽然不愿长留朝堂、忍受政治压力，辞官时却不得不小心翼翼，反复自贬、颂圣方能求得退藏于野的机会。张岱《征修明史檄》云："宋景濂撰《洪武实录》，事皆改窜，罪在重修；姚广孝著《永乐全书》，语欲隐微，恨多曲笔。后焦芳以金壬秉轴，丘濬以奸险操觚。《正德编年》，杨廷和以掩非饰过；《明伦大典》，张孚敬以矫枉持偏。后至党附多人，以清流而共操月旦；因使力翻三案，以

①　关于明《大诰》各编及条目的具体颁行时间，参见杨一凡：《明〈大诰〉的颁行时间、条目和诰文渊源考释》，《中国法学》1989 年第 1 期。
②　(清) 张廷玉等：《明史》卷九十三《志第六十九·刑法一》，中华书局 1974 年版，第 2284 页。
③　(明) 朱元璋：《御制大诰三编》"苏州人材第十三"，《续修四库全书》第 862 册，上海古籍出版社 1996 年版，第 332 页。
④　有研究者指出，朱元璋所定的《大诰》三编中多次出现"敢有"两字。《大诰》是以皇帝个人名义而非朝廷名义颁布于天下，特别是对官僚士大夫而言，"敢有"意味着对皇帝所颁布法律的不尊重，就是对皇帝旨意的违背，这种对"敢有"臣子的制裁由皇帝发出，是"法外用刑""律外用刑"，是私刑的体现。参见王伟：《明前期士大夫主体意识研究(1368—1457)》，东北师范大学博士学位论文，2011 年。
⑤　(元) 赵汸：《东山村稿》卷二，《文渊阁四库全书》(第 1221 册)，台湾商务印书馆 1986 年版，第 195—197 页。

阃竖而自擅纂修。"①"明初以来,不合作、逃避、以道自高式的隐逸消失了,逐渐转变成一种更为温雅的,以遵从社会道德秩序和理学思想为特征的新型隐逸。"②在明代士大夫群体中,开始出现"藏出世于经世"的观点。③ 这些士人们不再任诞、乖戾,直接挑战社会正统道德观念和官方主流意识形态,而是选择调和"道"与"统""隐"与"仕"之间的矛盾,一面向统治者表现出顺服、合作的态度;一面尊奉程朱理学,无论在野还是在朝,都以传承道统、学统为己任,于"出世"与"经世"之间寻找着中庸的处世之道。

明中叶之后,不少士人选择归隐并非主动退出仕途,而是或对朝政失望,或得罪权势后的无奈之举。吴伟业在《程翼苍诗序》中道:"虽其时设官之制容有不同,而士君子随地循分,以自处于出入进退之间者,其道不当如是耶! 成、弘以降,馆阁之体益重,其有高世之才,负俗之累,不容于侍从者,辄隐居自放,作为歌诗,以发其有忧愁惬迫、懑愤无聊之思。"④到了明清易代之际,徒求独善其身的隐居式生活已经不再代表隐居者精神自由、人格高尚,不合时宜的归隐反而成为士人逃避社会责任、违背君臣伦常的道德缺陷。王夫之论道:"遁非其时,则巢、许之逃尧、舜,严光、周党之亢光武也;非其义,则君臣道废,而徒以全躯保妻子为幸,孟子所谓小丈夫也。"⑤

结合上述历史背景重新解读《红楼梦》文本,不难发现,一方面,书中的大观园作为众多钟灵毓秀的士族女性的生活乐土,与外在男性社会保持着一定的距离,而这一半封闭式的内部空间实际上也是"顿天网以罗英俊"之政治场域的象征。士人作为臣子,在其中辅君治国、践行臣道,保持着自己相对的人身自由与人格独立;另一方面,大观园为省亲而建,是皇帝施恩布德、教化臣民的衍生物,这就意味着,士人鉴于其臣子地位和食禄身份,必然要服膺于君臣伦理纲常,不可能完全脱离于王权的监控与庇佑。

大观园之"观"隐含着"观国光而宾王廷"之"观"的意涵,出自《周易·观卦·六四》:"观国之光,利用宾于王。"虞翻曰:"坤为国,临阳至二,天下文明;反上成观,进显天位,故'观国之光'。'王'谓五阳,阳尊宾坤,坤为'用'、为臣。四在王

---

① (明)张岱:《张岱诗文集》(增订本)卷三,夏咸淳辑校,上海古籍出版社 2014 年版,第 280 页。

② 张建德:《明代隐逸思想的变迁》,《中华文化研究》2007 年秋之卷。

③ 陈宝良:《明代士大夫的出处困惑及其抉择》,《北京联合大学学报(人文社会科学版)》2013 年第 2 期。

④ (清)吴伟业:《吴梅村全集》卷二十八《文集六》,李学颖集评标校,上海古籍出版社 1990 年版,第 668—669 页。

⑤ (明)王夫之:《船山全书》(第一册),船山全书编辑委员会编校,岳麓书社 1988 年版,第 291 页。

庭,宾事于五,故'利用宾于王'矣。"①"观卦"这一爻象描述的是臣子在王家作宾客,朝觐天子、观摩威仪;天子则以飨礼宴饮宾客,布施恩德、昭示慈惠的盛大场面。

罗伦《西隐堂记》载:"在《蛊》之上九,不事王侯,高尚其事,时而隐也;在《观》之六四,观国之光,利用宾于王,时而显也。天无心于阴阳,君子无心于隐显,时而已矣。阴阳无二体,隐显无二道。"②这淡化了隐与显、遁与仕之间的价值对立。《红楼梦》中,这座由元春代表君主赐名"大观"的园林,正是明清以来士人调和仕进潮流与隐逸风尚之间的矛盾后,创造的用以象征君臣政治身份、尊卑地位与礼法关系的标志性建筑,也是作者承袭"以男女喻君臣"的传统诗文创作手法,并将之运用于小说情节创作的客观产物。

在第十七回中,贾政、宝玉与众清客提前观览大观园,开门后只见一带翠嶂挡在面前,并不能直接看到园中景致。之后,一行人走到了后来李纨所住的稻香村,转过了山怀与泥墙,"村"中的真实面貌才暴露于前:"里面树楹茅屋,外面却是桑、榆、槿、柘各色树稚新条,随其曲折,编就两溜青篱。篱外山坡之下,有一土井,旁有桔槔、辘轳之属,下面分畦列亩,佳蔬菜花,一望无际。"不同于他处或华美庄重、或绮丽繁复的楼阁馆舍,此处,作者用乡土作物代替了古董玩器,以村舍的清寒景象洗去了浮世的喧嚣尘累,构造了一个宛如桃花源的避世之地。看到此景后,贾政笑道:"虽系人力穿凿,却入目动心,未免勾起我归农之意。"他表达了自己对隐居生活的向往,并命人在这里只养鸭、鹅、鸡之类的家禽,不必养别种雀鸟,从而将田园风致皴染得更为浓重。当他们行至蘅芜苑处,门外是一色水磨砖墙,贾政因而感到无味;而当他进入门内,见到园中各类奇卉异草牵藤引蔓、味香气馥,非凡花可比,又见清厦卷棚自然相连,画廊油壁清新典雅,与别处不同,才体会到园中的趣味,慨叹"此轩中煮茗操琴,也不必再焚香了"。贾政憧憬的乃是山中高士"内美修能"的出世形象以及不受王权束缚、远离世俗干扰的生活场景。洪秋蕃评曰:"贾政至潇湘馆,辄思月夜读书;至稻香村,顿起归田之意;至蘅芜苑,谓宜煮茶操琴,此皆高人逸士襟期。"③

大观园以及园中各式的庭院居所都拥有着半封闭式的内部空间,或以翠嶂,或借山怀,或用石墙,不同程度地与外部空间隔绝开来,藏而不露地保持着自身结构的独立性,从而免受荣宁二府礼法崩坏的负面影响。同时,作者还以此托物

---

① （唐）李鼎祚:《周易集解》(上册),九州出版社 2006 年版,第 207 页。
② （明）罗伦:《一峰文集》卷四,《文渊阁四库全书》(第 1251 册),台湾商务印书馆 1986 年版,第 690 页。
③ 洪秋蕃:《红楼梦考证》卷三,上海印书馆 1935 年版,第 56 页。

喻人的手法,来象征园中居住者的内在人格具有相对的独立性,与外在政治社会和家庭环境保持着一定的距离。

这种独立性也是探春在园中秉公去私、除弊兴利所必要的人格条件与物质基础。探春实施的改革措施,除了节省各处花销用度外,还将园中的林木、菜蔬、稻稗、花卉、香草等作物交给老实本分的仆妇料理,年终向她们抽取一定比例的分红,以此增加府中的进项。谈及年终归账时,探春说道:

> "我又想起一件事。若年终算账,归钱时自然归到账房,仍是上头又添一层管主,还在他们手心里又剥一层皮。这如今我们兴出这件事,派了你们,已是跨过他们的头去了,心里有气,只说不出来。你们年终去归账,他还不捉弄你们等什么? 再者,这一年间管什么的,主子有一全分,他们就得半分,这是每常的旧规,人所共知的。如今这园子是我的新创,竟别入他们的手,每年归账,竟归到里头来才好。"

对话中,探春多次用"我们"与"他们"的称谓,来区分园内、园外的人事与账目,力主"我的新创"不入"他们的手",展现出她强烈的自我意识以及与园外人分庭抗礼的独立意向。可以说,改革期间,园中的各项措施之所以能够被有条不紊地推行下去,要归功于探春类于男子的用世志向和独立人格,及其另外起用的人事系统与重新创设的归账方式。由此,到了年终,分管各处各物的仆妇们才有结余和分红,并免于被园外管账的上层家仆盘剥。

康熙年间,科场案中与两江总督噶礼针锋相对的著名清官张伯行曾写《祭织造曹荔轩文》一篇,以悼念、颂扬曹家先祖曹寅,祭文曰:

> 比冠而书法精工,骑射娴习;擢仪尉,迁仪正,翼翼乎豹尾螭头之恪谨,而轩轩然貂冠羽箭之高骞。至于佐领本旗,既简阅训练之有术;晋秩郎署,且勾稽出纳之益虔。于是特简织使,节钺翩翩;初莅姑苏,则清积弊,节浮费,其轸匠而恤民者,盖颂声洋溢而仁闻之昭宣。继调江宁,则除帮贴之钱,使民不扰;减清俸之入,俾匠有资;其采办而区画者,尤公私两便,而施恩用爱之无偏。又其大者:两淮盐课,为财赋要区,公则悉心经理,尽力缉私,诸如请蠲逋,议疏通,绰然有赋充商裕之机权。况复荐达能吏,扶植善良,凡所陈奏,有直无隐,天子鉴其诚恳,时赐曲从,以故沉下僚者蒙迁擢,罹文网者

获矜全：凡此皆公之嘉谟善政，允孚重望，是用眷念劳积，荣跻九列，而上答乎圣明宠任之专。①

通过逐条对比曹寅的吏才、德行及其创下的种种政绩，与探春的才能、品行及其在大观园实施的诸项措施，可以发现，探春在理家过程中继承和发扬的正是曹氏一族鼎盛时期，族中男性作为臣子践行的秉公去私、除弊兴利、选贤举能、佐君治国的经世致用之道。而与此同时，曹氏所拥有的地位、财富和名誉又无一不是来自君主的授予、施恩与封赠。

康熙五十四年（1715 年）七月，时任江宁织造的曹寅嗣子曹頫向圣祖覆奏家务家产："窃奴才自幼蒙故父曹寅带在江南抚养长大，今复荷蒙天高地厚洪恩，俾令承嗣父职。奴才到任以来，亦曾细为查检，所有遗存产业，惟京中住房二所，外城鲜鱼口空房一所，通州典地六百亩，张家湾当铺一所，本银七千两，江南含山县田二百余亩，芜湖县田一百余亩，扬州旧房一所。此外并无买卖积蓄。奴才问母亲及家下管事人等，皆云奴才父亲在日费用很多，不能顾家。此田产数目，奴才哥哥曹颙曾在主子跟前奏过的，幸蒙万岁天恩，赏了曹颙三万银子，才将私债还完了等语。……奴才若少有欺隐，难逃万岁圣鉴。倘一经察出，奴才虽粉身碎骨，不足以蔽辜矣。"②康熙五十一年（1712 年），随着曹寅的去世，曹氏一族已经开始由盛转衰，曹寅后嗣与圣祖的关系也逐步走向疏离。③ 此时，距离曹家被抄没的雍正五年（1727 年）只有十余年，曹頫在奏折字里行间显露出的都是臣子对君主的谨慎态度与畏惧之意。

第十七回中，贾政在游园之际测试宝玉文采，走到一处清流环绕的亭台时，询问众人此处应拟何题，清客们有建议"翼然"的，有拟题"泻玉"的。这时，宝玉却回道："老爷方才所说已是。但如今追究了去，似乎当日欧阳公题酿泉，用一'泻'字则妥，今日此泉也用'泻'字，似乎不妥。况此处既为省亲别墅，亦当依应制之休，用此等字，亦似粗陋不雅，求再拟蕴藉含蓄者。"众人行至潇湘馆时，宝玉

---

① （清）张伯行：《正谊堂文集》卷二十三，据周汝昌《红楼梦新证》第七章转录，朱一玄：《红楼梦资料汇编》，南开大学出版社 1985 年版，第 40—41 页。

② 朱一玄：《红楼梦资料汇编》，南开大学出版社 1985 年版，第 15—16 页。

③ 康熙五十三年（1714 年）年末，曹寅之子曹颙在北京突然病逝，年仅 21 岁。次年二月，康熙帝下诏将曹寅不到 20 岁的侄子曹頫过继为曹寅之子，命其出任江宁织造，并允许曹寅的妻兄、代理巡盐御史之职的李煦帮助曹家弥补两淮盐款亏空。在康熙执政的最后几年，从奏折批复中可以看出，他对曹家虽仍有照拂，却也逐渐丧失了耐心。参见[美]史景迁：《康熙与曹寅：一个皇帝宠臣的生涯揭秘》，陈引驰等译，上海远东出版社 2005 年版，第 295—305 页。

对他们提出的"淇水遗风""睢园遗迹"等倾慕前朝遗风的古板拟题说明了不妥之处:"这是第一处行幸之所,必须颂圣方可。"经过沁芳溪时,听闻众人所题的"武陵源""秦人旧舍"一类辞藻后,宝玉又道:"越发背谬了,'秦人旧舍'是避乱之意,如何使得?"可以发现,这是作者在借宝玉之口表达自己的文体观念:在与王权、宫廷以及政教关系密切的肃穆场合,题咏应当使用雅丽的言辞,符合正统格调,所选的字、词、句既不能流于粗俗淫滥,也不宜暗射归隐之意。①

正如叶晔所指出的,在政治身份的牵系下,士大夫作家对政治空间中的"文"的理解和诠释,体现出一种国家意志下的既有文学秩序。这种道论化的文学秩序,是在政府权力、社会道德、文学责任等多种力量的干预下建构而成的,可算国家政治学说在官方文学场景中的文本投射,是一种近乎无形的软性结构(相对于制度的硬性结构)。在某种程度上,这种文化结构的潜移默化的内在约束力,远胜过国家制度的粗暴的外部强制力。只要士大夫的创作空间仍然在既定的政治场景中,政府官员的主体身份,就要求他去维护一种适合国家、社会稳定的文学秩序,此为必然性。②

大观园虽然看似是女儿们的生活乐土、太虚幻境的人间投影,为清流文人提供了暂时逃避政治干预的隐居场所,但实际上,包括这座园林在内,整个贾府的人事和财政都笼罩于清帝国皇权的控制之下,既要受其监管,也仰赖其恩佑,正所谓"宠洽丘园贲,因沾雨露新"(韩上桂《赠黄仕明进士》其二)。此类居所空间、臣僚人格的独立性只是相对的、残缺的、短暂的,且在官方可控范围内的。从根本上而言,大观园这座温柔乡与贾府这一富贵场始终内外一体、俱损俱荣,是充斥着名利纷争和阶层矛盾的现世空间和政治场域。因此,探春推行的兴利措施无法永久性地实践下去。她试图建立的内外两分、经济自给的独立体,也终究只是寄寓着仕宦文人高远志向和美好幻想的乌托邦。

二、悬法象魏:噬嗑卦象下的明刑弼教治理观念

(一)明刑:门阙的政治功能与法律意义

大观园之"观",除了可被解释为"观国之光"中的"观看"之义,还可作为名词来理解。《尔雅·释宫》:"观谓之阙。"《说文·门部》:"阙,门观也。"《义训》:"观

---

① 陈超:《〈红楼梦〉钗黛二美的象喻符号探微——兼论闺阁中女性诗化的自我表达》,《社会科学论坛》2018 年第 3 期。
② 叶晔:《明代中央文官制度与文学》,浙江大学出版社 2011 年版,第 10 页。

谓之阙,阙谓之皇。"应劭《风俗通义》载:"鲁昭公设两观于门,是谓之阙。"①《春秋公羊传·昭公二十五年》载:"子家驹曰:'诸侯僭于天子,大夫僭于诸侯久矣!'昭公曰:'吾何僭矣哉?'子家驹曰:'设两观,乘大路,朱干玉戚以舞《大夏》,八佾以舞《大武》,此皆天子之礼也。'"何休注"两观"云:"礼,天子、诸侯台门。天子外阙两观,诸侯内阙一观。"②崔豹《古今注》记曰:"阙,观也。古每门树两观于其前,所以标表门宫也。其上可居,登之则可远观,故谓之观。人臣将至此,则思其所阙,故谓之阙。其上皆丹垩,其下皆画云气仙灵、奇禽怪兽,以昭示四方焉。"③《三辅黄图》所述"观"义与《古今注》基本相同。

上自战国,下迄汉晋,"观"作为名词,均含有门阙、台门之义,指的是古代王都邦国宫门、重要城门前面夯土堆筑的高台木构建筑,可用于登高瞭望、加强防御、装饰门庭和宣示威仪等,兼具实用性和装饰性,又称为"阙",其形制复杂多样,有单阙、双阙、三出阙等。④

此外,"阙"还是君王悬挂、公布或敛藏法令文书的地点,称作"象魏"。《左传·哀公三年》载:"火逾公宫,……季桓子至,御公立于象魏之外,命救火者伤人则止,财可为也;命藏象魏,曰:'旧章不可亡也。'"⑤《周礼·秋官·大司寇》载:"正月之吉,始和布刑于邦国都鄙,乃县刑象之法于象魏,使万民观刑象,挟日而敛之。"⑥《国语·齐语》记管仲言昭王、穆王曾"设象以为民纪"。韦昭注:"设象,

---

① (宋)李诫:《营造法式》卷一《总释上·宫阙》,《文渊阁四库全书》(第673册),台湾商务印书馆1986年版,第403—404页。
② (汉)何休解诂、(唐)徐彦疏:《春秋公羊传注疏》(下册),上海古籍出版社2014年版,第1007页。
③ (晋)崔豹:《古今注》卷上《都邑第二》,《文渊阁四库全书》(第850册),台湾商务印书馆1986年版,第103页。
④ 孙机、韩钊、杨鸿勋、陈明达、方拥等学者都对"观"与"阙"的名称、类型、功能以及两者之间的差别做过阐释和辨析。本书所论之"观",主要指的是宫阙、城阙,不包括宅第阙、祠庙阙、坞壁阙、陵墓阙等类型。此外,本书的关注点在于"观"与"阙"的政教功能以及在观念史上的象征意义,依照东汉及以后历代主要学者的观点,将两者视为同一建筑形式,不对它们的含义做分别处理。相关研究成果参见陈明达:《汉代的石阙》,《文物》1961年第12期;徐文彬:《门阙考——并及四川石阙史略》,《西南师范大学学报》1986年第2期;孙机:《汉代物质文化资料图说》,文物出版社1991年版,第179—182页;杨鸿勋:《宫殿考古通论》,紫禁城出版社2001年版,第155—159页;韩钊等:《古代阙门及相关问题》,《考古与文物》2004年第5期;韩建华:《中国古代城阙的考古学观察》,《中原文物》2005年第1期;段清波:《古代阙制研究——以秦始皇帝陵三出阙为基础》,《西部考古》2006年第1期;高子期:《秦汉阙论》,西北美术学院博士学位论文,2013年;李玉洁:《先秦古都城门的装饰建筑研究——以阙与象魏为视角》,《中原文物》2016年第1期。
⑤ 杨伯峻先生认为,此象魏可以藏,非指门阙。"象魏"为门阙见庄二十一年传注及定二年经注。当时象魏悬挂法令使万民知晓之处,因名法令亦为象魏,即旧章也。参见杨伯峻:《春秋左氏传注》(修订本),中华书局2015年版,第1621—1622页。
⑥ (清)孙诒让:《周礼正义》卷六十六,王文锦、陈玉霞点校,中华书局2013年版,第2755页。

设教象之法于象魏也。"①《史记·天官书》载:"两河、天阙间为关梁。"张守杰《正义》云:"阙丘二星在南河南,天子之双阙,诸侯之两观,亦象魏县书之府。"②《后汉书·五行志》注引《风俗通》曰:"夫礼设阙观,所以饰门,章于至尊,悬诸象魏,示民礼法也。故车过者下,步过者趋。今龙乃敢射阙,意慢事丑,次于大逆。"③张衡在《东京赋》中描述汉明帝"规遵王度",建设行礼场所曰:"建象魏之两观,旌六典之旧章。"注云:"象魏,阙也,一名观也。旌,表也。言所以立两观者,欲表明六典旧章之法。谓悬书于象魏,浃日而敛之。"李善注曰:"《周礼》曰:太宰掌建邦之六典:一曰治典,二曰教典,三曰礼典,四曰政典,五曰刑典,六曰事典。旧章,法令条章也。"④

自先秦至唐代,在士人观念中,"观"即阙,其作为宫廷、城楼门前组成"象魏"的建筑式样,用以公布邦国法典、昭示君王政令、兼以凸显权力等级差别、缘饰王都正统地位的含义与功能一直沿袭了下来。

唐永徽《律疏》中,也多处引用"观"望的动作形式、"门阙"的空间意义以及"象魏"的昭示功能,来象征君主颁布法令和刑罚,以法律强制力与刑罚威慑力使民众服从统治教化的国家行政行为。例如,《名例律》疏议有"观雷电而制威刑,观秋霜而有肃杀",⑤典出《周易·噬嗑》象辞。《噬嗑》为《周易》第二十一卦,卦辞云:"噬嗑,亨。利用狱。"《象》曰:"雷电,噬嗑,先王以明罚敕法。"就卦象而言,本卦外卦为离卦,又为火、为电、为日;内卦为震卦、为雷。宋衷曰:"雷动而威,电动而明,二者合而其道章也。用刑之道,威明相兼。若威而不明,恐致淫滥。明而无威,不能伏物。故须雷电并合,而噬嗑备。"《周易集解》疏曰:"震动,故'雷所以动物'。离明,故'电所以照物'。有雷之震,有电之照,则万物不能怀邪。故先王则以雷电之明威,以明罚而敕法焉。"⑥本卦将天降雷电的自然现象及其产生的光效、动能与威势类比为君王颁布、实施法令以及由此产生的社会控制力、动员力与威慑力,意为君王颁行律法与刑罚,并昭告普罗大众,将犯人归罪入刑,使臣民望而生畏,以此来警戒奸邪、预防犯罪。就卦体而言,噬嗑卦上互为

① 徐元诰:《国语集解》,王树民、沈长云点校,中华书局 2002 年版,第 218 页。
② (汉) 司马迁:《史记》卷二十七《天官书第五》,中华书局 2014 年版,第 1214—1215 页。
③ (南朝) 范晔:《后汉书》志第十七《五行五》,中华书局 1973 年版,第 3343 页。
④ (梁) 萧统:《文选》卷第三《赋乙》,李善注,上海古籍出版社 2011 年版,第 103 页。
⑤ 刘俊文:《唐律疏议笺解》(上册),中华书局 1997 年版,第 1 页。
⑥ (唐) 李鼎祚:《周易集解》(上册),九州出版社 2006 年版,第 212 页。

坎卦、为法律，①下互为艮卦、为门阙，将两互体卦象合而观之，对应的正是"悬法象魏"即于门阙上宣示法令的官方典章公布方式。对于该卦象辞，李鼎祚按云："《秋官·大司寇》'县刑象之法于象魏，是万民观刑象'。《月令》'孟秋之月，有司修法制法皆谓刑也'。'明罚敕法，以示万物'者，欲示万方一心，罔干宪典，即刑期无刑之意也。"又按："刑贵平，坎水平，故为'罚'，为'法'。离为'明'，故'明罚'。敕，戒也。震言为诚，故'敕法'。"②描绘的即是《周礼》中君王于光天化日之下施典布刑于民，万民仰观治象、服从法度的行礼与明刑场景。

《唐律》十恶之"谋大逆"条疏议曰："有人获罪于天，不知纪极，潜思释憾，将图不逞，遂起恶心，谋毁宗庙、山陵及宫阙。……宫者，天有紫薇宫，人君则之，所居之处故曰'宫'。其阙者，《尔雅·释宫》云：'观谓之阙。'郭璞云：'宫门双阙也。'《周礼·秋官》：'正月之吉日，县刑象之法于象魏，使人观之'，故谓之'观'。"③

总之，"观"之两义不仅与宫廷、城楼在物理空间上紧密相连，而且逐渐成为王权、法令与刑罚的指代、象征符号。对"观"的毁坏就是对君主最高统治权的违抗，要被施加重刑以示惩戒，且不得宽宥。《红楼梦》中，大观园之所谓"大观"，意味着这一园林建筑群与君主权力的关系极为密切，不仅是官方文治软性、间接约束下的物理空间，也是传统礼制和国家律法直接规训的政治场域。探春在大观园中处理主仆矛盾时所表达的"法律观念"，都可以从我国礼法制度体系中找到源头和依据。

（二）弼教："离日"的人格意涵与治狱之道

《易传》中涉及刑狱的主要有《噬嗑》《贲》《丰》《旅》四卦。这四卦的卦体中都有离卦，即火（闪电）。火光（闪电）可以照亮世间一切，使人明察秋毫。④具体而言，《丰》外卦为震，内卦为离，由《离·上九》化出（阳爻变阴爻），意为最上位者失明。因此，丰卦卦义为遮蔽。就商周、战国时人们目力所及，宇宙、自然界中最

---

① 《周易集解》注《坎·上六·象》引《九家易》曰："坎为丛棘，又为法律。"李鼎祚按云："周礼：王之外朝，左九棘，右九棘，面三槐，司寇公卿议狱于其下。害人者，加明刑，任之以事。"唐律《名例律》有"盈坎疏源、轻刑明威，大礼崇敬"，取自《坎·九五》"坎不盈，只既平，无咎"的"水平"易象，象征律法断事平准，君主用以辅助礼制政教，从而恩威并施、安邦定国。参见（唐）李鼎祚：《周易集解》（上册），九州出版社2006年版，第277—278页；刘俊文：《唐律疏议笺解》（上册），中华书局1997年版，第1页。

② （唐）李鼎祚：《周易集解》（上册），九州出版社2006年版，第212页。

③ 刘俊文：《唐律疏议笺解》（上册），中华书局1997年版，第57页。

④ 林丛、张韶宇：《易象视域下的法学观——论〈易传〉的法律观》，《东岳论丛》2012年第6期。

大的遮蔽现象当属日食,故而原卦取象自日食:"日中则昃"(《丰·彖》)。《丰·象》曰:"雷电皆至,丰;君子以折狱致刑。"本卦与《噬嗑》同样雷电兼备,为明法立威之象,适合审案断狱,所谓"宜照天下也"(《丰·象》)。程氏易曰:"离,明也,照察之象。震,动也,威断之象。折狱者必照其情实,唯明克允;致刑者以威于奸恶,唯断乃成。故君子观雷电明动之象,以折狱致刑也。"[1]但不同于《噬嗑》中司法者致力于揭示案件真相,使名副其实、罪刑相当,丰卦如同日中有阴影,意味着断狱者未做到查明全部事实,或多或少地隐瞒了一些情况。

《旅》紧接在《丰》之后,为《周易》第五十六卦,上离下艮,《象》曰:"山上有火,旅;君子以明慎用刑,而不留狱。"尚氏易曰:"《大象》以相反见义,此亦其一也。离为明,君子不敢恃其明,故用刑必慎。艮为慎,兑为刑也。艮为止,君子不敢怠于事,故不留狱。"[2]与《噬嗑》内卦震象为动、象征以刑罚威慑犯罪相反,《旅》的内卦艮象则为止,含有止步、审慎之义,意为君子断狱时应当谨慎用刑。卦中,"离日"的火光遇到了山石的阻挡,易学学者取用这一物象,来说明君子在一些情况下,适用刑罚不应过多、过满。

至于《贲》卦之"山下有火,贲"(《贲·象》),是说这时的太阳已经基本落到山下,夕阳的光芒几乎为山石遮掩住了。对于"君自以明庶政,无敢折狱",李鼎祚按云:"动无不明,雷电之象也。故噬嗑'利用狱'。明而忽止,山火之象也,故贲'无敢折狱'。"[3]如果说《噬嗑》中"明罚敕法"代表揭示真相,那么贲卦的"文饰刚道"便代表掩盖真相,以礼乐之文明治理,尽可能取代施法用刑的强硬手段,即所谓"观乎人文以化成天下"(《贲·象》)。这正是儒家学者推崇和向往的理想治国方式。

综合四卦可知,"离日"("离火""离电")所处的位置、光照的状况,象征着国家统治者、司法断狱者施用律法与刑罚的条件、时机与强度。离卦与其他卦象交相辉映、此消彼长的变动关系,则代表着法家与儒家在法理与人情、文治与法(刑)治等价值取向方面,时常相互对立而又不得不彼此配合的博弈过程。

清代儒臣陆陇其《四书讲义困勉录》"孟士使阳肤为士师章"一节载:

李卓吾云:"世之以得情为喜者,由其不能视民如子也。子之讼于父母,

① (宋)程颐:《周易程氏传》,王孝鱼点校,中华书局 2016 年版,第 246 页。
② 尚秉和:《周易尚氏学》,张善文点校,中华书局 2016 年版,第 252 页。
③ (唐)李鼎祚:《周易集解》(上册),九州出版社 2006 年版,第 220 页。

岂有以得情为喜者乎？随诸子之曲直而剖判之，不得已也，而其心则惟欲子之无讼也。"《大全辨》芑山张氏曰："陆象山云：'狱讼惟得情为最难。唐虞之朝，惟皋陶见道甚明，群圣所宗，舜乃使之为士。'《周书》亦曰：'司寇苏公式敬尔由狱。'《贲·象》亦曰：'君子以明庶政，无敢折狱。'此事正是学者用工处。《噬嗑》离在上，则曰：'利用狱。'《丰》离在下，则曰：'折狱致刑。'盖贵其明也。"按：象山以治狱为学者用工处，与于定国为廷尉迎师学《春秋》同意。①

《丰》《旅》以及《贲》三卦之所以要隐瞒实情，或恤刑慎杀，又或"文过饰非"，是由于传统司法者在理讼断狱的过程中，时常要触及儒家伦理纲常中的种种私人关系。他们或是要为亲者容隐、为尊者避讳，或是要维护家族利益、群体声誉以及社会秩序，故而难免会考虑其中的人情因素，甚至会掩盖案件的部分真相，压制诉讼中的利益冲突，以防止矛盾激化。因此，如何适当地安置"离卦"的位置，既能做到明罚敕法，又能顾及人伦私情，避免一味刻薄寡恩，便成为治狱者职业生涯中必然要面对的难题。根据陆陇其的引述，在陆九渊看来，只有刑狱之官鼻祖皋陶能够做到在依法明罚的同时体察人情。

《红楼梦》中，曹雪芹以"日边"的"红杏"指代贾探春，即暗喻她如同《噬嗑》"离日"一般，能以法家人格严循旧例、明法立威，不因赵姨娘的牵连影响公断；又能像皋陶一样，兼顾儒者所倡导的哀矜之情，具有朴素的人文关怀。

赵姨娘希望凭借母女关系让探春"拉扯"她与赵国基，多给二三十两丧礼赏银，以谋取私利并保住颜面，属于传统社会司法行政者行使公权力时常见的请托现象。孙旭将请托归为两类：一是人情请托，双方是较单纯的熟识关系，以人情为依托，特点是感情色彩浓厚，常没有第三方知晓；二是势要请托，请托者是权豪势要之人，受托者慑于其威势而枉法，特点是受托者往往处于被动地位，较公开化。此外，请托方与受托方之间没有直接的物质利益交换，双方关系主要建立在人情基础上。②

请托之罪被正式列入国朝律典见于唐律《职制》类。"有所请求"条(135)规定："诸有所请求者，笞五十；(谓从主司求曲法之事。即为人请者，与自请同。)主

---

① （清）陆陇其：《四书讲义困勉录》卷二二《子张》，《文渊阁四库全书》（第 209 册），台湾商务印书馆1986 年版，第 490 页。

② 孙旭：《明代白话小说法律资料研究》，上海古籍出版社 2017 年版，第 237 页。

司许者,与同罪。(主司不许及请求者,皆不坐。)已施行,各杖一百。所枉罪重者,主司以出入人罪论;他人及亲属为请求者,减主司罪三等;自请求者,加本罪一等。即监临势要,(势要者,虽官卑亦同。)为人嘱请者,杖一百;所枉重者,罪与主司同,至死者减一等。"①

此后各代关于请托罪的规定在大体上沿袭唐律的同时,于体例和内容上有所变化。其中,名目与分类方面,《宋刑统》将该条归为《职制律》"请求公事"门,明清律将其改列入《杂犯》类"嘱托公事"条。犯罪情节方面,《大明律》加入"但嘱即坐",②注云:"谓所嘱曲法之事,不分从与不从,行与不行,但嘱即得此罪。公事自有公法,岂得以私情好乎?"③此外,受托官吏如果向上级举报请托之事,还可获得升官的奖励,以此强化官场内部的制约机制。除个别用词略有差别,清律该条规定完全因袭明律。量刑方面,唐律之后基本未做变动,相比于夹杂财物贿赂的受赃类请托处罚较轻。

探春与赵姨娘对峙时,拒绝因亲母的"道德绑架"而为"曲法之事",规避了人伦私情的影响,坚决沿用家规旧例,正是她为救时弊而将家事公办,严格遵循明清请托禁制背后的司法观念的表现。

然而,在以儒家治理思想为主导的明清统治者眼中,司法行政者不论案件情形如何,都恪守法理而忽略世态人情,不仅不会获得赞誉、俘获民心,反而可能遭到各方抱怨、埋下隐患;杀伐决断的同时能够保留恻隐之心,刚柔互补、宽严相济,才可以算作办案"持平"、狱讼"得情"。《四库全书总目》叙及法家类评云:"刑名之学,起于周季,其术为圣世所不取。然流览遗篇,兼资法戒。观于管仲诸家,可以知近功小利之隘;观于商鞅、韩非诸家,可以知刻薄寡恩之非。"④可见,清代馆臣也对法家"刻者"之流颇有微词,将法家类篇目存入子部,主要目的是将其作为负面示例警戒后世,以备防微杜渐之用。

清代大臣阿克敦(谥文勤)曾在刑部任职十余年,处理部内事务"持以平恕,行以易简,准以经义。每奏谳,未尝有所逢迎瞻顾",获得了当世"儒宗""伟人"的美誉。⑤ 其子阿桂(谥文成)亦为当朝名将,历任内大臣、军机大臣、伊犁将军、四

---

① 刘俊文:《唐律疏议笺解》(上册),中华书局 1997 年版,第 849—850 页。

② 《大明律》,怀效锋点校,法律出版社 1999 年版,第 202 页。

③ (明)佚名:《镂御制新颁大明律例注释招拟折狱指南》卷十五,杨一凡:《历代珍稀司法文献》(第五册),社会科学文献出版社 2012 年版,第 511 页。

④ 魏小虎:《四库全书总目汇订》卷一〇一《法家类》,上海古籍出版社 2012 年版,第 3107 页。

⑤ 郑小悠:《清代刑部官员的法律素养》,《史林》2016 年第 3 期。

川总督等,授武英殿大学士,充四库全书总裁,为乾隆朝后期"综理部务,赞襄枢要"的第一重臣。有一次,阿克敦试问阿桂关于刑官治狱的看法,当时阿桂尚未正式入职郎署,便以自己的理解作了答,结果遭到父亲斥责怒骂。

> 章佳文勤公方燕居,文成公侍立,公仰而若有思,忽顾询曰:"朝廷一旦用汝为刑官,治狱宜何如?"文成谢未习。公曰:"固也,始言其意。"文成曰:"行法必当其罪,罪一分与一分法;罪十分与十分法。"公大怒,骂曰:"是子将败我家,是当死!"遂索杖。文成公惶恐叩头,谢曰:"不知妄言,惟大人教戒之,不敢忘。"公曰:"噫! 如汝言,天下无全人矣! 罪十分,治之五六分已不能堪,而可尽耶? 且一分之罪尚足问耶?"①

对于那些办案经验丰富、久历人情世故的治狱名家、儒臣老吏来说,司法官在实际审判案件的过程中,如果仅是恪守律法、条例中定罪量刑的规定,无疑过于严苛寡情,迂腐而不知变通。尤其是在国朝重典治世之下,人们的身心健康将会受到严重摧残。长此以往,严刑峻法不仅无助于社会生产,还会积累民怨。

同治朝清流名士,时任詹事府少詹事的宝廷曾作《法宜宽严互用疏》,疏云:

> "窃臣幼读书曰:'辟以止辟',又曰:'罪疑惟轻',每疑二语宽严之相悖。长而深绎其意,乃叹圣人宽严相济,当严者不敢轻宽;但有可宽者,亦不忍一于严,诚义之尽仁之至也。……仰见朝廷明刑弼教、刑期无刑之至意,而臣窃有过虑者。恐内外理刑,此前多过于宽,此后又将流于过严矣。臣今年补少詹事,得与会议秋审。各省招册拟实之犯,数已不少,而刑部改实,复有四十一起。……夫朝廷立法不可不严,不严则民生玩;而朝廷用法不妨于宽,不宽无以大好生之德。……且夫愚民亦大可悯矣。三代下良有司有几人哉? 平日既未尽教养之道,民一旦罹于法,又不能殚心以鞠之。贪酷者枉法自利,庸懦无能者复惟幕友、吏役之是听。文致定谳以合例案,所具供招,皆幕友锻炼周内之词,强罪人押之耳,岂真出于罪人之心与口乎? 试观各省俱招,无不大同小异者,岂罪人所犯果皆雷同乎? 执此以入人死罪,纸上情罪,

① (清)钱仪吉:《记章佳文勤公语》,(清)贺长龄、盛康:《清朝经世文正续编》(第四册),广陵书社 2011 年版,第 515 页。

固真且当矣；彼赭衣而流血于市者，果甘心否邪？"①

在崇尚仁德的儒家学者们看来，治狱者在不违背法律原则的前提下，于自由裁量范围内适当地容隐宽恕、慎刑轻罚，才是懂得哀矜之情、落实中庸之道的表现，也是《噬嗑》《丰》《旅》《贲》四卦中描述的变易之象和明刑弼教之道。"仁爱""哀矜"与"明刑""中罚"结合起来阐述的法律话语，成为古代中国听审折狱的核心概念。这种基于"仁爱矜悯"道德情感而来的法律话语的道德化、严刑峻法的情感化，粉饰了清代律令的严酷面貌。②

《红楼梦》第三十七回，探春偶结海棠诗社，在送给宝玉的花笺中写道："孰谓雄才莲社，独许须眉；不教雅会东山，让余脂粉耶？"笺文骈散兼行，格调高雅，姚燮评以为"雅似唐人小启"。而后，贾芸送来的字帖儿用语俚俗，行文半通不通，并且执笔人自我矮化，媚态可掬。两文前后紧接，形成了鲜明对照。此时，两人仿佛置换了性别，探春变成了一位英气逼人的少年才子，而贾芸则像是趋炎附势、满口谀词的邀宠伶人。尚氏易注《噬嗑·象》曰："五不当位，然文明以中，断制枉直，不失情理，故利用狱也。"③如同《噬嗑》中第五爻的阴爻居阳位（不当位），担负理家重任的探春也正是以女儿之身，代行着男子职责。在兴利除弊的攻坚阶段，她以法家人格为主导，秉公弃私、明理忍情；之后，又在抄检情事发展的关键时刻，表现出我国传统法律观念中顾念人情、适度容隐的儒者面向。

第七十四回中，凤姐与王善保家因绣春囊一事查抄大观园，来到探春院内后，探春问他们为何事而来，凤姐对探春说道："因丢了一件东西，连日访察不出人来，恐怕傍人赖这些女孩子们，所以大家搜一搜，使人去疑儿，倒是洗净人们的好法子。"探春却说："我们的丫头自然都是些贼，我就是头一个窝主。既如此，先来搜我的箱柜，他们所偷了来的，都交给我藏着呢。"命人将自己的箱子都打开后，又道：

> "我的东西，倒许你们搜阅；要想搜我的丫头，这可不能。我原比众人歹毒，凡丫头所有的东西，我都知道，都在我这里间收着。一针一线，他们也没得收藏。要搜，所以只来搜我。你们不依，只管去回太太，只说我违背了太

① （清）贺长龄、盛康：《清朝经世文正续编》（第四册），广陵书社 2011 年版，第 521—522 页。
② 徐忠明：《读律与哀矜：清代中国听审的核心概念》，《吉林大学社会科学学报》2012 年第 1 期。
③ 尚秉和：《周易尚氏学》，张善文点校，中华书局 2016 年版，第 105 页。

太,该怎么处治,我去自领。你们别忙,自然你们抄的日子有呢! 你们今日早起不是议论甄家,自己盼着好好的抄家,果然今日真抄了。咱们也渐渐的来了。可知这样大族人家,若从外头杀来,一时是杀不死的。这可是古人说的,'百足之虫,死而不僵',必须先从家里自杀自灭起来,才能一败涂地呢!"

洪秋蕃评探春之言曰:"旨哉斯言! 非读破万卷书,明于古今得失之机者不能道。"①实际上,对于下人是否有盗窃行为,探春并不见得能够明察秋毫。但在抄查时,她却选择维护房内丫鬟们的名誉,以保证家人内部的团结,维持彼此之间的信任。这种在特定情况下为家中亲近者掩饰、隐藏事实行为,将感情置于道义之上的做法,来自先秦儒家的"亲亲相隐"思想。

《论语·子路》载:"叶公语孔子曰:'吾党有直躬者,其父攘羊,而子证之。'孔子曰:'吾党之直者异于是。父为子隐,子为父隐,直在其中矣。'"父子互相容隐建立在长对幼以慈、幼对长以孝,亲人间相互敬爱的血缘关系和自然情感的基础上,目的是维护私人关系的和谐与家庭秩序的稳定,同时也是区别乃至抗衡道义制约感情之社会公共和政治生活的重要手段。②自秦汉开始,经过隋唐,再到明清,统治者一方面将亲亲相隐的古礼融于律法,把传统的道德义务转变为强制性的法律责任,另一方面又将容隐主体范围逐渐由父子、兄弟、夫妻、祖孙扩张至包括无服亲属、奴婢、雇工人等在内的诸同居者,以及非同居的部分有服和无服亲属。此外,亲属容隐还由秦律卑幼为尊者隐匿的单方责任,在儒家正统地位树立后,日渐发展为一定范围内尊卑亲属之间的双向隐匿义务,由此形成了包含着孝、悌、慈、顺、忠、义等重要儒家伦理价值的礼法制度体系。③

清律《名例律》中"亲属相为容隐"条因袭明律律目,顺治初年对个别项进行了增注,律文载:

> 凡同居,(同,谓同财共居。亲属,不限籍之同异,虽无服者亦是。),若大功以上亲,(谓另居大功以上亲属,系服重。)及外祖父母、外孙、妻之父母、女婿若孙之妇、夫之兄弟及兄弟妻(系恩重),有罪(彼此得)相为容隐。奴婢、

---

① 冯其庸纂校订定:《八家评批红楼梦》(中),文化艺术出版社1991年版,第1825—1826页。
② 俞荣根:《私权抗御公权——"亲亲相隐"新论》,《孔子研究》2015年第1期;张国钧:《大义灭亲之疑和亲属容隐之立——先秦儒家对伦理和法律关系两难的解决》,《政法论坛》2016年第4期。
③ 俞荣根、蒋海松:《亲属权利的法律之痛——兼论"亲亲相隐"的现代转化》,《现代法学》2009年第3期;彭凤莲:《亲亲相隐刑事政策思想法律化的现代思考》,《法学杂志》2013年第1期。

雇工人(义重)为家长隐者,皆勿论。(家长不得为奴婢、雇工人隐者,义当治其罪也。)若漏泄其事及通报消息,致令罪人隐匿逃避者,(以其于法得相容隐,)亦不坐。(谓有得相容隐之亲属犯罪,官司追捕因而漏泄其事,及暗地通报消息与罪人,使令隐避逃走,故亦不坐。)其小功以下相容隐及漏泄其事者,减凡人三等。无服之亲减一等。(谓另居小功以下亲属。)若犯谋叛以上者,不用此律。(谓虽有服亲属,犯谋反、谋大逆、谋叛,但容隐不首者,依律科罪。故云"不用此律"。)①

加上《刑律·诉讼》类中"干名犯义"条的规定,此时,传统君主和士人已将儒家门内恩义之治重伦理人情的价值取向②以及由此而生的家族或群体本位观充分地融入了带有强制色彩的法律规则之中。

乾隆年间,在刑部任职的阮葵生曾批复一起由浙江巡抚上报的"父受贿与人私和子命案"。案中,徐允武之子徐仲诗因房屋典价未清与宋尚佩发生扭打,被宋尚佩殴伤致死。徐允武因贪图钱财,收取了宋尚佩的银子私下讲和,并贿赂仵作,向衙门声称其子为自尽。死者的弟弟徐仲威了解案情后,为长兄感到不平,请讼师曹献卿代写诉状,将案件诉至臬司,臬司批交金华府提审。曹献卿收取被告贿银后,教唆徐允武坚称徐仲诗为服卤自尽,让他阻止徐仲威申诉,该案因此一直悬置未结。后来,徐仲威的族弟将案件诉至本省巡抚衙门。巡抚经过复审,查明了犯罪事实以及案后私和、贿赂、教唆等情节,认为宋尚佩合依殴杀人不问手足他物并绞律,拟绞监候;徐允武因私和且收取赃银,应照尸亲得财私和准枉法论,又因无禄人减一等,被判杖一百,徒三年;讼师曹献卿同拟徒罪;徐仲威所告县衙改供为虚,所控胞兄被宋尚佩殴死属实,应照本律免罪。

浙江巡抚的判决严格依照了清律的规定,并无违法或不当之处,如阮葵生所言:"该抚所拟,俱各犯所犯本罪,依律办理,原无妄从。"但阮葵生在复核时,又表达了自己的不同意见:

此案系父子兄弟之狱,非寻常两造告奸者可比,必须权衡情法,俾伦纪间恩义无亏,方无背于弼教明刑本意。查律载:犯罪自首免罪法得容隐亲

① 马建石、杨育裳:《大清律例通考校注》,中国政法大学出版社 1992 年版,第 294 页。
② 霍存福:《以道德语汇论说的"情法"关系——明清律学"恩义""情义""仁义"分析》,《吉林大学社会科学学报》2018 年第 3 期。

属为首,如罪人自首。又律注:卑幼告尊长,尊长依自首免罪,卑幼以干犯科断。又干名犯义律载:子告父得实,亦杖一百,徒三年。今徐允武贿和长子命案,次子徐仲威询知具控,词内虽无伊父受贿之语,已明知到案必破,实于首告无异。是伊父罪拟杖徒,实因徐仲威告言所致。该犯为兄雪愤,手足之谊虽全而陷父充徒,则名义所伤尤重。既不忍胞兄命死非辜,岂反忍亲父身罹徒配? 若如该抚所拟,不特徐允武不能无憾于子,即揆之徐仲威为子之心,亦断不能一息自安。应该照卑幼告尊长,尊长依自首免罪,罪照卑幼之律注,将徐允武免罪,徐仲威杖一百,徒三年。则该犯于兄弟之谊既尽,而父子之恩亦无亏,并令该县明白晓谕后发配。[1]

为了维系父子的亲伦关系,阮葵生不惜以己度人,强行援情入法,通过适用"干名犯义"律的规定,将罪责全部由隐瞒案件事实的父亲转移到了并无犯罪行为的子嗣身上。这一将人情置于法理之上的做法,可以说在一定程度上扭曲了律法惩治犯罪、维护公正的功能和价值。

秦汉以来的历代统治者正是依靠这种礼律结合、儒法交织的制度体系和文化观念,保证了传统国家结构的相对稳定、尊卑秩序的动态均衡以及社会规则的有效运行。一旦政治体内部的礼法运行机制被大幅度扰乱和破坏,那么,家族、帝国管理失效、伦序崩塌,进而走向衰败也就成为必然之势。

《红楼梦》中,对于王熙凤搜查大观园所借口的家庭内部成员盗窃行为,《大清律例》有明确规定。《刑律·贼盗》"亲属相盗"条律文载:

凡各居(本宗、外姻)亲属相盗(兼后尊长、卑幼二款。)财物者,期亲减凡人五等,大功减四等,小功减三等,缌麻减二等,无服之亲戚减一等,并免刺。(若盗有首从而服属不同,各依本服降减科断。为从,各又减一等。)……其同居奴婢、雇工人盗家长财物及自相盗者,(首)减凡盗罪一等,免刺。(为从又减一等。被盗之家亲属告发,并论如律,不在名例得相容隐之例。)[2]

主人家中的奴婢若有盗窃家主财物的行为,家长及其他亲属本无为她们容

---

[1]　(清)阮葵生:《七录斋文钞》卷十《西曹议稿》,《阮葵生集》,王泽强点校,陕西人民出版社2009年版,第525页。

[2]　马建石、杨育裳:《大清律例通考校注》,中国政法大学出版社1992年版,第741页。

隐犯罪事实的法律义务。但作为"同居"之人，因其人格和身份具有依附性，他们不仅与家长、主人以及家中其他奴仆共同构建起了尊卑有序、自上而下的权力义务格局，而且共享着一套以家族为本位的群体性利益，是家族政治地位、经济秩序、情感关系与社会名誉的维护者。因此，清律规定，同居奴婢盗窃家长财物及自相盗者，可以减一般盗窃罪一等进行处置。

本回中，探春将亲属相互容隐的对象扩张至房中的丫鬟们，不惜自称贼盗"窝主"拒绝搜检，维护她们的利益，正是将儒家管理家门内部事务的礼法原则具体化、扩大化适用的结果。第七十五回中，探春冷笑道："咱们倒是一家子亲骨肉呢，一个个不像乌鸡眼是的？ 恨不得你吃了我，我吃了你！"探春之所以在抄检时一改除宿弊时秉公弃私、明法忍情的做法，转而将主奴视为一体，共同对抗园外者的"入侵"，目的就在于维系包括奴婢在内的家族成员之间日渐寡淡的亲情与岌岌可危的信任，同时防止府内支系冲突、园内阶层矛盾被彻底激化。

在大观园这一被传统政教覆盖、礼法规训的场所，贾探春于改革的初始阶段，通过杜绝生母请托、排斥伦理亲情来明法立公、树立威势，雷厉风行地实施了多项除弊措施，以有如"离火"、日光般的传统司法行政者形象明察秋毫、揭露积患，试图挽救贾家的颓败趋势。

但是，这样的家国治理模式并非常态，多为士人匡正时弊的应世之举，正如子产所言："侨不才，不能及子孙，吾以救世也。"（《左传·昭公六年》）[1]李贽在《孔明为后主写申韩管子六韬》一文中曾说道："愚尝论之，成大功者必不顾后患，故功无不成。商君之于秦，吴起之于楚是矣。而儒者皆欲之，不知天下之大功，果可以顾后患之心成之乎否也，吾不得而知也。"[2]儒家学者一直对过分追求实现道义、彻底弃绝人伦私情的"刻者"们颇有成见，认为他们"无教化，去仁爱，专任刑法而欲以致治"的做法会违碍亲人友爱，破坏家庭和谐，扰乱宗法秩序，造成社会积怨。

作为晚期帝国社会的世家大族，贾府的正常运转建立在儒家"亲亲之杀，尊贤之等"的血缘关系与尊卑伦序基础上，重视人伦亲情、维护内部团结是其必然选择。在抄检大观园的过程中，探春坚决维护自己房内奴婢的名誉，对园

① 杨伯峻：《春秋左氏传注》（修订本），中华书局 2015 年版，第 1277 页。

② （明）李贽：《李贽全集注》（第 2 册），张建业、张岱注，社会科学文献出版社 2010 年版，第 232 页。

内家族成员适当容隐,展露出了她法家主导人格之外尊崇仁德的礼法观念与儒者面向,在"明罚敕法"的同时兼顾了私人感情,生动地阐释了官方道统话语下《噬嗑》卦象衍生出的明刑弼教的家国治理思想,从而维系了在大观园这一政治改革体和经济利益体内实现兴利之道所必需的主仆之间的信任关系与情感纽带。

第三节　士人义利观的演变与儒法价值观的调和

一、明清社会士人义利观念的演变

第五十六回,探春为了在大观园推行兴利之道,与李纨、宝钗、平儿共同参与,择选出若干仆妇负责照料园中的各种作物。例如,她们安排家中代代管竹的老祝妈打理园中竹子;让庄家出身的老田妈管理菜蔬稗稻;又因焙茗的母亲老叶妈诚实可信,便让她负责蘅芜苑与怡红院的两处花草。商议之后,探春、李纨即刻明示诸人,分派职役,约定取利和归账规则,有条不紊地开始落实新型园林管理模式。

几位理家女子既有经济头脑,又熟谙用人之道,作者还巧妙地将仆妇们姓氏的谐音或意涵,分别与她们各自擅长的差事相对应,例如:祝妈之姓"祝"与"竹"同音,田妈所管的农作物乃长于"田"中,叶妈料理的花木皆伴"叶"而生,等等,从而愈发凸显了探春等改革者知人善任的理家才能。

(一) 士商阶层的互动与融合

曹雪芹之所以会以褒扬的态度,细致描写几位闺阁女子大谈特谈生计治理、世务经营,既没有计较士农商贾的本末之别,也并未将兴利举措贬低为利欲俗累,原因之一在于明中叶之后,以农为本、重本抑末的传统经济思想,以及"四民分业定居"(《国语·齐语》)的社会分工边界,随着社会经济的发展与农业的商品化开始发生松动。

"因商品流通量扩大而带来的商税剧增,使得国家财政对工商业的依赖性日益增强。在这种背景下,统治者不得不调整部分经济政策,在一定程度上为工商业的发展创造条件，以适应经济发展的新需要。"①由于政府经济政策导向的变迁，部分晚明士子因举业不顺、生理蹇涩，选择了弃儒入贾来维持物质生活；与此同时，一些商人也因倾慕风雅，开始广泛结交文人儒士，有意利用后者的文化优势抬高自身的社会地位。②

卜正民对此谈道，在财富达到一定水平之后，"明代后期的商人开始寻求进入更高的社会梯级了。……在这种身份转换的氛围中，商人渴望得到士绅身份，乐此不疲地尝试各种方法以实现从商人阶层到士绅阶层的转变。其中方法之一就是模仿士绅的行为举止"。③余英时将这种社会阶层、分工和文化风尚的变迁与融合现象称为"士商互动"或"士商合流"——"士人阶层与商人阶层彼此之间都已意识到自身的两个社会阶层已经出现了新的关系与联系"。④

归有光《陆允清墓志铭》论嘉靖末期科场学风云："天下之学者，莫不守国家之令式以求科举。然行之已二百年，人益巧而法益弊；相与剽剥窃攘，以坏烂熟软之词为工，而六经圣人之言，直土梗矣。"⑤于是，一些读书人或主动或被动地走向了"以文营商"——将自身的知识与文化技能，通过与市场交换的方式来满足自身的生存需求，即靠卖文博食资生、养家糊口。⑥

这种经营模式使得士绅的阶层、身份发生了直接而微妙的变动：他们既想通过写诗、作文、绘画留在原属阶层，保持文人清雅，对于商人的存在"不愿表现出完全释然的态度，他们情愿在市场和书房二者之间划出一条界线，以表示自己的轻蔑"；⑦但所行的买卖活动又使他们被动地进入了商贾群体，由清望之士流入贱业。因此，这类文人的社会身份兼有士、商双重性质，身心被置于"主客二元分裂"的尴尬境地。同时，内心的种种冲突也引发了他们对于士商阶层价值观念、道义与征利内在矛盾的重新思考。

---

① 张海英：《明中叶以后"士商渗透"的制度环境——以政府的政策变化为视角》，《中国经济史研究》2005年第4期。
② 张世敏、张三夕：《明代中晚期士商关系反思》，《北方论坛》2013年第1期；常文相：《从士商融合看明代商人的社会角色》，《东岳论丛》2016年第11期。
③ ［加］卜正民：《纵乐的困惑：明代的商业与文化》，方骏等译，广西师范大学出版社2016年版，第241—242页。
④ 余英时：《儒家伦理与商人精神》，广西师范大学出版社2004年版，第156页。
⑤ （明）归有光：《震川先生集》卷十九，周本淳点校，上海古籍出版社2007年版，第473页。
⑥ 刘晓东：《"弃儒从商"与"以文营商"——晚明士人生计模式的转换及其评析》，《社会科学辑刊》2011年第2期。
⑦ ［加］卜正民：《纵乐的困惑：明代的商业与文化》，方骏等译，广西师范大学出版社2016年版，第240页。

归有光为白庵程翁祝寿时,描述吴中新安地区士人好游、奢靡又以诗礼为教的生活写道:"古者四民异业,至于后世,而士与农、商常相混。今新安多大族,而其地在山谷之间,无平原旷野可为耕田。故虽士大夫之家,皆以畜贾游于四方。……披绮縠,拥赵女,鸣琴砧屧,多新安之人也。程氏由洺水而徙,……子孙繁衍,散居海宁、黟、歙间,无虑数千家,并以《诗》《书》为业。君岂非所谓士而商者欤?然君为人,恂恂慕义无穷,所至乐与士大夫交。岂非所谓商而士者欤?"①近百年后,归有光的曾孙归庄在《笔耕说》述及家族变故和生计艰难,坦言道:"吾家自先太仆卖文,先处士卖书画,以笔耕自给者累世矣。遭乱家破,先处士见背,余饥窭困踣,濒死者数矣;比年来,余文章书画之名稍著,颇有来求者,赖以给饘粥。客或病其滥,余曰:'诚然! 愿不能无藉于此,欲不滥当若何?'"②

士人的弃儒就商是生存压力下的无奈选择,进入商场的士人必须遵循贾道的职业原则:喻于利。③ 伴随着职业的跨层流动,"四民异业而同道"思想观念的应时而生,逐利还是制义、谋食还是谋道、顺人欲还是守苦节,以及孰先孰后、孰高孰低等一系列关于义利、理欲的论辩命题,再一次出现在了那些为自己的生计、出处和去就寻求道统与伦理依据的儒家士人面前。

(二) 士人择业标准的重新界定

明清鼎革之际,因国家长期战乱,百姓流离失所,民众的生存状况变得更为严峻,"舍本逐末"、撂荒弃耕成为常见的社会现象。徐枋《井田论》曰:"今天下之民去本逐末者常十之四,而胥徒戍卒,游手无籍,浮屠道士,以至仕而在朝,出而为吏,又十之四,农民止十二而已。然而身无立锥,贫不能赁田者有矣,赁田而或数亩,或不满数亩,或数十亩。"④以往不事生产、"志于道"而"据于德"的文人们,能力更不足以应对朝不保夕的窘迫生活。

赵园指出,士人的贫困化是明清之际有普遍性的事实。⑤ 面对着"治生"还是"立节"的困扰,不少士人中断举业,或选择坐馆、行医、经商,或流向作幕宾、当讼师,再或是回归陇亩,弃儒就释。此时,一些士人开始重新思考本与末的价值

---

① (明)归有光:《震川先生集》卷十三,周本淳点校,上海古籍出版社 2007 年版,第 319 页。
② (清)归庄:《归庄集》卷十《杂书》,上海古籍出版社 2010 年版,第 490 页。
③ 郭万金:《明代经济生活与诗歌传统》,《文学评论》2008 年第 1 期。
④ (明)徐枋:《居易堂集》卷九,华东师范大学出版社 2009 年版,第 204—205 页。
⑤ 赵园:《明清之际士大夫研究》,北京大学出版社 2014 年版,第 291 页。

高低以及义与利的辩证关系。例如,吕留良认为,士人就馆还算保留了体面,而作幕宾则属于从事贱业:"此不必讲义理,只与论利害,则作宦之危,自不如处馆之安。宦资之不可必,自不如馆资之久而稳也。惟幕馆则必不可为,书馆犹不失故吾,一为幕师,即于本根断绝。吾见近来小有才者,无不从事于此,其名甚噪,而所获良厚。然日趋于闪烁变诈之途,自以为豪杰作用,不知其心术、人品至污极下,一总坏尽,骄谄并行,机械杂出,真小人之归,而今法之所称光棍也。"(《与董方白书》)①张履祥仍坚持守耕读、轻末业的传统观点:"人须有恒业,无恒业之人,始于丧其本心,终至丧其身。然择术不可不慎,除耕读二事,无一可为者。商贾近利,易坏心术。工技役于人,近贱;医卜之类,又下工商一等;下此益贱,更无可言者矣。"(《子孙固守农土家风》)②陈确则提出了"治生为本论",认为"治生尤切于读书"。③ 他在《与同杜书》中论道:"弟谓吾辈自读书谈道而外,仅可宣力农亩;必不得已,医卜星相,犹不失为下策,而医固未可轻言。何者? 卜与星相虽非正业,而与臣言依忠,与子言依孝,庶于人事可随施补救,即有虚诬,亦皆托之空言,无预事实。"④就当时来说,陈确对士人择业的态度还算宽和,但他对医师和葬师之业则仍是百般责难。

即便是耕、读两事,在士人的观念中也有相对高下之分。《汉书·艺文志》载:"农家者流,盖出于农稷之官。播百谷,劝耕桑,以足衣食,故八政一曰食,二曰货。孔子曰:'所重民食',此其所长也。及鄙者为之,以为无所事圣王,欲使君臣并耕,悖上下之序。"⑤在以农业赋税为重要财政来源的传统经济体制下,服膺官方正统观念的士大夫虽然关心农家、重视本业,却并不认为应由自己亲自耕作,而是秉持着人当其位、名实相副的职业分工理念,将四民之业、九流之徒做了高低贵贱的价值划分和差等排列。尤其是自宋代科举制渐成规模、成为正途后,下层平民子弟有了更多的应举机会,⑥越来越多的读书人将求学仕进作为主要人生目标,务农仅仅是无法博得功名后的一种暂时的退路与无奈的选择。

① (清)吕留良:《吕晚村先生文集》卷四,《吕留良诗文集》(上册),徐正等点校,浙江古籍出版社2011年版,第89—90页。
② (清)张履祥:《杨园先生全集》卷四七《训子语上》,陈祖武点校,中华书局2002年版,第1352页。
③ 代训锋、王引兰:《晚明的功利主义思潮》,《伦理学研究》2017年第4期。
④ (清)陈确:《陈确集》别集卷六《葬书上》,中华书局2009年版,第483页。
⑤ (汉)班固:《汉书》卷三十《艺文志第十》,中华书局1964年版,第1743页。
⑥ 何忠礼:《贫富无定势:宋代科举制度下的社会流动》,《学术月刊》2012年第1期。

颜元对明末儒士逼仄的职业选择空间深有体会："今世之儒,非兼农圃,则必风鉴、医、卜;否则无以为生。盖由汉、宋儒误人于章句,复苦于帖括取士,而吾儒之道、之业、之术尽亡矣。若古之谋道者,自有礼、乐、射、御、书、数等业,可以了生。……后儒既无其业,而有大言道德,鄙小道不为,真如僧、道之不务生理者矣。"①他痛斥宋儒所谓"忧道不忧贫"的虚伪与迂阔:"宋儒正从此误,后人遂不谋生,不知后儒之道全非孔门之道。孔门六艺,进可以获禄,退可以食力,如委吏之会计,简兮之伶官可见。故耕者犹有馁,学也必无饥,夫子申结不忧贫,以道信之也。若宋儒之学不谋食,能无饥乎!"②

在颜元之前,归有光《守耕说》就曾有相似之论:"予曰:耕稼之事,古之大圣大贤当其未遇,不惮躬为之。至孔子,乃不复以此教人。盖尝拒樊迟之请,而又曰:'耕者,馁在其中矣。'谓孔子不耕乎? 而钓,而弋,而猎较,则孔子未尝不耕也。孔子以为如适其时,不惮躬为之矣。"③戴名世在《种杉说序》自述道:"余惟读书之士,至今日而治生之道绝矣,田则尽归于富人,无可耕也;牵车服贾则无其资,且有亏折之患;至于据皋比为童子师,则师道在今日贱甚,而束脩之入仍不足以供俯仰。"之后得出结论:"天与人皆不可恃,而求之辄应且不我欺者,惟地力而已矣。地力之获利者多,惟树而已矣。"④李颙将"志道"与"力耕"的关系分为三等:"志在世道人心,又能躬亲稼圃,嚣嚣自得,不愿乎外,上也;志在世道人心,而稼圃不以关怀,次也;若志不在世道人心,又不从事稼圃,此其人为何如人! 与其奔走他营,何若取给稼圃之为得耶?"他依次列举伊尹、孔明、海瑞以及时人陈茂烈躬身耕作的事迹后,感慨道:"并风高千古,稼圃何害? ……肯稼肯圃,斯安分全节,无求于人,慎无借口夫子斥迟之言,以自误其生平。"⑤

清代康熙年间,这种劝导读书人不必以农耕为小道、鄙事的论调依然常见于士人的私著和公文。黄六鸿在《养民四政》中提出四项兴民用之利的措施,其中第三项"植果木"云:"夫民之当种者,岂独五谷哉? 即果木之树,亦宜广为栽蓄也。"他以李衡、董奉、邵平、林逋等前朝士人种植林木、维持生计为例,总结道:"凡此者,是专资果木之列,即可赡子孙、拯贫乏,以自供其高洁,况乎躬耕南亩,

---

① (清)颜元:《颜元集》,王星贤等点校,中华书局1987年版,第695页。
② (清)颜元:《颜元集》,王星贤等点校,中华书局1987年版,第671页
③ (明)归有光:《震川先生集》卷三,周本淳点校,上海古籍出版社2007年版,第80页。
④ (清)戴名世:《戴名世集》卷三,王树民编校,中华书局1986年版,第83页。
⑤ (清)李颙:《二曲集》卷三八《四书反身录·论语下》,陈俊民点校,中华书局1996年版,第488—489页。

兼稼穑之饶乎?"①

总之,在士大夫阶层内部,关于正统与异端、公道与私欲两种价值取向的认知矛盾始终存在,并随着时势的变化针锋相对、此消彼长。经过中晚明时期工商业的迅速发展,明清易代之际世道的动荡乱离,一方面,士人对于四民之职、本末之业的认识经历了一个由弃仕途而入工商到贱末业而守农本、由"文"趋"质"②的"复古性"回归;另一方面,本与末、大小道之间的界限开始变得模糊,士人对于职业选择的看法不再如宋儒一般认为非此即彼、非贵即贱,将理与欲、义与利截然二分,而是将他们排入划分更为细致的价值差等序列,给自己留出了可进可退的中间路径,即所谓"依于仁"而"游于艺",并且在提倡读经书、"据于德"的同时要务实,在践履过程中亲力亲为、知行合一,不离"志于道"的人生终极追求。清代不少宗规家训对族人职业的要求就反映择业观出现了变化。一些宗族只反对族人不务正业,成为游民,或禁止族人从事胥吏衙役、奴仆走卒等被歧视的职业,也就是说,于四民之中择一从事即可。③

二、探春改革中儒法价值观的调和

(一) 探春的逐利倾向

《红楼梦》第五十六回中,探春与宝钗说起赖家通过经营园林补足日用、收租盈利时,谈论起了学问与世务的关系:

> 探春道:"我因和他们家的女孩儿说闲话儿,他说这园子除他们带的花儿,吃的笋菜鱼虾,一年还有人包了去,年终足有二百两银子剩。从那日,我才知道一个破荷叶、一根枯草根子,都是值钱的。"宝钗笑道:"真真膏粱纨袴之谈。你们虽是千金,原不知道这些事。但只你们也都念过书,识过字的,竟没看见过朱夫子有一篇'不自弃'的文么?"探春笑道:"虽也看过,不过是勉人自励,虚比浮词,那里真是有的?"宝钗道:"朱子都行了虚比浮词了?那句句都是有的。你才办了两天事,就利欲熏心,把朱子都看虚浮了。你再出去,见了那些利弊大事,越发连孔子也都看虚了呢。"探春笑道:"你这样一个

---

① (清)贺长龄、盛康:《清朝经世文正续编》(第一册),广陵书社2011年版,第286页。
② 杨念群:《何处是"江南":清朝正统观的确立与士林精神世界的变异》,生活·读书·新知三联书店2017年版,第201—210页。
③ 游子安:《劝化金箴:清代善书研究》,天津人民出版社1999年版,第177页。

通人，竟没看见姬子书？当日姬子有云：'登利禄之场，处运筹之界者，穷尧舜之词，背孔孟之道。'"

这段对话中，探春对朱子的学统之论不以为然，通过杜撰姬子之说，指出孔孟之道不足为据。一番见解正是源自明中叶之后伴随着经济发展而兴起的社会思潮。

万历、天启朝内阁首辅叶向高论晚明世风变化曾道："当弘正时，风气未漓，缙绅先生居官奉法守职，不倡游谈。……其士子耳目不移心志，专一经术修明，所结撰粹然一出于正。……熙恬日久，习尚流转，三家之聚十室之邑，齐纨吴锦亦复灿然。其甚者至冠玉缀金，拖曳红紫，淫诡成风，四民如一。而士大夫复高言妙论，标尚玄微，相与诋訾宋儒，讥弹传注，以自为尊。今且明目张胆，尊异教于孔氏之上，造作语言，流传告播。其士子习闻饫见，以为当然。"[1]

在士人、商贾频繁互动，富裕之家沉溺于色欲物利的同时，上层统治集团内部则日益腐败。神宗长期不理朝政，熹宗同样荒诞昏庸，东林一派与宦官集团党争不断，一些理学名臣伪托道德性命之说以权谋私、排除异己，朝野上下一片乌烟瘴气，文官的心态也愈发焦虑不安。例如，叶向高在内阁任职七年，本想调和各方矛盾以求其达成妥协、停止内耗、和衷共济，却始终夹在党派势力中进退两难，先后上疏神宗请求致仕达 62 次之多。

顾炎武《日知录》"流品"条曰："自万历季年，搢绅之士不知以礼饬躬，而声气及于宵人，诗字颁于舆皂，至于共卿上寿，宰执称儿，而神州陆沉，中原左衽，夫有以致之矣。"[2]此间，部分"异端"士人例如何心隐、李贽等人，便将王学左派偏重直认本体、肯定人性欲望、追求率性自然的思想推向了极致，借诸心学、禅学以及理学本身的逻辑思路来反对正统理学，试图以奇谲放诞的论说、辩难发泄不满情绪，嘲弄社会现实，批判儒者空言和虚假道学，讽刺人心伪善与世道昏暗。[3] 探春所托姬子之言即为其中一种。

到了清代，官方开始倡导士人回归程朱理学，无论是晚明理学家伪托道德性

[1]　(明) 叶向高：《苍霞草》卷四《送官谕毅菴黄先生典试还朝序》，《四库禁毁书丛刊·集部》(第 124 册)，北京出版社 1997 年版，第 76 页。

[2]　(清) 顾炎武：《日知录集释》卷十三，黄汝成集释，上海古籍出版社 2013 年版，第 776 页。

[3]　嵇文甫：《晚明思想史论》，东方出版社 1996 年版，第 50—73 页；左东岭：《王学与中晚明士人心态》，商务印书馆 2014 年版，第 394—411 页；廖可斌：《明代文学思潮史》，人民文学出版社 2016 年版，第 405—409 页。

命的清谈、空说，还是明末异端人士的诋毁之言、狂悖之论，均遭到了正统士大夫的强烈批判。例如，《清高宗实录》记乾隆五年（1740年）高宗训示诸臣研精理学，上谕曰："夫典章制度，汉唐诸儒，有所传述考据，固不可废；而经术之精微，必得宋儒参考而阐发之。然后圣人之微言大义，如揭日月而行也。惟是讲学之人，有诚有伪，诚者不可多得，而伪者托于道德性命之说，欺世盗名，渐启标榜门户之害。"①程晋芳在《正学论》中批判道："自明中叶以后，士人高谈性命，古书束高阁、饱蠹蟫，其所教人应读之书，往往载在文集，真所谓乡塾小儒抱兔园册子者，足令人喷饭也。"②阮葵生记明嘉万年间，理学名臣李材"锢刑部狱数年，乃编戍闽中。时太夫人已捐馆舍，李在狱，未得视含饭也。出狱后，人以为先抵里追服母丧，乃沿途留滞，与缙绅当道往还，应接不暇。至闽后则呵殿仪从，较闽抚有加焉，且盛饰公署，选文武员弁为巡捕官，一如现官体制。每日放衙二次，通接宾客，收放文书以为常"。李材虽有才学名气，却虚荣奢侈、不知孝悌。阮评其曰："似此举动，乃庸陋鄙夫所为。不知平日所讲何学，居然欺世盗名，哆口而谈程、朱。"③

对于士大夫的这类虚伪行径，清圣祖晚年也曾发出过训诫，康熙五十七年（1718年）四月制曰："朕日以孝廉奖励天下，而敦笃彝伦、树立名节者，概不多见。亦有欺世盗名，自托于孝廉，而实行不孚，往往见讥于乡党，贻笑于清议。其诚伪之间，可不辨欤？夫卿大夫立身行已，有风励士庶之责。今乃诵说礼经，而考其实行，反不若村农田竖之诚笃者，其故何欤？"④《茶余客话》"假道学假名士"条云："假道学必好色而不辨美恶，假名士必贪财而不分义利，历验往往不爽。"⑤

探春的观点并未如泰州、龙溪等心学流派趋于极端化，直接宣称人欲即是天理，推翻正统道学，但她在承认世俗欲望合理性的同时，充分认识到了先秦法家所反复强调的人性中天然的自私与好利倾向。第五十六回中，探春安排完人事分工后，对李纨、平儿说"虽如此，只怕他们见利忘义呢"，表达了自己对于人性的不信任以及宋儒提倡的道德自律的怀疑。《商君书·君

---

① 《高宗纯皇帝实录》卷一二八，乾隆五年十月己酉，《清实录》（第十册），中华书局1985年版，第876页。
② （清）贺长龄、盛康：《清朝经世文正续编》（第一册），广陵书社2011年版，第26页。
③ （清）阮葵生：《茶余客话》卷十，《阮葵生集》，王泽强点校，陕西人民出版社2009年版，第824页。
④ 《圣祖仁皇帝实录》卷二七八，康熙五十七年四月癸未，《清实录》（第六册），中华书局1985年版，第728页。
⑤ （清）阮葵生：《茶余客话》卷十，《阮葵生集》，王泽强点校，陕西人民出版社2009年版，第826页。

臣》篇曰："民之于利也,若水之于下也,四旁无择也。"①《韩非子·备内》篇载:

> 故王良爱马,越王勾践爱人,为战与驰。医善吮人之伤,含人之血,非骨肉之亲也,利所加也。故舆人成舆,则欲人之富贵;匠人成棺,则欲人之夭死也。非舆人仁而匠人贼也,人不贵则舆不售,人不死则棺不买,情非憎人也,利在人之死也。故后妃、夫人、太子之党成而欲君之死也,君不死则势不重,情非憎君也,利在君之死也。故人主不可以不加心于利己死者。故日月晕围于外,其贼在内,备其所憎,祸在所爱。②

如同商、韩之论"利",探春同样未对人的趋利性做出明确的道德评判,冠之以"恶",或像正统儒家学者那样,时常将人做出君子与小人的二元划分,对义与利做出高下的价值判断,以获取道德优越感,博得清流名声。③ 当然,她也未像李贽所认为的"穿衣吃饭,即是人伦物理;除却穿衣吃饭,无伦物矣"(《答邓石阳》),④赋予物利之欲正当性、至上性,而是"抱法处势"地站在了客观立场上,认为这是人类的生存本能与身份地位使然。

探春一边赋予园内"皆为利来"的仆妇们权力和职任,一边又对她们颇为防备,始终保留着警惕心理,在听闻宝钗所说的"幸于始者怠于终,善其辞者嗜其利"后点头称赞。为了细查、严管园内财货的来源去向,探春提出了以专人任专事,以求循名责实,各得其利;用园林使用、管理以及农作物的处分和收益权代替向奴仆付工费,并在年终向她们收取实物红利;将园内账目与贾府内外两分、划清界限等一系列措施,从而"人尽其利,地尽其利,物尽其用",最终达到开源节流、增加进项的兴利目的。

(二) 宝钗的守义底线

面对探春认为圣人之言是"虚比浮词",将兴利置于义理学问之上的背道言

---

① 高亨:《商君书注译》,中华书局 1974 年版,第 481 页。
② (清) 王先慎:《韩非子集解》,钟哲点校,中华书局 2016 年版,第 123—124 页。
③ 关于明末士大夫的君子小人之辨,详见陈宝良:《明代士大夫的精神世界》,北京师范大学出版社 2017 年版,第 159—216 页。
④ (明) 李贽:《李贽全集注》(第 1 册),社会科学文献出版社 2010 年版,第 8 页。

论,宝钗则发起辩论,进行了一番责难。宝钗所提及的朱熹的《不自弃文》①讲的也是探春想表达的"天下无弃物"思想:"夫天下之物皆物也,而物有一节之可取,且不为世之所弃,可谓人而不如物乎?盖顽如石而有攻玉之用,毒如蝮而有和药之需,粪其秽矣,施之发田,则五谷赖之以秀实。……推而举之,类而推之,则天下无弃物矣。"朱子虽与探春同样认可人们追逐物利、满足欲望的合理性,但该文创作的最终目的却是劝诫士族子孙切勿奢靡浮夸,应常念祖德、谨守祖业,懂得节俭尚质、量入为出的经济之道:"今名卿士大夫之子孙,华其身,甘其事,谀其言,傲气物,遨游燕乐,不知身之所以耀润者,皆乃祖乃父勤劳刻苦也。……为人孙者,当思祖德之勤劳;为人子者,当念父功之刻苦。孜孜汲汲以成其事,兢兢业业以立其志。……士其业者必至于登名,农其业者必至于积粟,工其业者必至于作巧,商其业者必至于盈赀。"②

明末清初,蜀中名士唐甄曾作《尚朴》《权实》《富民》等政论,表达了类似朱子《不自弃文》中的观点,又吸收阳明学成己成物、知行合一的思想,提倡君臣应自上而下保持节俭,避免浮奢,兴物利、重实业,农(田)贾(市)并重,从而致富于民。

阮葵生《茶余客话》"读经须识世务"条曰:"天地之化不穷,虽一草一木,皆耐人思,思之而犹弗可知也;经书之蕴不穷,虽一文一字,皆耐人思,思之而犹弗能尽也。素绚可以明礼,鸢鱼可以明道。甚至辑熙敬止可以明止。盖五经四子之书,其精多其用宏矣。……今诚如此读书,所思不出人情物理之外,所悟不越身心日用之间。……至于日用行习,欲求切己之务,则经术所纪皆当随身所处,察实参详,以取裨益。"③其表达的观念与朱熹等宋儒以及明清官方主流意识形态大同小异,均是劝导士人应当通过熟读儒家经义,了解自然物理与社会人文;又兼采新学之实用精神,强调士人修身持守的同时要践履务实。④

张履祥论及物利源流的正当性问题说道:

---

① 对于《不自弃文》是否朱熹所作,历来有争议。朱熹后学认为此文格调低下,有失朱子身份,因而将其排除在朱熹文集之外,只有明人朱培编《文公大全集补遗》卷八从抄本《朱熹家谱》中引录,《朱子文集大全类编·卷二一·庭训》亦收录。一些学者认为,其中对物利的宣扬不符合朱熹"存天理、灭人欲"思想,但宋代之后,不少士大夫熟知这篇文章确是事实。本书所引该文出自《朱子文集大全类编》。参见束景南:《朱熹作〈不自弃文〉考辨》,《红楼梦学刊》1992年第3辑;刘世南:《从〈不自弃文〉谈曹雪芹的思想》,《明清小说研究》2003年第3期;(清)曹雪芹、高鹗:《红楼梦》(校注本),裴效维注,中央编译出版社2014年版,第617页。

② (宋)朱熹撰、(清)朱清辑:《朱子文集大全类编·卷二一·庭训》,《四库全书存目丛书·集部》(第19册),齐鲁书社1997年版,第258页。

③ (清)阮葵生:《茶余客话》卷十,《阮葵生集》,王泽强点校,陕西人民出版社2009年版,第845—846页。

④ 蔡方鹿、李琛:《论宋代理学与新学的关系——以二者的沟通和相近为主》,《哲学研究》2016年第7期。

源则问其所自来义乎？不义乎？流则问其所自往称乎？抑过与不及乎？果其取之天地，成之筋力，如君子之劳心禄入是也，小人之劳力稼穑、桑麻、畜牧是也。下此，则百工执艺之类，又下，则商贾负担之类，皆义外，是非义也。果其量入为出，权轻重，审缓急、先后，宜丰不俭，宜寡不多，斯为称。否则非当用而不用，即不当用而用矣。世人不治其流，求其源清固不可得；其源不清，欲其流治亦不可得也。以是二患成其百恶。明有视听，幽有鬼神，君子赢得为义，不言利而利存；小人赢得为利，利未得而害伏，愚哉！①

《红楼梦》中，薛宝钗服膺、恪守的也正是此类儒家义利观念——"君子喻于义，小人喻于利"——坚持士人须在道统的大前提之下学以致用、正当取利，以儒家义理节制感性欲望，满足基本生存需求的同时，要追求人格完善、经世致用，进而服务家族、社会以及国家公义。换言之，士人作为君子，逐利不应过分，不仅要关注其合理性，还要将"义"作为逐利的原则，使之具备正当性。②

清代乾隆朝理学家阎循观《文士诋先儒论》载："予观近代文士以著述自命者，往往傅会经义以立言，然于程朱之学，则或者寻瑕索疵，而深寓其不好之意。"冯景《送万季野先生之京师序》曰："方今之患士有市心而无经术，风俗日败坏而不可救。"又引黄宗羲门人顾玶之言云："士无经术故至此，苟稍稍读书明义理，必知自爱，宁有市心乃尔邪？"而后对那些离经叛道、杜撰浮词的人批评道："然世之厌薄经术者，以为无适用；其巧于自媒者，涉其藩而缘饰之，便能立致通显，鼓天下浮薄不才之子而从之，是市之尤者也。尝谓经术之亡，不亡于厌薄者，而亡于缘饰者。"③

朱彝尊在《与李武会论文书》中列举前代理学名士，尤为推重朱熹，强调士人著书立说应稽考经史源流，重视性命义理，维系正统道学："南宋之文，惟朱元晦以穷理尽兴之学出之，故其文在诸家中最醇。……明之宁海方氏孝孺、余姚王氏守仁、晋江王氏慎中、武进唐氏顺之、昆山归氏有光。诸家之文，游泳而绅绎之，而又稽之六经，以正其源；考之史，以正其事；本之性命之理，俾不惑于百家、二氏之说，以正其学。"④

---

① （清）张履祥：《杨园先生全集》卷四七《训子语上》，陈祖武点校，中华书局 2002 年版，第 1360—1361 页。
② 王艳秋："义以建利"与"以义制利"——传统儒学义利观的二重义蕴，《华东师范大学学报（哲学社会科学版）》2002 年第 3 期。
③ （清）贺长龄、盛康：《清朝经世文正续编》（第一册），广陵书社 2011 年版，第 31 页。
④ （清）朱彝尊：《曝书亭集》卷第三十一，世界书局 1937 年版，第 393 页。

宝钗以孔孟、朱子以及明代大儒之主流学说,对探春所述姬子背道言论的纠偏匡扶,代表的是清初正统士大夫对晚明异见士人缘饰、放诞之词的驳斥,宝钗的学统观与事功论可谓严合圣人训诫,不越雷池半步。所谓"学问中便是正事。若不拿学问提着,便都流入市俗去了",即指孔子"见利思义,见危授命,久要不忘平生之言,亦可以为成人矣",以及朱敦儒所说的"义未尝不利,但不可先说道利,不可先有求利之心。……若行义时便说道有利,则此心只邪向那边去"①等通过治学修身而以义制利的儒者观念。

综上而论,对于义利关系问题,一方面,儒法两家的价值取向自始至终存有差异,而随着社会经济发展与四民职业流动,儒家内部也发生了派系分化。关于守理与逐利孰先孰后以及道义能否制约自利的看法,探春、宝钗两人产生了分歧。探春借晚明异端士人的背道狂言,表达了对宋代士大夫阶层建构的道统观与学统论以及人类道德自律效用的批判和质疑;与之相对,宝钗则严循以朱熹为代表的官方主流意识形态,认为经世致用须以治学修身为基础,逐利须以遵从德性、恪守义理为前提,相信人类的道德感在处理义利关系时始终发挥着引导和调节功能。另一方面,二人又都排斥假道学、假名士与儒者空疏之谈,吸收了宋儒新学与王门心学思想,承认人类追求市利、满足俗欲的本能及其合理性,注重事功,强调实用,努力维系着园内伦序与家人恩情,为儒法两家在兴利过程中的价值调和奠定了基础。

第五十六回中,当探春要求仆妇们年末上交农产品,并决定园内自行归账后,宝钗说出了自己的不同看法:

> "依我说,里头也不用归账。这个多了,那个少了,倒多了事。不如问他们,谁领这一分的,他就揽一宗事去,不过是园里的人动用。我替你们算出来了,有限的几宗事,不过是头油、胭粉、香纸,每一位姑娘,几个丫头,都是有定例的;再者,各处笤帚、簸箕、掸子,并大小禽鸟鹿兔吃的粮食,不过这几样。都是他们包了去,不用账房去领钱。""虽然还有敷余,但他们既辛苦了一年,也要叫他们剩些,粘补自家。虽是兴利节用为纲,然也不可太过,要再省上二三百银子,失了大体统,也不像。所以这么一行,外头账房里一年少出四五百两银子,也不觉的很艰啬了,他们里头却也得些小补。这些没营生

---

① (宋)黎靖德:《朱子语类》卷五十一,王星贤点校,中华书局1988年版,第1218页。

的妈妈们,也宽裕了;园子里花木,也可以每年滋长繁盛;就是你们,也得了可使之物。这庶几不失大体。……我才说的,他们只供给这个几样,也未免太宽裕了。一年竟除这个之外,他每人不论有馀无馀,只叫他拿出若干吊钱来,大家凑齐,单散与这些园中的妈妈们。他们虽不料理这些,却日夜也都在园中照料。当差之人,关门闭户,起早睡晚,大雨大雪,姑娘们出入,抬轿子、撑船、拉冰床一应粗重活计,都是他们的差使。一年在园里辛苦到头,这园里既有出息,也是分内该沾带些的。"

概括而言,针对探春的兴利举措,宝钗提出的补充建议共有两项:一是园内几处收支全部由管营生的老妈妈负责,无须通过府内账房出纳,以免受管家、凤姐辖制,节省中间转手环节的剥削与耗费,同时防止因主人分配不均而对上产生埋怨,从而收服人心;二是园中没营生的仆妇们平时的补贴收入,也要从几位管营生老妈妈的结余中抽取,使得上下利益均沾,避免奴仆群体产生内部矛盾。这样,既不显得贾家对下人过于苛刻,保留了世家大族的体面,又对下人的生产和管理产生了激励作用,同时维系了主仆之间的信任与仆人之间的感情,实现了张履祥所谓"果其量入为出,权轻重,审缓急、先后,宜丰不俭,宜寡不多,斯为称"①的兴利目标。

乾隆十年(1745 年),御史柴潮生上《理财三策疏》云:"窃惟治天下之要务,惟用人、理财两大事。用人者,进君子退小人而已;理财者,使所入足供所出而已。"②郭起元《刘晏理财论》曰:"自古有国家者,不畜言利之臣,后世有主于流通天下之财,以济国用者,其间利害不一,或失于损下益上,或失于上下各有损,或得于上下各有益。其等差盖悬绝矣。"③此外,程晋芳《正学论》载有一些儒家士人改良程朱理学与阳明心学的新创之论:"近代一二儒家,又以为程朱之学即禅学也,人之为人情而已矣。圣人之教人也顺乎情而已,宋儒尊性而卑情,即二氏之术,其理愈高,其论愈严,而其不近人情愈甚。虽日攻二士而实则身陷其中而不觉。"④

宝钗针对探春的兴利举措提出的核心观点与柴潮生等人提出的治国理财

---

① （清）张履祥:《杨园先生全集》卷四七《训子语上》,陈祖武点校,中华书局 2002 年版,第 1360—1361 页。
② （清）贺长龄、盛康:《清朝经世文正续编》(第一册),广陵书社 2011 年版,第 263 页。
③ （清）贺长龄、盛康:《清朝经世文正续编》(第一册),广陵书社 2011 年版,第 261 页。
④ （清）贺长龄、盛康:《清朝经世文正续编》(第一册),广陵书社 2011 年版,第 27 页。

论、学统教化观基本一致：一为选用有德行的君子，提倡个人道德自律——"这么一所大花园子，都是你们照管着，皆因看的你们是三四代的老妈妈，最是循规蹈矩"；二为适当损上益下，以有余补不足，使上下利益均沾，注重衡平和谐——"你们只顾了自己宽裕，不分与他们些，他们虽不敢明怨，心里却都不服，只用假公济私的，多摘你们几个果子，多掐几枝花儿，你们有冤还没处诉呢。他们也沾带些利息，你们有照顾不到的，他们就替你们照顾了"；三是在不违背道德原则和尊卑秩序的前提下，顺应人类情感欲望——"我如今替你们想出这个额外的进益来，也为的是大家齐心，把这园里周全得谨谨慎慎的，使那些有权执事的看见这般严肃谨慎，且不用他们操心，他们心里岂不敬服？也不枉替他们筹画些进益了"。

每一项提议都符合儒家士大夫崇理、尚德同时兼顾人情的传统观念与价值取向。姚燮眉批云："一篇晓谕之言，忽而赞叹之，忽而诱掖之，忽而奖励之，忽而警诫之。词令之美，无以复加。"又曰："公利一层最是要着。治国如是，治天下亦如是。宝姑娘竟是一个大经济大学问的人。"[①]在明清正统士大夫的观念中，宝钗宽严相济的齐家之法与儒士张弛有度的治国之道交相呼应，纠正了探春所制定的理家措施规定严苛、程序烦琐，且以本阶层利益为重的偏狭之处，成就了所谓"贤"者的"小惠全大体"。

公与私、义与利，以及法度与人情之间的价值位阶关系，从先秦开始，一直是传统士人反复争论的重要命题。自汉武帝将儒家伦理思想确立为官方意识形态后，在士大夫的话语体系中，帝王治理国家的关键就在于选贤举能、树德立行，通过差等系统自上而下的政治传播功能与文化引导效应教化臣民、淳化风俗；同时，亲亲尊尊、移孝于忠，将父子人伦关系扩张解释为君臣尊卑秩序，从而建构起家国同构、管治同理的社会格局，以调和忠孝、公私矛盾，也成为士大夫阶层知识结构与政治观念的基本组成部分。相对而言，对于法家一流明罚敕法、秉公去私、因理忍情等执政理念的规范化适用，则多为循吏、酷吏之能事，或是国家在乱世、政改形势下的应时之举。

探春理家揭示了严格遵守规则还是优先体察人情这组人治传统中常见的价值冲突，并由此引发了持家者在推行改革措施中对于公私、义利关系的争执与辩难。在兴利关系问题的论辩中，探春不惜以驳朱子之言、背孔孟之道的晚明狂者

---

① 冯其庸辑校：《重校〈八家评批红楼梦〉》，青岛出版社 2015 年版，第 1411—1413 页。

姿态,批判虚伪卫道士的道德性命之说,表示了对儒家学者人性观与自律论的质疑。与之相对,宝钗虽然也反对部分儒者的空疏言论,但她秉承保守立场,谨遵道统学说,坚持义之底线,同样反对探春抛弃学统、将利欲置于义理之前的异端言论。两人与李纨、平儿商议和推行的几项兴利措施,仍然因循了儒家选贤任能的吏治思想,双方在注重事功、强调务实,以及维护府内尊卑秩序和园内主仆感情的共识基础上达成了妥协,从而缓和了儒法两家义利观中的价值对立,生动地展现出了我国宗法制度下家国同构、礼法一体的政治格局与法律文化。

第五章
《红楼梦》叙事结构下的善恶与盛衰

左东岭先生《李贽与晚明文学思想》一书中,曾对晚明思想家李贽的心态和人格做出一番极为精当的评价:

> 卓吾虽有济世的热肠与不朽的意识,却同时又有追求自我快适与高视自我的人生态度,这使得他尽管识见不凡却难于屈身以从俗,阿世以违性,从而宁可出世以求解脱而不愿尽情发挥其治世之才,但在追求自我解脱的过程中,他又因为未能忘怀世事与拥有强烈的不朽观念,又使得他不能平心静气地专心求道,更不可能完全达到庄子忘我遗世与佛教之涅槃寂灭。然而此种矛盾的心态并非全是缺陷,它们在著述立说中求得了某种程度的统一,因为著述即可运用其参禅求道的大胆而不受现实的直接限制,又可发挥他敏锐的思维去对人性、社会与历史进行深刻地解剖,同时也满足了他高视自我与传世不朽的双向追求。①

将此段人物评赞用以概括曹雪芹游走于出世与入世之间的矛盾心态亦非常妥帖,且这种心态在他"披阅十载,增删五次"著成的《红楼梦》一书中体现得淋漓尽致。一方面,《红楼梦》所描写的人物关系和家庭生活均建立在儒家伦常的基础之上:没有男女之别,就没有宝黛的木石盟约;没有父子之伦、兄弟之序,即没有贾氏的百年基业;没有君臣之纲,便没有大观园的出现以及园中的诗情画意。世俗社会的富贵场是理想世界的温柔乡存在的基础和必要条件。另一方面,全书起叙于女娲补天神话,终结于宝玉剃发出家,中间掺杂《庄》《列》寓言,穿插仙

---

① 左东岭:《李贽与晚明文学思想》,人民文学出版社 2010 年版,第 92 页。

境冥司,一僧一道不时现身说法、度脱世人。

由此可见,曹氏以及受其创作思路影响的续作者,绝不满足于以载道之言劝诫士人回归儒家正统的经世致用之道,他们还试图对个人仕途、家族命运与社会现实做出更为深刻的反思,探求人生的本质与生活的真谛。作者"一方面以儒家思想为准绳,对进入作品的生活现象进行价值判断,一方面又以佛、道宗教思想进行哲学玄思,力求探寻生活的深层底蕴。或者,以现实主义笔触对人物的命运遭际进行描绘,又以佛、道宗教思想解释造成人物特定命运的宿因"。①

在这一文学创作思路的影响下,《红楼梦》故事中的诸多情节都隐含着作者对于士人世俗生活和人生理想的思考和质疑:建立在父母之命基础上的包办婚姻是否一定会给女性的命运带来不幸?摆脱礼法约束、否定用世价值是否必然会获得真正的自由?士人又如何调和个体意志与家庭责任之间的矛盾?福祸是否相倚?"否极"是否"泰来"?"积善之家"是否"必有余庆"?恶人是否会遭受阴司地狱报应?仔细阅览全书后可以发现,组成清人礼法观念的不仅仅是儒家不言怪力乱神的人伦道德,还有朴素的天道思想与世俗化的佛道教义。

第一节　儒释道合流叙事下的真俗与善恶

一、僧道士人身份与真俗观念的矛盾

(一) 僧道的出世身份与入世形象

《红楼梦》中,出现了诸多出家人形象,包括僧侣、尼姑、道士、道婆,等等,其中出场即为僧道且有姓名者30余人。然而,除了开篇一僧一道——茫茫大士、渺渺真人——两位"超情节人物"②在故事中时常发挥劝淫止欲的训诫和度脱功能,以及智通寺一个既聋又昏、齿落舌钝的煮粥老僧外,书中出现的其他僧道人物形象则多是负面的。

在薛蟠殴伤冯渊致死一案中,将"护官符"交给贾雨村干预诉讼、促成乱判的门子,原本是葫芦庙里的一个小沙弥,因葫芦庙发生火灾后无处安身,又耐不住

---

① 张稔穰、刘连庚:《佛、道影响与中国古典小说的民族特色》,《文学评论》1989年第6期。
② 刘勇强:《一僧一道一术士——明清小说超情节人物的叙事学意义》,《文学遗产》2009年第2期。

寺院凄凉,才蓄发充当了胥吏。在官府充役期间,他一面为长官出谋划策,一面借胥吏之便谋取私利,活脱脱一个自私钻营的小人,毫无佛家子弟的悲悯之心。

水月庵的尼姑净虚,身为出家人却热衷于插手婚债等民间纠纷,借机谋取私利。在第十五回中,她利用激将法,让凤姐介入张财主与李守备两家的婚姻官司,而后倚仗荣府之势,助李守备家公子强取张家小姐金哥,最终活活逼死两条人命。身为僧侣竟公然勾结豪门,在佛门净地做起肮脏交易,如此行径与佛教六根清净、慈悲为怀的追求可谓南辕北辙。

清虚观的张道士,曾被先皇亲呼为"大幻仙人",后又掌管"道录司"印,被封为"终了真人",王公藩镇都称呼他为"神仙",其地位之尊贵可见一斑。第二十九回中,贾母带着一众人来到清虚观打醮,他先是早早在路旁等候,天气炎热亦不敢先入道观,亲自迎接贾家人的到来:"论理,我不比别人,应该里头伺候。只因天气炎热,众位千金都出来了,法官不敢擅入,请爷的示下。恐老太太问,或要随喜那里,我只在这里伺候罢了";后又不断地夸奖宝玉,积极为其说亲;在送给巧姐寄命符时,他怕"手里不干不净",就"拿了个茶盘,搭着大红蟒缎经袱子"将寄命符托出,而后将宝玉的"通灵宝玉"用这个盘子托走,要让"远来的道友和徒子徒孙们见识见识"。通观张道士待人接物的态度和行为,他不仅没有仙风道骨,反而充斥市俗气息,极其通晓人情世故,面对贾母等人的态度卑顺到了极致。第四十三回中,水仙庵的"老姑子见宝玉来了,事出意外,竟像天上掉下个活龙来的一般,忙上来问好,命老道来接马",其姿态之谄媚与张道士如出一辙。

宝玉的寄名干娘马道婆,①第二十九回中因赵姨娘收买,利用魇魔之法暗害宝玉和王熙凤,导致两人几近死亡。马道婆在谋财时,没有直言可以通过魇魔法谋害贾、王二人,而是一步步地引诱赵姨娘说出、落实自己的恶念,其市侩与狠毒相比赵姨娘有过之而无不及,出家人的身份只不过是她习得技能、接近权贵和谋取私利的掩护和工具。

第八十回中,宝玉陪同贾母到天齐庙还愿,由众嬷嬷请来陪同宝玉说话的王道士"专在江湖上卖药,弄些海上方治病射利,庙外现挂着招牌,丸散膏药,色色俱备。亦长在宁荣二府走动惯熟,都给他起个混号,唤他做'王一贴'"。面对王道士,宝玉不仅毫无敬重之意,还对其进行了一番调侃,骂他是"油嘴的牛头"。而王道士为了宝玉等人取乐,也只是赔笑应答,满口嚼舌,言无禁忌,假道士、真

---

① 道婆原是指尼姑庵中担任仆役的女子。从身份上说仍属于出家人,且地位不高。

骗子的嘴脸跃然纸上。

第一百零二回,贾赦请了一众道士为大观园驱邪逐妖。"先在省亲正殿上铺排起坛场来。供上三清圣象,旁设二十八宿并马、赵、温、周四大将,下排三十六天将图像。香花灯烛设满一堂,钟鼓法器排列两边,插着五方旗号。道纪司派定四十九位道众的执事,净了一天坛。"场面颇为隆重。而后,作者又详细描写了三位法师做法的过程。"一位手提宝剑,拿着法水,一位捧着七星皂旗,一位举着桃木打妖鞭,立在坛前。只听法器一停,上头令牌三下,口中念起咒来,那五方旗便团团散布……"引来了众人围观。将"妖怪"封印在瓶罐后,令人带回在本观塔下镇住。贾蓉等年轻公子们看到这一场面后都"笑个不住",说道:"这样的大排场,我打量拿着妖怪,给我们瞧瞧到底是些什么东西,那里知道是这样搜罗。究竟妖怪拿去了没有?"作者借年轻一辈之口,不留情面地说出了对这些道纪司法师法术的嘲讽和质疑。

即便如妙玉一类女尼,性格孤洁成癖,又是诚心静修,然而,栊翠庵却是建于大观园这一为省亲之用的园林之内,居住其中的妙玉无时无刻离不开贾府的庇护,是被公认为"云空未必空"的出家人物。妙玉的生活如贵族小姐一般精致,栊翠庵内收藏着众多珍玩,品茶用水极为讲究。在第四十一回妙玉为贾母奉茶时,即使对于贾母让刘姥姥用其茶具的行为不满,也不敢当面表现,只能在离开后向宝玉埋怨:"幸而那杯子是我没吃过的,若是我吃过的,我就砸碎了,也不能给他。"不经意间早已将人分为三六九等。此外,其带发修行的修道方式更是凸显出其"云空未必空"的身心矛盾。乾隆帝就曾对女尼带发修行的现象表示惊叹:"且闻江浙地方,竟有未削发而号称比邱者,尤可诧异。似亦应照僧道之例,不许招受生徒,免致牵引日众。"①

再加上第七十七回中,打着度脱的幌子将芳官、藕官、蕊官拐走做活使唤的水月庵智通和地藏庵圆心,还有涉淫犯奸的智能儿,统而论之,《红楼梦》中的僧道群体形象大多是负面的,其中不仅没有"如佛祖者""如老庄者",真能做到"遵守戒律,焚修于山林寂寞之区"②的出家人亦非常罕见。

出家本是为了皈依自己的宗教信仰,也是一种生命的卓然追求,更是一种超越世俗社会、探索精神世界的躬行践履。然而,《红楼梦》中这些负面形象的僧道

---

① 《高宗纯皇帝实录》卷一三,乾隆元年二月己丑,《清实录》(第九册),中华书局 1985 年版,第 385 页。
② 《高宗纯皇帝实录》卷六,雍正十三年十一月辛丑,《清实录》(第九册),中华书局 1985 年版,第 262—263 页。

却并不如此。多数僧道选择出家,不过是利用出家人的特殊身份满足自身生存的需要,他们或贪钱财,或好情色,实际上并无修持悟道之心。此外,这些僧道还有一个共同点:从未脱离过世俗政权的庇佑。他们或是具有正式的官方身份,或是依附权贵而谋求生存,或是与权贵时常走动往来。"宗教逐渐消除了他们作为宗教的神圣性和哲学的哲理性,将超脱尘俗的修行目的转移到当下世俗利益的满足。"①这些经过世俗化后的宗教人士不仅没有积德行善,反而日趋庸俗丑恶,其身份与所持观念、行为举止之间呈现出了严重的背离。

(二) 士人的经世责任与出世情结

与出场即具有僧道身份的出家人不同,《红楼梦》中还有不少原本生活在世俗场域、长期受礼法规训的贵族男女,他们渴望通过出家获得僧道身份,从而摆脱儒家礼法的约束。

贾敬原为贾家宁国府一支的爵位继承者,是宁国府地位最高的尊者,但他"如今一味好道,只爱烧丹炼汞,别事一概不管。幸而早年留下一个儿子,名唤贾珍,因他父亲一心想作神仙,把官倒让他袭了。他父亲又不肯住家里,只在都中城外和那些道士们胡羼"。第十回中,尤氏问贾珍给贾敬祝寿的办法时,贾珍说道:"我方才到了太爷那里去请安,兼请太爷来家受一受一家子的礼。太爷因说道:'我是清净惯了的,我不愿意住你们那是非场中。你们必定说是我的生日,要叫我去受些众人的头,你莫如把我从前注的《阴骘文》给我好好的叫人写出来刻了,比叫我无故受众人的头还强百倍呢。'"贾敬主动放弃爵位,投入道教外丹派一道的修炼当中,在元真观过着远离利益纷争的日子。

不过,贾敬并没有真正的道士身份,而是游离于形式出家与事实出家之间。在官方记录中,他仍然是一名"乙卯科进士",是一位礼法系统中的臣子。作为族长,他本应承担家族责任,管理府内事务,教育子孙后辈,维持家族盛势;作为士人,贾敬本应承担社会责任,承袭爵位,进入仕途,治国安邦。但除了"宁国府除夕祭宗祠"中作为宗子担任主祭者之外,其他场合均不见其身影,修道成为贾敬逃避家族和社会责任的一种手段。

贾敬修炼的最终目的不是求真悟道,而是极具世俗功利性的,即长生不老,飞

---

① 彭勃:《从明代小说的僧道形象解读佛、道世俗化——以"酒色财气"为考察中心》,西南大学硕士学位论文,2009 年。

升为神仙。其孙媳秦可卿去世后,贾府在天香楼设坛,请了"九十九位全真道士,打十九日解冤洗业醮"。贾敬本应负责法事的筹办,但他认为自己"早晚就要飞升,如何肯又回家染了红尘,将前功尽弃呢,故此并不在意,只凭贾珍料理"。道教认为,仙是由人修炼而成的,要成为神仙,就要先修人道,所谓"欲修仙道,先修人道"。如果人都做不好,那就谈不上生命升华而成仙了。因此,道教并不是让修行者无视传统礼法,而是将之强化,劝导修道者在世俗社会中实践或实验,以达到更高的善,体悟更大的生命之道,做到重道贵生。① 而贾敬修炼之后,既未在个人内心修养方面获得提升,也未参与祈福禳灾等道德实践活动,只是变得更加自私冷漠罢了。

从结果来看,这种功利性的信仰不仅没有助推贾敬达成目标,反而导致了他的中毒身亡。道教的炼丹家早在唐朝已经发现了服食的五金八石的毒性,并且尝试各种杀药物毒之法。然而,水银、铅以及雄黄一类砷的化合物、金银一类贵重金属,无论怎样炮制都是不可能使人体不朽的。他们或具有强烈的毒性,或沉坠穿破胃肠,只会使人短命猝死。② 贾敬也难以例外。最终,他的尸身"肚中坚硬似铁,面皮嘴唇烧的紫绛皱裂",死状之惨烈不忍一睹。

第二个希望通过出家遁世脱离儒家礼法规训的典型形象是贾宝玉。在经历了贾府由盛而衰,关系亲密之人逐个死亡或离开之后,宝玉的出世情结越来越深重。第二十一回中,宝玉阅读并续写《庄子·胠箧》,欲"戕宝钗之仙姿,灰黛玉之灵窍,丧灭情意",初步显露出为情所苦,渴望抛却红尘的倾向。第二十二回中,众人饭后一起听戏,宝钗点了一出《山门》,为宝玉讲解其中《寄生草》的曲词:"满揾英雄泪,相离处士家。谢慈悲,梯度在莲台下。没缘法,转眼分离乍。赤条条,来去无牵挂。那里讨,烟蓑雨笠卷单行? 一任俺,芒鞋破钵随缘化。"词中,主人公对聚散有时、生死难料的人生无常感到悲切和无奈,试图通过出家来摆脱尘世纠葛和情感苦痛,展示出明显的出世意向。宝玉听后顿悟其中禅机,"拍戏摇头,称赏不已",表达了对这种人生选择的高度认同。第三十回中,黛玉与宝玉置气,假设自己死了,宝玉接话道:"你死了,我做和尚"。紧接着的第三十一回,宝玉再次提到,如果黛玉死了就去做和尚。这一阶段,宝玉的出世情结已经从内心默想转变为外在言语,甚至可以看作一种誓言。

第一百一十六回,宝玉病愈后,精神状态虽然转好,但"念头一发更奇癖了,

---

① 詹石窗:《道教文化十五讲》,北京大学出版社 2003 年版,第 169—170 页。
② 任继愈:《中国道教史》,上海人民出版社 1990 年版,第 397 页。

竟换了一种,不但厌弃功名仕进,竟把那儿女情缘也看淡了好些"。而后第一百一十七回中,宝玉与癞头和尚交谈后,执意将佩戴的玉石交给和尚,表明此时他已下定决心出家。

到了全书最后一回,宝玉终于将出世意愿落实到行动中,参加科考后毅然离尘出家,而后在雪中拜别父亲。与父亲拜别时的宝玉已经过剃度,"光着头,赤着脚",表情似喜似悲,展露出复杂的情绪。这种情绪来源于宝玉长时间在承担家国责任还是实现出世情结之间徘徊、纠结的矛盾心理。一方面,他终于可以摆脱礼法约束,回归"自然"状态,内心是轻松喜悦的;另一方面,也为自己抛却人伦之情、逃避家国责任而感到歉疚和无奈。

同宝玉作出相似选择的还有惜春。惜春自小生活在藏污纳垢的宁国府,性格孤僻,内心敏感,对于礼教规范的徒有其表以及士族的伪善早有洞察,试图在充斥着背德与罪恶行径的世俗社会中做到独善其身。小说第七回写到惜春时,没有首先提到她的名字,而是先写了她与智能儿一起玩耍收到宫花时的言辞:"我这里正和智能儿说,我明儿也要剃了头,跟他作姑子去呢。可巧又送了花来,要剃了头,可把花儿戴在那里呢?"书中多次写到惜春和尼姑们一起玩耍说笑,看似是作者信笔,实则已经为后半部惜春的出家埋下了伏笔。

第二十二回,众人作灯谜,惜春所作谜语诗道:"前身色相总无成,不听菱歌听佛经。莫道此生沉黑海,性中自有大光明。"谜底为佛前海灯。庚蒙戚三本并有脂批云:"此惜春为尼之谶也。"[①]在揭露惜春偏好和佛性的同时,也预示了她最终出家的宿命。第七十四回凤姐等人抄检大观园,当惜春身边的丫鬟入画被怀疑与他人偷情时,惜春毫不顾及主仆情谊,冷漠决绝地将其赶出大观园。对尤氏说道:

> "不但不要入画,如今我也大了,连我也不便往你们那边去了。况且近日闻得多少议论,我若再去,连我也编排。……""我一个姑娘家,只有躲是非的,我反寻是非,成个什么人了。况且古人说的,'善恶生死,父子不能有所勖助',何况你我二人之间。我只能保住自己就够了,以后你们有事,好歹别累我。"……尤氏道:"可知你真是个心冷嘴冷的人。"惜春道:"怎么我不冷!我清清白白的一个人,为什么叫你们带累坏了?"

---

① [法]陈庆浩:《新编石头记脂砚斋评语辑校》(增订本),中国友谊出版公司 1987 年版,第 425 页。

不难看出，惜春对于儒家传统意义上的人情世故看得极淡，那套卑者依附尊者、尊者庇佑卑者，用以维系礼法社会运行的机制在惜春这里几乎失效，取而代之的是一种为自己的行为和命运负责的极致的个人主义。此时此刻，她俨然已经用佛家弟子的德操要求自己，以确保自身至清至白，不沾淫乱。

到了后四十回，惜春的出家念头逐渐转变为实际行动。在听说妙玉中邪之后，她想到"妙玉虽然洁净，毕竟尘缘未断。可惜我生在这种人家，不便出家，我若出了家时，那有邪魔缠扰？一念不生，万缘俱寂"，还吟了一首佛偈"大造本无方，云何是应住？既从空中来，应向空中去"，表露出了较为明显的出家情结。第一百一十五回中，地藏庵的尼姑为惜春讲解何为善恶，使得惜春对佛家更为向往，出家的意念更为坚定。自此之后，她不再顾及世家贵女的身份和家人的阻拦，自行剪发，并以死相逼。最终，长辈同意她在栊翠庵带发修行。

惜春之所以选择出家，断绝尘缘，一方面是因为其父贾敬修道，母亲早亡，她没有感受过真挚浓厚的亲情，养成了孤介的天性，对人伦之情看得极淡；另一方面，则是由于自小生长于暗藏聚麀、爬灰等乱伦情形的宁国府，惜春试图通过出世躲避社会礼法崩坏后府中出现的种种罪恶，也可缓解亲友渐次生离死别后的落寞与悲伤。

除了贾府的老爷、公子、小姐之外，由士族身份转变为僧道的还有甄士隐、柳湘莲，两人均是因为人生重大变故，看破红尘虚妄而决然出家。甄士隐本出身仕宦却无意功名，乐善好施，拥有"神仙一流人品"，却接连遭遇女儿被拐，房屋被毁，丈人嫌弃，贫病加交。失意落魄之际，他遇到了唱着《好了歌》的跛脚道士，进而开悟离尘。柳湘莲因误会尤三姐致其自刎而死，内心歉疚悔恨之情无法排遣，当听到道士唱"连我也不知道此系何方，我系何人。不过暂来歇脚而已"等语之时顿悟，遂抛却万根烦恼丝，随道士而去，不知所踪。

综上，在曹氏笔下的世俗社会，对于这些贵族家庭的男女而言，想要摆脱礼法的约束和世俗的困扰，可选择的出路是稀缺的，佛、道教作为现实世界中包含超我意识的场域，是他们逃避礼法规训和家国责任，挣脱情感困扰，抑或是实现个体价值为数不多甚至唯一的途径。

然而，矛盾之处在于，清代僧道群体身份的合法性本就是世俗政权所赋予的。例如，雍正十三年（1735 年）九月，刚登基的乾隆帝未待次年改元，即谕礼部曰："近日缁流太众，品类混淆，各省僧众，真心出家修道者，百无一二；而愚下无赖之人，游手聚食，且有获罪逃匿者，窜迹其中。是以佛门之人日众，而佛法日衰。……朕崇敬佛法，秉信夙深，参悟实功，仰蒙皇考嘉奖，许以当今法会中，契超无上者，朕为第一，则并无薄待释子之成见可知。……著该部仍行颁发度牒，给在京及各省僧纲司等，嗣后情愿出家之人，必须给度牒，方准披剃。"①同一日，他又颁布了"禁擅造寺观神祠谕"以限制新建寺观数量。《清会典事例》载乾隆元年（1737年）上谕曰："朕前以应付僧、火居道士，窃二氏之名，而无修持之实，甚且作奸犯科，难于稽察约束，是以酌复度牒之法，……其情愿还俗者，量给资产，其余归公，留为养济穷民之用。"②他命各省督抚与州县官全面清查僧寺道观，强令不事生产、避居方外的寄食者、伪僧道还俗；其资产中除维持生计的部分可留用外，余者归公；如有愿意遵守戒律者，授予其度牒，但不得继续收徒。

　　僧道们在清廷的监管之下，并不因身份特殊和信仰脱俗而绝缘于社会利益纷争，既需要凭借世俗政权赋予其正式身份，也需要倚赖权贵谋求生存之道。书中，那些庸俗、市侩、恶毒的僧道形象的存在就表明，对于能否通过出家人身份摆脱礼法规训，获得真正的精神自由，作者其实是持怀疑态度的。也正是因为绝对脱俗的出家人在现实中并不存在，曹氏才创作了一僧一道——茫茫大士、渺渺真人——两位具有象征寓意的"超情节人物"。他们可以在真象和幻象之间来回切换，在神界和人界之间自由往来，虽也参与故事场景，但其出现和离开总是突然的，不符合日常生活经验和逻辑。相对于一般故事人物，上述两人更多作为一种超现实的力量，寄托着作者对于佛道教内在哲学精神的理解和外在社会功能的期望。

　　可以说，宝玉依靠两位理想化、符号化人物的度脱，来完成"自色悟空"、挣脱礼法规训的过程，实则是代替作者完成了由世俗社会迈入宗教世界的夙愿。与此同时，宝玉通过参加科考和留下子嗣，也实现了佛、道与儒家的暂时和解。而在现实生活中，儒家的礼法观念与佛道的终极追求之间的矛盾始终存在。如何在经世与出世之间作出选择，能否寻求中庸、两全的处世之道，一直以来都是困扰士人的人生难题，《红楼梦》作者对此并无确定的答案。

二、因果报应观及作者的继承和批判

（一）《红楼梦》中的因果叙事

　　明清世情小说受到佛、道教影响，在叙事结构和故事情节等各个层面都渗透

① 《高宗纯皇帝实录》卷三，雍正十三年九月己未，《清实录》（第九册），中华书局1985年版，第189页。
② （清）昆冈：《钦定大清会典事例》卷五百一《礼部·方伎·僧道》，光绪二十五年重修本。

着因果报应的观念。例如,在对小说人物的命运安排上,作者通常都会为好人设置一个比较完满的结局,"恶人"则往往会在本世或来世受到世俗或神明的惩罚,善的必然战胜恶的,正义终究压倒不义。恶有恶果、善有善报的观念已经成为作者们的一种创作套路,不仅能够让小说结构完整,前后呼应,而且能够激发众多读者的道德感和正义感。

典型如兰陵笑笑生的《金瓶梅》,小说的前半部刻画了西门庆如何发财、做官、纵欲,步步升级,后半部讲述的则是这些春风得意过后他的自毁过程,即"阀阅遗书思惘然,谁知天道有循环"的现世报。此外,李瓶儿、庞春梅均因淫逸而亡,潘金莲身首异处;孟玉楼为人本分,所以结局尚可;只有吴月娘禀性贤惠,因而得以善终。又如,西周生的《醒世姻缘传》"以因果报应之谈,写社会家庭之事"。① 其中,晁源前世杀害狐仙、虐待妻子,后世成为狄希陈后,便遭受狐仙托生的薛素姐与计氏转生的童寄姐莫名怨恨与各种折磨;武城县令胡某、秀才麻从吾、厨子尤聪、汪为露、祁伯常、晁思才、单于民、严列星夫妇等都因作恶多端而得到现世恶报。②

实际上,转世轮回和因缘果报等都早在明清之前已进入中国的古代小说,但在明清小说中,这些观念更为深刻地与儒家的伦理观结合在一起,内化于儒家的伦理劝诫框架下,沉淀为小说内在的逻辑义理和结构手段。③ 对此,刘勇强先生谈道:"由于因果报应观念意在唤起人们的道德自律,让人们自觉地避恶趋善,它既体现了宗教扶世化俗的伦理使命意识,也反映了一种广泛的对社会规范的心理期待,从而坚定人们道德信仰的力量。因此,从实质上说,它是一种道德思维。中国本土的因果报应思想更是如此。……而佛教在传入中国后,往往援儒入佛,在因果报应中也融入了儒家的道德观念。因此,因果报应的核心在后世的小说中,主要不是信仰的问题,而是道德的问题。几乎所有的小说都是按照人物的道德品行来安排相应的报应情节的。"④

清人王希廉在《红楼梦批序》中记载了客人与他的一段对话。客人问:"子以《红楼梦》为小说耶? 夫福善祸淫,神之用也;劝善惩恶,圣人之教也。《红楼梦》虽小说,而善恶报施,劝惩垂诫,通其说者,且与神圣同功,而子以其言为小,何徇

---

① 鲁迅:《鲁迅全集》(第11卷),人民文学出版社2005年版,第454页。
② 梅新林、申明秀:《真俗二谛与明清世情小说的佛教叙事》,《上海师范大学学报(哲学社会科学版)》2011年第4期。
③ 陈迎辉:《"色空"与中国古代小说审美视野的嬗变》,《学术交流》2014年第4期。
④ 刘勇强:《论古代小说因果报应观念的艺术化过程与形态》,《文学遗产》2007年第1期。

其名而不究其实也?"王希廉答曰:"《红楼梦》作者既自名为小说,吾亦小之云尔。若夫祸福自召,劝惩示儆,余于批本中已反覆言之矣。"①通观《红楼梦》全书结构和内容,作者借助因果叙事表达出的善恶观念既有我国本土道德思维的痕迹,也受到了佛教善恶两报对举观念的影响。具体而言:

一是来自《尚书·汤诰》"福善祸淫"的天道观,即天是有伦理性格的存在,人的言行就要符合道德规范,要为自己的言行承担后果。② 虽然儒家对人格化的神灵鬼怪存而不论,但依然赋予了"天"德性和意志。李鼎祚注《周易·坤卦》初爻:"圣人设教,理贵随宜。故夫子先论人事,则不语怪力乱神,绝四毋必。今于易象,阐扬天道。故曰,'积善之家,必有余庆;积不善之家,必有余殃'者,以明阳生阴杀,天道必然;理国修身,积善为本。"③修善积德是儒家对士人的应然要求。

二是佛教的因果报应观,即将善、恶两报对举,认为善因善果,恶因恶果,又或善有善报,恶有恶报,这点与儒家天道观颇为相近。佛教对因果律的解释相当复杂,概而言之,能引生结果者为因,由因而生者为果;因果相继,有因必有果,有果必有因;一切法皆是依因果之理而生成或灭坏,而因果报应观正是佛教因果律世俗化、具体化的说法。④ 不同于西方宗教与儒道文化的是,佛教否认世界上存在至高无上的上帝、上天或神仙,认为事物处在无始无终、无边无际的因果网络之中;⑤且业报不限于此身和本世,而是可延及来世、三世以至百千世。例如慧远《三报论》载:"经说:业有三报,一曰现报,二曰生报,三曰后报。现报者,善恶始于此身,即此身受。生报者,来生便受。后报者,或经二生、三生、百生、千生,然后乃受。"⑥

因果报应观念在《红楼梦》多处故事情节均有体现。例如,曾买通马道婆、以魇魔法陷害王熙凤与贾宝玉的赵姨娘,在为贾母灵前哭辞时,先是"满嘴白沫,眼睛直竖,把舌头吐出",被鸳鸯附身;之后"眼睛突出,嘴里鲜血直流,头发披散","只装鬼脸,自己拿手撕开衣服,露出胸膛,好像有人剥他的样子",最终气绝而亡,死状极为惨烈。

又如,马道婆因多次用厌胜之术算计他人,并从中渔利,最后被收入刑部监

① 冯其庸辑校:《重校〈八家评批红楼梦〉》,青岛出版社 2015 年版,第 41 页。
② 张跃生:《古典小说"道德"结构与天道观》,《华中学》2014 年第 2 期。
③ (唐)李鼎祚:《周易集解》,中华书局 2016 年版,第 41 页。
④ 刘勇强:《论古代小说因果报应观念的艺术化过程与形态》,《文学遗产》2007 年第 1 期。
⑤ 沈永:《〈红楼梦〉佛教观念的民俗化及其艺术表现功能》,《红楼梦学刊》1999 年第 3 辑。
⑥ (梁)僧祐:《弘明集》,刘立夫、胡勇译注,中华书局 2011 年版,第 100 页。

绳之以法。夏金桂嫁到薛家后交横跋扈，先是制服薛蟠，欺辱香菱，后又勾引薛蝌，结果却在毒杀香菱时，自己误饮毒药而亡。

再如，贾瑞因贪恋王熙凤的美色而病入膏肓，跛足道人送给他一面镜子，名为风月宝鉴，从反面照是骷髅，正面照则是凤姐。道士让他只照反面，而贾瑞终究难以抗拒美色，被镜子的正面所迷惑，以致纵欲而亡。跛足道人提供的观镜法实际上来自佛教禅法中的五种法门之一——针对"贪"重之人应修习的"不净观"。① 不净观主要是观察尸体。印度人旧俗，死了人就将尸体丢在树林②中任其腐烂，于是鸟兽虫蚁，相继唼蛀，最后剩下了白骨。不净观就是顺序观察这些过程，得着"不净"的认识。然后再由不净转净，从白骨上产生幻觉，出现青、黄、赤、白四种光彩，使人的心地清净。③ 简言之，此法为观者通过观想他人及自身的种种污秽之处，看清诸法实相，对治包括女色在内的贪执，最终达到"悟惑色之悖德，杜六门以寝患"④（了解迷惑于女色是违背道德的，应该杜塞六根以平息祸患）的境界。贾瑞如果能够节制欲望，因色悟空，自然可以挽回生命；但他却不思悔改，死去时仍要将镜子带走，足见其悲剧命运并非仅仅取决于外部环境，同时也是缺乏道德自律的果报。

此外，第七十四回中，仆妇王善保家的本要趁着抄检大观园拿别人的错儿，不想被发现私相授受的却是她自己的外孙女儿司棋，王善保家的只好回手打着自己的脸骂道："老不死的娼妇，怎么造下孽了！说嘴打嘴，现世现报。"这里现世报应的对象虽不是己身，但也是和自己关系密切的亲人。⑤

上述这些人物恶有恶报的命运安排是作者和读作者为达到警戒世人的效果而设置的。与之对应，小说中善有善报的情节也有不少。例如，平儿、香菱因性格良善，为人平和，均由侧室被扶为正室。又如，王熙凤曾帮扶过刘姥姥，在王

---

① 其余四门为："嗔"重的人，应修"慈悲"观；"痴"重的人，应修习"十二因缘"；"寻思"重的人，应修习"安息"（念息）；"平等"（一般）的人，应修习"念佛"（余处也说修习"界分别观"即对地水火风空识六界的分别）。吕澂：《中国佛学源流略讲》，中华书局1979年版，第75页。
② 即"尸林"，为古印度的弃尸之所。梵名为 śitavana、śmaśāna，也译为尸陀林、尸多林。《一切经音义》载："尸陀林正言尸多婆那，此云寒林。其林幽邃而且寒，因以名也，在王舍城侧，死人多送其中。今总指弃之处名尸陀林者，取彼名也。"《一切经音义》（三种校本合刊），徐时仪校注，上海古籍出版社2008年版，第1791页。
③ 吕澂：《中国佛学源流略讲》，中华书局1979年版，第78—79页。
④ 《达摩多罗禅经·序》，《大正新修大藏经》（第15册），台湾新文丰出版有限公司1983年版，第301页。
⑤ 仆妇的业报论调又不符合佛家"善自获福，恶自受殃"（《佛说方等泥洹经》）的罪责自负观念，而是受到了儒家家族本位观和世俗律法连坐制的影响。周东平、姚周霞：《论佛教对中国传统法律中罪观念的影响》，《学术月刊》2018年第2期。

仁、贾蔷等人打算将巧姐卖给外藩王爷时，刘姥姥与平儿、王夫人合力将其救出，使得巧姐免于沦落为妾室。此外，在贾府被抄没，贾赦、贾珍被判以充军流放后，续作者一面安排朝廷恢复了贾家的世职，由品格方端的贾政承袭，一面安排草字辈李纨之子贾兰中举，宝钗怀有遗腹子，为贾府留下了"兰桂齐芳，家道复初"的资本，暗示贾氏一族衰落之后仍要转向兴盛。按照续作者的创作意图，书中的善人或做过善事的人均得到了一定程度的善报，贾府作为百年"积善之家"，结局仍留有"余庆"。

综上而言，《红楼梦》中善恶两报对举的逻辑结构和故事情节均符合明清小说常规的因果叙事模式。这一叙事模式使得小说首尾呼应，也符合大多阅读者对礼法规范、佛道教义所应发挥功能的心理预期，更加坚定了人们对道德的信仰，对良善的追求以及对恶意、恶行的憎恶和警惕。在这个意义上，《红楼梦》似乎可以被定位为一本类同于其他明清通俗小说的劝善警世之书。

（二）曹氏对因果报应论的批判

细究《红楼梦》前八十回的故事情节，尤其是人物、家族的命运走向，便可以发现，这些情节并不完全符合一般明清小说因果叙事的书写套路。因此，若仅仅将《红楼梦》视为一部劝人警醒、向善的通俗小说，是不准确且过于狭隘的。

第一回出现的乡绅甄士隐禀性恬淡，不以功名为念，资助贾雨村进京赶考，显然为一位大善人，却接连遭受丢失孤女、家中失火、贫病交攻等噩运；其女英莲（香菱）原本出身望族，却先被人拐走，后被转卖为妾，丧失了早年记忆，所属阶层不断下降。根据第五回"致使香魂返故乡"的判词可以推测，按照曹氏原意，香菱不仅没有被抬为正室，反而因被夏金桂长期折磨，郁郁而终。与甄士隐、香菱形成鲜明对比的是，贾雨村在应天府就任期间，徇私枉法，出入人罪，结果不过是丢掉官职。甄士隐家的丫鬟娇杏未见人品有何高尚之处，却因多看了贾雨村一眼而被纳为侍妾，后又因原配早故成为继妻，由贱而入良，实现了阶层跃迁。

十二金钗中，贾迎春性格和善，为人懦弱，平日常读《太上感应篇》[①]等善书，即使钱财和首饰被下人偷走典当也不甚计较，最终却在嫁给孙绍祖后被欺辱致

---

① 《太上感应篇》内容兼采儒、释、道三家理论，以《左传》内容开篇，吸收了《抱朴子》中的报偿体系，引用改编过的《法句经》，分别列出诸多善行、恶行的清单，劝世人积累功德、防范作恶。自宋代开始，该书不仅为世俗听众所接受，亦受到部分士大夫的推崇。[美]包筠雅：《功过格：明清社会的道德秩序》，杜正贞、张林译，浙江人民出版社 1999 年版，第 36—41 页；段玉明：《佛教劝善理念研究》，《云南社会科学》2005 年第 5 期。

死。与之相比，贾探春性格则较为强势，在理家过程中与亲母据理力争，兴利除弊，就连王熙凤都对她心存敬畏。迎春、探春的婚姻同样是由父母包办，探春却夫妻关系和谐，归宿要比迎春幸运得多。

此外，按照开篇"五世而斩"的叙事思路，曹雪芹未必会以"沐天恩""中乡魁""延世泽"等桥段为贾家保留"否极泰来"、再度兴盛的可能，而是更倾向于让家族彻底败落，以真正的悲剧收场，呼应"好一似食尽鸟投林，落了片白茫茫大地真干净"的曲词。

由此可见，对于所谓"善者修缘，恶者悔祸"一类因果报应论，曹雪芹未必完全认同。在曹氏的观念中，个体、家族的命运并非由单一的道德因素决定的，具体的善行、恶行，抑或是无记业，只是构成万千世界因果链条的一环。个体的福祸、家族的盛衰乃至国家的兴亡要取决于社会发展中的诸多随机因素，其中既包含着"侥幸"（"娇杏"），也存在着"巧合"（"巧姐"）。何谷理（Robert E. Hegel）在《明清文人小说中的非因果模式及其意义》一文中就指出，曹雪芹并没有完全遵守俗世的因果报应规则，主人公的道德行为所带来的不可预知的后果，导致道德秩序的不稳定程度越来越高。故事中所展现的奖励罪恶、惩罚美德的悖论打破了早期历史和小说叙述的模式，甚至威胁到了我国传统世界观的存在基础。①

除了对天道善福祸淫的因果律保持怀疑态度，曹雪芹甚至在一些故事情节中，表露出了对阴司报应的讽刺之意。第十六回中，秦钟在铁槛寺受了些风寒，加上与智能儿多次私会纵欲，回到家后便一病不起。不久，秦（邦）业发现了他与智能儿的私情，将其打了一顿后气得病发身亡，秦钟为之悔恨不已，病情越发加重。这日，秦钟奄奄一息，他的魂魄已经离开肉身，将要被鬼判拘走，他央求鬼判再多给他一些时间，鬼判却斥责道：

> "亏你还是读过书的人，岂不知俗语说的：'阎王叫你三更死，谁敢留人到五更。'我们阴间上下都是铁面无私的，不比阳间瞻情顾意，有许多的关碍处。"正闹着，那秦钟的魂魄忽听见"宝玉来了"四字，便忙又央求道："列位神差，略慈悲慈悲，让我回去和一个好朋友说一句话，就来了。"众鬼道："又是什么好朋友？"秦钟道："不瞒列位，就是荣国公的孙子，小名儿叫宝玉的。"那

---

① Robert E. Hegel. Unpredictability and Meaning in Ming-Qing Literati Novels, In *Paradoxes of Traditional Chinese Literature*. Chinese University Press，1994，pp.155－162.

判官听了,先就唬的慌张起来,忙喝骂那些小鬼道:"我说你们放了他回去走走罢,你们不依我的话,如今闹的请出个运旺时盛的人来了,怎么好?"众鬼见都判如此,也都忙了手脚,一面又抱怨道:"你老人家先是那么雷霆火炮,原来见不得'宝玉'二字。依我们想来,他是阳间,我们是阴间,怕他亦无益。"那都判越发着急,吆喝起来。

鬼判官先是声明自己铁面无私,绝不通融,又在听说宝玉的出身后,因畏惧贾府的权势一改怒目之态,反而责怪鬼差们不近人情。对于鬼判官前后态度急剧变化,以及判官与差役互相推脱责任,列藏本批曰:"此章无非笑趋势之人。"甲戌夹批又云:"神鬼也讲有益无益。"庚辰本有判官"别管他阴也罢,阳也罢,还是把他放回,没有错了的"等语,夹批讽刺道:"名曰捣鬼。"①

在作者眼中,阴司与阳间并无二致,帝制官僚系统中的权力格局与司法行政程序中的徇私枉法,一样存在于超现实的冥司地界中。鬼神不仅讲人情,亦讲究利益,正如全书开篇"十里街"(谐音"势力")中有个"仁清巷"(谐音"人情")所暗示的那样,人情与利益始终纠缠在一起。由此再来看赵姨娘暴病期间先是被鸳鸯附身、后又受鬼判拷打的诸般惨状,便不难发现,续作者试图借简单化的善恶对报理论,来达到恶有恶报的因果叙事效果或趋善避恶的道德训诫目的,很可能就像扶良妾为正妻一样,只是其个人的创作意愿,偏离了曹雪芹的本意。

那么,曹氏为何对世俗化的佛教因果律始终秉持怀疑态度,以致其与续作者对于书中人物、家族的命运安排以及宗教掺入司法的情节创作,均呈现出或显著或微妙的差异?

《流通善书说》载:"虽书有性理因果之分,总无非教人为善。古人云:遇上等人说性理,遇平等人说因果。可知二者之书不可偏废。盖可与言性理者固难多得,而祸福报应之谈亦足以感应人心。"②《阻施善书辨》载:"假使无圣贤书,则人皆不知有纲常,与禽兽无异矣。厥后又因人心险薄已甚,六经四子书只可望之有志之士,不能入凡庸之耳者,于是有《感应篇》《阴骘文》《觉世经》及因果报应诸善书出,使人闻赏善罚恶之言,近而可行,切而易晓,庶知有所顾忌,而不敢为恶,有所希冀而乐于为善,是亦神圣不得已之作,所谓遇平等人说因果是也。"③

① [法]陈庆浩:《新编石头记脂砚斋评语辑校》(增订本),中国友谊出版公司1987年版,第289页。
② (宋)李昌龄:《太上感应篇图说·附录》,学林出版社2004年版,第1327页。
③ (宋)李昌龄:《太上感应篇图说·附录》,学林出版社2004年版,第1330页。

其中,"平等人""凡庸之耳"指的是一般人、普通民众。在等级社会中,人类被理所当然地分成三六九等,各个阶层的人所遵守的行为规则也是不同的。所谓"遇上等人说性理""六经四子书只可望之有志之士",即指传统士人应当通过儒家教化、道德自律而非外界施压来规范自身的思想和行为。但对于庶民阶层而言,讲"礼"则要求过高了,讲"性理"又过于深奥了。所谓"遇平等人说因果",即指通过因果报应这种简朴、世俗化的观念来威慑和激励作用来约束庶民,促使其避恶趋善。这便是劝善书、功过格的编撰和出版的主要目的。

在清代社会,这种等级意识、身份优越感以及道德教化观念仍然普遍存在于士大夫群体中。谢肇淛《五杂俎》载:"地狱之说,所以警愚民也,今搢绅之士君子亦谈之矣,然谈者多,而知避之者何少也? 国家设律,原以防民,今匹夫盗一环,以上吏执而问之,贪官苞苴千万捆载以归,而人不问也。故惧法者皆愚民,而犯法者皆君子也。但不知阴中之法,亦如阳间网漏吞舟否耳?"[①]纪昀在《阅微草堂笔记》载某客之言曰:"盖天下上智少而凡民多,故圣人之刑赏,为中人以下设教;佛氏之因果,亦为中人以下说法。儒释之宗旨虽殊,至其教人为善,则意归一辙。"[②]就社会功能而言,国家所设诸种刑罚与佛家所谓因果报应实则异曲同工,目的都在于借外在的环境压力防止庶民作奸犯科,促使其积德行善。由此推测,起码在早年,出身世家的曹雪芹对于分别以儒家性理和佛教教义规制士、庶德行的看法,应大致不出此套。

《红楼梦》第七十三回中,迎春的乳母盗走迎春的累金凤典当后,她的媳妇向迎春讨情,与迎春等人的一段对话,却揭露这些善书的教化效果与其创作目的背道而驰。玉柱儿家的"明欺迎春素日好性儿",向绣橘说道:

> "姑娘,你别太张势了。你满家子算一算,谁的妈妈、奶奶不仗着主子哥儿、姐儿得些便宜,偏咱们就这样'丁是丁,卯是卯'的? 只许你们偷偷摸摸的哄骗了去。自从邢姑娘来了,太太吩咐一个月俭省出一两银子来给舅太太去,这里饶添了邢姑娘的使费,反少了一两银子。时常短了这个,少了那个,那不是我们供给? 谁又要去? 不过大家将就些罢了。算到今日,少说也有三十两了。我们这一向的钱,岂不白填了限呢?"

① (明)谢肇淛:《五杂俎》卷十五《事部三》,中华书局 1959 年版,第 438 页。
② (清)纪昀:《阅微草堂笔记》卷二《滦阳消夏录二》,韩希明译注,中华书局 2014 年版,第 134 页。

面对奴仆的狡辩和争执,迎春并不驳斥,只想大事化小,决定不再过问金凤之事,"自拿了一本《太上感应篇》去看"。这时,探春等人来看望迎春,见奴仆们正吵闹,于是出面利用平儿化解争执,弹压奴仆,而迎春"只合宝钗看《感应篇》故事,究竟连探春的话也没听见",并笑道:

> "问我,我也没什么法子。他们的不是,自作自受,我也不能讨情,我也不去加责,就是了。至于私自拿去的东西,送来我收下,不送来我也不要了。太太们要来问我,可以隐瞒遮饰的过去,是他的造化;要瞒不住,我也没法儿,没有个为他们反欺枉太太们的理,少不得直说。你们要说我好性儿,没个决断,有好主意可以八面周全,不叫太太们生气,任凭你们处治,我也不管。"众人听了,都好笑起来。黛玉笑道:"真是'虎狼屯于阶陛,尚谈因果'。要是二姐姐是个男人,一家上下这些人,又如何裁治他们?"迎春笑道:"正是,多少男人衣租食税,及至事到临头,尚且如此。况且'太上'说的好,救人急难,最是阴骘事。我虽不能救人,何苦来白白去和人结怨结仇,作那样益无益有损的事呢?"

明清时期,《太上感应篇》一类善书在士人阶层中都极为流行。包筠雅(Cynthia Brokaw)认为,"此书在晚明之前即已非常著名,但在16、17世纪甚至到18世纪,此书仍然出现了难以胜数的新版本,并且经常带有新的注释";到了清初,"顺治帝(1644—1661年在位)和雍正帝(1723—1735年在位)继承了宋理宗开创的传统,都支持刊行《太上感应篇》"。① 迎春在家中阅读《太上感应篇》的场景显然不是作者凭空杜撰出来的,而是取材于自己的实际生活经验。

如此看来,发展至清代社会,原本用以规制庶民的道德劝诫书却变成了士族女性用以规训自身的闺阁读物,而迎春不仅没有劝导周围的"平等人"改恶向善,反而形成鸵鸟心态,自我人格不断"懦"化。与此同时,那些本该顾忌因果报应之说的"平等人"却无视宗教禁忌,明里暗里实施着盗窃、赌博等各类不法行为。这些现象不仅在一定程度上说明士族在"自降身份",而且揭示出世俗化后的宗教观念并未达到劝善止恶的训诫效果,或此时的效果已经显著弱化了。

---

① [美]包筠雅:《功过格:明清社会的道德秩序》,杜正贞、张林译,浙江人民出版社1999年版,第115—116页。

晚明时，一些儒学之士就"对功过格'非正统'的佛教和道教渊源感到不安，并且很快就拒绝承认功德积累体系中暗示的这样一种思想，即一个人可以期望自己的善行得到利益回报。许多儒生在自己私人的自修当中，仅仅小心纪录罪过，以免产生功利思想"。① 而到了《红楼梦》的创作年代，社会各阶层的道德标准则在整体上呈现出一种下落的趋势。有学者描述清代道咸年间善书的流通现象时说道："世愈乱，人心日坏，善人为匡扶世道和端正人心，或纂辑或重刊劝世著述，善书则愈见流行"，此所谓"为术愈广，立说愈卑"。② 这当然是曹氏不愿看到的。

梁漱溟先生曾感慨道："中国文化到清代的时候，表面上顶光华，顶整齐文密，而内里精神顶空虚，顶糟；外面成了一个僵壳（指礼教），里头已经腐烂。试看代表中国精神的士人，至清朝已经腐败不堪，他们崇拜文昌帝君、关圣帝君，提倡读《太上感应篇》《阴骘文》，袁了凡的《功过格》等；这一套与中国古人的精神是最不相合的。因为他将贪利与迷信合而为一，而中国古人最不贪利，最不迷信，所以正是相反。"③ "最不贪利，最不迷信"当然不是指所有古人，而是那些少数恪守礼仪规范、常以道德自律的士人君子。这番批驳之辞虽然带有主观情绪，却也点出了传统士大夫对于儒家礼法与民间信仰的差别定位。

纪昀《阅微草堂笔记》中记载了一件发生于雍正十一年（1733 年）的异事。河北省交河县举子苏斗南从京城参加会试回乡，走到白沟河后，与友人在酒肆中饮酒聊天。友人因刚被罢官，便趁着酒兴大发牢骚，抱怨世间之事并非善有善报、恶有恶报。当时，一位骑马的路人正巧经过酒肆，听闻谈话后对他说道：

> "君疑因果有爽耶？夫好色者必病，嗜博者必贫，势也；劫财者必诛，杀人者必抵，理也。同好色而禀有强弱，同嗜博而技有工拙，则势不能齐；同劫财而有首有从，同杀人而有误有故，则理宜别论。此中之消息微矣。其间功过互偿，或以无报为报；罪福未尽，或有报而不即报。毫厘比较，益微乎微矣。君执目前所见，而疑天道难明，不亦颠乎？"④

---

① ［美］包筠雅：《功过格：明清社会的道德秩序》，杜正贞、张林译，浙江人民出版社 1999 年版，第 66 页。
② 游子安：《劝化金箴：清代善书研究》，天津人民出版社 1999 年版，第 168 页。
③ 梁漱溟：《乡村建设理论》，上海世纪出版集团 2006 年版，第 115—116 页。
④ （清）纪昀：《阅微草堂笔记》卷八《如是我闻二》，韩希明译注，中华书局 2014 年版，第 557 页。

在路人看来,人类的行为方式极为多样,善恶的衡量标准非常复杂。按照天道福善祸淫之说,色欲必然会破坏身体健康,赌博必然会导致生活贫困,人们对色欲、赌博的沉迷程度不同,这些不良习惯造成的结果也就不同,这是"理""势"即自然和人事发展规律使然;根据刑罚报应理论,强盗犯罪者有首犯、有从犯,杀人行为分故杀和误杀,行为的恶劣程度不同,量刑的轻重便有所区别;再根据佛教因果报应观念,人们善报恶报的决定因素并不局限于某一案件中的个别情节,而是人们现世、前世、三世乃至百千世的各种思想和行为。因此,人们之所以会认为因果无验、社会不公,并非报应规律没有发挥作用,而是个人不可能凭借眼目观测到善恶评价体系中的所有变量。

曹雪芹自幼接受儒家经典教育,同时也对佛道教哲学义理有所了解,相比于续作者,他对于善恶对报理论抱有更多怀疑,并不认为现实社会的运行必然符合因果报应规律:个体、家庭的命运未必能够善有善报、恶有恶报,而是具有极大的随机性和不可知性,尤其是在礼制、律法与佛道教义均日渐失调和崩坏之后;甚至认为这种观念有些荒谬,是对世俗社会中所谓"善人"行善举的一种讽刺,是如迎春等贵族阶层人士自欺欺人以求短暂心理慰藉的一种方法。由此可以解释,曹氏为何不完全按照人物的德行来安排其命运,并塑造了不以儒礼自律的士大夫,无视宗教教义的僧侣、庶人又或贱民等人物形象,来表达自己的愤懑与哀叹。

第二节 清代君主意志变迁及其律令表达

一、抄家的适用与士人家族的衰落

对于《红楼梦》中的贾家,与贾家关系密切的史、王、薛三家以及与之地位相当的甄家,实际上很难以"善"或"不善"的二元标准作简单归类。一方面,贾氏先祖凭借军功起家封爵,做过许多世俗或宗教意义上的积德行善之事,例如建造铁槛寺为族人养生送死,时常向寺庙捐献香分油钱等;另一方面,贾氏后辈做出的许多违礼犯法之举,例如喜好男风,爬灰聚麀,居丧嫁娶,教唆词讼,威逼人致死等,按照儒家礼法和佛教戒律的规定,则显然属于恶行。

根据曹雪芹"君子之泽,五世而斩"的创作思路、秦可卿托梦所言"树倒猢狲散"与"白茫茫一片大地真干净"的开篇预告,贾府本应在宁府抄家、贾赦革职后走向彻底的败落。但在上述善恶报应观念的影响下,续书作者则认为贾府或许余泽未尽,曾经的善举应得到回报。因此,他通过设置恢复贾府世职和贾政官职,赐还荣府家产,以及贾兰中举、宝钗怀孕等情节,为衰微的贾氏留下了一线转机。又通过"兰桂齐芳"的谶言,预示贾家将在未来再度兴盛。那么,在《红楼梦》作者生活的清代社会,职官被革职和抄家的现实情况又如何呢?

(一)清代官方对抄家的表述及适用

有学者指出,"抄家非自有清一代始,近者如明代亦不乏其例,但以明代小说反映世态之广,却不见任何篇章叙于此,似乎影响并不深刻,惟至清代曹雪芹之《红楼梦》,抄家成为重要主题而入于文学作品,甚至成为清代政治生活的重大隐喻"。[①] 第一百零五回中,续书作者详细地描述了贾府抄家的过程。这次查抄由西平王宣读旨意,并由其与锦衣府的堂官赵全共同负责执行,作者对此描述道:

> 不多一会,只见进来无数番役,各门把守,本宅上下人等一步不能乱走。赵堂官便转过一副脸来,回王爷道:"请爷宣旨意,就好动手。"这些番役都撩衣奋臂,专等旨意。西平王慢慢的说道:"小王奉旨,带领锦衣府赵全来查看贾赦家产。"贾赦等听见,俱俯伏在地。王爷便站在上头说:"有旨意:贾赦交通外官,依势凌弱,辜负朕恩,有忝祖德,着革去世职。钦此。"赵堂官一叠叫声:"拿下贾赦!其馀皆看守。"

通过查阅明代各朝实录中君主颁布的敕谕可以发现,在惩戒或劝谕臣民时,敕谕中只出现过一次意思接近"辜负朕恩"的措辞,见于《明英宗实录》。正统十三年(1448 年)二月,英宗为安抚归顺的将领和臣民,敕谕福余卫都指挥安出等曰:"比者千户王成还自西海顺赍,尔奏言去年为迤北贼徒抢杀,避于脑温江居住,乞朝廷招抚。朕念尔等流离失所,特遣成赍敕直抵脑温江,晓谕尔等即互相劝谕,率领人民来辽东境内,选择水草便利宽舒善地安插居住,给与粮赏,使大小

---

① 云妍:《从数据统计再论清代的抄家》,《清史研究》2017 年第 3 期。

老幼各安生业,尔不可迟疑有负朕恩待之心。"①就用语习惯而言,西平王宣读的诏书中"辜负朕恩"之"恩",意为皇帝的恩典、恩惠、恩宠,但这里的"恩"并非名词"恩典"之"恩",而是动词"恩待"之"恩"。此外,这道敕令的目的重在招抚边疆军民,而非惩戒犯罪臣僚。

而在清代历朝实录中,君主下达涉及革职、抄家等内容的谕令时,则多次使用"辜负朕恩""有负朕恩"等表述。例如,顺治十年(1653 年),吏部尚书事陈名夏、户部尚书陈之遴、都察院左都御史金之俊等汉官 27 人获罪,世祖颁布圣旨曰:"陈名夏、陈之遴、金之俊等,深负朕恩,本当依拟,姑从宽典。著各削去官衔二级,罚俸一年,仍供原职。陈名夏著罢署吏部事。"②顺治十五年(1658 年),因陈之遴不思悔改,又结党行贿,顺治帝将其职务彻底革去,上谕曰:"陈之遴,受朕擢用深恩,屡有罪愆,叠经贷宥,前犯罪应置重典,特从宽,以原官徙住盛京,后不忍终弃,召还旗下。乃不思痛改前过,以图报效,又行贿赂,交结犯监,大干法纪,深负朕恩。本当依拟正法,姑免死,著革职,并父母兄弟妻子流徙盛京,家产籍没。"③康熙八年(1669 年),圣祖斥责鳌拜擅权欺上、结党营私,命人严查鳌拜及其同党穆里玛等十余人,谕令曰:"今乃贪聚贿赂,奸党日甚,上违君父重托,下则残害生民,种种恶迹,难以枚举。遏必隆,知而缄口,将伊等过恶,未尝露奏一言,是何意见;阿南达,负朕恩宠,每进奏时,称赞鳌拜为圣人。著一并严拿勘审。"④

到了世宗执政期间,这类用语出现的次数明显增多。例如,雍正三年(1725 年),世宗谴责年羹尧"恋总督职任","自负为良臣","既负朕恩,……诚为不识羞耻者",并命其急赴杭州任所。之后,他又多次责备年羹尧、隆科多等人"背负朕恩""深负朕恩"。同年七月,对于太监李大成殴打生员一案,诺岷以李大成方病为由未曾深究。世宗责其"互相瞻徇,强为掩饰","大负朕恩",命他"将太监李大成提往晋省,明白对质。将实情审出具奏"。此外,法敏、富宁安、鄂齐、布兰泰、纪成斌、高弘祭、王朝恩、祖秉衡等人,先后被雍正帝以"有负朕恩""深负朕恩"

---

① (明)陈文等:《明英宗实录》卷七四,正统十三年二月乙丑,台湾地区"中研院"历史语言研究所校勘本 1962 年版,第 8160 页。
② 《世祖章皇帝实录》卷一一四,顺治十年四月甲辰,《清实录》(第三册),中华书局 1985 年版,第 583 页。
③ 《世祖章皇帝实录》卷一一七,顺治十五年四月壬辰,《清实录》(第三册),中华书局 1985 年版,第 907—908 页。
④ 《圣祖仁皇帝实录》卷二九,康熙八年五月戊申,《清实录》(第四册),中华书局 1985 年版,第 396—397 页。

"辜负朕恩"等辞藻严加训斥,同时被革去了世职或官职,甚至被抄没了家产。时至乾隆朝,近似含义短语的使用频率就更高了,现将各类表述出现次数、训诫对象或革职官员见表5-1。

表5-1 "辜负朕恩"相关表述在《高宗实录》中出现次数

用语	次数	时 间	训诫对象、革职官员
深负朕恩	41	九年(1744年);十三年(1748年);十五年(1750年);十六年(1751年);十八年(1753年);十九年(1754年);二十年(1755年);二十二年(1757年);三十年(1765年);三十一年(1766年);三十二年(1767年);三十八年(1773年);三十九年(1774年);四十三年(1778年);四十四年(1779年);四十六年(1781年);四十九年(1784年);五十年(1785年);五十一年(1786年)	郑文焕;高斌;讷亲、张广泗;萨音图;彭维新;绥哈纳;唐绥祖;图尔炳阿;永兴;苏巴什礼;庄有恭;张师载等;杨汇;策楞、舒赫德;阿睦尔撒纳;策楞、玉保;恒文;卢焯;桑寨多尔济;朱奎扬、孔传炯;和其衷;李因培;瓦尔达;罗布扎;永贵;绰克托;舒文;富椿;德风、乌什哈达;果星阿;珠丰阿、庆爱;沙拉扣肯
辜负朕恩	14	六年(1741年);十四年(1749年);三十五年(1770年);四十五年(1780年);四十六年(1781年);四十七年(1782年);四十九年(1784年);五十二年(1787年);五十五年(1790年);五十六年(1791年);五十九年(1794年);六十年(1795年)	喀尔钦、萨哈谅;讷亲;良卿;孙士毅;黄检;李调元;奎林;任承恩;承安;松筠;书麟;彭元瑞;吴璥;杨天相等
有负朕恩	7	十三年(1748年);十六年(1751年);二十年(1755年);三十年(1765年);四十一年(1776年);四十七年(1782年)	哈达哈;纪山;遣赴屯庄旗人;鄂容安;成衮扎布;富德;阿勒景阿
实负朕恩	5	五年(1740年);九年(1744年);二十八年(1763年);三十五年(1770年);四十八年(1783年)	阳泰、塞尔德;各省大臣;王鸿勋;阿桂;车登多尔济
大负朕恩	5	二年(1737年);八年(1743年);十二年(1747年);十三年(1748年)	邵基;孙嘉淦、许容;喀尔吉善;讷亲
殊负朕恩	4	十四年(1749年);二十七年(1762年);三十三年(1768年);三十八年(1773年)	马兰泰;富德;阿里衮;车布登扎布
既负朕恩	3	二年(1737年);十年(1745年);十四年(1749年)	兵丁;应试士子;珠尔默特车布登
负朕恩	3	三十年(1765年);四十一年(1776年);五十年(1785年)	高晋;刘秉恬、文绶、富勒浑等;文绶

由此看来,《红楼梦》续作者虽然借用了明代"锦衣府""锦衣军"的名号,但他所描写的革去世职事件却更可能发生于清代,是雍正、乾隆两朝常见的君主对宗亲、官员的行政制裁手段。

除了"辜负朕恩",回目和正文中"查抄"一词从未出现于明代各朝实录,甚至在顺治、康熙、雍正三朝实录中也未见使用。但在《高宗实录》中,"查抄"却先后出现200余次,且远高于清代后来各朝实录该词的使用频率。这在一定程度上说明,续作者描述的抄家情景很可能取材于他生活的年代,即乾隆朝中晚朝。

"抄家",即将犯罪者全部财产、家口登记并收为官府所有,实际上只是一种口语化的表达方式,正史称之为"籍没""没官""没""收""收录"等,明代同时称为"入官",偶尔也称"抄没"。① 从法律意义上而言,"抄家"属于"五刑"之外的一种财产附加刑,但因其口语化特征,官方文献中使用较少,直到雍正、乾隆时期,"抄家"才出现在官方文献当中。②

《大清律例》中并未见"抄家"一词,而是多以"入官""籍没""抄没""查抄"等同义或近义词来表述。现将《大清律例》中与"抄家"含义相同或相近的语汇见表5-2。

表5-2 "抄家"相关表述在《大清律例》中出现频次与所在条目

词条	频次	条数	律 例 条 目
入官	216	98	给没赃物;犯罪自首;二罪俱发以重论;奸党;上言大臣德政;人户以籍为定;私创庵院及私度僧道;收留迷失子女;欺隐田粮;检踏灾伤田粮;功臣田土;盗卖田宅;任所置买田宅;典卖田宅;私借官车船;男女婚姻;典雇妻女;逐婿嫁女;居丧嫁娶;同姓为婚;尊卑为婚;娶部民妇女为妻妾;娶乐人为妻妾;僧道娶妻;出妻;嫁娶违律主婚媒人罪;钱法;隐匿费用税粮课物;揽纳税粮;虚出通关硃钞;私借钱粮;库秤雇役侵欺;守支钱粮及擅开官封;转解官物;拟断赃罚不当;隐瞒入官家产;盐法;监临势要中盐;阻坏盐法;匿税;舶商匿货;违禁取利;得遗失物;私充牙行埠头;市司评物价;把持行市;毁大祀丘坛;收藏禁书;服舍违式;僧道拜父母;内府工作人匠替役;辄出入官殿门;从征违期;军人替役;从军掳掠;私卖战马;私卖军器;私藏应禁军器;纵放军人歇役;盘诘奸细;私出外

① 万志鹏:《论中国古代刑法中的"籍没"》,《求索》2010年第6期。
② "抄家"一次最早出现于雍正十三年(1735年)清宫内务府档案《着赔花名银数汉折》中的"咨送安图抄家案"等语。清实录中,"抄家"作为约定俗成的官话用语,最早见于《高宗实录》"乾隆十八年九月庚申"条高斌之罪:"论高斌等之罪,即拿问抄家,亦所应得。"云妍:《从数据统计再论清代的抄家》,《清史研究》2017年第3期;《高宗纯皇帝实录》卷四四六,乾隆十八年九月庚申,《清实录》(第十四册),中华书局1986年版,第806页。

续　表

词条	频次	回　　　　次
抄没	2	第七十五回
查抄	10	第一百零五回；第一百零六回；第一百二十回

在抄家过程中,赵全和西平王对查抄范围产生了意见分歧。赵全认为,应同时查抄宁荣二府,于是"传齐司员,带同番役,分头按房,查抄登账";而西平王则道:"闻得赦老与政老同房各爨的,理应遵旨查看贾赦的家资。其余且按房封锁,我们复旨去,再候定夺。"

西平王所说的兄弟分产后再行抄没的程序规定,源自乾隆五十三年(1788年)"给没赃物"定例:"缘事获罪,应行查抄资产,而兄弟未经分产者,将所有产业查明,按其兄弟人数,分股计算。如家产值银十万,兄弟五人,每股应得二万,只将本犯名下应得一股入官,其余兄弟名下应得者,概行给予。"按曰:"乾隆四十九年正月内,广西巡抚孙士毅奏永安州知州叶道和与岑照科场舞弊蔑法营私,请将叶道和家产查抄入官一案,钦奉谕旨:'嗣后,如有缘事获罪,应行查抄资产,而兄弟未经分产者,着将所有产业,按其兄弟人数,分股计算。如家产值银十万,兄弟五人,每股应得二万,只将本犯名下应得一股入官,其余兄弟名下应得者,概行给予。以昭平允,所有叶道和一案,即照此办理,并着为令。'钦遵在案。应恭纂为例,以便遵行。"[1]

按照该析产入官的定例,贾府的抄家场景只可能出现在乾隆四十九年(1784年)以后,程甲本的刊印时间为乾隆五十六年(1791年),因此,续作者创设此回情节当在这 7 年之间,甚至可能是乾隆五十三年(1788 年)至乾隆五十六年(1791 年)的 3 年之间。

早在入关之前,满洲统治集团内部就流行着籍没宗室、勋臣家产的做法。韦庆远认为,对犯罪臣下进行抄家"与满族上层统治者相互兼并财产部属的习惯有关,……这是当时权力和财产再分配的形式之一,也是当时的大官贵戚们盛衰沉浮的标志之一"。[2] 天聪四年(1630 年),太祖第四子汤古代与明兵作战时弃城奔永平,太祖免其死罪,但罢去其固山额真之职,并籍其家产。《清史稿·吴守进传》

① 郭成伟:《大清律例根原》(一),上海辞书出版社 2012 年版,第 159 页。
② 韦庆远:《清代的抄家档案和抄家案件》,《学术研究》1982 年第 5 期。

载:"吴守进,汉军正红旗人,初籍辽阳。太祖时来归,从征伐有劳,授世职游击。……(崇德)四年,坐赇,论罪至死,命贷之,削世职,解参政,籍其家之半,仍摄正红旗汉军梅勒额真。"①顺治朝,阿济格是多尔衮之弟,顺治帝叔父,也是曹雪芹友人敦敏、敦诚之祖,被告发意图谋反,于是"郑亲王济尔哈朗等遣人于路监之。还京师,议削爵,幽禁。逾月,复议系别室,籍其家,诸子皆黜为庶人"。②此外,多尔衮及其亲信如胡锡、何洛会、刚林、谭泰等,也都在多尔衮死后被相继抄家。③

　　随着入主中原后政治局面的日渐稳定,以及官僚体制的建立和完善,为了笼络人心、巩固政权,改善以往粗暴的兼并方式,清代君主开始收束籍没范围及其实施力度。顺治十年(1653年),礼科给事中刘余谟疏曰:"至满洲籍没之法,查大清律,唯谋反重犯家产入官,其余不在此例,并应一概除去,以昭恤下同仁之谊。"④第二年初,兵部督捕右侍郎魏琯又奏曰:"籍没止以处叛逆,强盗已无籍没之条。乃初犯再犯之逃人罪鞭一百,而窝主则行籍没,逃轻窝重,非法之平。今欲除籍没之法,须先定窝逃之罪,请下议政诸臣会议。务期均平,以便遵守。"⑤《世祖实录》载有顺治十二年(1655年)户部尚书陈之遴奏言:"满洲官员有罪,多有籍家产、革世职者,实为太过。夫世职皆由死难捐躯而得,世职既削,无禄何以养生?祈敕会议,查照律条成例,以定籍没之法,分别流衔世职,以垂降革之规,则感恩益深,而根本益固矣。"⑥于是,世祖令有司议定废除籍没之法,同时,在处理具体案件时态度也变得更为审慎。例如,顺治十七年(1670年),对于耿焞一案,世祖谕旨曰:"贪官本身既经流徙者,免其家产籍没,今耿焞未经流徙、病故,应否籍没家产,著再行确议具奏。"⑦

　　康熙帝延续了世祖的做法,在他执政的60余年,抄家案件数量明显减少,《圣祖实录》中"籍没"出现的次数仅为顺治朝的一半,按照年均计算,抄家频率就更低了。而与此同时,圣祖对于鳌拜、遏必隆及其党羽等威胁政权统治的勋旧、高官以及祖泽清一类叛臣的打击力度,则丝毫没有轻缓,革除世职、籍没家产自然成为君主要采取的惩戒措施。

---

① 赵尔巽等:《清史稿》卷二百四十三《列传三十·吴守进》,中华书局1977年版,第9589页。
② 赵尔巽等:《清史稿》卷二百十七《列传四·阿济格》,中华书局1977年版,第9017页。
③ 柏桦、刘延宇:《清代抄家案件与抄没法律》,《西南大学学报(社会科学版)》2011年第4期。
④ 《世祖章皇帝实录》卷七二,顺治十年二月丁未,《清实录》(第三册),中华书局1985年版,第570页。
⑤ 《世祖章皇帝实录》卷八〇,顺治十一年正月丁巳,《清实录》(第三册),中华书局1985年版,第633页。
⑥ 《世祖章皇帝实录》卷八八,顺治十二年正月辛亥,《清实录》(第三册),中华书局1985年版,第696页。
⑦ 《世祖章皇帝实录》卷一四三,顺治十七年十二月甲申,《清实录》(第三册),中华书局1985年版,第1099页。

（二）清代官僚抄家的常态化

清代抄家的转折点发生于雍正时期,最主要的转折在于抄家成为政治手段,用于打击异己势力和惩处官员。清代抄家的重心也由此转移至社会上层,特别是大量针对权贵显要和官员阶层。[①] 其中,最著名的莫过于年羹尧一案。

雍正三年(1725 年)十二月,刑部奏上年羹尧 92 项大罪,单大逆之罪就有 5 项,世宗令年羹尧自裁;同时,因其父兄年遐龄、年希尧忠厚安分,"著革职,宽免其罪,一应赏赉御笔、衣服等物,俱著收回";"年羹尧及其子所有家赀,俱抄没入官,其现银百十万两,著发往西安,交与岳钟琪、图理琛,以补年羹尧川陕各项侵欺案件";不仅如此,世宗规定,"年羹尧族中有现任候补文武官者,俱著革职。年羹尧嫡亲子孙,将来长至十五岁者,皆陆续照例发遣,永不许赦回,亦不许为官"。[②] 这一系列处置可谓釜底抽薪,年氏一族再无倚赖仕途复兴家业的可能。雍正五年(1727 年)年初,世宗顾念年羹尧过去的功绩以及年遐龄的老迈,终于允许年羹尧诸子从边地回京,令年遐龄管束,但并未解除年氏子孙不许做官的禁令。不过这在君主看来,已经是莫大的恩惠了,所谓"以示朕格外恩宥之至意"。

雍正四年(1726 年),世宗听闻坊间说他喜好抄没家产的风评后,曾特意发布过一道上谕,来澄清自己以抄没之法惩治罪臣的缘由:

> 从前贪赃犯法之官,蠹国殃民,罪大恶极,即立置重典,不足以蔽其辜。但不教而杀,有所不忍,故曲宥其死,已属浩荡之恩。若又听其以贪婪横取之赃财肥身家以长子孙,则国法何存? 而人心何以示儆? 况犯法之人,原有籍没家产之例,是以朕将奇贪极酷之员,抄没其家赀,以备公事赏赉之用。此等凶恶之人,本身应正典刑,家产抄没,妻子皆当远徙者,朕皆从宽赦免,而止于抄没其赃私,尚保其性命。即本人稍有人心,应知感恩戴德,何得因抄没而生怨望乎? 且朕临御以来,覃敷恩泽,蠲免钱粮,不下数百万两;赏赉兵丁,及各地方兴利除患,所费亦不下数百万两,此皆中外所共知者。夫以额征钱粮,及内库帑金为数如此之多,朕尚毫无吝惜,岂反为此贪官污吏些微之财物,以启小人之议论乎? 即如年来抄没之人,不过是年羹尧、满丕、李英贵、何廷玉等,及阿其那、塞思黑等门下最用事为非之人耳。此皆奸恶显

---

① 云妍:《从数据统计再论清代的抄家》,《清史研究》2017 年第 3 期。

② 《世宗宪皇帝实录》卷三九,雍正三年十二月甲戌,《清实录》(第七册),中华书局 1985 年版,第 571 页。

著之徒,法无可贷,有何屈抑? 而为之不平乎?①

　　这段话虽是世宗的自我辩白之词,却反而揭示出当时抄家适用之频繁,以致民众都认为,这是君主在以臣僚的家财补充内帑。

　　从抄没对象来看,抄家针对的是那些"蠹国殃民,罪大恶极"的"贪赃犯法之官"。也就是说,查抄并不限于谋反、谋叛、奸党、私铸钱币军器等重罪,更无确定的事由和范围,而主要取决于各案具体情况和君主个人意志。对此,尹伊君就认为,《红楼梦》中,朝廷对贾府施以抄家的法定理由极为蹩脚:"贾府这样的人家,不可能犯谋反大逆的罪行,其他罪行挨不上,只有犯贪赃枉法一类的罪行,才会导致抄家的后果。"所谓"交通外官,依势凌弱",加上引诱世家子弟赌博和强占良民妻女为妾,以及包揽词讼、强索古扇等罪名,均不属于受财枉法,显然不应适用抄家。②

　　就清代社会的现实情况而言,那些成案中的抄家原因并未与《会典》《则例》《律例》中的规定一一对应。除了贪腐以外,财政亏空、办案不利、军事贻误等各种失职行为,以及臭名昭著的文字狱,均会导致官员案内被抄家。例如对于州县钱粮亏空,《大清会典则例》载雍正二年(1724 年)议定:"凡追赔各项拖欠帑银,以一年为一限,计其应追之数,分为三限,令其完偿。……倘三限均不能完,交刑部治罪,所欠帑银于家属名下严追。无官人等初限不完,监禁,仍同限银并追。……若初限、二限并不能完,令该旗该地方官将家产封守,仍同三限银一并严追。……倘三限均不能完,即将财产籍没,变卖抵偿,本身交刑部治罪"。③

　　又如,康熙五十年(1711 年),戴名世《南山集》一案中,戴名世"凌迟处死,家产入官"(后改为斩决),其"母女、妻妾、姊妹、子之妻妾,十五岁以下子孙,伯叔父、兄弟之子,亦俱依律给付功臣为奴";④方孝标因其为《南山集》作序,所写《滇黔纪闻》中有"悖乱"之语,同被处以凌迟(因已身死而改为碎尸),财产入官。

　　再如,雍正四年(1726 年)十月,鄂密达、李卫接到世宗密旨,命其立即搜检

---

① 《世宗宪皇帝实录》卷四六,雍正四年七月丁未,《清实录》(第七册),中华书局 1985 年版,第 695—696 页。
② 尹伊君:《红楼梦的法律世界》,商务印书馆 2014 年版,第 301 页。
③ 《钦定大清会典则例》卷三十七,《文渊阁四库全书》(第 621 册),台湾商务印书馆 1986 年版,第 164 页。雍正五年(1727 年),经律例馆奏准,此条列入钦定例内。乾隆五年(1740 年)馆修:"此条因原任直隶总督李维钧动用俸工银两案内,经原署总督蔡珽参奏,因定此例。"马建石、杨育裳:《大清律例通考校注》,中国政法大学出版社 1999 年版,第 478 页。
④ 《哈山等审拟戴名世〈南山集〉案题本》,康熙五十年十二月十八日,上海书店出版社:《清代文字狱档》(增订本),上海书店出版社 2011 年版,第 954—955 页。

查嗣庭家中书本文字。于是，两人带着兵役展开了查抄行动：

> 查嗣庭家所居周围水荡，止有西邻房舍数间，其附近河下泊有尖头船三
> 只，即一面将船只看守，一面将嗣庭住宅前后左右分绕防范，入其宅内。比
> 时有数人在客堂饮酒，问系亲戚族属前来送行之人，随将合家大小并来人分
> 别男女，各令关闭空屋内，即于一切房屋逐层逐间细加搜检，凡箱笼橱柜以
> 及抽桌、木匣、纸卷、包裹、瓶瓮等类尽数开看，床橱四围悉行照遍，遇有地板
> 房屋，砖板俱经揭起，其墙壁、地面凡有可疑之处俱行拆掘，所有堆贮书屋并
> 搁放橱柜等处字迹、书本俱搜集一处，令亲身所带之人看守。次日，即将押
> 住船内起出包箱公同一一开看，其男女衣服行李等类逐件翻寻讫，仍恐前次
> 内外搜检或有遗漏，复又将从前所查之处再加细搜，并将包裹什物及狼藉抛
> 弃一切字纸尽行抖出收贮，始将关闭人等放出。……其查嗣庭现住房屋以
> 及衣服器皿外，又于各处所见零碎银钱约共一百余两。以上等项因未经奉
> 行，不便擅动，止将搜出一切字迹、书本尽数押送前来等情。①

这次行动之隐蔽、查抄之细致以及汇报之周详可见一斑，与《红楼梦》中官兵
在贾府先将到访的亲友逐出，后将内眷封锁于屋内，再将各屋一一抄检，最后"箱
开柜破，物件抢得半空"的情形如出一辙。

乾隆二十年(1755年)，胡中藻《坚磨生诗钞》案中，高宗谕军机大臣等曰：
"胡中藻悖逆讥讪，已遣专员提拿来京审讯，家属人口俱有应得之罪。著该抚提
至省城监禁，并所有赀财逐一查抄，毋得遗漏隐匿寄顿。"②高宗借该文字狱案打
击了鄂尔泰一党，张廷玉也恰于此时病逝，乾隆朝的"朋党"从此绝迹。③

总体来说，清代的抄家政策虽时宽时严，但士大夫们从未彻底摆脱被罗织罪
名、抄没资产的恐惧。而雍正所谓"本身应正典刑，家产抄没，妻子皆当远徙者，
朕皆从宽赦免，而止于抄没其赃私，尚保其性命"，意味着抄家作为一种财产刑，
在一定程度上已经成了死刑、流刑的替代刑，这些"罪大恶极"者均可以以钱赎
罪。"以备公事赏赉之用"，说明清廷对于抄没财产的去向并没有具体规定，而是

① 《鄂秘达等奏遵旨差员搜检查嗣庭家藏字迹书本折》，雍正四年十月二十五日，上海书店出版社：《清
  代文字狱档》(增订本)，上海书店出版社2011年版，第973—974页。
② 《高宗纯皇帝实录》卷四八四，乾隆二十年三月丙戌，《清实录》(第十五册)，中华书局1986年版，第
  66—67页。
③ 高王凌：《乾隆十三年》，经济科学出版社2012年版，第124页。

根据实际情况贴补公用。

从上述几点可以看出,世宗严苛的惩贪举措固然有利于整顿吏治,但因其缺乏法定性、可预见性,"抄没"案的背后隐含着相当大的入罪标准与惩罚力度的人为操纵空间。

曹雪芹叔父曹頫被抄家也发生在这一历史时期。雍正五年(1727年)十二月十五日,世宗命绥赫德以内务府郎中职衔接管江宁织造事务,几日后即颁布谕令曰:

> 奉旨:江宁织造曹頫,行为不端,织造款项亏空甚多。朕屡次施恩宽限,令其赔补。伊倘感激朕成全之恩,理应尽心效力,然伊不但不感恩图报,反而将家中财物暗移他处,企图隐蔽,有违朕恩,甚属可恶!著行文江南总督范时绎,将曹頫家中财物,固封看守,并将重要家人,立即严拿;家人之财产,亦著固封看守,俟新任织造官员绥赫德到彼之后办理。伊闻知织造官员易人时,说不定要暗派家人到江南送信,转移家财。倘有差遣之人到彼处,著范时绎严拿,审问该人前去的缘故,不得怠忽!钦此。①

5年之后的雍正十年(1732年),绥赫德同样因为亏空被革职。谕旨曰:"江宁织造绥赫德离任时,大有亏空,朕特降旨,令接任许梦闳彻底清查,以清弊蠹。乃许梦闳以司库等借用之项,称为绥赫德已经代赔,无庸重追。独不思绥赫德管理织造关税两项,其代赔之银,即系两项赢余,均为国帑,安得不核实归公,而乃私取以偿属员侵盗之项乎?许梦闳瞻徇情面,草率完结,著交与内务府,严加议处。绥赫德著革职。司库八十五、笔帖式巴图等,名下亏缺之项,悉从本人追出交官。"②由此可见,担任织造之职具有高度的风险性,前一任留下的大量亏空后任尚且陪补不完,更不必提君主归还罪臣的家产。

到高宗执政期间,官员获罪抄家更是频繁发生。据统计,整个乾隆朝案内被抄家者不下200人。③ 云妍通过检阅《清实录》等已出版资料以及内务府奏销档与奏案、宫中朱批奏折、内阁题本、"内阁大库档案"等各类档案资料发现,可确认

---

① 《上谕著江南总督织造范时绎查封曹頫家产》,故宫博物院明清档案部:《关于江宁织造曹家档案史料》,中华书局1975年版,第185页。

② 《世宗宪皇帝实录》卷一一八,雍正十年五月戊辰,《清实录》(第八册),中华书局1985年版,第565—566页。

③ 魏美月:《清乾隆时期查抄案件研究》,文史哲出版社1996年版,第1页。

的乾隆朝抄家案例达到 760 余件,约占清代抄家案件总数的三分之一。^① 同时,《高宗实录》中,"籍没"的使用频率大幅下降,^②转而代之以"入官""查抄",时而又称"抄没",出现次数为康熙、雍正两朝总数的 5 倍,这也可以佐证乾隆朝抄家适用频率之高。

不难推测,相比于以往君主的粉饰和遮掩,此时,抄家的适用变得理所当然,已由过渡性政治斗争手段逐渐转变为常态化的行政制裁措施。清代君主通过剥夺家族的资本及其成员的政治权利,不仅削弱了世家大族的势力,还在客观上致使以官员私人产业抵偿国家公项亏空变成了一项政治惯例。

清代管理皇室事务的内务府与朝廷户部的财政收支系统并不是泾渭分明的。刘翠溶指出,户部与内务府所管的财政范围虽有所分别,然并非绝不互通,互不侵犯。内务府时常支用户部的经费,内府庄田是内务府所有,但仍由户部加以考核。总之,皇帝并不以为须借内库以别公私,一切都在皇帝的掌握之中。这种内府与户部间经费往来的关系,可能渐渐由临时的特例演变成经久的惯例。^③

根据《啸亭杂录》所载:"其初,本府进项不敷用时,檄取户部库银以为接济。乾隆中,上亲为裁定,汰去冗费若干,岁支用六十余万两。其后岁为盈积,反充外府之用。"^④据滕德永研究,乾隆三十年(1765 年)成为内务府与户部的财政关系由向户部借拨变为拨交给户部的转折点。^⑤ 他还发现,清廷抄家抄没的房产多为内务府收为己用。乾隆十八年(1753 年)捐纳员外郎刘裕泰因出身贱役、隐匿报捐被抄家,其房屋 577 间皆被入官,内务府视其情形,将其房产或租或售;嘉庆四年(1799 年),权臣和珅被抄出房屋 1 171 间,皆被内务府售卖。^⑥ 此外,赖慧敏研究指出,税关监督均系包衣身份,若发生贪渎案件,皇帝也采取抄家的手段,将其财产收归内务府。^⑦

同治九年(1870 年),《大清律例》"给没赃物"续纂例文曰:"盗窃案内无主赃物,及一切不应给主之赃,如系金、珠、人参等物,交内务府;银、钱及铜、铁、铅、锡等项,有关鼓铸者,交户部;硫磺、焰硝及砖石、木植等项,有关营造者,交工部;洋

---

① 云妍:《从数据统计再论清代的抄家》,《清史研究》2017 年第 3 期。
② 据笔者统计,"籍没"一词在《世祖实录》中出现 129 次,在《圣祖实录》中出现 69 次,而在《世宗实录》和《高宗实录》中分别出现 4 次和 11 次。
③ 刘翠溶:《顺治康熙年间的财政平衡问题》,嘉新水泥公司文化基金会 1969 年版,第 110 页。
④ 昭梿:《啸亭杂录》卷八,中华书局 1997 年版,第 225 页。
⑤ 滕德永:《清代户部与内务府财政关系探析》,《史学月刊》2014 年第 9 期。
⑥ 滕德永:《清代内务府房产经营状况探析》,《故宫博物院院刊》2014 年第 4 期。
⑦ 赖慧敏:《乾隆皇帝的荷包》,中华书局 2016 年版,第 91 页。

药及盐、酒等项，有关关税务者，交崇文门。其余器皿、衣饰，及马、骡牲畜一应杂货，均行文都察院。"①从中亦可探知，内务府与包括户部在内的国库之间并无明确的收支界限。抄家虽名义上为"入官"，但实际上这些财物在被划入国库的同时，也被用以充实皇帝的内帑。可以说，通过抄家，臣僚家的部分私产也就顺理成章地变成了帝王家的私产。

《红楼梦》第一百零七回中，贾赦被革职后，君主让贾政承袭了世职，并归还了荣国府的府第和财物。对于归还家产，雍乾两朝确实存在实例，见表5-4。

表5-4　《清实录》查封、抄没后给还犯官家产案例（雍正——乾隆）

序号	时　间	官员	对　象	原　因
1	雍正十二年（1734年）	渣克旦	房产人口	诸事办理妥协
2	乾隆四年（1739年）	德明等	入官未变价的房产	情罪有一线可宽
3	乾隆十六年（1751年）	唐绥祖	原查封家产	婪索赃款属虚
4	乾隆十八年（1753年）	刘裕德	家产	刘裕泰违例钻营，无用旁及胞兄
5	乾隆十九年（1754年）	岳浚	已经抵交估变之产	其父岳钟琪劳绩懋著，患病溘逝
6	乾隆二十一年（1756年）	刘统勋	入官家赀财产	加恩起用
7	乾隆二十二年（1757年）	定长	查封赀财	情罪应有差等
8	乾隆二十六年（1761年）	土镗	家产赀财	矫枉过正
9	乾隆三十二年（1767年）	舍图肯	查封赀财	查封办理错谬
10	乾隆三十三年（1768年）	程辙及子	查封家产	程辙密呈军营大臣将贼匪情形路径

① 郭成伟：《大清律例根原》（一），上海辞书出版社2012年版，第162页。

序号	时　间	官　员	对　象	原　因
11	乾隆三十七年(1772年)	朱一深	本旗家产	审系虚诬,咎止于失察
12	乾隆三十八年(1773年)	宋元俊	原籍查出家产	带罪自效,俟将来功过相抵
13	乾隆三十九年(1774年)	鄂宁	原报地亩	追赔养廉银两加恩再赏限十年完缴
14	乾隆四十一年(1776年)	图桑阿	报出田房等项	应赔之数已过半,图桑阿尚有良心
15	乾隆四十七年(1782年)	冯埏	契买水地	水地系分给族中贫寒之户以为养赡
16	乾隆四十八年(1783年)	童凤三	查抄家赀	陈辉祖姻亲尚不应株连波及
17	乾隆四十九年(1784年)	叶体仁	叶体仁名下之产	未知叙州所辖民人及其子罪情
18	乾隆五十四年(1789年)	江兰弟及堂弟	运本盐窝田产等项	将江兰弟家产一并查封所办过当
19	乾隆五十五年(1790年)	陈士骏	原籍财产	尚无侵冒入已情弊
20	乾隆五十五年(1790年)	闵鹗元之子	所有赀财	闵鹗元罪由自取,与伊子无涉

　　在上述 20 个解封、归还家产的案例中,近半案件的归还源于君主的宽宥而非律例的规定。典型如宋元俊一案,乾隆三十七年(1772 年),四川总兵宋元俊曾因贻误军机被籍没家产。之后,高宗命他仍任总兵,戴罪立功,并将其家产赐还。遗憾的是,到了第二年,薛琮在金川役中被困,因宋元俊援兵未及时赶到,薛琮及官兵两千余人战死。高宗怒而将其革职并抄家,谕令曰:

　　　　是薛琮及官兵二千余人之命,皆由宋元俊一人甘心膜视所致,言之实堪痛恨,使其身尚在,即立行正法,已不足以谢临阵捐躯之众。若因已伏冥诛,犹任其子孙得以保守家业,国法安在?且现值官兵进剿之时,信赏必罚,乃军行第一要义,倘于此等有心诡怯误公之人,更加曲贯,将何以激励我将士,使人人皆知用命乎?著高晋,即将宋元俊二子宋粤、宋鲁拿解刑部治罪。如宋粤尚未自川回籍,即著川省及沿途督抚于所到之处,查拿解部。其原籍家产高晋即行严密查抄,其任所赀财,著富勒浑一并查办。①

在本案中,所谓"赐还"不过是君主笼络武将的临时手段,并不具有代表性,更非军事惯例。

又如,在刘裕德、陈辉祖、闵鹗元三案中,高宗认为,只由犯罪官员本人承担相应责任即可,不必累及胞兄、姻亲和子嗣,似乎与现代刑法罪责自负原则有些相似之处。然而,在岳浚一案中,岳钟琪突然去世,高宗特令其子岳浚免缴巡抚任内亏空的库银,以示哀悼和宽慰之意,同时,清廷还返还了他已经抵交的变价财产。乾隆三十三年(1768 年),因程辙在与缅军作战过程中降敌,高宗怒而降旨,命人将其子缉拿交刑部治罪,并将他的家产查封。后来,据阿里衮奏称,程辙趁机潜回内地,向朝廷密呈军情有功。于是,高宗又加恩将其子释放回籍,并归还了他的家产。这两个案件中,父与子的权责范围并不限于个体,父子既共同享受着君主的恩泽,也对朝廷承担着连带责任,可谓"一荣俱荣,一损俱损"。

总之,案内是否归还官员家产、归还的数额、连带与否以及牵连范围,基本上取决于君主的意志。即便是"无用旁及""罪由自取"等罪止于犯罪者本身的逻辑,依然是帝王个人意愿的表达,和现代罪刑法定主义毫无关联。

通过比较这些案件的时间分布不难看出,绝大多数案内归还家产的情形都发生乾隆朝,世宗执政期间鲜将查封或籍没的家产还给官员,而曹家被查抄发生于雍正五年(1727 年),曹雪芹写作《红楼梦》若取材于曹家家史,则不大可能创设君主赐还家产的情节。

如果以乾隆三十年(1765 年)为限,将高宗执政期分为前期和中后期,那么,给还家产多发生于乾隆朝中后期(63%)。按照流行的说法,曹雪芹生年为康熙五十四年(1723 年)或雍正二年(1724 年),最晚卒于乾隆二十九年(1764 年),因此,即便是他根据亲眼所见或他人转述的官场案例来编写故事,很可能仍是按照

---

① 《高宗纯皇帝实录》卷九二七,乾隆三十八年二月乙亥,《清实录》(第二十册),中华书局 1986 年版,第 460 页。

开篇的预言,将全书结局设置成彻底的悲剧,不会创作君主归还荣府家产的情节。

与之相对,在续作者生活和创作的时代,抄家事件固然发生频繁,但君主归还全部或部分家产的实际案例也是存在的,且相比于前期出现的可能性更大。由此推论,续作者通过设置抄家、复职和赐还等情节,为贾氏家族保留日后复兴的资本,一方面,可能是其个人偏好和愿望使然;另一方面,也是其文学观念、政治和法律思想受现实社会风气影响的自然结果。

不论是革职、查抄,还是复职、还产,士人对于佛教善恶报应与家庭盛衰规律的认识,离不开他们所处的时代及其经历的政治生活。从满清入关到乾隆盛世,君主权力不断集中,吏治政策宽严有时,士大夫们的仕途和命运也因之变幻莫测、起落无常。其中,抄没家产可谓体现士人个体和家族命运变迁的具有代表性的历史现象。士人既可能是这类事件的经历者,也可能只是旁观者,还可能是事后的书写者和建构者,《红楼梦》中"甄""贾"两府的抄家及抄家后的一系列情节,极大可能来源于清代尤其是雍正和乾隆朝案内抄家的实例。

雍正时期,抄家成为世宗打击异己势力和惩处犯罪官员的重要政治手段,曹家的衰落也成为这股政治异动中的附带结果,而这对曹雪芹悲剧意识的形成无疑有着重要影响。高宗执政期间,抄家成了常态化的政治生活,在这种背景下,士大夫对抄家有了一定的心理准备和接受度,个别案件中适用的补救措施和宽宥政策,如给还家产、恢复爵位和官职等,也使得部分官僚尚能保持相对乐观的态度来面对福祸交织的仕宦生涯,对最高统治者仍抱有期待。《红楼梦》续作者便可能为其中的一位。曹氏为全书预设与续作者实际叙写的不同结局,反映的正是清代君臣关系与家国矛盾被激化后,士人及其家庭将要面对的未来命运的几种可能走向。

二、法例的变迁与君主意志的表达

在集权统治下,抄没官员家产成为清代君主惩治贪官污吏的利器,而与此同时,查封、抄没、估价、变卖官员家产等一系列程序,实际上也为执行者留下了相当大的人为操纵空间。

(一) 侵贪之罪的惩处与"完赃减等例"的立法变迁

《红楼梦》第一百零五回,赵全先是因抄查范围与西平王发生争议,要将荣宁二府全抄，后不待内眷回避，便带着自己的家奴、番役分头执行。这期间，邢夫人的仆人对贾母慌张说道："老太太，太太，不、不好了！多多少少的穿靴戴帽的强、强盗来了，翻箱倒笼的来拿东西。"赵全企图在执行查抄时中饱私囊的心思昭然若揭。北静王到后，西平王对他抱怨道："我正和老赵生气，幸得王爷到来降旨。不然，这里很吃大亏。"北静王说："我在朝内听见王爷奉旨查抄贾宅，我甚放心，谅这里不致荼毒。不料老赵这么混账。"于是，北静王特意拣选了两个诚实的司官和十多个老年番役依命执行抄检，其他人被一概逐出。

官吏趁执行抄家以公谋私的现象并非续作者杜撰。在乾隆朝，官员侵吞罪臣家产的事件时有发生，闽浙总督陈辉祖替换、侵吞王亶望家产一案就非常典型。王亶望担任浙江巡抚期间，曾向高宗进献过一些珍品玩器，高宗留下了几件后便将余下的退了回去。但是，乾隆四十七年（1782年）七月，高宗在批阅浙省上报的查抄王亶望家产登记底单时却发现，抄单所列物品中未见任何一件自己发还的器物，他顿时起疑，立即传谕浙江布政使盛柱查询并密奏此事。九月，据盛住奏，他查出内务府底册与原浙江粮道王站柱上报原册中所载财物不符：原册有金叶金条金锭等，共4 000余两，而内务府进呈册内并无此项金两，同时，内府册却多列了7万多两银钱；原册内有玉山子、玉瓶等物件，内务府底册中亦未载入。于是，高宗又派刑部侍郎喀宁阿、户部侍郎福长安前往查办，并传谕阿桂先行询问王站柱，据实覆奏。据王站柱供称："上年查抄王亶望赀财，会同府县佐杂每日亲往点验，交府县各官收管。金约有四千数百余两，银约有二三万两，玉器甚多。当即造有三分底册。我于六月初九日起身进京陛见，即将底册一分呈送总督，其余两分分存藩司、粮道衙门。我若果有不肖之心，岂肯将底册留于浙省，作为后人把柄。"①并称在他查办时，总督陈辉祖曾调取备用物件阅看。于是，高宗将陈辉祖革职，由富勒浑补授。

到了十月，该案案情已基本明了。原来，陈辉祖伙同浙江布政使国栋、经办的衢州知府王士浣、嘉兴知府王仁誉、杭州知府杨先仪、钱塘知县张翥等，通过抽换查抄底册的方式以银易金，侵占了价值约白银四到五万两的黄金，又吞没了不少玉器，还用平常朝珠暗中换取了抄出的上好朝珠。对此，高宗颁布谕令怒斥陈辉祖，并逐条反驳陈辉祖、国栋的供词：

---

① 《高宗纯皇帝实录》卷一一六五，乾隆四十七年九月辛亥，《清实录》（第二十三册），中华书局1986年版，第613页。

本日阅萨载询问国栋供词内，有陈辉祖称，王亶望查抄时，曾求过总督，说金子太多，恐怕碍眼，不如照依时价易银，将来办理顺易，国栋原曾劝阻，陈辉祖执意要换等语。此事大奇，王亶望骫法肆贪，罪恶已极，乃陈辉祖于查抄时，尚敢听其嘱求，为之挪换掩饰？推此则何事不可为？……又国栋称，陈辉祖曾说，王亶望抄出朝珠，甚属平常，难以呈进，谕令委员购买数盘添入，又将自己朝珠挑选添入，国栋亦曾劝过等语。此更不成话，亦断无此情理，必系陈辉祖将抄出朝珠之佳者私自藏匿，反将平常不堪之物，当众人耳目挑选添入，以为抽换地步。又国栋供称，目击委员购买朝珠，也曾问过委员，价值系委员自备等语。更奇，是陈辉祖竟令委员垫银舞弊，委员等隐匿偷换，又将何所不至乎？又国栋称，陈辉祖向杨先仪要进金子五百两，过了数日，又经退出，或系总督听见国栋查问，不敢存留等语。此一节更属可笑，自系陈辉祖有心侵用，亦应详讯。又国栋所称，陈辉祖将多宝橱内玉器取出后，止总开列玉器等语。是陈辉祖竟明目张胆，作此穿窬行径，其侵贪劣迹，较之王亶望，更为不堪可鄙。又国栋称，陈辉祖逐日将查抄之物，分类取进署内查看。陈辉祖匆遽无暇，何以日日取进查看？岂非自相矛盾乎？①

　　此后，高宗又传谕萨载、闵鹗元、福康安、舒常、毕沅等人，将这些委员的家产物件严密查抄。十二月，陈辉祖等人认罪伏法，承认以银易金并非王亶望嘱托以及伙同藩司国栋等人侵吞罪臣家产等事实。高宗根据阿桂等人的奏报，再次降旨宣判：

　　今此案爰书已定，前疑顿释，在陈辉祖以陈大受之子，受朕厚恩，用为总督，不思洁己率属，勉图报效，其于地方应办诸务，不能实心实力，随事整饬，于查抄入官之物，又复侵吞抽换，行同鼠窃，其昧良丧耻，固属罪无可逭。但细核所犯情节，与王亶望之捏灾冒赈、侵帑殃民者，究有不同；即较国泰之借代父赎罪为名，公然勒派属员，以致通省各州县，俱有亏空者，亦尚有间。所云"与其有聚敛之臣，宁有盗臣"，陈辉祖祇一盗臣耳。其罪在身为总督，置地方要务于不办，以致诸事废弛，种种贻误；而侵盗者止系入官之物，不过无

①　《高宗纯皇帝实录》卷一一六六，乾隆四十七年十月戊辰，《清实录》（第二十三册），中华书局1986年版，第630—632页。

耻贪利,罔顾大体,究非朘剥小民,以致贻误官方吏治者可比。陈辉祖著从宽改为应斩监候,秋后处决。至国栋,身为藩司,听从陈辉祖舞弊营私,及朕降旨询问,又甘为徇隐,不行陈奏。知府王士浣、杨仁誉,明知陈辉祖抽换等弊,又将估定印册,擅自删改,并私行侵用官物,俱按律定拟斩候,亦属允当。杨先仪、张纛身任首县,迎合上司意指,发交铺户买金并擅挪库项,垫交金价,其罪实在于此,自应照所拟,从重改发新疆,充当苦差。陈淮前经降旨,与李封发往河工效力。①

至此,该案终于告一段落。不过,陈辉祖却并未因高宗将斩决改为监候而免死。侵吞入官财产案发生不久后,陈辉祖就因嘉兴府桐乡县发生聚众闹漕一事再次惹怒了高宗。于是,乾隆四十八年(1783年)二月,高宗便将斩监候又改为即行正法,但免予公开行刑而赐其自尽。高宗解释道:"若陈辉祖之从前,仅止抽换官物,是以贷其一死。及此时之贻误地方,不能再为屈法施恩。皆一秉大公至正,毫无成见,大小臣工,当各知感畏。"②

在这两道涉及对陈辉祖定罪量刑的上谕中,高宗均提到了一个重要的吏治理论:"与其有聚敛之臣,宁有盗臣。"语出《礼记·大学》:"孟献子曰:'畜马乘,不察于鸡豚;伐冰之家,不畜牛羊;百乘之家,不畜聚敛之臣。与其有聚敛之臣,宁有盗臣。'此谓国不以利为利,以义为利也。"③不论是聚敛民财之臣还是盗窃家财之臣,无疑都是侵蚀国家财政的蠹虫;但如果两害相权,那么,相比于聚敛民财者,盗窃家财者的犯罪性质还是要轻一些。

乾隆十四年(1749年),高宗就曾在谕旨中化用这一说法来训诫群臣:"乃向来锢习,以为宁盗毋贪,此在为上者爱民之深,权其轻重,谓与其厉民,毋宁损上,以是重言人臣之不可贪耳,而岂忍以盗待臣子哉? 为臣子者,又岂甘以盗自处哉?"④所谓"渔利于民,贪也;蚀于官者,侵也",他将贪和侵进行了明确定义,官员搜刮、收受民财的聚敛行径称作"贪",而将国帑变公为私、挪为己用的行为则

---

① 《高宗纯皇帝实录》卷一一七〇,乾隆三十七年十一月甲子,《清实录》(第二十三册),中华书局1986年版,第687—688页。
② 《高宗纯皇帝实录》卷一一七四,乾隆四十八年二月甲子,《清实录》(第二十三册),中华书局1986年版,第739页。
③ (汉)郑玄注、(唐)孔颖达正义:《礼记正义》卷第六十七,上海古籍出版社2008年版,第2254页。
④ 《高宗纯皇帝实录》卷三五一,乾隆十四年十月甲辰,《清实录》(第十三册),中华书局1986年版,第851页。

为"侵"。一方面,高宗多次强调侵与贪、盗臣与聚敛之臣"厥罪惟均",所犯赃罪性质同样恶劣,且犯"侵"者往往同时犯"贪"罪;另一方面,按照"情罪应有差等"的定罪原则,在处理具体案件时,前者罪行多被认为要重于后者,这才有了"援律傅罪,轻重判然"的说法。因此,高宗个人对于官员侵吞国帑的态度有时就显得有些矛盾,惩治力度也轻重不定、因时而异。

清代君主的个人意志还清晰地反映到了律例修订的过程中。为了平衡充实国库和维护国法之间的关系,康熙五十三年(1714年)"监守自盗仓库钱粮"定例规定,"凡侵盗那移等赃,一年内全完,将死罪人犯比免死减等例再减一等发落,军流徒罪等犯免罪",①指的是那些侵占公款的官员如果在期限内补缴完毕,犯死罪者可以免除死罪,并减等发落;被拟判以充军或流徒者则可以免罪。这项规定后经雍正三年(1725年)、乾隆五年(1740年)、乾隆二十一年(1756年)部分修改,由律例馆奏准纂入《大清律例》,分门别类,予以适用。然而,到了乾隆二十三年(1758年),高宗却将这项定例废止,并代之以新例:"凡亏空钱粮,除因公那移及仓谷霉浥等案仍照旧例办理外,其实系亏空入己者,虽于限内完赃,俱不准减等。"②到了乾隆二十六年(1761年)修律时,馆员又遵照谕令,将之从《大清律例》中彻底删去。

实际上,"完赃减等例"的停止适用并非没有征兆。自乾隆初年,特别是乾隆六年(1741年)以来,朝廷开始出现不少侵贪大案。例如,鄂善因受贿在当年三月被拟处绞立决,后高宗宽令其在家中自尽。鄂善由此成为乾隆朝第一个被处死的一品大员。③ 九月,因"近来侵贪之案渐多,照例减等,便可结案",高宗谕令将乾隆元年(1736年)以来侵贪各案人员"陆续发往军台效力,以为黩货营私者之戒"。④ 乾隆十二年(1747年)九月,面对侵贪风气日炽,高宗质问秋审官员道:"询以今何以率入缓决,以致人不畏法,侵贪之风日炽,则不能对? 盖因例内载有分年减等,逾限不交,仍照原拟监追之语,至秋审时概入缓决。外而督抚,内而九卿法司,习为当然。初不计二限已满,既入秋审,自当处以本罪,岂有虚拟罪名,必应缓决之理? 即在本犯,亦恃其断不拟入情实,永无正法之日,以致心无顾忌,不知立法减等,原属法外之仁。至限满不完,则是明知不死,更欲保其身家。"于

① 马建石、杨育裳:《大清律例通考校注》,中国政法大学出版社1999年版,第672页。
② 郭成伟:《大清律例根原》(二),上海辞书出版社2012年版,第887页。
③ 高王凌:《乾隆十三年》,经济科学出版社2012年版,第125页。
④ 《高宗纯皇帝实录》卷一五一,乾隆六年九月庚寅,《清实录》(第十册),中华书局1985年版,第1168页。

是,高宗重定侵贪犯官量刑:"若以身试法,赃私累累,至监追二限已满,侵蚀未完尚在一千两以上,及贪婪未完尚在八十两以上者,秋审时即入情实,请旨勾到。"①乾隆十四年(1749年)九月初九,高宗发布上谕,表达了对朱红亏空一案巡抚拟定缓决和赔补期限的质疑:"河池州参革知州朱红亏空一案,该抚审拟缓决,经九卿以情实改拟具奏。此等侵课亏帑人犯不加惩警,将来不肖人员,效尤成习,流弊无所底止,是岂辟以止辟之道? 舒辂之以缓决审拟,是何意见? 著明白回奏。钦此。"②几日后,又说道:"此案舒辂审拟缓决,已属徇庇,乃昨经面奏二年限期未满,今又称面奏之处,系属误记。朱红年限已满,该抚身亲查办,岂有不能记忆之理? 明系朕前饰词取巧,以图一时朦胧混过。"③当月,高宗再次下达谕令:

> 朕因各省侵贪案件,向来虽拟以重辟,至秋审时,相蒙概入缓决,以致人心无所警畏,参案渐多。特于乾隆十二年颁发谕旨,彰明晓谕,令限满即入情实册内候勾。朕之本意,不特为止侵盗,实乃以惩贪婪。夫谓:"与其有聚敛之臣,宁有盗臣者。"乃重为聚敛者戒,而非为盗臣者宽。盗臣与聚敛,厥罪惟均,不独聚敛之臣不可有,即盗臣亦岂当有哉? 且此特泛论治道而已。至于穷理以定赏罚,本情以正褒贬,则侵亏者可计赃论罪。而聚敛之臣,则古今法律汗牛充栋,虽以圣人而为士师,亦不能明立科条,谓何等聚敛? 作何等治罪? 五刑之属三千,无可置辟,此不易之至理也,则知侵亏者必应抵罪明矣。且库帑皆小民脂膏,以供军国经费,人君尚不得私有,臣工服官奉职,而视库帑为己资,以至于盗而有之,其心实不可问,至其忘生黩货,犯重辟而不顾。……向来按限勒追,分年减等,亦办理之不得不然。自朕观之,但犯侵亏,即应按律治罪。其亏空帑项,除该员家属完缴外,著落该上司分赔,则上司畏累己而不敢徇隐。劣员知失命而遑为其子孙谋,将见天下无侵员,并且无贪员矣。若徒辗转勒限,似反以催追帑项为重,而以明示国法为轻。④

---

① 《高宗纯皇帝实录》卷二九九,乾隆十三年九月庚戌,《清实录》(第十二册),中华书局1985年版,第912—913页。
② 中国第一历史档案馆:《乾隆朝上谕档》(第二册),广西师范大学出版社2008年版,第350—351页。
③ 中国第一历史档案馆:《乾隆朝上谕档》(第二册),广西师范大学出版社2008年版,第359页。
④ 《高宗纯皇帝实录》卷三四九,乾隆十四年九月壬申,《清实录》(第十三册),中华书局1986年版,第815—816页。

十月,高宗重申了自己惩治侵贪案件的决心:"明后两年,国家大庆,秋审一应情实人犯,理应停止勾决。但侵贪之犯,非寻常命盗案件可比。著各省督抚于所属侵贪案犯限满之日,即将已完未完实数声明,分别定拟,另案具题,不必坐侯壬申年秋审,此朕因时惩贪之意,此二年仍照旧例行。"①

由此可见,高宗自即位以来,便对"按限勒追,分年减等"的"完赃减等例"颇为不满,但并未将其立即停用,而是以下达谕令的方式表达着个人的意愿,反复劝说官员切莫侵吞国帑,且此时君主的道德训诫确实能够起到一时之效。直到乾隆二十二年(1757 年),高宗在批阅秋审案犯,发现原任湖南布政使的杨灏侵吞了数千两谷价银,却由于在期限内上缴完赃款而被归入了缓决。为此,高宗勃然大怒,痛斥这一判决"甚属纰谬,阅之不胜骇然",进而感慨道:

> 杨灏身为藩司,乃侵肥克扣,至三千余两。此其贪黩败检,本应立行正法,以彰国宪,监候已系朕格外之恩。朕以为该抚审拟招册及三法司九卿科道等廷谳时,自当入于情实,乃册内妄以该犯限内完赃,归入缓决。试思藩司大员,狼籍至此,犹得以限内完赃,概从末减;则凡督抚大吏,皆可视婪赃亏帑为寻常事,侵渔克扣,肆无忌惮,幸而不经发觉,竟可安然无恙,即或一旦败露,亦不过于限内完赃,仍得保其首领,其何以饬官方而肃法纪耶?……朕临御二十二年,所办案件,内外臣工所共见共闻,尚敢如此窃弄威柄,施党庇伎俩,朝臣亦可谓有权。②

于是,他立即下旨将蒋炳革职抄家,又命令刑部,此后凡是有新案官犯,无论是"情实"还是"缓决",必须夹签声明集议结果和拟断理由,以加强对个案的监督和审查。③ 第二天,高宗接着颁布谕令,一边斥责杨灏身为藩司,不仅不为属员做出表率,反而侵吞民脂民膏——"在微员犹或可言,岂有方岳大员,婪赃累累,而尚藉口完赃,俾得偷生视息有是理乎";一边斥责刑部量刑时常偏于宽纵,因循人情;继而又将负责转审的按察使夔舒治罪,宣称"为官相护之锢习,朕必力革而后已"。在此时的高宗看来,落实"明刑弼教"的刑政大纲,要比为了弥补财政亏

---

① 《高宗纯皇帝实录》卷三五一,乾隆十四年十月壬寅,《清实录》(第十三册),中华书局 1986 年版,第847 页。
② 《高宗纯皇帝实录》卷五四六,乾隆二十二年九月戊戌,《清实录》(第十五册),中华书局 1986 年版,第946—947 页。
③ 张田田:《论清代秋审"签商"》,《清史研究》2013 年第 1 期。

空而做出"宁盗毋贪"的妥协更为重要。

待翌年,即乾隆二十三年(1758 年)的九月十五日,高宗通过颁布谕令,正式停止适用"侵亏限内完赃减等例":

> 谕旨兵部奏原任道员钮嗣昌坐台期满一折。该犯以方面大员,侵亏库项仓储入己至一万余两,问拟斩候,徒因限内完赃,减等发往军台效力。此虽向例,但思侵亏仓库钱粮入己,限内完赃,准予减等之例,实属未协。苟其因公那移,尚可曲谅,若监守自盗,肆行无忌,则寡廉鲜耻,败乱官方已甚,岂可以其赃完限内遂从末减耶?且律令之设,原以防奸匪以计帑,或谓不予减等,则孰肯完赃?是视帑项为重,而弼教为轻也。且此未必不出于文吏之口,有是迁就之词,益肆无忌之行。使人果知犯法在所不赦,孰肯以身试法?其所全者,当更多耳。嗣后除因公那移及仓谷霉湿,情有可原等案,仍照旧例外,所有实系侵亏入己者,限内完赃减等之例,著永行停止。至该犯钮嗣昌事犯在定例前,姑从宽免死,著仍留军台三年,再行请旨。①

此后的几十年内,乾隆帝"坚持定见,不为浮议所动,使'完赃减等例'一直不能复立,致使乾隆中叶以后众多的贪婪大吏身陷重辟,骈首就戮的高官显宦数目居清朝之首"。② 例如,在乾隆二十七年(1762 年)的程嘉蕙婪赃妄断一案中,高宗阅览秋审招册后,对于督抚开泰将该官犯归为缓决表示了不满:"前以污吏亏帑,情罪重大,陈臬者率引限内完赃减等之条,使不肖劣员,平日既可恣意侵渔,事犯又可出赀末减,使不为执法严惩,是视帑项为重,而弼教为轻,岂国家慎重刑章转为言利起见?所降谕旨甚明夫蠹国与朘民,为害维均,而因事鱼肉穷檐,其罪视盗臣尤重。"与此同时,他也透露出了对这种仅靠君主个人纠正重利轻义之风效果的担忧:"朕之严于待墨吏,乃所以安民也。开泰久任督抚,遇此等重案,不应出入任意若此。此案设令九卿等依样画题,亦自必同干重谴。然使非朕于一切谳案,悉心衡量,逐案细阅,在九卿等安知不以模棱塞责,而开泰又安知不以改入情实?"③

---

① 中国第一历史档案馆:《乾隆帝起居注》(第十七册),广西师范大学出版社 2002 年版,第 394—395 页。
② 张世明、王旭:《议罪银新考》,《清史研究》2012 年第 1 期。
③ 《高宗纯皇帝实录》卷六七〇,乾隆二十七年九月甲子,《清实录》(第十七册),中华书局 1986 年版,第 487—488 页。

正如学者所指出的,"面对数量庞大的刑科题本,皇帝完全不可能事必躬亲地逐案细核、与职业官员们一较短长"。① 换言之,即使在馆员正式将"完赃减等例"从《大清律例》移除后,司法与复核官员在处理贪墨公款一类案件时,仍难免会因循人情,适用旧例。同理,高宗在陈辉祖抽换和侵吞王亶望家产一案中,说陈辉祖只是"一盗臣",又为之辩解道:"侵盗者止系入官之物,不过无耻贪利,罔顾大体,究非朘剥小民,以致贻误官方吏治者可比。"这些做法依然是君主、士大夫固有的"宁盗毋贪""毋宁损上"以及"侵""贪"有别之差等量刑观念的体现。由此可见,所谓"盗臣与聚敛,厥罪惟均",又或"蠹国与朘民,为害维均"等说法,更多是高宗为推行重典治吏政策而使用的临时性政治宣言。

随着高宗执政期的结束,到了嘉庆朝,严格惩贪的官场风向也开始发生变化。嘉庆六年(1801 年),即"完赃减等"被停用的四十年后,仁宗恢复了旧例。嘉庆四年(1799 年)正月,军机王大臣会同刑部堂官及直隶总督胡季堂详议后具奏:

> 查得雍正三年定例:侵盗钱粮,一年内全完,将死罪人犯比免死减等,再减一等发落,徒、流等犯免罪。若不完,人犯暂停治罪,再限一年。追完者,死罪人犯免死减等发落,流、徒亦减等发落。若不完,流、徒罪即行充配,死罪照原拟监追,仍再限一年,着落犯人妻及未分家之子追赔。如果家产尽绝,正犯身死,及妻子不能赔补,地方官取具印甘各结,申报督、抚保题豁免等语。至乾隆二十六年臣部定例:亏空入己者,虽限内完赃,亦不准减等。皆因各省办理侵亏案件较多,是以立法从严。但侵盗钱粮如限内完交仍与不交者一律同科,或被追之员故为隐匿拖欠,拼一己身命以图养赡子孙,究之追比子孙每不见有全完者,是杜绝侵欺转致帑项无着。甚至该管上司即明知属员亏缺,因立法稍严,瞻徇顾忌,未肯据实查办,究与公项无补。自应仍复旧章,以归核实。……奉旨:"依议。钦此。"钦遵在案。应将旧例修并一条,增纂新例,以便引用。其限内完赃不准减等之例,应行删除。②

嘉庆六年(1801 年)"完赃减等例"量刑标准见表 5-5。

---

① 王志强:《清代国家法:多元差异与集权统一》,社会科学文献出版社 2017 年版,第 100 页。
② 郭成伟:《大清律例根原》(二),上海辞书出版社 2012 年版,第 890 页。

表 5-5 嘉庆六年(1801年)"完赃减等例"量刑标准

欠银数额	年 限	完缴情况	量 刑
四十两并三百三十两以上至一千两以上者	一年限内	全完	死罪照免死减等人犯再减一等;徒、流以下免罪
		不完	再限一年勒追
	二年限内	全完	死罪及徒、流以下各减一等发落
		不完	死罪人犯监禁;流、徒以下即行发配;均再限一年着落人妻、子名下追赔
	三年限内	全完	奏明请旨着落二年全完减罪一等之例办理
		不完	死罪人犯永远监禁;本犯身死,实无家产可以完交者,照例取结豁免

"杜绝侵欺转致帑项无着",意味着此时的统治者和士大夫再次转变了重国法而轻国帑的立法价值取向,开始适用"视帑项为重,而弼教为轻"这一偏向实用主义的政策,且这一回归比雍正三年(1725年)的定例更加务实和宽缓。有学者就认为,这次复归旧例是一项大大的倒退:"从例文的实际内容上看,雍正三年条例虽有完赃免死减等发落的内容,却无使贪婪之犯永无正法之日的明文规定。当时,三年限内未完赃,只要法司拟入情实,有些罪犯也难逃被处斩的命运。然而,按照嘉庆六年修并的新例,不但可以在三年限内完赃免死减等,即便'三年限外不完者,死罪人犯永远监禁'。这无异于明文规定贪污罪的最高刑为无期徒刑,使'侵盗仓库钱粮入己数在一千两以上者拟斩监候'的正例成为虚文。职是之故,谙熟清律沿革的薛允升评价嘉庆初年修并的这一条例时指出:'此以侵欺之罪为轻,而以帑项为重也'。"①

薛允升的评价虽然切中要害,但值得注意的是,仁宗在处理和珅贪污案时,却未见丝毫宽宥之态。和珅的二十项大罪同样是由熟谙刑名的直隶总督胡季堂在嘉庆四年(1799年)正月负责奏报,这与他会同刑部请求仁宗恢复"完赃减等"旧例发生于同一时间。奏中有"和珅丧尽天良,非复人类,种种悖逆不臣,蠹国病民,几同川楚贼匪,贪黩放荡,真一无耻小人,丧心病狂,目无君上,请依大逆律凌迟处死。并查出和珅蓟州坟茔僭妄违制,及附近州县置有当铺资财,

---

① 张世明、王旭:《议罪银新考》,《清史研究》2012年第1期。

现饬查办各"①等语。仁宗在稍后颁布的谕旨中亦称:"和珅种种悖妄专擅,罪大恶极,于法实无丝毫可贷。因思圣祖仁皇帝之诛鳌拜,世宗宪皇帝之诛年羹尧,皇考之诛讷亲,此三人分位与和珅相等。而和珅之罪,尤为过之。"并说明允许和珅自尽而未公开行刑的原因并非适用"八议"制度,而是为了顾及朝廷和士大夫的整体颜面:"国家本有议亲议贵之条,以和珅之丧心昧良,不齿人类,原难援八议量从末减。姑念其曾任首辅大臣,于万无可贷之中,免其肆市。和珅,著加恩赐令自尽,此朕为国体起见,非为和珅也。"②足见嘉庆帝痛恨和珅之极,不愿表露一点宽待之意,并将该案与康熙朝鳌拜、雍正朝年羹尧、乾隆朝讷亲三大案类比,以示儆来者。

就此来看,与其说仁宗恢复旧例的轻刑化复归是一种倒退,不如说到了这一时期,乾隆朝掩盖于理想主义和政治正确下的国库空虚、抄没过度等问题已经完全暴露了,君臣之间的矛盾也随着嘉庆四年(1799年)和珅被革职、抄家与赐死达到又一个顶峰。为此,统治者不得不接受现实,适用宽严相济的政策,通过降低抄家频率和惩贪力度来缓和社会阶层之间的矛盾,并借此解决国库空虚等沉淀已久的财政问题。

云妍指出,嘉庆以后乃至整个19世纪抄家规模皆不如前,一方面,文献中能见到的抄家谕旨数量减少;另一方面,地方在抄家执行上有日渐流于形式的迹象。③ 侵吞公款的官员只要有实际的赔补行为,就可以免死。这在客观上对官犯持续还赃起到了一定的激励作用,也有效地避免了因惩罚过重而导致官犯舍命保财、朝廷人财两空的零和结果。

(二) 清代中后期吏治政策的转向及制度化

《红楼梦》续作者描写的贾府抄家情景取材于乾隆朝末期,即乾隆四十九年(1784年)之后的官犯抄家实例,这类案例正发生于清代统治者惩贪政策由严苛转向宽弛的过渡阶段。由此不难理解,为何赵堂官敢在没有西平王和北静王辖制的情况下,无视贾赦、贾政分居各爨的事实,自主决定将荣宁二府全抄,并带领一众家仆和番役借抄家中饱私囊。一方面,朝廷名义上的惩贪政策仍较为酷烈,

---

① 《仁宗睿皇帝实录》卷三七,嘉庆四年正月甲戌,《清实录》(第二十八册),中华书局1986年版,第428页。
② 《仁宗睿皇帝实录》卷三八,嘉庆四年正月丁丑,《清实录》(第二十八册),中华书局1986年版,第432—433页。
③ 云妍:《从数据统计再论清代的抄家》,《清史研究》2017年第3期。

但君主对抄家执行过程的监督却出现了或大或小的漏洞，执行官员便可借此狐假虎威、侵欺公产；另一方面，随着"与其有聚敛之臣，宁有盗臣"说法的复兴，他们又可利用这类偏于实用主义的吏治理论逃避律法的制裁。

《大清律例》对于追赔赃物程序以及违反程序要承担的相应刑责都有较为详细的规定。例如"给没赃物"雍正七年（1729 年）例文载："亏空贪赃官吏，一应追赔银两，该督抚委清查官产之员，会同地方官，令本犯家属，将田房、什物呈明时价，当堂公同确估，详登册记，申报上司，仍令本犯家属眼同售卖完项。如有侵渔需索等弊，许该犯家属并买主首告，将侵渔需索之官吏，照侵盗钱粮及受枉法赃律治罪。"同年定例又规定了入官财产的变卖期限："其一应变卖什物，俱勒限一年，眼同本犯家属，照数变卖。如逾限未变，器皿、衣服仍于本地方勒变，一应金银、珠玉等物，兑明分两数目，造具清册，眼同本犯家属封固出具，并无更换印甘各结，解交藩库。……若有窃换等弊，许家人及旁人首告，加倍追赔，仍照侵盗钱粮例治罪。"此外，"田房产业一经入官，即令本犯家属，将契券呈堂出业。该管官眼同原主秉公估定，开明价值，出示速售。有愿买者，即给与印照，不许原主勒索找价，仍令买主出具并无假冒影射甘结存卷。如该管官纵容原主，据占影射，将据占之家属、影射之父兄，俱照隐瞒入官财物律坐赃治罪"。[1] 三条定例的立法目的是让该管官员和本犯家属双方互相牵制，以防他们在查抄、变卖过程中或转移、购回产业，或抽换、窃取财物，而更主要的目的是防范官员从中渔利。《红楼梦》第十三回中就出现了抄没后无人敢买的财物，即原本忠义亲王要用的棺木，因他被革职抄家而被封在店内，后以 1 000 两银被转给贾珍用以打造秦可卿的棺材。

又如，"隐瞒入官家产"律文规定："若抄劄入官家产，而隐瞒人口不报者，计口以隐瞒丁口论。若隐瞒田土者，计田以欺隐田粮论。若隐瞒财物、房屋、孳畜者，坐赃论。各罪止杖一百，所隐人口、财产并入官，罪坐供报之人。"乾隆元年（1736 年）定例曰："凡亏空入官房地内，如有坟地及坟园内房屋、看坟人口、祭祀田产，俱给还本人，免其入官变价。"[2]这也是全书第十三回秦可卿去世当晚给王熙凤托梦，嘱咐她"趁今日富贵，将祖茔附近多置田庄、房舍、地亩，以备祭祀、供给之费皆出自此处，将家塾亦设于此"的制度原因——"便是有罪，己物可以入

---

① 郭成伟：《大清律例根原》（一），上海辞书出版社 2012 年版，第 155—156 页。

② 郭成伟：《大清律例根原》（二），上海辞书出版社 2012 年版，第 557 页。

官,这祭祀产业连官也不入的。便败落下来,子孙回家读书务农,也有个退步,祭祀又可永继。"钱泳《履园丛话》载嘉庆四年(1799 年)九月,清廷查抄湖广总督毕沅家产,因其乾隆年间所筑之苏州灵岩山馆已被改为家庙,按照"以营兆地例不入官"的规定,该园林得以保留,但也自此"日渐颓圮,苍苔满径",①与《红楼梦》中大观园的命运颇有雷同之处。谈迁《枣林杂俎》"国初抄劄法"亦载:"金银珠翠本处官司收贮,年终类解。马匹令本卫收养,给与骑卒。牛只给与屯卒;无屯处,并一应挈畜、粗重物件,尽行变卖,值钱于有司该库交收。犯人家产田地外,内有坟茔,不在抄劄之限。"②

不过,即便相关程序规定已经如此细致,乾隆朝大规模、高频次的抄家仍然为负责执行的官员和仆役留下了从中作梗、谋取私利的空间,而这与清代中后期吏治政策开始复归"侵"轻于"贪"的价值转向不无关系。甚至可以认为,时至乾隆朝末期和嘉庆朝初期,以抄家方式惩治侵欺官犯在客观上已经变成了一种君臣之间重新分配财富、调整利益矛盾的手段,明刑弼教、宣示国法的立法和司法目标反而被置之于后了。

在高度集权的晚期帝制中国,君主的个人意志不仅能以谕令的形式直接决定士人的仕途和命运,潜移默化地影响着他们的人格和心态,还可通过"五年一小修,十年一大修"的定例将自己的礼法观念上升为律法,用来调整吏治政策和君臣关系的走向。

乾隆三年(1738 年),高宗曾说道:"谕旨未发之前,或谕旨既发之后,外人往往传播,知为某人之奏,岂非向人陈说,以为居功干誉之计乎?朕为天下主,一切废赏刑威,皆自朕出。即臣工有所建白,而采而用之,仍在于朕,即朕之恩泽也。"③这一法自君出的集权倾向在处理案内官员家产一事上体现得尤为明显。

是严惩贪官污吏、禁止完赃减等以正国法,还是为避免造成无人可用、无赃可追的局面而对侵吞公帑的官犯网开一面,清代历朝君主在不同执政时期采取政策有所不同。雍正三年(1725 年),世宗曾因坊间评价他严惩"盗臣"、重用"聚敛之臣",特意向直省督抚发布谕令自辩道:

> 乃有庸懦无能之督抚,间有参劾。每向人云:"我若不参,恐非上意,又

---

① (清)钱泳:《履园丛话》卷二十,中华书局 1979 年版,第 528 页。
② (清)谈迁:《枣林杂俎》,中华书局 2006 年版,第 17 页。
③ 《高宗纯皇帝实录》卷七一,乾隆三年六月辛丑,《清实录》(第十册),中华书局 1985 年版,第 140 页。

词条	频次	条数	律　例　条　目
			境及违禁下海;私役弓兵;牧养畜产不如法;宰杀马牛;隐匿孳生官畜产;私借官畜产;私役铺兵;乘驿马赍私物;乘官畜产车船附私物;私借驿马;谋反大逆;谋叛;盗园陵树木;监守自盗仓库钱粮;强盗;白昼抢夺;窃盗;盗田野谷麦;诈欺官私取财;略人略卖人;发塚;盗贼窝主;造畜蛊毒杀人;车马杀伤人;尊长为人杀私和;官吏听许财物;有事以财请求;在官求索借贷人财物;私铸铜钱;犯奸;纵容妻妾犯奸;卖良为娼;赌博;淹禁;检验尸伤不以实;断罪不当;带造缎匹;织造违禁龙凤文缎匹
籍没	6	3	给没赃物;交结近侍官员;官司出入人罪
抄没	4	1	隐瞒入官家产
交官	3	2	给没赃物;盗田野谷麦
查抄	1	1	给没赃物

通过对比可以看出,"籍没""抄没""查抄"与"抄家"的含义完全相同;而"入官"的适用情形则远多于"抄家",除了查抄和没收财产、家口之外,追缴赃款、税收、赋役,查抄隐瞒的田地,籍没俘虏、逃窜的人口,没收违禁的器物、土地、房屋、畜产、孳息、价款、财礼,以及接收遗失物、无人认领的荒地,等等,都被称为"入官"。相比于"籍没""抄没""查抄""抄家"等强调行为与行为结果的表述,"入官"强调的则更多是财物所有权的转移或状态的变化,即这些私人所有之物或无人占有之物此后均被收为国帑,充为公用。

《红楼梦》中,"抄家"及其类似表述如"抄了家""所抄家产""所抄家资"等,共出现过 10 次。其中,前八十回只出现过 1 次,后四十回则出现了 9 次,这也就再次印证了续书作者描绘的贾府抄家情节多半取材于乾隆时期,详见表 5-3。

表 5-3　"抄家"相关表述在《红楼梦》中出现频次与所在回次

词条	频次	回　　次
抄家	10	第七十四回;第一百零五回;第一百零八回;第一百一十九回
入官	13	第十三回;第一百零六回;第一百零七回;第一百零八回

恐他人参劾，于我不便。"以此等语解释于众，似觉参劾为迎合朕意，而出于不得已者。即如浙闽总督满保参奏知府何国栋，似属迎合，朕察其无贪污之迹，仍准留任，则朕无成心可知矣。前满保曾奏浙闽属吏已劾多员，若再题参，恐至无人办事。魏廷珍巡抚湖南时亦曾奏称属员参劾过半，容再查奏等语。夫属员之去留，惟视居官之优劣，岂论参劾之多寡？朕心总出于至公，尔督抚等安得以庸鄙之见、偏私之心，妄为窥测乎？又闻外间议论云，朝廷惩盗臣而重聚敛之臣，此语尤为荒诞。自朕临御以来，蠲免旧欠钱粮不下千百万两，江南苏松之浮粮，江西南昌之浮粮，共免额征银五十余万，此皆惟正之供，尚且大沛恩膏，特行豁免。见今各省督抚大吏，将诸项名色，私派陋规，裁革甚多，莫非推惠于民，尚得谓之聚敛乎？至若亏空侵蚀以及贪婪枉法之辈，蠹国殃民，有干法纪，既宽其诛，已属格外；若又不严追完项，一任贪吏优游自得，国法安在耶？此明系朋党匪人怀私捏造悖谬之语，以惑众听，殊属可恨，故特谕众知之。①

世宗的辩解在一定程度上说明，君主对"蠹国"和"殃民"职官群体的打击力度确实一直存在着区别，且雍正帝执政时，对贪污官员的处置态度尚保留着宽忍的一面。而在乾隆朝，高宗不仅扩大了抄家的适用范围，提高了抄家的实施频次，还通过变革古礼说法，即强调"侵"与"贪"以及盗臣与聚敛之臣"厥罪惟均"的礼法思想，进一步加强对"蠹国"官员的惩治力度，并于乾隆二十六年（1761 年），将雍正三年（1725 年）所定"完赃减等例"从《大清律例》中彻底删除。

对于高宗的种种表现，有学者认为，与其说是两位皇帝"政治事件处理方式不同"，不如说正是雍正侃侃自辩的失败经验，使得乾隆更加确信"民可使由之，不可使知之"。② 将此说用来解释雍正到乾隆朝惩贪政策的变化原因亦无不妥。乾隆帝将上谕中不定时的汲汲自辩和重复式的道德训诫转变为正式的法例，减少"侵""贪"之罪的处置差别，加强打击贪官污吏，提高吏治改革效率。或许是高宗执政前半期用力过猛，乾隆中期之后，朝廷抄家的规模开始有所减小，兄弟分产后非罪一方财产可豁免入官亦由君主的个案意见变为了律后定例。时至嘉庆

① 《世宗宪皇帝实录》卷三一，雍正三年四月戊子，《清实录》（第七册），中华书局 1985 年版，第 478—479 页。
② 詹佳如：《悖逆的"幽灵"：清朝孙嘉淦伪稿案的媒介学研究》，上海交通大学出版社 2017 年版，第 94 页。

初,仁宗根据军机大臣、刑部堂官和直隶总督的呈奏,再次恢复了"完赃减等例"的适用,从而在充实国库和明刑弼教的优先性方面重新作出了评估和选择。

在《红楼梦》贾家查抄过程中,赵堂官表现出的态度极为恶劣,犹如强盗一般,将府内洗劫一空;而西平王、北静王则因旧交而对贾府施以维护,并通过向皇帝说情使得贾府恢复世职、重获府第。这在一定意义上可看作乾嘉时期抄家政策进入转折阶段后严与宽两种价值取向纠缠博弈的结果。一方面,高宗严惩贪墨的政策尚未终止,以赵全为代表的执行官吏便利用君主的余威进行彻抄,又利用监管不利的漏洞中饱私囊,再利用"宁盗毋贪"的官场风向变化规避严惩;另一方面,北静王等人则通过限制抄家规模、争取君主宽宥,试图为贾府未来恢复生机保留一定的资本。

在清代君主集权统治下,士人的仕途和命运并没有太多的自主性,但其个人的荣辱与家族的盛衰依然可以揭示君臣关系中主导方和接受方的互动过程、政治影响及其背后的社会变革。至此可以说,《红楼梦》作者、续作者以一曲"悲金悼玉"的家族挽歌,一句句地唱出了帝制社会末期,整个国家礼法制度如何一步步走向腐朽与衰亡的历史哀音。

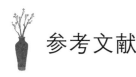

参考文献

一、古籍类

1. （汉）班固：《汉书》，中华书局 1964 年版。

2. （清）昭梿：《啸亭杂录》，中华书局 1997 年版。

3. （明）谢肇淛：《五杂俎》，中华书局 1959 年版。

4. （魏）王弼：《周易注（附周易略例）》，楼宇烈校释，中华书局 2011 年版。

5. （清）曹雪芹：《新批校注红楼梦》，程伟元、高鹗整理，张俊、沈治钧评批，商务印书馆 2017 年版。

6. 袁珂：《山海经校注》，北京联合出版公司 2014 年版。

7. （汉）郑玄注、（唐）孔颖达正义：《礼记正义》，上海古籍出版社 2008 年版。

8. （汉）孔国安传、（唐）孔颖达疏：《十三经注疏》，北京大学出版社 1999 年版。

9. （宋）朱熹：《诗集传》，赵长征点校，中华书局 2011 年版。

10. （唐）李鼎祚：《周易集解》，九州出版社 2006 年版。

11. 刘俊文：《唐律疏议笺解》，中华书局 1997 年版。

12. （清）赵翼：《陔余丛考》，曹光甫点校，上海古籍出版社 2011 年版。

13. （清）陈弘谋：《五种遗规》，苏丽娟点校，凤凰出版社 2016 年版。

14. 王利器：《颜氏家训集解》（增补本），中华书局 2002 年版。

15. （清）福格：《听雨丛谈》，中华书局 1997 年版。

16. （清）阮葵生：《阮葵生集》，王泽强点校，陕西人民出版社 2009 年版。

17. （清）文康：《儿女英雄传》，中华书局 2016 年版。

18. （清）沈之奇：《大清律辑注》，怀效锋、李俊点校，法律出版社 2000 年版。

19. （清）焦循：《孟子正义》，沈文倬点校，中华书局 1987 年版。

20. （宋）朱熹：《四书章句集注》，吴则虞点校，中华书局 1983 年版。

21.（元）脱脱等：《宋史》，中华书局 1977 年版。

22.（宋）程颢、程颐：《二程集》，王孝鱼点校，中华书局 1981 年版。

23.（清）张廷玉：《明史》，中华书局 1974 年版。

24.（宋）朱熹：《家礼》，《文渊阁四库全书》，台湾商务印书馆 1986 年版。

25.（宋）张载：《张载集》，中华书局 1985 年版。

26.（宋）朱熹：《朱子全书》，上海古籍出版社、安徽教育出版社 2002 年版。

27.（明）丘濬：《大学衍义补》，京华出版社 1999 年版。

28.（清）顾炎武：《顾亭林诗文集》，中华书局 2008 年版。

29.《清实录》，中华书局 1985 年版。

30.（清）颜元：《颜元集》，王星贤等点校，中华书局 1987 年版。

31.（明）丘濬：《文公家礼仪节》，《四库全书存目丛书》，齐鲁书社 1997 年版。

32.杨天宇：《仪礼译注》，上海古籍出版社 2004 年版。

33.（清）钱泳：《履园丛话》，中华书局 1979 年版。

34.官箴书集成纂委员会：《官箴书集成》，黄山书社 1997 年版。

35.徐珂：《清稗类钞》，中华书局 1986 年版。

36.（清）沈之奇注、洪弘绪订：《大清律集解附例》，《续修四库全书》，上海古籍出版社 2002 年版。

37.（清）纪昀：《阅微草堂笔记》，韩希明译注，中华书局 2014 年版。

38.赵尔巽等：《清史稿》，中华书局 1977 年版。

39.（清）黄宗羲：《明儒学案》，沈芝盈点校，中华书局 2008 年版。

40.（明）王廷相：《王廷相集》，王孝鱼点校，中华书局 1989 年版。

41.（清）王夫之：《张子正蒙注》，中华书局 1975 年版。

42.（清）曹雪芹、脂砚斋：《脂砚斋重评石头记庚辰校本》，邓遂夫校订，作家出版社 2006 年版。

43.《大明律》，怀效锋点校，法律出版社 1999 年版。

44.（清）袁枚：《随园诗话》，浙江古籍出版社 2011 年版。

45.（清）祝庆祺等：《刑案汇览三编》，北京古籍出版社 2004 年版。

46.襟霞阁：《张船山判牍》，中央书店 1934 年版。

47.（清）全士潮、张道源等纂辑：《驳案汇编》，何勤华等点校，法律出版社 2009 年版。

48.（清）曹雪芹、高鹗：《红楼梦》（三家评本），上海古籍出版社 1988 年版。

49. 杨伯峻：《列子集释》，中华书局 2013 年版。

50. （清）刘宝楠：《论语正义》，高流水点校，中华书局 1990 年版。

51. （唐）房玄龄等：《晋书》，中华书局 1996 年版。

52. （后晋）刘昫：《旧唐书》，中华书局 1975 年版。

53. 高亨：《商君书注译》，中华书局 1974 年版。

54. 黎翔凤：《管子校注》，中华书局 2004 年版。

55. 许富宏：《慎子集校集注》，中华书局 2013 年版。

56. （清）王先慎：《韩非子集解》，钟哲点校，中华书局 2016 年版。

57. （南朝）范晔：《后汉书》，中华书局 1973 年版。

58. （唐）李延寿：《北史》，中华书局 1974 年版。

59. 《宋会要辑稿》，刘琳等校点，上海古籍出版社 2014 年版。

60. （明）宋濂等：《元史》，中华书局 1976 年版。

61. （明）王世贞：《弇山堂别集》，中华书局 2006 年版。

62. （明）朱元璋：《御制大诰三编》，《续修四库全书》，上海古籍出版社 1996 年版。

63. （清）吴伟业：《吴梅村全集》，李学颖集评标校，上海古籍出版社 1990 年版。

64. （明）王夫之：《船山全书》，船山全书编辑委员会编校，岳麓书社 1988 年版。

65. （汉）何休解诂、（唐）徐彦疏：《春秋公羊传注疏》，上海古籍出版社 2014 年版。

66. （清）孙诒让：《周礼正义》，王文锦、陈玉霞点校，中华书局 2013 年版。

67. 徐元诰：《国语集解》，王树民、沈长云点校，中华书局 2002 年版。

68. （汉）司马迁：《史记》，中华书局 2014 年版。

69. （宋）程颐：《周易程氏传》，王孝鱼点校，中华书局 2016 年版。

70. （清）贺长龄、盛康：《清朝经世文正续编》，广陵书社 2011 年版。

71. （明）李东阳、申时行等：《大明会典》，广陵书社 2007 年版。

72. （明）李贽：《李贽全集注》，张建业、张岱注，社会科学文献出版社 2010 年版。

73. （明）归有光：《震川先生集》，周本淳点校，上海古籍出版社 2007 年版。

74. （清）曹雪芹、高鹗：《红楼梦》（校注本），裴效维注，中央编译出版社 2014 年版。

75. （清）朱彝尊：《曝书亭集》，世界书局 1937 年版。

76. （宋）黎靖德：《朱子语类》，王星贤点校，中华书局 1988 年版。

77. （梁）僧祐：《弘明集》，刘立夫、胡勇译注，中华书局 2011 年版。

78. （宋）李昌龄：《太上感应篇图说》，学林出版社 2004 年版。

79. 中国第一历史档案馆：《乾隆朝上谕档》，广西师范大学出版社 2008 年版。

80. 中国第一历史档案馆：《乾隆帝起居注》，广西师范大学出版社 2002 年版。

二、专著类

1. 石昌渝：《中国小说源流论》（修订版），生活·读书·新知三联书店 2014 年版。

2. 尹伊君：《红楼梦的法律世界》，商务印书馆 2014 年版。

3. 余英时：《士与中国文化》，上海人民出版社 1987 年版。

4. 葛兆光：《中国思想史》，复旦大学出版社 2013 年版。

5. 鲁迅：《中国小说史略》，上海古籍出版社 2001 年版。

6. 胡文彬：《红楼梦与中国文化论稿》，中国书店 2005 年版。

7. 王彬：《红楼梦叙事》，人民出版社 2014 年版。

8. 欧丽娟：《大观红楼》，台大出版中心 2015 年版。

9. 马振彪：《周易学说》，张善文整理，花城出版社 2002 年版。

10. 赵园：《家人父子：由人伦探访明清之际士大夫的生活世界》，北京大学出版社 2015 年版。

11. 郑振铎：《中国俗文学史》，岳麓书社 2011 年版。

12. 项楚：《敦煌变文选注》（增订本），中华书局 2006 年版。

13. 王伯沆：《王伯沆红楼梦批语汇录》，江苏古籍出版社 1985 年版。

14. 甘怀真：《唐代家庙礼制研究》，台湾商务印书馆 1991 年版。

15. 陈江：《明代中后期的江南社会与社会生活》，上海社会科学院出版社 2006 年版。

16. 王锷：《三礼研究论著提要》，甘肃人民出版社 2001 年版。

17. 定宜庄：《满族的妇女生活与婚姻制度研究》，北京大学出版社 1999 年版。

18. 廖可斌：《明代文学思潮史》，人民文学出版社 2015 年版。

19. 吴存存：《明清社会性爱风气》，人民文学出版社 2000 年版。

20. 张仁善：《礼·法·社会——清代法律转型与社会变迁》，商务印书馆 2013 年版。

21. 格非：《雪隐鹭鸶——〈金瓶梅〉的声色与虚无》，译林出版社 2015 年版。

22. 张在舟：《暧昧的历程：中国古代同性恋史》，中州古籍出版社 2001 年版。

23. 王志强：《清代国家法：多元差异与集权统一》，社会科学文献出版社 2017 年版。

24. 郭晓飞：《中国法视野下的同性恋》，知识产权出版社 2007 年版。

25. 郭松义：《伦理与生活：清代的婚姻关系》，商务印书馆 2000 年版。

26. ［法］陈庆浩：《新编石头记脂砚斋评语辑校》（增订本），中国友谊出版公司 1987 年版。

27. 丁凌华：《五服制度与传统法律》，商务印书馆 2013 年版。

28. 俞平伯：《俞平伯论红楼梦》，上海古籍出版社 1998 年版。

29. 宋淇：《〈红楼梦〉识要——宋淇红学论集》，中国书店 2000 年版。

30. 陈乔见：《公私辨：历史衍化与现代诠释》，生活·读书·新知三联书店 2013 年版。

31. 蔡义江：《红楼梦诗词曲赋鉴赏》（修订重排本），中华书局 2016 年版。

32. 洪秋蕃：《红楼梦考证》，上海印书馆 1935 年版。

33. 叶晔：《明代中央文官制度与文学》，浙江大学出版社 2011 年版。

34. 尚秉和：《周易尚氏学》，张善文点校，中华书局 2016 年版。

35. 孙旭：《明代白话小说法律资料研究》，上海古籍出版社 2017 年版。

36. 余英时：《儒家伦理与商人精神》，广西师范大学出版社 2004 年版。

37. 赵园：《明清之际士大夫研究》，北京大学出版社 2014 年版。

38. 杨念群：《何处是"江南"：清朝正统观的确立与士林精神世界的变异》（增订版），生活·读书·新知三联书店 2017 年版。

39. 游子安：《劝化金箴：清代善书研究》，天津人民出版 1999 年版。

40. 左东岭：《王学与中晚明士人心态》，商务印书馆 2014 年版。

41. 陈宝良：《明代士大夫的精神世界》，北京师范大学出版社 2017 年版。

42. 左东岭：《李贽与晚明文学思想》，人民文学出版社 2010 年版。

43. 鲁迅：《鲁迅全集》，人民文学出版社 2005 年版。

44. 吕澂：《中国佛学源流略讲》，中华书局 1979 年版。

45. 赖慧敏：《乾隆皇帝的荷包》，中华书局 2016 年版。

三、译著类

1. ［英］彼得·伯克：《什么是文化史》，蔡玉辉译，北京大学出版社 2010 年版。

2. ［美］马丽加·金芭塔丝：《活着的女神》，叶舒宪译，广西师范大学出版社2008年版。

3. ［美］马丽加·金芭塔丝：《女神的语言：西方文明早期象征符号解读》，苏永前、吴亚娟译，社会科学文献出版社2016年版。

4. ［美］约瑟夫·坎贝尔：《神话的力量：在诸神与英雄的世界中发现自我》，朱侃如译，浙江人民出版社2013年版。

5. ［美］理安·艾斯勒：《神圣的欢爱：性、神话与女性肉体的政治学》，黄觉、黄棣光译，社会科学文献出版社2009年版。

6. ［法］皮埃尔·布迪厄：《实践感》，蒋梓骅译，译林出版社2003年版。

7. ［法］阿诺尔德·范热内普：《过渡礼仪》，张举文译，商务印书馆2010年版。

8. ［美］高彦颐：《闺塾师：明末清初江南的才女文化》，李志生译，江苏人民出版社2005年版。

9. ［英］玛丽·道格拉斯：《洁净与危险》，黄剑波等译，民族出版社2008年版。

10. ［法］萨比娜·梅尔基奥尔-博奈：《镜像的历史》，周行译，广西师范大学出版社2005年版。

11. ［法］拉康：《拉康选集》，褚孝泉译，上海三联书店2001年版。

12. ［美］浦安迪：《浦安迪自选集》，刘倩等译，生活·读书·新知三联书店2011年版。

13. ［日］中川忠英：《清俗纪闻》，方克、孙玄龄译，中华书局2006年版。

14. ［德］马克斯·舍勒：《价值的颠覆》，罗悌伦等译，生活·读书·新知三联书店1997年版。

15. ［加］卜正民：《纵乐的困惑：明代的商业与文化》，方骏等译，广西师范大学出版社2016年版。

16. ［澳］雷金庆：《男性特质论：中国的社会与性别》，刘婷译，江苏人民出版社2012年版。

17. ［日］沟口雄三：《中国前近代思想的屈折与展开》，龚颖译，生活·新知·三联书店2011年版。

18. ［美］朱迪斯·巴特勒：《消解性别》，郭劼译，上海三联书店2009年版。

19. ［法］米歇尔·福柯：《规训与惩罚：监狱的诞生》，刘北成、杨远婴译，生活·读书·新知三联书店2012年版。

20. ［法］米歇尔·福柯：《性史》，张廷琛等译，上海科学技术文献出版社1989

年版。

21. ［荷］米克·巴尔：《叙述学：叙事理论导论》（第三版），谭君强译，中国社会科学出版社 2015 年版。

22. ［美］夏志清：《中国古典小说史论》，胡益民等译，江西人民出版社 2003 年版。

23. ［日］合山究：《明清时代的女性与文学》，萧燕婉译注，台湾联经出版事业公司 2016 年版。

24. ［美］史景迁：《康熙与曹寅：一个皇帝宠臣的生涯揭秘》，陈引驰等译，上海远东出版社 2005 年版。

25. ［美］包筠雅：《功过格：明清社会的道德秩序》，杜正贞、张林译，浙江人民出版社 1999 年版。

四、编著类

1. 朱一玄：《红楼梦资料汇编》，南开大学出版社 1985 年版。

2. 一粟：《红楼梦资料汇编》，中华书局 2004 年版。

3. 马建石、杨育裳：《大清律例通考校注》，中国政法大学出版社 1992 年版。

4. 杨一凡：《历代珍稀司法文献》，社会科学文献出版社 2012 年版。

5. 朱汉民、陈松长：《岳麓书院藏秦简（叁）》，上海辞书出版社 2013 年版。

6. 张家山二四七号汉墓竹简整理小组：《张家山汉墓竹简（二四七号墓）》（释文修订本），文物出版社 2006 年版。

7. 何晓芳：《清代满族家谱选辑》，辽宁民族出版社 2016 年版。

8. 赵立静、何溥滢、傅波：《满洲家谱选》，中国社会科学出版社 1994 年版。

9. 故宫博物院明清档案部：《关于江宁织造曹家档案史料》，中华书局 1975 年版。

10. 魏国英：《女性学概论》，北京大学出版社 2000 年版。

11. 郭成伟：《大清律例根原》，上海辞书出版社 2012 年版。

12. 《古本小说集成》编委会：《古本小说集成》（第 5 辑·第 15 册），上海古籍出版社 1994 年版。

13. 赵冈、陈钟毅：《红楼梦研究新编》，台湾联经出版事业公司 1975 年版。

14. 魏小虎：《四库全书总目汇订》，上海古籍出版社 2012 年版。

15. 任继愈：《中国道教史》，上海人民出版社 1990 年版。

16. 上海书店出版社：《清代文字狱档》（增订本），上海书店出版社 2011 年版。

五、期刊

1. 梁治平：《"礼法"探原》，《清华法学》2015 年第 1 期。

2. 马涛：《女娲"弃石"的书写传统及在〈红楼梦〉中的意蕴呈现》，《红楼梦学刊》2016 年第 4 辑。

3. 贺璋瑢：《中国古代的性别崇拜与阴阳哲学——从独立女神到对偶神的演变》，《哲学研究》2014 年第 3 期。

4. 董楚平：《中国上古创世神话钩沉——楚帛书甲篇解读兼谈中国神话的若干问题》，《中国社会科学》2002 年第 5 期。

5. 甄洪永：《"木石前盟"文化溯源的新推测与〈红楼梦〉中林黛玉的"眼泪"书写》，《红楼梦学刊》2017 年第 1 辑。

6. 李春光：《〈红楼梦〉诗词对先秦文化元典的受容探赜——以〈诗经〉为例》，《华侨大学学报（哲学社会科学版）》2017 年第 4 期。

7. 孙庆伟：《两周"佩玉"考》，《文物》1996 年第 9 期。

8. 魏红梅：《〈诗经·木瓜〉之"木瓜"意象流变探微》，《名作欣赏》2011 年第 5 期。

9. 王博：《〈诗〉学与心性学的开展》，《中国社会科学》2013 年第 2 期。

10. 王立民：《〈诗经〉"彤管"为玉（石）管说及其他》，《学术交流》2002 年第 2 期。

11. 王齐洲：《雅俗观念的演进与文学形态的发展》，《中国社会科学》2005 年第 3 期。

12. 江林：《〈诗经·木瓜〉与周代礼俗》，《中国典籍与文化》2004 年第 1 期。

13. 吴柳财：《日常生活的结构与意义——〈礼记·曲礼〉的社会学研究》，《社会》2018 年第 1 期。

14. 贺璋瑢：《〈礼记〉的性别意识探略》，《上海师范大学学报（社会科学版）》2013 年第 1 期。

15. 焦杰：《试论先秦冠礼和笄礼的象征意义》，《南开学报（哲学社会科学版）》2011 年第 4 期。

16. 张焕君：《亲情与门风：从嫂叔关系看魏晋时期的女性、家族与文化认同》，《妇女研究论丛》2018 年第 1 期。

17. 张世君：《红楼门的叙事视角》，《红楼梦学刊》2000 年第 1 辑。

18. 高娟：《抗争与妥协——赵姨娘与尤二姐之比较》,《红楼梦学刊》2012 年第 3 辑。

19. 陈超：《在场·聚焦·观照：论〈红楼梦〉"边缘"女性人物形象的叙事功能》,《红楼梦学刊》2018 年第 4 辑。

20. 顾丽华：《汉律"性越轨"治罪条令与汉代女性人身权益——基于简牍资料的研究》,《妇女研究论丛》2009 年第 2 期。

21. 郑显文：《审判中心主义视域下的唐代司法》,《华东政法大学学报》2018 年第 4 期。

22. 付俊琏、杨爱军：《韩朋故事考源》,《敦煌研究》2007 年第 3 期。

23. 郭建：《明律的轻重及其原因探析》,《史林》1991 年第 2 期。

24. 胡祥雨：《清代"家长奸家下人有夫之妇"例考论——满、汉法律融合的一个例证》,《法学家》2014 年第 3 期。

25. 欧丽娟：《秦可卿新论：才情和情色的特殊演绎》,台湾《成大中文学报》2016 年第 52 期。

26. 周轶群：《从〈红楼梦〉和〈儿女英雄传〉看"父慈子孝"》,《吉林师范大学学报（人文社会科学版）》2017 年第 3 期。

27. 汪文学：《中国古代父子疏离、祖孙亲近现象初探》,《孔子研究》2001 年第 4 期。

28. 曹振宇：《孟子孝论对孔子思想的发展与偏离——从"以正致谏"到"父子不责善"》,《史学月刊》2007 年第 11 期。

29. 赵旭：《唐宋时期私家祖考祭祀礼制考论》,《中国史研究》2008 年第 3 期。

30. 吴飞：《祭及高祖——宋代理学家论大夫士庙数》,《中国哲学史》2012 年第 4 期。

31. 陆敏珍：《宋代家礼与儒家日常生活的重构》,《文史》2013 年第 4 辑。

32. 赵克生：《修书、刻图与观礼：明代地方社会的家礼传播》,《中国史研究》2010 年第 1 期。

33. 李启成：《功能视角下的传统"法"和"司法"观念解析——以祭田案件为例》,《政法论坛》2008 年第 4 期。

34. 常建华：《明代宗族祠庙祭祖礼制及其演变》,《南开学报（哲学社会科学版）》2001 年第 3 期。

35. 赵克生、安娜：《清代家礼书与家礼新变化》,《清史研究》2016 年第 3 期。

36. 吴丽娱：《中古书仪的型制变迁与社会转型》，《史学月刊》2005 年第 5 期。

37. 郭松义：《清代的纳妾制度》，《近代中国妇女史研究》1996 年第 4 期。

38. 施晔：《明清同性恋小说的男风特质及文化蕴涵》，《文学评论》2008 年第 2 期。

39. 那晓凌：《传统社会晚期以丧妻不娶为特征的义夫旌表》，《北京社会科学》2015 年第 8 期

40. 那晓凌：《清代义夫节妇旌表之比较》，《学术交流》2016 年第 5 期。

41. 那晓凌：《从魏禧〈义夫说〉看明清士绅推崇义夫之目的》，《北方论坛》2015 年第 6 期。

42. 叶晔：《张岱、曹雪芹文人心态比较论》，《红楼梦学刊》2003 年第 4 辑。

43. 高海波：《宋明理学从二元论到一元论的转变——以理气论、人性论为例》，《哲学动态》2015 年第 12 期。

44. 曾振宇：《从张载到王廷相——中国古代气学的超越与回复》，《齐鲁学刊》2010 年第 3 期。

45. 丁为祥：《气学——明清学术转换的真正开启者》，《孔子研究》2007 年第 3 期。

46. 岁涵：《"情"的生成性与晚清小说中的性别越界——以〈品花宝鉴〉和〈凤双飞〉为例》，《中国现代文学研究丛刊》2017 年第 5 期。

47. 陈新宇：《比附与类推之辨——从"比引律条"出发》，《政法论坛》2011 年第 2 期。

48. 朱丽霞：《明清同性恋文化的诠释与思考——以明清之际男性同性恋为例》，《江淮论坛》2009 年第 4 期。

49. 陈彩云：《朱子〈家礼〉中的禁奢思想及对后世的影响》，《孔子研究》2008 年第 4 期。

50. 钞晓鸿：《明清人的"奢靡"观念及其演变——基于地方志的考察》，《历史研究》2002 年第 4 期。

51. 王以兴：《铁槛寺与馒头庵的文本意义补说》，《红楼梦学刊》2013 年第 6 辑。

52. 张自慧：《真相与启示：先秦儒家"均平"思想探微》，《孔子研究》2014 年第 4 期。

53. 杜家骥：《清代满族家谱的史料价值及其利用》，《吉林师范大学学报（人文社会科学版）》2016 年第 5 期。

54. 间小波：《保育式政体——试论帝制中国的政体形态》，《文史哲》2017 年第

6 期。

55. 林方直:《从"蕉下客"视角看探春》,《内蒙古大学学报(哲学社会科学版)》1995 年第 2 期。

56. 张珍:《〈红楼梦〉中的"蕉叶覆鹿"来源于明杂剧〈蕉鹿梦〉》,《红楼梦学刊》2015 年第 2 辑。

57. 温慧辉:《〈周礼〉"主察狱讼"之官——"士"官辨析》,《史学月刊》2011 年第 12 期。

58. 罗新慧:《士与理——先秦时期刑狱之官的起源与发展》,《陕西师范大学学报(哲学社会科学版)》2010 年第 5 期。

59. 鲁洪生、王美英:《〈诗经〉比兴中的"以男女喻君臣"》,《河北师范大学学报(哲学社会科学版)》2012 年第 4 期。

60. 宋洪兵:《中国现代学术史上的一桩公案——〈韩非子·难势〉篇"应慎子曰"辩证》,《哲学研究》2008 年第 12 期。

61. 宋洪兵:《韩非"势治"思想再研究》,《古代文明》2007 年第 2 期。

62. 杨义:《〈韩非子〉还原》,《文学评论》2010 年第 1 期。

63. 刘晓林:《唐律疏议中的"理"考辨》,《法律科学(西北政法大学学报)》2015 年第 4 期。

64. 查正贤:《论制举与唐代隐逸风尚的关系》,《文学遗产》2009 年第 5 期。

65. 李治安:《元和明前期南北差异的博弈与整合发展》,《历史研究》2011 年第 5 期。

66. 杨一凡:《明〈大诰〉的颁行时间、条目和诰文渊源考释》,《中国法学》1989 年第 1 期。

67. 林丛、张韶宇:《易象视域下的法学观——论〈易传〉的法律观》,《东岳论丛》2012 年第 6 期。

68. 郑小悠:《清代刑部官员的法律素养》,《史林》2016 年第 3 期。

69. 徐忠明:《读律与哀矜:清代中国听审的核心概念》,《吉林大学社会科学学报》2012 年第 1 期。

70. 俞荣根:《私权抗御公权——"亲亲相隐"新论》,《孔子研究》2015 年第 1 期。

71. 张国钧:《大义灭亲之疑和亲属容隐之立——先秦儒家对伦理和法律关系两难的解决》,《政法论坛》2016 年第 4 期。

72. 俞荣根、蒋海松:《亲属权利的法律之痛——兼论"亲亲相隐"的现代转化》,

《现代法学》2009 年第 3 期。

73. 彭凤莲：《亲亲相隐刑事政策思想法律化的现代思考》，《法学杂志》2013 年第 1 期。

74. 张海英：《明中叶以后"士商渗透"的制度环境——以政府的政策变化为视角》，《中国经济史研究》2005 年第 4 期。

75. 刘晓东：《"弃儒从商"与"以文营商"——晚明士人生计模式的转换及其评析》，《社会科学辑刊》2011 年第 2 期。

76. 代训锋、王引兰：《晚明的功利主义思潮》，《伦理学研究》2017 年第 4 期。

77. 何忠礼：《贫富无定势：宋代科举制度下的社会流动》，《学术月刊》2012 年第 1 期。

78. 蔡方鹿、李琛：《论宋代理学与新学的关系——以二者的沟通和相近为主》，《哲学研究》2016 年第 7 期。

79. 王艳秋：《"义以建利"与"以义制利"——传统儒学义利观的二重义蕴》，《华东师范大学学报（哲学社会科学版）》2002 年第 3 期。

80. 张稔穰、刘连庚：《佛、道影响与中国古典小说的民族特色》，《文学评论》1989 年第 6 期。

81. 刘勇强：《一僧一道一术士——明清小说超情节人物的叙事学意义》，《文学遗产》2009 年第 2 期。

82. 梅新林、申明秀：《真俗二谛与明清世情小说的佛教叙事》，《上海师范大学学报（哲学社会科学版）》2011 年第 4 期。

83. 刘勇强：《论古代小说因果报应观念的艺术化过程与形态》，《文学遗产》2007 年第 1 期。

84. 沈永：《〈红楼梦〉佛教观念的民俗化及其艺术表现功能》，《红楼梦学刊》1999 年第 3 辑。

85. 周东平、姚周霞：《论佛教对中国传统法律中罪观念的影响》，《学术月刊》2018 年第 2 期。

86. 云妍：《从数据统计再论清代的抄家》，《清史研究》2017 年第 3 期。

87. 万志鹏：《论中国古代刑法中的"籍没"》，《求索》2010 年第 6 期。

88. 韦庆远：《清代的抄家档案和抄家案件》，《学术研究》1982 年第 5 期。

89. 滕德永：《清代户部与内务府财政关系探析》，《史学月刊》2014 年第 9 期。

90. 滕德永：《清代内务府房产经营状况探析》，《故宫博物院院刊》2014 年第

4 期。

91. 张田田：《论清代秋审"签商"》，《清史研究》2013 年第 1 期。

92. 张世明、王旭：《议罪银新考》，《清史研究》2012 年第 1 期。

六、文集类

1. 高明士：《东亚传统家礼、教育与国法（一）：家族、家礼与教育》，华东师范大学出版社 2008 年版。

2. 谢进杰：《中山大学法律评论》（第 10 卷·第 2 辑），法律出版社 2013 年版。

3. 苏力：《法律和社会科学》（第 14 卷·第 1 辑），法律出版社 2015 年版。

4. 常建华：《中国社会历史评论》（第十二卷），天津古籍出版社 2011 年版。

5. ［加］方秀洁、［美］魏爱莲：《跨越闺门：明清女性作家论》，北京大学出版社 2014 年版。

6. 苏力：《法律和社会科学》（第二卷），法律出版社 2007 年版。

7. 常建华：《中国社会历史评论》（第七卷），天津古籍出版社 2006 年版。

8. 北京大学《儒藏》编纂与研究中心：《儒家典籍与思想研究》（第八辑），北京大学出版社 2016 年版。

9. 朱诚如：《明清论丛》（第一辑），紫禁城出版社 1999 年版。

10. 邓小南：《唐宋女性与社会》，上海辞书出版社 2003 年版。

七、学位论文类

1. 丁峰山：《明清性爱小说的文学观照及文化阐释》，福建师范大学博士学位论文，2005 年。

2. 余俊锋：《情欲、身份与法律：十八世纪中国社会的鸡奸犯罪》，东吴大学硕士学位论文，2018 年。

3. 董笑寒：《19 世纪中国下层社会男同性恋研究——基于内阁刑科题本的分析》，中国人民大学博士学位论文，2013 年。

4. 陈晓聪：《中国古代佛教法初探》，华东政法大学博士学位论文，2011 年。

5. 王伟：《明前期士大夫主体意识研究（1368—1457）》，东北师范大学博士学位论文，2011 年。

6. 彭勃：《从明代小说的僧道形象解读佛、道世俗化——以"酒色财气"为考察中心》，西南大学硕士论文，2009 年。

八、外文论著类

1. Grace S. Fong. *Herself An Author: Gender, Agency and Writing in Late Imperial China*. University of Hawai'i Press, 2008.

2. Matthew H. Sommer. *Sex, Law and Society in Late Imperial China*. Stanford University Press, 2000.

3. Wu Cuncun. *Homoerotic Sensibilities in Late Imperial China*. RoutledgeCurzon, 2004.

4. Mark Stevenson and Wu Cuncun. *Wanton Women in Late-Imperial Chinese Literature: Models, Genres, Subversions and Traditions*. Brill Academic Pub., 2017.

5. Bret Hinsch. *Passions of the Cut Sleeve: The Male Homosexual Tradition in China*. University of California Press, 1990.

6. Anne E. McLaren. *Performing Grief: Bridal Laments in Rural China*. University of Hawai'i Press, 2008.

7. Robert E. Hegel. *Paradoxes of Traditional Chinese Literature*. Chinese University Press, 1994.

九、外文期刊类

1. Giovanni Vitiello. The Dragon's Whim: Ming and Qing Homoerotic Tales from The Cut Sleeve. *T'oung Pao, Second Series*, Vol.78, Livr.4/5, 1992.

2. M. J. Meijer. Homosexual Offences in Ch'ing Law. *T'oung Pao（Second Series）*, Vol.71, Livr.1/3, 1985.

3. Giovanni Vitiello. Exemplary Sodomites: Chivalry and Love in Late Ming Culture. *Nan Nü*, Vol.2, No.2, 2000.

4. Vivian W. Ng. Ideology and Sexuality: Rape Laws in Qing China. *The Journal of Asian Studies*, Vol.46, No.1, Feb., 1987.

索　引